공작님을 거절합니다

1

이채영 장편소설

공작님을
거절합니다

1

가하

공작님을 거절합니다 1

지은이 이채영
펴낸이 이형기
펴낸곳 도서출판 가하

초판인쇄 2018년 10월 11일
1판 2쇄 2019년 3월 2일
출판등록 2008년 10월 15일 제 318-2008-00100호

주소 서울 영등포구 양평로 67, 1209 (당산동5가, 한강포스빌)
전화 02-2631-2846 **팩스** 02-2631-1846

www.ixbook.co.kr

ISBN 979-11-300-3287-0 04810
    979-11-300-3286-3 04810(set)

값 13,800원

Contents

"에단 님!"

화려하진 않지만 고급스럽게 꾸민 복도를 달려오며 조슈아가 한 남자를 불렀다. 그 부름에 복도를 앞서 걷던 남자가 홱 돌아섰다.

푸른빛이 도는 검은색 머리. 남자가 맞나 싶을 만큼 하얀 피부에 갸름한 턱선. 그러나 날렵한 눈매와 고집스러운 표정 탓에 절대 만만하게 보이지 않았다. 그리고 이곳에서 그의 이름을 아는 그 누구도 그를 만만하게 볼 수 없었다.

"조슈아, 내가 복도에서 그렇게 뛰지 말라고 했을 텐데. 먼지 나잖아. 기껏 아침에 환기 다 해놨는데."

에단이 미간을 구기며 말했다.

"헉, 헉, 알아요. 저도 안 뛰려고 했어요. 이상한 소리만 듣지 않았더라면요!"

조슈아가 숨을 헐떡거리며 무릎을 짚었다. 그의 갈색 곱슬머리가 나풀거렸다. 고개를 든 그는 마주 서 있는 남자를 바라보았다.

에단 달튼.

그는 펠릭스 버클리 공작저에서 공작의 측근 보좌관 중 하나이다. 곱상한 외모와 목소리를 높이는 법 없는 차분한 태도, 흐트러짐 없는

7

자세 탓에 공작저 하녀들 사이에 인기가 좋았다.

"운동 좀 해. 그 정도 뛰었다고 헉헉대면 어떻게 해?"

"그러게요. 헉, 헉."

"오늘부터 잠들기 전에 30분씩 운동하고 자도록 해."

에단이 돌아서서 가던 길을 걸어갔다.

"네."

엉겁결에 혼이 나 우울하게 고개를 끄덕이던 조슈아가 얼굴을 번쩍 치켜들었다.

"아니. 이게 아니라, 에단 님!"

대화를 은근슬쩍 돌리고 도망치려다 실패한 에단이 멈춰 섰다.

"왜?"

"저 방금 굉장히 이상한 소문을 듣고 왔는데요."

"무슨 소문?"

"에단 님이 그만두신다는 소문이요."

"아아."

"거짓말이죠?"

"……."

"사실이에요? 정말요?"

조슈아의 눈이 크게 벌어졌다.

"그게, 뭐……. 그래."

에단이 난처하다는 듯 얼굴을 구겼다. 조슈아의 귀에까지 이 소문이 들어갔다는 건, 공작저에 파다하게 소문이 퍼졌다는 거나 다름없었다. 집사인 앨버트에게 잠시 귀띔했을 뿐인데, 벌써 여기저기 퍼트린 모양이었다. 아마도 자신을 붙잡으려는 속셈일 거다.

몇 달 전에도 에단은 보좌관 일을 그만두려 했다. 그러나 공작저에 소문이 다 퍼져 메이드를 시작으로 마구간 관리자까지 붙잡고 늘어지는 통에 철회해야 했다.

"진짜예요? 정말로요? 아니, 왜요? 또 왜 그래요?"

조슈아가 눈을 부릅뜨며 물었다.

"그렇게 뜨지 마. 눈 빠지겠어."

"제 눈이 빠지는 것보다 에단 님이 그만두는 게 더 충격적입니다. 왜 그만두세요? 네?"

조슈아가 울 것 같은 얼굴로 소리쳤다.

"그냥. 피곤해서."

"아니, 피곤한 게 하루 이틀 일이에요? 우리가 괴로운 게 하루 이틀 일이냐고요. 이제 적응이 될 만하잖아요! 안 돼요, 에단 님. 저는 에단 님 절대로 못 보내요."

조슈아가 강하게 고개를 가로저었다. 그걸로 부족하다 느꼈는지 두 팔까지 새처럼 활짝 펼쳤다.

"가려면 절 밟고 가세요. 아니, 제 위에서 뛰다가 가세요. 전 절대로 에단 님 못 보내요. 에단 님 가고 나면 공작님을 누가 다 받아줘요."

조슈아는 볼살이 떨릴 정도로 고개를 가로저었다. 그만큼 그에겐 절박한 일이었다.

펠릭스 버클리.

현 황제에게 우호적인 가문의 수장이자 대륙에서 가장 명망 높은 공작이었다. 황제에게서 인정받고, 황태자의 지기로 가문의 황금기를 이끌고 있다는 공작이었다. 사람들은 공작의 인덕과 명망을 입에 침이 마르도록 극찬하지만, 정작 공작저에 거주하는 이들은 피가 말라가고 있었다. 속을 알 수 없고, 치밀하다 못해 조금 잔인하기까지 한 공작의 성격에 보좌관들은 치를 떨었다.

그 극한 상황 속에서도 여태껏 살아남을 수 있었던 건 모두 에단 달 튼 덕분이었다. 그는 공작의 취향에 대해 잘 알고 있었다. 공작이 불 편함 없이 일을 할 수 있도록 그는 전반적인 것들을 다 돌보았다. 그 뿐만이 아니라, 다른 보좌관들이나 집사가 간혹 사고를 쳐도 에단 달 튼은 능숙하게 뒤처리를 했다.

그런 그가 그만두다니!

조슈아는 그가 없는 공작저를 생각할 수도 없었다.

"조슈아."

"네. 그만둔다는 말 빼고 다 하세요."

"전에 그랬잖아, 나처럼 되고 싶다고. 그러면 내가 없어야 조슈아가 그 자리를 차지하지 않겠어?"

에단이 고개를 기울이며 물었다.

"아니요. 제가 실언을 했나 봅니다. 저는 절대로 에단 님처럼 될 수 도 없고, 되고 싶다고 생각도 하지 않습니다. 그리고 그 말을 한 건 무 려 1년 전이잖아요. 잊어주세요."

"성공하고 싶다며."

"에단 님과 함께 성공을 이루고 싶습니다. 아니, 이번 인생은 이만 하면 충분히 성공했다고 생각합니다. 그러니 그 결정을 철회해주세 요."

조슈아는 강경했다. 에단은 긴 한숨을 내쉬었다.

"내 이야기는 이쯤 하고, 오늘 오후 일은 다 했어?"

"……아뇨."

조슈아가 언제 그랬냐는 듯 눈을 내리깔았다.

"할 일도 하지 않고, 이런 잡담이나 하자고 뛰어왔단 말이야?"

에단의 반듯한 미간에 빗금이 갔다.

"어……. 이건 심각한 일이니까요."

조슈아가 눈을 데굴데굴 굴렸다.

"돌아가. 할 말이 있어도, 할 일을 다 한 후에 찾아오도록 해."

"다 할 수 있어요! 일도 얼마 안 남았다고요! 그러니까 그만둔다는 말만 마세요! 가시려면 절 밟고 가세요! 전 꼭 그 말 듣고 가겠어요!"

"그럼 눕든지."

"……네?"

"밟고 갈 테니까 누우라고."

에단이 두툼한 가죽으로 된 신발을 일부러 들어 보이며 말했다.

"……."

"아침 든든히 먹은 나한테 밟히고 일하러 갈래? 그냥 일하러 갈래?"

에단이 고요한 눈으로 묻자 조슈아는 찔끔했다. 성격이 유들유들하고 인정이 많은 그지만 칼 같을 땐 여지없다는 걸 알고 있었다.

힘겹게 맞서서 쳐다보던 조슈아가 결국 눈을 내리깔았다. 커다란 눈매가 축 처지고 입꼬리도 턱에 닿을 듯이 내려왔다. 울 것 같은 얼굴로 돌아선 조슈아가 터덜터덜 멀어졌다.

에단은 그런 그를 보다 손이 움찔했다. 하마터면 '괜찮아!'라고 위로하며 머리를 쓰다듬어줄 뻔했다.

"후우."

에단은 일부러 엄하게 짓던 표정을 금세 풀곤 한숨을 내쉬었다.

"이러는 내 마음은 편한 줄 아니?"

에단은 중얼거리며 안주머니 깊은 곳에 들어 있던 패를 꺼내곤, 펠릭스 버클리가 있는 서재로 향했다.

똑똑, 똑.

에단은 두 번은 빠르게, 마지막 한 번은 사이를 두고 두드렸다. 그의 서재 문을 두드릴 때 에단만이 사용하는 노크 방식이었다.

"들어와."

그러자 문 너머에서 저음의 목소리가 대답했다. 두툼한 원목 나무 문을 밀고 들어서자, 집무용 책상 뒤에 앉아 있던 남자가 느릿하게 고개를 들었다.

창가에서 들어오는 햇살에 그의 은발이 눈이 부실 정도로 환하게 빛났다. 그러나 한 발만 더 다가가보면 알 수 있었다. 그의 눈부신 은발쯤은 그의 외모에 비하면 별것 아니라는 것을.

"인사드립니다."

에단이 한 손을 가슴에 댄 채 허리를 굽혔다.

"무슨 일이지?"

부른 적이 없는데 에단이 제 발로 찾아오는 경우는 드물기에 펠릭스가 재미있다는 얼굴로 물었다.

"드릴 것이 있어서 다가가겠습니다."

"얼마든지. 무릎에 앉겠다는 거 빼곤 다 괜찮아."

"……그럴 생각 없었습니다."

그의 농담에 에단이 딱딱한 목소리로 대꾸했다.

"아쉽네."

"……."

다른 사람에게 하지 않는 농담을 그는 에단에겐 곧잘 했다. 딱딱한 에단의 반응을 즐기는 듯했다.

에단은 나오려는 한숨을 꾹 참은 채 다가갔다. 그러자 역광에 가렸던 펠릭스 버클리의 외모가 서서히 드러났다.

마주하는 눈동자가 시릴 정도로 새파란 눈망울, 결점 없는 피부, 사람을 뚫어 볼 듯한 눈매, 깎아 만든 듯한 콧날과 일자로 반듯하게 이어진 입술. 아름답다는 말로 부족한 외모였다. 입술과 눈매의 휘어짐에 따라 저 얼굴이 얼마나 다른 분위기를 풍기는지 에단은 잘 알고 있었다.

가까이 다가가자, 펠릭스가 미소 지었다. 마주 보는 사람의 가슴이 떨어져나갈 정도로 황홀한 미소였다. 그러나 7년간 그를 보필해온 에단은, 그 미소에 속지 않았다.

에단은 가슴에 품고 있던 패를 꺼내 펠릭스에게 내밀었다. 그의 새파란 눈동자가 책상 위에 놓인 패에 닿았다.

"이건 내가 네게 준 패일 텐데?"

"네. 돌려드리려 합니다."

"이걸 왜?"

의미를 버젓이 알면서도 펠릭스가 물어왔다.

"공작님이 베풀어주신 은혜에도 불구하고, 이제 그만 이 일을 그만둘까 합니다."

에단이 침착하게 대답한 후 입을 다물었다. 무거운 침묵이 감돌았다. 어떤 대답도 돌아오지 않자, 에단이 고개를 슬그머니 들었다. 그러다 내쉬던 숨을 멈췄다. 마주한 새파란 눈동자가 얼음처럼 차가웠다. 에단은 당황했으나, 최대한 침착한 표정으로 버텼다.

"왜?"

한참 만에 펠릭스가 낮은 목소리로 물었다.

"그건…….."

에단이 입을 열었지만, 대답은 쉽사리 나오지 않았다. 어떻게 저 새파란 눈동자를 보고 말할 수 있을까.

'사실은 7년째 당신의 보좌관으로 지낸 제가 여자입니다. 이제 에단 달튼이 아니라 그레이스 달튼으로 살고 싶습니다.'라는 그 말을.

그 말을 했다간, 당신에게 발각되어 당신 손에 죽기 전에, 목숨을 부지하기 위해 떠나겠다는 말을 하기 전에, 벽에 처박히거나 지하감옥에 갇힐지도 모른다. 본의는 아니더라도 여자인 자신이 7년째 남장을 한 채 그의 곁을 지켰다는 건 귀족 모독죄를 비롯해 갖은 죄목을 갖다 붙어도 모자랄 만큼 엄중한 죄였다.

여태껏 그럭저럭 버티며 견뎠지만, 이젠 견딜 수가 없었다. 요즘 부쩍 자신을 향한 사람들의 시선이 이상했다. 간간이 그녀에게 '남자 맞아?'라고 대놓고 묻는 이들도 있었다.

스물이 되었음에도 수염 하나 없이 매끈한 턱선, 목울대 없이 밋밋한 목. 그런 신체적인 것도 있지만, 언젠가부터 보좌관들이 의심스러운 눈초리로 그녀를 바라보기 시작했다.

「그러고 보니 에단은 우리랑 함께 씻은 적이 없네?」

「훈련 마치고도 집에 가지 않는데도?」

「그러게. 알고 보면 여자 아냐? 확인 한번 해봐야 하는 거 아니냐고.」

「에단이 여자면 어떻게 되는 거야?」

「어떻게 되긴. 내 몸을 다 보여줬으니 결혼해야지. 에단, 나와 결혼해줘!」

그들은 농담이랍시고 던진 말이었지만, 에단의 가슴은 그때마다 철렁 내려앉았다. '몸에 화상 자국이 있어서 보여주기 싫어서 그렇습니다.'라는 핑계로 요리조리 피해 다녔다. 그러나 이 변명도 약발이 다했는지, 며칠 전부터는 은근슬쩍 그의 몸을 만져 확인하려는 이들까지 생겨났다.

「어라? 이 녀석, 뼈가 엄청 가느다란데?」

「역시 여자 아냐?」

그들의 말에 화까지 내며 '그런 농담은 하지 마십시오!'라고 하긴 했지만, 이런 상태에서 더 버티는 건 무리였다. 운 없이 여자라는 사실을 들켰다간 귀족 모독죄로 죽을 때까지 지하감옥에서 살아야 할지도 모른다.

그러기 전에 여태껏 그리던 새 삶을 살고 싶었다. 그녀는 텃밭이 있는 작은 집에서 소일거리를 하며 사는 게 꿈이었다.

"제 건강이 좋지 않은 데다 더는 이 일을 하기에 무리가 있습니다. 제 마음 같아선 더 오랫동안 공작님의 곁을 지키고 싶지만, 제 욕심으로 공작님의 일을 그르칠까 겁이 납니다. 그러니 부디 제 마지막 부탁을 헤아려주십시오. 여태껏 공작님이 베풀어주신 은혜 잊지 않고 감사한 마음으로 살도록 하겠습니다."

에단이 마지막으로 가슴에 손을 올린 채 허리를 깊게 숙였다. 예를 다한 인사를 올린 후, 몸을 일으키자 펠릭스의 시선이 느껴졌지만 에단은 그의 눈을 마주 보지 않았다. 무슨 표정을 지을지 대충 가늠이 되었다.

"조금씩 다른 보좌관들에게 일을 분담해놨으니, 이틀 정도면 인수인계를 마칠 수 있을 것 같습니다. 그간 정말 감사했습니다."

"……."

"아무 말씀 없으시니 이만 나가보도록 하겠습니다."

에단이 다시금 고개를 숙여 인사한 후 돌아섰다. 문을 향해 걸어가는데 여러 감정이 교차했다. 공작이 자신을 붙잡지 않아 다행이라는 마음, 왜 대답이 없을까 하는 불안함, 동시에 허한 마음이 밀려들었다.

7년을 일한 게 이렇게 한순간에 끝이라니.

어쨌거나 계획보다 수월하게 그만두었다.

에단이 애써 섭섭한 마음을 털어내고 가뿐한 손놀림으로 문고리를 거머쥘 때였다. 훅, 바람이 불었다. 몸 위로 그림자가 진다 싶을 즈음, 반쯤 열리던 문이 쾅 하는 굉음과 함께 닫혔다.

에단은 문을 누르고 있는 거대한 손을 보았다.

검사(劍士)가 맞나 싶을 정도로 깨끗하고 하얗고 깨끗한 손. 그러나 이 손에 검이 쥐일 때 얼마나 잔인해지는지 잘 아는 그 손.

그 손의 주인이 누군지 잘 아는 그녀는 저도 모르게 마른침을 꼴깍 삼켰다. 온몸의 솜털이 곤두설 즈음, 뒤에서 소름 끼치게 낮은 목소리가 들렸다.

"누구 마음대로."

"……."

에단의 입술이 바짝 얼어붙었다.

"돌아서."

"……."

"내가 돌려세우기 전에."

그 말에 에단이 힘겹게 몸을 돌렸다. 등이 문에 딱 붙었음에도 굉장히 가까운 거리였다. 시야에 차갑게 얼어붙은 펠릭스의 얼굴만 가득들어왔다.

무서워…….

에단은 저도 모르게 속으로 중얼거렸다. 그와 동시에 펠릭스가 느릿하게 얼굴을 가까이 가져다댔다.

이러다간…… 맞을지도 몰라!

그 생각을 하자마자 에단은 부릅뜨고 있던 눈을 질끈 감았다. 다른사람도 아니고 펠릭스 버클리에게서 얻어맞으면 얼굴 반쪽이 날아가고 말 거다. 펠릭스 공작은 아름다운 외모와 달리 힘은 어마어마하게강했으니까.

에단은 눈을 질끈 감은 채 어금니를 꽉 깨물었다. 입안이 터질까 봐걱정됐다.

그사이, 펠릭스는 제 앞에서 작은 새처럼 부르르 떨고 있는 에단을물끄러미 바라보았다. 왠지 몰라도 겁에 잔뜩 질린 얼굴이었다. 여태껏 때린 적도 없는데 왜 맞을 준비를 하고 있는 건지 모르겠다. 그러거나 말거나 그는 에단의 얼굴을 찬찬히 살폈다. 그걸로 성에 안 차는지 손으로 에단의 턱을 거머쥐기까지 했다. 물건을 품평하듯, 그의 예리한 눈빛이 에단의 얼굴을 훑어내렸다. 에단은 흠칫했지만 눈을 뜨지 않았다.

"어디가 아프다는 거지? 얼굴색도 멀쩡한데."

"……."

"눈 떠."

펠릭스의 명령에 에단이 힘겹게 눈을 떠, 그를 바라보았다. 방금 전까지 부들부들 떨던 것과 달리 제법 차분한 눈동자였다. 에단의 눈빛이나 눈동자 색도 이전과 다를 바가 없었다.

"어디가 아프다는 거지?"

대답하라는 듯, 펠릭스가 한 번 더 물었다.

"……딱히 병명은 없습니다만, 몸의 여기저기가 좋지 않습니다."

"그러니까, 피곤하니 그만두겠다?"

반듯한 펠릭스의 입술에서 흘러나오는 목소리가 나긋했다. 그러나 어딘가 화가 난 듯 잔뜩 굳어 있었다. 새파란 눈동자도 더 차가운 것 같고.

에단은 예상 밖의 상황에 굉장히 당황했다. 자신이 그만둔다고 하면 펠릭스는 그 아름답고도 화려한 얼굴로 아무렇지 않게 '잘 가.'라며 자신을 보낼 거라 생각했다. 그런데 이렇게 얼굴을 잡고서 어디가 아픈지 꼬치꼬치 캐물을 거라곤 생각지 못했다.

이럴 줄 알았으면 입술에 하얀 분이라도 바르고 오는 건데…….

에단은 아쉬워하며 조용히 입을 열었다.

"업무를 볼 수 없을 정도로 몸의 상태가 좋지 않습니다."

"얼굴은 이렇게 멀쩡한데 몸이 좋지 않다라……. 그럼 몸이 문제겠네."

펠릭스의 손이 목 끝까지 채우고 있는 에단의 옷을 거머쥐었다. 그러면서 에단의 은박 단추까지 움켜쥐었다. 금방이라도 단추를 풀 기세에 에단의 눈이 크게 벌어졌다.

"공작님!"

"말해."

그가 여상한 말투로 대답하며, 단추를 떼어냈다. 꽤 단단하게 박음질해놓은 단추가 열매라도 되는 양 순식간에 뜯겨나갔다. 목이 허전해지자 에단의 눈이 크게 벌어졌다.

"몸은 괜찮습니다!"

에단이 펠릭스의 손을 거머쥐었다. 그러다 아차 하는 얼굴로 손을 떼어냈다.

"몸도 괜찮고, 얼굴도 괜찮은데 아프다라……?"

펠릭스의 눈썹이 치켜 올라갔다.

"정신이라도 아픈 건가. 여태껏 봐온 바로는 그런 것 같진 않던데."

펠릭스가 삐딱한 입술로 물었다.

"설명할 수 없이 시름시름 앓고 있습니다."

"앨버트에게 연락할 테니, 앤드루에게 다녀오도록 해."

펠릭스의 말에 에단의 눈이 크게 벌어졌다. 앤드루는 대륙 최고위 층들의 건강 진료를 담당하는 의사였다. 그가 일개 보좌관 나부랭이 인 자신을 봐줄 리 없다.

"아뇨. 저는 괜찮습니다."

"가서 병명을 알아와. 앤드루의 입에서 직접 치료할 수 없는 병이라는 말이 나오면 놔주도록 하지."

"……."

"그런데 날 납득시킬 만한 병명이 아니면, 저 패는 다시 가져가."

펠릭스의 손끝이 책상으로 향했다.

펠릭스 버클리가 허락한 인간이라는 은패.

저것만 있으면 펠릭스 버클리의 소유지엔 그가 없이도 출입이 가능했다. 그뿐만 아니라 펠릭스 버클리의 신임을 얻고 있다는 뜻으로, 할 수 있는 것들이 무궁무진했다. 조금만 악한 마음을 먹는다면 꽤 많은 부를 축적할 수 있을 정도였다.

그러나 그 패를 준다는 말에도 에단의 표정은 좋지 않았다. 에단에게 저 패는 부담스러운 존재 그 이상도, 이하도 아니었다.

"공작님."

"명령이다."

"……."

"만약 병명이 없는데도 그만두겠다고 나오면, 내가 직접 네 몸을 확인하도록 하지."

그가 '직접'이라는 단어에 힘을 주어 말했다.

"……."

펠릭스의 손이 에단 달튼의 옷자락을 거머쥐었다. 지금은 단추 하나로 끝나지만, 다음엔 이 단추들이 다 떨어져나갈 걸 각오하라는 말이었다. 에단은 입을 꽉 다물었다.

"돌아가."

펠릭스가 차갑게 돌아섰다.

"……가보겠습니다."

에단이 낮은 목소리로 인사한 후, 서재의 문을 밀고 나갔다. 멀어지는 발소리를 가만히 듣고 있던 펠릭스는 제 손을 들어 바라보았다.

유난히 뜨거웠다. 그리고 생각보다 작았다.

자신의 손을 거머쥐었던, 에단의 손은.

비가 추적추적 내렸다. 마치 무슨 일이 벌어질 것처럼 괴기스러운 분위기까지 풍겼다. 에단은 곤란하다는 표정으로 하늘을 바라보다가 로브를 고쳐 썼다. 다시 우산을 가지러 안으로 들어가자니 귀찮았다. 이 정도 비는 로브로 충분히 막을 수 있을 것 같았다. 옷자락을 단정하게 고치다가 허전함을 느낀 에단이 목덜미를 더듬거렸다. 단추가 아니라 곧바로 맨살이 만져졌다.

아, 공작님이 단추를 떼어냈지.

에단이 곤란한 표정으로 한숨을 내쉬었다. 꽤 단단하게 박음질해 놓은 단추인데, 책 넘기듯 손쉽게 뜯어낼 줄이야. 곤란한 건 그것만이 아니었다.

앤드루에게 가서 병명을 알아오라니. 운이 좋아 없던 병명을 얻어 오더라도, 펠릭스는 불치병이 아닌 이상에야 치료시킬 것 같았다. 어쨌거나 죽을 때까지 이 공작저에 뿌리를 박게 만들 생각 같았다.

"다른 사람들은 잘만 그만두게 하더니, 왜 나는……."

에단이 한숨을 내쉬며 고개를 설레설레 내저었다. 일이 이렇게 된 이상, 집으로 돌아가 스승인 사무엘에게 상의해야 할 것 같았다. 똑똑한 사무엘이라면 이 일을 어떻게 해결해야 할지 잘 알 것이다.

에단은 마지막으로 옷매무새를 점검한 후, 늘 걸고 다니는 목걸이까지 확인했다. 동색의 볼품없는 목걸이지만, 그녀가 세상에서 가장 중요하게 생각하는 물건이었다. 동색 메달을 손으로 쓸어내린 에단은 로브를 푹 뒤집어쓰고 빗속으로 뛰어들었다.

얼마 가지 않아 문 앞을 지키고 있던 기사단원들과 맞닥뜨렸다.

"접니다! 에단!"

에단이 로브를 슬쩍 들어 얼굴을 내보였다.

"에단 님! 우산이라도 쓰고 가시죠!"

"세상에나! 제가 모셔다드리겠습니다! 비라도 맞으시면 큰일입니다!"

"괜찮으니까 비키세요."

에단이 괜찮다는 듯 손을 내저었다. 그러나 기사단원들은 꼼짝도 하지 않았다. "에단 님, 빗줄기가 가늘긴 하지만, 밤중에 이런 비를 맞으면 며칠간 앓아누우실 겁니다! 더군다나 요즘처럼 흉흉한 때에 이렇게 가시면 위험합니다!"

"제가 우산을 가져오겠습니다! 아니면 쉬는 녀석을 불러다 모셔다드리겠습니다."

보좌관이지만 목에 힘주지 않고 늘 겸손한 에단을 좋아하는 기사들은 요란을 피워댔다. 자신들이 입고 있는 방수 로브라도 벗어줄 기세였다.

"아니, 됐습니다. 괜찮습니다. 여태껏 괜찮았는데요, 뭘. 집도 근처고……."

고작 비 맞고 가는 걸로 난리법석을 피우는 기사단원들에게 손을 들어 보인 후, 에단은 도망치듯 문을 빠져나왔다. 뒤에서 기사단원들이 피를 토할 듯 "에단 님!" 하고 부르짖었지만, 못 들은 척했다.

찰박찰박.

발을 뗄 때마다 빗줄기가 튀어 바지를 적셨다. 금세 젖은 바지자락이 다리에 들러붙었다.

그녀는 로브를 더욱 깊이 뒤집어쓴 후, 걸었다. 요즘 일어나는 흉흉한 사건에다가 비까지 내리니 온 거리가 텅 비었다. 여기저기 어스름한 빛이 있긴 했지만 거리를 밝힐 정도까지는 못 되었다. 기분 탓인지, 왠지 평소보다 길거리가 훨씬 음울해 보였다. 점점 빗줄기가 거세어져서 앞이 잘 보이지 않았다. 비에 흠뻑 젖은 로브가 무겁게 몸을 내리눌렀다.

이럴 줄 알았으면 공작저에서 자고 나올 걸 그랬나…….

잠시 생각하던 에단은 고개를 가로저었다. 그랬다면 함께 일하는 보좌관들이 같이 씻자며 달려들 게 뻔했다. 그렇다고 보좌관인 자신이 비가 온다는 이유로 데려다달라고 기사단원에게 부탁할 수도 없고.

찰박찰박.

에단은 어두컴컴한 길을 익숙한 듯 걸었다. 한 사람의 걸음 소리 같지만, 소리가 묘하게 겹쳤다.

찰박찰박.

집중하자 빗소리 너머로 타인의 발소리가 들렸다. 예민한 사람이 아니라면 알아채기 힘들 정도로 작은 소리였다.

'요즘처럼 흉흉한 때에……!'

기사단원의 목소리가 머리에서 웅 하고 울렸다.

설마…….

아주 잠깐 자신의 안전을 위해 기사단원이 미행하는 건 아닐까 했지만, 기사들이라면 자신들의 신원을 밝힐 터였다. 그 외엔 자신을 따라올 사람이 없다. 아무래도 감이 좋지 않았다.

입술을 질끈 깨문 에단은 걷는 속도를 티 나지 않게 높이며 주변을 둘러보았다. 근처에는 도움을 청할 집이 없었다. 남은 건 공작저뿐이다. 그러나 공작저로 돌아가려면 쫓아오는 사람과 맞닥뜨려야 한다. 적당한 호신 정도는 가능하겠지만, 상대가 무기를 갖고 있다면 이길 자신이 없었다.

역시 그 방법밖에 없나…….

에단은 덮어쓰고 있던 로브의 줄을 천천히 풀었다. 물에 젖은 로브가 탁 떨어지자마자, 에단은 빠르게 뛰기 시작했다. 무거운 로브가 사라지자 걸음이 한층 가벼워졌다.

탁, 탁, 탁.

뒤에서 욕지거리와 함께 따라붙는 발소리가 들렸다. 실제로 누군가가 미행하고 있었다는 사실을 깨닫자 등에 소름이 돋았다. 따라붙는 발소리가 점점 멀어졌다.

좁은 길목을 벗어나 다른 마을로 들어섰다. 불이 켜진 집이 보였다. 희망을 발견한 에단의 얼굴이 일순 밝아졌다. 에단이 그곳으로 달려갈 때였다.

"윽!"

갑자기 툭 튀어나온 뭔가에 걸려 에단의 몸이 바닥으로 처박혔다. 에단이 다급히 몸을 일으키기 전에 커다란 손이 그녀의 입과 코를 틀어막았다.

"읍! 읍!"

에단이 힘겹게 눈을 부릅떴다.

"알아서 잘 처리할 수 있다더니……. 하여간에 내가 여기 있었으니 망정이지."

오랜 시간 서 있었던 듯 비에 흠뻑 젖은 덩치 큰 남자가 중얼거렸다.

"읍!"

덩치 큰 남자가 에단을 돌려 눕혔다. 있는 힘을 다해 버둥거렸지만, 남자의 힘에는 역부족이었다. 남자는 정면으로 누운 에단의 위에 올라탔다. 그녀는 눈을 부릅떠 상대를 보려고 했다. 그러나 빗줄기 때문에 눈을 뜨기가 여의치 않았다.

에단은 이리저리 몸을 틀어 빠져나가려고 애썼다. 그러나 주변엔 무기로 쓸 만한 돌도 없고, 자신의 주먹도 남자의 얼굴엔 닿지 않을 것 같았다. 그래도 어쩔 수 없이 손이 닿는 대로 주먹을 날렸다.

퍽, 퍽!

제법 힘을 줬음에도 남자는 꼼짝도 하지 않았다.

"까불고 있네."

남자가 픽 웃었다.

퍽!

남자가 주먹으로 그녀의 얼굴을 내리쳤다. 순간 눈앞에 별이 튈 정도로 강한 통증이 일어났다.

"윽."

에단은 혀로 입안을 훑었다. 입안이 터졌는지 비릿한 피향이 확 몰려왔다.

"에단 달튼."

남자가 그녀의 두 손목을 한 손에 거머쥐며 이름을 불렀다.

에단은 흠칫했지만, 내색하지 않았다.

"그게 누군데."

에단이 숨을 몰아쉬며 침착하게 물었다.

"목소리 들어보니 맞구만."

남자의 말에 에단의 미간이 좁아졌다.

내 목소리를 안다고? 그렇다면 자신을 아는 사람이라는 말이었다.

그러나 에단은 크게 동요한 티를 내지 않았다.

"대체 그게 누구냐고! 왜 엄한 사람을 붙잡아?"

"아닌 척 발뺌하겠다? 뭐, 에단 달튼이 아니라도 상관없어. 내 목소리를 들은 녀석이라면 죽어줘야 하니까."

뭐가 됐든 죽이겠다는 말에 에단의 눈동자가 크게 흔들렸다.

"……대체 너희 누구야? 뭐야? 누가 시킨 거야."

"그건 알 거 없어. 그러게 인생 제대로 살았어야지."

"누가 시킨 건지 모르겠지만, 나랑 협상해. 원하는 조건이 뭐야?"

"오, 협상을 하시겠다? 펠릭스 공작의 보좌관은 뭐가 좀 다르다 이건가?"

남자가 이죽거리며 웃었다. 비바람에 남자의 역한 입냄새가 섞여왔다. 비위가 꽤 좋은 에단조차 헛구역질이 날 정도였다.

한참을 낄낄거리며 허공을 보고 웃던 남자가 고개를 숙였다. 여전히 얼굴이 보이지 않는 남자는 즐거운 목소리로 말했다.

"내게 필요한 건 말이지."

남자가 고개를 숙이더니 에단의 귓가에 속삭였다.

"피 냄새. 정확히 네 피 냄새. 그러니까 죽어줘야겠어."

"……뭐?"

푹!

날카로운 무언가에 뚫렸다.

"윽!"

에단이 단말마의 비명을 내질렀다. 이후 어떤 소리도 입 밖으로 나오지 않았다. 그녀의 눈이 부릅뜨이더니 이윽고 목덜미에 핏줄이 솟았다.

푹!

날카롭고 차가운 무언가가 배를 한 번 더 뚫었다. 차디찬 감각과 예리한 통증 너머로 뜨거운 무언가가 새어나가는 느낌이 들었다.

"날 기억하지 못한다니 섭섭하지만 어쩔 수 없지. 조심히 잘 가."

남자가 낄낄거리며 몸을 일으켰다. 에단은 멀어지는 남자를 노려보다 모로 돌아누웠다.

일어나야 해……. 어서 일어나야……. 그것도 아니면 소리라도 질러야 하는데…….

마음과 달리 바닥을 짚은 손가락이 부들부들 떨렸다. 일어나려 할수록 몸이 지하로 처박히는 느낌이었다. 목소리는 끅끅거리는 것 말곤 어떤 소리도 낼 수 없었다.

부들부들.

다리부터 경련이 일어나기 시작했다.

얼마 지나지 않아 빗줄기를 타고 비릿한 냄새가 퍼져나갔다. 에단은 그 냄새가 자신의 피 냄새라는 걸 알아챘다. 잠시 경련을 일으켰던 몸에선 어떤 감각도 느껴지지 않았다. 아무래도 살아남긴 힘들 것 같았다.

아주 운 좋게 살아남아도 후유증에서 벗어날 수 없겠지.

억울했다. 누군들 안 그렇겠냐마는, 정말 열심히 살았다. 빈민굴에서 고아로 자라 안 해본 일이 없고, 갖은 험한 일도 다 겪었다. 그러다 운 좋게 공작의 보좌관 자리까지 올라갔다. 사람들의 보이지 않는 무시와 차별, 험담을 이겨내며 버텨온 게 7년.

힘들게 살았지만, 행복한 가정을 이루고 싶다는 꿈이 있어서 버틸 수 있었다. 태어나 부모 없이 혼자 사는 게 얼마나 외롭고 고단한 일인지 잘 알기에, 좋은 사람을 만나 예쁜 아이를 갖고 싶었다. 화려하고 아름다운 삶은 아니더라도 소소한 일로 웃으면서 살고 싶었다.

그 꿈 하나 가지고 정말 열심히 버텨왔는데…… 이름도 얼굴도 모르는 인간에게 살해를 당할 줄이야…….

에단이 이를 악물었다.

"흡."

참은 보람도 없이 울음이 터져나왔다. 그러나 그 울음도 금세 힘없이 사그라졌다. 죽음으로 향해 나아가는 몸은 울음조차 허락하지 않았다. 머릿속이 점점 하얗게 비어갔다. 몸이 죽어가는 가운데 그녀는 마지막으로 생각했다.

살고 싶다. 간절하게…… 다시 살고 싶다.

다그닥, 다그닥.

저 멀리서 마차 소리가 들렸다.

그것이 에단 달튼, 그녀가 들은 마지막 소리였다.

"저, 저게 뭐야!"

빗속을 뚫고 마차를 몰고 가던 마부가 소리쳤다. 제 눈으로 보고도 믿을 수가 없어서 손으로 눈가를 비볐다.

방금 바닥에서 희미하게 빛이 났던 것 같은데…….

휘잉!

말도 빛이 나는 뭔가를 발견했는지 앞다리를 치켜들었으나 이미 속도를 줄일 수는 없었다. 피할 시간을 놓친 마차는 무언가를 그대로 밟고 지나쳐 크게 덜컹거렸다.

"대체 마차를 어떻게 모는 건가!"

마차의 벽면에 난 자그마한 창문 안에서 아드리안이 버럭 소리쳤다.

"죄송합니다. 앞에 뭐가 있는지 몰랐습니다. 워낙에 비가 세차게 내리는지라……."

"글로리아 아가씨의 병이 위중하단 말일세! 빠르게 마차를 몰되 최대한 흔들림을 줄이란 말이야! 아가씨가 잘못되면 자네가 책임질 건가!"

아드리안의 날카로운 말에 마부는 연신 죄송하다고 사과했다. 아드리안은 더 잔소리를 퍼붓고 싶은 얼굴이었지만, 비 때문에 참겠다는 듯 작은 문을 닫았다.

아드리안은 재킷에서 손수건을 꺼내 비에 젖은 얼굴을 닦아냈다. 그러고는 자신의 맞은편 자리에 누워 있는 글로리아를 바라보았다. 받침대를 놓고 푹신한 담요와 베개를 깔아놓은 덕에 제법 편한 자리가 마련되었지만, 아픈 사람이 눕기엔 불편해 보여 신경이 쓰였다.

그래도 어쩔 수 없었다. 명의인 앤드루를 지금 당장 만나야 할 만큼 시급한 상황이었으니까.

"아가씨, 괜찮으실 겁니다."

아드리안이 글로리아를 젖은 눈으로 바라보며 중얼거렸다. 그걸로 부족했는지 두 손까지 모았다.

기도를 올리려는 걸 알았는지 아드리안의 옆자리에 앉아 있던 하녀도 두 손을 모았다.

"주여, 글로리아 아가씨를 살려주소서. 지금 데려가시기엔 너무나 이른 나이가 아니옵니까. 부디 기도드리니 글로리아 아가씨에게 생명을 허락해주소서."

아드리안이 기도를 올리는 동안 하녀도 눈을 꼭 감고서 마음속으로
빌었다. 그 때문에 두 사람은 보지 못했다.

글로리아의 몸에 희미한 빛이 흘러들어가는 것을.

01

앤드루는 난처한 표정으로 눈앞의 여자를 바라보았다. 그는 이 여자에 대한 소문을 익히 들어 알고 있었다.

글로리아 미들턴.

미들턴 백작가의 유일한 영애. 아름다운 외모와 가녀린 몸매. 아름다운 스타일링으로 여러 영식들의 마음을 사로잡은 사교계의 꽃이었다. 그 아름다운 여자도 병색이 완연한 채 누워 있으니 볼품없었다.

허옇게 뜬 얼굴. 검게 물든 눈가. 거의 뛰지 않는 불안정한 맥박까지.

이미 다 끝난 상황이었다. 몇 시간, 운이 없다면 몇 분 안에라도 명을 달리할 상황이었다.

"어떻습니까, 우리 아가씨는요?"

아드리안이 최대한 침착한 표정으로 물었다.

"돌아가신 캐서린 님께서도 이런 지병이 있으셨지요?"

"네. 그런데 그건 왜 갑자기 물으십니까?"

아드리안이 고개를 끄덕였다. 글로리아의 친모인 캐서린도 어느 날부터 시름시름 앓더니 유명을 달리했다. 앤드루는 그 마지막을 지켜본 사람이다.

"아마도 그 지병이 유전된 게 아닌가 싶습니다."

"세상에나……."

아드리안이 땅에 주저앉을 듯이 휘청거렸다. 그 지병이라 함은, 병명도 밝혀지지 않은 채 이유도 없이 앓아눕는 병이었다. 캐서린도 손쓸 새 없이 순식간에 명을 달리했다.

"말, 말도 안 됩니다. 안 됩니다. 글로리아 아가씨마저 잘못되시면 미들턴 백작님은 어쩌란 말씀이십니까. 제발 살려주십시오. 저희 아가씨를 한 번만 더 봐주십시오. 뭔가 잘못됐을 겁니다. 그러니까 제발 한 번만 더……."

아드리안이 앤드루에게 매달리며 울 것 같은 얼굴로 사정했다.

"죄송합니다. 저도 더 드릴 말씀이 없습니다."

앤드루는 비통한 표정으로 중얼거렸다. 사람의 죽음을 자주 목도하는 그로서도 이런 말을 하는 게 편치는 않았다. 목숨에 경중이야 있겠냐마는, 특히 이렇게 젊은 사람이 죽다니 더욱 안타까웠다.

"제발……. 이건 안 됩니다."

아드리안은 연신 "안 됩니다."라고 중얼거렸다. 곁의 하녀는 입을 틀어막은 채 눈물을 뚝뚝 흘렸다.

"집으로 돌아가셔서 마지막을 준비하시는 게 좋을 것 같습니다. 여기까지 오셨는데 별다른 좋은 답을 드리지 못해 죄송합니다."

앤드루가 진심을 다해 허리를 굽혔다. 사람을 살리는 게 의사의 일이지만, 하늘이 내린 운명까진 어쩔 도리가 없었다.

"아아."

아드리안은 세상이 무너진 얼굴로 고개를 떨구었다. 그가 낮게 울자 앤드루는 눈을 질끈 감았다.

죽음을 감지한 묵직한 공기가 실내로 내려앉았다. 창밖에서 내리는 세찬 빗소리가 그들의 마음을 더욱 무겁게 만들었다. 비통함에 누구도 입을 열지 못할 때였다.

"……싶어."

미세하다 싶을 정도로 자그마한 목소리가 들렸다. 아드리안과 앤드루는 서로를 바라보았다. 그러다 둘 다 말을 한 장본인이 아니라는 걸 알곤, 침대에 누운 글로리아에게로 시선을 돌렸다. 그녀는 눕혀놓았던 자세 그대로 눈을 감고 있었다.

잘못 들었겠지, 라고 생각했을 때였다.

"……싶어."

"……!"

글로리아의 바짝 마른 입술이 움찔거렸다. 사람들의 눈이 화등잔만하게 벌어졌다.

"……고 싶어."

말을 한다고?

앤드루가 믿을 수 없는 표정으로 글로리아를 바라보았다. 저 상태로는 입도 벙긋 못 하고 죽을 터였다.

"아가씨! 아가씨!"

아드리안이 냉큼 달려가 글로리아의 곁에 섰다. 어쩌면 유언일지도 모른다는 생각에 아드리안은 필사적으로 귀를 가져다댔다. 미세한 소리까지도 기필코 듣고 말겠다 생각했다.

"살고 싶어!"

갑작스레 비명이 터져나왔다. 화들짝 놀란 아드리안이 제 귀를 막은 채 뒤로 성큼 물러났다. 그가 눈을 껌벅거리며 글로리아를 바라보았다.

"살고 싶어!"

마지막으로 소리를 친 글로리아가 눈을 번쩍 뜨더니 몸을 벌떡 일으켰다.

"하아, 하아, 하아."

그녀는 마치 물에 빠진 사람처럼 헐떡이다가 주변을 둘러보았다.

"……아, 아가씨."

아드리안은 멍한 얼굴로 글로리아를 불렀다. 눈이 부신 금발에 흑진주처럼 까맣게 빛나는 흑안. 분명 자신이 아는 아가씨였다.

"세, 세상에나……. 내가 헛것을 보고 있는 건 아니겠지."

아드리안이 옆자리를 보았다. 하녀도 입을 틀어막은 채 글로리아를 바라보고 있었다. 아드리안의 얼굴에 점점 웃음이 피어났다. 아가씨가 기적적으로 살아나셨다!

"오, 하느님, 감사합니다. 제 기도를 들어주셔서 감사합니다."

아드리안이 홀린 것처럼 글로리아에게 성큼성큼 다가갔다.

"아가씨!"

그가 글로리아를 눈물에 젖은 눈으로 바라보며 소리쳤다. 글로리아가 피하려는 듯 몸을 뒤로 젖혔다. 그러나 기쁨에 도취된 아드리안은 글로리아의 얼굴에 드러난 경계심을 읽지 못했다. 아드리안이 그녀의 두 손을 잡고서 '오, 감사합니다, 주님.'을 외치려 할 때였다.

"죄송한데, 누구십니까?"

글로리아의 말에 아드리안의 손이 허공에서 뚝 멈췄다. 아드리안이 눈동자만 움직여 앞에 있는 글로리아를 바라보았다. 그녀는 처음 보는 사람을 본 것처럼 낯선 눈을 하고 있었다. 그러다 뭔가 생각난 듯 눈을 가느스름하게 떴다.

"······아드리안 경?"

그녀의 입에서 자신의 이름이 나오자, 아드리안은 참았던 한숨을 내쉬었다.

"네. 접니다. 저예요."

"아······ 아드리안 경이 왜 여기에 계시죠? 아, 혹시 저를 구해주신 분이 아드리안 경인가요? 감사합니다."

"네. 당연히 제가 구해드려야지요. 제가 아니면 누가 구해드리겠습니까?"

뭔가 이상함을 느낀 아드리안이 떨떠름하게 대답했다. 각자 자기 할 말만 떠들어대는 듯, 대화가 묘하게 겉도는 느낌이었다.

"뭐라고 감사의 말씀을 드려야 할지 모르겠네요."

글로리아가 한 손을 가슴에 얹고서 고개를 푹 숙였다.

"응?"

고개를 숙이던 글로리아가 의아한 소리를 냈다. 그러더니 자신의 손을 허공으로 쭉 뻗었다. 글로리아의 미간이 확 좁아졌다.

손이 굉장히 작고 하얀 게 이상했다.

글로리아, 그러니까 그녀의 몸에 들어온 에단 달튼은 태어나 말을 깨우치기도 전부터 일을 했던 몸이다. 손은 당연히 거칠고 상처가 많았다. 그런데 지금 이 손은 다른 사람의 손 같았다.

뭔가······ 이상했다.

그녀는 멍하게 손을 바라보다가 팔을 거머쥐었다. 팔도 지나치게 가늘었다. 이상한 드레스를 입고 있는 데다, 어깨 아래로 길게 늘어진 금발이 보였다.

"뭐야, 이거."

에단이 심각한 표정으로 자신의 금발을 거머쥐었다.

늘 그녀의 자랑이었던 긴 금발을 귀찮다는 표정으로 바라보는 글로리아를 보고서 사람들은 할 말을 잃었다.

"아가씨가 왜, 왜 저러시는 걸까요?"

아드리안이 심각한 표정으로 앤드루에게 물었다. 그러나 영문을 모르기는 앤드루 또한 마찬가지라, 고개를 가로저었다.

사람들의 시선이 쏟아지는데도 에단은 알아채지 못했다. 그만큼 심각했다. 잠시 굳은 듯이 손을 바라보던 에단은 조심스럽게 자신이 찔렸을 법한 곳을 더듬었다. 칼에 찔렸다면 지금쯤 붕대로 온몸이 둘둘 말려 있어야 했다. 하지만 붕대는커녕 피부는 지나치게 매끈했다.

그녀가 옷 안으로 손을 쑥 밀어넣었다.

"아가씨!"

그녀의 하얀 피부가 드러나자 아드리안이 비명처럼 소리를 내지르더니 두 팔을 쫙 벌렸다.

"에구머니나!"

뒤에 서 있던 하녀도 소리를 지르더니 눈에 보이는 아무 천이나 가져다가 활짝 펼쳐 글로리아의 몸을 가렸다. 앤드루는 낮게 흠흠 헛기침을 하며 반쯤 돌아섰다.

"지금 뭐하시는 겁니까, 아가씨!"

"……아가씨요?"

에단이 주변을 두리번거렸다. 아가씨라 불릴 만한 사람은 아무도 없었다. 아니, 사람이라고는 자신밖에 없었다. 에단의 검은 눈동자가 이리저리 흔들렸다.

뭔가 이상했다. 뭐라고 설명할 순 없지만…… 확실히 이상했다.

그러고 보니 자신의 목소리도 남의 것처럼 어색했다. 일부러 낮게 목소리를 내느라 원래 그녀의 음성은 여자치곤 꽹장히 저음이었다. 그에 비해 지금의 음성은 한없이 가녀렸다.

"아드리안 경."

에단의 목소리가 가늘게 떨렸다.

"네, 아가씨."

"제 상처는요?"

"상처라니요?"

"그러니까, 저 칼에 찔리고 마차에 치였…….'"

"아가씨, 무슨 그런 끔찍한 소리이십니까! 꿈을 꾸셨나 보군요. 그런 일은 절대로 없습니다. 아가씨께서 그런 일을 당하시는데 저희가 가만히 있을 리 없지 않습니까."

꿈이라니. 그럴 리가 없다. 살이 뚫리는 그 감각은 아직도 생생했다.

"거울 좀…… 부탁해도 될까요?"

다리에 힘이 빠져서 침대 밖을 디딜 수가 없었다.

"네. 거울 가져다드리겠습니다. 그런데 자꾸 저를 낯선 사람 대하듯이 그렇게 부르지 마세요."

아드리안이 침울한 얼굴로 손짓을 했다. 그러자 얼마 지나지 않아 하녀가 거울을 가지고 왔다.

하녀가 내민 거울을 받아든 에단은 천천히 팔을 올렸다. 거울 속에 모습이 보이기 시작했다.

하얀 목덜미. 하나로 묶은 금발.

쿵, 쿵, 쿵.

가슴이 정신없이 뛰었다. 어딜 봐도 에단 달튼, 자신의 모습이 아니었다.

이게 뭐야? 대체 무슨 일이야?

더는 견디지 못하고 얼굴을 확인한 에단의 표정이 확 굳었다.

눈이 부신 금발, 초췌하지만 여전히 청초한 하얀 피부, 흑진주처럼 커다란 눈동자.

에단은 자신의 얼굴이 비친 거라 믿지 못하고 이리저리 얼굴을 돌렸다. 그러자 거울 속의 여자도 자연스럽게 얼굴을 이리저리 돌려댔다. 거울에 비친 여자는, 말이 안 되게도 자신이었다.

"이게 무슨 일이야."

에단의 얼굴이 희게 질렸다.

자신이 어떻게 이 여자로? 아니, 이게 가능한 일이야?

머릿속이 복잡해졌다.

에단은 거울을 떨어뜨리고, 머리를 거머쥐었다.

"아니, 왜 내가…… 이 여자로…….."

에단이 더듬거리는 목소리로 중얼거렸다.

그녀는 눈앞의 이 사람이 누군지 잘 알고 있었다.

글로리아 미들턴.

미들턴 백작가의 유일한 외동딸.

화려하고 아름다운 외모에 고상한 품위까지 겸비해 사교계의 아름다운 꽃이라고 불리던 여자.

그러나 에단이 글로리아에 대해 아는 것은 그것 때문이 아니었다.

글로리아가, 자신이 모셨던 펠릭스 버클리 공작의 약혼녀 후보 중

한 명이기 때문이었다.

"아가씨, 앤드루의 말씀처럼 꼭 안정을 취하셔야 합니다. 일주일에
두 번씩 방문해서 진찰해주신다고 하셨으니 안심하세요. 아마도 의
식을 잃으신 충격으로 잠시 헷갈리시는 걸 겁니다. 제가 드리는 말씀,
아시겠죠?"

마차를 타고 오는 내내 아드리안은 잔소리 아닌 잔소리를 퍼부었
다.

"네."

에단은 대충 대답한 후, 반쯤 열린 작은 창문 밖을 바라보았다. 언
제 비가 왔냐는 듯 세상은 한없이 고요했다. 마치 긴 꿈을 꾸고 있는
기분이었다. 그러나, 꿈이 아니었다. 꿈이라면 마차가 덜컹림이, 부
는 바람이 이토록 실감나게 느껴질 리가 없으니까.

자신에게 왜 이런 일이 벌어진 걸까. 자신은 분명 에단 달튼이었다.
그런데 칼에 찔려 죽을 뻔한 위기를 이기고 나니, 글로리아 미들턴의
몸에 들어와 있었다.

운이 좋아 하느님의 은혜로 살게 된 거라면, 왜 하필 이 여자의 몸에
들어온 걸까. 그렇다면 본래의 자신은 어디로 간 걸까. 만약 자신이
죽은 거라면 펠릭스 공작님은 어떻게 되는 거지……? 당장 조슈아의
정신부터 나갈 텐데……. 자신의 갑작스러운 부재를 다른 보좌관들이
막아낼 수 있을지 의문이었다.

그나마 다행인 건, 자신이 그만둘 걸 대비해서 어디에 무슨 서류가
있는지 표시해두었고, 공작의 스케줄을 가장 잘 보이는 곳에 암호로
작성해두었다는 점이다.

머릿속이 복잡해졌다. 그러다 에단은 고개를 가로저었다.

이가 없으면 잇몸으로 살아야지. 언제까지 뒤치다꺼리만 해줄 수도 없는 노릇이고……. 더군다나 이 몸으로는 도와줄 수도 없었다. 지금 들이닥쳐서 '내가 에단이다.' 하면 기사들에게 질질 끌려 쫓겨날 터였다.

그렇게 생각하면서도 조슈아를 비롯해 다른 보좌관들이 걱정되는 것은 어쩔 수 없었다.

"후우."

그녀는 참지 못하고 긴 한숨을 내쉬었다. 그녀의 머릿속이 복잡하게 돌아갈 즈음, 맞은편에 앉은 아드리안도 복잡한 표정을 지었다.

10분 전의 상황이 아직도 잊히지 않았다. 글로리아는 마차에 타기 전 너무나 당연하게 마부 옆에 앉으려는 듯 그 자리로 달려들었다.

'아가씨!'

보다 못해 부르짖자, 글로리아는 선한 얼굴로 자신을 물끄러미 바라보았다. 선하다 못해 무슨 문제라도 있냐는 표정이었다. 아드리안은 미치고 팔짝 뛸 것 같은 얼굴로 그녀를 바라볼 수밖에 없었다.

죽다가 살아난 저 여린 몸으로, 다리를 쩍 벌려가면서, 왜 갑자기 마부 옆자리에 앉으려고 하냐고!

평소 글로리아는 마차를 이용하긴 하지만, 말에서 냄새가 난다며 그 근처도 지나치지 않으려 했다. 그 때문에 마부는 글로리아의 외출이 있는 날이면 일찌감치 말을 씻겨서 나와야 했다. 그런 그녀가 갑자기 다른 사람처럼 마부 옆에 앉으려고 하니 이상했다.

뒤늦게 상황을 판단한 에단은 '아아, 참. 여기 앉으면 안 되죠?'라고 말하더니 뒤로 성큼 물러났다.

사람이 죽기 직전까지 갔다 오면 달라진다고 하더니, 너무 많이 달라진 느낌이었다.

더군다나 지금 앉은 자세도 평소와 달랐다. 원래 그녀는 여자란 항상 아름다움을 유지해야 한다며 어디서든지 허리를 곧게 펴고 도도하게 턱 끝을 들곤 했다. 그런데 지금은 구부정하게 앉아 수심에 잠긴 얼굴로 창밖을 보고 있었다.

"도무지 아가씨가 아니신 것 같아요."

하녀가 우울하게 중얼거렸다.

"쓸. 괜한 소리 마라."

아드리안의 경고에 하녀는 풀 죽은 얼굴로 입을 꾹 다물었다.

각기 다른 생각을 하는 세 사람을 태운 마차가 덜컹거리며 미들턴 백작저를 향해 달려갔다.

마차를 타고 오는 내내 에단 달튼은 자신이 아는 글로리아 미들턴에 대한 정보를 떠올렸다.

우아하고 아름답다. 자신이 모시던 펠릭스 버클리의 약혼녀 후보 중 한 사람이다. 사교계에서 인기가 많으며 얄궂은 소문이 없는 여자다. 펠릭스 버클리의 약혼녀 후보가 되기 전까지 스캔들 한 번 없을 정도로 이미지를 잘 관리한 여자이기도 했다.

그러나 에단 달튼이 알고 싶은 건 그게 아니었다. 이 여자의 성격, 패턴, 행동거지 등 실제 성격이었다. 이유야 어찌 되었든 간에 이 여자로 살게 되었으니, 그러면 적당히 이 여자인 척 굴어야 했다.

문제는 이 여자와 접점이 없어서 어떤 성격인지, 취향이 뭔지, 말투가 어땠는지 알 길이 없다는 거였다.

이 상황을 어쩐담…….

결국 그녀는 장고 끝에 결정을 내렸다.

적당히 이 여자인 척하면서, 즐기자!

신의 장난인지 배려인지 모를 이유로, 이 여자의 몸에 들어왔다. 하지만 며칠 내로 본래대로 죽을 운명일 수도 있다. 그러니 적당히 눈치껏 이 삶을 누리자는 거였다. 그토록 살고 싶어 하지 않았던가. 고생만 하다 죽은 자신에게 주어진 마지막 여유일지도 모른다고 생각했다. 시간이 많고 운만 좋다면, 자신을 해치려던 남자에 대해서도 알아볼 수 있을지 모른다.

집으로 들어선 에단은 미들턴 백작저의 실내를 살펴보았다. 높은 천장과 눈이 부시도록 새하얀 벽면. 그 벽면에 새겨진 벽화와 화려한 액자가 눈에 들어왔다. 잘 관리된 집이었다. 집만 봐도 집주인의 성격을 대략 가늠할 수 있었다.

미들턴 백작은 화려하고 우아한 것을 좋아하는 사람처럼 보였다.

그녀를 발견한 하녀들이 우뚝 멈춰 서서 소리쳤다.

"아가씨!"

"어머, 아가씨, 다행이에요."

"괜찮으신가요?"

거의 시체처럼 실려 나갔던 글로리아가 두 발로 들어서자 하녀들은 입을 가리고 탄성을 지르며 반겼다. 그중 몇몇은 반기는 척 연기를 했다. 에단은 하녀들 가운데 연기하는 몇 명을 알아챘으나, 아는 척하지 않았다. 본래 하녀들은 관리할 사람이 하나 없어지면 편한 법이다.

"아가씨, 필요하신 게 있으십니까?"

곁으로 다가온 아드리안이 조심스럽게 물어왔다.

"아뇨. 쉬고 싶네요."

"그럼 방으로 가시겠습니까?"

"네. 부탁할 게 있으니 제 방으로 앞장서 가주세요."

"알겠습니다."

아드리안이 허리를 굽히더니 앞장섰다. 2층으로 올라온 아드리안이 복도의 끝으로 걸어갔다. 그의 뒤를 따라가던 에단의 표정이 점점 굳었다.

설마, 저 방은 아니겠지.

2층 왼쪽 끝에 화려하게 치장된 문이 보였다.

"아가씨, 들어가시죠."

아드리안이 치장된 문을 열며 허리를 굽혔다.

대체 문에 레이스는 왜 달아놓은 거야!

에단은 취향에 전혀 안 맞는 문을 바라보다가 고개를 돌렸다.

"……아가씨?"

글로리아가 문 앞에 멈춰 서서 꼼짝도 하지 않자, 아드리안이 조심스럽게 불렀다. 글로리아는 문 앞에 서서 굳은 표정으로 방 안을 바라보고 있었다.

"……이게 대체 뭐죠?"

"네? 뭐가 달라진 점이라도…….."

아드리안이 글로리아의 시선을 따라 고개를 돌렸다.

그녀가 좋아하는 핑크빛 벽면, 수입품이라는 실크 이불, 장인이 만들었다는 레이스, 여러 가지 꽃다발이 꽂혀 있는 꽃병까지, 그녀의 취향에 꼭 들어맞는 방이었다.

"더 필요하신 거라도 있으십니까?"

별다른 문제를 느끼지 못한 아드리안이 물었다.

"아뇨. 방이 대체 왜……. 왜 이렇게까지……."

차마 뒷말을 잇지 못한 에단은 답지 않게 말을 더듬거렸다.

이 방은 왜 이렇게 되었죠? 그리고 저는 꼭 이 방에서 지내야 하나요?

그 말이 목 끝까지 치밀어올랐다.

에단 달튼으로 살아온 그녀의 입장에서 이 방은 사치와 향락의 극치였다. 한눈에 봐도 방의 모든 물건은 고가였다. 미들턴 백작가가 무역을 통해 재산깨나 축적했다는 건 알고 있지만, 재산 규모에 비해 지나친 사치였다.

하지만 재정상의 문제야 미들턴 가문에서 알아서 할 일이었다. 문제는, 깔끔하고 심플한 걸 좋아하는 에단의 성향상 화려하고 어수선한 이 방은 두드러기가 날 만큼 부담스럽다는 거였다.

"아아, 이불 때문에 그러시는군요. 아직 신상 고급 실크가 들어오지 않아서요. 이틀만 더 참아주시면 곧장 교체하도록 하겠습니다. 말씀하신 대로 화려한 실크 이불에 레이스는 꼭 달아놓도록 하겠습니다. 플라워 패턴에 레이스이니, 아마 이것과 비교할 수 없을 만큼 화려하고 아름다울 겁니다."

헛다리를 짚은 아드리안의 말에 에단의 얼굴이 하얗게 질렸다.

"아뇨!"

에단은 강하게 소리쳤다.

"네?"

"필요 없습니다. 절대로 바꾸지 마세요. 전 이걸로 충분합니다."

에단이 강하게 말하자, 아드리안이 얼떨떨한 얼굴로 고개를 끄덕였다.

일단 자신의 방이라는 곳으로 들어온 에단은 조심스럽게 침대에 걸
터앉았다. 몸이 쑥 들어갈 만큼 푹신했다. 취향이 아니긴 했지만, 푹
신함을 느끼니 급작스럽게 피곤이 몰려들었다. 그녀는 조심스럽게 이
불 속으로 파고들었다.

"저는 한숨 자도록 할게요."

"부탁할 게 있다고 하지 않으셨나요?"

"나중에 부탁드릴게요. 지금은…… 잠이 우선인 것 같네요."

에단의 목소리가 잠에 취해 흐려졌다.

"알겠습니다. 숙면하시길 바랍니다."

아드리안이 정중하게 인사한 후, 방에서 나갔다. 문이 달칵 닫히는
소리와 함께 에단은 깊은 잠에 빠져들었다.

얼마쯤 잠들었을까.

의식이 깨어나면서 가장 먼저 느낀 것은 누군가가 자신을 지켜보고
있다는 기분이었다. 눈을 뜬 에단이 천장을 바라보았다. 방이 어둑했
다.

이렇게 어두컴컴한 방에서 누군가가 자신을 지켜볼 리가…….

자신이 예민했다고 생각하며 고개를 돌리던 에단이 숨을 멈췄다.

어두컴컴한 가운데 한 쌍의 눈동자와 시선이 마주쳤다.

잘못 본 게 아닐까.

그러나 어둠 속에서 빛나던 눈동자가 눈을 깜빡인 순간, 에단은 자
신이 잘못 본 게 아니라는 걸 깨달았다.

그러자 순간 머릿속으로 수만 가지 생각이 스쳐지나갔다. 마지막에
강하게 든 생각은, 일부러 목소리를 들려주고 자신을 살해한 괴한에

관해서였다. 그 괴한은 보란 듯이 자신을 길거리에 내팽개치고 갔다. 그가 만약 자신이 다른 육체에 들어간 걸 알고 쫓아온 거라면? 가능성은 낮지만, 아예 없는 일도 아니었다.

순간 등골이 서늘해졌다.

에단은 조심스럽게 손을 올려 베개 끄트머리를 거머쥐었다. 이게 무기가 될 리 없지만, 아주 잠깐 시야를 막아줄 순 있을 거다. 자신의 이런 방법에 상대가 넘어가준다면 침대 반대편으로 돌아나가면 되고, 만약 넘어가지 않는다면 남은 곳은 창밖에 없었다.

또다시 힘없이 죽느니, 살 가능성이 조금이라도 있는 쪽을 택하고 싶었다. 죽는 건 한 번으로 족했다. 사는 동안 자신을 죽인 인간이 누군지도 확인해야 하고, '에단 달튼'의 삶도 한 번은 정리해주고 싶었다.

하나, 둘…….

에단이 베개의 끄트머리를 꽉 움켜쥔 채 마음속으로 숫자를 셀 때였다.

"글로리아, 일어났니?"

다정한 목소리에 그녀의 어깨가 움찔했다. 적의가 조금도 없는 목소리였다.

"네 얼굴만 보고 가려고 했는데, 깨워버렸구나. 잠시 불을 밝혀도 될까?"

남자의 말을 듣고서야, 에단은 그가 글로리아와 친밀한 사이라는 걸 눈치챘다.

"……네."

에단이 조심스럽게 대답하자, 의자에 앉아 있던 상대가 몸을 일으켰다. 희미한 달빛만 들어오는 어두운 방에서 그는 익숙한 듯 불을 밝혔다. 주변이 밝아지자 남자의 얼굴이 제대로 눈에 들어왔다.

한 갈래로 묶은 금발. 글로리아와 똑같은 흑안. 여자가 아닐까 의심이 들 만큼 아름다운 얼굴을 한 미남자였다.

에단은 이 남자가 누군지 알고 있었다.

헤레이스 미들턴.

미들턴 백작가의 주인이자 글로리아 미들턴의 아버지였다. 화려한 외모만큼이나 장사 수완이 좋아 무역으로 많은 부를 축적한 이였다. 백작이라고는 하나 인맥과 부를 합치면 웬만한 공작가 버금갈 권력을 가진 남자이기도 했다.

에단도 펠릭스를 보필할 당시 그를 몇 번 만나긴 했으나, 고작 인사를 한 게 전부였다. 보좌관은 회의에 참석할 수 없는 데다가, 눈이 마주칠 때면 고개를 숙여 인사하기에 바빠 얼굴을 제대로 보지 못했었다.

직접 말을 섞어본 적은 없지만 소문을 통해 그가 어떤 사람인지 대략적으로는 알고 있었다. 꽤 냉정하고 냉철하며 속을 알 수 없는 남자라고 했다. 어떤 면에선 펠릭스와 비슷하기도 했다.

화려하고 아름다워 사람들의 이목을 확 끌어당기지만, 정작 곁은 절대로 주지 않는 그런 부류. 애처가이기도 해서 부인이 죽은 후 결혼하지 않고서 딸만 바라보며 산다고 했다.

"우리 딸, 아빠가 침대에 좀 앉아도 될까?"

헤레이스의 말에 에단은 난처한 표정을 지었다.

"왜? 싫으니?"

아빠가 딸의 얼굴을 보겠다는데 막을 도리가 없어서 마지못해 "네."

라고 대답했다.

"정말?"

돌아오는 목소리가 지나치게 밝았다. 에단이 마음을 바꿀까 봐 헤레이스는 냉큼 침대에 걸터앉았다. 그러고는 눈물이 가득한 눈으로 바라보았다.

"어디 보자. 얼굴이 이렇게 상했다니. 세상에나, 얼마나 힘들었을까."

냉미남이라고 하던 그의 눈에 거짓말처럼 눈물이 차올랐다. 에단은 얼떨떨한 얼굴로 헤레이스를 바라보았다.

"내가 없는 틈에 얼마나 힘들었니? 아빠가 소식 듣자마자 부리나케 달려왔는데도 이 시간이구나. 용서해주겠니?"

"……아, 네. 신경 쓰지 마세요. 괜찮아요."

"이런, 정말 우리 딸은 착하기도 하지. 이런 배려심은 정말 네 엄마를 꼭 닮았구나. 외모도 꼭 닮았는데 마음까지 닮다니……."

아니, 글로리아의 외모는 그쪽을 빼다 박은 것 같은데……?

"후우, 이 일을 어서 때려치우든가 해야지."

미들턴 백작의 말에 에단이 눈을 크게 떴다.

이 무역을 통해 벌어들이는 수입이 얼마인데 딸 때문에 때려치운대? 딸 때문에 거지 될래?

이성적인 에단은 상황상 차마 하지 못할 말을 속으로 삼키며 헤레이스를 기가 찬 눈으로 처다보았다.

"아, 그래. 내가 그만두면 안 되지. 절대로 안 되지. 그러지 않으면 우리 딸에게 예쁜 옷과 장신구를 못 사주잖니. 미안해. 아빠가 말을 잘못 했어. 더 열심히 벌어올게. 이번에 안 그래도 거액의 무역 건을

48

따냈단다. 그러니 전혀 걱정하지 마렴."

우쭈쭈 달래는 듯한 말투에 에단은 난처한 듯 눈을 깜빡였다. 뭐라고 대답을 해줘야 할 것 같은데, 아무 말도 생각나지 않았다.

글로리아가 평소 미들턴 백작에게 어떤 말투를 쓰는지 알 수가 없는 데다 에단은 평생 한 번도 '아버지'라고 불러본 적이 없었다. 태어나 세상을 깨달을 때부터 혈혈단신 혼자였기에 당연한 일이었다.

"그런데 글로리아, 음, 혹시 아빠한테 화 많이 났니? 왜 이렇게 오늘따라 아무 말이 없니? 애교도 부리지 않고……."

미들턴 백작이 금세 시무룩한 표정을 지었다. 에단의 표정이 난처해졌다.

미들턴 백작, 이런 사람이었나. 굉장히 냉철하다고 알고 있었는데. 물론 딸한테 꿈뻑 죽는다는 말을 듣긴 들었지만 이 정도일 줄은 몰랐다.

"어…… 화난 거 아니에요. 괜찮아요."

에단이 달래듯 조심스럽게 대답했다.

"그래?"

금세 미들턴 백작의 얼굴이 환하게 밝아졌다.

기분 전환이 빠른 사람이구나.

에단이 무심한 표정으로 바라보며 생각했다.

"아! 그래! 내가 오는 길에 널 위해 선물을 준비했단다! 보면 아마 깜짝 놀랄걸! 당장 보여주마. 넌 아프면 예쁜 드레스와 보석들을 보면서 기분을 풀곤 했잖니. 네가 아프다는 말에 부랴부랴 준비했단다."

"네?"

이 밤중에 뭘 보여주겠다고?

에단이 말릴 틈도 없이 헤레이스가 손뼉을 짝짝 두 번 치더니 "아드리안!" 하고 외쳤다. 그러자 기다렸다는 듯이 방문이 벌컥 열리더니 하녀들이 줄지어 들어왔다.

지금이 대체 몇 신데 이런 짓을 해! 아니, 그보다도 지금껏 밖에서 대기하고 있었다고?

에단이 기겁한 표정으로 쳐다봤다. 그녀의 눈은 줄지어 서 있는 드레스가 아니라, 드레스를 들고 있는 하녀들의 표정으로 향했다. 밖에서 졸다가 들어온 게 역력한 얼굴이었다. 누군가의 보좌관으로 일해 노동력을 착취당해본 그녀는 하녀들과 아드리안에게 애잔한 마음이 들었다.

"아가씨, 많이 기다리셨습니다."

아드리안이 공손하게 인사하며 말했다.

아니, 기다린 건 내가 아니라 그쪽 같은데.

에단이 속으로 우물거렸다.

"아가씨를 위해 미들턴 백작님께서 준비하신 선물들입니다. 전 세계 각국에서 가장 드레스를 잘 만든다는 명인들에게서 받아온 드레스죠. 첫 번째 드레스로 말할 것 같으면, 무려 백작님께서 여섯 달 전에 렐베에서 미리 예약 주문하셨다가 이제야 받아오신 그 드레스입니다. 아가씨께서 그림으로 보고 실제로 보고 싶다고 입에 침이 마르도록 말하셨던! 바로! 그! 드! 레! 스!"

"……."

"그리고 두 번째 드레스로 말씀드릴 것 같으면, 보석 세공사, 유명 디자이너, 유명 소재 감별사들이 한데 머리를 모아 만든 그 기적의 드레스! 대륙에는 아직 수입조차 되지 않았다는 이 드레스를! 미들턴 백작님께서! 아가씨께 보여드리기 위해! 직접 공수해 오셨습니다!"

"……."

"그리고 이 세 번째 드레스는……!"

……약 파세요?

에단은 무심한 눈으로 목에 핏대를 세우는 아드리안을 바라보았다.

그녀는 드레스에 관심이 없었다. 아니, 드레스가 아름답다고 생각하기 긴 했다. 다만, 대륙을 건너 수많은 비용을 지불해가면서 한정판 드레스를 구해오는 이 상황을 이해할 수 없었다. 더군다나 저 하녀들은 소중한 잘 시간까지 빼앗겨가며 고작 천 조각들을 들고 서 있어야 했다.

글로리아의 몸에 서민의 삶을 살아온 에단이 들어가 있다는 걸 모르는 아드리안은 드레스 소개를 거듭해갈수록 초조했다.

이쯤 되면 박수를 치면서 '예뻐요! 당장 두 번째 드레스를 입겠어요!' 하고 기뻐해야 할 글로리아가 조용하다 못해 어딘가 불편해 보이기까지 했던 것이다.

"이 드레스는! 쿨럭! 쿨럭!"

초조하다 못해 불안해진 아드리안이 목소리를 한껏 높이다가 사레가 들려 기침을 터트렸다.

"글로리아, 마음에 드는 드레스가 없니? 첫 번째 드레스는 네가 굉장히 기대한다고 했던 거잖니, 응? 별로야? 다른 드레스를 구해올까?"

곁에 앉아 있던 헤레이스가 초조한 표정으로 물었다.

"아뇨. 예뻐요."

"그런데 왜 반응이……."

미들턴 백작이 시무룩한 표정을 지으며 말했다. 마치 뼈다귀를 빼앗긴 개 같은 얼굴이었다. 저러다가 또 울겠다 싶어서 에단이 얼른 소리쳤다.

"아뇨! 좋아요! 예뻐요! 다만 지금은 몸이 조금 좋지 않아서요. 내일 입도록 할게요. 선물 정말 감사해요."

에단은 일부러 박수까지 치며 사력을 다해 환하게 웃었다. 그녀 입장에서 이토록 극적인 감정 표현을 해본 건 처음이었다. 그러나 이마저도 원하던 반응에 못 미치는지 여전히 미들턴 백작의 얼굴은 어둠침침했다.

"다음에는 더 예쁘고 아름다운 드레스들로 준비하마. 혹시…… 보석 때문에 그런 거라면, 그것도 다 준비해뒀는데, 그걸 보겠니?"

"아뇨. 그것도 내일 볼게요. 보석은 햇살 아래에 있어야 그 색감을 제대로 볼 수 있으니까요."

에단은 둘러말하며 거절했다.

"그렇지? 그래, 알았다."

"오늘 귀국하셨으면 힘드실 텐데, 이제 그만 가보세요."

"다들 나가보게."

미들턴 백작이 손을 휘휘 내저었다. 그러자 아드리안과 하녀가 고개를 숙이며 방을 벗어났다. 생각보다 빨리 풀려난 게 만족스러운 듯 하녀들의 입꼬리가 위로 향해 있었다.

그래. 어서 가서 자. 그 마음 누구보다 잘 아니까…….

에단은 애잔한 눈길로 하녀들을 바라보았다.

하녀들과 아드리안이 나간 후, 방에는 미들턴 백작과 에단만이 남았다. 그녀는 어색한 눈으로 미들턴 백작을 바라보았다. 그는 자리에서 일어나 우뚝 선 채 나가지 않았다.

왜 이 백작은 안 나가고 버티는 걸까.

"어서 가서 쉬세요. 피곤하실 텐데요."

"그래. 그래야지……. 그런데 글로리아."

"네?"

"잊은 거 없니?"

"……."

잊은 게 한두 개일까. 아니, 아는 걸 꼽으라는 게 더 빠를 정도였다. 에단은 난처하다는 표정을 지었다.

"이번에 드레스를 여섯 벌 공수해오면 해주기로 한 게 있었잖니?"

"……죄송해요. 아팠다가 깨어나서 그런지 경황이 없네요. 제가 뭘…… 해드리기로 했었죠?"

에단이 조심스럽게 말하자, 미들턴 백작은 충격받은 표정으로 그녀를 바라보았다.

"잊었니?"

기억하는 게 없다니까.

"죄송해요."

어쨌거나 뭔가를 잔뜩 기대하고 있었던 미들턴 백작에겐 미안한 마음이 들었다. 그가 사랑하던 딸이 사라지고 그 자리에 자신이 있다는 걸 알면 얼마나 충격을 받을까. 그 생각을 하자 더욱 미안해져 미들턴 백작이 시키는 건 뭐든 다 해야겠다는 생각을 할 때였다.

"두 팔 벌리고 달려와 '아버지, 사랑해요! 아버지 최고! 최고!' 해주기로 했잖니! 내가 그거 하나 생각하고 여기까지 달려왔는데……!"

미들턴 백작이 아랫입술을 꽉 깨물었다. 동시에 에단도 입술을 꽉 깨물며 생각했다.

……정말 가지가지 한다!

잠시 숨을 고르던 에단은 차분하게 생각했다.

아버…… 뭘 해? 그건 도저히 맨 정신에 못 하겠는데. 술 한 잔만 달라고 할까?

마음 같아선 많이 아파서 그러니 다음에 해주겠다고 미루고 싶다. 그런데 그랬다간 미들턴 백작이 축 처진 어깨를 땅에 끌며 방으로 갈 기세였다. 지금 한껏 기대한 얼굴인데, 딸을 잃은 그에게 실망감을 주고 싶지 않았다.

"후우."

에단은 어쩔 수 없이 몸을 일으켰다. 그러자 미들턴 백작이 두 팔을 활짝 벌리더니 감격에 찬 표정을 지었다. 그의 얼굴이 말하고 있었다.

어서 사랑스럽게 달려와, 내 딸!

에단은 속으로 중얼거리며 어정쩡하게 두 팔을 벌렸다. '아버지.' '사랑해요.' '최고.' 셋 다 해본 적 없는 말인데 다 하게 생겼다. 그녀는 숨을 깊이 들이마셨다. 그리고는 사력을 다해 소리치며 그에게 달려 갔다.

"아, 아버……지. 사, 사, 사랑……해요. 최고예요! 최고!"

눈을 꽉 감고 에단은 달렸다.

될 대로 되라지!

그런 마음에서 힘껏 달리던 에단은 자신이 방향을 완전히 잘못 잡았다는 걸 알지 못했다. 미들턴 백작이 얼른 옆으로 달려가 글로리아를 놓칠세라 와락 끌어안았다. 에단은 자신을 강하게 끌어안는 미들턴 백작의 굵은 팔을 느꼈다. 영원히 놓아주지 않을 것처럼 단단하고

강했다.

잠시 굳어 있던 에단은 어정쩡하게 미들턴 백작의 어깨에 손을 올렸다. 누군가를 끌어안는 일이 낯선 그녀로서는 타인의 어깨에 손을 얹는 것만으로도 큰 용기를 낸 것이었다.

불편하다. 이 불편한 일을 왜 하려고 하는 걸까, 이 남자는.

에단이 눈을 감은 채 낮은 한숨을 삼키려 할 때였다.

"글로리아."

물기 어린 목소리가 그녀를 불렀다. 에단이 대답을 해야 하나 말아야 하나 고민하는 사이 미들턴 백작이 말을 이었다.

"아빠가 없는 시간 동안 잘 버텨줘서 고맙구나. 내가 돌아왔는데 네가 없었다면 난 미치고 말았을 거다. 넌 나와 캐서린이 사랑해서 만든 소중한 생명이니까. 고맙고, 사랑한단다, 우리 아가."

한숨이 목에 걸렸다. 삼키지도 뱉지도 못한 어정쩡한 상태로 에단이 눈을 떴다. 커다란 손이 그녀의 등을 쓸어내렸다. 그 손길에서 미들턴 백작의 걱정과 안도가 동시에 느껴졌다.

그냥 존재하기만 해도 사랑스러운 사람.

미들턴 백작에게 글로리아가 그런 존재라는 걸 알았다. 순간 이런 사랑이 존재한다는 것에 감동하면서도…… 한없이 미안했다.

백작이 그토록 사랑하는 글로리아 대신 자신이 이 몸을 차지했다. 글로리아의 영혼은 어디로 갔는지 알 길이 없었다. 자신이 의도한 바는 아니지만, 딸을 잃고도 잃은 줄도 모르는 이 사람이 한없이 안타까웠다.

슬픔의 기회를 박탈당한 이 사람에게 어떤 위로를 해야 할지…….

"……죄송해요."

에단은 가까스로 그 말을 뱉었다. 이 한 마디에 얼마나 많은 감정이 뒤얽혀 있는지 미들턴 백작은 모를 거다.

"무슨 말을 그렇게 하니. 있어주는 것만으로도 고맙지."

"……."

"다 괜찮아. 걱정하지 마렴. 나머지는 내가 다 해줄 테니까."

미들턴 백작의 말에 에단의 가슴이 다시금 아렸다.

미들턴 백작에게 미안한 만큼 잘해줘야겠다.

"넌 행복하기만 하면 된단다. 사랑스럽고 아름다운, 세상에서 유일한 요정 같은, 아니, 요정보다 더욱 빛나고 찬란한 나의 딸아."

"……."

……잘해주는데, 거리는 조금 둬야겠다.

에단은 조용히 손을 말아쥐며 다짐했다.

한숨 푹 자고 눈을 뜬 에단은 창밖이 환한 걸 보곤 몸을 벌떡 일으켰다.

"세상에나!"

지각이다!

다급하게 침대 밖으로 다리를 내놓던 에단이 멈칫했다. 레이스가 잔뜩 달린 잠옷 너머로 쭉 나온 다리가 한없이 가늘고 희었다.

"아……."

이제 에단 달튼이 아니라 글로리아 미들턴이지.

뒤늦게 깨달은 그녀는 다시 이불 속으로 다리를 밀어넣었다. 기분이 이상했다. 단 하루 만에 자신이 다른 사람이 되었다는 게. 우울해지려고 하자 에단은 금세 고개를 가로저었다.

어쨌거나 다른 사람들은 가지기 힘든 기회를 얻었다. 그러니 우울해할 이유가 없었다.

조금 더 잘까 했는데 잠이 완전히 달아났다. 몸을 일으킨 그녀가 침대에 앉아 창밖을 바라보았다. 푸른 잎사귀가 바람에 날려 흔들리는 모습을 보고 있자니 마음이 평온했다.

그나저나 자신의 시체는 어떻게 되었을까. 만약 자신이 죽지 않고 살아 있다면 그곳에 글로리아의 영혼이 있는 걸까……?

확인은 해봐야 할 것 같은데, 대뜸 하녀들에게 '에단 달튼에 대해 알아봐줘.'라고 명령할 수는 없었다. 죽은 이의 뒷조사를 하다가 잘못 걸리면 자신이 뒤집어쓸지도 모른다. 그렇다고 '제가 사실은 에단 달튼입니다!' 하고 나섰다간 마녀로 몰려 화형당할 수도 있었다.

그렇다면 몰래 에단 달튼에 대해서 알아봐야 한다는 건데…….

자신을 죽인 그자에 대해서도 생각할 때였다.

똑똑.

"아가씨."

문을 두드리는 조심스러운 소리에 에단이 "네." 하고 대답했다. 문을 열고 들어온 하녀가 그녀를 바라보았다.

"일어나셨어요?"

"네."

"네?"

갑자기 웬 존댓말이냐는 듯 하녀가 물었다.

"아……. 응."

에단이 다급하게 말을 고쳤다. 아직 누군가에게 하대하는 게 익숙지 않았다. 그녀는 공작저에서 근무할 당시 가장 어린 하녀에게도 존댓말을 썼었다. 그러나 그건 서민일 때나 가능한 거고, 귀족이라면 자신보다 어린 하녀에게 말을 높일 이유가 없었다.

"몸은 어떠세요?"

하녀가 꼼꼼하게 그녀의 얼굴을 살폈다. 안색이 안 좋다면 당장 아드리안에게 달려갈 기세였다.

"괜찮아."

"오늘 아침식사 후 약을 드셔야 한다고 하셨어요. 지금 곧바로 식사하시겠어요? 아니면 씻으시겠어요?"

"씻고 아침식사를 할까 하는데."

"네. 그러면 모시겠습니다."

에단은 하녀가 시키는 대로 간단히 씻었다. 씻는 내내 하녀가 씻어주려고 해서 떼어내느라 바빴다. 다 씻고 나니 하녀가 닦아주겠다고 나서는 통에 하마터면 소리를 지를 뻔했다.

하녀는 자신의 손으로 몸을 닦는 아가씨를 보며 고개를 갸웃거렸다. 글로리아 아가씨는 제 손으로 뭔가를 하는 법이 없었다. 땅에 떨어진 물건을 줍는 것까지도 하녀의 몫이었다. 그런 그녀가 자신의 손으로 씻다니…….

그것뿐만이 아니었다. 자기애가 상당히 강하고 세상에서 자신이 가장 아름답다고 믿는 아가씨치고는 오늘따라 반응이 미적지근했다. 스스로 아름답다는 말도 하지 않았고, '어서 내 미모에 대해 칭송해봐.'라고 시키지도 않았다.

칭송은커녕 아침부터 얼굴을 보지도 않았고, 씻는 동안 가져다놓은 전신 거울조차 바라보지 않았다. 아니, 거울이 있다는 걸 아예 모르는 눈치였다.

"윽, 저건 뭐야?"

이제야 욕실 귀퉁이에 서 있는 전신 거울을 발견한 듯 에단이 물었다.

"전신 거울이에요. 보면서 씻는 거 좋아하시잖아요."

하녀의 말에 에단의 표정이 좋지 않았다.

뭐 그런 괴상한 취미가…….

에단의 얼굴에서 안 좋은 기운을 읽은 하녀가 얼른 입을 열었다.

"내일은 더 큰 거울로 가져다놓겠습니다. 아가씨의 발끝까지 모조리 나오는 걸로 교체하겠습니다. 더 깨끗하게 닦아놓을게요."

"아냐. 그러지 마. 후우."

에단은 놀란 가슴을 쓸어내리며 거울에 비친 제 모습을 흘깃 보았다.

젖은 금발에 촉촉한 피부. 까만 흑안에 앙증맞은 입술까지. 나올 데 나오고 들어갈 데 들어간 몸매가 굉장했다.

"예쁘긴 진짜 엄청 예쁘네. 이런 외모면 살 만하지."

에단이 자신도 모르게 중얼거리며 물바가지로 손을 뻗었다. 한구석에 서서 그 모습을 바라보던 하녀는 차분하게 고개를 끄덕이며 생각했다.

역시 아가씨는 아가씨셔. 내가 괜한 걱정을 했구나.

힘겹게 씻는 걸 마치고 돌아온 에단은 지친 얼굴로 티 테이블 앞에 앉았다.

이 몸은 대체 뭘 했다고 벌써 지치니?

에단은 얇고 마르기만 한 볼품없는 몸을 바라보며 짧게 혀를 쯧 찼다. 이전 몸은 고된 노동으로 인해 웬만해선 지치는 법이 없었다. 그런 몸으로 살다가 이 몸으로 살려니 여간 힘든 게 아니었다.

하녀가 머리를 말려주고는 단정하게 하나로 묶어주었다. 늘 짧은 머리를 고수해왔던 에단은 이런 긴 머리를 관리해본 적이 없어 얌전하게 하녀에게 모든 걸 맡겼다.

"오늘은 이 드레스가 어떠세요?"

하녀가 엄청난 크기의 드레스룸에서 용케도 드레스 하나를 꺼내왔다. 주얼리가 주렁주렁 달린 화려한 드레스였다. 에단은 반사적으로 고개를 가로저었다.

이 체력으로 저거 입고선 걷지도 못하겠다.

"그러면 이건 어떠세요?"

하녀가 두 번째 드레스를 꺼냈다. 에메랄드빛의 풍성한 치마가 돋보이는 드레스였다.

저걸 입고 어떻게 앉아?

평생 실용적이고 편한 것만 찾아온 에단의 눈에 저 드레스들은 한없이 거추장스러웠다.

"저기……."

에단이 하녀를 가리킨 채 눈을 가느스름하게 떴다.

"엘레나입니다, 아가씨."

눈치 빠른 하녀가 제 이름을 말했다.

"아, 그래, 엘레나. 가장 심플한 드레스로 골라주겠어? 이제 겨우 몸이 회복 단계인데 무거운 옷을 입으면 힘들 것 같아서."

"네!"

눈치 빠른 엘레나는 금세 알아듣고는 가장 무난하고 편안해 보이는 드레스를 골랐다. 디자인은 편안해 보이지만 색감은 샛노란 색으로 화려했다.

"이게 가장 무난한 드레스야?"

"네. 아무래도 너무 무난하죠? 역시 다른 걸로……."

"아니! 아니! 그걸로 해줘."

에단의 다급한 외침에 엘레나는 멍하게 바라보다 고개를 끄덕였다.

"네, 알겠습니다."

엘레나의 도움을 받아 드레스를 착용한 에단은 티 테이블 앞에 앉아 손으로 관자놀이를 꾹 눌렀다. 가장 편한 드레스라고 했는데 불편했다. 넉넉한 품의 남자 옷만 입어오던 그녀로선 가슴을 한껏 모으고 허리를 조금 조인 것만으로도 버거웠다.

아무래도 이 삶 역시 편안한 건 아닌 것 같다. 평생 이런 옷을 입어야 한다니…….

"아가씨, 아침을 준비하겠습니다."

엘레나의 말에 에단이 건성으로 고개를 끄덕이며 대답했다.

"응. 잘 부탁해. 고마워."

자신의 말에도 엘레나에게서 대답이 돌아오지 않아 에단은 고개를 들었다. 엘레나가 멍한 얼굴로 그녀를 바라보고 있었다.

"왜? 내 얼굴에 뭐가 묻었어?"

에단이 손으로 제 얼굴을 쓸어내리며 말했다.

"아, 아뇨. 아가씨께서 그런 말씀을 하신 건 처음이라……. 저야말로 감사합니다."

우물쭈물 말을 하는 엘레나의 눈가가 붉게 물들었다.

고맙다는 말 한마디에 하녀가 눈물을 보이다니. 이 여자는 대체 어떻게 산 거지.

"죄송합니다. 경망스럽게 굴었네요. 얼른 식사를 준비하겠습니다."

엘레나가 얼른 눈물을 훔치고는 급한 걸음으로 방을 벗어났다.

홀로 방에 남은 에단은 고개를 뒤로 젖혔다. 이 집안 사람들은 유난히 눈물이 많은 것 같다. 감수성이 풍부한 건지, 집안 분위기 탓인지 알 수가 없었다. 어쨌거나 이 집에서 머물려면 적응을 해야 하는데…….

에단이 머릿속으로 이런저런 생각을 할 때였다.

벌컥.

노크도 없이 문이 벌컥 열렸다.

"글로리아!"

에단은 고개를 들고 방으로 들어서는 여자를 바라보았다.

수수한 남색 드레스. 곱상하게 생긴 글로리아 또래의 여자였다. 많아도 스물 정도밖에 안 되어 보였다.

에단이 난처한 표정으로 여자를 보았다. 모르는 인간이 갑자기 들이닥친 건 처음이라 어떻게 대응해야 할지 감이 안 잡혔다.

에단이 일어나자, 냉큼 다가온 여자가 그녀의 얼굴을 살폈다.

"보자……. 다행히 생각보다 얼굴이 괜찮구나."

여자가 안심했다는 듯 작은 목소리로 중얼거렸다. 그러나 에단은 아주 찰나지만 보았다.

여자의 얼굴에 스치는 옅은 실망감을.

에리카는 나오려는 한숨을 꾹 참았다.

어젯밤까지만 해도 '글로리아 미들턴이 다 죽게 생겼다.'는 말이 떠돌았다. 백작저의 안주인이었던 캐서린 미들턴을 한순간에 죽음으로 내몰았던 그 지병과 같은 증상이라는 소문이었다.

에리카는 오늘 새벽쯤이면 글로리아 미들턴이 죽었거나 죽기 직전의 상태일 거라 생각했다. 그래서 일부러 검정 상복과 하얀 손수건을 준비해놓고 기다렸다. 그런데 왜인지 부고가 오지 않았다.

기다리다 지쳐 부랴부랴 아침 일찍 미들턴가를 찾았는데, 의외로 슬픔에 차 있지 않았다. 오히려 이전보다 생기발랄한 분위기라 뒷덜미가 싸해졌다. 서둘러 글로리아의 방으로 들어선 에리카는 지나치게 멀쩡한 그녀를 발견했다.

실망이었다. 오늘쯤이면 죽을 줄 알았는데.

일그러지려는 입술에 힘을 꽉 준 채 글로리아를 바라보며 미소 지었다. 지금은 다정한 사촌언니 행세가 필요했다.

"글로리아, 괜찮니?"

"네."

"어디 아픈 곳은 없고?"

"……네."

돌아오는 대답이 떨떠름했다. 마치 누군지 못 알아보는 얼굴을 하고 있었다.

그럴 리가. 다른 사람은 다 잊어도 자신은 잊으면 안 되는 게 아닌가.

"일단 앉아서 이야기하자꾸나."

에리카가 마치 제 방이라도 되는 양 말을 한 후, 티 테이블 맞은편 자리에 앉았다. 글로리아도 대답 대신 착석했다.

"차라도 한잔 대접해야 하는 거 아니니?"

"하녀가 오면 시킬게요."

"그래. 뭐, 그래도 되지."

에리카가 말끝을 흐리며 빙긋 웃었다.

"그런데 무슨 일로 오셨어요?"

에단이 차분하게 물었다. 이 여자가 누군지는 모르겠지만, 꽤나 가까운 사이 같았다. 하녀도 대동하지 않고 혼자 이 방문을 벌컥벌컥 열어젖힐 정도면 말이다.

"무슨 일로 오기는, 우리가 이유가 있어서 왕래하곤 했니? 그냥 안부인사차 들르고 하는 거지. 네가 크게 아팠다는 말을 듣고 부랴부랴 왔단다. 어젯밤 저택이 발칵 뒤집혔다고 하던데……. 다행히 생각보다 괜찮아 보여서 안심이야."

"네, 그렇군요."

에리카에 대한 사전 정보가 전혀 없는 에단으로선 더 이상 대꾸할 말이 없었다. 잠시 침묵이 내려앉았다.

"음, 네 얼굴 괜찮은 것도 봤으니, 글로리아, 이왕 온 김에 네 드레스룸이나 한번 보도록 할까?"

"네?"

에단이 무슨 소리냐는 듯 되물었다.

"왜 새삼스럽게 그런 반응이야?"

에리카가 웃으며 자리에서 일어났다. 그러더니 드레스룸으로 성큼성큼 걸어가 문을 확 열어젖혔다. 그 모습을 지켜보던 에단의 미간이 확 좁아졌다. 아무리 가까운 사이라도 여자의 드레스룸은 은밀한 곳이나 다름없어서 허락이 없는 한 함부로 손을 대서는 안 되는 곳이었다.

64

말릴까 하다가 저 여자가 누군지 모르니 일단 참기로 했다. 괜히 분란을 일으켜 '글로리아가 달라졌다!'는 말을 들으면 곤란하니까.

에단이 마지못해 몸을 일으켜 에리카의 뒤를 따랐다. 자주 드레스룸을 열어봤다는 말이 사실인지 그녀는 자연스럽게 드레스룸을 둘러보았다. 그 덕에 글로리아도 드레스룸을 제대로 보았다.

자신의 방만 한 공간만큼 드레스룸이 자리하고 있었다. 헤아릴 수 없을 만큼 빽빽하게 들어찬 드레스들이 정면을 바라보게끔 정리되어 있었다. 왼쪽 귀퉁이에는 눈이 부신 장신구들이 즐비했다.

이게 다 얼마야.

에단은 속으로 그 가격을 계산해보려 했으나, 감히 상상이 되지 않았다.

"넌 정말 좋겠구나. 부자인 집에 태어나 이렇게 원하는 걸 다 가지면서 살다니…… 사촌인 나는 이토록 불우하고 힘겹게 살고 있는데 말이야. 네가 얼마나 부러운지 몰라."

"……"

아아, 사촌이었어?

그러면 자주 왕래한 이유를 알 것 같았다. 저 여자의 말처럼 집안 형편이 어렵다면 미들턴 백작가의 집안일을 종종 도우면서 삯을 받아갔을 거다. 특히 글로리아 미들턴처럼 어머니가 없는 집안이니, 미들턴 백작은 이 여자를 자주 드나들게 해서 그녀의 외로움을 덜어주려고 했겠지.

이제야 희미하게 가닥이 잡히는 기분이었다.

"어머, 세상에나. 이게 뭐니?"

에리카가 에메랄드빛 드레스 앞에 멈춰 섰다. 그러더니 떨리는 손으로 드레스 자락을 거머쥐었다.

"세상에나. 이런 드레스가 존재하다니……."

에리카가 감탄하는 사이, 에단도 그 드레스를 보았다. 햇살이 들이칠 때 제대로 보니 드레스는 상상을 초월하게 아름답긴 했다. 글로리아의 하얀 피부와 금발에 기가 막히게 잘 어울릴 것 같았다.

미들턴 백작이 글로리아의 드레스 배달을 한두 번 한 게 아니라는 게 드러나는 대목이기도 했다.

"글로리아, 이번에는 이 드레스로 할게."

"……네?"

"이 드레스를 내게 줘. 곧 있을 사교 파티에서 내가 이 드레스를 입어야겠어. 아, 물론 백작님껜 네가 내게 빌려준 것처럼 해주고. 알지?"

"……."

이게 무슨 소리야.

에단이 무표정한 얼굴로 에리카를 바라보았다. '빌려줘.'도 아니고 '이 드레스를 내게 줘.'라니. 뭐 이런 게 다 있지 하는 생각에 에단은 기가 막혔다.

"그건 어제 미들턴 백작님이…… 아니, 아버지가 사다주신 거예요."

"그래? 그럼 더더욱 좋겠구나. 백작님이 사오신 거라면 이 대륙 어디에도 없는 옷 아니니? 이것 보렴. 나한테 딱 아니니? 정말 예뻐. 나도 너와 같은 금발인 데다 피부가 하얗잖아. 아마 나한테도 정말 잘 어울릴 거야. 너는 저걸 입으렴. 저것도 아름답구나."

에리카가 귀퉁이에 걸려 있는 아무 드레스나 지목했다. 그러면서 마치 에메랄드빛 드레스가 제 것이라도 되는 양 몸 앞에 댄 채 거울 앞에서 핑그르르 돌았다.

에리카의 말 중 반은 맞고 반은 틀렸다. 금발이긴 하나 색이 바래서 푸석푸석한 갈색에 가까웠고, 피부가 하얗긴 했지만 햇살에 많이 노출된 듯 주근깨와 기미가 한가득이다. 어딜 봐도 글로리아와 견줄 수 있는 상대가 아니었다.

"음, 보자. 이 드레스에는 저 주얼리가 잘 어울리겠네. 주얼리는 이걸로 할게, 글로리아. 뭐, 저 정도면 괜찮지 않겠어?"

에리카가 손끝으로 가리킨 장식장 안을 바라보았다. 그곳에는 푸른색의 사파이어 주얼리 세트가 자리하고 있었다. 장식장 가장 중앙을 장식하고 있는 걸로 봐선 가장 값비싼 것으로 보였다.

"뭐해? 안 꺼내줘?"

에리카가 잠겨 있는 서랍장 문을 톡톡 두들기며 뻔뻔하게 요구했다. 에단이 순순히 서랍장으로 다가가는 모습을, 에리카는 콧노래를 부르며 지켜보았다. 서랍장 문을 열 거라 생각했던 에단의 손이 장식장을 탁 소리 나게 짚었다.

"응?"

에리카가 무슨 문제라도 있냐는 듯 고개를 들었다. 글로리아가 그녀를 무표정하게 바라보고 있었다.

"혹시 이 주얼리를 제가 그쪽에게서 빌렸나요?"

"응? 아니지. 내가 이런 걸 구할 돈이 어딨어? 그럴 돈이 있으면 다른 걸 했겠지."

에리카가 말이 되는 소리를 하라는 듯 웃었다.

"그러면 제 걸 빌려간다는 말인데……. 왜 '빌려줄래?'라는 기본적인 말도 안 하는 거죠? 전 그쪽에게 제 물건을 무조건 빌려줄 의무가 없는데 말이죠."

한계에 달한 에단이 차갑게 물었다. 이 여자가 글로리아와 무슨 관계였든 간에 이건 기본적인 예의가 없는 행동이었다. 비록 글로리아의 삶을 빌려 살고 있긴 하지만, 이런 것까지 묵과하며 지낼 순 없다.

한번 바보로 보이면 죽을 때까지 바보로 보고 부리려는 게 인간들이니까. 그녀는 호구로 보이며 살 생각이 전혀 없었다.

그러자 에리카의 입가가 뻣뻣해졌다. 그녀가 애써 웃으며 장난스럽게 말했다.

"우리 사이에 무슨…… 그런 말을 하라고 해? 응?"

"그 드레스 제자리에 내려놔요."

에단이 손끝으로 본래 드레스가 있던 자리를 가리켰다. 그 말에 에리카의 얼굴이 뻣뻣하게 굳었다.

"뭐?"

"내 드레스에서 손 떼라고요."

에단이 에리카의 눈을 똑바로 바라보며 명령했다. 에리카의 입술이 일그러졌다.

"글로리아, 네가 어떻게 나한테 이럴 수가 있어?"

에리카의 입술이 바들바들 떨렸다. 낯빛도 희게 질렸다. 그러거나 말거나 에단은 그녀의 눈을 똑바로 들여다보았다.

"그건 제가 하고 싶은 말입니다만. 사촌언니라면 솔선수범해서 기본적인 예의범절을 지키는 모습을 보여줬어야죠. 맡겨놓은 것도 아니고, 빌려달라는 말 한마디 없이 가져간다고 하면 제 기분이 어떨 것 같아요?"

에단이 물러설 기미가 보이지 않자 에리카는 입술을 깨물었다. 기분이 나빠 죽을 것 같지만, 지금 당장 글로리아가 없으면 자신이 손해였다.

"그래. 미안해. 내가 너무 들떠서 실수를 했어, 글로리아. 괜찮다면 이 드레스를 빌려주겠니?"

에리카가 못마땅한 얼굴로 마지못해 물었다.

"안 돼요. 그건 어제 백작님, 아니, 아버지께서 사오신 거라서 다른 사람에게 빌려준 걸 알면 실망하실 거예요."

병마와 시달리다 새벽녘 잠시 눈을 뜬 딸에게 보여주겠다고 가져온 드레스였다. 이걸 샀을 때부터 얼마나 딸에게 입히고 싶었을까. 그 드레스를 다른 사람에게 빌려줬다는 걸 알면 미들턴 백작의 실망이 이만저만이 아닐 게 분명했다.

그 수려하고 잘생긴 얼굴이 금세 침울해지겠지. 눈썹은 아래로 처질 테고…….

안 그래도 미들턴 백작에게 미안해 죽을 것 같은데, 이런 걸로 속상하게 하고 싶지 않았다.

"여기 있는 여섯 벌의 드레스와 이 구역 드레스를 빼고 빌려가요. 그리고 주얼리는 안 돼요. 흠집이 나면 보석의 가치가 떨어진다는 거 알잖아요."

자신의 것도 아닌데 관리 부실로 보석의 가치를 떨어뜨리고 싶지 않았다.

에리카는 글로리아가 말한 쪽으로 고개를 돌리고는 표정을 굳혔다. 값비싼 드레스이긴 하지만, 이미 글로리아가 입었거나 입지 않는 것들이었다.

거기다가 주얼리를 빌려주지 않는다니. 그럼 예쁜 드레스를 입어봤자 무슨 소용이겠는가.

방금 전까지 입술을 부르르 떨던 에리카가 차갑게 글로리아를 노려보았다.

"글로리아."

에리카가 딱딱한 목소리로 불렀다. 에단은 마치 다른 사람처럼 무심한 얼굴로 바라보았다. 바짝 다가온 에리카가 에단의 드레스 자락을 꽉 움켜쥐었다.

에리카의 달라진 표정과 분위기에 에단이 눈을 가느스름하게 떴다.

"너야말로 지금 주제를 넘는구나. 잠시 아팠다고 하더니 잊으면 절대 안 되는 것들을 잊었나 봐. 네가 지금껏 이렇게 멀쩡하게 지내는 게 누구 덕 같니? 내가 마음만 잘못 먹으면 넌 끝장이야. 그걸 알고 있어야지."

약점이라도 잡힌 건가.

에리카의 표독스러운 말을 들으며 에단은 머리를 굴리기 시작했다. 그 약점이 뭔지도 모르는데 함부로 터트리라고 할 수도 없으니 난처했다.

"지금처럼 사교계에 발붙이고 싶고, 공작님의 안주인이 되고 싶으면 날 건드리지 말도록 해, 글로리아. 나는 언제나 사촌동생의 행복을 비는 그런 언니가 되고 싶구나. 너 또한 나의 행복을 위해 아주 작은 선처를 베푸는 동생이길 바라고."

에리카가 다시금 에메랄드빛 드레스를 거머쥐었다.

똑똑.

"글로리아! 일어났니? 들어가도록 하마."

문을 두드리는 소리와 함께 미들턴 백작의 목소리가 들렸다.

"네."

에단이 대답하기가 무섭게 문이 벌컥 열리며 백작이 들어섰다. 에단이 드레스룸에서 나오자 에리카가 뒤따라 나왔다.

"에리카도 있었구나."

미들턴 백작이 에리카를 발견하곤 미소 지었다. 도저히 열여덟의 딸이 있다고는 믿기지 않을 정도의 얼굴에, 에리카의 얼굴이 불그스름해졌다.

왜 자신의 아버지와는 저토록 다른 걸까. 자신도 저런 아버지 밑에서 태어났더라면 아름답게 태어나 지금쯤 굉장히 잘 살고 있을 텐데.

에리카는 속상함에 조용히 입안의 살을 씹었다.

"무슨 일이세요?"

에단이 미들턴 백작을 보며 물었다.

"아, 그야 네가 아직 아침식사를 안 했다고 들어서. 때마침 내가 식당에 있는데 네가 아침식사를 하고 싶다고 했다더구나! 그래서 얼른 내가 준비해서 들고 왔지! 앤드루가 잘 먹이라고 했거든! 어서 들어와!"

미들턴 백작의 말에 하녀가 줄지어 쟁반을 들고 들어왔다. 세 명의 하녀가 뚜껑 덮인 쟁반을 든 채 벽면에 붙어섰다.

"네가 뭘 좋아할지 몰라서 준비해봤단다! 첫 번째는 부드러운 연어살로 만든 스테이크! 두 번째는 닭가슴살 수프! 세 번째는 싱싱한 야채로 만든 샐러드! 셋 다 부드럽게 조각내서 씹어 삼키기에 좋을 거다."

미들턴 백작이 말할 때마다 하녀가 타이밍에 맞춰 탁탁 뚜껑을 들어 보였다. 한두 번 해본 솜씨들이 아니었다. 음식의 소개를 마친 미들턴 백작이 한껏 흐뭇한 표정으로 에단을 바라보았다.

좋다고 말해줘. 아빠 최고라고 말해줘. 어서, 빨리!

라고 그의 얼굴에 쓰여 있는 듯했다.

역시 이 삶도 고달프다.

에단은 나오려는 한숨을 꾹 참았다.

"잠시만요. 언니, 이만 돌아가세요. 다음에 연락드릴게요."

"응?"

에리카가 눈을 동그랗게 뜨고서 그녀를 바라보았다.

"아…… 저 음식들 남을 것 같은데?"

에리카의 탐욕스러운 눈빛이 음식에 닿아 있었다. 그녀도 먹고 싶어 하는 눈치였다.

"괜찮아요."

"살 빼는 중이라며."

"일단 먹어보려고요."

에리카의 시선이 값비싼 연어 스테이크에 닿는 걸 확인한 에단이 단호하게 말했다. 방금 전까지 협박받다가, 배알도 없이 마주 앉아 식사를 할 생각은 없었다.

"그래. 그럼 가볼게."

말과 달리 에리카가 미적거리며 음식들을 바라보았다. 자신의 집에선 꿈도 못 꿀 음식들이었다. 저런 것들을 글로리아는 매일 먹으면서 살겠지. 화가 나면서 다시금 자신의 신세가 한없이 불쌍했다. 저런 것도 매일 못 먹고 살다니. 오늘따라 이 남색의 남루한 드레스가 더더욱 보기 싫었다.

"아, 에리카."

"응?"

글로리아가 자신을 붙잡자 에리카가 한결 밝은 목소리로 되물었다. 마치 붙잡을 줄 알았다는 듯한 태도였다.

"다음부턴 연락하고 와요. 만약 연락 못 할 만큼 바쁜 사정이 생겼더라도 노크는 꼭 하고, 제 대답 듣고 문 열었으면 좋겠네요."

"……응."

미들턴 백작의 눈치를 본 에리카가 마지못해 대답을 한 후, 홱 돌아섰다. 그녀는 글로리아의 방문을 닫은 후 꽉 쥔 주먹을 부들부들 떨었다. 문 너머로 "글로리아, 이것들 좀 먹어보렴. 널 위해 내가 준비한 거란다."라는 들뜬 미들턴 백작의 목소리가 들렸다.

아름다운 아버지에 값비싼 드레스, 맛있는 음식들까지…….

단지 다른 형제 밑에서 태어났을 뿐인데, 자신의 삶은 왜 이렇게 비참해야 하는 거지?

자신도 미들턴 백작의 딸로 태어났다면 이렇게 구질구질해지진 않았을 거다. 아니, 글로리아보다 훨씬 아름다웠을 거다. 관리받은 금발에 늘 양산을 쓰고 다녔다면 피부도 하얗고 아름다울 테니까.

에리카는 표독한 눈으로 글로리아의 방을 노려본 후, 복도를 가로질러 걸어갔다.

"어느 걸 먹겠니? 글로리아?"

미들턴 백작이 흐뭇한 얼굴로 물었다. 에단은 차분하게 쟁반을 들여다보았다.

"……이중에서 꼭 골라야 하나요?"

"아니. 고르지 않아도 돼. 네가 원하는 걸 말만 해주면 새로 만들어 주마. 죽다 살아난 딸이 먹고 싶다는데 내가 뭔들 못 해주겠니? 뭐가 먹고 싶니? 말해보렴."

미들턴 백작은 이곳에 없는 음식의 이름을 대도 구해다줄 기세로 물었다.

"아뇨. 저거 다 먹어도 되나요?"

"……응?"

미들턴 백작이 제 귀를 의심하는 얼굴로 물었다. 글로리아 미들턴 은 평소 식사량이 새 모이만 한 걸로 유명했다. 그 때문에 그녀를 따라 새 모이 정도의 양을 먹다가 픽픽 쓰러지는 여자들도 있었다.

"이걸 다……?"

미들턴 백작이 얼떨떨한 표정으로 물었다.

"네."

에단이 고개를 끄덕였다. 씻기만 해도 지치는 몸이라니, 이런 몸으로는 아무것도 할 수 없었다. 적당히 먹고 적당히 움직이는 쪽을 택하기로 했다.

"그, 그래. 뭐…… 많이 먹으면 좋지! 앉으렴!"

에단과 미들턴 백작은 하인이 차려주고 간 간이 테이블 앞에 마주 앉았다.

"포크와 나이트 한 세트를 더 준비해줘."

에단은 곁을 지키고 있던 하녀에게 부탁했다. 하녀가 물러난 후, 에단은 앞에 있던 포크와 나이프를 미들턴 백작에게 내밀었다.

"먼저 드세요."

"……."

아무런 답이 돌아오지 않자, 에단은 의아해서 그를 바라보았다.

"함께 드실 거 아닌가요?"

"……글로리아."

미들턴 백작이 감격한 표정으로 그녀를 바라보았다.

왜, 또. 뭔데.

에단은 막막한 눈으로 미들턴 백작을 바라보았다. 무심하고 건조한 그녀의 성격상 감수성 풍부한 미들턴 백작의 성격은 어렵기만 했다.

"다 컸구나. 이제 내게 나이프와 포크도 챙겨주고……. 함께 먹자는 말도 하고……. 다 키웠어. 내 딸이 다 커버렸어."

당장이라도 울 기색인 미들턴 백작을 바라보던 에단이 시선을 돌렸다. 그러다 함께 코끝이 찡한 표정을 짓고 있는 하녀들을 발견했다.

너희는 또 왜 그러는데…….

이쯤 되면 이 집의 터가 안 좋은 건가 싶을 정도였다.

얼마 후, 하녀가 포크와 나이프 한 세트를 챙겨 에단의 앞에 조심스럽게 내려놓았다.

"……잘 먹겠습니다."

에단은 미들턴 백작을 못 본 척하며 포크와 나이프를 챙겼다. 그녀는 자연스럽게 연어 스테이크를 먹기 좋은 크기로 나눠 썰어 미들턴 백작 쪽으로 내밀었다.

펠릭스 버클리 공작이 급한 일을 하면서 식사를 해야 할 때, 그녀는 모든 음식을 먹기 좋은 크기로 나눠서 포크로 찍어 내밀곤 했다. 그러면 펠릭스 공작은 그 음식을 먹고 빈 포크만 에단에게 돌려주는 식이었다.

이뿐만이 아니라 모든 생활이 그러했다. 먼저 누군가를 챙기고, 자신의 몫을 뒤에 챙겼다.

"맛있게 잘 먹겠습니다. 여기까지 챙겨서 와주셔서 감사합니다."

인사 또한 마찬가지였다. 상대가 한 행동에 대해 충분히 감사를 표하는 게 우선이었다.

"……글로리아."

문제는 이 습관이 번번이 미들턴 백작의 감수성을 건드린다는 거였다.

"또 왜 그러십니까."

"정말 다 커버렸어, 내 딸……."

"……."

이 나이면 대체로 다 큽니다만.

에단은 속으로 무심하게 대답했다.

그나저나 이 사람, 정말 보던 것과 많이 달랐다. 사업수완이 뛰어난 냉철하고 차가운 미남이라고 하더니. 이 정도면 딸바보가 따로 없다. 문제는 이런 딸바보 아빠가 낯설다는 거였다.

"글로리아, 너는 정말 사랑스럽고 세상에서 가장 아름다우며, 다정하고 따뜻한 요정 같은……."

"……드시죠."

미들턴 백작의 찬양에 소름이 돋아오른 에단은 포크로 연어 스테이크 한 점을 쿡 찍어 그의 입에 밀어넣었다. 그가 입을 열 때마다 스테이크를 넣어줄 생각이었다. 도무지 저 말은 참고 들을 수가 없었다.

문제는 그 행동이 미들턴 백작의 감수성을 또 한 번 건드렸다는 거지만.

조슈아는 숨을 깊게 들이마셨다가 길게 내쉬었다. 그러고도 벌렁거리는 심장이 가라앉지 않았다. 두꺼운 나무문을 바라보던 그가 문을 두드렸다.

똑똑.

그러나 문 너머에선 어떤 답도 들리지 않았다. 다시 한 번 벌벌 떨리는 손을 들어 문을 두드리려다가 팔을 축 늘어뜨렸다.

무섭다. 무서워서 죽을 것 같았다.

"하아, 미치겠네."

조슈아가 울 것 같은 얼굴로 눈을 꼭 감았다.

에단 달튼.

버클리 공작가 제 1보좌관의 사망 사건으로 공작저는 발칵 뒤집힌 상태였다. 단순한 사고가 아니라 몸에 남은 자상으로 보아 살해를 당했다고 보고 있었다. 거기다가 바퀴가 한 번 밟고 지나가 갈비뼈가 대부분 부서진 상태였다.

이를 놓고 의견이 분분했다. 단순 강도 살인 사건이다, 펠릭스 버클리 공작에게 앙심을 품은 이의 복수다……. 하지만 목격자도 없고 에단 달튼에게 적의를 품은 이도 평소에 없었기에 이 사건은 유야무야 넘어가는 듯했다.

단 한 사람, 펠릭스 버클리만 빼고.

에단 달튼의 사망 이후 공작저의 모든 일이 멈췄다. 펠릭스 공작은 에단 달튼의 처참한 시신을 목격한 후부터 서재에 틀어박혀 아무런 일도 하지 않았다. 스케줄은 모두 취소되었고, 그로 인해 모든 여파는 남은 보좌관들이 감당해야 했다. 그러나 더 이상 미룰 수 없었다. 이러다간 공작저의 업무가 마비될 지경이었다.

숨을 깊게 들이마신 조슈아가 다시 한 번 문을 두드렸다.

벌컥.

문이 열리자마자 은발의 남자가 모습을 드러냈다. 꽤 키가 큰 조슈아마저 올려다봐야 할 정도로 큰 키였다. 펠릭스 공작은 식음을 전폐한 상태라 며칠 새에 말라 있었다. 그럼에도 사람을 내리누르는 위압감이 엄청나서 조슈아의 몸이 뻣뻣하게 굳었다.

"무슨 일이야."

돌아오는 목소리가 지독하게 낮았다. 어느 면에선 섬뜩하게 느껴질 정도였다.

"이번 주 스케줄입니다. 취소하실 부분이 있으면 체크 부탁드립니다."

조슈아는 목소리를 떨지 않기 위해 최선을 다했다. 펠릭스 공작은 그 서류를 흘깃 바라보았다.

"모두 취소해."

"명령을 따르고 싶습니다만, 미들턴 백작님께선 이번만큼은 꼭 만나야 한다고 하셨습니다. 거액의 무역 거래 건에 관해 긴밀히 나눌 이야기가 있다고 하셨습니다. 아시다시피 벌써 두 번이나 청을 거절한 터라, 더 거절하기에는……."

조슈아가 말끝을 흐렸다. 펠릭스 공작에게서 어떤 답도 돌아오지 않자, 그는 용기 내어 말을 이었다.

"이번 일은 굉장히 중요해서 더는 미룰 수가 없습니다. 이대로 뒀다간 계약이 취소될지도 모릅니다. 에단 님도 마지막까지 이 일이 가장 중요하다고 거듭 당부…… 읍!"

조슈아가 서둘러 입을 다물었다. 그러나 이미 뱉은 에단이라는 이름을 주워 담을 수 있을 리 없었다. 그가 아차 하는 순간, 펠릭스의 하얀 손이 그의 턱을 거머쥐었다.

"죄, 죄송합니다."

턱이 빠질 것처럼 얼얼했다. 가까스로 사과를 하자 그제야 펠릭스가 손을 떼어냈다. 조슈아가 턱을 감싸 쥐었다. 맨손으로 잡은 게 맞나 싶을 만큼 엄청난 악력이었다. 그는 나오려는 신음을 힘겹게 삼켰다.

"백작을 집으로 초대해."

"아, 알겠습니다."

조슈아가 대답을 마치기도 전에 펠릭스 공작은 서재의 문을 닫고 들어가버렸다.

조슈아는 아픈 턱을 거머쥐고서 터덜터덜 계단을 내려왔다.

"왜 이리 울상이야?"

때마침 계단을 올라오던 집사 앨버트가 조슈아에게 물었다.

"에단 님 이름 꺼냈다가 공작님께 턱 빠질 뻔했어요."

"그 이름 꺼내지 말라니까."

앨버트가 엄한 목소리로 호통을 쳤다. 그러자 조슈아가 시무룩한 얼굴로 대답했다.

"후우, 그러게요. 제가 실수했어요. 공작님이 무서워서 아무 말이나 하다 보니까 나온 거 있죠? 그런데 에단 님 죽고 나서 공작님 무서워 죽겠어요. 대체 언제까지 이럴까요? 우리도 슬퍼서 죽을 것 같은데, 공작님이 무서워서 슬퍼할 수도 없으니……. 후우."

"계속 이럴 거야. 적응해둬."

"네?"

"그냥 그렇게만 알아둬."

앨버트가 말을 아끼며 조슈아의 어깨를 툭 쳤다.

"무슨 그런 무서운 말씀을 하세요!"

조슈아가 징징거렸지만, 앨버트는 대답 대신 미소만 지은 후 지나쳐 걸었다. 복도를 가로질러 가는 동안 앨버트의 표정이 침통하게 바뀌었다. 그는 오랜 시간 이 저택을 지켰다. 선대 버클리 공작부터 지금의 공작까지.

펠릭스 버클리 공작이 태어나 지금의 나이가 될 때까지 그는 모든 과정을 지켜보았다. 그렇기에 감히 단언할 수 있었다.

펠릭스 버클리 공작은 달라진 게 아니라고. 그는 본래의 성격대로 돌아온 것뿐이었다. 단지 에단 달튼, 그가 있던 7년 동안 달랐을 뿐이었다.

「에단 달튼.」

자신을 부르는 소리에 에단은 고개를 돌렸다. 그곳에 장신의 남자가 은발을 쓸어넘기며 서 있었다. 남자들도 대부분 머리를 기르는 대륙에서 가장 처음 짧은 헤어스타일을 해서 파장을 일으킨 그 남자였다.

펠릭스 버클리 공작.

죽기 전에 보았을 때보다 훨씬 어려 보였다. 몇 해 전 펠릭스 공작의 모습이라는 걸 에단은 깨달았다.

「네.」

에단이 대답했다.

「어디 갔었던 거지?」

그가 무섭게 물으며 성큼성큼 다가왔다. 눈 깜짝할 새에 코앞까지 도착했다.

「죄송합니다. 밀린 스케줄 정리를 하고 왔습니다. 무슨 일이십니까?」

에단의 대답에 그가 품에서 무언가를 꺼내 내밀었다. 버클리 가문의 문장이 세공되어 있는 은패였다. 보좌관에게 내보일 만한 물건은 아니었다.

「네 것이다, 에단 달튼.」

건네줄 건 더더욱 아니었고.

「……저는 아직 그럴 만한 능력이 되지 않습니다.」

「지금 내 판단이 틀렸다고 말하는 건가? 아니면 본인에 대한 믿음이 전혀 없는 건가?」

「……후자입니다.」

「그것도 내가 보증하지.」

에단이 바라보고만 있자, 펠릭스가 그녀의 손을 강제로 펴 손바닥 한가운데에 은패를 올려놓았다.

「가지고 있어라. 내가 돌려달라고 할 때까지.」

그가 돌아서서 왔던 길로 사라졌다. 펠릭스 버클리에게 위급한 일이 생겼을 때 그가 대신해서 집안을 돌볼 수 있다는 증표이기도 했다. 부인과 자식이 없으니 이 은패를 소유한 사람의 권위가 더욱더 높아질 거다.

다른 사람들이라면 무릎을 털썩 꿇으며 기뻐할 일이었지만, 에단은 웃지 못했다.

넌 이제 이 저택을 네 멋대로 나가지 못한다.

그 은패가 그렇게 말하고 있었기에.

눈을 뜬 에단은 숨을 흡 하고 들이마셨다. 그러고는 길게 내쉬며 눈을 감았다.

역시 꿈이었구나.

왜 하필 처음으로 은패를 받았을 때의 꿈을 꾸었는지 모르겠다. 숨을 몰아쉬던 에단은 감았던 눈을 떴다가 흠칫했다.

천장에 치렁치렁하게 달려 있는 레이스가 볼 때마다 유령의 머리카락 같았다. 그래서 아침마다 놀라곤 했다.

엉거주춤하게 일어난 에단은 침대에서 내려와 한 발 내딛다가 자신의 발을 보곤 멈춰 섰다. 발목이 지나치게 가늘었다. 반대쪽 발로 마음먹고 찬다면 똑 부러질 정도로.

대체 이런 발로 어떻게 걸었던 거지.

이전 몸이 굉장히 튼튼했던 에단으로서는 이런 얇은 몸에 아직까지 적응이 되지 않았다. 거울 앞에 앉은 그녀는 커다란 빗을 꺼내 머리를 빗었다. 이전의 머리는 짧아서 대충 손으로 빗으면 되지만, 이 길고 풍성한 금발은 그렇게 관리했다간 제 손으로 머리채를 잡는 거나 다름없다는 걸 몇 번의 경험으로 깨달았다.

그녀는 거울 속에 비친 글로리아 미들턴을 바라보았다. 여전히 적응이 안 될 만큼 아름다웠다.

큰 눈에 가느다란 목선, 어깨와 평행을 이루는 일자 쇄골. 눈을 깜빡일 때마다 눈 아래로 그늘을 만드는 긴 속눈썹까지.

대륙에서 가장 멋진 남자라고 불리는 펠릭스 버클리를 오랜 시간 모시고 살아 아름다움에 적응한 줄 알았는데, 이런 여리여리한 아름다움은 한없이 낯설었다.

"정말 한없이 아름다우세요."

"세상에 어떻게 이런 분이 계실까요."

"아마 글로리아 아가씨는 요정의 환생이실 거예요. 저는 아가씨만큼 아름다운 분을 뵌 적이 없답니다."

거울을 들여다보며 들리는 소리에 고개를 끄덕끄덕하던 글로리아가 흠칫하며 돌아섰다. 두 명의 하녀가 손을 꼭 모으고서 감탄하고 있었다.

"뭐하고 있는 거야?"

에단이 의아한 눈으로 물었다.

아침 일찍 노크도 없이 방에 들어와 이런 소름 끼치는 극찬을 늘어놓다니. 도무지 이해가 가지 않았다.

"어머, 아가씨, 왜 그러세요? 매일 아침에 하시는 거잖아요. 거울 보실 때마다 저희더러 아가씨의 얼굴을 본 소감을 진솔하게 표현해달라고 하셨잖아요. 그래서 매일 하는 건데 새삼스러우시기는."

"……."

하녀의 말을 들은 에단의 얼굴이 우중충해졌다. 그 낯빛을 본 하녀들이 얼른 입을 열었다.

"아가씨는 정말 꽃보다 아름다우세요. 하늘의 별보다 아름다우시고……."

"그만해."

에단이 손을 들어 그들의 입을 막았다. 그러자 하녀들이 의아한 눈으로 바라보았다. 거울을 내려놓은 에단은 깊은 한숨을 내쉬며 하녀들을 바라보았다. 웬만하면 원래 주인의 삶을 건드리지 않으려고 했는데, 이건 못 참겠다.

"내가 거울 볼 때 그런 말 절대로 하지 마."

"네에?"

하녀들이 못 들을 걸 들었다는 듯 반문했다.

"눈이 멀어버릴 정도로 아름답다든지, 그런 말들 말이야. 듣고 싶지 않으니까 되도록 하지 않았으면 좋겠어. 말하지 않아도 충분히 알고 있으니까."

글로리아가 아름다운 건 인정했다. 세상 감탄을 늘어놓을 정도로 아름다운 것도 사실이지만, 그 칭송을 자신이 들어야 한다는 사실이 부담스러웠다. 방금도 소름 끼쳐서 거울을 떨어뜨릴 뻔하지 않았던가.

"네."

하녀들은 '충분히 알고 있다.'는 그녀의 말에 고개를 끄덕였다.

역시 우리 아가씨의 자기애는 엄청나구나!

그렇게 생각할 뿐이었다.

"그리고 앞으로 방에 들어올 땐 무조건 문을 두드리도록 해."

상냥하되 단호한 에단의 말투에 하녀들이 조심스럽게 고개를 끄덕였다.

"네. 알겠습니다, 아가씨."

"그래. 고마워."

습관적으로 감사 인사를 한 에단이 몸을 일으켰다. 그 인사에 하녀들의 표정이 밝아졌지만, 그녀는 알아채지 못했다.

간단히 준비를 마친 후, 식사를 하러 내려온 에단은 이미 자리를 잡고 앉아 있는 미들턴 백작을 보았다.

"사랑스럽고 한없이 아름다운 내 딸! 글로리아! 왔구나!"

……아, 저 사람 입도 어떻게 막아야 할 텐데.

에단은 암담한 눈으로 그와 마주 보는 자리에 앉았다.

"안녕히 주무셨어요?"

"그럼! 널 아침에 다시 볼 생각에 두근거리는 마음으로 깨어났단다. 널 아침부터 보니 너무나 행복하구나. 내 딸이지만 어쩜 이렇게 아름다울까. 네 어머니를 쏙 빼닮았어."

……아니라니까. 당신을 닮았다니까. 완전히 당신이랑 똑같아.

에단은 나오려는 말을 꾹 참았다.

"식사 먼저 하고 계시지 그러셨어요."

그녀가 냉큼 화제를 돌렸다.

"네가 오지 않았는데 내가 어떻게 먹겠니. 같이 먹자꾸나. 아드리안, 글로리아의 식사도 준비해주게."

"네, 알겠습니다."

아드리안이 곁에 있던 하녀에게 눈짓을 했다. 그러자 하녀가 총총걸음으로 사라졌다.

"글로리아."

"네."

"저기 말이다…… 음."

미들턴 백작이 말끝을 흐리며 우물쭈물했다.

"편하게 말씀하세요."

"오늘 쇼핑하러 가기로 한 약속 말이다."

"……아."

에단은 잠시 고민하다가 기억을 떠올렸다.

이틀 전, 백작이 갑작스레 자신의 방에 들이닥쳐 '글로리아, 네가 좋아하는 쇼핑을 하러 가자꾸나! 신상 드레스가 들어왔다고 하는구나! 마담에게 연락해뒀으니 우리가 가장 먼저 보게 될 거다! 그럼 좋은 밤 되렴!'이라는 말을 남기고 사라진 적이 있었다. 뭐라고 대답할 틈도 없었다. 알고 보니 밤 출장을 떠나기 직전, 굉장히 바쁜 와중에 뛰다시피 달려와 그 말을 직접 남기고 간 거라고 했다.

그것도 약속인가. 난 가겠다고 말하지 않았는데.

"네."

에단이 고민하다가 일단 대답했다.

"아무래도 오늘은 조금…… 힘들 것 같구나. 급한 일이 생겨서 아무래도 오늘은 시간을 내기가 곤란하구나. 정말 미안하다, 글로리아. 다음에 내가 두 배의 드레스를 사다주마. 아! 드레스뿐만 아니라 신상 구두도 들어왔다고 하더구나. 드레스에 꼭 맞는 구두를 사자꾸나! 아니다! 그날 주얼리도 사도록 하자! 네 금발에 꼭 어울리는 헤어 주얼리가 들어왔을 거란다!"

미들턴 백작의 말이 이어질수록, 곁을 지키고 있던 아드리안의 표정이 점점 어둡게 변했다. 가만히 듣고 있던 에단 또한 마찬가지였다. 펠릭스 공작의 보좌관이었던 에단은 보통 귀족 저택의 현금 흐름에 대해서도 대략적으로 알고 있었다.

아무리 많은 돈을 번다지만 이렇게 대책 없이 쓰다간 재정에 위기가 닥쳐올 게 뻔했다.

"저는 며칠 전에 사주신 드레스로 충분해요. 마음만으로도 감사합니다."

쨍그랑.

미들턴 백작이 쥐고 있던 나이프를 떨어뜨렸다.

"……글로리아, 화난 거니……?"

"……."

미들턴 백작의 낯빛이 하얗게 질려 있었다. 마치 이별선고를 받은 듯한 얼굴이었다.

이 여자, 대체 백작을 어떻게 대한 거지.

"아니에요. 절대로 그런 게 아닙니다. 아! 그런데 오늘은 급한 일이 있으신 건가요?"

에단이 얼른 대화를 다른 쪽으로 돌렸다.

"아, 별건 아니란다. 버클리 공작저에서 오늘 왔으면 한다는 연락이 와서 말이다."

"아아, 며칠 전에 성사된 무역 건 때문인가요?"

"응. 그렇지."

미들턴 백작이 무역의 전반적인 업무를 담당하고는 있지만, 그것은 그 뒤에 펠릭스 버클리 공작이 있기에 가능한 일이다. 누구보다도 먼저 무역의 중요성을 알아챈 미들턴 백작은 이곳저곳을 다니며 도와달라고 청했지만 그 누구도 함께하겠다고 손을 뻗지 않았다.

그 당시만 해도 귀족들 사이에선 '지금 누리는 것들로 충분한데 굳이 타국의 쓸모없는 물건을 들여와서 뭐하겠느냐. 돈만 낭비할 뿐이다. 그 돈으로 차라리 영지를 사들이는 게 낫지.'라는 의견이 팽배했다.

모든 곳에서 거절당해 상심하던 미들턴 백작에게 접근한 것이 바로 젊은 펠릭스 공작이었다. 굉장한 규모의 유산을 물려받은 그는 미들턴 백작에게 투자하고 선박을 대여해줄 테니, 순이익의 50퍼센트를 돌려달라고 말했다. 미들턴 백작은 얼른 그러겠다고 대답했고, 일은 일사천리로 진행되었다.

그 일을 놓고 귀족사회에서는 돈 많고 잘생긴 펠릭스 공작이 사기꾼 같은 미들턴 백작의 꾐에 넘어갔다며 비웃었다.

「곧 버클리 공작저도 나오겠구만. 그때 사둘까 봐, 하하!」

「그러게나 말이에요. 이대로 잘만 컸다면 굉장한 사내가 되었을 텐데. 다 가진 줄 알았더니 펠릭스 공작의 판단력이 아쉽네요.」

그 모든 비아냥에도 펠릭스는 어떤 반응도 보이지 않았다. 그리고 2년 만에 판도가 뒤바뀌었다. 미들턴 백작은 물건을 보는 안목이 좋았다. 싼값에 들여온 물건은 국내에서 비싼 값에 거래되었다.

국내의 상품도 해외에서 판매하기 시작했다. 펠릭스 공작과 미들턴 백작은 순식간에 재산을 불려나가는 동시에 귀족사회에서 굉장한 영향력을 발휘하기 시작했다.

그 상황이 지금까지 죽 이어져오고 있었다.

"꼭 만나셔야겠네요. 오늘 만나셔야 이전 거래금도 받으실 수 있으실 테니 말이에요."

에단은 무심코 말했다.

미들턴 백작이 전반적인 업무를 진행하고 있지만, 사실 무역선과 상단의 이름은 '버클리'였다. 공작의 결제가 있어야 거래금을 받고 뒷일을 진행할 수 있었다.

"그렇지! 그러니 오늘 꼭 가야…… 응?"

말을 하던 미들턴 백작이 의아한 눈으로 생각에 잠긴 딸을 바라보았다.

저 애가 오늘 만나야 이전 거래금을 받는다는 걸 어떻게 알지? 무역은 머리가 아프다며 알려고도 하지 않던 아이였다. 좋아하는 건 값비싼 드레스와 주얼리밖에 없을 텐데? 보좌관들과 나누는 이야기를 들었던 건가.

미들턴 백작이 고개를 갸웃거릴 때였다.

"……아버지."

잠시 생각에 잠겨 있던 에단이 조심스럽게 그를 불렀다.

"왜 그러니?"

"저도 버클리 공작저에 함께 가도 될까요?"

마차가 덜컹거리며 흔들렸다. 에단은 자그맣게 난 창으로 세상을 바라보았다. 마부 옆자리였다면 사위가 탁 트여 자유롭게 볼 수 있을 텐데……. 이렇게 밖을 봐야 한다니 감질났다.

"꼭 같이 가야겠니, 글로리아?"

맞은편 자리에 있던 미들턴 백작이 걱정스러운 표정으로 물었다.

오늘 아침, 그녀가 공작저에 가고 싶다는 뜻을 밝힌 후 약간의 실랑이가 벌어졌다. 미들턴 백작은 아직 글로리아의 몸이 완전히 낫지 않았다는 이유로 동행을 거절했다.

그러나 에단은 꼭 가야만 했기에 마지막 카드를 내밀었다.

「답답해서요. 만약 공작저 동행이 불가능하다면, 저는 오늘 외출을 하겠어요. 하녀와 단둘이서요.」

「안 된다! 기사단을 대동하는 것도 아니고 하녀랑 단둘이라니! 얼마나 위험한지 아니?」

「그럼 둘 중에서 택해주세요. 공작저인지, 외출인지.」

「글로리아!」

미들턴 백작의 비명 같은 외침에도 에단은 지지 않고 초강수를 두었다.

「오늘 쇼핑하면서 바람을 쐬려고 준비했었는데……. 그럼 저는 답답하게 계속 집에만 있어야 하는 건가요?」

「그. 그건…….」

「답답해서요. 오늘은 무슨 일이 있어도 꼭 외출하고 싶어요. 부탁드릴게요.」

에단은 말하면서도 죄책감이 들었다. 쇼핑 약속조차 기억도 못 하고 있었던 주제에 이런 협박이라니.

그러나 이 방법밖에 없었다. 글로리아로 지내는 이상, 에단 달튼에 대해 알아볼 방법이라곤 없었다. 자신은 어떻게 된 건지, 자신의 집은 또 어떻게 된 건지, 그리고 공작저는 또 괜찮은지 직접 확인하고 싶었다.

예상대로 미들턴 백작은 '공작저로 함께 가자꾸나.' 하며 항복을 선언했다.

"다시 한 번 생각을……."

미들턴 백작이 전전긍긍하며 말했다.

"돌아가기엔 늦은 것 같아요. 이미 다 왔는걸요."

에단이 작은 창문 너머로 보이는 거대한 저택의 문을 바라보았다. 검은 철창으로 이루어진 문 양쪽에는 가문의 문장인 용이 새겨져 있었다. 그 앞으로 두 명의 기사가 문을 지키고 있었다.

미들턴 백작임을 알리자, "문을 열어라! 귀한 손님이시다!"라는 기사의 외침이 들렸다. 이윽고 거대한 철문이 스르릉 열렸다. 마차가 저택 안 도로로 접어들어 한참을 달렸다. 에단은 작은 창문 밖으로 보이는 풍경에서 눈을 떼지 않았다.

자신의 집보다 더 오랜 시간 머물렀던 공간이었다. 저택의 거대한 정원도, 곧게 뻗은 이 길도 누구의 통제도 없이 걸었었는데, 이젠 허락이 없으면 마차에서 내리지도 못하는 상황이 되었다.

마차가 천천히 멈춰 선 후, 문이 열렸다. 먼저 내린 미들턴 백작은 언제 딸바보 같은 표정을 지었냐는 듯 냉정한 표정을 하고 있었다. 그러고는 다른 사람들이 글로리아에게 손을 내밀기도 전에 냉큼 손을 뻗었다. 에단이 미들턴 백작의 손을 잡고 내리자, 그의 입꼬리가 아주 미미하게 올라갔다.

"어서 오십시오."

익숙한 목소리에 에단이 느릿하게 고개를 들었다.

하얗게 센 머리에 우아하게 뻗은 콧수염. 에단 달튼이라는 이름으로 공작저에서 일할 때부터 늘 함께 있어주었던 앨버트 집사였다. 그가 반가운 얼굴로 웃고 있었다. 순간 에단은 잠시 숨을 쉬지 못했다.

"글로리아?"

인사를 다 나눈 미들턴 백작이 멍하게 서 있는 에단의 이름을 불렀다.

"아……. 네. 오랜만에 뵙습니다."

에단이 고개를 가볍게 숙였다. 그러자 앨버트가 환하게 미소 지었다.

"영애께서는 여전히 아름다우십니다. 공작님께서 기다리고 계십니다. 들어오시지요."

"네."

앨버트를 따라 미들턴 백작이 뒤따라 계단을 올랐다. 그사이 에단은 멈춰 서서 저택을 둘러보았다. 저택은 여전했다. 그런데도 생경했다. 자신이 빠진 저택을 보게 될 줄은 몰랐다.

늘 바쁘게 뛰어다니던 곳이었는데…….

그녀의 표정이 미묘하게 바뀌었다.

"엇! 안 돼! 안 돼! 루! 루! 이리 와!"

갑작스레 누군가의 다급한 목소리가 들렸다. 사람들의 시선이 한곳으로 돌아갔다. 건물을 빙 둘러 새까만 개가 뛰어나왔다. 거대한 크기에 입이 쩍 벌어질 정도였다. 앨버트와 미들턴 백작의 시선이 자연스럽게 개가 뛰는 방향으로 향했다.

"글로리아!"

미들턴 백작이 하얗게 질린 얼굴로 소리쳤다. 개가 바라보고 있는 사람은 에단이었다.

"안 돼……! 안 돼!"

"조슈아!"

앨버트 집사가 다급하게 개를 뒤따라 나오는 남자의 이름을 불렀다.

"줄이 끊어졌어요!"

"당장 잡아!"

그러나 개의 달리기 속도를 따라잡을 수 있는 사람은 없었다. 앨버트와 미들턴 백작이 다급하게 계단을 뛰어 내려갔으나, 속수무책이었다. 개와 에단의 거리가 한없이 가까워졌다.

저러다가는……!

지켜보던 하녀들이 비명을 꺄악 질렀다. 쿵 하고 부딪친 후, 글로리아가 저만치 날아가거나 혹은 물릴 거라 예상했다. 그러나 어떤 소란도 일어나지 않았다.

"멈춰!"

개가 달려오는 걸 지켜보던 글로리아가 말을 하며 손을 뻗었다.

헥! 헥! 헥!

새까만 개가 거짓말처럼 글로리아의 앞에 뚝 멈춰 섰다. 그러고는 꼬리를 정신없이 흔들며 글로리아를 바라보았다.

왕! 왕!

새까만 개가 큰 눈을 반짝이며 그녀를 향해 짖었다. 에단은 낮은 한숨을 내쉬며 작게 중얼거렸다.

"……내가 온 걸 어떻게 알아가지고."

그녀가 픽 웃자, 새까만 개가 '왕!' 하고 짖었다. 그녀의 손이 개의 머리로 향했다.

"위험합……!"

뒤늦게 달려온 조슈아가 소리치려다 멈췄다. 글로리아가 아무렇지 않게 개의 머리를 쓰다듬었다.

조슈아는 기겁한 얼굴로 글로리아와 개를 바라보았다. 이 개는 신대 공작부터 키워온 개로, 성질이 사나웠다.

선대 공작이 죽은 후부터 개는 밥을 챙겨주는 에단만을 유일하게 따랐다. 물론 그 과정이 쉽지만은 않았다. 에단은 개를 직접 산책시키고 씻기다가 몇 번이나 물리는 사고를 당했다. 그러나 물리든 말든 묵묵히 개를 돌보았고, 어느 순간 보답이라도 하듯 개는 에단만을 따랐다.

그러다가 이틀 전부터 에단이 오지 않자, 개는 식사와 물을 끊었다. 마치 에단의 죽음을 안 것 같았다. 그 모습을 보다 못한 조슈아는 오늘 억지로 데리고 나와 산책도 시키고 특식도 먹이려고 작정하던 중이었다. 혹시나 물릴까 봐 만반의 준비를 한 상태로 조심조심 움직일 때였다.

갑자기 루가 몸을 벌떡 일으켰다. 그러더니 소리가 들리는 쪽으로 귀를 쫑긋 세우더니 꼬리를 흔들기 시작했다. 왜 그러는지 알아볼 틈도 없이 루는 줄을 끊고 마차 쪽으로 달려갔다.

그러더니 이렇게 얌전하게 글로리아 미들턴의 앞에 앉아 있었다.

눈으로 보고도 믿기지 않는 풍경에 조슈아는 눈을 비볐다. 어제까지만 해도 자신을 물려고 했던 녀석이었는데……. 왜 글로리아 영애 앞에선 얌전한 거지? 글로리아 영애를 본 적 없을 텐데?

"착하지."

왕!

에단의 말에 개가 꼬리를 사정없이 흔들었다. 에단은 애틋한 눈으로 개를 바라보았다.

너라도 알아봐주니 안심이다.

내색하진 않았지만, 어느 날 눈을 떠보니 글로리아가 되어 있어서 불안했다. 자신이 알고 있던 에단 달튼의 삶이 사실은 가짜가 아니었을까 싶어서. 그러면 자신이 누군지 헷갈릴 테니까.

잠시 개를 바라보던 에단이 고개를 들었다. 그제야 사람들의 이목이 자신에게 집중된 것을 알았다. 잠시 루를 만난 게 반가워서 정신을 놓았다.

"개가 참 예쁘네요."

에단이 조슈아를 보며 말했다. 그러자 마치 자신이 예쁘다는 말을 들은 것마냥 조슈아의 얼굴이 벌겋게 달아올랐다.

"네? 아, 네. 공작님께서 키우시는 개입니다. 정말 죄송합니다. 제 불찰로 이런 일을 겪게 해드려서 어떻게 사과를 드려야 할지…….."

조슈아가 정수리가 바닥에 닿을 정도로 고개를 푹 숙였다.

"괜찮아요. 신경 쓰지 마세요. 이름이 뭔가요?"

"조, 조슈아입니다."

조슈아의 대답에 에단은 나오려는 웃음을 꾹 참았다.

"개 이름이 조슈아인가요?"

그녀가 모르는 척 물었다.

"아, 아뇨! 개 이름은 루입니다. 루!"

"그렇군요. 반가웠어, 루."

에단은 일부러 처음 만난 것처럼 새까만 개의 머리를 쓰다듬어주었다. 상황이 끝났음을 눈치챈 조슈아가 목줄을 매고 끌어당겼지만, 루는 그 자리에 못 박힌 것처럼 앉아 있었다. 개의 새까만 눈동자에 물기가 어렸다.

그 모습을 지켜보던 에단은 주먹을 꽉 쥐었다. 그녀는 고개를 숙여 루만 들릴 수 있는 거리에서 작게 속삭였다.

"루, 돌아가서 맛있는 거 먹고 산책도 열심히 하도록 해. 그래야 날 또 보지 않겠어? 응?"

에단이 웃으며 말하자, 잠시 그녀를 바라보던 루가 조용히 조슈아를 따라갔다. 가는 내내 루는 몇 번이나 뒤돌아보았다. 그런 루가 보이지 않을 때까지 에단은 손을 흔들어주었다. 루가 완전히 사라지고 나자 마음이 복잡해졌다.

"글로리아! 괜찮니?"

"정말 죄송합니다."

미들턴 백작과 앨버트가 달려와 그녀에게 말을 걸었다.

"네. 괜찮아요."

"다시는 이런 일이 없도록 조심하겠습니다."

앨버트의 거듭된 사과에 에단은 괜찮다는 듯 미소 지었다. 앨버트를 따라 저택으로 들어가는 동안 미들턴 백작이 걱정스러운 눈으로 그녀를 바라보았다.

"글로리아, 너 정말 괜찮니?"

"네? 네."

"너…… 개를 무서워하잖니."

"……."

미들턴 백작의 말에 에단의 얼굴이 잠시 굳었다. 글로리아가 개를 무서워하는지는 몰랐다. 잠시 멈칫한 그녀는 조용히 미소 지었다.

"사실 굉장히 놀라긴 했는데, 괜찮아요. 제가 놀란 티를 내면 오늘 공작님과의 만남에 지장이 있을 것 같기도 하고……. 또, 저 개는 왠지 괜찮아 보이더라고요. 왠지 해치지 않을 것 같았거든요. 꼬리를 마구 흔들었잖아요."

"그래? 다행이구나."

"네."

다행스럽게도 미들턴 백작은 크게 의심하는 눈치가 아니었다. 에단은 조용히 가슴을 쓸어내렸다.

"그나저나 대단하구나, 글로리아. 개가 달려오는 와중에 공작님과의 만남에 지장이 생길까 봐 고민하다니. 넌 어쩜 그렇게도 배려심이 넘치고 대단하니. 너는 정말…….."

다시금 시작된 찬양에 에단이 "계단 있으니 조심하세요."라는 말로 미들턴 백작의 입을 막았다.

"글로리아, 그래도 말이다, 혹시 많이 놀랐다면 먼저 집으로 돌아가도 된단다."

"괜찮아요."

에단이 걱정 말라는 듯 웃어 보이자, 미들턴 백작도 한시름 놓인다는 듯 고개를 돌렸다.

"전 공작님께 인사만 드리고, 응접실에서 차를 마실게요."

"그래. 그러렴."

똑똑.

앨버트가 서재의 문을 두드렸다.

"공작님, 미들턴 백작님과 글로리아 영애께서 오셨습니다."

"들어오시라고 해."

문 너머로 낮은 목소리가 들렸다.

문이 열리기 시작했다.

에단은 저도 모르게 마른침을 꼴깍 삼켰다.

"오랜만에 뵙습니다."

미들턴 백작의 말에 펠릭스가 성큼성큼 걸어와 미소를 지었다.

"이렇게 찾아와주셔서 반갑습니다, 미들턴 백작님. 그리고…….."

펠릭스 버클리의 시선이 느릿하게 옆을 향했다. 에단에게는 그 시간이 굉장히 느리게 느껴졌다. 마침내 펠릭스 버클리와 눈이 마주쳤다.

"글로리아 영애."

그는 평소처럼 나른하고 여유로운 미소를 짓고 있었다.

그러나 오랜 시간 그를 보필해온 그녀는 알 수 있었다. 펠릭스 버클리가 몹시 화가 난 상태라는 것을. 아니, 멀쩡해 보이지만 이성이 나간 얼굴이었다. 보통 이런 얼굴을 하고 있을 때의 그는 말보다 손이 빠르고, 곁의 사람이 수없이 바뀌었다.

저런 얼굴을 본 건 그녀도 살면서 단 두 번이었다. 그때마다 그녀는 굉장히 많은 고생을 했고, 만약 다음에 저 얼굴을 또 보게 된다면 보좌관이고 나발이고 도망쳐야겠다고 다짐했을 정도였다.

대체 며칠 사이에 무슨 일이 벌어진 거지?

심장이 정신없이 뛰기 시작했다.

"글로리아?"

미들턴 백작의 조심스러운 부름을 듣고서야, 에단은 자신의 손을 느릿하게 내밀었다. 그러자 펠릭스가 그녀의 손끝을 거머쥐었다. 펠릭스의 손이 굉장히 따뜻했음에도 피부에 오소소 소름이 돋아올랐다. 펠릭스의 얼굴이 점점 아래로 향했다. 에단은 눈도 깜빡이지 못한 채 제 손에 닿는 펠릭스의 입술을 바라보았다.

누군가가 그린 듯 부드러운 입술은 아주 잠깐 손등에 머물렀다가 바람처럼 사라졌다.

"잘 지내셨나요?"

손등 키스를 마친 펠릭스가 눈을 마주치며 물어왔다.

"네. 잘 지냈습니다."

에단은 목소리를 떨지 않기 위해 애쓰며 미소 지었다. 그러고는 슬

그러니 시선을 미들턴 백작에게로 돌렸다. 그 시선에 미들턴 백작이
알아챘다는 듯 입을 열었다.

"글로리아, 나가서 쉬렴. 끝나면 부르마."

미들턴 백작이 다정한 눈길로 바라보며 말했다.

"네. 그럼 좋은 시간 보내시길 바랍니다."

에단은 치맛자락 끝을 살짝 잡고서 인사한 후 돌아섰다.

02

"후우."

에단은 서재 문을 닫자마자 참았던 숨을 길게 내쉬었다. 바짝 올라가 있던 그녀의 어깨선이 한숨과 함께 내려앉았다.

그것도 잠시, 머릿속이 복잡하게 돌아가기 시작했다.

펠릭스 버클리가 갑자기 저렇게 된 이유가 뭐지.

아무리 고민해봐도 떠오르는 바가 없었다. 그나마 어렴풋이 떠오르는 이유라면 자신이 죽어서인 것 같은데……. 펠릭스 버클리의 성격상 보좌관이 죽었다고 화가 날 리는 없을 테고, 공작인 자신에 대한 도전이라고 받아들인 건가.

"글로리아 영애님."

저를 부르는 소리에도 에단은 골똘히 생각에만 잠긴 채 걸었다.

"글로리아 영애님."

앨버트 집사가 그 앞을 불쑥 가로막고서야 에단이 흠칫하며 고개를 들었다. 글로리아라는 이름에 아직 익숙하지 않아서, 자신을 부르는 줄 몰랐다.

"아…… 네."

"어디를 가십니까?"

"응접실로 가고 있었습니다."

"길을 모르실 테니 제가 안내하겠습니다."

"……네. 그래주시면 감사하겠습니다. 하마터면 계속 헤매고 있을 뻔했네요."

사실 생각에 잠겨 자연스럽게 응접실로 향하던 중이었다. 이 저택은 눈을 감고도 돌아다닐 수 있을 정도로 익숙했으니까.

앨버트가 웃으며 "따라오시죠."라고 말한 후 앞장섰다.

복도를 걸어가는 동안 그녀는 하녀들을 만났다. 하녀들은 수심에 잠긴 얼굴로 고개를 숙이며 인사했다. 적막한 저택 안, 수심 깊은 사람들의 얼굴. 무서울 정도로 분위기가 어두웠다.

"저택의 분위기가 가라앉은 것 같은데, 무슨 일이라도 생겼나요?"

에단은 앨버트의 뒤를 따라가며 조심스럽게 물었다.

"아무래도 집을 새로이 단장하느라 다들 부산스러워서 그런가 봅니다. 귀한 손님이 오시는 날 신경 쓰게 해드려서 죄송합니다. 앞으로는 더욱 주의하도록 하겠습니다."

앨버트의 말에 에단은 입을 다물었다. 타인에게 공작저 내부의 일을 말할 생각이 없다는 게 여실히 드러났다. 씁쓸했지만 당연한 일이었다. 그녀도 타인이 공작저 내부의 일을 물어오면 앨버트처럼 대답했을 테니까.

응접실에 도착한 그녀는 찻잔을 가지고 들어오는 하녀를 보았다. 모두 다 눈에 익은 하녀들이었다. 개중에는 에단이 지나가기만 하면 달라붙어서 조잘대던 아이도 있었다. 그랬던 아이들이 눈을 내리깐 채 입을 다물고 있었다. 행동을 조심하기는 하지만, 자신이 누군지 전혀 관심이 없는 얼굴이었다.

익숙한 모든 것이 자신을 밀어내는 기분이었다. 그래서 서글픔이 밀려들었다.

"더 필요한 게 있으십니까?"

앨버트가 정중하게 물어왔다. 에단은 그런 앨버트를 물끄러미 바라보았다. '앨버트 집사님, 저예요.' 하고 말하면 어떻게 될까. 그럼 그는 '왜? 에단?'이라고 불러줄까. 그럴 리가 없다는 걸 잘 아는 에단은 씁쓸하게 웃으며 고개를 가로저었다.

"아니요. 괜찮습니다. 지금 신경 써주신 것들로 충분합니다. 감사합니다."

에단의 긴 감사 인사에 앨버트는 의외라는 듯 눈을 크게 뜨더니 금세 미소 지었다.

"더 필요한 게 있으시면 하녀들에게 말씀하시면 됩니다."

"네. 감사합니다."

앨버트 집사는 마지막까지 정중한 모습으로 인사한 후, 응접실을 벗어났다.

생전에 에단이 응접실을 관리한 적은 있어도, 이 소파에 앉은 건 처음이었다. 애초에 에단에게 응접실은 손님의 공간일 뿐이었다. 청소하다 말고 슬쩍 앉는 하녀들과 달리 그녀는 항상 규칙을 분명하게 지켰다.

정말 상황이 달라지긴 달라졌네.

그녀가 씁쓸하게 웃으며 잔을 감싸 쥐었다.

"얼굴이 많이 안 좋아 보이네요."

에단은 차를 홀짝 마시며 벽면에 서 있는 하녀에게 말을 걸었다. 앨버트가 안 된다면 조금 편한 상대인 하녀를 공략하기로 했다.

"아닙니다."

"슬픈 얼굴인데 정말 괜찮나요? 어디 아픈 건 아니고요?"

"정말 괜찮…… 흡."

한 명이 울음을 터트리자, 다른 한 명이 난처한 표정을 짓더니 털썩 무릎을 꿇었다.

"죄송합니다."

그러자 자신도 모르게 울음을 터트린 하녀가 따라 무릎을 꿇었다. 그녀도 죄송하다며 사정했다. 이렇게 갑자기 울음을 터트릴 거라 생각지 못했기에 에단은 곤란한 표정을 지었다.

"일단 일어나세요. 무릎을 꿇을 만큼 잘못한 일 없으니까요."

"죄송합니다."

"전 일어나라고 말했어요. 제가 일으켜줘야 하나요?"

에단이 물으면서 자리에서 일어나자, 하녀들이 다급히 몸을 일으켰다.

"앉으세요. 부디 앉아주세요. 정말 죄송합니다."

"뭐가 그렇게 미안하죠?"

"갑자기 저희가 울어서 놀라셨을 테니까요. 이런 모습 보여드려서 정말 죄송합니다."

하녀들의 머리가 바닥에 닿을 듯했다.

"그럼 무슨 일이 있는지 설명해주겠어요?"

"……."

하녀들이 입술을 꼭 깨물었다. 마치 서로의 눈치를 보는 듯했다.

"그럼 저 때문에 운 건가요?"

에단의 물음에 하녀들이 다급하게 고개를 가로저었다.

"다른 사람들에겐 비밀로 할 테니까 편하게 말해요. 적어도 내가 사람을 울렸는데, 왜 울렸는지는 알아야 하잖아요. 안 그래요?"

"절대로 내색하지 말라고 하셨는데……."

"왜 울었는지 이야기해주면, 저도 그쪽이 운 걸 비밀로 하도록 하죠."

하녀들이 서로의 눈치를 살폈다. 백작의 딸 앞에서 울음을 터트린 걸 앨버트가 알게 된다면 불호령이 떨어질 게 분명했다. 불호령뿐만 아니라, 식당 구석에 박혀 신입들이나 하던 접시 닦기나 하게 될지도 모른다. 그건 죽어도 싫었다.

"그게……."

결국 울음을 터트린 하녀가 먼저 입을 열었다.

"실은 펠릭스 버클리 공작님을 모시던 보좌관님이 얼마 전에 돌아가셨거든요. 정말 좋은 분이셨는데, 그렇게 되어버리셔서……."

"……죽어요?"

"네."

"……어떻게요?"

에단은 최대한 침착한 표정으로 물었다.

"살……해를 당하셨어요."

"……."

알고 있던 사실이다. 자신이 직접 칼에 찔려 흐르는 피까지 느끼지 않았던가. 그 와중에 살고 싶다고 절박하게 소리쳐서 지금 이 지경에 처했다.

그래. 다 아는 이야기였다.

그런데 다시 한 번 칼에 찔린 것처럼 가슴 한가운데가 허해졌다.

자신이 정말 죽었다. 20년간 이어져온 그 삶이 끝났다. 훌륭하고 좋은 삶은 아니었지만, 그래도 애착을 갖고 바르게 살려고 애쓰던 삶이었다.

나는 정말 죽었구나.

순간 머릿속이 어지러웠다.

"살해라면 범인은 찾았나요?"

"아뇨. 워낙에 증거가 없는 데다 목격자도 없어서 찾지 못했다고 들었어요."

하녀들은 이걸 계속 이야기해도 되나 하는 표정으로 더듬더듬 대답했다.

"펠릭스 공작님의 고민이 이만저만이 아니시겠네요. 공작저에 대한 도전일 수도 있으니까요."

글로리아가 모르는 척 물었다.

"그것까진 저희도 잘……. 공작님이 모두를 물리신 상태라서요."

"그럼 그 보좌관 시신은…… 어떻게 되었죠?"

에단이 더듬거리며 물었다.

"앨버트 집사님이 아실 뿐, 저희는 잘 모릅니다. 얼마 전 1일장을 치렀다는 것만 알고 있어요."

장례식까지 치렀다는 소리에 에단은 마른 주먹을 꽉 쥐었다. 시신을 수습해 땅에 묻었다는 건 완전히 죽었다는 뜻이다. 아마 살아 있었어도 지금껏 땅에 들어가 있다면 죽었을 거다.

"정말 힘들었겠네요."

에단이 눈을 내리깔며 위로의 말을 건넸다. 그러면서도 머릿속이 멍했다.

"저택에 힘들지 않은 분은 없을 거예요."

"정말 많은 사람들에게서 사랑받는 분이셨나 봐요."

"네. 정말 좋은 분이셨거든요."

"……."

내리깐 눈 안쪽에서 핑 눈물이 돌았다.

"알려줘서 고마워요. 이제 그만 나가보세요. 나가서 눈물도 닦으시고요."

"네?"

"혼자 있어도 괜찮으니 나가보세요. 그리고 비밀은 꼭 지킬 테니 안심해요."

에단이 시선을 창밖으로 돌리며 말했다. 그러자 하녀들은 한시름 놓았다는 얼굴로 응접실을 빠져나갔다.

홀로 남은 에단은 창 너머 새파란 하늘을 바라보았다. 흰 구름이 느릿하게 흘러가고 있었다.

자신이 죽었다면, 글로리아의 영혼은 어디로 간 거지? 이 여자도 완전히 죽어버린 건가. 그럼 자신은 잠깐 이 몸에 머무르는 게 아니라 죽을 때까지 살게 되는 건가.

그럼 자신은 에단 달튼인가, 글로리아 미들턴인가.

모든 게 혼란스럽고 어렵기만 했다. 그녀가 고인 눈물을 손끝으로 닦아냈다.

"글로리아."

응접실 문을 열고 미들턴 백작이 들어섰다. 집에서 보여주던 다 풀어진 표정과 달리, 무게감 있는 얼굴이었다.

"네."

"얼굴이 왜 그래? 울었니?"

에단의 눈가가 붉은 걸 보고, 미들턴 백작이 성큼성큼 다가와 눈을 부릅뜨며 물었다. 울린 사람이 있으면 찾아가 죽일 기세였다.

"아뇨. 하품을 했어요. 아직 몸이 피곤한가 봐요."

"하품이라니. 하품을 한다고 이렇게 눈가가 빨개지다니. 아직 어리구나. 넌 어쩜 이렇게 사랑스럽……."

"대화는 마치셨나요?"

에단이 능숙하게 미들턴 백작의 말을 막았다.

"흠, 흠, 그럼. 아주 잘 끝났단다. 오늘따라 펠릭스 공작이 꼼꼼하게 확인하지 않더구나. 그 덕분에 일이 빨리 끝났어. 점심도 함께 먹을 줄 알았더니, 그러진 않을 것 같구나. 따로 점심을 준비해놨다는 말이 없는 걸 보니 말이다. 그러고 보니 펠릭스 공작의 얼굴색도 조금 안 좋아 보이고……. 어디 아픈가 보더구나."

그 말에 에단의 가슴이 철렁 내려앉았다. 걱정스러웠다. 펠릭스가 저런 상태라면 앨버트와 조슈아를 비롯해 모든 사람들이 긴장 상태일 거다. 그렇지만 그녀가 해줄 수 있는 일은 없었다.

"다행이네요. 그럼 돌아갈까요?"

"그랬으면 하는데, 글로리아. 펠릭스 공작이 가기 전에 너를 잠깐 봤으면 좋겠다고 하더구나."

"……저를요?"

에단이 숨을 멈춘 채 조심스럽게 물었다.

"응. 아무래도 약혼녀 후보이니 얼굴을 본 김에 이야기를 나눴으면 하는 거겠지. 어떻게 생각하니? 몸이 좋지 않으면 거절해도 된단다. 네 건강이 제일 우선이지."

미들턴 백작이 모처럼 듬직한 표정을 지으며 말했다. 아직도 자신의 딸이 죽은 것을 모르는 이 남자를 보니 에단은 괜히 미안해졌다.

이 말을 들을 사람은 자신이 아닌데…….

"……네, 감사합니다."

에단은 그의 눈을 피했다.

"글로리아 영애님."

때마침 앨버트 집사가 들어와 그녀의 이름을 불렀다.

이제 펠릭스 공작을 만날 시간이라는 신호였다.

앨버트 집사의 뒤를 따르던 에단의 머릿속으로 수많은 생각이 스쳐 지나갔다.

펠릭스 공작은 정해진 시간 외에 약혼녀 후보를 따로 만나는 일이 없었다. 글로리아가 미들턴 백작을 따라와도 마찬가지였다. 특별히 개인적인 만남을 갖지 않았다. 예의상 미들턴 백작과 함께 저녁식사를 한 후, 돌려보내곤 했다.

그런데 갑자기 개인 만남이라니.

뭔가 섬뜩했다.

혹시 자신이 글로리아의 몸에 들어와 있다는 걸 알게 된 게 아닐까. 그럴 가능성이 굉장히 낮긴 하지만, 펠릭스 버클리 공작이라면 가능할지도 모른다는 생각이 들었다. 워낙에 사람 같지 않은 사람이었으니까.

어쩌면 그걸 알고 펠릭스 공작이 이성을 잃었을지도 모른다는 생각이 들었다. 하지만 만약 이 사실을 알았다면, 가만히 있진 않았을 텐데……?

그녀의 고민이 이어지는 사이 어느새 서재 앞에 도착했다. 모든 생각이 다 사라지고 머릿속이 일순 텅 비었다.

똑똑.

앨버트 집사가 문을 두드린 후, 서재 문을 밀고 들어섰다. 에단은 숨을 흡, 들이마셨다. 익숙한 서재 냄새가 코끝을 스쳤다.

"글로리아 영애께서 오셨습니다."

앨버트가 정중하게 말했다.

"나가봐."

펠릭스의 말에 앨버트가 허리를 굽혔다.

"네."

뭐? 무려 단둘이 보자고?

에단이 뭐라고 할 틈도 없이 앨버트가 서재를 나섰다. 가슴이 철렁 내려앉았다. 홀로 남은 에단은 마른침을 삼키며 고개를 들었다. 집무용 책상 옆에 그가 서서 그녀를 빤히 바라보고 있었다.

"글로리아 영애."

창가에서 들이치는 햇살에 은발이 부드럽게 빛났다. 에단은 차마 그의 눈을 바라보지 못하고, 애꿎은 은발에 시선을 두었다. 눈이 부시다 못해 멀어버릴 것 같지만, 차라리 이편이 나았다.

"……네."

에단이 애써 미소 지었다.

"집사에게서 전해들었습니다. 저희 개가 글로리아 영애를 놀라게 해드렸다고요. 그 점에 대해 제가 직접 사과를 드려야 할 것 같아 오시라고 했습니다. 다시 한 번 진심으로 사과드립니다."

"아……. 괜찮습니다."

"그런데 평소에 개를 좋아하시나 봅니다. 저희 개는 사나워서 아무한테나 가지 않는 편이거든요."

"……그런 줄 몰랐습니다. 제 앞에서 꼬리를 흔들기에 애교가 많은 개구나 생각했을 뿐입니다."

"그렇게 생각해주셨다니 다행입니다."

펠릭스가 말을 하며 눈을 가느스름하게 떴다.

앨버트에게서 그 보고를 들었을 때, 그는 자신의 귀를 의심했다. 돌아가신 아버지가 키우셨던 루는 굉장히 까탈스러웠다. 태어날 때부터 봐온 자신조차도 따르지 않는 개였다. 에단이 아닌 다른 사람이 만지려고 하면 으르렁거리며 이를 드러내곤 했다. 그런 개를 글로리아가 굉장히 편하게 만졌다니.

그 소리를 들었기 때문일까.

자신이 알던 글로리아와 묘하게 다른 분위기가 났다. 이전의 글로리아는 누구보다 자신의 아름다움에 대해 잘 아는 여자였다. 그걸 피력하기 위해 가까이 다가와 눈을 마주하며 생글생글 웃었을 거다. 단둘이 있을 땐 손을 잡는다든지 어깨를 어루만지는 식의 스킨십도 주저하지 않았다.

그랬던 글로리아가 자신의 눈을 피해 은발을 보고 있었고, 입술 끝은 묘하게 얼어붙어 있었다.

꼭 누군가를 연상케 했다.

「공작님, 에단입니다.」

그 목소리가 귀에서 쟁 울렸다. 그래서인지 이제 그만 내보내도 되는데, 자꾸 말을 걸게 되었다.

"얼마 전에 크게 아프셨다고 들었습니다."

"보다시피 쾌차하였습니다. 걱정해주셔서 감사합니다."

말투도 평소답지 않게 딱딱하고…….

펠릭스는 다시 한 번 찬찬히 글로리아를 바라보았다.

금발에 하얀 얼굴, 여린 몸매, 붉은 입술…….

자신의 머릿속에 떠오른 사람과 그 어느 곳도 닮은 곳이 없었다. 잠시 이채가 서렸던 펠릭스의 눈동자에서 일순 빛이 확 사라졌다.

지금 자신이 무슨 생각을…….

펠릭스는 글로리아에게서 시선을 거둬들였다. 그는 금세 흥미를 잃은 표정을 지었다.

"괜찮으시다니 다행이군요. 다음에 식사 자리를 만들어 초대하겠습니다."

"네. 감사합니다."

"다음에 뵙죠."

펠릭스의 축객령에 에단은 조용히 숨을 들이마셨다. 다른 건 몰라도 이성을 잃은 펠릭스와는 오랜 시간 함께 있고 싶지 않았다. 펠릭스가 책상에서 떨어졌다. 그의 몸에 가려 있던 것들이 모습을 드러냈다. 에단은 치맛자락을 쥐고서 인사하느라 한 박자 늦게 그 물건을 보았다.

그리고 그녀의 얼굴이 뻣뻣하게 굳었다.

"왜 그러십니까?"

펠릭스가 조용히 물어왔다. 그녀는 대답하지 못한 채, 책상 위에 놓인 물건을 바라보았다. 낡은 책과 깨진 동색 목걸이.

그건 그녀의 것이었다.

"무슨 문제라도 있으십니까?"

펠릭스가 두 번 묻고서야 그녀가 고개를 들었다.

"아뇨. 공작님이 가지고 계시기엔 지나치게 낡은 물건들 같아 보여서, 신기해서 보고 있었습니다."

에단이 억지로 입꼬리를 끌어올리며 미소 지었다. 그러자 펠릭스가 낡은 책과 깨진 동색 목걸이를 몸으로 가렸다.

"별거 아닙니다."

말해줄 생각이 없다는 태도였다.

"……그렇군요. 이제 그만 나가보겠습니다."

에단은 인사를 한 후, 그의 서재를 벗어났다.

쿵.

문을 닫은 후, 에단은 주먹을 꽉 움켜쥐었다. 꽉 움켜쥔 주먹이 사정없이 파들파들 떨렸다. 의문투성이인 것들의 해답을 찾은 느낌이었다.

"글로리아 영애님?"

앨버트 집사가 그녀의 이름을 불렀다. 에단이 고개를 들어 그를 바라보았다. 앨버트는 하얗게 질린 글로리아의 얼굴을 보곤 눈을 크게 떴다.

드디어 공작님이 일을 저지르기 시작하신 건가. 이렇게나 빨리…….

앨버트의 표정이 어두워졌다. 어린 시절엔 선대 공작이 제어를 시켜주어서 괜찮았지만, 성인이 된 펠릭스 공작을 막을 사람은 아무도 없었다.

"괜찮으십니까?"

앨버트 집사가 걱정스러운 얼굴로 물었다.

"오랜만에 공작님을 뵈었더니 긴장했나 봐요. 신경 써주셔서 감사합니다."

에단은 가볍게 인사한 후, 앨버트 집사를 지나쳤다. 그녀는 서둘러 응접실로 향했다. 한시라도 빨리 집으로 가고 싶었다.

마차가 덜컹거리며 길을 달렸다. 에단은 넋을 놓은 채 마차의 창밖을 바라보았다.

"글로리아."

미들턴 백작의 부름에 에단이 고개를 돌렸다.

"네."

"공작님이랑 무슨 일 있었니?"

"아뇨, 괜찮아요."

그렇게 말하는 에단의 입술엔 핏기가 없었다.

"그럼 왜 그러니?"

"아무것도 아니에요. 피곤해서요."

"그렇구나……."

"조금만 쉴게요."

평소라면 적당히 미들턴 백작에게 장단을 맞춰줬겠지만, 지금은 도무지 그럴 기분이 아니었다. 미들턴 백작은 시간이 남았으니 드레스와 장식품을 보러 가자고 졸랐지만, 그녀는 모든 제안을 거절했다.

지금은 머리가 터질 것만 같았다.

집으로 돌아온 에단은 침대에 털썩 주저앉았다. 다리에서 힘이 풀렸다. 하녀들이 드레스를 벗겨주겠다고 달려들었지만 모두 다 물렸다. 지금은 혼자 있을 시간이 필요했다.

"왜 그게 거기에······."

공작의 집무용 책상에 놓여 있던 낡은 책과 동색 목걸이는, 그녀의 것이었다. 동색 목걸이는 그녀를 거둬준 버클리가의 선대 공작, 그러니까 펠릭스 공작의 아버지인 알렉스 공작에게서 받은 것이었다.

「에단, 이 목걸이에 대고 간절히 소원을 빌면 이루어질 거란다.」

언젠가 자신을 따로 부른 전 버클리 공작이 목걸이를 내밀었다.

평소 가벼운 농담을 즐겨 했기에 그것도 당연히 거짓말이겠거니 했다. 그러면서도 혹시나 하는 마음에서 목걸이를 받아들었다.

「한번 걸어보렴. 괜찮을 것 같은데.」

전 공작의 채근에 마지못해 목걸이를 걸고 다녔다. 이후 혹시나 하는 마음에서 소원을 빌기도 했다.

'제발 펠릭스 버클리 공작 성격 좀 사람답게 만들어주세요.'

'집의 빚을 모조리 갚을 수 있게끔 하늘에서 돈이 쏟아지게 만들어주세요.'

'오늘 다리가 부러져서 한 달만 일 좀 쉬게 해주세요. 그것도 안 되면 제발 펠릭스 공작이 황궁에서 한 달만 근무하다가 나오게 해주세요, 저 좀 쉬게. 한 사람이 힘들고 다수가 편하면 그 소원을 들어줘야 하는 거 아닌가요?'

그러나 그 소원들은 하나도 이루어지지 않았다.

'에이, 또 속았네.'

에단은 당연히 속았다고 생각했다. 보통 소원을 이루어준다는 신묘한 목걸이라면 금으로 되어 있거나 굉장히 복잡한 무늬가 새겨져 있을 텐데, 동색 목걸이는 돌 같았다. 아무 무늬도 없고 우둘투둘하기까지 했다. 다른 사람들에게 선물로 줬다간 얻어맞기 딱 좋은 그런 것이었다.

그럼에도 에단은 그 목걸이를 걸고 다닐 수밖에 없었다.

「에단, 네가 그 목걸이를 했으니 하는 말이다만, 그 목걸이가 소원을 이루어주기 전에 빼버리면 저주가 내린단다. 그 저주는 상당해서 평생 후회하게 만들지.」

목걸이를 착용하고 나서야 그런 말을 들었다.

「……그런 건 일찍 말씀해주셨으면 안 받았을 텐데요.」

에단이 흙빛이 된 얼굴로 말했다.

「응. 안 받을 테니까 이제야 이야기해준 거지. 그래야 네가 받을 거 아니니?」

「…….」

「이제 네 것이란다. 잘 가지고 다니렴. 잘 어울리는구나.」

대체 이런 돌 같은 게 어디에 어울린다고.

에단은 이를 바득바득 갈았으나 공작에게 대들 수가 없어서 꾹 참았다. 아니, 미친 척하고 대들 순 있었다. 그는 그런 것에 연연하는 성격이 아니었다. 다만, 자신이 대들면 전 버클리 공작이 더 좋아한다는 게 문제였다.

「좀 더 해보렴. 좀 더! 아주 귀엽구나! 에단! 아하하하하!」

변태 같은 그에게 즐거움을 주고 싶지 않았다. 어쨌거나 이후부터 그 목걸이는 줄곧 그녀의 것이었다. 아주 단단해서 흠집 하나 나지 않았다.

그 목걸이가 반쪽이 나 있었다.
마치 제 일을 마친 것처럼.

「에단, 이 목걸이에 대고 간절히 소원을 빌면 이루어질 거란다.」

거짓말인 줄 알았는데…….

「대신, 그 소원은 아주 간절해야 한단다. 온 머릿속에 그 생각 하나
만이 남을 정도로. 의심의 여지가 하나도 없어야 하지.」

그 말이, 진짜일 줄이야…….
에단이 눈을 질끈 감았다. 감은 눈이 파르르 떨렸다.
이제야 자신이 글로리아 미들턴의 몸에 들어온 이유를 알 것 같았
다.
자신의 몸은 죽어가고 있었고, 영혼은 아주 간절히 살고자 했다. 그
근처에 영혼이 빠져나간 멀쩡한 몸이 있었다. 목걸이가 자신의 영혼
을 그 몸에 불어넣었다고밖에 설명할 수 없었다.
"진짜를 줬네, 그 아저씨가……. 그것도 모르고 속으로 욕 엄청 했
는데……."
에단은 긴 한숨을 내쉬었다. 눈가를 비집고 나오려는 눈물을 꾸역
꾸역 삼켰다. 그러고는 애써 전 버클리 공작에 대한 기억을 머릿속에
서 지웠다.

너무 좋은 기억은, 때론 너무 아픈 기억이기도 하니까.

에단은 애써 다른 생각을 하려고 애썼다. 그러자 자연스럽게 동색 목걸이 밑에 놓여 있던 일기장이 떠올랐다.

"아…….. 일기장."

생각하자마자 그녀는 눈을 질끈 감았다.

펠릭스 버클리 공작이 왜 이성을 잃었는지 알 것 같았다. 아니, 확실했다.

그 일기장을 봤다면 그의 눈은 뒤집히고도 남았을 거다. 그 일기장 내용의 대부분은 펠릭스 버클리 공작에 관한 욕이었으니까.

잠시 넋이 나가 있던 에단은 정신을 차리고 침착하게 일기장의 내용을 떠올려보았다. 다행인 건 일기상에 자신이 여자라는 사실을 써놓지 않았다는 거였다. 아주 가끔 허리가 아프다, 배가 아프다 같은 말은 써놓았지만 그걸로 여자라는 걸 유추할 수 있을 리 없었다. 다만 다른 내용이 문제였다.

[하느님, 제발 은발님을 황궁에서 한 달만 근무하게 해주세요. 1년도 아니고 한 달만 쉬면 소원이 없겠습니다. 어째서 우리 은발님은 아프지도 않는 걸까요.]

이 정도는 애교였다.

[휴가를 줬으면 찾지 말라고! 더 일한다고 돈을 더 주는 것도 아니면서! 아악!]

이런 불평도 대놓고 써놨었다.

[가끔 그 은발님은 무슨 생각을 하는지 모르겠다. 오늘 나를 열두 번도 더 찾았다. 아무래도 나와 '루'를 헷갈리는 것 같다. 개 부르듯이 하는 걸 보면…….]

이런 정도는 그럭저럭 괜찮았다. 죽어도 펠릭스 버클리 공작이 아니라고 우기거나, 혹은 일이 너무 고되어서 정신병이 왔었다고 무릎 꿇고 빌면 유야무야 넘어갈 수도 있었다.

의외로 펠릭스 버클리 공작은 이런 일에 크게 신경 쓰지 않으니까. 그는 타인의 눈치를 보거나 평판을 중요하게 여기지 않았다.

그럼에도 그가 타인에게 우아하고 단정한 태도를 유지하는 건, 선대 공작의 피나는 교육 덕에 형성된 습관이었다. 그리고 아주 미약하게나마 에단 자신의 잔소리도 일익을 담당했다 할 수 있었다.

문제는.

[빈민들을 빈민들로 두어도 되는 것인가. 은발님은 선대 공작님께서 하셨던 대로 빈민들을 후원하고 구조하는 데 약간의 재산을 푸는 것으로 자기 몫을 다 했다고 믿는 것 같다.

나는 빈민으로 자라서 그런가, 빈민들이 자력으로 살아남을 수 있는 방법을 찾아주고 싶다. 그들에게 마지못해 살라는 게 아니라, 삶의 원동력을 찾아주어야 하는 게 아닐까.

분명 교육을 받지 못해 죽어가는 인재들이 있을 텐데. 그런 인재들을 발굴해서 쓴다면 버클리 가문은 더욱 번창할지도 모른다.

그나저나 이런 일기 쓰고 나면 꼭 옛날 일이 꿈으로 나오던데…….
나오지 마라. 내일 근무하기 힘들다.]

이런 식의 정치적인 이야기나 민감한 행정 부분에 대한 생각도 써 놨다는 거였다.

감히 빈민 출신의 보좌관이 공작이 하는 행정이나 정치적인 일에 대해 반기를 드는 내용을 일기에 쓰다니.

잡히자마자 지하감옥에 갇혀 가죽이 벗겨져도 할 말이 없는 상황이었다. 그래서 일기장을 침대 뒤 움푹 파인 구멍에 넣어놨는데, 어떻게 찾아냈는지 모르겠다. 죽을 때 불에 태우려고 했는데…….

어쨌거나 일기장을 손에 넣은 펠릭스 버클리는 그런 내용을 보고 굉장히 화가 났을 게 틀림없었다. 아마 자신이 눈앞에 다시 나타나면 가죽을 벗겨버리거나 불구덩이에 집어넣겠다고 생각하고 있겠지. 그런데 만약 글로리아의 몸에 자신의 영혼이 들어온 걸 알고 있다면…….

설마.

에단이 잠시 고개를 가로저었다. 그러다가 다시금 온몸이 뻣뻣하게 굳었다.

그럴 가능성이 낮긴 하지만, 완전히 없는 것도 아니었다. 그 목걸이를 선물한 사람은 선대 버클리 공작으로, 펠릭스 버클리 또한 그 목걸이에 대해 알고 있을 수도 있었다. 그러니 깨진 목걸이를 통해 자신이 뭔가를 간절히 빌었다는 걸 알고 있을 테고, 그걸 만약 글로리아로 추측한다면…….

생각을 하던 에단의 얼굴빛이 하얗게 질렸다.

이쯤 되면 자신의 본래 몸으로 다시 살아나지 않은 게 천만다행이었다. 기껏 운 좋게 살아나자마자 버클리 공작의 손에 죽을 뻔했으니까.

조슈아, 앨버트 등이 눈에 밟혀 우울하던 마음이 싹 가셨다. 그들이 보고 싶고 안타까운 건 여전하지만 그 때문에 죽을 순 없는 노릇이었다.

에단에겐 하나의 목표가 생겼다.

무조건 펠릭스 버클리 공작을 피하자. 그의 약혼녀가 되지 말자.

결심을 한 에단은 무심코 고개를 돌리다 거울에 비친 제 모습을 보았다.

금발에 하얀 얼굴.

여전히 낯설기만 한 예쁜 얼굴을 바라보았다. 잠시 입술을 달싹이다가 어렵사리 말문을 열었다.

"아무래도 돌아가는 상황을 보니 내가 그쪽에게 이 몸을 돌려줄 일은 거의 없을 것 같네요."

조금 미안한 마음이 들었다.

그러나 에단은 일부러 그 마음을 밀어넣었다. 이미 다 끝난 일이었다. 이 삶은 아무래도 신이 내려주신 며칠의 휴가나 유희 같은 게 아니었다. 자신이 꾸려가야 할 또 다른 삶이었다.

"감사합니다."

에단은 따로 인사할 곳이 없어, 거울에 비친 자신에게 머리를 숙였다.

이 짧은 인사는 하나의 마침표이자 새로운 문장의 시작이었다.

이제 자신은 정말로 에단 달튼이 아니라, 글로리아 미들턴으로 살 테니까.

　글로리아로 완전히 살기로 한 에단은, 밤새 글로리아 미들턴의 이름을 중얼거렸다. 타인이 자신의 이름을 부를 때 곧장 반응하기 위해서였다.

　여태껏 그녀는 글로리아 미들턴이 언제고 돌아올 것에 대비해 최대한 그녀의 삶을 유지시켜놓으려 했던 것들을 없애기로 했다. 대신, 자신의 방식대로 살아볼 생각이었다.

　그런 그녀가 가장 먼저 행동한 건 아침식사 자리에서였다.

　"식사 나왔습니다."

　글로리아는 하녀가 가져다준 접시를 물끄러미 바라보았다. 거기에는 손바닥의 절반도 채 되지 않는 음식이 담겨 있었다. 그 적은 양에서 절반은 야채로, 고작 나머지 절반만이 고기였다. 정말 배고플 때를 제외하곤 하녀가 가져다주는 음식들로 먹고 지냈다.

　그런데 더는 이 짓을 못 하겠다.

　"이거 세 접시만 더 가져와."

　"네?"

　하녀가 놀라 되물었다.

　"세 접시만 더 가져다달라고."

　글로리아가 말하고서야, 하녀는 머리를 조아리더니 한창 조리 중인 부엌으로 향했다.

　"글로리아……?"

　마주 앉아 있던 미들턴 백작이 눈을 휘둥그레 뜬 채 그녀를 불렀다. 이런 일은 처음이라는 얼굴이었다.

"네."

"세 접시나 더 먹겠다고?"

"합쳐봤자 양이 얼마 안 돼요."

"그건 그렇지만……."

"이제 체중 조절은 포기하려고요."

글로리아의 말에 미들턴 백작의 눈이 빠질 것처럼 커졌다.

"……왜, 왜 그러니? 무슨 일 있는 거니? 갑자기 식욕이 증가한다는 건 실연을 당했을 때나 가능한 일인데……. 내가 네 엄마인 캐서린에게서 이별선고를 받았을 때 그랬거든. 그때 살이 찐 내게 캐서린이 당장 살을 빼지 않으면 가만두지 않겠다고 하는 바람에 한 달간 오트밀만 먹고 살았지. 그때만 생각하면 아직도 손이 떨린단다. 그런데 설마 펠릭스 버클리 공작이 너를 거절한 거니?"

"아뇨. 실연이 아니에요."

너무 멀리 나가는 미들턴 백작을 진정시키기 위해 글로리아가 손을 들어 보였다. 그러자 엉덩이를 가볍게 들썩거리던 백작이 다시금 자리에 앉았다.

"요즘 자꾸 어지러워서요. 오늘 아침에만 해도 계단을 내려오면서 어지러워서 난간을 몇 번이나 붙잡았어요. 도무지 이래선 안 되겠다 싶어서 앞으로는 뭐든 꼬박꼬박 챙겨 먹고 산책도 다니려고요."

"물론 그래주면 나야 정말 행복하고 고맙다만, 넌 원래 그 어지러움을 즐겼잖니, 글로리아."

"……."

"여자가 가냘픈 몸으로 휘청거리는 아름다움이 극강의 아름다움이라더니……."

이 여자, 대체 뭐지.

글로리아는 조용히 자신의 몸을 내려다보았다. 뭐 그런 쓸데없는 아름다움을 지향했나 싶었다. 합리적이고 이성적이며 건강한 삶을 지향하는 에단으로서 산 그녀에게 글로리아의 삶은 이상하게만 보였다.

귀족여식들은 다 이런 건가.

글로리아는 하던 생각을 접으며 대답했다.

"이제는 생각이 바뀌어서요. 한번 죽다 살아났더니 삶의 가치관이 많이 바뀌었어요. 성격도 그때 많이 바뀐 것 같고요. 그래서 말인데, 앞으로 저의 많은 부분이 달라지더라도 놀라지 마세요."

"당연하지. 네가 뭘 하든 내겐 정말 사랑스럽고 아름다운 요정 같은……."

"그래서 말인데요."

글로리아가 다급히 그의 말을 잘랐다. 이젠 요정 두드러기가 생길 것 같았다.

"응, 글로리아."

버릇없는 행동임에도 자주 이런 경우를 당하는 미들턴 백작은 전혀 개의치 않는 얼굴이었다.

"당분간은 드레스와 주얼리를 사주지 않으셔도 될 것 같아요."

"왜!"

미들턴 백작이 버럭 소리쳤다. 갑작스러운 반응에 글로리아가 눈을 크게 뜬 채 바라보았다.

"너에게 아름다운 드레스를 입히는 게 내 행복 중 하나였는데, 그걸 빼앗아가다니……. 정말 많이 달라졌구나, 글로리아. 힘든 무역일도 네게 예쁜 드레스를 사주려고 그런 건데……. 그리고 곧 파티도 있잖니? 내 딸이 볼품없이 가는 건 원치 않아."

미들턴 백작이 울 기세로 말하자, 글로리아는 마음이 조금 불편했다. 왠지 자신이 그의 큰 즐거움을 빼앗은 것만 같았다. 그러나 이 부분은 양보할 수 없었다.

그녀가 보기에 드레스는 금세 값이 하락할 뿐인 물건이고, 맞춤 제작 사이즈라 다른 곳에 가져다 팔 수도 없었다. 설령 운 좋게 팔더라도 구매가의 절반도 채 안 되는 가격에 넘겨야 했다.

이미 입을 옷이 지천에 널려 있는 상황에서 그런 사치를 부리는 건 그녀의 입장에서 이해가 되지 않았다.

글로리아는 차분한 눈으로 미들턴 백작을 바라보았다.

"아버지."

"응?"

"아무것도 사주지 마시라는 말씀이 아니에요."

"그럼?"

"제가 필요할 땐 말씀드릴게요. 그때 사주세요. 그리고 만약 뭔가를 꼭 사주셔야겠다면 금을 사주세요."

"금……? 아하, 금 목걸이와 귀걸이 말이냐? 그건 밋밋해서 싫다더니?"

"아뇨. 금덩어리로 사주세요. 그리고 직접 제게 주지 마시고, 아버지 금고에 넣어두세요. 다음에 제가 꼭 필요하다 싶을 때 말씀드리면 주세요."

말은 이렇게 했지만, 글로리아는 미들턴 백작에게서 금을 받을 생각이 없었다. 그럼에도 이렇게 말하는 데에는 이유가 있었다.

미들턴 백작은 무역업에는 굉장히 뛰어난 감각을 갖고 있지만, 일주일 넘게 지켜본 바 재산관리 능력은 제로에 가까웠다. 더 큰 문제는 사치스러운 미들턴 백작의 곁에 잔소리를 하는 사람도 없다는 거였다.

만약 이렇게 흥청망청 살다가 미들턴 백작의 무역업이 끊기거나 더는 일을 할 수 없게 된다면 집안 사정은 걷잡을 수 없이 어려워질 거다. 그렇게 되면 자연스럽게 그녀 자신의 삶도 타격을 입게 될 테니 걱정이었다.

그러니 미리 금을 사두면 안 좋은 일이 있을 때 대비할 수 있을 것 같았다.

"금은 예쁘지 않은데……. 금고에만 있는 걸 뭐하러 사겠니?"

미들턴 백작이 흥미 없다는 표정으로 말했다.

"한 번씩 열어봤을 때 노랗게 빛나면 정말 예쁘지 않을까요? 한 번씩 금고를 열어서 함께 보도록 해요, 아버지."

그러나 미들턴 백작은 여전히 마뜩잖은 얼굴이었다.

"제깟 게 노랗게 빛나봐야 네 아름다움을 빛낼 수도 없는데……. 흠."

"제가 잠시 의식을 잃었을 때 꿈을 꾸었어요. 전쟁이 났는데 가져갈 게 없어서 빈손으로 도망쳤거든요. 그 후에 아버지와 제가 어떻게 되었을까요? 겨우 챙겨온 주얼리들을 팔아서 생계를 유지하다가 그것조차도 없어지자 굶어 죽었어요. 그때 만약 아버지와 제게 금이 있었다면 어땠을까요? 전쟁이 터지면 값이 싸지는 주얼리보다는 금의 가치가 훨씬 높은 거 아시잖아요."

사실 꿈을 꾼 적은 없었다.

다만, 유년기가 전쟁 같았을 뿐이었다. 오물과 구더기가 즐비한 골목길을 오가며 그녀를 때렸던 범죄자들은 주얼리보다 금을 더 우선적으로 쳤다. 금은 판매 대상을 가리지 않지만, 이미 세공된 주얼리는 팔 수 있는 대상이 한정된 데다 흠집이 나면 그 가치가 하락하기 때문이었다.

"전쟁이 날 일은 없을 것 같은데……. 누가 감히 우리 대륙에 전쟁을 걸겠니?"

"혹시 모르는 일이잖아요. 역사적인 사건은 불시에 터지는 법이니까요. 미리 대비해두면 좋잖아요."

"흠."

"전 아버지와 오랫동안 행복하게 지내고 싶어요."

글로리아가 일부러 입가를 늘이며 미소 지어 보였다. 그러자, 미들턴 백작의 표정이 흐물흐물 녹아내렸다.

"흠, 좋아. 네 뜻이 정 그렇다면 들어주마. 대신, 나도 조건이 있다."

미들턴 백작이 거래를 하듯 사뭇 진지한 표정을 지었다.

"말씀하세요."

글로리아가 고개를 끄덕이며 말했다. 뭐든 들어줄 용의가 있었다.

"내게 두 팔 벌려 달려오며 소리치렴. '아버지가 세상에서 제일 멋져요. 사랑해요!'라고 말이야."

"……."

"자, 글로리아. 어서 아버지의 넓은 품에 뛰어들렴!"

벌써부터 두 팔을 벌린 채 흐뭇해하는 미들턴 백작을 바라보며 글로리아는 생각했다.

……죽을 때까지 저 사람에겐 적응이 안 될 것 같다.

글로리아는 하녀들과 집사들이 보는 가운데, 식사를 하다가 일어나 미들턴 백작에게 안겨야만 했다. 그 대신 드레스와 주얼리는 필요할 때에만 받기로 약속했다. 그 외의 것은 모조리 금덩이로 사서 금고에 보관하기로 했다.

글로리아는 피곤한 표정으로 거울 앞에 앉았다. 그녀와 제법 친해진 엘레나가 능숙하게 그녀의 머리를 빗겼다.

"요즘 잘 드셔서 그런지 머릿결이 더욱 좋아지셨어요."

"다행이네."

"네."

엘레나가 싱긋 웃으며 그녀의 금발을 곱게 정리해 땋기 시작했다. 준비는 순식간에 이루어졌다. 그사이 글로리아의 머릿속은 바쁘게 돌아갔다.

에단 달튼이었던 시절, 펠릭스 버클리를 따라 몇 번 파티에 참석한 적이 있지만 그녀는 늘 밖을 지켰다. 버클리 공작이 부를 때에만 안에 들어가 도움을 주곤 나왔다. 그래서 파티장이란 곳이 정확히 어떤 곳인지 알지 못했다.

그 때문에 그녀는 사교 파티에 관한 준비를 따로 해야 했다. 댄스 수업도 받아 몸에 익히고, 사교 파티에 대한 책도 찾아봐서 수순에 대해서도 확실히 익혀야 했다.

가장 먼저 글로리아는 원래 자신이 배우던 교사들을 모조리 바꾸었다. 글로리아의 본래 실력을 아는 교사들은 금세 자신의 뒤떨어진 실력을 알아챌 게 분명했다. 그래서 그녀는 교외에서 자그마한 교습소를 운영하는 사람들을 위주로 교사를 뽑았다. 대신 갑작스레 일을 그만두게 된 교사들에게는 그만한 위로금을 지불했다.

새로운 교사로 뽑힌 그들은 그녀의 뒤떨어지는 실력에 대해 의아해하면서도 크게 의문을 품지 않았다.

'사교계의 꽃이라는 명성에 비해 실력은 한참 뒤떨어지는군. 아무래도 사교계의 꽃이라는 말은 아름다운 외모 때문이었겠구나.'라고 여기는 듯했다.

글로리아는 밤잠을 줄여가며 한 달간 댄스 수업을 받고 사교 예절을 복습했다. 살기 위해 오물투성이 바닥에서 잠을 청하며 힘겹게 살아온 그녀에게 이 정도 공부는 어려운 일도 아니었다.

하루가 다르게 실력이 달라지는 그녀를 보며 선생님들은 감탄했다. 그 덕에 생각보다 빠른 시간 내에 댄스와 사교 예법에 적응할 수 있었다.

이런 건 백번이든 할 수 있었다. 문제는, 다른 영애들과의 관계였다. 귀족영애들과 만남을 가져본 적이 없기에 그녀는 글로리아가 누구와 친한지, 누구와 사이가 좋지 않은지 알 수 없었다. 만에 하나 자칫 잘못해서 실수라도 하면 안 되기에 그녀의 고민은 한층 깊어졌다.

그사이 준비는 척척 이루어졌다. 풍성한 금발은 단정하게 정돈되어 아래로 늘어뜨리고, 하얀 피부와 금발에 어울리는 하얀 드레스에 노란 포인트가 들어간 드레스를 입었다. 얼굴엔 옅은 분을 바르고 입술은 분홍빛 물을 들였다. 뺨을 복숭앗빛으로 물들이자 한없이 아름다웠다.

"어떠세요?"

글로리아도 변신한 제 모습이 흡족해서 고개를 끄덕였다.

"정말 손재주가 좋구나, 엘레나."

"어머, 감사합니다."

엘레나가 얼굴을 붉혔다.

똑똑.

문을 두드리는 소리에 글로리아의 고개가 돌아갔다.

"누구세요?"

하녀가 다가가 물었다.

"나야. 에리카."

하녀가 고개를 돌려 글로리아를 바라보았다. 어떻게 해야 하냐는 얼굴이었다.

"문 열어줘."

글로리아의 허락이 떨어지자, 엘레나가 문을 열었다. 그러자 에리카가 마치 제 방이라도 되는 양 성큼성큼 걸어들어왔다. 에리카는 방에 들어서서 글로리아에게 뭐라고 말을 하려다가 입을 다물었다.

흰색 드레스에 금발을 땋아 옆으로 늘어뜨린 그녀의 모습은 평소보다 훨씬 아름다웠다. 화려하게 치장한 것보다 수수하게 꾸민 모습이 그녀의 얼굴을 더욱 돋보이게 했다. 그녀의 모습을 보자 에리카는 또다시 자신의 모습이 초라하게 느껴졌다. 그러나 이건 순전히 돈 때문이었다.

자신도 돈만 있었어도……!

"오기 전에 연락하라고 했을 텐데요."

글로리아가 무표정한 얼굴로 말했다. 에리카를 보면 왠지 기분이 좋지 않았다. 왠지 좋은 여자는 아닐 거라는 감이 들었다. 사람을 많이 만나본 그녀는 사람을 보는 촉이 정확한 편이었다.

"어머, 글로리아. 무슨 소리니? 난 초대받은 거야. 내가 오려고 한

게 아니라 미들턴 백작님께서 부르셨단다. 오늘 사교 파티장에서 네가 외로워할 것 같으니 함께 가달라고 하셨거든. 드레스가 없다는 말에 이런 드레스랑 주얼리까지 보내주셨단다."

에리카가 자신이 착용한 연둣빛 드레스와 에메랄드 주얼리를 가리키며 말했다. 한눈에 봐도 값비싼 티가 났다. 글로리아는 나오려는 한숨을 꾹 참았다.

"그리고 이왕 이렇게 된 거, 너에게 꼭 할 말이 있기도 했거든. 잠깐 시간 있으니 차를 마시면서 이야기를 했으면 하는데……."

에리카가 간절한 표정으로 말했다. 글로리아는 조마조마한 얼굴로 지켜보고 있는 엘레나에게 차를 가져오라고 시켰다. 두 사람은 티 테이블 앞에 마주 앉았다. 얼마 후, 엘레나가 따뜻한 차를 두 잔 가져왔다. 에리카는 그 찻잔을 감싸 쥔 채 울 것 같은 표정으로 그녀를 바라보았다.

"그날 집에 와서 생각해보니 너에게 정말 못되게 군 것 같아서 사과하려고 왔어. 정말 미안해. 너와 미들턴 백작님이 우리 집에 얼마나 많은 것들을 해주셨는데 그 은혜를 잊었구나. 사실 변명처럼 들리겠지만 요즘 내가 많이 힘들거든. 알잖니, 우리 아버지가 도박 빚을 지다가 얼마 전에는 아예 병상에 드러누웠다는 거. 미들턴 백작님이 치료비와 생활비를 주시긴 하지만, 정말 턱없이 부족한 상황이거든."

"……."

"나도 귀족가의 여식으로 태어나 하고 싶은 것도 많고, 누리고 싶은 것도 많다 보니 널 보면 부러웠나 봐. 후우, 정말 언니로서 못난 모습을 보여서……."

에리카가 손수건을 꺼내 눈가를 닦아냈다. 글로리아는 그런 에리카를 물끄러미 바라보았다. 눈가에 정작 눈물이 하나도 나오지 않았다는 점, 갑작스럽게 사교 파티 때 이런다는 점이 이상했지만 넘어가기로 했다.

진심으로 사과를 하든, 가짜로 사과를 하든 자신만 괴롭히지 않으면 상관없었다. 더군다나 그녀가 갖고 있는 '글로리아의 약점'에 대해서도 알아봐야 했다.

"알겠어요."

"그러면 용서해주는 거니?"

"용서랄 게 있나요."

"후우, 다행이구나."

"그런데 저한테 말했던 그 약점, 어떻게 누설하려고 했어요? 사교계에? 아니면 미들턴 백작님께? 그것도 아니면 어디론가의 익명 편지?"

방식을 알면 그 약점이 어느 종류의 것인지 알기 쉬웠다. 사교계라면 남자 관련, 미들턴 백작이면 글로리아의 개인적인 약점일 확률이 높았다.

"글로리아, 뭐 그런 걸 알려고 그러니? 다 잊었어. 그러니 너도 겁내지 말려무나. 너만 예전처럼 내 옆에 있어준다면 그런 일은 없을 거란다. 그나저나 이제 화해했으니 네 드레스는 원할 때마다 구경해도 되겠지?"

아아, 그게 목적이구나.

글로리아는 헛웃음이 나오려는 걸 참았다.

"그러세요."

"잠시 구경 다녀올게. 예쁜 게 있으면 하나쯤 빌려줄 수 있겠니?"

"괜찮은 드레스라면요."

"그래. 알았어. 고마워."

에리카가 드레스룸으로 들어가는 모습을, 글로리아는 차가운 눈으로 물끄러미 바라보았다.

마차 안에서 에리카는 입술을 깨물었다.

죽다 살아났다더니, 독해지기만 했어.

그녀는 숨을 몰아쉬었다. 그녀의 드레스는 본래 계산과 달리 여전히 연둣빛이었다. 그녀가 바라던 드레스는 글로리아의 드레스룸 정중앙에 있던 에메랄드 드레스였다.

그러나 글로리아는 이번에도 안 된다고 선을 그었다. 자신이 아직 입지 않은 새 드레스를 빌려줄 수 없다는 게 그 이유였다.

어차피 드레스도 어마어마하게 많으면서. 새 드레스 하나쯤 자신이 입는 게 뭐 그리 큰 대수라고.

적당히 사과하고 구슬린 데다 '내 곁에만 잘 있으면 네 약점거리는 무사할 거야.'라고 협박의 기미까지 보였는데도 글로리아는 눈 하나 깜빡하지 않았다.

죽다 살아나더니 멍청해진 게 틀림없었다. 절대로 가만히 안 있겠어.

에리카는 글로리아가 알아채지 못하게 주먹을 꽉 움켜쥐었다.

"글로리아 영애, 오랜만입니다."

"정말 여전히 아름다우시군요."

"전에 인사드렸는데, 기억하시나요?"

파티장에 입장하기가 무섭게 글로리아 곁으로 사람들이 몰려들었다. 자신에게 말을 걸어오는 사람들을 알 리가 없는 글로리아는 빙긋 미소만 지었다. 간간이 에단 달튼 때부터 지켜봐서 아는 이들이 있긴 했지만, 그것도 소수였다.

그녀는 대충 인사를 마친 후 빠져나가려 했지만, 사람들의 청이 쏟아졌다. 춤을 추자는 영식의 제안, 함께 이야기를 나누자는 이름 모를 영애들의 제안까지. 춤은 아직 몸이 다 낫지 않았다는 핑계로 거절했다. 아직 부족한 춤 솜씨를 들키고 싶지 않았다. 대신 그녀는 영애들과 이야기를 나누었다.

글로리아는 한 영애와 시답잖은 이야기를 하며 주변을 둘러보았다. 자신을 향한 영애들의 반응은 반반이었다.

자신에게 다가오고 싶어 하는 영애들도 있었고, 멀리서 차가운 표정으로 바라보고 있는 영애들도 있었다.

화려하고 아름다울수록, 그리고 사람들의 관심을 많이 받는 사람일수록 시기하는 무리가 있는 법이었다.

"여기."

영애들과의 대화를 마친 후, 지친 그녀에게 에리카가 잔을 내밀었다.

"방금 지나가는 하녀에게서 받은 잔이야."

글로리아는 에리카가 내민 잔을 물끄러미 바라보았다. 그녀가 줘서일까, 뭔가 석연치 않았다. 기다렸다는 듯이 나타났다는 것도 이상하고.

"왜? 내가 준 게 못 미더워? 정말 오늘 여러모로 나를 슬프게 하는구나, 글로리아. 그럼 이걸 마시도록 해. 내가 마시려고 했던 건데 너한테 줄게. 이러면 날 의심하지 않겠지? 정말 슬프구나."

에리카가 일부러 소리 높여 말했다. 그러자 사람들의 시선이 이곳으로 쏠렸다. 에리카는 한없이 억울하다는 표정을 짓고 있었다. 오해를 사기 딱 좋은 상황이었다.

"그런 거 아니니까 오해하지 마요. 고마워요."

글로리아는 일부러 아무렇지 않게 생긋 웃은 후, 에리카가 내민 잔을 받아들었다. 때마침 목이 굉장히 마르던 차였다. 그리고 설마 사람이 많은 곳에서 이상한 짓을 할까 하는 의심도 있었다.

에리카는 과일주스를 꼴깍꼴깍 넘기는 글로리아의 목을 바라보며 빙긋 웃었다.

에리카가 내민 과일주스를 마신 지 얼마 지나지 않아서였다. 글로리아는 곧장 사람들 속에 서 있는 에리카에게 다가갔다.

"대체 나한테 뭘 먹인 거예요?"

"무슨 소리야? 글로리아."

"그 주스에 뭘 넣은 거냐고요."

"하, 글로리아, 갑자기 왜 이래? 너랑 나랑 같은 걸 마셨잖아. 그리고 난 하녀가 트레이로 들고 다니는 잔을 그대로 너에게 준 거라고. 지금 날 의심하는 거니?"

에리카는 일부러 목소리를 높였다. 사람들의 이목을 끌기 위함이었다. 여기서 더 따졌다간 주저앉아 억울하다고 엉엉 울 기세였다. 잃을 게 없는 에리카보다, 잃을 게 많은 글로리아가 불리한 싸움이었다.

"절대로 이 일, 그냥 넘어가지 않아요."

글로리아는 어금니를 꽉 문 채 돌아섰다. 에리카는 "글로리아!"라고 부를 뿐, 따라오지 않았다.

그녀는 곧장 정원으로 나갔다. 시원한 공기를 마시면 나을까 싶었지만 그것도 얼마 못 갔다. 그녀는 사람들이 말을 걸까 봐 인기척이 전혀 없는 구석진 곳에 자리를 잡고 앉았다. 구토를 할지도 몰라 거대한 나무 뒤에 몸을 숨겼다.

"욱."

구역질이 나올 것 같으면서 나오지 않았다. 시간이 조금 지나자 머리가 뱅글뱅글 돌았다.

지나치게 과신했다. 어린 시절부터 더러운 것들을 먹고 자라서 웬만한 약에 내성이 생긴 이전 몸과 지금 이 여리여리한 몸이 전혀 다르다는 걸 잠시 잊었다.

"후우."

이대로 있다간 쓰러질 것 같아, 글로리아가 몸을 일으키려고 할 때였다. 이곳으로 다가오는 인기척이 들렸다. 아는 사람들이면 여기서 뭘 했냐는 등 꼬치꼬치 캐물을 것 같아 그 사람들이 지나가면 일어나야지 생각하며 숨을 죽였다. 그러나 예상과 달리 그들의 걸음이 뚝 멎었다.

"오늘 펠 온다는 거 맞지?"

"어, 맞아."

"그런데 왜 이렇게 안 와?"

"곧 오겠지. 조바심 내지 마."

"제대로 준비해. 마지막이야. 그건?"

"준비했지."

펠? 마지막?

심상찮은 대화에 글로리아의 고개가 조심스럽게 기울어졌다. 눈만 빼꼼 내민 그녀는 희미하게 보이는 장정 둘의 모습에 눈을 가느스름하게 떴다. 그러자 조금씩 장정의 옆얼굴이 보였다. 남자 한 명의 소매에서 무언가가 삐져나왔다. 달빛에 번득이는 건 다름없는 칼이었다. 그리고 남자의 얼굴이 보였다.

어디서 본 적 있는데……. 저 사람들……. 아!

남자의 얼굴을 떠올린 글로리아의 눈이 크게 벌어졌다.

장정 둘은 그녀도 아는 얼굴이었다.

펠릭스 공작의 창고에 있던 무역품이며 공작의 영지에서 걷는 세금을 빼돌리다가 앨버트에게 발각되어 알거지 신세로 쫓겨난 딜런의 아들들이었다. 딜런의 일을 도와주다 몇 번 마주친 적이 있어서 얼굴을 알고 있었다.

빼돌린 세금과 공작의 사유 재산을 추징하고 나니 알거지가 된 딜런은 술독에 빠져 살았다고 했다.

딜런이 술독에 빠져 골골댈 동안, 아들들은 노름과 마약에 손을 댔다고 들었다.

옛정을 생각해 그의 집을 찾아간 앨버트가 돈 몇 푼을 쥐여주며 정신 차리라고 했지만, 돌아온 건 욕지거리였다고 했다.

「돈도 많은 사람이 우리같이 불쌍한 사람들의 돈을 홀랑 빼앗아가? 그거 좀 없어진다고 뭐가 티가 나! 우리한테 주면 우리도 잘 살고 공작도 잘 사는데, 대체 뭐가 죄야! 절대로 용서하지 않아! 내가 이렇게 된 건 전부 펠릭스 공작 때문이야!」

136

불경한 말을 입에 담은 딜런에게 앨버트는 화가 단단히 나서 돌아왔었다. 기사단을 보내 지하감옥에 처넣으려고 하는 걸, 에단이 말렸었다. 굳이 미친놈을 잘못 건드려 공작의 평판만 깎이게 할 필요는 없다는 생각에서였다.

그런데 귀족도 아니고 평민인 저들이 대체 왜 여기에 온 거지? 아니, 그보다도 마부로 위장까지 해가면서 여기 온 이유가 뭐지? 그들은 분명 누군가를 해칠 것처럼 험악한 기세였다.

만약 그 누군가가⋯⋯.

그럼 설마⋯⋯.

펠.

펠릭스 버클리.

글로리아의 얼굴이 하얗게 질렸다.

살그머니 정원을 뒤로한 글로리아는 먼저 연회장으로 들어섰다. 성대한 파티가 진행 중인 홀을 쭉 둘러보았지만, 펠릭스 버클리는 어디에서도 보이지 않았다. 그녀는 가장 근처에 있던 영애를 붙잡았다.

"영애."

"앗? 네? 아, 글로리아 영애님. 무슨 일이신가요?"

글로리아의 다급한 표정을 본 영애의 눈이 동그랗게 벌어졌다. 한번도 흐트러진 모습을 보여주는 적이 없던 그녀가 지금 굉장히 엉망진창인 꼴을 하고 있었다.

"혹시 펠릭스 버클리 공작님이 여길 오셨나요?"

"버클리 공작님이요? 아뇨. 안 오셨어요."

"그럼 혹시 늦게라도 오신다고는 하던가요?"

"네. 그렇다고 들었어요. 그런데 왜 그러시는지…….”

"알려주셔서 감사합니다."

글로리아는 침착하게 인사를 마친 후, 연회장을 빠져나왔다. 그러고는 연회장 건물의 옆쪽으로 달려갔다.

파티를 좋아하지 않는 펠릭스는 대체로 불참이지만, 참석하게 된다면 늦게 들러 얼굴만 비치고 빠져나가는 경우가 많았다. 예상대로 오늘도 그럴 모양이었다.

만약 자신의 예상이 맞는다면, 홀 앞이 아닌 마차 보관소까지 마차를 타고 올 가능성이 높았다. 그곳에서 내려서 연회장까지 느긋하게 걸어오는 걸로 시간을 지체해 보좌관들의 속을 터지게 만든 적이 한두 번이 아니었으니까.

단지 느긋하게 걸어오는 정도가 아니었다.

「에단, 넌 어떤 꽃을 좋아하지?」

어두컴컴해서 아무것도 보이지 않는 정원 한가운데를 가리키며 쓸데없는 질문을 던지기도 했다.

그러면 복장이 터진 자신은 '꽃은 좋아하지 않습니다. 그렇지만 굳이 좋아하는 걸 말하라고 하신다면, 공작님께서 연회장에 일찍 들어가셨으면 좋겠습니다.'라고 대답하곤 했다. 그러면 그는 못 들은 척 느릿느릿 걸어갔다.

으득.

글로리아는 다시금 떠오른 생각에 어금니를 꽉 깨물었다.

마차 보관소에 도착한 글로리아는 가장 먼저 램프를 들어 마차 안을 스윽 훑었다.

몇몇 마부가 의아한 눈으로 그녀를 바라보았다. 익숙한 마차가 아직 보이지 않았다. 이대로 안 오면 좋으련만.

글로리아는 입술을 깨물었다.

딜런과 그 아들들을 처리하려는 앨버트를 말린 건 그녀였다. 이미 재산을 몰수당하고 인생이 망가진 걸로 충분하다고 생각했었다. 이렇게 그들이 망가지다 못해 완전히 미쳐서 펠릭스 버클리를 해하려고 들 줄 알았다면, 앨버트에게 당장 그들을 모조리 처리하라고 했을 거다.

그녀는 마차가 들어서는 길 앞에 서 있기로 했다. 일부러 다른 사람들 눈에 띄지 않게 어둠침침한 귀퉁이에 섰다.

그래, 이번 일만 돕자.

되도록 펠릭스 버클리와 엮이지 않고 싶지만, 이번 일은 자신의 책임이었다. 자신의 무른 성격이 일을 이 지경으로 만들었다.

다그닥, 다그닥.

익숙한 마차 한 대가 느긋하게 달려왔다. 발톱 문장이 선명하게 새겨진 마차가 보관실 앞에 멈춰 섰다. 문이 열리더니 가장 먼저 조슈아가 내렸고, 뒤따라 익숙한 펠릭스 버클리 공작이 내렸다.

"공작님!"

글로리아가 한 걸음 성큼 다가갔다. 그러자 조슈아가 허리에 차고 있던 장검을 꺼내 그녀의 목을 겨눴다.

"저예요. 글로리아 미들턴이요."

갑작스레 나타나면 조슈아가 검을 겨눌 줄 미리 알고 있었다. 그녀는 알면서도 나섰다.

"글로리아 영애님?"

조슈아가 놀란 얼굴로 묻더니, 얼른 검을 거둬들였다.

"죄송합니다. 결례를 용서해주십시오."

"괜찮습니다. 갑작스레 나타나 놀라게 해드린 제 불찰이 크니까요."

글로리아가 걱정 말라는 듯 손을 들어 보였다. 그사이, 펠릭스는 글로리아를 빤히 바라보았다.

보통 검이 목에 들이닥치면, 검에 익숙지 않은 사람들은 비명을 내지르거나 뒷걸음질 치는 게 정상이었다. 그중 가장 기본 중의 기본은 눈을 감는 것이었다. 그런데 글로리아 영애는 놀라긴 했지만, 이 정도는 예상했다는 얼굴이었다. 오히려 목에 겨눈 검을 슬쩍 바라보는 여유까지 갖고 있었다. 검술을 배우지 않았다면 나오기 힘든 행동이었다.

"무슨 일이십니까? 영애."

펠릭스가 조슈아를 뒤로 물리며 물었다.

"드리고 싶은 말씀이 있어서 찾아뵀습니다."

"편하게 말씀하십시오."

펠릭스가 글로리아를 내려다보았다.

"오늘 하루는 곁에서 보좌관을 떼어놓지 마세요. 그게 아니면 돌아가시는 게 어떨지 조심스럽게 말씀드립니다."

"그 이유는요?"

펠릭스가 묘한 눈으로 그녀를 바라보았다. 글로리아는 그 눈빛을 피해 시선을 돌렸다. 펠릭스의 눈빛은 다른 사람들의 것과 달라서, 마주 보고 있으면 생각을 관통당하는 느낌이 들었다.

"우연히 정원에서 장정 둘의 이야기를 들었는데, 공작님을 해치려는 계획을 들었습니다. 얼굴을 보지 못해 누군지 알 순 없지만, 공작님이 위험에 처하실 것 같아 서둘러 달려왔습니다."

그녀는 최대한 빨리 대화를 끝내고자 서둘러 이야기를 했다.

"걱정해주셔서 감사합니다, 영애."

다행스럽게도 펠릭스 공작이 말귀를 알아듣는 기색이라 글로리아는 안도의 한숨을 내쉬었다.

"그러면 돌아가시는 건가요?"

"우려의 말씀은 감사합니다만, 그럴 순 없을 것 같군요."

펠릭스의 말에 글로리아가 고개를 들었다가 그와 눈이 마주쳤다. 입은 감사하다고 말하고 있었으나, 눈빛은 한없이 차가웠다.

"이미 제가 왔다는 게 연회장에 알려졌을 텐데, 갑자기 돌아가면 모양새가 우스워집니다. 확실하지 않은 사실 때문에 파티에 왔다가 얼굴도 비치지 않고 가는 건 큰 결례죠."

"그러면 주최 측에 알리시는 건 어떻습니까?"

글로리아는 다급함에 저도 모르게 에단의 말투가 나온 걸 인지하지 못했다. 펠릭스의 눈이 가느스름해졌다.

"영애님 말고 그 말을 함께 들은 이가 있습니까?"

"아뇨."

글로리아의 표정이 난처해졌다.

"이런 상황에서 저를 해하려는 사람이 있다는 사실을 파티 주최 측에 알렸다가 그런 인물이 나오지 않을 경우, 그 또한 결례지요."

"하지만 결례라는 이유로 목숨까지 위험에 처하게 할 순 없습니다."

"그건 걱정하지 마십시오, 영애."

"하지만……!"

"알려주신 건 감사하지만, 제 일입니다."

펠릭스가 분명히 선을 그었다. 알려준 건 감사하지만, 그 이상은 네가 관여할 일이 아니라는 것을.

아, 맞다. 그렇지.

글로리아는 새삼 깨달았다. 또 한 번 익숙한 세계로부터 저만치 밀려나가는 기분이었다. 그리고 잠시 잊었다.

펠릭스 버클리라면, 도망치는 쪽보단 적당히 곤란한 상황을 만들어 파티 주최 측에 책임을 물어 원하는 것을 얻어내는 쪽을 택한다는 사실을.

"제가 주제넘었군요. 부디 몸 건강하시길 바랍니다, 공작님."

글로리아가 가볍게 치맛자락을 잡고서 인사한 후, 돌아섰다.

"필요하시면 에스코트를 해드리겠습니다."

펠릭스가 커다란 손을 내밀었다. 여기까지 찾아왔으니 예의상 손을 빌려주겠다는 느낌이 다분한 태도였다.

"아뇨. 혼자 가겠습니다."

글로리아가 그를 등지고 돌아섰다. 몇 걸음 채 가지 않았을 때였다.

휘이잉!

말이 울부짖었다. 다그닥거리는 소리와 함께 말이 다리를 치켜들었다. 섬뜩한 바람이 뒷덜미를 훑고 지나갔다. 반사적으로 글로리아가 돌아섰다. 장정 둘이 번득이는 칼을 들고서 달려오고 있었다. 조슈아와 마부가 그 둘을 향해 마주 달려가고 있었다.

반짝.

그리고 또 한 번 무언가에서 빛이 흘러나왔다. 그 빛을 따라 글로리아의 고개가 뒤로 젖혀졌다. 차가운 빛이 허공에서 뿜어 나왔다.

왜…… 둘이라고 생각했을까.

왜, 딜런은 당연히 이 일에서 빠졌을 거라 생각했을까.

덩치 큰 누군가가 단도를 들고서 마차 보관소 지붕에서 뛰어내릴 준비를 하고 있었다. 펠릭스는 인지하지 못한 듯 뒤엉켜 칼부림을 하는 네 사람을 바라보고 있었다.

모든 것들이 느릿하게 흘러갔다. 숨은 멎었고, 심장 또한 멈춘 듯했다.

그 기묘한 기분 속에서 문득, 누군가의 목소리가 들렸다.

「에단, 우리 펠릭스를 잘 부탁한다. 펠릭스 옆에는 네가 있어야 해.」

촛불처럼 꺼져가던 생명이 건넨 마지막 당부.

「꼭 부탁한다, 에단.」

그 당부에 대답을 하지 못하고 짐승처럼 울기만 했던 자신.

젠장. 이젠 정말 다 끝났나 했는데…….

몸이 반사적으로 움직였다. 공작님이라고 부르짖을 시간도 없었다.

그녀는 있는 힘을 다해 달려가 펠릭스를 밀쳤다. 펠릭스 공작의 몸이 저만치 밀려나고, 글로리아 또한 반대편으로 나가떨어졌다.

쿵!

몸이 마차 보관소 벽에 부딪쳤다.

"으윽."

글로리아가 팔을 움켜쥐었다. 갑작스러운 소란에 대기 중이던 마부들이 우르르 몰려나왔다. 겨우 몸을 일으켜 세운 글로리아는 자신의 눈에 가장 먼저 보이는 돌을 집어들었다. 그거 말곤 아무것도 없었다.

일단 이거라도 던져 맞힌 후에 시간을 벌자.

그녀가 돌아서서 딜런에게 돌을 던지려 할 때였다.

"으윽."

무릎을 꿇고 있는 딜런의 고개가 뒤로 젖혀져 있었다. 그가 쥐고 있던 단도는 저만치 땅에 떨어져 있었다. 펠릭스가 딜런의 피범벅이 된 머리채를 움켜쥐고 있었다. 그 짧은 시간에 펠릭스가 딜런을 제압한 것이다.

저쪽 상황도 끝이 난 듯, 딜런의 아들들이 조슈아와 마부에게 붙들려 질질 끌려오고 있었다.

정말 끝이었다.

"하아."

글로리아는 긴 한숨을 내쉬었다.

툭.

그녀의 손에서 돌이 떨어졌다.

"영애."

펠릭스 공작이 그녀를 불렀다. 네, 라고 아무렇지 않게 대답하고 싶었다. 이제 다 끝났으니 집에 돌아가 따뜻한 물에 씻고서 푹 자고 싶다고 생각했다. 그러나 생각대로 되지 않았다.

세상이 빙글빙글 돌았다. 기울어지는 세상을 보며 글로리아는 자신이 쓰러지는 중이라는 걸 알았다.

풀썩.

글로리아 영애가 바닥에 쓰러졌다. 마치 손수건이 하늘에서 느릿하게 떨어지듯, 가녀린 몸짓이었다.

"영애님!"

조슈아가 멱살을 움켜쥐고 있던 놈을 마부에게 넘기고 서둘러 글로리아에게 달려갔다. 그녀의 몸에 어떻게 손을 대야 할지 몰라 전전긍긍할 때였다.

"조슈아."

"네."

"이 녀석을 잡아."

펠릭스 공작의 명에 조슈아는 딜런을 압박한 후, 펠릭스 공작이 했던 것과 똑같이 그의 머리채를 거머쥐었다.

"네깟 게 감히 내 몸에 올라타! 당장 내려오지 못해!"

딜런이 버럭버럭 소리쳤다.

"입 다물지 못해?"

조슈아가 단도를 꺼내 목덜미에 겨누자, 딜런이 입을 꽉 다물었다.

"죽기는 싫은가 보지. 그렇지만 너도 알겠지? 공작님한테 이런 짓을 했으니 죽는 일밖에 남지 않았다는 걸."

조슈아가 비죽이 웃자, 딜런이 눈을 부릅뜬 채 그를 노려보았다.

"이게 무슨 일입니까!"

뒤늦게 경비를 보던 기사들이 우르르 달려왔다. 피범벅이 되어 제압된 세 사람을 보곤 눈이 휘둥그레졌다. 조슈아가 그들에게 침착하게 상황을 설명하는 사이, 펠릭스는 누구도 감히 손대지 못하는 글로리아에게 다가갔다.

영애에게 그녀와 관련되지 않은 남자가 손을 대는 건 굉장한 결례였다. 펠릭스는 글로리아를 반쯤 안아든 채 그 얼굴을 물끄러미 바라보았다.

「공작님!」

아주 오래전, 누군가가 이렇게 자신을 절박하게 부르며 달려온 적이 있었다.

고개를 돌렸을 때, 선대 공작이 키우던 개인 루가 달려오고 있었다.

루는 선대 공작의 죽음 이후 굉장히 날카롭고 예민한 상태였다. 잠시 사람들이 방심한 틈에 풀려난 루는, 귀가 중이던 그에게 이를 드러내며 달려왔다. 당장에라도 물어 죽일 기세였다.

그는 아무렇지 않게 검을 꺼냈다. 이참에 시끄러운 저 녀석을 죽여야겠다는 생각뿐이었다. 명분도 확실했다.

그러나 있는 힘을 다해 달려온 에단이 그를 껴안다시피 해서 저 멀리 밀어내곤 루에게 자신의 팔을 내밀었다. 마치 이걸 물라는 듯이.

루는 그 말을 알아듣기라도 한 듯이 에단의 팔을 물었다. 다급히 달려온 기사들이 떼어내고서야 에단은 구출될 수 있었다. 치료를 해야겠다며 기사들이 끌고 가려 했지만, 에단은 그 자리에 남아 무릎을 꿇었다.

「루, 루가 요즘 좀 많이 예민해서 그런가 봅니다. 부디 용서해주세요!」

「내 보좌관을 그 꼴로 만든 개를 용서해달라 이건가?」

「저, 저는 안 아픕니다! 정말 하나도 안 아픕니다.」

그렇게 말하는 에단의 팔에서는 피가 철철 흘러내렸다. 벌어진 상처에선 살점이 너덜거렸고, 흘러내린 피는 잔디를 적시고 있었다.

「정말입니다. 정말, 하나도 안 아픕니다.」

에단의 얼굴에선 땀이 뚝뚝 떨어져 내렸다. 이대로 개를 죽이겠다고 하면 따라 죽을 기세였다.

그깟 개가 뭐라고.

펠릭스는 못마땅했지만, '상처 하나 남지 않게 싹 치료해 와. 그러면 용서해주도록 하지.'라고 말했다. 그러자 에단의 얼굴이 환해졌다.

「감사합니다! 정말 감사합니다! 얼른 치료하고 돌아오겠습니다!」

그녀는 '말할 시간에 따라와! 당장 치료받지 않으면 죽어!'라고 말하는 기사들에게 끌려가면서도 연신 해맑게 웃으며 '감사합니다!'라고 인사했다.

그날을 떠올리며 희미하게 웃던 펠릭스는 기절해 있는 글로리아를 바라보았다.

왜 갑자기 그때가 떠오르는 건지.

전혀 닮은 구석이 없는 얼굴에 에단의 얼굴이 겹쳐 보였다.

그가 그녀를 번쩍 안아들었다.

"제가 모시겠습니다."

소식을 듣고 달려온 에리카가 조심스럽게 말했다. 펠릭스의 고개가 돌아갔다. 에리카는 그와 눈이 마주치자마자 얼굴이 확 붉어졌다. 말로만 듣던 펠릭스 버클리 공작과 마주 서게 되었다. 늘 별처럼 멀기만 하던 남자였기에, 이렇게 가까이서 보는 건 처음이었다.

어두운 밤중에 횃불을 통해 봤을 뿐인데도 숨이 막힐 정도의 외모였다. 전성기의 미들턴 백작과 견주어도 절대로 밀리지 않을 정도였다. 오히려 자신의 취향에는 예쁘장한 미들턴 백작보다는 우아하고 남자다운 펠릭스 버클리가 더 가까웠다.

에리카는 정신없이 뛰는 가슴을 꾹 누른 채 펠릭스를 바라보았다. 자신의 모습이 초라해 보일까 봐 겁이 났다.

"내가 직접 모시도록 하지."

펠릭스가 그녀를 흘깃 바라보았다.

"그래도……."

"두 번 말해야 알아듣는 건가?"

펠릭스 공작이 차갑게 대꾸한 후, 에리카를 지나쳐갔다. 좋은 향기가 바람결에 훅 밀려들었다. 에리카의 시선이 펠릭스 공작의 품에 안겨 있는 글로리아에게로 향했다. 그녀의 눈빛이 금세 표독해졌다.

자신이 글로리아였다면……. 그랬다면, 저 품에 안겨 있는 건 자신이었을 텐데……. 운 좋은 년.

에리카는 입술을 깨물며 그의 뒤를 따랐다.

글로리아의 기절로 인해 미들턴가는 발칵 뒤집혔다. 딸에 대한 사랑이 지극한 미들턴 백작은, 앤드루가 연신 "괜찮습니다. 일시적인 충격으로 인한 혼절이니 잠시 휴식을 취하면 괜찮아질 겁니다."라고 했는데도 걱정을 멈추지 않았다.

위로하다가 지친 앤드루가 귀가하고 집사인 아드리안만 남자 미들턴 백작은 비로소 참았던 눈물을 터트렸다.

"이 작은 몸이 흙바닥에 구르고, 내던져지고······. 으흑. 얼마나 아팠을까······. 펠릭스 공작처럼 큰 놈은 칼에 맞아도 끄떡없을 텐데, 대체 왜 몸을 던져서 이런 꼴로······. 글로리아, 죽으면 안 된다. 절대로 안 돼! 네가 죽으면 나도 따라간다. 돈이 다 무슨 소용이야! 네가 없는 세상에 살아봤자 재미도 없어!"

미들턴 백작의 말이 극단적으로 치달았다.

"······휴식을 취하면 된다고 하셨습니다. 그러니 글로리아 님께서 쉬도록 내버려두시는 것이······."

보다 못한 아드리안이 조심스럽게 말했다. 그러나 미들턴 백작은 전혀 들리지 않는다는 듯 오열했다.

"으흡, 글로리아, 나의 딸 글로리아."

아, 좀! 그냥 자게 내버려두면 낫는다고!

아드리안은 목끝까지 치밀어오르는 말을 꾹 참으며 숨을 깊게 들이마셨다. 다른 사람도 아니고 자신은 이해해주어야지 하고 생각하면서.

아침 햇살이 눈을 찌르고 들어왔다. 뒤이어 쨱쨱거리는 새소리가 들리고, 피부에 선선한 바람이 느껴졌다.

글로리아는 느릿하게 눈을 떴다. 가장 먼저 시야에 들어온 분홍빛 레이스를 보고서 자신이 살았구나, 라고 생각했다.

"윽."

상체를 일으킨 글로리아가 짧게 신음을 뱉으며 관자놀이를 꾹 눌렀다. 자다가 무슨 소리를 들은 건지 머리가 지잉 하고 울렸다.

「으허어어어엉, 허어엉.」

누군가가 울부짖는 소리 같기도 했고, 오열하는 소리 같기도 했다. 어찌 보면 개가 짖는 소리 같기도 했다.

"꿈에 개가 나왔나……. 더러운 꿈을 꿨나 보네."

미들턴 백작의 울음소리라고는 예상 못 한 그녀가 머리를 가로저었다. 그러자 조금 시끄러운 소리가 물러난 기분이었다.

"어머, 일어나셨어요?"

문을 열고 들어온 하녀들이 깜짝 놀란 얼굴로 물었다.

"응."

글로리아가 힘없이 고개를 끄덕였다. 그러자 목 뒤가 당겨왔다. 이리저리 몸을 움직이니 안 아픈 곳이 없었다. 흙바닥에 한 번 굴렀다고 몸이 이렇게 된다는 사실이 기가 막혔다. 흙바닥에 한 번이 웬 말인가, 별의별 짓을 다 해도 근육이 뭉치는 법 없던 그녀였다. 아무리 생각해도 몸은 에단 달튼이 더 좋았던 것 같다. 자신이 사용하기에 이 몸은 너무나 가녀리고 여렸다.

그녀가 아쉬운 표정을 지었다.

"죄송해요. 아가씨가 일어나신 줄 알았으면 노크를 했을 텐데, 의식이 없으신 줄 알고 살펴보러 들어오느라 하질 못했어요."

하녀가 어쩔 줄 몰라 하는 표정을 지었다.

"아, 괜찮아. 이런 상황에서까지 노크하라는 말은 아니었어."

글로리아가 신경 쓰지 말라는 듯 손을 내저었다. 그러고는 무심한 표정으로 금발을 쓸어넘겼다. 그 모습이 마치 기사처럼 멋있어서, 하녀의 뺨이 붉어졌다. 한없이 여리고 예민하고 도도하던 예전 모습은 조금도 보이지 않았다.

변한 건 표정이나 말투만이 아니었다. 별달리 손이 많이 가지도 않았고, 필요한 게 있으면 미리 알아서 가져다주길 바라는 게 아니라 분명하게 요구했다. 또한 고마운 부분이나 칭찬할 부분이 있으면 그 또한 분명하게 이야기했다.

세상에 나쁜 일은 없다더니. 죽다 살아나더니 성격이 좋아지실 줄이야.

하녀가 들뜬 얼굴로 글로리아를 바라보았다. 몸을 일으켜 세운 그녀는 침대에 걸터앉아 하녀를 물끄러미 바라보았다.

"어제 어떻게 된 거야?"

"어젯밤, 기절하신 아가씨를 펠릭스 공작님께서 직접 안아서 데려오셨어요."

"……뭐?"

"네?"

하녀가 되물었다.

"누가 날 데려와?"

"펠릭스 버클리 공작님이요."

"……."

글로리아가 멍한 얼굴로 눈을 깜빡였다.

펠릭스 공작은 누굴 막 안아서 데리고 오고 그럴 성격이 아닌데…….

아무래도 미들턴 백작과의 관계를 생각해서 그런 조치를 취한 모양이었다.

그래, 그런 거겠지. 그거 말고는 이유가 없었다.

글로리아는 애써 그런 쪽으로 생각을 접었다.

"그 후에는? 그냥 침대에서 줄곧 잔 거야?"

"네. 앤드루 님께서 진찰하신 후 괜찮다고 하셨어요. 이후 백작님께서 새벽까지 곁을 지키시다가 잠시 눈을 붙이러 가셨어요."

"아아, 그래? 알려줘서 고마워."

글로리아는 가볍게 고개를 끄덕였다. 나중에 미들턴 백작이 깨어나면 가서 멀쩡한 모습을 보여주고 위로해줘야겠다고 생각했다.

그나저나 상황이 잘 마무리된 모양이었다. 자신을 안아서 데리고 올 정도라면 펠릭스 버클리 공작의 사지는 무사하다는 말이었다. 생각해보니 기절하기 전에 아주 멀쩡하게 딜런의 머리채를 잡고 있는 모습을 보기도 했었다.

"후우."

그녀는 긴 한숨을 내쉬었다. 이걸로 마지막 남은 마음의 빚까지 털어버리기로 했다.

이제 더는 펠릭스 버클리 공작과 엮일 일이 없겠지.

비록 몸은 욱신거리며 아팠지만, 마음은 홀가분했다.

"아가씨, 머리 손질을 하시겠어요? 오전 중에 앤드루 님이 오셔서 한 번 더 진찰해주기로 하셨거든요."

"아, 그래? 그럼 부탁할게."

글로리아가 화장대 앞에 앉자, 하녀가 커다란 빗으로 그녀의 머리를 빗겼다.

"아가씨."

"응?"

저를 부르는 소리에 멍하게 있던 글로리아가 고개를 들었다.

"아가씨는 정말 멋지세요."

갑작스러운 말에 그녀는 거울에 비친 하녀를 물끄러미 바라보다가, 자신의 얼굴을 보았다. 죽다 살아나서 허여멀겋기만 한 이 얼굴이 어디가 멋지다는 걸까.

"사랑을 위해서 거침없이 몸을 던지시다니. 정말 아가씨는 요즘 유행하는 로맨스 소설의 멋진 여주인공 같은 분이세요. 아가씨 이야기를 듣고 정말 깜짝 놀랐다니까요!"

"지금 무슨 소리 하는 거야?"

"어머, 아가씨, 부끄러워하시는 거예요? 온 수도에 소문이 쫙 퍼졌대요!"

"……."

뭔가 불안했다.

글로리아의 굳은 표정을 알아채지 못한 하녀가 발그스름한 얼굴로 소리쳤다.

"아가씨가 온몸을 다 바쳐 사랑하는 사람을 구했다고요! 지금 이 순간에도 아가씨의 순애보가 수도 구석구석에 널리널리 퍼지고 있을 거예요!"

……뭔가가 잘못됐다. 이건 한참 잘못됐다.

글로리아는 머리를 얻어맞은 사람처럼 멍하게 거울을 바라보았다.

"대체 왜 그런 소문이 난 거야?"

"그야 아가씨가 몸과 마음을 다 바쳐 펠릭스 공작님을 구하셨으니까요."

"그래. 구했을 뿐인데, 대체 왜?"

사람이 다칠 뻔한 걸 구한 것뿐인데 왜 그런 소문이 난 건지 이해가 되질 않았다.

단지, 약혼녀 후보로서 책임을 다해야겠다는 생각으로 구한 걸 수도 있잖아.

"어머, 아가씨, 왜 그러세요? 아가씨가 공작님을 구하려고 몸을 바치는 일이 어디 쉬운 일인가요?"

"……."

하녀는 빙긋 웃으며 글로리아의 머리를 빗어 내렸다. 글로리아는 멍한 얼굴로 앞을 바라보았다. 그제야 자신이 뭔가 큰 실수를 했다는 생각이 들었다.

그땐 펠릭스 버클리에 대한 마음의 빚 때문에 무작정 움직이느라 글로리아의 상황을 미처 생각지 못했다. 아니, 지금까지도 글로리아의 상황에 대해 잊고 있었다. 그녀는 보좌관이 아니라 영애였다. 어젯밤 그녀가 했던 행동은, 귀족영애가 하기엔 힘든 행동이었다.

더군다나 몇 달 전, 도도하기로 우아한 글로리아 미들턴이 펠릭스 버클리 공작의 약혼녀도 아니고 약혼녀 후보 중 한 사람으로 오른 일이 있었다. 사람들은 당연히 미들턴 백작이 혼담을 거부하며 약혼녀 후보 명단에서 이름을 뺄 거라 생각했다.

눈에 넣어도 아깝지 않은 딸이 약혼녀도 아니고 약혼녀 후보라니.

그러나, 무슨 일인지 미들턴 백작은 순순히 그 제안을 받아들였다. 미들턴 백작이 사업상 교류를 위해 참았다는 의견이 팽배했지만, 정확한 이유를 아는 사람은 없었다. 항간에는 글로리아가 펠릭스 공작을 무척 사랑해서 그렇다는 말도 떠돌았다. 이번 일로 인해 후자 쪽에 더더욱 무게가 실린 모양이었다.

"혹시…… 내가 백작님께 약혼녀 후보라도 좋다고 말한 걸 들었니?"

글로리아가 자신의 추측대로 조심스럽게 떠보듯 물었다. 그러자 하녀의 눈이 휘둥그레졌다.

"아뇨. 절대로 몰래 들은 게 아니에요. 아가씨께서 제가 있는 곳에서 말씀하신 건데…… 죄송해요. 제가 감히 주제넘게 아는 척을 했네요. 정말 죄송합니다."

하녀가 하얗게 질린 얼굴로 어쩔 줄 몰라 하며 고개를 숙였다. 하녀의 정수리를 바라보며 글로리아는 나오려는 한숨을 참았다.

하녀의 말대로라면 글로리아가 직접 약혼녀 후보에 지원한 것이다. 그 결정을 내린 데에 야심이 있었는지, 신분 상승의 꿈이 있었는지, 아니면 사랑이 있었는지는 모르겠지만, 어쨌든 상황이 곤란하게 되었다.

"괜찮아. 일어나."

글로리아가 말했으나, 하녀는 여전히 고개를 푹 숙인 채였다.

툭툭.

글로리아가 하녀의 어깨를 두드렸다.

"일어나라고."

"네에. 죄송합니다."

"아냐. 내가 물었으니 대답을 해야지. 나와 있었던 일에 대해선 언제든 나와 이야기를 나눠도 돼. 하지만 절대로 다른 사람들에겐 이야기해선 안 돼. 알지? 하녀는 입이 무거워야 한다는 거."

"네에."

"내가 널 왜 전담하녀로 뽑았는지 그 점을 잊지 말도록 해. 여태껏 잘해왔던 대로 쭉 잘하고."

물론 자신이 뽑은 건 아니지만, 글로리아는 그렇게 말했다.

이건 그녀의 방식대로 사람을 다루는 방법이었다. 아랫사람들에게 적당한 책임감을 부여하고 칭찬을 해주면 열심히 일하는 법이다. 그럴 때마다 적절한 보상을 해주고, 만약 지나치게 과한 행동을 했을 때에는 한 번씩 강하게 경고하곤 했다.

그러다 정말 위험한 일을 저지르겠다 싶을 즈음엔 모두가 보는 앞에서 처절하게 혼을 내, 다른 이들에게 경각심을 불러일으키는 사례로 활용하곤 했다.

"아가씨……."

그러자 하녀가 감동받은 표정으로 입술을 깨물었다. 그녀의 눈동자에 눈물이 차올랐다.

"……그리고 하나 덧붙이자면, 되도록 울지 마."

글로리아가 피곤한 표정으로 나지막하게 경고했다. 하품을 할 때 말고는 눈물을 흘려본 적이 몇 번 없는 그녀로선, 뭐만 하면 우는 이 집 사람들에게 여전히 적응하기 힘들었다.

"글로리아! 글로리아!"

문을 벌컥 열어젖힌 미들턴 백작이 산발로 뛰어들어 그녀를 붙들었다. 아무리 미들턴 백작의 미모가 미쳤다지만, 헝클어진 머리와 눈물 자국이 잔뜩 남은 눈가는 감당하기 힘들었다.

"……괜찮습니다. 보다시피 아주 멀쩡합니다."

글로리아가 미들턴 백작에게서 뒷걸음질 치며 말했다.

"흐읍!"

미들턴 백작의 눈이 크게 벌어졌다. 새까만 눈동자가 얼굴에서 튀어나올 것 같았다.

"말투가…… 사랑스러운 내 딸의 말투가…… 시커먼 기사 놈들처럼 바뀌었어! 머리를 크게 다친 게 틀림없어!"

"아니에요. 괜찮아요."

글로리아는 다급히 말투를 바꾸었다. 그러고는 진정하라는 듯 손을 들어 백작의 어깨를 토닥여주었다. 덧붙여 최대한 활짝 웃어주는 것도 잊지 않았다.

"글로리아, 대체 왜 위험하게 그런 짓을 한 거니? 기사나 사내들을 불러야지! 툭 치면 똑 부러질 것 같은 이 여린 몸으로 나서다니! 앞으로 절대로, 다시는 그런 행동을 해서는 안 된다! 알겠니?"

미들턴 백작이 엄한 표정을 지으며 강하게 말했다. 모처럼의 근엄한 모습에 글로리아는 조용히 안도했다.

다행이야. 멀쩡한 면도 가끔 보여서…….

"네. 다시는 그런 짓 하지 않을게요. 걱정 끼쳐드려서 죄송해요. 사람이 다칠지도 모른다는 생각을 하니 몸이 저절로 움직였어요. 다음부턴 그러지 않을게요."

글로리아가 사과하자, 미들턴 백작의 표정이 금세 풀어졌다.

"후우, 아니다. 나야말로 이렇게 말할 자격이 없지……. 사랑이라는 게 얼마나 강한 감정인지 누구보다 잘 아니까 말이다. 나 역시 네 어머니를 만나려고 담벼락을 넘다가 팔을 부러뜨릴 뻔한 적이 있단다. 그뿐만이 아니지. 다리가 부러질 뻔한 적도 있고, 목뼈가 나갈 뻔한 적도 있었지. 네 엄마인 캐서린이 '위험한 행동을 한다면 다시는 보지 않겠어요.'라는 말을 하지 않았다면, 난 지금쯤 다리를 절고 있을 거란다, 글로리아."

미들턴 백작이 해맑게 웃으며 이야기했다.

……웃을 이야기가 아닌 것 같은데.

그러나 글로리아는 아무 말도 하지 못했다. 미들턴 백작의 얼굴은 행복으로 가득했다. 마치 그 사람과의 추억을 되새기는 것만으로도 가슴이 벅차오른다는 듯이.

미들턴 백작은 사랑이 많은 사람 같았다. 그래서 딸에게 이토록 따뜻하고 본인의 삶에 행복할 수 있는 듯했다. 아주 조금은, 이 사람의 인생이 부러웠다.

"그런 의미에서 아버지에게 안겨보렴."

"……대체 무슨 의미죠?"

아련한 눈으로 미들턴 백작을 바라보던 글로리아의 눈이 차갑게 식었다.

"밤새 아버지를 걱정시킨 의미?"

"……."

"뭐라고 외쳐야 하는지는 이제 잘 알지?"

미들턴 백작이 싱글싱글 웃었다. 글로리아의 얼굴이 더욱 차갑게 굳었다.

부럽다는 말 취소.

미들턴 백작을 향한 마음이 오락가락했다.

"……백작님."

때마침 집사인 아드리안이 조심스럽게 그를 불렀다.

"지금 굉장히 중요한 때인데 대체 왜 부르는 건가!"

미들턴 백작은 마치 중요한 업무의 흐름이 끊긴 사람처럼 화가 난 표정으로 아드리안을 노려보았다.

"죄송합니다. 되도록 이런 중요한 때엔 말씀을 안 드리려고 했는데,

귀한 손님이 오셨습니다."

"대체 누구! 이 아침부터 무례하게! 외출 중이라 없다고 말하게!"

"그게…… 백작님의 손님이 아니라, 글로리아 아가씨의 손님입니다."

아드리안의 말에 글로리아의 고개가 돌아갔다.

이 몸으로 지낸 지 열흘도 채 되지 않았지만, 글로리아에겐 친구라고 부를 만한 사람이 없었다. 그나마 교류를 하는 사람은 에리카가 전부였다.

그런 그녀에게 손님이라니.

"펠릭스 버클리 공작님께서 찾아오셨습니다."

"……!"

글로리아의 눈이 크게 벌어졌다.

"아가씨를 직접 보고 싶어 하시는데, 어떻게 말씀을 드릴까요?"

미들턴 백작이 커다란 눈으로 글로리아를 바라보았다. 어쩔 거냐는 얼굴이었다. 글로리아가 아무 말도 하지 못하자, 아드리안이 조심스럽게 입을 열었다.

"만약 몸이 좋지 않아 만남이 곤란하시다면, 다음 약속 날짜를 받아 오라고 하셨습니다."

어떻게든 만나겠다는 의지가 넘치는 발언이었다. 그 자리에 있는 사람들의 시선이 모조리 글로리아에게로 향했다. 무려 공작이 직접 찾아왔다. 그의 방문을 거절한다는 건 무례한 일이었다.

잠시 고민하던 글로리아가 입술을 달싹였다.

"만날게요. 대신, 준비할 시간이 필요하니 조금만 기다려달라고 말씀 전해주세요."

언젠가 만나야 한다면 차라리 지금 만나고 마는 게 나았다. 아니, 오히려 기회일 수도 있었다.

똑똑.

아드리안이 응접실 문을 두드린 후, 손잡이를 돌렸다. 응접실의 커다란 창가 앞에 서 있던 장신의 남자가 돌아섰다. 펠릭스 공작이 성큼성큼 다가오다 아주 미약하게 멈칫하는 걸 느꼈다. 글로리아는 예상했기에 덤덤한 얼굴로 그를 바라보았다.

펠릭스 공작은 화려하게 치장한 여자를 싫어했다. 특히 강한 향수 냄새를 가장 싫어했다.

글로리아는 그걸 알고, 하녀들을 시켜 가장 화려하게 치장을 했다. 그 때문에 시간이 오래 걸렸으니, 기다리느라 펠릭스 공작의 기분이 가라앉을 거라는 것도 계산에 포함되어 있었다.

"보기엔 괜찮으시군요."

펠릭스 공작의 말에 글로리아는 가볍게 고개를 끄덕였다.

"네. 다행히 아무런 문제도 없었습니다. 앉으시죠."

글로리아가 집의 주인답게 응접실 소파를 가리켰다. 두 사람이 마주 앉은 지 얼마 되지 않아 따뜻한 차와 다과가 테이블 위에 놓였다.

달칵.

응접실 문이 닫히고 완전히 두 사람만 남게 되었다.

글로리아는 침착한 표정으로 펠릭스를 바라보았다. 다행히 다친 곳은 없어 보였다. 은발에 화려한 외모 또한 여전했다.

문득 그리움이 몰려왔다. 펠릭스를 모시던 때에 대한, 조슈아를 비롯한 다른 사람들과 어울리며 일했던 그 시간들에 대한 그리움이.

자신의 일기장만 들키지 않았다면, 아주 조심스럽게 자신이 에단이라는 티를 내보려고 했을지도 모르겠다는 생각이 들었다.

"그렇게 빤히 보실 줄 몰랐군요."

펠릭스가 고요한 눈으로 말했다.

"아, 죄송합니다."

말을 하며 글로리아는 눈을 내리깔았다. 말이 떨어지기가 무섭게 즉각적인 반응이었다.

그녀는 한 박자 늦게 아차 하는 표정을 지었다. 눈을 내리까는 건 에단 달튼이나 할 법한 행동이었다. 다시 우아하게 고개를 든 그녀는 숨을 들이마시다 말고 멈칫했다.

펠릭스 공작이 무표정한 얼굴로 응시하고 있었다. 그녀를 보며 뭔가 생각하는 얼굴이었다.

"그 사람들은…… 어떻게 되었나요?"

글로리아가 화제를 돌리려고 조심스럽게 물었다.

"저를 해치려던 사람들 말입니까?"

"네."

"잘 해결했습니다. 영애께서는 걱정하지 않으셔도 됩니다."

펠릭스가 미소를 지었다. 그 미소에 글로리아는 마주 웃을 수가 없었다.

딜런이 아주 잘 처리되어 죽었거나, 죽기 직전이라는 말이었다. 펠릭스한테 그런 짓을 저지르고 살기를 바라는 것 자체가 말이 안 되는 일이었다.

"……그것 참 다행이군요."

글로리아는 마지못해 대답했다.

"그리고 이번 불미스러운 일로 영애께서 입으신 피해에 대해 적극적인 보상을 하려고 합니다. 지금쯤이면 제가 가져온 것들이 백작님께 전달되었을 겁니다."

"그렇게까지 신경 쓰지 않으셔도 되는데, 감사합니다."

그 말을 끝으로 응접실 안이 고요해졌다. 더는 나눌 대화도 없었다. 쓸데없이 지지부진하게 시간 끄는 걸 몹시 싫어하는 펠릭스 공작이니 알아서 일어날 거라 생각했다. 그러나 그는 눈도 깜빡이지 않고 그녀를 바라보았다.

"영애."

그러고는 나지막한 목소리로 그녀를 불렀다.

철렁, 글로리아의 가슴이 내려앉았다.

글로리아는 대답도 하지 못한 채, 펠릭스 공작을 바라보았다.

"이틀 후는 어떠십니까?"

"이틀 후라면 무엇을 말씀하시는 겁니까?"

"한 달에 한 번 만나 식사를 하는 날 말입니다."

"……."

"생각해보니 영애와 제가 따로 식사를 하지 않은 지 한 달이 훌쩍 넘었더군요. 제가 일이 바빠 미처 챙기지 못한 점 사과드립니다. 이제라도 식사 자리를 가졌으면 하는데, 어떠신지요?"

함께 차만 마셔도 숨이 막히는데, 식사라니.

더군다나 펠릭스는 약혼녀 후보를 한 달에 한 번씩 만나는 날을 꼬박꼬박 챙기지 않았다. 그날을 챙기는 건 오로지 에단의 몫이었다. 약혼녀 후보들로부터는 하루가 멀다 하고 연락이 왔다. 그 기싸움에 지친 에단이 펠릭스에게 '꼭 만나셔야 합니다!'리고 간청하면 그제야 겨우 약속 날짜를 정하곤 했다.

내가 살아 있을 때 이랬으면 좀 좋아! 왜 이제 와서 이래?

글로리아는 분통을 억지로 삭이며 곤란한 표정을 지었다.

"죄송합니다. 그날은 아무래도 힘이 들 것 같습니다. 보기엔 괜찮지만, 아직 외출을 할 만큼의 몸 상태는 아니라서요."

"그럼 사흘 후는 어떻습니까?"

"……."

오늘 반드시 약속을 잡고 말겠다는 의지가 강력했다.

"아……."

글로리아의 벌어진 입술에서 자그마한 탄식이 흘러나왔다. 펠릭스가 그런 그녀를 물끄러미 바라보았다. 대답이 나올 때까지 기다리겠다는 얼굴이었다.

"그날이 좋을 것 같군요. 그날, 뵈어요."

"마차를 보내겠습니다."

"알겠습니다."

글로리아는 마지못해 빙긋 웃었다.

방으로 돌아와 편한 드레스로 갈아입은 글로리아는 의자에 앉아 관자놀이를 꾹꾹 눌렀다. 모처럼 예쁘게 꾸몄는데 오자마자 드레스를 벗어던지는 게 하녀들은 아까운 눈치였지만, 그것까지 신경 쓸 기력이 없었다.

펠릭스 공작이 왜 저럴까.

아니, 그의 생각을 읽는 건 애초부터 불가능했다. 최대한 그와의 접촉을 줄여야 하는데, 그러기 위해선 약혼녀 후보에서 빠져나와야 한

다. 문제는 약혼녀 후보에서 제외한다는 말을 펠릭스로부터 들어내야
한다는 것이었다.

미들턴 백작이 웬만한 공작들에 버금가는 재산을 소유하고 있다고
는 하나, 그래도 어쨌든 백작에 불과했다. 그가 먼저 나서서 펠릭스에
게 약혼녀 후보 사퇴 의사를 표명하기엔 어렵다는 말이었다.

"하, 미치겠네."

글로리아가 나지막하게 숨을 내쉬었다.

왜 다시 태어나도 펠릭스 공작과 엮이는 건가.

그녀는 한탄을 하다가 멈추었다. 지금은 이런 생각을 하는 것보다,
어떻게 해야 펠릭스 공작의 눈 밖에 날 수 있을지를 고민하는 것이 중
요했다.

천장이 높게 설계된 검술실 안에 사람들이 모여 있었다.

챙!

검이 맞부딪치는 맑은 소리가 났다. 몇 번 검이 오가지 않아, 우당
탕탕 하는 소리와 함께 기사단원이 저만치 나가떨어졌다.

"으윽."

기사단원이 제 팔을 거머쥐었다. 팔꿈치에서 지잉 하고 긴 진동이
일었다.

"다음."

펠릭스 공작의 말에 또 다른 기사가 나섰다. 그러나 얼마 못 가 나가
떨어졌다. 기사들이 절뚝대며 다 사라지자, 마지막으로 남은 기사단
장인 체이스가 나섰다. 그는 낮은 한숨을 내쉬었다. 벌써 며칠째 이런
식의 대련인지 모르겠다. 괴물 같은 공작 때문에 기사단원들의 사기

는 다 꺾였다.

그래도 이미 검을 빼든 이상 빠져나갈 구멍이라곤 없었다.

체이스의 매서운 공격이 빠르게 이어졌다.

챙, 챙!

검이 부딪쳤다가 떨어지길 반복했다.

이게 어떻게 방금 전까지 여덟 명과 대련한 사람의 속도야!

대륙에서도 검으로 유명한 체이스가 속으로 탄식했다. 꽤 오랜 대
련 끝에, 결국 체이스의 손에 쥐인 검이 튕겨나갔다.

"후우, 저는 오늘도 안 되나 봅니다."

체이스는 아쉬운 표정으로 말하며 소매로 젖은 얼굴을 닦아냈다.
한두 번 당하는 일이 아니라서 적응할 만하면서도, 오로지 검의 길만
걸어온 그의 입장에선 늘 씁쓸한 일이었다. 하지만 어찌 보면 당연한
일이었다.

펠릭스의 부친은 검술의 천재로 알려진 사람이었다. '비밀스러운
그 일'이 일어난 후, 두각을 드러내며 이례적으로 평민에서 곧바로 공
작이 된 사람.

그 피를 고스란히 물려받아 어릴 적부터 대련을 하고 실전에 서슴
없이 뛰어든 사람이 펠릭스였다. 그의 검 실력은 물려받은 천재성과
선대 공작의 지도하에 후천적인 노력이 합쳐진 것이라 대륙에선 따라
올 이가 없었다.

그래서 그의 본래 실력을 아는 이들은, 그가 마음만 먹는다면 대륙
의 황제도 갈아치울 수 있을 거라고 믿고 있었다. 검술뿐만 아니라,
따르는 이들이 많아 충분한 능력이 되었다.

그러나 그다지 권력욕이 없는 그는, 어린 시절부터 알고 지낸 황태

자를 지지하는 입장이었다. 황태자 역시 공공연하게 펠릭스 공작을 친우라고 표현하며 가까운 사이임을 서슴없이 드러내 보였다.

둘 사이의 탄탄한 친분 때문에 대륙은 더욱 안정적인 상태를 유지했다. 다만, 에단 달튼이 죽은 후 얼마간은 고비였다. 에단 달튼을 묻고 돌아온 날, 공작의 눈빛이 확 달라졌다. 늘 미소를 짓고 있던 여유로운 얼굴은 얼음장처럼 차갑게 굳어 있었다. 무섭다는 말로도 형용할 수 없을 정도였다. 정신이 나간 눈을 하고 있는 펠릭스와 마주 서 있을 때면 체이스는 숨도 제대로 쉬지 못했다.

기행은 그날부터 시작이었다. 펠릭스의 호출에 대련을 나간 기사들은 반죽음이 되어 돌아왔다. 그걸로도 부족해 펠릭스는 몇 남지 않은 기사단원들을 데리고 깊은 산속으로 굳이 들어가 이제 몇 남지 않은 마물들을 모조리 토벌했다.

체이스는 아직도 펠릭스의 모습을 똑똑히 기억했다. 몬스터를 검으로 베다가, 별다른 재미가 없자 일부러 단검을 들고 몬스터에게 뛰어들던 모습을.

피에 흠뻑 젖고도 무표정한 얼굴로 주변을 둘러보는 그의 모습은 지금에 와서 떠올려도 소름 끼쳤다. 누가 몬스터인지 구분이 되지 않았다. 몬스터 토벌이 끝나자, 그는 지도를 펴놓고 다른 곳으로 떠날 준비를 했다.

적이 많고 마물들이 가장 많은 곳들을 표시했다. 그러고는 루트를 짰다. 그 루트는 지옥이었다. 체이스조차도 버거울 정도의 강행군이었다.

누구라도 좋으니 제발 공작을 말려줬으면 했다. 그런데 마치 그런 기도가 하늘에 닿은 것처럼, 이제 펠릭스 공작은 조금 안정된 얼굴을 하고 있었다.

"기분 좋은 일이 있으십니까?"

체이스가 검을 챙기며 조심스럽게 물었다.

"……."

그는 대답하지 않았다. 그러나 체이스는 그가 침묵으로 긍정하고 있다는 걸 알았다.

"무슨 일인지 여쭤봐도 되겠습니까?"

체이스가 비처럼 흐르는 땀을 닦으며 물었다. 그에게 좋은 일이 생겼다면, 앨버트에게 넌지시 언급해 그 일을 자주 생기게 할 생각이었다.

"비슷한 녀석을 찾았어."

펠릭스가 무심한 얼굴로 대답했다.

"네?"

체이스가 되물었지만, 더는 대답이 돌아오지 않았다. 무언의 축객령을 받은 체이스는 허리를 굽힌 후, 검술실을 빠져나갔다. 혼자 거대한 홀에 남은 펠릭스 공작은 눈동자만 움직여 창밖을 바라보았다.

창밖에 거대한 나무 한 그루가 서 있었다. 그 나무를 배경으로 어린 시절의 그가 떠올랐다.

「내, 내려오십시오. 제가 어떻게든 받아드리겠습니다!」

나뭇가지에 올라가 있는 자신에게 까만 머리의 남자아이가 두 팔을 벌린 채 소리쳤다. 아이의 발치에는 어디서 갖고 온 건지 푹신한 이불이 잔뜩 깔려 있었다.

「제가 꼭 구해드리겠습니다!」

당찬 말과 달리 가는 팔은 부들부들 떨리고 있었다. 기가 찬 얼굴로 펠릭스는 검은 머리 남자아이를 보았다. 아무래도 아이는 자신이 멋모르고 올라갔다가 내려오지 못하고 있는 걸로 착각하는 듯했다.

여기서 자신이 떨어졌다간 저 검은 머리 아이는 뒤로 쓰러져 개죽음을 당할 거다. 더군다나, 자신은 이런 곳에서 떨어지는 정도로는 다치지 않았다.

그가 보란 듯이 나뭇가지에서 폴짝 뛰어내리자, 검은 머리 남자아이는 '으아아악!' 하고 소리쳤다. 구해주겠다고 호언장담한 것과 달리 아이는 눈을 질끈 감은 채 부들부들 떨었다. 바닥으로 착지한 그가 이불 위에 서서 바라보자, 아이는 멍하니 자신을 바라보았다.

「와, 대단하세요. 저 높은 곳에서 내려오시다니.」

그 멍한 얼굴을 보고 있다가 그는 자신도 모르게 웃었다. 그날은 어머니가 돌아가신 후 처음으로 웃은 날이었다. 자신이 웃었다는 사실에 기분이 나빠진 그는 얼굴을 더욱 찌푸렸다.

「너, 이름이 뭐야?」

「에단 달튼입니다.」

「왜 며칠째 내 주변에서 알짱대는 거지?」

「공자님을 모시라는 명을 받았습니다. 잘 부탁드립니다.」

「난 너 싫은데.」

「싫으시면…… 그러면…….」

에단 달튼의 까만 눈동자가 정신없이 움직였다. 어째야 할지 모르는 얼굴이었다.

「좋아하시도록 노력하겠습니다.」

「…….」

「정말 열심히 노력하겠습니다. 잘 부탁드립니다.」

어린 에단 달튼은 코가 무릎에 닿을 정도로 깊이 인사를 했다.

그날부터, 그 녀석은 자신이 뭐라고 하건 졸졸 쫓아왔다. 자신보다 검술 실력도 떨어지고 체격도 왜소한 그 녀석을 왜 붙여줬는지 아버지를 이해할 수 없었다.

어쨌거나 능력 없던 그 녀석이 가장 잘하는 건, 자신의 곁에 붙어 있는 것이었다. 그렇게 그 녀석은 7년을 버텼다. 자신이 시키는 일도, 보좌관 일도, 때때론 시키지 않은 일까지도 척척 해냈다.

일을 하지 않겠다고 우기면 어쩔 줄 몰라 하는 그 얼굴이 재미있어서, 몇 번이나 어깃장을 놓곤 했다. 어찌 되었거나, 에단은 어떻게 해서든 그에게서 필요한 서류의 사인을 받아갔다. 어려운 일도 곧잘 해냈다.

그래서 착각했다.

평생 자신의 옆에 있을 거라고. 자신이 있는 힘을 다해 밀어내도 철석같이 붙어 있을 거라고.

오만했다.

펠릭스가 눈을 깜빡이자 어린 시절의 그와 에단 달튼이 스르륵 사라졌다. 아주 미미하게 남아 있던 미소가 함께 휘발했다. 빛에 휩싸인 듯 환하던 세상이 갑자기 어둠으로 처박힌 기분이었다.

펠릭스는 느릿하게 눈을 깜빡이다 나무를 등졌다.

에단 달튼이 죽었다는 건 알고 있다. 자신의 손으로 직접 묻었다. 내장이 흘러나와 역한 냄새를 풍기는 그 모습을 눈도 깜빡이지 않고 바라보았다. 흙도 제 손으로 먼저 던졌고, 그 흙을 자신의 발로 다졌다.

그렇게까지 했는데도, 마음에서 떠나질 않았다.

먼저 말했다면 달랐을까.

'네가 여자인 걸 아니까 겁먹지 말고 일이나 해.'

그랬다면, 자신을 떠나려고 하지 않았을까.

아무리 떠올려봐도, 에단 달튼이 어떻게 행동했을지 떠오르지 않았다. 어쩌면 더 멀리 도망치려 했을지도 모른다.

침착하긴 해도, 의외로 겁이 많은 녀석이니까.

"공작님."

그가 씻기 위해 침실로 들어서자마자, 집사인 앨버트가 따라 들어왔다.

"말씀하신 대로 지금부터 북부로 떠날 준비를 시작할까요?"

"아니. 취소해."

앨버트가 의아한 눈으로 바라보았다. 펠릭스가 입고 있던 옷들을 벗었다. 근육질의 탄탄한 몸매가 고스란히 햇살에 드러났다.

"당분간 여기 더 머물 거니까."

펠릭스가 말을 한 후, 입을 다물었다. 그의 뜻을 이해한 앨버트가 인사를 하고는 침실 문을 닫고 나갔다.

그는 옷을 전부 벗고서 욕실로 향했다. 미리 따뜻한 물로 가득 채워 둔 욕조에 몸을 담갔다. 눈을 감자 한 사람이 떠올랐다.

글로리아 미들턴.

에단과 조금도 닮은 구석이 없지만, 자꾸만 그와 닮은 행동을 하는 여자.

그 여자를 조금 더 만날 생각이었다. 에단과 비슷하기 때문에 단순히 흥미가 생긴 거라고 해도 상관없었다. 지금은 에단 달튼과 비슷한 인간조차 없다면, 미칠 것 같으니까.

글로리아의 고민은 펠릭스를 만나기로 한 날까지 사흘 내내 이어졌다. 죽다 살아난 후, 안 그래도 말수가 줄어든 글로리아가 더더욱 말을 하지 않자 전담하녀인 엘레나는 걱정이 들었다. 그러면서도 한편으로는 아가씨의 깊은 고민이 이해가 되기도 했다.

글로리아는 펠릭스 공작의 약혼녀 후보이긴 했지만, 그와 따로 만난 적이 몇 번 없었다. 다른 약혼녀 후보들이 그를 두세 번 만나는 동안 그녀는 겨우 한 번이나 얼굴을 볼 수 있었다.

그것도 식사 자리가 아닌 티타임이 전부였다. 도도하고 고고한 그녀의 성격상 자존심이 상한 것처럼 보였지만 내색하지 않고 그가 부르면 꼬박꼬박 나가곤 했다.

다른 사람들은 글로리아가 야심에 차서 그런 줄 알지만, 그녀의 곁을 지킨 엘레나는 진실을 알고 있었다.

글로리아는 펠릭스 공작을 좋아하고 있었다.

펠릭스 공작과 차를 마시기로 한 날이면 그녀의 얼굴은 불그스름하게 물들었다. 들뜬 기색을 감추지 못한 채 드레스를 골랐다.

그랬던 그녀에게, 펠릭스 공작이 직접 찾아와 함께 식사를 하자고 제안했으니 얼마나 설렐까.

다만, 얼굴색이 설렘보다는 우환에 가까웠지만 엘레나는 그녀의 고민이 진심으로 깊어서 그런 거라 생각했다.

"아가씨, 차 드세요."

엘레나가 티 테이블 앞에 앉아 있는 글로리아의 앞에 찻주전자와 찻잔을 가저다놓았다.

"어, 고마워."

얼마나 고민이 깊은지, 목소리나 말투가 남자 같기까지 했다.

여러 감정이 뒤엉킨 엘레나의 눈빛이 자신을 향한다는 걸 모른 채, 글로리아는 찻잔에 차를 부었다. 무심코 평소처럼 차를 마시던 그녀는 얼굴을 찌푸리며 찻잔 안을 들여다보았다.

여태껏 펠릭스의 곁에서 수많은 차를 마셨지만, 이 차는 처음이었다. 끝 맛이 지나치게 썼다. 차보다는 약에 가까운 느낌이었다.

평소엔 사람들과 함께 이야기를 나누며 마시느라 몰랐지만, 오늘 조용한 가운데 혼자 마시니 그 느낌이 강하게 느껴졌다.

"엘레나."

"네, 아가씨."

"이건 무슨 차지?"

"평소 아가씨가 즐겨 드시던 차입니다."

"그러니까 차의 이름이 뭐냐고."

"차의 이름은 당장 기억나지 않지만, 효능은 알고 있어요. 살이 빠지는 차라서 아가씨가 줄곧 입에 달고 사셨잖아요. 두통에도 좋은 것 같다고 하셨어요."

"……."

글로리아는 찻잔을 조용히 내려놓았다.

"내일부터 다른 차를 가지고 와줘. 이건 내 취향이 아니야."

그녀는 살을 뺄 생각이 전혀 없었다.

딜런이 펠릭스를 급습했던 날 기절했던 게 그녀에겐 아직까지도 충격이었다. 이래서는 길을 걷던 중 호흡 곤란으로 사망하겠다 싶어서 대대적인 변화를 꾀하는 중이었다.

그녀는 살을 찌워서 적당히 보기 좋은 근육을 만들 생각이었다. 그게 보기에도 좋고 생활하기에도 좋다는 걸 경험상 알고 있었다.

"네. 알겠습니다."

"이건 치워주고."

"네. 지금 당장 다른 차를 준비할까요?"

"아니. 물 한 잔만 부탁해."

차를 마시고 버린 입을 물로 헹굴 생각이었다.

"아! 그리고 내가 방금 마셨던 차의 이름 좀 알아올래?"

살이 빠지는 차라고 하니, 이름을 알아뒀다가 무조건 피할 생각이었다. 안 그래도 음식이 많이 들어가지 않는 몸인 데다 살이 붙지 않는 체질이라 골치 아픈데, 저런 차라니.

글로리아가 고개를 설레설레 내저었다.

"네. 알겠습니다."

엘레나가 쟁반을 들고 나섰다.

글로리아는 힘겹게 발걸음을 떼었다. 평소 가뿐한 몸놀림으로 다녔던 펠릭스 공작의 저택이 굉장히 크고 넓게만 느껴졌다.

버클리 공작저를 방문하기로 한 오늘 아침, 글로리아는 고민 끝에 가장 화려하게 치장하기로 했다. 펠릭스는 여자의 화려한 드레스와 향수 냄새를 좋아하지 않으니 아마 자신이 그러고 나타나면 눈살을 찌푸릴 거라 생각했다.

그래서 엘레나에게 특별히 '가장 화려하고 가장 아름답게' 꾸며달라고 말했다. 엘레나를 비롯해 여러 하녀들의 도움을 받아 몇 시간에 걸

쳐 준비를 마쳤다.

풍성하고 아름다운 치마에, 땋아서 높게 말아올린 헤어스타일. 하얀 피부를 깨끗하게 정돈하고 뺨과 입술은 복숭앗빛으로 물들였다.

생각하던 것보다 훨씬 화려하고 아름다웠다.

문제는, 아름다운 만큼 불편하다는 사실이었다. 치맛단이 길어 높은 신발을 신어야 했다. 걸을 때마다 발바닥이 반으로 쪼개지는 통증이 느껴졌다.

귀족영애는 아무나 하는 게 아니구나.

글로리아는 새삼 감탄하며 가까스로 펠릭스의 야외정원으로 걸어갔다. 숲으로 착각할 만큼 나무가 우거진 정원 한가운데에 새하얀 테이블이 놓여 있었다. 드문드문 들꽃과 화려한 나무들을 심어놓은 이곳을 본 사람들은 이런 아름다운 정원이 있다는 사실에 감탄하곤 했다.

이곳은 그녀가 에단 달튼이었던 시절, 공작의 허락을 받아 만든 공간이었다. 약혼녀 후보인 영애들을 우중충한 응접실에서 더는 대접할 수 없는 데다, 이런 공간을 만들어놓으면 펠릭스가 마음의 안정을 찾아 자신을 덜 괴롭히지 않을까 하는 생각이 있었다. 물론 영애들은 즐거워했고, 펠릭스는 여전히 그를 괴롭혔다.

그런 공간에 자신이 오게 될 줄이야. 이럴 줄 알았다면 이렇게 낭만적으로 꾸미지 않을 걸 그랬다.

글로리아는 과거의 자신을 탓하며 조용히 펠릭스에게 다가갔다. 그녀를 알아본 펠릭스가 몸을 일으켰다.

"오랜만에 뵈어요."

글로리아가 미소 지으며 치맛자락을 거머쥐었다. 그리고 인사를 하

며 살짝 고개를 숙이다가, 테이블 위에 놓인 물건을 보곤 얼굴이 뻣뻣
하게 굳었다.

손때가 많이 탄, 낡은 책이었다. 그녀의 일기장이었다.

저게 대체 왜……. 아니, 왜 자꾸 읽고 있는 거야.

읽고 있었던 듯 일기장의 중간 페이지가 반쯤 접혀 있었다.

"인사는 그쯤 하시죠, 영애."

펠릭스의 말을 듣고서야 글로리아는 뻣뻣한 다리를 억지로 폈다.
그의 손이 가리키는 대로 맞은편 자리에 앉긴 했지만, 시선은 줄곧 자
신의 일기장을 향해 있었다. 그 때문에 펠릭스가 자신을 빤히 쳐다보
고 있다는 걸 미처 알지 못했다.

"오래된 책을 보고 계셨군요."

"네. 요즘 정독하는 글입니다."

"재미있으신가 봐요?"

글로리아는 일그러지려는 얼굴을 억지로 편 채 물었다.

"재미있군요. 많은 생각을 하게 만드네요."

"…….""

"얼마 전 죽은 제 보좌관의 일기장입니다."

"개인적인 내용이 담겼겠네요. 보통은 죽은 이를 위해 그 사람이 남
긴 유품은 없애지 않나요?"

글로리아가 일기장을 없애는 게 좋지 않겠냐는 말을 둘러 전했다.

"중요한 내용이 있을지도 몰라 일단 수거해서 잠시 훑어봤는데, 내
용 대부분의 주인공이 저더군요."

"…….""

말문이 막힌 글로리아는 그를 물끄러미 바라보았다.

그의 고개가 비스듬히 기울어졌다. 은발이 부드럽게 스르륵 흘러내렸다. 그는 생각에 잠긴 얼굴로 그녀의 일기장을 손끝으로 툭툭 두드렸다.

"이렇게 제 생각을 많이 하는 줄 알았다면, 절대로 그렇게 보내진 않았을 겁니다."

그의 눈빛이 순식간에 변했다. 눈동자에 미미하게 남아 있던 온기가 휘발했다. 그건 명백한 분노였다. 물론 눈 한 번 깜빡하자마자 언제 그랬냐는 듯 사라졌지만, 글로리아는 똑똑히 보았다. 그녀는 조용히 마른침을 삼켰다.

일기장 내용을 봤다면 화날 만했다. 특히 그가 보고 있는 중반부는 소설로 치면 절정이었다. 마지막 양심 때문에 험한 욕을 쓰진 않았지만, 귀족의 명예를 더럽힌 죄질에는 변함이 없었다.

절대로 에단 달튼인 걸 들키지 말아야겠구나.

글로리아는 다시 한 번 굳게 다짐했다.

간단히 점심식사를 마친 후, 펠릭스와 글로리아는 간단히 정원을 산책했다. 말이 정원이지 말을 타고도 한참을 뛰어다닐 수 있을 만큼 넓었다. 글로리아는 펠릭스를 따라가는 내내 발바닥이 4등분되는 통증을 느꼈다. 마음 같아서는 신발을 벗어던지고 싶었다.

그러나 펠릭스와 마주 앉아 눈을 바라보며 대화를 나누는 것보단 발바닥이 쪼개지는 통증이 낫기 때문에 걷는 중이었다.

약혼녀 후보인 영애를 만나도 30분 안에 모든 만남을 끝내는 그답지 않게 벌써 두 시간째 그녀를 만나는 중이었다.

휘청.

"우웃."

결국 우둘투둘한 돌을 밟아 몸이 옆으로 기울어졌다. 마땅히 잡을 것도 없어서 이대로 바닥에 곤두박질치겠다 싶을 때였다. 어깨를 감싸 쥐는 힘에 그녀가 고개를 들었다. 펠릭스가 그녀의 어깨를 거머쥐고 있었다. 시야에 그의 얼굴이 꽉 들어찰 정도로 가까웠다.

"감사합니다."

글로리아는 인사를 하고는 그에게서 떨어지려 했다. 그러나 펠릭스는 그녀를 놓아주지 않았다.

"……공작님?"

그녀가 자그맣게 불렀으나, 어떤 대답도 돌아오지 않았다.

펠릭스는 고요한 눈으로 글로리아를 바라보았다. 처음 정원에서 글로리아를 보았을 때 실망했다. 지나치게 꾸몄고, 향수 냄새는 정원의 은은한 향기마저 몰아낼 정도로 강했다.

자신이 잘못 본 거라 생각했다. 오늘 만남을 끝으로 만나지 말아야겠다고 생각했다. 그러나 시간이 지날수록 생각이 달라졌다.

능숙하게 꾸며진 화려함 뒤로 서투름이 보였다. 식사 예절이나 인사법은 완벽했지만, 눈빛 처리가 이전과 확연히 달랐다.

도도한 척 야하게 유혹하려 굴던 이전의 눈빛과 달리, 한없이 담백하고 깔끔했다. 오히려 자신과 눈이 마주치지 않으려고 애쓰는 것 같기도 했다.

그 모습이 또, 에단과 비슷했다.

펠릭스는 에단과 전혀 닮지 않은 새까만 글로리아의 눈을 바라보며 생각했다.

눈빛이 흔들릴지도.

그 생각을 하자마자, 글로리아의 눈이 가늘게 흔들렸다. 어디에 눈을 둬야 할지 모르는 눈빛이었다.

입술을 앙다물겠지.

글로리아가 조용히 입안의 살을 깨무는 게 보였다.

그 모습을 바라보던 펠릭스의 눈이 부드럽게 접혔다. 눈앞의 여자가 에단과 전혀 다른 인간이라는 건 안다. 알지만, 상관없었다. 자신에게 에단을 떠올리게만 해주면 된다.

"글로리아 영애."

그의 부름에 그녀의 눈이 크게 벌어졌다. 그가 이름을 직접 부른 건 처음이었다. 더군다나 한두 번 불러본 말투가 아니었다.

"그쪽이 한 제안을 받아들이도록 하지."

그가 말을 놓은 것 또한.

"제안이라면……?"

그 제안을 알 리 없는 그녀가 말끝을 흐리며 물었다.

"사랑하지 않아도 좋으니, 결혼만 해달라고 빌었던 그 제안 말이야."

글로리아의 몸이 굳었다. 둘 사이에 그런 말이 오간 건 처음 알았다. 어떻게 빠져나가야 하지, 라고 고민했지만 아무 생각도 들지 않았다.

펠릭스가 지나치게 가까이 서 있었다. 그가 입술을 달싹일 때마다 입김이 입술에 닿을 것 같았다. 그의 까만 눈은 온순하게 바라보고 있지만, 언제든 돌변해 자신을 삼킬 것 같았다.

펠릭스의 손끝이 글로리아의 이마를 덮은 잔 머리카락을 쓸어넘겼다.

"그리고 영애가 쓸 수 있는 1년치 예산도 더 올려주도록 하지."

"……."

"설마, 이제 와서 기억나지 않는다는 말을 하려는 건 아니겠지?"

그가 상냥하게 웃으며 낮게 물었다.

그러나 글로리아는 그 웃음의 의미를 잘 알고 있었다.

이건 상냥함으로 가장한 경고였다.

뱉은 말을 얼른 기억하라는 경고.

펠릭스 버클리는 지금도 결혼할 생각이 없었다. 해야 한다는 건 알지만, 한없이 미루고 있는 중이었다.

여자를 싫어하거나 성적 취향이 남다른 건 아니었다. 여자가 필요하긴 하지만 결혼까지 하고 싶은 마음이 없을 뿐이었다. 한 공간에서 얼굴을 맞대는 여자라니. 그가 가장 견디기 힘든 부분은 죽을 때까지 함께 있어야 한다는 사실이었다. 관심도 없는 여자와 수십 년을 함께 있을 만큼 인내심이나 성격이 좋지는 않았다.

그런 펠릭스를 지켜보다 못한 황제가 황명을 내렸다.

펠릭스 버클리의 약혼녀 후보를 내린다는 명이었다.

황태자도 아닌 공작에게 약혼녀가 아닌 약혼녀 후보는 충격적인 일이었다. 펠릭스가 막아볼 틈도 없이 일이 진행되었다. 후보로는 세 명의 영애가 꼽혔다.

아이리스, 제너, 그리고 글로리아였다.

1년의 기한을 주고 만나보다가 마음에 드는 이와 결혼하라는 두 번째 황명이 떨어졌다. 펠릭스는 모처럼 황제를 독대하는 자리에서 거부의사를 밝혔다.

「제 결혼은 제가 알아서 하겠습니다. 명을 거둬주십시오.」

179

황제에게 쓰기엔 되바라진 말투였으나, 그의 성격이 원래 무뚝뚝하고 직설적이라는 걸 잘 아는 황제는 개의치 않았다. 오히려 친우였던 전 버클리 공작을 떠올리게 만든다며 내심 좋아하기까지 했다.

「네가 알아서 못 하니 내가 나선 것 아니냐.」

황제가 혀를 끌끌 차며 수염을 쓸어내렸다.

「시간이 되면 알아서 할 생각이니, 명을 거둬주십시오.」

「안 된다. 지금도 늦었으니 어쨌든 2년 안에 결혼하도록 해라.」

「이러시면 마물 토벌을 하러 갈 수밖에 없습니다.」

「누가 보내준다고 하더냐? 대체 네 아비도 그렇고 너도 그렇고, 그 인물에 재산, 검술, 능력까지 뛰어나면서 왜 여자한테 관심이 없는 게냐? 네 대에서 버클리 공작가가 끝날까 봐 겁이 나서 안 되겠구나. 최대한 결혼해서 널 닮은 아들 셋, 널 닮은 딸 셋을 낳아라. 그러면 마물 토벌을 허락해주마.」

「황태자님의 결혼이 우선입니다.」

「황태자는 알아서 여자들을 많이 만나고 다닌다. 제 성에 안 차서 찾는 중일 뿐. 다른 말로 돌리지 말고, 내 말을 새겨듣도록 하거라. 2년이다. 수확년이 오면 네 결혼도 함께 진행하도록 하겠다.」

황제는 고집불통이었다. 공식적으로 떨어진 황명을 거부할 수도 없는 터라, 펠릭스는 귀찮음을 무릅쓰고 한 달에 한 번씩 영애들을 만났다. 몇 번을 만났지만, 그 누구도 마음에 들지 않았다.

여자들은 말을 하지 않으면서도 알아주길 바랐다. 그리고 착각이 잦았다.

「어머, 절 위해 준비해주신 건가요?」

그건 에단이 준비한 꽃다발이었다.

「공작님은 참 친절하신 것 같아요. 세심하게 이런 방석까지 준비해 주시다니요.」

여자들이 오해한 모든 것들은 에단의 짓이었다. 에단은 여자들이 좋아할 법한 것들을 잘도 준비했다.

제너, 아이리스, 그리고 글로리아.

그 셋 중 펠릭스가 가장 싫어하는 여자는 글로리아 미들턴이었다. 미들턴 백작가와의 관계를 생각해 드문드문 만나고 있지만, 만날 때마다 거부감이 들었다.

도도한 척 가증스럽게 유혹하려는 시선, 함께 산책을 할 때면 어쭙잖게 넘어지는 척 자신에게 안기는 행동, 지나치게 말라 뼈밖에 보이지 않는 몸매, 백작가의 영애치고는 지나치게 화려하고 값비싼 드레스와 보석들, 그리고 눈빛에 넘쳐흐르던 욕심까지.

그녀의 사치는 사교계와 거리를 두고 있는 그의 귀에까지 들려왔다. 미들턴 백작가가 아직도 영지를 넓히지 못한 이유는 그녀의 드레스와 보석 욕심 때문이라는 소문이 돌 정도였다. 백작가의 여식치고 많은 것들을 소유하고 있으면서도, 그녀는 늘 불만족스러워하는 듯했다.

누구처럼 욕심이 지나치게 없는 것도 문제지만, 넘쳐흐를 정도로 욕심이 많은 것 또한 문제였다.

그는 글로리아의 욕망을 이루어줄 사다리가 되고 싶은 마음이 없었다. 그래서 그녀와 거리를 두었다. 예의상 한 번씩 얼굴을 보는 정도였다. 만날 때마다 그녀의 얼굴은 급속도로 어두워졌다.

에단이 죽기 며칠 전, 정식 만남을 가질 때 그녀는 그를 붙들고 다급하게 제안을 했다

「공작님, 결혼만 해주신다면 남은 인생을 공작님께 다 맞추겠어요.」

「……..」

「절 사랑하지 않으셔도 돼요. 어차피 공작님은 황명으로 인해 결혼할 여자가 필요하신 거고, 전 공작님과 결혼이 하고 싶은 거니까요. 공작가의 안주인으로서 누구보다도 잘할 수 있어요. 그러니까…… 저와 결혼해주세요.」

도도하던 글로리아가 자존심을 내팽개치고 사정에 가까운 제안을 해왔다. 귀족 사회에서 여자가 먼저 프러포즈를 하는 건 굉장히 드문 일이었다. 그러나 그녀의 용기에도 불구하고, 펠릭스는 그런 글로리아를 차가운 눈으로 내려다보았다.

「내가 거기서 얻을 이득은 뭐지?」

「그야…… 황명에서 자유로워지시는 거지요. 그리고 아름다운 아내를 얻으시는 거예요. 아이들의 외모 또한 빼어날 거예요. 또, 저는 공작님을 귀찮게 할 생각이 없어요.」

「고작?」

펠릭스의 입술이 삐뚤어졌다.

「……..」

「결혼만 해주면 된다고 말하는 여자가 그대밖에 없다고 생각한 건가?」

「……..」

「아니면 그 정도 제안을 하면 넘어갈 정도로 내가 무르다고 생각한 건가? 그대가 나에게 제대로 된 제안을 하려면, 내 재산에 손을 대지 않겠다 정도는 말했어야지. 난 1년에 30테인 이상 그대에게 쓸 생각이 없어. 그래도 감당할 수 있나?」

「그, 그건…….」

30테인이면 웬만한 귀족가의 1년치 생활비였다. 그것도 무려 풍족하게 누릴 수 있는 금액이었다. 그러나 글로리아가 평소에 쓰던 것에 비하자면 터무니없이 적은 금액이었다.

그녀의 눈동자가 사정없이 흔들렸다.

「너무 적어요. 왜 그렇게 금액까지 제한을 받아야 하는 거죠? 그럼 결혼하는 의미가 뭐죠?」

「영애에게 결혼은 내 재산을 마음껏 쓰는 일인가 보군.」

「아니에요! 그건 절대로 아니에요! 저는 공작님을……!」

뭔가 말을 하려다가 글로리아는 입술을 깨물었다. 말을 참는 얼굴이었지만, 무슨 말을 하려는 건지 그닥 궁금하지 않았다.

「마음에 들지 않으면 없던 일로 하면 돼.」

비웃기도 귀찮아서 그는 냉랭한 목소리로 말했다. 왜 시간을 들여가면서 이런 이야기를 해야 하는지 어이가 없을 뿐이었다.

「다음에 또 인사드리러 오겠어요.」

글로리아는 제안은 거두어들이지 않되, 결혼을 포기할 의사가 없다는 것을 에둘러 표현한 후 마차를 타고 떠났다.

그때만 해도 그는 그 제안에 대해 입에 담을 일이 없을 거라 생각했다. 어쩌면 영원히 볼 일이 없을지도 모른다고까지 생각했다.

그랬던 여자가, 자신의 앞에 있었다.

펠릭스는 자신의 앞에 있는 글로리아를 물끄러미 바라보았다. 에단 달튼의 죽음으로 자신이 미쳐버린 건지 몰라도 눈앞의 글로리아는 이전과 분명히 달랐다.

눈동자에서 욕심이 사라졌다. 예쁜 얼굴로 표정을 꾸며내는 게 아니라, 평소의 표정을 드러내고 있었다. 화려하게 꾸몄지만, 소탈했다.

그래서 자꾸 에단이 떠올랐다.

"갑작스럽게 제안을 받아들이겠다고 해서 놀란 모양이군."

그가 굳어 있는 글로리아를 바라보며 말했다.

"조금…… 아니, 많이 당황스럽네요."

지나치게 당황해서 '많이 당황스럽습니다.'라고 에단처럼 말할 뻔했다.

글로리아는 입술을 달싹이며 말을 할 듯이 하다가 그만두었다. 에둘러 거절할 표현법이 떠오르지 않았다. 자신의 입으로 뱉었다는데, 이제 와 없던 일로 하자고 할 수도 없었다.

……이 여자도 알게 모르게 사고 엄청 치고 다녔구나.

모처럼 편하게 살게 되나 싶었는데, 갈수록 일이 꼬였다.

"그 결정에 도움을 주도록 하지. 조슈아!"

그의 부름에 멀찌감치 서 있던 조슈아가 부리나케 달려왔다.

"네."

펠릭스의 시선은 여전히 글로리아를 향해 있었다.

"글로리아 영애를 제외한 다른 약혼녀 후보들과의 약속을 모두 취소하고, 앞으로도 약속을 잡지 말도록."

"……."

조슈아의 입이 쩍 벌어졌다. 글로리아의 눈 또한 크게 벌어졌다. 글로리아 미들턴을 약혼녀로 확정했다는 거나 다름없었다.

"알겠습니다."

뒤늦게 정신을 차린 조슈아가 다급히 저택 쪽으로 뛰어갔다.

"공식적인 발표는 대답을 듣는 대로 하도록 하지."

"마, 만약에 제가 마음이 바뀌어서 거절한다면 어떻게 되는 거죠?"

글로리아가 최대한 침착하게 물었지만, 다급함까진 숨길 수 없었다. 그러자 펠릭스가 무심한 표정으로 대답했다.

"약혼녀로 남아 있게 되겠지."

"……."

"결혼하겠다는 답이 나올 때까지."

"……."

"내 약혼녀 후보 셋 중 둘은 사라졌으니, 이제 남은 건 영애밖에 없지 않나?"

"……."

황명으로 내려진 후보 셋이다. 그중 둘이 사라졌으니, 자신밖에 남지 않았다. 고로, 대답이 정해진 일이라는 거였다.

그래서 결정에 도움을 주겠다고 말한 거구나.

빠져나갈 구멍을 원천봉쇄해버렸다.

이런, 미친.

글로리아의 표정이 탁 풀렸다.

"왜 그런 표정이지?"

"……."

"갑작스러운 변화에 놀란 거라면 기다려주도록 하지. 하지만 오래 기다리진 못할 거야."

그가 상냥한 미소를 지으며 말했으나, 글로리아는 조금도 웃지 못했다.

03

혹시 자신이 에단 달튼이라는 걸 알게 된 건가.

집으로 돌아온 글로리아는 심각한 표정으로 고민에 빠졌다. 그러나 그의 성격상, 알게 된다면 일을 이렇게 처리할 것 같지 않았다. 자신의 일기장을 보고 단단히 화가 난 상태인데, 그 영혼이 들어간 여자와 결혼을 한다니.

'설마…… 죽을 때까지 곁에서 괴롭혀주겠다, 뭐 이런 건가.'

글로리아의 얼굴이 핼쑥해졌다. 설마 하면서도 그럴 수도 있겠다 싶은 건 또 뭔지. 그러다 그녀는 고개를 가로저었다. 아무래도 그의 표정과 눈빛으로 보건대 자신이 에단이라고는 상상조차 못 하는 듯했다.

그렇다면 다른 꿍꿍이가 있다는 건데…….

그의 생각을 파악해보려고 해도, 알 수 있을 리가 없었다. 10년을 옆에 있어도 무슨 생각을 하고 사는지 알 수가 없었는데, 새삼스럽게 알 수 있을 리가.

"하아."

글로리아가 눈을 감은 채 심호흡을 했다. 일단 조금 쉬다가 이 상황을 벗어날 방법을 찾아볼 생각이었다.

그나저나 요즘 들어 왜 이렇게 부쩍 지치는지 모르겠다. 이젠 숨 쉬는 것도 조금 버거운 느낌이었다. 여러 가지 신경을 써서 그런 건가 싶어 그녀가 손끝으로 관자놀이를 꾹꾹 눌렀다.

"아가씨, 여기 말씀하신 차를 가져왔어요."

엘레나가 티 테이블 위에 조심스럽게 찻주전자와 찻잔을 가져다놓았다.

"고마워."

글로리아가 눈을 떠 찻잔을 감쌌다.

"오늘 아침에 드신 차의 이름은 '루인'이라고 해요."

"루인……?"

루인은 그녀가 평소부터 즐겨 마시던 차였다. 절대로 그런 맛이 나는 차가 아니었다. 더군다나 차의 효과로는 심리적 안정만 촉진할 뿐, 살이 빠지는 용도는 더더욱 아니었다.

"혹시 내가 마시는 루인은 수입한 건가?"

"아뇨. 루인의 품질은 국산이 더 좋다고 해요."

"그럼 지금 마시고 있는 이 차의 이름은?"

"'테'라고 했습니다."

글로리아가 손에 든 찻잔에 입술을 가져다 댔다. 입에 물고 있던 한 모금을 삼킨 후, 올라오는 향을 느꼈다. '테'는 자신이 아는 맛과 동일했다. 어째서 '루인'만 맛이 다를까.

단순히 입맛의 차이일까.

그렇다고 하기엔 뭔가가 이상했다.

글로리아는 엘레나에게 외출해서 새로 루인을 구해오라 명령했다.

한 군데가 아니라 여러 군데에서 구할 수 있는 대로 구해오라고 했다. 루인과 테는 중저가의 차로, 웬만한 사람들도 시장에서 쉽게 구매할 수 있었다.

엘레나는 이유를 모르겠다는 얼굴이었지만, 군말 없이 나섰다. 그리고 몇 시간 지나지 않아 다섯 봉지의 루인을 가져왔다. 루인은 국내에서 만든 전통차라서 판매처가 꽤 다양했다.

글로리아는 다기를 주문해 직접 차를 우렸다. 새롭게 사온 루인의 맛은 대체로 동일했다. 그러나 그녀가 저택에서 마시는 루인의 맛은 전혀 달랐다. 끝 맛이 훨씬 쓰고, 약처럼 오랫동안 입안에 남아 있었다.

"엘레나, 이 차, 네가 우린 거야?"

글로리아가 엘레나를 보며 물었다.

"아뇨. 아니에요."

심상찮은 분위기를 느낀 엘레나가 다급히 고개를 가로저었다.

엘레나가 아닐 거라 생각했다. 만약 그녀가 이런 차를 우려냈다면, 지금 자신에게 제대로 된 루인을 가져다줄 리 없었다.

엘레나가 가져다준 루인의 맛이 저택에서 먹던 맛과 동일하다면, 그녀는 직접 나가서 루인을 구해올 생각까지 했었다.

한편으로 안심이 되었다.

자신의 곁에 다행히 괜찮은 사람이 있다는 것에.

"그럼 이 차는 누가 우리지?"

"주방에서 직접 우려서 올립니다."

글로리아는 찻잔을 내려놓고는 등받이에 등을 댔다. 짧은 침묵이 흘렀다. 엘레나는 마른침을 꼴깍 삼키며 생각에 잠긴 글로리아를 바라보았다.

죽다 살아나기 전의 글로리아는 어려운 아가씨였다. 도도하고 제멋대로인 데다 자기애가 강해서 비위를 맞추기 힘들었다.

그러나 지금은 아니다. 위압감이 느껴지는 데다 생각을 알 수가 없었다. 많은 일을 겪은 사람처럼 단단해 보이기까지 했다.

"차를 우린 사람, 지금 당장 데려와."

마침내 글로리아가 명을 내렸다.

"네. 알겠습니다."

엘레나가 냉큼 대답한 후, 재빠르게 방을 벗어났다.

"왜, 그러십니까?"

주방에서 글로리아의 호출을 받고 올라온 주방장이 눈을 동그랗게 뜨고서 물었다. 삼십 대의 남자로 대머리에 턱수염 하나 없이 매끈했다. 위생을 강조하는 미들턴 백작 때문에 머리에 있던 털을 모조리 밀었다는 말을 듣긴 했었는데, 진짜일 줄이야.

그녀는 떠오른 잡념을 걷어치우고, 주방장을 똑바로 올려다보았다.

"이 차, 직접 우리시나요?"

"네. 그렇습니다."

"차는 어디서 구하죠?"

"거래하는 상단에서 직접 구매합니다. 최고급 루인만을 엄선해서 철저하게 관리 중입니다."

"루인의 맛이 다른 것과 다르던데, 이유가 뭘까요?"

글로리아가 보란 듯이 찻잔 여섯 개를 주르륵 가리키며 물었다.

"아, 그건 루인을 살이 빠지는 성분이 들어간 차와 섞어서 올리라고 하셨기 때문에 맛이 다른 겁니다."

"살이 빠지는 약물? 그건 이름이 뭐죠?"

"무너입니다."

무너는 처음 듣는 차였다. 글로리아가 전혀 모르겠다는 표정을 짓자 주방장이 설명에 나섰다.

"다른 대륙에서 건너온 차로, 맛이 쓰고 떫지만 체중 관리에 좋아서 아가씨께서 꼭 넣어서 함께 올리라고 하셨습니다. 에리카 아가씨께서도 절대 빠트리면 안 된다고 신신당부하기도 하셨고요."

"……에리카가요?"

"네."

"무너를 얼마나 넣죠?"

"원래는 손가락 한 마디 정도 넣었습니다만, 아가씨께서 손가락 두 마디 분량만큼 넣으라고 하셨다고 에리카 아가씨가 전하셨어요."

두 마디라…….

"내가 하루에 몇 번이나 차를 마셨죠? 요즘 일이 많았더니 기억이 안 나네요."

"식후에 꼭 챙겨 드셨습니다."

"두 마디로 올린 건 언제였죠?"

"한 달 전쯤이셨습니다."

글로리아는 잠시 생각에 잠겼다.

한 달 전이면, 글로리아가 이유 모를 병에 걸리기 며칠 전이었다.

"무너에 독성은 없나요?"

"절대로 없습니다. 그랬다면 저희가 절대 아가씨께 드리지 않았을 겁니다."

테인과 무너에는 독성이 없다. 둘 다 주방에서 철저히 관리 중이었으니 따로 약물을 넣었을 확률도 적었다. 에리카가 직접 쟁반을 들고 오지 않으니, 그녀가 따로 차에 무슨 짓을 했을 리도 없었다. 더군다나 차에 이상한 짓을 했다면 그녀가 자신의 집에서 차를 마실 리 없었다.

그런데도 뭔가 꺼림칙했다.

이 몸으로 눈을 뜬 후, 그녀는 한동안 차를 마시지 않았다. 그러다 에리카의 방문 후, 차를 조금씩 마시기 시작하면서부터 두통이 시작되었다. 몸도 나른해지고 조금만 움직여도 피곤했다. 마른 체형이라 그런 줄 알았는데, 지금 생각하니 이상한 구석이 많았다.

맹점이 있는 것 같은 느낌.

글로리아의 눈이 가느스름해졌다.

"무너만 따로 올려줄래요?"

"그럴 순 있습니다만, 쓰고 떫어서 못 드실 겁니다."

"괜찮아요. 향만 볼 테니까요. 입 헹구게 포도 주스도 한 잔 부탁해요."

"네. 알겠습니다."

얼마 후, 주방장이 무너와 포도 주스를 직접 가지고 올라왔다. 그녀는 무너만 우려낸 차를 살짝 마셨다. 저절로 얼굴이 찌푸려졌다. 입안으로 침이 확 몰려나왔다. 그녀는 몸을 부르르 떨며 무너를 내려놓았다.

이러니 다른 차에 섞어 마실 수밖에 없지.

끝 맛이 확실히 루인과 섞여 나왔을 때와 비슷했다. 잠시 차를 바라보고 있던 글로리아는 무너를 들어 포도 주스에 섞었다.

지켜보고 있던 주방장과 엘레나의 눈이 휘둥그레졌다.

포도 주스로 입을 헹군다고 하지 않았나.

그녀는 살짝 맛만 보았다. 포도 주스에 넣으니 무너의 맛이 거의 느껴지지 않았다. 그녀는 한 잔을 모조리 들이켰다.

얼마 후, 속이 긁히는 느낌과 함께 헛구역질이 나오려 했다. 이건 분명히 사교모임에서 에리카가 준 주스를 마시고 난 직후와 느낌이 비슷했다.

"아아, 이거였네."

글로리아는 얼굴을 찌푸린 채 무너를 바라보았다. 주방장과 엘레나가 무슨 뜻이냐는 얼굴로 쳐다보았지만, 그녀는 모르는 척 다른 질문을 던졌다.

"무너를 구하긴 어렵나요? 수입품이니 아무래도 그렇겠죠?"

"아닙니다. 처음 수입했을 때만 해도 그랬는데 요즘은 루인만큼이나 시장에서도 쉽게 구할 수 있습니다."

"아아, 그렇군요. 앞으로 내가 먹는 음식에서 무너를 모조리 빼세요. 차는 물론이고, 만약 향신료로 쓰이고 있다면 그것도 빼도록 하세요."

"알겠습니다."

"내려가보도록 하세요. 오늘 상세히 알려줘서 고마워요."

글로리아가 생긋 웃었다. 흑안이 초승달처럼 휘었다. 주방장의 얼굴이 시뻘겋게 달아오르더니 이윽고 그의 머리까지 붉어졌다. 머리가 불타는 것처럼 보였다.

저런.

글로리아는 어째야 할지 모르겠다는 얼굴로 바라보았다. 주방장은 쑥스러운 듯 인사를 한 후 재빨리 사라졌다.

엘레나까지 물린 글로리아는 생각에 잠긴 채 찻잔을 물끄러미 바라보았다.

글로리아는 마른 체형이었다. 기본적으로 체력이 약하고, 먹는 양도 보잘것없었다.

이런 여자가 계속해서 살이 빠지는 효능이 있는 차를 마셨다면?

독성이 없다고는 하지만, 개개인마다 맞는 차가 있고 맞지 않는 차가 있었다. 에단일 때만 해도 순하다고 소문난 이보차를 마실 때마다 탈이 나지 않았던가. 그 때문에 그는 꼭 루인만 마시곤 했다.

살을 계속 빠지게 하는 무너가 문제였다. 그러나 더 큰 문제는, 누가 그녀에게 계속해서 무너를 마시게 했느냐였다. 글로리아의 눈빛이 예리해졌다. 그럴 수 있는 사람은 한 사람밖에 없다.

포도 주스를 이용해 탈이 나게 만든 사람.

이 문제도 짚고 넘어갔어야 했는데, 펠릭스 공작 때문에 정신이 쏙 나가버려서 차일피일 미루고 있었다.

"엘레나."

그녀의 부름에 문밖에서 대기 중이던 엘레나가 들어왔다.

"에리카를 불러줘."

"네. 알겠습니다."

홀로 남은 글로리아는 뒤늦게 찾아온 두통에 숨을 몰아쉬었다.

"……포도 주스 반만 마실걸."

후회했지만, 두통엔 변함이 없었다.

"네가 웬일로 나를 먼저 불렀니? 응?"

에리카가 화색이 도는 얼굴로 들어섰다.

글로리아가 부르기 전까지, 이곳에 올 수 없게 된 후부터 에리카는 줄곧 우울했다. 몇 번 찾아왔으나, 글로리아의 명이 있었다는 대답과 함께 쫓겨났다. 그럴 때마다 화가 나서 견딜 수가 없으면서도 한편으로는 아쉬웠다.

이곳에만 있는 맛있는 음식도, 화려한 내부도 더는 접할 수 없다니.

초라한 집에 앉아만 있는 자신이 처량해서 견딜 수가 없었다.

그런데 자신을 먼저 부르다니. 역시.

에리카가 생글생글 미소 지었다.

"파티 때의 불미스러운 사건 이후 펠릭스 공작님과 함께 날 도왔다고 들었는데, 미처 고맙다는 인사를 못 해서요."

"우리 사이에 뭐 그런 걸 인사하고 그러니?"

에리카가 찻잔을 들어 한 모금 마셨다. 그러더니 고개를 갸웃거렸다.

"글로리아."

"네."

글로리아는 자신을 부를 줄 알았다는 듯 태연하게 대답했다.

"차 맛이 바뀌었네?"

"아아, 네, 무너를 뺐어요."

"무너를 빼? 왜?"

"속이 쓰려서요."

"그래?"

에리카의 표정이 미묘해졌다. 그 변화를 글로리아는 눈도 깜짝하지 않고 지켜보았다. 험하게 태어나 공작가의 보좌관이 되면서 수많은 인간들을 만났다. 능구렁이 같은 인간들이 아니고서야, 대체로 인간들은 찰나의 표정을 감추지 못했다.

에리카의 눈빛에 실망감과 함께 곤란함이 스쳐지나갔다.

"하지만 글로리아, 말했잖니. 무너를 마시면 음식을 먹어도 살이 찌지 않는다고. 어머, 그러고 보니 너 살쪘구나? 네 옆구리에 살이 붙었어. 어머, 팔뚝에도 살이 붙은 거 알고 있니? 글로리아, 세상에서 가장 아름다운 네게 살이라니. 넌 살이 쪄도 아름답긴 하지만, 없을 때가 가장 아름다워. 그래야 네가 원하는 대로 펠릭스 공작과 결혼할 수 있지 않겠니? 응?"

글로리아는 에리카의 말을 가만히 듣고만 있었다. 어떤 식으로 여태껏 글로리아를 구워삶았는지 알 것 같았다.

글로리아는 아름다운 만큼 미에 집착하는 구석이 있었다. 드레스, 장식품, 밤마다 하는 외모 관리들이 그 증거였다. 그런 그녀에게 '마른 몸매가 아름다운 거다.'라는 이 시대적 아름다움은 그녀를 '마른 몸매'에 집착하게 만들었을 거다. 이미 불타고 있는 집착이니, 에리카는 곁에서 바람만 후후 불어주면 될 일이었다.

이렇듯, 무너를 이용해서.

어떻게 그녀가 자신이 무너와 맞지 않는지를 알아냈는지는 중요하지 않았다. 지금 중요한 건, 에리카는 그녀에게 무너가 맞지 않다는 걸 잘 알고 있었다는 것이었다.

글로리아가 생긋 미소 지었다.

"이제 살 좀 찌우려고요."

"……뭐?"

에리카가 당황한 얼굴로 물었다.

"살이 붙은 팔도 예쁘고, 옆구리에 살이 붙으니 허리가 더 꼿꼿해져서 좋네요."

"글로리아."

에리카가 여전히 당황한 얼굴로 불렀다. 글로리아가 불렀으면 말을 하라는 듯, 차분하게 에리카의 얼굴을 바라보았다. 에리카가 애써 웃는 얼굴로 말을 시작했다.

"글로리아, 그러면 안 돼. 너처럼 아름다운 애가 왜 살을 찌우려고 그러니? 지금도 충분히 아름다운데……. 너무 아까워. 그리고 알잖니, 남자들은 가녀리고 마른 여자를 좋아한다는 걸. 펠릭스 공작도 틀림없이 그런 여자를 좋아할 거야. 제너와 아이리스를 보렴. 그 영애들이 너보다 더 말랐잖니. 그러니 넌 살만 조금 더 빼면 펠릭스 공작에게서 사랑받을 수 있을 거야. 응?"

"아뇨. 방금 말했잖아요. 살 뺄 생각 없어요. 무너도 더는 마시지 않을 거고요. 무너 때문에 몸이 많이 상했거든요. 지금 드시는 차도 루인만 들었어요. 드셔보세요. 고소하고 훨씬 맛있네요."

글로리아가 태연한 얼굴로 루인만 든 차를 마셨다. 한 모금 마시자 고소하고 향긋한 향이 입안에 확 퍼졌다.

"글로리아."

에리카가 다시 설득하려는 듯, 차분하게 그녀의 이름을 불렀다. 글로리아는 찻잔을 바라보던 시선을 들어 에리카를 바라보았다.

"그래도 무너는 마시는 게……."

"왜요? 내가 무너를 꼭 마셔야만 하는 이유라도 있어요?"

글로리아가 무심하게 물었다. 그녀의 얼굴에선 온기가 전혀 느껴지지 않았다.

"뭐?"

가슴이 덜컥 내려앉은 에리카가 눈을 크게 뜬 채 되물었다.

"이를테면 무너를 계속 마셔야 내가 죽을 테니까? 집안 내력상 시름시름 앓다가 죽은 경우가 있으니, 의심을 피하겠죠. 이전에도 사람들은 집안 내력으로 내가 쓰러진 거라고 알고 있으니까. 설마 차를 계속 마시다가 죽었으리라고는 상상도 못 할 거 아니에요?"

"지금 너, 대체 무슨 소리를 하는 거야?"

에리카가 다급히 소리쳤지만, 글로리아는 계속해서 말을 이었다.

"그럼 누가 이런 짓을 벌였을까요?"

"……."

"미들턴 백작님에겐 딸이 나밖에 없는 데다 재혼 의사도 없으시죠. 내가 제거되면 어쩔 수 없이 친인척 중에서 수양딸이나 수양아들을 들여야겠죠. 어쨌든, 백작 가문이니 그 대를 잇긴 해야 하니까요. 가장 확률이 높은 사람이 누굴까요? 친인척 중에서 딸과 가장 비슷한 나이인 사람, 딸을 근처에서 돌봐준 사람."

"……."

"너밖에 없겠지. 에리카."

글로리아의 말에 에리카의 얼굴이 딱딱하게 굳었다.

"아까부터 무슨 소리야! 글로리아! 내가 여태껏 너한테 어떻게 해왔는데, 지금 나한테……!"

"농담이에요. 계속 나한테 무너를 권하니까 이런 의심을 받죠."

글로리아가 언제 정색했냐는 듯 생긋 미소 지었다. 그러자 에리카의 눈이 사정없이 흔들렸다.

글로리아는 나오려는 한숨을 참았다.

한심했다.

에단 달튼이던 시절 만났던 수많은 악독한 인간들에 비해 에리카는 하수 중에 하수였다. 너무나 쉽게 덜미를 잡힐 짓을 해놓았다. 더군다나 무녀를 계속 마시라며 자신의 패를 훤히 다 보여주는 실수까지 저질렀다.

"그러니 앞으로 나한테 무녀를 강요하지 마요. 자꾸 오해하게 되니까."

"……."

에리카가 입안의 살을 깨물었다. 그녀의 손이 드레스 자락을 거머쥐는 걸 글로리아는 물끄러미 바라보았다. 그녀는 한없이 억울하다는 표정을 지었다.

글로리아는 한심하다는 얼굴로 에리카를 보았다. 그녀는 이런 인간에 대해 잘 알고 있었다. 욕심이 지나치게 많아서, 그 욕심이 스스로를 삼킨 인간. 남의 것이 마치 제 것처럼 좋아 보이다 못해 제 것으로 만들고 싶은 사람.

"그리고 하나 더 말할게요. 날 신경 써주는 건 고맙지만, 앞으로 내 허락 없이 내가 먹는 음식에 무녀 같은 거 타지 마요. 이를테면 파티장에서 준 과일주스 같은 거요."

"너 정말 미쳤니? 무슨 소리를 하는 거냐고! 대체!"

"무슨 소리를 하는지는 그쪽이 가장 잘 알겠죠, 에리카."

글로리아는 타인을 부르듯, 사촌의 이름을 차갑게 불렀다. 에리카의 눈동자가 사정없이 흔들렸다.

"앞으로 음식에다 장난치지 마요. 그리고 더는 아플 일도, 죽을 일도 없으니까 만약 허튼 꿈을 꾸고 있다면 어서 깨어나요."

그 말에 에리카의 눈동자가 새빨갛게 물들었다.

"할 말 더 있어요?"

"……."

"없으면 돌아가요."

글로리아가 찻잔으로 시선을 돌렸다. 더는 대화를 거절하겠다는 명백한 표현이었다. 그녀가 앞으로 자신을 부르지 않을 것이라고 에리카는 알아챘다. 오늘도 무너를 마시게 한 점을 따지려고 부른 거였다.

에리카는 더는 참지 못하고 온몸을 부르르 떨며 입술을 깨물었다.

"네가 어떻게 나한테 이래! 네가 이렇게 아름다워진 게 누구 탓인데! 응?"

"이 미모는 타고난 겁니다. 가꾼다고 가꿔질 미모가 아니죠. 아마빈민굴에서 태어났어도 이 얼굴은 아름다웠을 거예요."

글로리아는 몹시 객관적으로 이야기했지만, 그 말에 에리카는 완전히 이성을 잃어버렸다. 꾸역꾸역 참아오던 것들이 모조리 터졌다.

글로리아가 무너를 마시다가 자멸할 날만 기다리고 있었다. 글로리아가 사라지면 그 자리는 자신의 것이었다. 그런데 그 꿈이 모조리 물거품이 되었다. 화를 주체하지 못하고 그녀는 몸을 벌떡 일으켰다.

"지금 뭐라는 거야! 살이 뒤룩뒤룩 찐 너를 내가 어르고 달래서 살을 빼게 만들었어. 그런데 뭐? 감히 은혜도 모르고 다 네 덕이다? 아니지. 네가 그때처럼 계속 살이 쪄 있었다면, 남자들이 너를 쳐다나봐줄 것 같아? 옛날처럼 뚱뚱하고 못생겼다고 뒤에서 수군거리기나 했겠지. 너에게 청혼하는 남자들은 단 한 명도 없을 테고. 내가 널 이렇게 만들었는데, 은혜도 모르는 것! 배은망덕한 것!"

흥분한 에리카가 글로리아에게 저벅저벅 다가와 그녀의 눈을 무섭게 응시하며 폭언을 쏟아냈다.

그러나 글로리아는 에리카의 말에 화가 나지 않았다. 에리카가 비난한 건, 자신이 모르던 때의 글로리아의 삶이었다. 오히려 모르던 것을 알게 되어 '그렇게 살았나 보군.'이라고 생각할 때였다.

"하, 지금은 예뻐졌으니 기고만장하겠지. 하지만 너처럼 성격 안 좋고 제멋대로인 애를 누가 사랑해주겠어? 미들턴 백작님도 네가 네 어머니를 닮아서 사랑하는 것뿐이야. 그 외모가 시들면 그 사랑마저도 거둬들일걸?"

"……."

"그리고 펠릭스 공작이 왜 다른 영애들은 여러 번 만나면서, 넌 안 만나겠어? 친구도 없고, 사랑해주는 사람도 없고, 가진 거라곤 늙어서 추해질 그 얼굴밖에 없는데! 왜 네 주변에 사람이 없는지 한번 돌아봐!"

"그건 너도 마찬가지일 것 같은데, 에리카? 네가 가진 게 뭐가 있지?"

글로리아가 덤덤한 눈으로 되물었다.

"뭐, 뭐라고? 너……! 너……!"

"너 또한 네 힘으로 가진 게 없어 보이는데, 누가 누굴 욕하는 건지 모르겠군. 혹시 자기반성의 시간인 건가? 그런 건 집에 가서 혼자 거울을 보며 하도록 해."

글로리아가 무심하게 대꾸하자, 에리카의 눈동자가 흔들렸다.

"그리고 여기는 미들턴 백작가 저택이야. 내가 소리치면 네가 어떻게 될 것 같아?"

글로리아가 조용히 경고했다. 되도록 조용히 일을 끝내고 싶었다. 경고를 주고받은 후에, 서로 안 보면 될 일이었다.

"하!"

그러나 그럴 생각이 없는지 에리카는 콧방귀를 뀌었다. 그러더니 갑자기 자신의 옷자락을 찢고 머리를 헝클어뜨렸다. 누군가에게서 얻어맞은 것처럼 엉망진창인 몰골이었다.

짝!

그러더니 자신의 뺨을 후려갈겨 붉게 만들었다.

"한번 소리 질러봐. 고귀하고 아름다운 글로리아 미들턴이 사촌언니의 멱살을 잡고 깽판을 쳤다는 소문이 파다하게 퍼질 테니까."

"……"

"그럼 아름답고 우아하며 고고하다는 네 이미지도 엉망이 되겠지. 여태껏 본성 꾸역꾸역 참아가면서 지켜왔던 그 이미지잖아. 안 그래? 어디 해봐. 해보라고."

"……"

"아마 어머니를 쏙 빼닮아서 널 사랑하던 미들턴 백작도 이만저만 실망하는 게 아니겠지. 아마 폭력적인 널 보면서 속으로 아주 징그러워할 거야. 다른 사람들도 마찬가지겠지. 얼굴만 예뻐졌을 뿐, 성격은 엉망진창이군. 넌 또 누구에게서도 사랑받지 못할 거야. 안 그래?"

에리카가 미친 사람처럼 번들거리는 눈으로 글로리아를 노려보았다. 글로리아는 이제야 에리카가 자신을 어떻게 다뤘는지 알 것 같았다. 어릴 적부터 이런 말을 계속해서 들었다면 세뇌되었을 확률이 높았다.

에리카를 증오하면서도, 그녀에게 기대는 이상한 관계가 이어졌을 거다.

글로리아는 처음으로 글로리아 미들턴이 불쌍하게 느껴졌다.

"어휴."

달그락.

상황에 맞지 않게 에리카를 덤덤하게 바라보던 글로리아가 찻잔을 내려놓았다. 그러고는 자리에서 일어났다.

"왜? 겁이 나니? 그때처럼 무릎이라도 꿇고 빌 거니? 그러게 왜 나를 건드려? 내가 어떤 인간인지 알면 건드리지 말았어야지. 내가 여기 영영 오지 않으면 넌 영원히 고립되는 거야. 가진 거라곤 말도 못 하는 저 드레스들뿐인 처지로 말이야."

에리카가 입꼬리를 끌어올리며 비실비실 웃었다.

"좋게 끝내려고 했더니 이 미친년이, 진짜."

글로리아의 예쁜 입술에서 험한 말이 툭 튀어나왔다. 그 말에 에리카의 눈이 크게 벌어졌다. 그것도 잠시였다. 글로리아가 에리카의 머리채를 거머쥐고서, 벽으로 끌고 갔다.

쿵!

힘이 모자라긴 했지만, 에리카가 방심하고 있던 터라 가능했다. 뒤통수를 벽에 들이박은 에리카가 상황 판단이 아직 안 된 듯 글로리아를 쳐다보았다.

글로리아의 눈빛은 완전히 다른 사람의 것처럼 냉랭했다. 그 냉랭한 눈빛에는 상대방을 내리누르는 무거운 위압감까지 담겨 있었다.

"질러."

"……."

"지르라고."

"……."

"안 질러? 그럼 지르게 해줄까?"

글로리아가 손을 치켜들어 에리카의 머리를 다시 벽에 박았다.

쿵!

"윽!"

에리카가 신음을 뱉으며 얼굴을 찌푸렸다.

"질러서 똑똑히 봐. 이 저택이 누구의 저택인지, 이 저택 사람들이 누구 편인지. 분위기 파악 잘하는 네가 모를 리가 없지."

"너, 너 지금……."

"내가 어떻게 살아왔는데, 그딴 소릴 협박이라고 하고 앉아 있어? 눈만 부릅뜨면 무서워할 줄 알았어? 사랑? 그게 왜? 사는 것도 바빠 죽겠는데, 무슨 사랑 노래까지 하고 있어?"

"……."

에리카가 멍하니 글로리아를 바라보았다. 지금 이 상황을 도무지 받아들일 수가 없었다. 글로리아는 도도하고 자기애가 강해 보이지만, 사실 자격지심이 많고 우울함이 늘 깔려 있는 아이였다.

그래서 허영심이 많고, 지적당하는 걸 몹시 싫어했다. 그중 가장 싫어하는 건, 상대방에게서 사랑받지 못할지도 모른다는 공포였다. 그래서 언제든 자신이 완전히 떠날 것처럼 굴면 글로리아는 바닥에 납작 엎드려 빌곤 했다.

그럴 때마다 그녀는 선심 써주듯이 '나니까 네 비밀들 다 지키면서 곁에 있는 거야.'라고 말해주곤 했다.

여태껏 줄곧 그래왔는데, 지금 이 상황은 겪고도 믿을 수가 없었다. 자신이 머리채를 잡히다니.

"소리 질러. 지르고 난투극을 벌인 대가로 난 이미지를 잃겠지. 그래봤자 난 여전히 잘 먹고 잘 살 거야. 당장 밥그릇 뺏기는 일도 아니고. 이미지 같은 거야 우습지."

"……."

"대신 넌 영원히 이 집에 발을 들이지 못하겠지. 그렇게 되면 난 네 집에 있는 내 물건들을 전부 회수할 거야. 아버지께서 네게 주신 선물들까지 모조리. 네 낯짝을 안 봐도 되는 내가 얻을 게 더 많은 것 같으니까, 소리 지르라고."

글로리아가 무섭게 낮은 목소리로 채근했다.

어린 시절부터 말도 안 되는 협박으로 머리채도 잡혀봤고, 몰매도 맞아봤다. 가진 돈을 전부 빼앗기기도 했고, 목이 말라 입을 벌린 채 빗방울을 받아서 먹기도 했다.

행복보다 고통이 많았던 삶이었다. 그 삶을 '살아야 한다.'는 이유만으로 살아온 그녀에게 이미지 상실 따위는 우스운 일이었다.

"그, 글로리아."

뭔가 상황이 잘못되어간다는 걸 안 에리카가 다급하게 그녀를 불렀다. 이대로 있다간 정말 미들턴 백작의 귀에 이 일이 들어갈 것 같았다. 그렇게 되면 자신은 정말 영원히 그 좁고 어두운 집에 갇혀 살아야 할 것이다.

에리카가 다급하게 두 손을 모았다.

"내, 내가 잘못했어, 글로리아. 정말 잘못했어. 용서해줘. 응? 내가 잠시 정신이 없었나 봐. 말도 안 되는 오해로 나를 협박하니까, 너무 놀랐나 봐. 그러니까 한 번만 넘어가줘. 여태까지 함께한 정이 있잖아. 안 그래?"

에리카가 두 손을 모은 채 싹싹 빌었다. 그녀의 눈동자가 사정없이 흔들렸다.

징그럽게 빠른 에리카의 태세 전환에 글로리아가 그녀의 머리채에서 손을 놓았다. 더러운 걸 만진 것처럼 손을 탁탁 털었다. 한 걸음 물러선 글로리아는 무표정한 얼굴로 엉망진창이 된 에리카를 보았다.

"……흐, 흑."

놀란 에리카가 울음소리를 내며 얼굴을 두 손으로 가렸다.

"안 우는 거 알아. 동정심 유발할 생각 말고 당장 나가."

글로리아의 말에 에리카의 어깨가 흠칫 굳었다.

놀라거나 서러워서 울면 저런 소리가 나오지 않았다. 속에서부터 끓어오르는 울음은 실로 울어본 사람만이 그 소리를 알 수 있었다.

속내를 완전히 들킨 에리카는 억울하고 화가 난 듯 입술을 깨물고서 방을 빠져나갔다. 홀로 엉망이 된 방에 남은 글로리아가 긴 한숨을 내쉬었다.

"또 흥분했네."

한 번씩 화가 나면 욱하는 성질머리가 튀어나오곤 했다. 특히 자신의 과거를 떠올리게 하는 그런 말이면 더더욱 눈이 뒤집혔다.

"고치든가 해야지."

이런 성질머리 때문에 곤란하다는 듯 그녀가 고개를 설레설레 내저었다.

글로리아의 전담하녀인 엘레나는 요즘 부쩍 달라진 아가씨 때문에 정신없이 바빴다. 아무리 사람이 죽다 살아나면 달라진다지만, 이렇게까지 달라질 수가 있나 싶을 정도였다.

글로리아는 예전보다 굉장히 일찍, 그리고 굉장히 비슷한 시각에 깨어났다. 가장 먼저 씻고 머리를 손질한 다음 드레스를 입기 때문에 세숫물을 일찍 데워 가져가야 했다. 글로리아는 찬물로 씻을 수 있다고 했지만 엘레나의 입장에선 말도 안 되는 소리였다. 글로리아처럼 하얗고 예민한 피부는 찬물이 닿으면 금세 창백해졌다. 만에 하나 그 피부색을 미들턴 백작이라도 보게 된다면, 저택이 발칵 뒤집히고 말 거다.

엘레나는 평소처럼 따뜻한 물이 담긴 세숫물을 그녀의 방 가운데에 가져다놓았다. 손으로 떠서 박박 문지르는 용도가 아니라, 수건에 적셔 얼굴을 닦아내는 정도라 물의 양이 적었다.

"고마워. 매일 고생이네."

곧잘 이런 칭찬도 해주어서, 엘레나는 일하는 보람을 느꼈다.

"아니에요. 이게 제 일인걸요."

"일이라도 힘든 건 힘든 거니까."

에단 달튼이던 시절, 남부럽지 않은 연봉을 받으며 지냈지만 힘든 건 힘든 거였다. 돈이 모든 고통을 앗아가주진 않는다는 걸 알고 있었다.

따뜻한 물로 적신 수건으로 얼굴을 닦아낸 글로리아는 거울로 제 얼굴을 꼼꼼히 확인했다.

"예쁘긴 엄청 예쁘네."

그녀가 멍한 얼굴로 중얼거렸다. 그러다 아차 했다. 자신이야 아직 이 얼굴에 적응하지 못해 객관적인 평가를 내린 거라지만, 다른 사람들의 입장에선 그렇지 않을 확률이 컸다. 그러나 자신의 우려와 다르게, 엘레나는 이런 말을 들은 게 한두 번이 아니라는 듯 고개를 끄덕이고 있었다.

대체 얼마나 스스로를 예뻐했기에, 다들 달관한 표정을 짓는 걸까.

글로리아는 새삼 이전의 그녀가 궁금해졌다.

아침식사를 위해 글로리아는 거대한 홀로 들어섰다. 평소 헐렁하고 편안한 드레스를 입던 그녀는 조금씩 허리가 조이는 드레스를 입기 시작했다. 언제까지나 헐렁한 드레스만 고집할 수 없는 노릇이라는 걸 인지한 탓이었다.

긴 식탁의 가장 상석에는, 출장을 다니느라 며칠간 집을 비웠던 미들턴 백작이 모처럼 앉아 있었다.

"오, 왔구나. 미의 여신이 빚어 만든 것처럼 아름다운 내 딸! 캐서린을 쏙 빼닮은 사랑스러운……!"

"좋은 아침이에요."

글로리아가 더는 듣지 못하고 백작의 말을 싹둑 잘랐다. 그는 조금 시무룩한 표정을 지었지만, 금세 회복했다.

"며칠간 잘 지냈니, 글로리아?"

"네. 덕분에 잘 지냈습니다."

"정말로 그래 보이는구나."

미들턴 백작이 글로리아의 얼굴을 살피며 고개를 끄덕였다. 며칠 만에 본 글로리아의 몸엔 살이 조금 붙어 있었다. 그 덕에 뺨이 약간 발그레해지고 생기 있어 보였다. 이전의 글로리아가 아름다운 한편 지나치게 위태로워 보였다면, 지금은 건강한 아름다움이 느껴졌다.

"늘 네 보고는 전해듣고 있었단다. 열심히 운동도 한다지?"

"네."

글로리아가 고개를 끄덕였다.

이런저런 이야기를 하는 사이 긴 테이블 위에 음식이 깔리기 시작했다. 아침부터 많이 먹으면 속이 불편해서 채소, 과일, 그리고 약간의 빵으로 아침을 챙겼다.

"여쭤볼 게 있어요."

"뭐든지 물어보렴!"

글로리아가 말을 걸었다는 것만으로도 미들턴 백작은 신난 얼굴이었다.

"에리카가 언제부터 이 집을 드나들었죠?"

"꽤 오래되었지. 네 엄마가 명을 달리하고 네가 외롭게 혼자가 되었을 때부터 드나들었으니까. 왜 그러니?"

"혹시 에리카가 따로 돈을 지급받고 있나요?"

"그렇지. 기억 안 나니? 하긴, 네가 어릴 때이니 날 리가 없겠구나. 에리카가 불쌍하니 돈을 주자고 네가 그랬잖니? 난 딱히 내키진 않았다만, 내가 갈 수 없는 사교모임이나 파티에서 널 지켜주겠다고 에리카가 약속해서 줄곧 지불하고 있었지."

어쩐지.

며칠간 에리카에 대해 그녀는 고민했다. 에리카가 자신에게서 드레스나 장식품을 받고자 자신의 허드렛일을 봐주고 있진 않을 것 같았다. 분명 따로 지급받는 게 있으니 이 집을 드나드는 거라 생각했는데, 자신의 예상이 맞아떨어졌다.

"그 금액이 얼마나 되나요?"

"얼마였지, 아드리안?"

미들턴 백작의 물음에 곁에 서 있던 아드리안이 조용히 대답했다.

"연간 10테인입니다."

"연간 10테인이요?"

대꾸를 한 건 글로리아였다.

"왜 그렇게 놀라니?"

미들턴 백작이 눈을 동그랗게 뜨고서 물었다.

"하……."

글로리아는 헛웃음을 지었다. 한 귀족가의 1년치 생활비가 평균 30 테인이다. 그건 하녀들의 급여, 저택 유지비, 품위 유지비 등 모든 비용이 합산된 금액이었다. 고작 아버지와 단둘이 사는 에리카가 받기에는 지나치게 큰 금액이었다.

아주 잠깐 미들턴 백작이 자신의 형인 에리카의 아버지를 배려해 큰 금액을 지불하는 건가 생각했다. 그러나 미들턴 백작과 그의 형 사이에 떠도는 소문을 생각해보면 그럴 확률은 전혀 없었다.

작위와 집안의 재산을 대부분 물려받은 에리카의 아버지인 벤저민 미들턴은, 사치와 향락에 빠져 재산의 대부분을 날렸다. 작위까지 팔아치우려는 걸, 미들턴 백작이 상업을 통해 일군 전 재산과 맞바꾼 것으로 알려져 있었다.

그때 미들턴 백작이 집안의 작위를 이으며, 한 번만 더 내 눈에 띄면 죽여버리겠다고 벤저민에게 했다는 말이 십수 년이 지난 지금까지도 입소문을 타고 전해지고 있었다.

이후 헤레이스 미들턴 백작은 상업과 무역을 통해 다시금 집안의 재산을 일구었고, 벤저민은 동생이 준 돈으로 다시금 도박과 여자를 탐하다가 가산을 탕진했다고 들었다. 이후 알거지가 되자마자 병이든 그는, 딸인 에리카의 도움으로 작은 집에서 지내고 있었다.

형제가 아니라 원수로 알려진 사이이니, 도울 리가 없었다. 아무리 그래도 피가 섞인 형제이니 동정심에서 돕는 건 아닐까 잠깐 고민하다가 생각을 접었다. 딸에겐 모든 걸 다 줄 수 있는 얼굴을 하고 있지만, 헤레이스 미들턴 백작은 그렇게 무른 사람이 아니었다. 그의 일처리를 간접적으로 겪어봤기 때문에 알 수 있는 사실이었다.

형제간에 이런 상황에서도 에리카가 이 집에 드나들고 헤레이스에게서 드레스를 선물받는 건 오로지 자신을 돕고 있기 때문에 가능한 일이었다.

"그러면 에리카는 따로 일하는 게 있나요?"

그럴 리 없다는 걸 알면서도, 글로리아는 혹시나 하는 생각에 물었다.

"글쎄. 아드리안, 아는 거 있는가?"

"현재 하시는 일이 없는 걸로 알고 있습니다."

"부탁드릴 게 있어요."

"뭐든 해보렴."

"에리카에게 주는 금액을 연간 10테인에서 5테인으로 줄여주세요. 그리고 되도록 제가 직접 연락할 때 말고는, 따로 연락하지 않으셨으면 해요."

"갑자기 왜? 싸웠니?"

조용히 묻는 미들턴 백작의 눈빛이 슬며시 바뀌었다. 필요 가치가 다했다면 에리카를 치워버릴 것 같은 얼굴을 하고 있었다.

"아뇨."

싸운 게 아니라 에리카에게 죽을 뻔했지만 그 사실을 말하지는 않았다. 이건 자신과 에리카의 일이었다. 미들턴 백작까지 끌어들이고 싶지 않았다. 조용하게 끝내고 싶은데, 미들턴 백작이 끼어들면 일이 커질 것 같았다.

"그럼 대체 왜?"

"이제 슬슬 독립해야죠. 에리카에게 지금부터 연간 5테인만 주시고, 매년 2테인씩 줄일 거라고 말해주세요. 그동안 스스로 일거리를 찾아야죠."

죽기 직전까지 갔는데, 조용히 넘어갈 생각은 없다. 그렇다고 요란한 방식도 원하지 않았다. 서서히 자신의 인생에서 완전히 제외시킬 생각이었다. 미들턴 백작의 후광 없이 사는 것이 허영심 많은 그녀에겐 최고의 형벌일 테니까.

"그래, 네가 원한다면 그렇게 하자꾸나. 아드리안, 잘 들었지?"

"네. 말씀하신 대로 진행하겠습니다."

"그리고 말이 나온 김에 말씀드릴 게 있어요."

"그래. 뭐든지 말하렴. 나는 글로리아 너와 이야기를 나누는 게 정말 세상에서 가장 즐겁단다. 어쩜 네 어머니를 꼭 닮아서는……."

미들턴 백작이 한없이 사랑스럽다는 눈으로 글로리아를 바라보았다. 이유 없는 무한한 애정을 받는 게 어색한 글로리아는 시선을 슬며시 피했다.

그녀는 이런 사랑을 받아본 적이 없었다. 아니, 이런 사랑이 존재하는지조차 잘 알지 못했다. 그저 존재하기 때문에 사랑받다니.

그녀에게 삶은 죽지 않기 위해서 해야 하는 투쟁이고, 존재의 필요성을 끊임없이 피력하지 않으면 가치가 없는 것이었다.

행복했겠다, 글로리아.

그녀는 새삼 이 몸의 본래 주인이 부러우면서도, 이 자리를 대신 차지한 게 미안했다.

"할 말 있다고 하지 않았니?"

"아……. 죄송해요. 잠시 딴생각을 했어요."

"괜찮단다. 편하게 말하렴."

"아버지가 하시는 무역일을 배우고 싶어요. 그리고 가능하다면 교양으로 호신용 검술도요."

평생 이렇게 놀고먹을 수도 없는 노릇이었다. 뭐라도 배워서 일을 해야겠다고 생각했는데, 때마침 무역이 떠올랐다. 여자로선 힘든 일이지만 할 수 있을 것 같았다. 여자들은 힘들어서 못 한다는 보좌관 일도 하지 않았던가.

그리고 어느 정도 체력이 붙은 것 같으니 검술 수업도 받을 생각이었다. 한 번 죽고 나니 스스로의 몸을 지킬 수 있는 기본적인 호신술을 배워야겠다는 생각이 들었다.

이런저런 계획에 그녀가 기대에 찬 얼굴로 바라보고 있을 때였다.

"안 된다."

미들턴 백작의 생각지 못한 대답에 그녀의 눈이 크게 벌어졌다. 기특하다고 생각하기는커녕 미들턴 백작의 얼굴은 화가 난 듯 딱딱하게 굳어 있었다.

"둘 다 위험해서 안 돼."

"백작……, 아니, 아버지."

"무역일을 하다 보면 자연스럽게 엮이는 사람들이 누군지 아니? 뱃사람들이다. 그 사람들은 거칠 게 없어. 사람을 죽이면 배를 타고 멀리 나가 다른 대륙에 가버리면 그만이거든. 그뿐만인 줄 아니? 무역일을 하는 사람들 대부분은 아주 거칠게 살아온 남자들이야. 그들이

네가 하는 말을 들을 것 같니?"

미들턴 백작의 눈에 걱정이 가득했다.

"그럼 전 뭘 해야 하나요?"

"그냥 이렇게 있어다오. 꽃꽂이도 하고, 산책도 하고, 운동을 하고 싶다면 승마를 하렴. 넌 그냥 이렇게 즐기면서 살면 된단다. 네 몫까지 내가 다 일하마. 그러니 넌 아프지 말고, 다치지 말고, 그냥 있기만 해, 글로리아."

"아버지, 평생 이렇게 살 순 없어요. 항구에 나가는 일은 저도 하지 않을 생각이었어요. 무역에 관한 전략과 기본 방침 같은 것들만이라도……."

"방침을 세우다 보면 자연스럽게 항구에 나가게 되지. 내가 한 일들이 어떤 결과를 이루었는지 확인하고 싶어지는 법이니까. 그러니까 절대로 안 된다. 허튼생각 말거라."

"……."

미들턴 백작의 목소리가 점점 낮게 가라앉았다. 글로리아는 다시 한 번 자신의 뜻을 피력하려 했다. 그러다 미들턴 백작의 얼굴을 보곤 입을 다물었다. 언뜻 보면 엄한 표정을 짓는 것 같지만, 그의 눈동자엔 공포와 슬픔이 가득 차 있었다.

"너만은 안 돼, 글로리아."

그의 숨소리 섞인 나지막한 목소리에, 글로리아는 결국 더는 제 고집을 세우지 못했다.

미들턴 백작의 강경한 거절 앞에 한 수를 물린 글로리아는 방으로 돌아와 생각에 잠겼다. 할 만한 다른 일이 있을까 고민했지만, 별달리

하고 싶은 일은 없었다.

그나마 그녀가 보좌관 일을 하며 관심을 가졌던 일은 무역 관련 일 뿐이었다. 복잡하고 어렵지만, 성공하고 나면 막대한 이득이 남았다. 그럴 때마다 몸은 녹초가 되었지만, 마음은 뿌듯했다.

그래서 퇴근하고 싶다고 뻗대는 보좌관들을 모조리 앉혀놓고, '한 번만 더 집중해주십시오.'라고 어르고 달래며 함께 고민하곤 했다.

그 계획안들과 필요 서류를 올리면, 펠릭스 공작은 그 서류를 참고해 계획을 수정해서 일을 진행하곤 했다. 생각해보면 그때가 재미있었다.

똑똑.

문을 두드리는 소리에 늘어져 있던 글로리아가 얼른 자세를 고쳐 앉았다.

"들어와."

그녀의 허락에 엘레나가 문을 열고 들어왔다.

"아가씨!"

좋은 일이라도 있는 듯, 엘레나의 뺨이 붉게 물들어 있었다.

"좋은 일이라도 있어?"

"네! 저 말고 아가씨께요."

"나한테?"

아주 잠깐 미들턴 백작이 마음을 돌렸나…… 하고 생각할 때였다.

"네. 여기요! 굉장히 좋은 일이에요!"

엘레나가 내민 건 익숙한 발톱 문장이 새겨진 봉투였다. 하루에 수십 번도 더 봤던 문장이기에 이게 어디서 온 것인지 단박에 알아챘다.

마음 같아선 버리고 싶었다.

글로리아는 구겨지려는 얼굴을 억지로 참으며 봉투를 뜯었다. 그 안에는 짧은 편지가 들어 있었다.

[내일 중으로 봤으면 좋겠군.]

펠릭스 버클리의 필체였다.

그가 직접 이 편지를 썼다는 건, 인내심이 다했다는 소리였다. 아마 답변이 없으면 내일 중으로 이 집에 들이닥칠 확률이 컸다. 이럴 땐 그의 행동 패턴에 대해 잘 아는 자신이 너무 싫었다.

"대체 어느 점에 꽂힌 거지……."

글로리아가 작게 중얼거렸다.

펠릭스는 글로리아에게 별 관심이 없었다. 아니, 관심이 없는 게 아니라 싫어하는 수준에 가까웠다.

그런 그가 갑자기 자신에게 관심이라니. 그것도 약혼까지 하자고 하면서.

글로리아가 이마를 거머쥐었다.

"아가씨, 괜찮으세요? 그렇게 좋으세요?"

"이게 어딜 봐서 좋아하는 얼굴이야?"

글로리아가 엘레나에게 심드렁한 얼굴로 물었다.

"좋아하실 줄 알았어요……. 죄송해요."

엘레나가 금세 풀 죽은 얼굴로 대답했다.

"네 잘못 아니니까 그런 표정 짓지 마."

미안해진 글로리아가 엘레나의 등을 토닥여주었다. 그러고는 다시금 편지를 들여다보았다.

뭐라고 답장을 쓴담⋯⋯.

잠시 고민하던 그녀는 자리에서 일어나 책상 앞에 앉았다. 서랍에 가득한 편지지를 꺼내 답장을 써내려갔다.

[내일은 곤란하고, 오늘 시간이 괜찮으신가요? 괜찮으시다면 오늘 뵈었으면 좋겠습니다.]

"괜찮지 마라. 안 괜찮을 거다. 안 괜찮아야 해."

글로리아가 중얼거렸다.

오늘 안 괜찮으면 안 만나도 되니까.

그런 그녀를 엘레나가 이상하다는 눈으로 바라보았다.

"이 편지, 지금 당장 버클리 공작가에 전해줘."

"알겠습니다."

엘레나가 방을 나간 후, 글로리아는 의자에 기대어 창밖을 바라보며 빙긋 웃었다. 오늘이라 해봐야 오후밖에 남지 않았다. 월단위로 스케줄이 빡빡한 그가 자신을 만나러 올 수 있을 리 없었다. 조금의 시간을 번 그녀가 흐뭇하게 웃었다.

글로리아는 망연한 눈으로 편지를 바라보았다.

[오늘 저녁식사에 초대하도록 하지.]

생각지 못한 답변이 돌아왔다.

"편지만 드리고 나오려고 했는데, 갑자기 기사들이 집으로 들어오라고 하더라고요. 아가씨의 편지를 갖고 온 사람이면 들이라고 했다면서요. 따라 들어가서 응접실에 잠시 앉아 있으니 그 편지를 주셨어요. 그나저나 응접실 엄청 좋던데요? 깜짝 놀랐어요. 쿠키도 주시고 차도 주셔서 얼마나 황송한지…….”

엘레나가 생각만으로도 좋은지 얼굴을 붉혔다.

응접실에 찾아온 손님을 극진히 대하라는 건 에단이었던 그녀가 하녀들에게 내린 지시였다. 누구를 막론하고 일단 버클리 공작저에 발을 들인 사람에게는 가문의 위상에 걸맞은 대우를 해줘야 한다는 게 그녀의 철칙이었다. 아직도 잘 지켜지고 있다는 사실에 뿌듯해하기도 전에, 한숨부터 나왔다.

“하…….”

글로리아는 이마를 짚었다. 생각할 시간을 좀 벌어두려고 했는데, 그마저도 간파당한 기분이었다.

“괜찮으세요? 아가씨?”

“아니. 안 괜찮아.”

“편찮으시다면 앤드루 님을 부를까요?”

“아니. 이건 앤드루도 못 고쳐. 일단 외출 준비를 하자.”

“어디 가시게요?”

“버클리 공작가로.”

“네? 아, 네!”

엘레나가 다급하게 돌아섰다. 그녀가 외출 준비를 하는 동안, 글로리아는 창밖을 물끄러미 내다보았다.

도망치는 게 안 된다면, 남은 건 정공법밖에 없다.

글로리아의 마차가 저택의 문 앞에 서자, 익숙한 남자가 마중을 나왔다. 보좌관인 조슈아였다. 엄청난 귀빈이 아닌 이상 보좌관이 마중을 나오는 일은 극히 드물었다. 마차에서 내리자 조슈아가 손을 내밀었다. 그녀는 그 손을 어색하게 바라보다가, 맞잡았다. 조슈아의 귀끝이 불그스름해졌다. 같은 사람인데 껍데기가 바뀌었다고 대우가 이렇게 달라지다니. 당연한 거긴 하지만, 기분이 묘했다.

응접실의 소파에 앉자, 하녀들이 다과와 차를 테이블 위에 가져다 놓았다.

"공작님께서는 잠시 시간이 걸리실 것 같습니다. 양해 부탁드린다는 말씀 전하라고 하셨습니다."

"괜찮아요."

이쪽의 입장에선 최대한 안 만나는 게 이득이었다. 응접실 내부로 침묵이 내려앉았다. 글로리아는 차를 마시는 척, 벽에 붙어선 조슈아를 바라보았다. 보아하니 펠릭스 공작이 그에게 손님 대접을 하라고 보낸 모양인데, 그는 어찌해야 할지 모르는 듯했다. 나가려니 명이 걸리고, 안 나가려니 어색한 상황인 듯했다.

모처럼 맹한 조슈아의 얼굴을 보자 피식 웃음이 나오려 했다. 글로리아는 찻잔으로 길어지는 입가를 가렸다.

"그때 그 개는 잘 지내나요?"

저대로 뒀다간 공작이 오기 전에 조슈아가 돌이 되겠다 싶어서, 글로리아가 먼저 말을 걸었다.

"네. 잘 지내고 있습니다. 그때 많이 놀라셨죠?"

"아뇨. 모처럼 개를 봐서 즐거웠어요. 그 개는…… 보좌관님께서 관리하시나요?"

"네. 그렇습니다."

조슈아의 대답에 글로리아는 다행이라는 듯 고개를 끄덕였다. 누구라도 관리하고 있다니 다행이었다.

"제가 돌아간 후에 별문제는 없었나요? 이를테면 개가 호되게 혼이 났다든지…….."

펠릭스 공작이 가만히 뒀느냐, 를 빙 둘러물었다. 이전에도 자신의 팔을 물었다가 머리통이 날아갈 뻔하지 않았던가.

"네. 별로 한 끼 굶기긴 했지만, 별문제 없었습니다."

"다행이네요."

"네! 다행입니다!"

"개 이름은 뭔가요?"

글로리아는 개의 이름을 기억 못 하는 척 한 번 더 물었다. 자신이 그 개를 처음 봤다는 걸 강조하기 위해서였다.

"루입니다!"

대답이 부러질 것처럼 딱딱했다. 모처럼 긴장한 조슈아를 보자, 그러면 안 된다는 걸 알면서도 스멀스멀 장난기가 피어올랐다. 그녀는 조슈아를 빤히 바라보았다. 그러자 미인에게 지독하게 약한 조슈아의 얼굴이 서서히 붉어졌다. 조슈아의 눈이 떨린다 싶을 즈음, 그녀가 입을 열었다.

"정말 귀엽네요."

"네! 정말 귀엽습…… 네?"

조슈아의 눈이 크게 벌어졌다.

"귀엽다고요."

"벼, 별말씀을요! 그런 말을 종종 건너 듣긴 하지만, 이렇게 직접 들으니 부끄럽습니다. 앞으로 더 귀, 귀여워지도록 노력하겠습니다!"

말을 하다 말고 조슈아가 아차 하는 표정을 지었다. 더 귀여워지도록 노력하다니, 보좌관으로서 어울리는 말이 아니었다.

"보좌관님이 왜요? 그 개 말이에요. 이름도 귀엽고, 생김새도 귀엽다고요."

"아……. 개……."

조슈아의 얼굴이 금세 흙빛으로 변했다.

"보좌관님으로 오해하셨어요? 어머, 죄송해요."

"아, 아닙니다! 개 이야기인 줄 알았습니다! 개 이야기가 틀림없고말고요! 우리 루가 엄청 귀엽습니다! 이도 번쩍번쩍하고, 눈도 반짝반짝하고, 털도 윤기가 좌르르르 흐르는 게 얼마나 귀여운지 모르겠습니다. 눈에 넣어도 안 아픈 개입니다!"

부끄러움에 얼굴이 벌게진 조슈아는 되는대로 말을 막 늘어놓고 있었다. 자신이 무슨 말을 하는지 전혀 모르는 얼굴이었다.

눈에 넣어도 안 아픈 개라니.

그런 말은 처음 들었다. 글로리아가 들고 있던 찻잔이 부르르 떨렸다. 결국 참지 못하고 그녀는 웃음을 터트렸다. 그러자 조슈아가 눈을 크게 뜬 채 그녀를 바라보았다.

"아, 미안해요. 보좌관님이 재미있으셔서 웃음이 났네요."

놀리는 맛이 있어서 가끔 이렇게 조슈아를 괴롭히곤 했는데, 그때가 떠올랐다.

"재미있으셨다니 저도 좋습니다!"

놀림을 당해놓고 좋다니.

글로리아는 다시금 작게 웃음을 터트렸다. 그녀가 환하게 웃자, 고개를 숙인 조슈아가 어찌할 바를 모르고 눈을 굴렸다.

달칵.

응접실 문이 예고 없이 열렸다. 그 너머에서 펠릭스 버클리가 성큼성큼 들어왔다. 방금 전까지의 화기애애하고 웃음 많던 분위기가 확 가라앉았다.

그의 시선이 가장 먼저 미소가 남아 있는 글로리아의 얼굴로 향했다. 눈이 마주치기가 무섭게 그녀의 얼굴에서 미소가 사라졌다.

펠릭스의 눈썹이 삐딱하게 기울어졌다. 그가 고개를 돌려 자신의 뒤에 서 있는 조슈아를 보았다. 조슈아의 얼굴은 시뻘겋게 달아올라 있었다.

"무슨 일 있는 건가?"

"아닙니다."

"그럼 얼굴이 왜 그래?"

"더, 더운가 봅니다."

조슈아의 얼굴을 바라보던 펠릭스의 눈이 가느스름해졌다.

"나가봐."

"네. 알겠습니다."

조슈아가 나간 후, 응접실 안의 분위기가 금세 삭막해졌다. 펠릭스는 자리에서 일어나 정중하게 인사하는 글로리아를 바라보았다.

"즐거운 시간을 보냈나 보군, 내 보좌관과."

펠릭스가 글로리아의 맞은편 자리에 앉으며 말했다. 그가 긴 다리를 꼬고는 등받이에 등을 댔다. 그러곤 습관처럼 턱을 치켜들었다. 그 때문에 눈매가 더욱 날카롭게 뻗었다.

"네. 재미있는 보좌관을 두셨네요."

"그 녀석이 재미있다고 말한 건 네가 두 번째군."

"……."

글로리아는 입을 다물었다. 첫 번째는 누군지 알 것 같았다. 에단 달튼. 즉, 그녀였다.

"저런 취향인가 봐?"

돌아오는 펠릭스의 목소리가 건조했다.

"취향이랄 게 있나요? 잠깐 이야기를 나눴을 뿐이에요."

글로리아가 말을 한 후, 눈을 내리깔았다. 펠릭스는 그런 그녀를 물 끄러미 바라보았다.

방금 전, 펠릭스는 문을 열려다 말고 들리는 활기찬 목소리에 움직임을 멈추었다. 글로리아의 웃음소리였다. 그걸 깨닫자마자 기분이 바닥으로 가라앉았다. 이런 비슷한 기분을 느껴본 적 있었다.

에단 달튼은 종종 조슈아를 놀렸다. 조슈아의 반응이 생각대로 돌아오면 에단은 저렇게 웃음을 터트리곤 했다. 눈을 접고 입술까지 길게 늘인 채 큰 소리를 냈다. 세상 즐거움을 혼자 다 누리고 있는 듯, 행복해 보였다. 자신의 앞에선 절대로 보여주지 않던 모습이었다.

한 번은 그 사실이 거슬려서 에단에게 '웃어봐.'라고 시키기도 했다.

「하. 하. 하. 하.」

그러자 안 웃느니 못한 웃음을 지어 보이곤 했다. 그 순간, 그의 기분은 이렇게 가라앉았다.

그땐 이게 무슨 느낌인지 명확하지 않았다. 그저, 에단 달튼의 웃음이 거슬리는 거라 생각했다.

웃으라고 해도 제대로 웃지 못하는 녀석.

그때 만약 자신이 질투를 한 거라는 걸, 또 이런 마음이라는 걸 알아챘다면 달라졌을까.

다른 건 확신할 수 없지만 적어도, 이렇게 허무하게 에단을 잃진 않았을 거다. 그런 고생도 시키지 않았을 거고.

"공작님?"

생각에 잠겨 있던 펠릭스가 고개를 들었다. 글로리아가 그를 빤히 바라보고 있었다. 깨끗하고, 곧은 시선이다. 그는 하마터면 '어, 에단.'이라고 대답할 뻔했다. 그러다 문득 정신이 들었다.

"보자고 하신 용건이 있으신 거, 아닌가요?"

글로리아가 묻자, 펠릭스가 느릿하게 눈을 감으며 고개를 끄덕였다.

"맞아. 약혼, 어떻게 할 거지?"

"……."

"생각할 시간은 충분히 준 것 같은데, 이제 답을 줘야지."

펠릭스의 눈동자가 묘하게 빛났다.

어느 정도 예상하던 질문이 돌아왔기에 글로리아는 크게 당황하지 않았다.

"안 그래도 약혼에 관해서 진지하게 의논을 드리려고 했어요."

글로리아가 허리를 꼿꼿하게 편 채, 두 손을 무릎 위에 가지런히 올려두었다. 언뜻 보면 영애의 자세지만, 조금만 틀어서 보면 상황을 보고하는 부하의 모습과도 같았다. 펠릭스는 그런 글로리아를 빤히 바라보았다. 글로리아의 모습 위로 에단의 자세가 겹쳤다.

그 녀석도 보고를 할 때 꼭 저런 자세로 했었지.

"먼저 약혼을 제안해주신 점에 대해선 굉장히 감사하게 생각해요. 그렇지만, 제안을 물러주셨으면 합니다."

거절하겠다, 는 표현보다 둘러 거절했다.

"내가 생각보다 영애를 무르게 봤나 보군. 아니, 생각보다 영애가 똑똑하다고 해야 하는 건가."

글로리아가 눈을 들어 펠릭스를 바라보았다.

"'거절하겠다'가 아니라 '물러달라'고 해서 책임을 피하겠다는 거 아닌가?"

"……."

"거절하면 약혼이 맺어지지 않은 귀책사유가 그대에게 있고, 내가 제안을 물리면 그 책임은 나한테 있으니까 말이야."

펠릭스의 말에 글로리아는 작게 흠칫했다. 그녀가 생각하던 것을 그가 정확히 간파해냈다. 그가 무르게 넘어올 거라 생각하진 않았지만, 이렇게 순식간에 당할 줄은 몰랐다. 이건 그녀가 생각한 마지막 방법이었다. 그녀에겐 거절할 힘이 없었다. 그러니, 펠릭스가 이 제안을 무르도록 해야 없던 일이 될 수 있었다.

펠릭스가 속을 알 수 없는 미소를 지었다.

"실망시켜 미안하지만, 난 뱉은 제안을 쉽게 무르는 성격이 아니야. 더군다나 제너 영애와 아이리스 영애에겐 더 만나지 않겠다고 선언을 해버렸고. 이제 내게 남은 건 글로리아 영애, 그대뿐이지."

"……."

"정말 약혼을 무르고 싶다면, 날 설득하도록 해."

"제 몸이 허약해 2세를 보기 힘들뿐더러……."

"2세를 보라는 말은 하지 않았는데."

"……."

"내가 영애에게 2세를 원한다고 말한 적 있던가?"

펠릭스가 고개를 기울이며 물었다. 그의 은발이 부드럽게 흘러내렸다. 그 눈부신 은발 아래로, 그의 입술이 반듯한 웃음을 머금고 있었다. 순간 정신이 멍할 정도로 아름다웠다. 하마터면 홀릴 뻔한 글로리아는 다급히 정신을 차렸다.

"2세를 보지 않으실 거면, 왜 결혼을 생각하시는 거죠?"

"황명이니까."

거짓말. 언제부터 황명을 그렇게 받들어 모셨다고…….

정말 수행하기 곤란한 황명은 전쟁이나 토벌을 핑계로 피하곤 했다. 그것조차 여의치 않을 때에는 전면 파업에 들어가 병환을 얻었다고 시간을 탕진하곤 했다. 그러면 펠릭스 공작을 자신의 아들처럼 여기는 황제는 '못된 놈 같으니!'라고 화내면서도 한수 물러주곤 했다. 물론 이번 결혼은 황제도 마음을 단단히 먹어서 빠져나가기 힘들 것 같긴 했지만……. 그래도 반항 한번 없이 순순히 황제의 명을 따를 사람이 아니었다.

"또 다른 이유는 없는 건가?"

"흠, 아뇨. 생각해보니 제가 공작님의 배필로서 자격이 부족하다 못해서, 아예 없다고 생각이 들어서요. 저는 아시다시피 값비싼 드레스와 장신구를 굉장히 좋아해요. 파티도 좋아하죠. 저의 이런 점이 공작님의 명예에 흠집을 낼 것 같아서요. 그리고 또, 제 교양 또한 부족하고요."

"아아, 그러니까 1년 예산 금액인 30테인이 마음에 들지 않는다?"

펠릭스가 가볍게 웃으며 되물었다. 그러더니 품에서 무언가를 꺼내 그녀의 앞에 내려놓았다.

"약혼 합의서야. 여기서 더 필요한 부분이 있으면 말하도록 해."

글로리아는 펠릭스와 테이블 위를 번갈아 보다가, 종이를 조용히 집어들었다. 종이를 펼쳐서 본 그녀의 눈이 크게 벌어졌다.

"60테인……!"

자신도 모르게 소리친 글로리아가 입술을 깨물었다. 그가 그녀에게 제시한 1년 예산은 60테인이었다. 이 정도면 개인이 1년 동안 혼자 펑펑 쓰다가 지칠 금액이었다. 그뿐만이 아니라, 언제든 파티에 참석 가능하며 대부분의 자유가 주어졌다.

"왜? 부족한가?"

"아뇨!"

60테인이 부족할 리 없다. 그 순간, 글로리아는 입이 근질근질했다.

부인에게 1년 예산으로 60테인을 주는 건 심각한 사안이라고, 보좌관들은 아는 사실이냐고, 갑자기 1년에 60테인이 빠져나가면 다시 예산을 편성해야 하는 건 아니냐고 따져 묻고 싶었다. 물론 버클리 공작가의 돈은 쓰는 속도보다 불어나는 속도가 빨랐다. 문제는 그 때문에 보좌관들의 일이 엄청나게 많다는 거였다. 조금만 달라져도 모조리 새로 설정해야 했다.

그러나 자신에게 자격이 없다는 걸 아는 그녀는 꾹 참은 채 종이를 주욱 훑어보았다. 파격적인 조건이 줄지어 적혀 있는 합의서를 바라보던 시선이 마지막 줄에 닿았다.

[일주일에 최소 2회 함께 식사하며, 그 후에 관계를 갖는다.]

"관계라고 함은…….."

글로리아가 흙빛이 된 얼굴로 물었다.

"그런 것까지 구구절절 설명해야 하는 건가? 영애와 내가 침실에서……."

아무렇지 않은 얼굴로 펠릭스는 잠자리에 대해 설명하려 했다.

"아, 아뇨! 방금 충분히 이해했어요!"

얼굴이 벌게진 글로리아가 손을 들었다. 그러자 반쯤 벌어지던 펠릭스의 입술이 다물어졌다. 대신 그의 입술 끝이 더 위로 치켜올라갔다.

"2세는 안 가진다고 하셨는데, 관계는 갖는 건가요?"

글로리아가 어색한 표정으로 물었다. 에단 달튼 시절일 때부터 별의별 이야기를 다 나누긴 했지만, 이런 쪽으로는 처음이었다. 지나치게 어색해서 하마터면 말까지 더듬을 뻔했다. 불그스름해진 글로리아의 뺨을 바라보던 펠릭스가 손끝으로 소파를 톡톡 두들겼다.

"2세를 안 가진다고 했지, 관계를 안 가지겠다는 말은 하지 않은 것 같은데."

할 건 해야지, 그는 그런 표정을 짓고 있었다.

"굳이 이 조항을 문서로 남기신 이유가 뭐죠?"

"불이행하면 곤란하니까."

"……."

"왠지 영애는 피곤과 몸살을 이유로 잘 빠져나갈 것 같거든."

그의 말에 글로리아가 눈을 내리깔았다.

들켰다. 벌써부터 자신을 간파당했다는 사실에 머리가 아팠다.

거기다가 그는 자신이 무슨 이야기를 하든 제안을 무를 생각이 없어 보였다. 애당초 자신에게 불리한 게임이었다. 남은 방법은 수용밖에 없었다. 그녀가 암울한 눈으로 펠릭스를 바라보았다.

"하나만 물어도 될까요?"

"얼마든지."

"왜 저인가요? 공작님껜 제너 영애와 아이리스 영애가 더 나으셨을 텐데요."

버클리 가문을 제외하고는 제너 영애와 아이리스 영애의 가문만큼 좋은 집안도 없었다. 더욱이 그들은 오래전부터 교양 수업을 받아와 공작저의 살림을 누구보다 잘 꾸려갈 수 있었다. 사업적인 면에서도 그들의 가문이 훨씬 더 좋았다.

미들턴 백작은 사업수완이 뛰어나고 굉장한 인재이긴 하지만, 이미 공작가와 교류를 할 만큼 한 상태였다. 굳이 공고히 한 관계를 더 단단히 하는 것보다는 구축되지 않은 관계에 새롭게 힘을 싣는 게 바람직했다.

소파를 두드리던 펠릭스의 손가락이 뚝 멈추었다.

"이해할지 모르겠지만, 영애를 보면 정신이 드는 기분이거든."

펠릭스의 입가에 미소가 감돌았다. 글로리아는 그에게 남은 마지막 유희거리였다. 그녀에게서 에단과 비슷한 면을 찾는 게 너무나 즐거웠다.

"저를 보면 그렇다는 말씀이신가요?"

글로리아는 전혀 이해가 안 된다는 표정으로 그를 바라보았다.

"음."

그를 오래도록 모셨던 글로리아였지만, 그가 무슨 말을 하는 건지 알아들을 수가 없었다.

이 외모가 정신이 번쩍 들 만큼 아름답다는 건가.

그러나 펠릭스는 더 이상 설명해주지 않았다. 대신, 그녀의 얼굴을 빤히 바라보았다. 마치 숨겨진 무언가를 찾는 사람처럼.

어……?

글로리아가 눈을 크게 떴다. 방금 공작의 표정이 아득해진 것 같았는데? 마치 헤어진 연인을 그리워하는 얼굴처럼 보였다. 펠릭스에게서 난생처음 보는 표정이었다.

"저녁 먹으러 가도록 하지."

펠릭스가 언제 그런 표정을 지었냐는 듯 표정을 싹 고치며 자리에서 일어났다. 뒤따라 일어나던 글로리아는 고개를 갸웃거렸다.

그럴 리가. 그가 그런 표정이라니.

찰나였기에, 자신이 잘못 본 것이라 생각하며 그의 뒤를 따랐다.

버클리 공작저의 음식은 그녀에게 익숙한 것이었다. 공작과 자신이 먹는 음식의 질이 다르긴 했지만, 보좌관들의 식사를 담당하는 주방장이 같은 사람이라 대체로 비슷한 맛이 났다. 공작이 손도 대지 않은 음식은 보좌관들의 몫이기도 했다.

모처럼 맛있게 식사를 마친 글로리아는 마차를 타고 집으로 향했다. 약혼 합의서를 조금 더 살펴보겠다는 그녀의 청에, 펠릭스는 순순히 그러라고 대답했다. 이걸로 며칠 시간을 벌긴 했지만, 이마저도 끝이 있을 거다.

정말 자신이 에단 달튼이라는 사실을 안 건 아니겠지? 하긴, 안다면 자신을 데려오는 것보단 사람을 시켜 죽이거나 끌고 가는 게 더 빠를 거다.

글로리아는 긴 한숨을 내쉬었다.

글로리아가 돌아간 후, 펠릭스는 가장 먼저 집사인 앨버트를 불렀다.

"부르셨습니까."

앨버트가 고개를 숙이며 물었다. 마치 잠든 것처럼 의자에 몸을 파묻고 있는 그에게선 어떤 미동도 없었다. 며칠 과로하다가 오늘 저녁 시간을 빼기 위해 오늘 밤까지 새워야 하는 상황이라, 그는 굉장히 정신적으로 피곤한 상태였다.

"글로리아 영애는?"

그가 입술만 움직여 물었다.

"무사히 도착하셨습니다."

"별다른 조짐은?"

"어떤 걸 말씀하십니까?"

"무역을 배운다거나…… 다른 것들을 배우려고 한다거나…….'"

"글로리아 영애께서 원하셔도 미들턴 백작님이 원하지 않으실 겁니다."

"그렇다고 하더라도…….'"

말을 하던 펠릭스가 눈을 떠 앨버트를 바라보았다. 글로리아를 향해 있던 미소가 모조리 휘발한 건조한 얼굴이었다. 아름답지만 한없이 차가운 그 얼굴에 앨버트는 조용히 눈을 내리깔았다.

"글로리아 영애가 무역을 배운다면 바로 알리도록 해."

"알겠습니다. 그런데…… 이유를 물어도 되겠습니까?"

왜 하필 무역인지 앨버트가 도저히 이해 못 하겠다는 듯 물었다. 그
러자 그가 손끝을 까딱였다.

"글로리아 영애가 죽어도 이 약혼이 싫다면, 도망을 칠 계획을 세울
테니까. 어차피 이 대륙 안에서는 도망칠 곳이 없을 테니, 바닷길을
이용하겠지. 그 이유로 무역을 배우는 쪽을 택할 거고. 그걸 두고 볼
생각은 없거든."

"……."

상상을 초월하는 대답에 앨버트는 잠시 할 말을 잃었다. 공작은 기
본적으로 사람에 대한 집착이 별로 없는 성격이었다. 단 한 사람, 에
단만 제외하고. 글로리아를 향한 집착은 에단을 향한 집착과 맞먹었
다.

"꼭 글로리아 영애여야만 합니까?"

앨버트가 조용한 목소리로 물었다. 피곤해 보였지만 평소보다 기분
이 좋아 보여 앨버트도 용기를 내서 물어볼 수 있었다.

"음."

"마음에 많이 드셨나 봅니다."

"닮았거든."

"……."

펠릭스의 말에 앨버트가 멈칫했다. 누굴 닮았다고 말하는지 알 것
같았다.

"하는 짓이 꽤 많이, 닮았어."

펠릭스가 혼잣말처럼 나지막하게 중얼거렸다.

자신에게서 도망치려고 머리를 굴리는 모습까지도.

펠릭스의 시선이 창밖 너머, 글로리아의 마차가 빠져나간 철문으로

향했다.

"으악!"

글로리아는 아침에 눈을 뜨자마자 비명을 내질렀다. 얼마나 놀랐는지, 이불자락까지 저 멀리 걷어찼다. 그녀는 익숙한 침대 틀을 보고서야 자신이 꿈에서 깨어났다는 걸 알았다.

"하아."

긴 한숨으로 글로리아의 가슴이 내려앉았다.

꿈을 꾸었다. 그것도 뭐라 설명하기가 힘든 꿈을.

자신의 결혼식이 진행 중이었는데, 고개를 돌려보니 한 남자가 서 있었다. 역광에 잠시 얼굴이 보이지 않았지만, 금세 모습을 드러냈다.

은발의 미남. 세상에 사람이 저렇게 생길 수 있구나 하고 감탄을 자아내게 한다는 얼굴.

펠릭스 버클리 공작이 서 있었다. 은발을 뒤로 쓸어넘긴 단정한 헤어스타일의 그가, 눈이 부시도록 환하게 웃고 있었다. '어째서?'라는 표정으로 쳐다보고 있자, 그가 그녀를 불렀다.

「에단, 이리 와.」

그가 그녀의 이름을 부른 순간, 그녀는 소스라치게 놀라며 꿈에서 깨어났다.

자신의 정체를 아는 펠릭스 버클리 공작과 결혼이라니.

만약 이게 현실이 된다면 끔찍한 일이었다. 그는 자신이 귀족 모독을 한 것과 현 정치에 대해 신랄한 비판을 했다는 증거를 갖고 있었다.

만약 그가 자신이 글로리아라는 걸 안다면, 자신을 부려먹기 좋아하니 아마 평생 노예처럼 부릴지도 모를 일이었다. 어쩌면 운이 좋아 자신의 비밀을 묻어주더라도, 무급으로 평생 노동을 시킬 것 같았다.

어느 쪽이든 끔찍했다.

지금 돌이켜 생각해보면 그는 이유 없이 자신을 괴롭히는 걸 좋아했다. 바빠서 몸이 두 개라도 부족할 지경인데, 그는 턱을 괴고서 하염없이 자신을 바라보곤 했다.

「무슨 일 있으십니까?」

이렇게 물어도 대답해주지 않았다.

「가봐도 되겠습니까?」

이렇게 물으면 그 해사한 미소로 '아니.'라는 못된 대답을 꺼냈다. 그러고는 또 한참 동안 자신을 바라보았다.

견디다 못해 '저한테 왜 이러십니까?'라고 따져 물으면 그는 픽 웃으며 나가라 손짓했다. 1년에 몇 번 없는 휴가도 번번이 취소되었다. 겨우 하루쯤 받아내 종일 문을 걸어 잠그고 잘라치면, 조슈아가 집까지 달려와 '공작님이 찾으십니다.'라며 데려가곤 했다. 그래서 가보면 딱히 할 일이 없었다. 하녀를 시키면 될 일인 서재 커튼 교체, 서재 책 정리, 굳이 읽을 필요 없는 자료를 옆에 서서 읽으라는 등의 쓸데없는 일만 시켰다.

그 외에도 평소의 자잘한 괴롭힘은 이루 말할 수 없었다. 사냥을 간다면서 같이 데리고 가서 들러리 세워놓기, 들고 가기도 버거울 정도로 큰 사슴고기를 선물이랍시고 던져주기, 툭하면 공작저에서 살라는 말로 사람 놀라게 만들기, 갑자기 섬뜩해서 뒤돌아보면 창문에 기대서서 쳐다보고 있기, 바빠서 죽을 것 같은 때에 꼭 불러 '무슨 꽃을 좋아하지? 왜 보석은 좋아하지 않지?'라고 묻기 등등.

그뿐만이 아니었다. 그는 거의 모든 시간에 자신을 불렀다. 때때로는 밤중이나 되어야 겨우 풀려날까 말까였다. 고강도의 노동이었다.

"그러고 보니 어렸을 땐 안 그랬는데……."

7년 전 펠릭스 버클리 공작은 자신이 다가오는 걸 싫어했다. 공작저에서도 구석구석에 숨어 있어서 그를 찾아다니느라 굉장히 힘들었다. 가끔 찾아내면 굉장히 귀찮다는 표정으로 내려다보곤 했다. 그러고는 못 본 척 홱 지나가 다시금 어디론가 숨길 반복했다. 그랬던 그가 어느 시점부터 변한 걸까. 오래전 일이라 기억이 나질 않았다.

"기억나더라도, 내가 그 생각을 이해할 리가 없지."

7년을 곁에 있어도 무슨 생각을 하고 사는지 모르겠다. 그저 아는 거라곤 숨 막히게 멋진 얼굴의 소유자라는 것과, 그 얼굴과는 정반대의 성격이라는 것뿐이다.

똑똑.

"들어와."

글로리아의 대답에 엘레나가 들어왔다. 그녀의 손에는 돌돌 말린 종이 뭉치가 들려 있었다.

"아가씨가 부탁하셨던 서류예요. 사람들을 시켜서 조용히 알아봤어요."

엘레나가 그녀에게 종이를 내밀었다.

"고마워."

글로리아는 간단히 얼굴을 닦아낸 후, 엘레나에게 머리를 맡긴 채 종이를 찬찬히 읽었다. 종이에 담긴 글을 읽을수록 글로리아의 입술이 삐딱하게 기울어졌다.

종이에 담긴 자료는 에리카에 대한 내용이었다. 그러나 초점은 '그녀'가 아니라 '그녀가 살고 있는 집'이었다.

종이를 거의 다 읽어갈 때쯤, 또 다른 하녀가 굉장히 곤란한 얼굴로 찾아왔다.

"아가씨."

"무슨 일이야?"

"에리카 아가씨께서 아가씨를 꼭 뵈어야겠다고 철문 앞에서 울며 사정하고 계십니다. 아가씨의 명이 없었으니 돌아가라고 몇 차례 말씀드렸지만, 아가씨께 말이라도 한번 전해달라고 사정하셔서요."

말을 전하는 하녀는 어쩔 줄 몰라 하는 얼굴이었다.

"들어오라고 해."

"네. 알겠습니다."

하녀가 고개를 숙이고는 물러났다. 글로리아는 읽던 종이를 조용히 화장대에 올려두었다.

"덫에 알아서 걸어들어오네."

글로리아가 낮게 혀를 끌끌 찼다.

"글로리아!"

방에 들어온 에리카는 요란했다. 그녀의 옷차림은 남루하고, 머리는 이진과 비교할 수 없을 만큼 형편없었다. 구두 또한 치수가 컸는지 걸어오다가 벗겨지기 일쑤였다. 엉망진창인 그녀의 꼴을 보며 글로리아는 미간을 좁혔다.

다른 사람들은 어떻게 생각할지 몰라도, 그녀가 보기엔 보란 듯이 이렇게 입고 온 게 틀림없었다. 갑자기 집에 불이 나지 않은 이상 에리카의 드레스와 구두가 갑자기 사라졌을 리 없을 테니 말이었다.

"꼴이 왜 이래요?"

글로리아가 무심하게 물었다. 생각하던 반응이 아니라서 에리카는 잠시 당황했으나, 금세 절박한 표정을 지었다.

"왜 이러긴! 글로리아, 아드리안에게서 들었어. 1년치 예산을 갑자기 5테인만 주겠다니! 네 결정이라며? 갑자기 왜 이래? 10테인도 부족하단 말이야. 고작 10테인으로 먹고사는 판에 5테인만 주다니. 내가 불쌍하지도 않아? 혹시 저번에 내가 실수한 것 때문에 그래? 그러면 무릎 꿇을까? 어떻게 해야 용서해줄래?"

"5테인도 충분히 많아요."

글로리아가 덤덤한 표정으로 말했다.

"그게 어떻게 많아! 부족해!"

"부족한 건 본인이 일해서 벌어요."

"말도 안 돼! 아버지가 아프신 거 알잖아. 아버지를 돌보느라 난 정말로 꼼짝도 할 수 없어."

"파티 갈 땐 잘 나오시잖아요."

"그건 잠시 사람을 시켜서 돌보게끔 해서 그런 거지. 5테인이면 아버지 치료비로도 턱없이 부족해. 난 정말 집에서 밥만 먹고 산다고. 이런 나를 불쌍하게 봐서라도 한 번만 봐주지 않을래? 응?"

자신의 앞에 무릎이라도 꿇을 기세로 사정사정하는 에리카를, 글로리아가 무심한 눈으로 바라보았다.

"내가 그쪽을 집에 들인 건 이 말을 하기 위해서예요. 내 결정엔 변함이 없을 거고, 매년 2테인씩 줄일 거예요."

"뭐? 2테인? 2테인씩 줄이면 내년엔 고작 3테인을 준다는 거야?"

"네."

"대체 왜? 그걸론 턱없이 부족하다고! 세상에나. 그럼 후년에는 1테인…… . 말도 안 돼. 정말 손가락만 빨라는 말이잖아! 나는 그 돈으로 살 수 없다고!"

"그쪽이 필요한 돈은 스스로 벌도록 해요. 사람이 일을 하면서 살아야죠."

"왜 나만 그래야 해? 너도 일 안 하고 사는 건 마찬가지잖아! 오히려 돈을 안 벌면서도 나보다 더한 사치를 부리고 살면서! 네가 가진 드레스들만 해도 그 값이 얼만데!"

"나도 일할 거예요. 평생 이렇게 놀고먹을 생각 없어요. 어떻게든 내 몫의 일을 할 테니, 그쪽도 열심히 본인의 일을 찾아봐요. 5테인이면 충분히 필요한 교육도 받을 수 있을 테니까요. 사교 예절에 대해 잘 아니까 그 부분에 대해서 공부해서 상인들 여식들을 가르쳐도 되잖아요."

"내가 상인들 여식을 어떻게 가르쳐? 그 급 낮은 것들을!"

"그럼 본인이 알아서 먹고살 방법을 찾아봐요."

글로리아는 더 떠먹여줄 생각 없다는 듯 냉담한 표정으로 말했다.

"글로리아! 그러지 말고……!"

에리카가 다시금 사정하듯이 그녀를 부를 때였다.

"벤저민 미들턴 경의 건강은 괜찮으신가요?"

글로리아가 그녀의 말을 자르고 대뜸 물었다.

"아니! 굉장히 안 좋으셔!"

"그렇겠죠. 살아 계신 분이 아니니."

"……!"

에리카의 눈이 커졌다.

"그, 그게 무슨 소리야?"

얼어붙은 에리카의 얼굴을 글로리아가 고요한 눈으로 바라보았다.

"무슨 소리인지는 그쪽이 잘 알 텐데요? 며칠간 그쪽에 대해서 알아봤어요. 사는 집은 형편치곤 굉장히 좋은 건물이죠. 빈곤하게 살고 있다고는 하지만 하녀를 둘이나 고용하고 있더군요. 대충 집의 크기에 대한 설명을 보아하니 드레스룸도 별도로 있는 것 같고. 이런 거야 충분히 그럴 수 있다고 치고……. 제가 궁금한 건 다른 거예요."

"무슨 소리야?"

"제가 알아보는 동안 어째서 의사가 그 집을 한 번도 드나들지 않았을까요? 환자가 집에서 머물고 있다면 나와야 하는 쓰레기들도 나오지 않죠. 아픈 사람이라면 약간의 앓는 소리라도 나야 하는데 집은 늘 기척이 없었고 말이죠."

"그, 그건 이미 병이 악화되어서 약만 드시기 때문이야! 너무 쇠약해지셔서 기침조차 하지 않으셔! 그 소리가 어떻게 집 밖에서 들리겠어? 그리고, 글로리아! 너 지금 날 감시한 거니? 어떻게 이럴 수가 있어?"

"감시가 아니라 사실 확인이죠. 돈을 지불하는 데 있어서 이유와 목적은 확실해야 하니까요."

"너, 정말······!"

"그만 부들부들 떨어요. 그리고 감정에 호소하지 말고, 똑바로 근거를 대서 말하도록 하고요. 그러니까, 아버지가 굉장히 쇠약해져서 아무런 소리도 없는 거고, 의사도 오지 않는 거라는 말인가요?"

"그럼! 하녀도 내 하녀가 아니라, 아버지를 돌보는 하녀라고!"

"그 말, 책임질 수 있어요?"

글로리아가 고요한 눈으로 바라보았다. 에리카는 흠칫했다. 사람을 조용히 내리누르는 눈빛이었다.

"그쪽 집에서 일하던 하녀의 말에 의하면 그 집에 사는 사람은 당신 하나뿐이라던데, 에리카."

"아냐! 누가 그래! 모함이야!"

"그래요? 그럼 지금 당장 아드리안을 보내면 되겠네요. 벤저민 미들턴 경이 그곳에 있다면 의사를 보내도록 하죠. 병이 얼마나 심각한지, 약값으로는 매달 얼마가 청구되는지 자세히 알아보겠어요."

"글로리아!"

에리카가 새된 비명을 내질렀다. 그러나 글로리아는 눈도 깜짝하지 않는 얼굴로 쳐다보았다.

"그런데 만약 그 집에 벤저민 미들턴 경이 계시지 않는다면, 그러니까 만에 하나 내 추측대로 그분께서 유명을 달리하셨다면 이 책임은 에리카 당신이 져야 할 겁니다. 난 사람 목숨 가지고 돈 뜯어내는 인간들이 제일 경멸스럽거든."

글로리아의 눈빛이 금세 무섭게 돌변했다. 그녀의 까만 눈동자가 더없이 살벌해졌다.

"인간의 모습을 하고서, 돈이면 사람 생사도 우습게 여기는 인간들은 더 이상 인간이 아니지."

글로리아가 어금니를 사리문 채 낮은 목소리로 말했다.

부모에게서 버림받은 고아들이 대부분 그렇듯, 그녀도 시궁창에서 소매치기로 길러졌다. 그녀의 가치는 언제나 돈을 얼마나 벌었느냐로 귀결되었다. 최선을 다해 돈을 벌었지만, 미래는 암울했다. 자신보다 몇 살 많은 이들 중 병에 걸리거나 더는 일을 할 수 없게 되면 여자들은 사창가로 갔고, 남자들은 노예로 살았다. 개중에서도 더 운이 없으면 이름 모를 곳으로 팔려갔는데, 들리는 말들이 끔찍했다.

인간을 해부하는 괴상한 취미를 가진 인간에게 팔려가는 거라고 했다. 그것만큼은 피하고 싶어서 그녀는 악착같이 돈을 벌었다. 열심히 돈을 벌어 손에 쥐었지만, 그것은 자신의 것이 아니었다. 자신의 목숨을 언제든 착취할 수 있는 인간들의 것이었다. 그래서 그녀는 늘 사람이 무서웠고, 돈이 무서웠다.

언제든 사람과 돈 때문에 자신이 죽을 수도 있으니까. 그리고 자신의 곁에 있는 사람들은 그것 때문에 죽어갔으니까.

"글로리아."

에리카의 어깨가 부들부들 떨렸다. 그녀의 눈동자에 새파란 분노가 실렸다.

"이름 그만 부르고, 말을 해요."

그러나 이미 독한 인간들을 많이 만나 내성이 생긴 그녀는 에리카의 독기에도 불구하고 태연하게 대꾸했다.

에리카가 표독한 눈으로 글로리아를 노려봤다.

"내가 다치면, 너는 무사할 줄 알아? 고결하고 우아한 네 이미지를 지켜주고 있는 사람이 나라고 했을 텐데? 네가 만약 내 1년치 금액인

10테인에서 돈을 줄이거나, 아버지를 빌미 삼아 나를 협박한다면 가만두지 않겠어. 절대로, 다시는……!"

"그렇게 해요, 그럼. 서로 분발해봐요, 누가 더 다치는지. 오히려 잘 됐네요."

글로리아가 에리카의 말을 잘랐다. 그게 뭐 별거냐는 얼굴이었다.

"뭐, 뭐라고?"

에리카가 망연한 얼굴로 그녀를 바라보았다.

"아드리안!"

글로리아가 에리카에게 시선을 둔 채, 그의 이름을 불렀다. 그러자 방문이 벌컥 열리며 아드리안이 들어섰다. 그는 글로리아의 명을 받아 미리 문밖에서 대기하고 있었다.

"흡."

이 사태가 정말 장난이 아니라는 걸 깨달은 에리카의 눈동자가 바들바들 떨렸다. 아드리안의 눈은 굉장히 차갑다 못해 경멸이 담겨 있었다.

"방금 에리카가 한 말 다 들으셨죠? 본인은 내가 협박한다고 우기고 있으니, 가서 그녀의 집을 확인해주세요. 만약, 제 추측대로 벤저민 미들턴 경이 자리에 계시지 않는다면 아버지께 그대로 보고해주세요. 이후에 관해서는 차차 결정하도록 하죠."

"글로리아!"

에리카가 목에 핏대가 서도록 그녀의 이름을 불렀다.

"아, 그전에 에리카 먼저 끌고 나가주세요. 머리가 아프네요."

"알겠습니다, 아가씨."

아드리안이 손짓을 하자, 문밖에서 미리 대기하고 있던 기사가 들어와 에리카를 질질 끌고 나갔다.

"나도 가만히 있지 않을 거야! 글로리아! 절대로! 절대로 가만히 두지 않아!"

점점 에리카의 비명이 멀어졌다. 그 비명의 끝은 "글로리아, 제발 한 번만 봐줘."라는 사정으로 변했지만 글로리아의 표정엔 변함이 없었다.

원래의 글로리아가 멍청하긴 했지만, 하마터면 그녀 때문에 자신이 죽을 뻔했다. 무릎을 꿇고 빌지 못할망정 협박이라니. 인간이 아닌 건 그에 맞게끔 대처를 하는 게 맞다는 게 그녀의 생각이었다.

"저도 곧장 벤저민 경의 집으로 출발하도록 하겠습니다."

아드리안이 정중하게 말했다.

"같이 갈까요?"

"안 됩니다, 아가씨. 말씀드렸다시피 위험합니다."

"뭐, 그럼 알겠어요. 대신 잘 부탁드릴게요."

글로리아가 하는 수 없다는 듯 고개를 끄덕였다.

"아! 그리고 상황이 정리되기 전까지 아버지께는 말씀드리지 말아 주세요. 신경 쓰실 테니까요."

"알겠습니다, 아가씨."

"잘 다녀오세요."

글로리아가 자리에서 일어나 인사했다. 오랫동안 이 집에서 일해온 집사를 향한 깍듯한 예의가 담겨 있었다. 그 때문에 아드리안은 몹시 대접받는 기분이 들었다. 그는 그녀보다 더 깊이 고개를 숙인 후, 일어났다. 그러고는 잠시간 글로리아를 바라보았다.

죽다 살아난 아가씨는 이전과 비교할 수 없을 만큼 영특해졌다. 또

한, 예의 발라졌으며 신중해졌다. 에리카를 대하는 태도가 무섭긴 하지만, 그녀의 위치에서 분명히 가져야 할 권위이기도 했다. 오히려 이전의 글로리아가 지나치게 에리카에게 물러서 내심 못마땅하던 차였다.

"아가씨."

"네."

"이런 말씀 어떨지 모르겠지만, 요즘의 아가씨는 굉장히 멋지십니다."

"네."

이 집에서 그녀를 향한 칭송은 한두 번이 아니었기에 무심코 대답하던 그녀가 아드리안을 바라보았다.

예쁘거나 아름답다는 게 아니라 멋지다니.

그게 무슨 말이냐는 듯 쳐다보았지만, 아드리안은 흐뭇하게 웃으며 방을 나섰다.

아침식사 후, 글로리아는 서재에 들러 몇 가지 책을 가지고 방으로 돌아왔다. 글로리아 영애로 살기로 했으니, 교양에 대한 전반적인 지식을 한 번 더 공부할 생각이었다. 그 책과 함께 무역과 정책에 관련된 책들도 한 권씩 챙겼다. 에단 시절에도 종종 보던 책이었다. 그녀는 독서를 하며 점심도 간단히 방에서 때웠다.

책을 안 보던 몸이라 오후가 되자 급격히 피로해지면서 눈이 침침해졌다. 책을 협탁 위에 올려놓은 후, 잠시 침대에 누워야지 하다가 깊이 잠이 들었다.

그녀가 눈을 떴을 땐, 깊은 밤이었다.

「아가씨, 일어나세요. 저녁 드셔야 할 시간이에요.」

머릿속에 엘레나의 목소리가 떠올랐다.

「괜찮아. 더 잘래. 그냥 내버려둬.」
「옷이라도 갈아입으세요.」
「됐어. 이게 편해.」

잠결에 대답한 것까지 기억났다. 무의식중에 잠을 택한 모양이다.
꼬르륵.
소리가 나는 배를 거머쥐었다. 저녁을 굶었더니 배가 고팠다. 혹시
나 하는 마음에 문을 열어봤지만, 복도에는 엘레나도 보이지 않았다.
간단히 먹을 것을 찾아 식당으로 들어서던 글로리아가 멈칫했다.
긴 식탁에 미들턴 백작이 홀로 앉아 술을 마시고 있었다.
"글로리아니?"
미들턴 백작이 발소리를 듣고 고개를 들었다가, 아는 척을 해왔다.
"네, 아버지."
미들턴 백작이 엄한 얼굴로 검술과 무역 공부가 안 된다고 말한 후
로, 첫 만남이었다. 그녀는 어색한 표정을 감추며 빙긋 미소 지었다.
"이 늦은 시각에 안 자고 왜 내려왔니?"
"배가 고파서요. 간단히 먹을 걸 찾아서 내려왔어요."
"그래? 우리 글로리아가 배고파선 안 되지."
당장에라도 주방장을 모조리 깨울 기세인 미들턴 백작을 보고, 글

로리아가 얼른 소리쳤다.

"괜찮아요! 아버지가 드시던 걸 조금 나눠 먹어도 될까요?"

술상이라고 하기엔 지나치게 과한 상차림이었다. 여러 종류의 고기 요리에 각종 채소와 과일을 섞은 샐러드, 빵과 얇게 썬 고기 슬라이스까지. 이 정도만으로도 충분했다. 아니, 넘치고도 남았다.

"내가 먹던 걸 줄 순 없지!"

"괜찮아요. 주방장이 요리를 할 동안까지도 못 기다릴 것 같거든요."

"그래? 그럼 어쩔 수 없지. 어서 와서 먹거라."

글로리아가 의자로 다가가자 곁에 서 있던 하인이 의자를 빼주었다. 자리에 앉은 글로리아는 자신의 앞에 놓인 접시에 빵과 고기를 덜었다.

"오늘 아드리안에게서 에리카에 관한 보고를 들었단다."

미들턴 백작의 목소리가 착 가라앉았다.

"아, 네."

그러고 보니 잠들어서 아드리안에게서 보고를 받지 못한 게 떠올랐다.

"어떻게 되었나요?"

글로리아가 조용한 목소리로 물었다.

"벤저민이 작년에 죽었다고 하더구나."

역시나.

글로리아는 그럴 줄 알았다는 듯 작게 고개를 주억거렸다. 그러면서도 마음이 편치 않았다. 미들턴 백작의 얼굴색이 지나치게 어두웠다. 눈빛도 착 가라앉은 게, 평소의 모습과 전혀 달랐다. 아무리 사이가 좋지 않다고 하더라도, 형이 죽었는데 마음이 좋을 리 없었다.

"그리고 에리카는 그 사실을 숨기고, 우리에게서 받은 10테인으로 나름대로 사치스러운 생활을 하고 있었던 모양이야."

미들턴 백작이 술을 들이켜며 상황을 설명했다.

"에리카는 수감되었나요?"

"아니. 기사들을 대동하고 갔는데, 용변을 이유로 산속으로 갔다고 하더구나. 한참 기다렸는데 오지 않아 가보니 숲길을 따라 도망쳤다더구나. 지금은 찾고 있다고 하니, 곧 알아낼 거다."

"꼭 잡았으면 좋겠네요. 다른 것도 아니고 사람 목숨 가지고 장난치는 사람은 두고 볼 수 없죠."

글로리아가 낮은 목소리로 말했다. 젊은 귀족 아가씨답지 않게 강단 있고 단호한 태도에 미들턴 백작의 눈이 크게 벌어졌다.

자신의 딸에게 이런 모습이 있었던가.

미들턴 백작이 놀라는 사이, 글로리아가 말을 이었다.

"제 불찰이기도 해요. 에리카가 도망칠 게 분명하니 다른 하녀를 대동해서 가라고 미리 충고했어야 했는데 말이죠."

"아니란다. 그건 아드리안의 몫이지. 에리카가 수상하다는 걸 알아낸 것만으로도 넌 굉장한 일을 해낸 거야. 말이 나온 김에 물으마. 어떻게 안 거니? 벤저민의 신변에 문제가 생긴 걸 말이다. 아드리안은 네가 오늘 이야기해서 알았다고 하던데."

"요즘 에리카가 이상해서요. 욕심도 부쩍 많아지고 하는 행동도 이상하고요. 그래서 잠시 생각해봤는데, 점점 이상한 것들이 떠오르더군요."

"어떤 점이?"

"아픈 환자를 혼자 돌본다는데 손이 지나치게 곱더라고요. 험한 일을 하는 사람들의 손은 절대로 그러지 않거든요. 얼굴에 피곤한 기색도 보이지 않고. 그러다 보니 자연스럽게 의심이 갔어요. 그러다 에리카에게 매년 10테인의 금액이 지불되고 있다는 것도 생각나더군요. 환자가 없으면 그 금액에 분명 변동이 생길 테니, 에리카가 의도적으로 숨겼다면? 그런 생각이 나더군요. 혹시나 해서 아드리안에게 물어보니 몇 해간 에리카의 집을 방문한 사람이 없다고 하더군요."

"내가 시킨 일이지. 굳이 찾아가고 싶은 집도 아니고, 보고 싶은 얼굴도 아니니 말이다."

미들턴 백작이 어두운 표정으로 말했다.

"그랬군요."

"계속 말해보거라."

미들턴 백작이 손을 들어 재촉했다. 뒷이야기가 궁금했다.

"생각할수록 뭔가 수상했어요. 만에 하나, 병간호를 할 하녀를 별도로 구했다고 해도, 집에 환자가 있는 사람의 얼굴이 아니었거든요. 드레스도 질 좋아 보이는 것들도 많고……."

"……."

"모든 게 이상해서 조용히 사람을 시켜 에리카의 집을 살펴보게 한거예요. 그랬더니 제 예상대로였네요. 아버지껜 미리 말씀드리지 못해서 죄송해요. 만에 하나 에리카와 가깝게 지내는 하녀가 저택에 있다면 곤란한 상황이 벌어질 것 같아서 혼자 움직였어요."

"……."

미들턴 백작은 잠시 아무 말도 할 수 없었다. 벤저민의 죽음과 에리카의 배신도 충격적이지만, 글로리아의 추리도 놀라웠다. 그 누구도 벤저민이 죽었을 거라 의심하지 않았다. 방에 앉아서 그 모든 추리를 척척 해낸 글로리아가 신기했다. 그중 가장 놀라운 건, 저택에 에리카와 내통하는 사람이 있지 않을까 하는 것까지 계산한 점이었다.

"왜 저택에 에리카와 가깝게 지내는 사람이 있을 거라고 생각한 거니?"

미들턴 백작이 놀란 표정으로 그녀를 바라보며 물었다.

"이 저택에 오래도록 드나들었고, 에리카는 이 집에서 글로…… 아니, 저와 친하다고 알려져 있죠. 그러니 자연스레 하녀들과 하인들은 에리카에게 잘 보이려고 노력했겠죠. 그중 에리카가 만만한 사람 하나쯤 자기편으로 만드는 건 어려운 일이 아닐 것 같아서요. 글로리아를 위해서 그런다, 네 충성심을 보여달라, 그러면 어린 하녀들은 깜빡 넘어가기도 할 테니까요."

미들턴 백작은 그녀의 말을 들으며 고개를 끄덕였다.

"그렇지, 글로리아. 일이 바빠서 잠시 집에 신경 쓰지 못한 틈에 네가 이런 일까지 알아내고 말이야. 역시 너는 내 자랑스러운 딸이야."

"감사합니다."

글로리아가 가볍게 목례를 했다. 미들턴 백작은 뿌듯한 눈으로 바라보았다. 마냥 철없고 어리기만 한 줄 알았던 딸이 어느새 이런 놀라운 생각까지 하게 되다니. 가슴이 뭉클하면서도 기분이 이상했다.

"저……."

"응? 편하게 말해보렴."

"괜찮으신가요?"

"뭐가?"

미들턴 백작이 빙긋 웃으며 되물었다.

"벤저민 경의 일로 충격받으셨을 것 같아서요."

"……."

미들턴 백작의 입가에서 서서히 미소가 사라졌다. 글로리아는 그런 미들턴 백작을 안타까운 눈으로 바라보았다.

아무리 좋아하지 않았더라도, 그런 마지막을 원하진 않았을 거다. 에리카가 마음에 안 들긴 하지만, 일이 이렇게 되어 자신의 마음이 불편하듯이.

"상관없다, 그깟 놈! 죽어버리라지! 차라리 그렇게 죽은 게 그 인간한테는 어울리는 일이야!"

미들턴 백작이 뒤늦게 버럭 화를 내었다. 식당이 쩌렁쩌렁 울릴 만큼 큰 외침이었지만, 어쩐지 무섭지 않았다.

"나는 그놈이 그렇게 될 줄 알았다! 어릴 적부터 제정신이 아닌 놈이었어! 장남이라는 이유로 아버지가 마음에 두긴 했지만 어머니는 반대하셨다고. 왜 그랬겠어? 그놈이 제정신이 아니라서 그런 거였어! 그러니까 이렇게 된 게 잘된 일이다!"

말을 마친 미들턴 백작이 술잔을 들더니 한 번에 벌컥벌컥 들이켰다. 탁 소리 나게 잔을 내려놓은 그가 긴 한숨을 내쉬며 창밖으로 시선을 돌렸다. 화를 낸 것도 잠시, 미들턴 백작의 표정이 복잡하게 변했다.

유일하게 하나 남은 혈육이 사라졌다. 그 사실만으로도 그는 충격을 받았을 것이다.

글로리아는 잠시 고민하다가 손을 들었다. 테이블에 놓인 손이 앞으로 갔다가 뒤로 가길 반복했다. 그러다 이내 그녀는 미들턴 백작의 손등에 자신의 손을 포갰다.

흠칫한 미들턴 백작이 그녀를 바라보았다.

"……글로리아?"

미들턴 백작의 부름에도 글로리아는 아무 말 없이 그를 바라보았다. 어떤 위로의 말도 떠오르지 않았다. 그저 할 수 있는 거라곤 그의 차가워 보이는 손을 잠시 잡아주는 것뿐이었다.

어린 시절의 자신이 겹쳐 보였다. 수많은 사람을 곁에서 떠나보냈다. 자신에게 늘 웃어주던 친구도, 자신만 보면 인상을 쓰고 욕하던 사람, 죽도록 싫어했던 사람까지도. 수많은 종류의 사람과 헤어졌지만, 단 한 번도 좋은 이별 같은 건 없었다. 홀가분한 것도 늘 잠시였다.

슬픔. 그리고 불편함.

그 감정의 무게만 달랐을 뿐이다.

"나는 괜찮다, 글로리아."

"……."

"정말 괜찮아. 그런 시궁창 같은 놈 따위……."

말을 하던 미들턴 백작의 입술이 바들바들 떨렸다. 이윽고 그의 눈가가 노을처럼 붉게 물들어갔다.

툭, 툭.

미들턴 백작의 아름다운 눈에서 눈물이 떨어져 내렸다.

"그놈이 죽은 게 아쉬워서 우는 게 아니야, 글로리아. 절대로 오해해선 안 돼."

"그럼요. 오해하지 않아요."

글로리아의 말에 미들턴 백작의 어깨가 축 늘어졌다.

"미안하다는 말을 평생 단 한 번도 못 들어본 게 화가 나서 이러는 거다.”

“…….”

“그놈이 죽는 꼴을 내 눈으로 봤어야 했는데.”

말을 마친 미들턴 백작이 눈을 질끈 감았다. 아드리안의 보고에 따르면, 벤저민 경으로 추정되는 시신이 집의 뒤뜰에 묻혀 있었다고 했다. 오래전에 죽어 사인은 정확히 알 수 없다고 했다. 그것이 끝이었다.

징그럽게도 이어졌던 그 인연이 고작 그따위로 끝이라니.

미들턴 백작이 이를 악물었다.

글로리아는 낮은 울음소리를 내는 미들턴 백작의 손을 꽉 잡아주는 것 말고는, 할 수 있는 게 없었다.

글로리아는 미들턴 백작의 가슴 위로 이불을 덮어주었다. 그는 울며 화내다가 술을 마시길 반복했다. 결국 귀한 와인은 동이 났고, 그는 만취했다. 알 수 없는 소리를 중얼거리는 그를 보다 못한 글로리아는 결국 아드리안과 하인을 시켜 침실까지 옮기게 했다.

글로리아는 가다 말고 돌아섰다. 그러고는 미들턴 백작의 가슴 위까지 덮인 이불을 조금 아래로 내려주었다. 답답할까 싶어서 걱정이 되었다. 그러고도 그녀는 그의 곁을 떠나지 못했다.

“글로리아.”

반쯤 눈을 뜬 미들턴 백작이 그녀를 불렀다.

“네.”

“……미안하다.”

“…….”

글로리아는 미들턴 백작을 말없이 바라보았다. 미안함으로 따지면 자신이 더했다.

정말 죄송해요. 당신의 사랑스러운 딸 대신, 내가 이 몸을 차지해서.

그녀는 뱉지 못할 말을 삼켰다. 목구멍이 홧홧하게 아파왔다.

"너는 정말 똑똑해. 내가 과소평가했다는 생각이 들 만큼. 뭘 해도 잘할 것 같은 믿음이 드는구나. 하지만…… 아무리 생각해도 나는 네게 무역을 가르쳐줄 수 없어……."

생각지 못한 말에 글로리아가 의아한 표정을 지었다.

"네가 네 엄마를 닮아서 무역을 하고 싶어 하는 걸 알지만……. 캐서린처럼 네가 아플까 봐 나는 너무 무섭구나. 다른 사람들은 아니라지만, 나는 바닷바람이 캐서린을 데려간 것 같아. 캐서린은 정말 바닷바람을 좋아했거든."

미들턴 백작의 눈동자가 허공을 헤맸다. 마치 캐서린을 찾기라도 하듯이.

"그렇게 좋아하더니 따라가버렸어……."

"……."

"너는…… 안 돼, 글로리아."

"……."

"너는 내게 남은 유일한 보물이란다. 네가 잘못되면, 나도 죽을 거다. 너 말고 내게 누가 있겠니……."

미들턴 백작의 눈꼬리를 타고 눈물이 떨어져 내렸다. 슬픔으로 얼굴이 처절하게 물들어갔다. 글로리아는 처음으로 그의 입장이 되어보았다.

부모에게서 인정받지 못한 삶. 남보다 못한 형제. 그러다가 유일하게 사랑하는 사람이 생겼다. 태어나 처음으로 가지는 행복한 가정이었을 거다. 이제는 행복하겠지 싶을 즈음, 부인이 사라지고 남은 건 딸 하나였다.

딸은 그가 살아 있는 유일한 이유.

모든 걸 다 가진 것처럼 보이지만, 그는 혼자였다. 처음으로 미들턴 백작이 왜 자신의 딸에게 그토록 약한지, 딸에게서 사랑한다는 말을 듣고 싶어 하는지 알 것 같았다.

당신도, 외롭구나. 너무 외로워서 이렇게 되었구나.

글로리아는 마음 아픈 표정으로 미들턴 백작을 바라보았다.

"무역, 배우지 않을게요. 그러니 안심하세요."

글로리아가 조용히 말했다. 일을 하는 방법이나 돈을 벌 방법은 언제든 찾을 수 있었다. 굳이 사람 하나 마음 졸이게 만들면서까지 배우고 싶진 않았다.

"그래주련?"

"네. 무역을 꼭 배우고 싶다는 건 아니었어요. 배우지 않을게요."

"하아, 글로리아. 고맙구나. 너는 정말 아름답고 사랑스러운 나의 천사……."

"……어서 주무세요."

미들턴 백작이 안타깝긴 하지만, 과한 수식어가 듣기 힘들었던 글로리아가 조용히 말을 잘랐다. 그러나 미들턴 백작은 눈물 젖은 눈으로 그녀를 바라보았다.

"잠을 자야 하는데, 넌 왜 이렇게 예쁜 거니, 글로리아. 정말 캐서린을 빼다 박았어……. 오늘따라 캐서린이 더 보고 싶구나. 도무지 잠이 오지 않아."

미들턴 백작의 눈에 눈물이 그렁그렁 차올랐다. 이쯤 되니 주사처럼 보인다. 더는 지켜보기 힘들었던 글로리아가 조용히 말했다.

"어서 주무셔야 내일 저랑 같이 아침식사를 하실 수 있어요. 여기서 더 늦어지면 제가 늦잠을 잘 것 같거든요."

글로리아가 말을 하기가 무섭게, 미들턴 백작이 눈을 얼른 감았다. 일부러 쿨쿨 소리를 내던 백작은 금세 잠들었다. 그런 그를 보며 글로리아는 픽 웃었다.

정말 다루기 쉬운 남자였다.

글로리아는 자리에서 일어나 길게 기지개를 켰다. 그러고 보니 미들턴 백작의 침실은 처음이었다. 이리저리 둘러보던 글로리아의 시선이 벽에 닿았다.

"흡! 저게 뭐야…….."

"무슨 일 있으십니까?"

아드리안이 반쯤 열린 문 너머로 조심스럽게 물어왔다.

"아드리안, 저건……."

글로리아가 차마 말을 잇지 못하자, 그가 "실례합니다." 하며 문을 열었다. 방으로 들어온 아드리안은 벽에 걸린 초상화를 흐뭇하게 바라보았다.

"어머님을 오랜만에 뵙죠?"

어머님? 미들턴 백작이 입에 달고 살던 그 캐서린?

글로리아가 황망한 눈으로 벽에 걸린 여자를 바라보았다. 미들턴 백작은 캐서린이 세상에서 가장 아름다우며 요정 같은 여자라고 칭송했다. 눈이 돌아가게 아름다운 미들턴 백작이 칭송하는 외모라고 해서, 캐서린의 외모는 엄청났을 거라고 생각했다.

그러나 벽에 걸린 초상화는 굉장히 상상과 달랐다. 아름답다는 말을 쓰기엔 조금 애매한 구석이 있었다.

세 겹 정도로 보이는 턱이나 일자로 길게 쫙 뻗은 눈, 얼굴을 가로지르는 주근깨.

길에서 종종 만나는 성격 안 좋은 아주머니와 비슷했다.

대체 어딜 봐서 글로리아가 저 여자를 닮았어!

오히려 그녀는 미들턴 백작과 많이 닮았다. 글로리아는 잠든 미들턴 백작을 물끄러미 바라보다가 고개를 설레설레 흔들었다.

아무래도 미들턴 백작은 남들과 다른 안목을 가진 것 같다.

다음 날 아침, 미들턴 백작은 굉장히 초췌한 몰골로 아침식사 자리에 나타났다.

"……침실로 돌아가서 더 주무세요."

그 꼴을 보다 못한 글로리아가 조용히 말했다.

"아냐. 너와 식사를 해야지. 우욱, 나는 수프를 주게나. 도저히 뭔가를 씹어 삼킬 기분이 아니니 말이야. 그리고 오전 일은 되도록 오후로 다 미뤄줘."

미들턴 백작이 멍한 얼굴로 아드리안에게 말했다. 보좌관에게 전하겠다며 아드리안이 잠시 자리를 비웠다.

"정말 괜찮으신가요?"

"응. 괜찮다. 욱."

"……."

전혀 안 괜찮아 보이는데. 글로리아는 심각한 표정으로 미들턴 백작을 바라보았다.

시간이 지나 긴 식탁에 간단한 아침식사가 차려졌다. 글로리아도 어젯밤 뭔가를 먹은 탓에 아침이 크게 내키지 않았다. 단출하게 수프와 채소, 과일, 훈제 고기 몇 점이 전부였다.

그녀는 수프를 뜨며 난처한 표정을 지었다.

미들턴 백작에게 따뜻한 딸이 되고 싶은데, 어떻게 해야 할지 모르겠다. 그가 바라는 애교는 성격상 맞지 않았고, 예쁘게 말하자니 어떤 말이 예쁜 건지 알 수 없었다. 생애 대부분을 남자인 척 살아온 데다 부모도 없었다. 그런 그녀에게 '예쁘고 사랑스러운 딸'은 '천사의 생김새를 상세히 그리시오'와 같이 어려운 말이었다.

……못 하겠어.

그녀가 속으로 좌절하고 있을 때였다.

달려온 하녀가 아드리안에게 뭔가를 속삭였다. 하녀의 낯빛이 하얗게 굳어 있었다. 그 말을 들은 아드리안의 표정 역시 확 굳었다.

"무슨 일이지?"

숙취 때문에 맹하게 있는 줄로만 알았던 미들턴 백작이 물었다.

"그게…… 백작님."

아드리안이 바짝 마른 입술을 혀로 축이며 다가왔다.

"따로 조용히 말씀드리겠습니다."

말을 하던 아드리안의 시선이 흘깃 글로리아에게로 향했다. 그 짧은 순간, 글로리아는 석연찮은 걸 느꼈다.

"저와 관련된 건가요?"

눈치 빠르게 글로리아가 물었다.

"저, 그게……."

"아니라고 못 하시는 거 보니 맞는가 보네요. 편하게 말씀하세요. 어차피 저와 관련된 거면, 언젠가 제 귀에 들어올 테니까요."

"아침에 듣기에 좋은 일이 아닙니다, 아가씨."

"좋은 일이 아니니 더 일찍 들어서 대비를 해야겠군요."

"글로리아, 정말 괜찮겠니?"

미들턴 백작이 묻자, 글로리아가 "네."라고 대답했다.

"그래. 글로리아도 괜찮다고 하니 무슨 일인지 말해봐."

글로리아의 일리 있는 말에 미들턴 백작까지 채근하며 합세하자 아드리안이 난처한 표정으로 입을 열었다.

"글로리아 아가씨와 관련된 안 좋은 스캔들이 퍼졌다고 합니다."

"안 좋은 스캔들이라니? 무슨 소린가?"

미들턴 백작이 몸을 꼿꼿이 세웠다.

"그게…… 후우."

"편하게 말씀하세요."

글로리아가 무표정한 얼굴로 말했다.

"차마 제 입으로 말씀드리긴 곤란합니다만, '글로리아 아가씨의 남자관계가 문란하다.'는 소문이 사교계를 중심으로 퍼지고 있다고 합니다."

"뭐?"

미들턴 백작의 목소리가 높아졌다. 글로리아를 인식한 듯, 금세 헛기침을 하며 낮추긴 했지만 그의 표정은 험악했다.

"누가 글로리아에 대해 그런 말도 안 되는 소문을 퍼트린다는 건가?"

"저도 정황을 알아보는 중입니다만, 전문인을 통해 들은 정보로는 굉장히 자세하다고 합니다."

아드리안이 대략 소문에 대해 정리한 종이를 미들턴 백작에게 내밀었다. 미들턴 백작이 그 내용을 빠르게 훑었다.

미들턴 백작과 거래하는 타국의 남자와 사랑에 빠져 도피하려다가 걸렸다는 내용, 사랑하던 귀족가의 영식이 있었는데 펠릭스 버클리 공작과 결혼하기 위해 버렸다는 내용 등등이었다.

타국의 남자는 미들턴 백작이 거래하는 타국 가문의 장남이라고 했다. 두 번째 소문인 귀족가의 영식 이름은 명시되어 있지 않지만, 누군지 추정 가능할 정도였다. 그는 희대의 문제아로 불리는 귀족의 영식이었다.

"이런 말도 안 되는 소문을 믿는 사람들이 있다는 건가?"

미들턴 백작이 다시금 화를 참지 못하고 낮게 물었다.

"그러게 말입니다."

아드리안이 비통한 표정을 지었다. 잠시 식탁에 무거운 침묵이 내려앉았다.

"그 소문, 저도 보여주시겠어요?"

글로리아가 손을 내밀었다.

"글로리아, 안 보는 게 좋단다."

"제 소문인데 알고는 있어야죠. 곧 연회 있는 거 아시잖아요. 그곳에서 대비도 못 하고 당할 바에는 미리 준비하는 게 나을 것 같은데요?"

글로리아가 무심하게 대꾸했다.

"글로리아……."

미들턴 백작은 그런 글로리아를 보며 갈등했다. 그녀의 말이 옳긴 하지만, 보여주자니 손이 펴지지 않았다.

자신의 딸은 타인이 바라보는 이미지에 굉장히 집착했다. 누구보다도 아름다워야 하며, 누구보다도 허리가 가늘어야 하며, 또 누구보다도 좋은 가문에 시집을 가야 한다고 생각하고 있었다. 여태껏 그것 하나만 보고 살던 글로리아에게 이런 소문이라니. 아마 저 약한 몸에 쓰러질지도 모른다. 어쩌면 병석에 누워 일어나지 못할 수도…….

"글로리아, 역시 안 되겠……."

"보여주셔서 감사합니다."

글로리아가 미들턴 백작의 손에 들려 있는 종이를 얼른 낚아채갔다. 무례하다는 걸 알면서도 이러지 않으면 보지 못할 것 같았다.

미들턴 백작이 아차 하는 표정을 지었지만, 이미 글로리아의 눈은 종이를 향해 있었다.

아드리안과 미들턴 백작의 얼굴이 흙빛이 되었다. 화를 내거나, 몸을 부들부들 떨거나, 그도 아니면 몸져누울지도 모른다. 그전에 새파랗게 질린 얼굴로 '말도 안 돼!'라고 소리를 지르겠지.

아드리안과 미들턴 백작이 바짝 긴장하고 있을 때였다.

"흐음."

돌아온 반응은 의외였다. 글로리아는 턱을 괴고서 마치 소설을 보듯 그 내용을 찬찬히 살피고 있었다.

"그, 글로리아. 괜찮니?"

미들턴 백작이 조심스럽게 물었다.

"이게 소문의 전부인가요?"

"네. 현재로는 이 소문이 다라고 합니다."

"이 외모에 이 정도 소문이면 무난하네요."

"……."

이 와중에 터져나오는 자기애를 선보이는 글로리아를, 아드리안과 미들턴 백작이 멍하게 바라보았다.

그러나 글로리아는 진심이었다. 오히려 이 아름다운 외모와 까칠한 성격을 가졌음에도 불구하고 질 낮은 스캔들이 이제야 터지는 게 신기할 지경이었다. 소문으로 듣기에 사교계란 누가 잘나가면 짓밟기 바쁜 곳이라니까. 펠릭스만 해도 옷깃만 스쳐도 사람들은 그 여자와 펠릭스를 엮지 못해 안달이었다. 물론 펠릭스의 보좌관들이 철저하게 대처해서 스캔들까진 번지지 않았지만.

"남자들이 그렇게 쫓아다녔을 텐데 유혹에 두 번만 넘어갔다니, 칭찬해줄 일이 아닌가요? 그리고 생각보다 소문이 괜찮네요. 타국의 남자와 사랑에 빠지고 다른 영식과 사랑에 빠졌다니. 선원과 사랑에 빠졌다는 소문이 아닌 게 어디예요? 어디 애는 없대요?"

"……그, 글로리아?"

미들턴 백작이 조심스러운 목소리로 그녀를 불렀다. 애라니. 화가 나서 순간적으로 실성한 게 아닌가 싶어 덜컥 겁이 났다.

"혹시 스캔들이 사실이니? 서, 설마?"

미들턴 백작의 목소리가 가늘게 떨렸다.

"아닐걸요?"

확실하진 않지만, 그녀의 이전 성격에 비추어 봤을 때 그럴 리 없었다.

"아닐걸요, 라니. 남 일처럼……. 너, 정말 괜찮니?"

"네. 괜찮아요. 이 정도는 별거 아니죠."

글로리아가 "혹시 뒷면에도 뭐가 있나요?"라며 찾아보기까지 하자, 미들턴 백작과 아드리안은 서로의 얼굴을 쳐다보았다. 분명 난리 법석이 날 거라 생각했는데, 침착해도 너무 침착하다.

"이 소문의 진원지는 찾았나요?"

글로리아가 아드리안을 보며 물었다.

"아직 찾지 못했습니다. 하룻밤 사이에 난 소문이라서요."

"소문을 역추적하면 되겠군요. 사교계라고 하지만, 분명 시작한 누군가가 있을 거고, 그 배후에도 누군가가 있을 테니까요."

글로리아가 턱을 괴고서 눈을 가늘게 떴다. 고민에 빠질 때 나오는 그녀의 행동이었다.

"제 이미지가 안 좋아져야 가장 이득을 볼 사람. 그리고 제게 앙심을 품을 법한 사람. 사교계를 중심으로 퍼진 소문. 1차적으로 제너 영애와 아이리스 영애를 중심으로 찾아보면 좋겠네요."

차분한 글로리아의 말에 미들턴 백작의 눈이 동그래졌다. 화를 안 낼뿐더러, 침착하게 상황에 대처할 생각을 하는 게 낯설었다.

"그리고 소문이 디테일한 걸로 봐선 분명 근거가 있는 내용일 거예요. 제 측근 중 누군가가 발설했다는 거겠죠. 아마도 에리카일 확률이 높아요. 그 여자는 맨몸으로 도망을 쳤으니, 숨어 살더라도 돈이 필요할 테니까요. 제너 영애나 아이리스 영애 측에 접근했을 가능성이 있으니 그것도 확인 부탁드릴게요."

"……네? 아, 네."

아드리안이 떨떠름한 표정으로 대답했다. 굉장히 차분하고 신속한 명령이었다. 그 때문일까, 저 작은 체구에서 위압감이 느껴지는 것은. 이런 소문에 자주 대처해온 듯 능숙하기까지 했다.

"잘 부탁드릴게요."

거기다가 여유로운 미소까지.

아드리안은 떨떠름한 얼굴로 "네, 네."라고 대답할 수밖에 없었다. 놀라기는 미들턴 백작도 마찬가지였다. 사람이란 무릇 타인의 일에는 차분해도 자신의 일에는 이성을 잃기 쉬웠다. 그러나 글로리아는 남의 일처럼 차분했다.

아름답기만 하던 자신의 딸이 현명한 지휘관처럼 보였다.

"글로리아, 대단하구나. 너는 정말이지 하늘에서 내려온 전장의 지휘……."

미들턴 백작의 입에서 또 찬양의 말이 나올 기세가 보여서, 글로리아는 얼른 입을 열었다.

"음식 식겠어요, 아버지. 얼른 드세요."

"어, 그래. 먹자꾸나."

미들턴 백작이 스푼을 다시 손에 쥐었다.

집무실로 돌아온 아드리안은 "허허." 하고 낮게 웃었다.

"무슨 일이십니까?"

그의 곁을 지키고 있던 젊은 남자가 물어왔다. 그는 집사 교육을 받는 자로, 아드리안의 신상에 변고가 생겼을 때 그 뒤를 잇게 되어 있는 남자였다.

"글로리아 아가씨가 굉장하셔."

"원래부터 굉장하시지 않습니까? 그 아름다움이란……."

"외모 말고 말이야."

"네?"

"그런 게 있네."

아드리안은 말끝을 흐리며 자리에 앉아 해야 할 일들을 적었다. 그러면서 머리 한쪽으로는 방금 전 글로리아와 나누었던 이야기를 떠올렸다. 그녀는 굉장히 또렷하고 분명한 눈빛으로 명령했다.

「제 소문에 대해 가문의 입장을 드러내거나, 다른 소문으로 덮으려고 하지 마세요. 지금부터 침묵으로 일관하시면 됩니다.」

「침묵하시다니요. 그러면 소문이 더 걷잡을 수 없이 퍼질 겁니다.」

「누군가가 이런 소문을 조장하고 있다면, 절대로 한 번으로 끝나지 않아요. 지금 이 소문을 덮더라도 또 다른 소문을 퍼트릴 거예요. 그리고 우리가 아니라고 부정한들 누가 믿겠어요? 우리가 가만히 있으면 당분간 이 스캔들이 퍼지는 동안 다른 스캔들이 터지지 않을 거예요. 그 사이에 그 근원지를 잡으면 돼요.」

「하지만 그동안 힘드실 겁니다, 아가씨. 괜찮으시겠어요?」

「제 걱정은 하지 마세요. 이 정도 싸움은 싸움도 아니니까요.」

그녀가 싱긋 웃으며 돌아섰다. 처음으로 그녀의 뒷모습에서 당찬 백작가 안주인이었던 캐서린과 전성기의 미들턴 백작의 뒷모습이 보였다.

강하고 이성적이며 침착하던 모습.

미들턴 백작가의 전성기를 꿈꾸며 힘차게 달려가던 그 모습이 떠올라 아드리안은 가슴이 뭉클해졌다.

방으로 돌아온 글로리아는 엘레나를 포함해 자신의 곁을 오랫동안 지켜왔던 하녀들을 불렀다. 바짝 얼어 있는 그들을 겨우 안심시킨 글로리아는 몇 가지 질문을 던졌다.

자신과 소문 속 타국의 영식이 접점이 있었는지, 그게 언제쯤이었는지, 소문 속 귀족가의 영식과는 별다른 접점이 있었는지.

하녀들은 겁을 먹어 입을 뻐끔거렸다. 그러더니 '저희는 모르는 일입니다. 어디에도 발설하지 않겠습니다. 정말 저희는 아니에요.'라며 오들오들 떨었다.

그들이 이런 반응을 보일 만했다. 자신의 일을 하녀들에게 물어대니, 소문을 퍼트린 사람을 찾는다고 오해할 만했다.

잠시 고민하던 글로리아는 차분하게 설명했다.

"너희도 들어서 알겠지만, 나에 관한 안 좋은 소문이 돌고 있어. 문제는 내가 크게 아팠던 후로 기억이 잘 나지 않는다는 거야. 소문이 사실인지 확인해야 대처할 수 있어서 이렇게 부탁하는 거야. 너희들에게 책임을 묻지 않을 테니 편하게 이야기해줘."

그 말에 하녀들이 눈을 굴려 서로의 눈치만 살폈다.

"제가 말씀드릴게요."

가장 먼저 나선 건, 그녀를 가장 가까이서 지키던 엘레나였다. 그 말에 하녀들의 눈이 커졌다.

대체 어쩌려고!

모두들 그런 얼굴이었다. 엘레나도 하녀들의 우려처럼 겁이 났다. 하지만 요즘의 아가씨는 이전과 확연히 달랐다. 책임을 묻지 않겠다는, 그 말을 믿을 수 있을 것 같았다.

"고마워, 엘레나. 보상은 제대로 하도록 할게."

글로리아의 말에 하녀들의 눈이 다시금 벌어졌다.

보상까지 있다니!

하녀들이 술렁거리는 가운데, 엘레나가 차분하게 말을 시작했다.

"무역 거래 중인 그 타국의 귀족 자제분과는 몇 차례 만남이 있으셨어요. 백작가에 초대되어 아가씨와 정원을 거닐곤 하셨어요. 타국의 귀족 자제분께서 아가씨를 마음에 들어하셔서, 청혼까지 하셨어요. 그러나 아가씨는 이 제국을 떠날 생각이 없다는 말로 둘러 거절하셨고요. 그리고 그 레오폴드 님은…….."

"레오폴드라면, 귀족가의 영식을 말하는 거지? 잘 기억이 안 나서 말이야."

"네. 아가씨를 오랫동안 좋아하셨어요. 백작저로 선물과 꽃을 늘 보내셨죠. 그 성의에 못 이겨 딱 한 번 나갔다가 오신 날, 아가씨는 굉장히 화를 내셨어요. 그 후로 그분을 만나지 않으셨죠."

"그날 무슨 일이 있었는지는 전혀 몰라?"

"네. 몹시 화를 내시고는 누구도 방에 오지 말라고 하셔서, 저희도 모른답니다."

"그랬단 말이지…….."

확실히 사실에 근거한 소문이었다. 그러니 소문이 발 빠르게 퍼졌을 거다.

"흐음."

글로리아가 낮게 침음했다.

"이 사실을 에리카도 알고 있어?"

"네. 아가씨가 에리카 님에게 말씀하시는 걸 제가 봤어요."

"알려줘서 고마워. 다들 하던 일 하도록 해. 용기 내어 말해준 엘레나는 이걸 받도록 해."

글로리아가 엘레나에게 예쁜 머리핀을 건네주었다. 모두들 눈이 둥 그렇게 커졌다. 하녀의 급여로는 절대로 가질 수 없는 물건이었다.

"제, 제가 이걸 받아도 될는지……."

"받아도 돼. 이건 내 부탁을 잘 들어준 데 대한 상이니까."

글로리아가 싱긋 웃으며 엘레나의 손에 머리핀을 쥐여주었다. 하녀들은 부러움 섞인 눈으로 엘레나를 바라보았다.

글로리아는 이전부터 적절한 채찍과 당근으로 사람들을 대했다. 적절한 당근은 때론 채찍보다 더한 충성심을 불러일으키는 법이다.

하녀들이 모두 물러난 후, 글로리아는 창가에 섰다. 스캔들에 시달리는 사람치곤 굉장히 평온한 표정을 짓고 있던 그녀가 작게 중얼거렸다.

"위기는 기회니까."

마차에 앉은 글로리아가 풍성하게 늘어진 치마를 끌어당겼다. 마차의 절반이 드레스 치마 같았다.

대체 왜 이런 불편한 옷을 입으라고 하는 건지.

엘레나가 이 옷이 가장 아름답다고 사정하는 통에 입긴 했지만, 몸을 움직이기 버거울 만큼 부피가 어마어마했다. 글로리아는 속으로 혀를 끌끌 차며, 이번 연회가 끝난 후로 다시는 치마폭이 넓은 드레스를 입지 않겠다고 다짐했다.

"아가씨, 제 말 듣고 계신 겁니까?"

아드리안이 심각한 표정으로 물었다.

"네. 듣고 있어요."

"전혀 안 듣고 계신 얼굴입니다."

"벌써 열 번 넘게 들었는데 더 들을 필요가 있을까요?"

"하아, 아가씨."

아드리안이 긴 한숨을 내쉬었다. 연회가 예정되어 있는 오늘까지 스캔들을 퍼트린 범인은 잡히지 않았다. 에리카의 행방도 묘연했다. 그사이 스캔들은 점점 걷잡을 수 없이 커져서 글로리아가 밤마다 남자를 갈아치운다는 소문까지 돌았다. 이쯤 되면 뭔가 조치를 취해야 하는데, 글로리아는 남의 일마냥 무관심한 얼굴로 일관했다.

"다른 분들의 눈초리가 만만찮을 겁니다. 정말로 아무 대책 없이 그냥 가신다는 말씀이신가요?"

"무슨 대처를 해요? 아니라고 말하면 누가 믿어주죠? 어차피 소문이란, 그렇게 믿고 싶은 사람들이 그랬으면 하고 만들어내는 거잖아요."

글로리아가 덤덤한 표정으로 말하자, 아드리안이 이마를 짚었다.

"아가씨, 그럼 저 한번 살려주십시오. 아시잖습니까, 어제부터 백작님께서 이 일을 수습하라고 닦달하시는 거요."

"그렇군요. 그럼 수습해야죠."

글로리아의 말에 아드리안의 얼굴이 반짝 밝아졌다.

"지금은 시간이 없으니 오늘 연회 다녀온 후에, 수습방안에 대해 논의하도록 해요."

"아가씨."

"오늘 연회에 늦게 참석하면 더 이상한 소문이 돌걸요? 글로리아가 왜 늦었을까? 알고 보니 다른 남자가 있어서……?"

글로리아가 눈을 가느스름하게 뜨며 농담을 던졌다.

"아가씨!"

아드리안이 참지 못하고 화를 내자, 글로리아는 빙긋 웃었다.

"그러니까 마차 문 닫아요. 이젠 정말 출발해야 하니까요."

"그럼 저도 같이……."

"엘레나가 같이 가잖아요. 이제 문 닫아줄래요? 아니면, 제가 직접 닫을까요?"

"후우."

글로리아의 강수에 아드리안이 긴 한숨을 내쉬었다. 어르고 달래다가 안 되어서 화까지 내봤지만, 다 소용없었다. 아가씨는 숱한 일을 겪은 용병처럼 능글능글했다.

"귀가하신 후엔, 꼭 스캔들 대처방안에 대해 논의하는 겁니다."

"네. 약속할게요."

글로리아가 생긋 웃으며 대답했다.

"어휴."

결국 아드리안은 포기한 얼굴로 마차 문을 닫았다.

04

아아, 이게 아드리안이 경고한 그 분위기구나.

연회장에 들어선 글로리아가 속으로 중얼거렸다. 그녀가 들어서자마자, 찬물을 끼얹은 듯 연회장 안이 고요해졌다. 그녀가 아무렇지 않은 얼굴로 연회장 안으로 몇 발짝 더 들어서자 사람들이 삼삼오오 모여 수군거리기 시작했다.

"어머, 얼굴도 두껍죠."

"글로리아 영애가 저럴 줄 생각도 못 했어요."

"그 소문이 사실인가 보죠? 여태껏 아무 말도 안 하는 걸 보니 말이에요."

"타국의 남자에다가 귀족가의 영식까지……. 어휴."

그녀가 지나는 길목마다 사람들의 수군거리는 소리가 귀를 찔렀다. 사람들의 시선은 설명할 수 없이 날카로웠다. 그녀의 몸을 뚫을 듯했다.

글로리아는 그런 사람들 틈을 지나쳐 가장 사람들이 잘 보이는 자리에 섰다. 그러고는 하녀들이 건네준 잔을 받아든 채 느긋하게 주변을 구경했다.

홀의 구석에 제너와 아이리스가 남작가며 자작가의 영애들과 함께

무리지어 서 있었다. 두 사람은 가장 좋은 자리에 앉아 있었고, 다른 영애들은 그 곁에 둘러서 있었다. 제너가 한 마디 하면 다른 영애들은 우르르 몰려가 그녀가 필요한 것을 대령하기에 바빴다.

글로리아가 쳐다보자, 영애들이 기분 나쁜 표정을 짓더니 제너와 아이리스의 귓가에 뭐라고 소곤거렸다. 그러자 아이리스 영애는 웃음을 터트리고는 금세 새침한 표정으로 고개를 가로저었다.

'그런 말은 너무 심해요, 영애.'

그들의 입 모양이 그렇게 말하고 있었다. 누군가가 다가와 시비를 걸 거라는 예상과 달리, 그들에게선 어떤 반응도 없었다. 점점 시간이 흐르다 보니 글로리아는 조롱과 비아냥의 분위기에 적응되어갔다. 오히려 예상하던 것보다 반응이 적어서 의아했다.

아, 이러면 심심한데. 펠릭스 공작은 늦게 올 테고…….

계산 밖의 상황에 어떻게 해야 할지 고민하며 그녀가 잠시 서 있는 사이, 곁으로 영식들이 몰려들었다.

"이게 얼마 만입니까? 글로리아 영애, 제가 누군지 아십니까?"

글로리아가 고개를 들자, 그녀와 눈이 마주친 영식의 얼굴이 붉어졌다. 레오폴드인가 했는데, 그 사람이 아니다. 글로리아가 쳐다보는 사이 다른 영식들이 말을 걸기 시작했다.

"오랜만입니다, 영애."

"그간 더 아름다워지셨어요."

한결같이 가벼운 멘트들이다. 귀찮아진 글로리아는 대충 미소로 대답한 후, 그들의 질문에 아무런 대답도 하지 않았다.

"영애, 내일 시간 괜찮으십니까?"

"영애를 위해 준비한 선물이 있습니다."

그러나 그녀는 입도 벙긋하지 않았다. 그렇게 꽤 오랜 시간이 흘렀다. 이쯤 하면 답답해서 돌아갈 거라는 예상과 달리 영식들은 그녀의 곁에서 떠나지 않았다. 오히려 꽃을 발견한 벌들처럼 조금씩 더 모여들었다.

글로리아는 내색하지 않았지만, 당황했다. 그녀가 입을 다물고 있으면 대체로 사람들은 지쳐서 떠나가곤 했다.

그런데 왜 더 꼬이는 거지?

그녀는 자신이 에단이던 시절과 상황이 다르다는 걸 간과하고 있었다. 에단은 차갑게 생긴 데다, 그의 곁으로 몰려온 사람들은 대체로 하녀들이었다. 직급의 차이가 있는 그들은 에단이 조용히 바라보면 물러서곤 했다.

그러나 지금 글로리아는 한없이 아름답고 고요했다. 그런 그녀가 미소를 지은 채 가만히 있으니, 영식들은 더욱 애가 탔다.

절벽에 핀 꽃처럼 멀기만 했던 글로리아 영애가 알고 보니 다루기 쉬운 여자였다는 사실만큼 그들의 구미를 당기게 하는 것도 없었다. 소문이 사실이라면 자신들에게도 기회가 있다고 판단한 영식들은 더욱더 말을 붙였다.

결국 더는 참지 못한 글로리아가 지척에 들러붙은 영식들에게 차갑게 한마디 하려 할 때였다.

갑작스레 홀의 분위기가 싸하게 바뀌었다. 자신이 등장했을 때보다 홀 안이 더 고요해진 듯했다.

"어머, 오셨어요."

"세상에나. 기다린 보람이 있네요."

뒤쪽에 앉은 영애들의 목소리가 들렸다. 영애들이 이토록 들뜬 목소리를 내면서 반길 사람은, 그녀가 아는 한 딱 하나뿐이었다.

글로리아가 영식들 사이로 고개를 갸웃거렸다. 그러자 영식들 사이로 은발에 장신의 남자가 보였다. 그는 웬만한 남자들보다 머리 하나 정도가 더 컸다.

기다리던 사람이 오자, 글로리아는 얼른 시선을 돌려 곁의 영식을 바라보았다.

"방금 뭐라고 하셨죠?"

"네?"

"영식께서 뭐라고 하시지 않았습니까?"

"영애를 위해 선물을 준비해놓았다고 했습니다."

"어딨죠?"

"그야 제 마차에 있습니다. 시간이 되시면 제 마차에 들러주시겠습니까?"

영식이 그녀의 손을 잡으며 조용히 말했다. 주변 영식들의 탄식이 쏟아졌다. 글로리아는 음흉한 미소를 흘리는 영식의 얼굴에다가 주먹을 꽂고 싶은 충동을 참으며 미소 지었다. 지금은 아무나 필요했다.

"오늘은 조금 곤란하겠군요."

"이런, 제 선물이 슬퍼하겠군요. 저 역시 굉장히 슬픕니다."

"……아, 네."

글로리아는 삐뚤어지려는 입술에 간신히 힘을 주어 미소를 지었다.

나도 슬프다. 둘러보지 않고 널 고른 나도 엄청 슬퍼!

글로리아가 스스로를 탓하며 얼굴을 찌푸릴 때였다.

"글로리아 영애."

낮은 목소리가 가슴을 선득하게 울렸다. 글로리아가 눈동자만 움직

272

여 그를 바라보았다. 정복을 제대로 갖춰 입은 그가, 한쪽 눈썹을 치켜올린 채 그녀를 냉담하게 바라보고 있었다. 반사적으로 '네, 공작님.'이라고 기합이 든 대답을 흘릴 뻔한 글로리아는 금세 냉정을 되찾았다.

"펠릭스 공작님."

펠릭스가 나타나자 성벽처럼 에워싸고 있던 영식들이 반으로 힘없이 갈라졌다. 글로리아에게 다가온 펠릭스가 그녀의 주변을 스윽 둘러보았다.

"글로리아 영애에게 할 말이 있는데, 계속 서 있을 건가?"

펠릭스가 혼잣말처럼 작게 중얼거렸다. 영식들을 쳐다본 것도 아니었다. 그러나 영식들은 지레 겁먹은 얼굴로 우르르르 흩어졌다. 끝까지 그녀의 손을 잡고 있던 영식 한 명은 펠릭스가 쳐다보자 그 손을 얼른 등 뒤로 숨긴 채 달아났다.

방금 전까지 심장이라도 빼줄 것 같던 사람들이 순식간에 사라지자, 글로리아는 황당한 웃음을 참을 수 없었다.

"글로리아 영애."

"네, 공작님. 안 그래도 드릴 말씀이 있었어요."

"할 말이 있으면 집으로 찾아왔어야지."

누가 들으면 오해할라.

글로리아가 난처한 표정을 지었다. 글로리아와 펠릭스가 마주 선 것만으로도 홀 내부의 사람들 이목이 집중되었다. 다들 대화를 엿듣기 위해 집중하고 있었다. 아이리스의 명에 따라 그들 곁으로 야금야금 다가오는 영애까지 보였다.

"바쁘신데 그런 일로 찾아뵙기엔 방해가 될 것 같아서요."

"그렇게 배려가 넘치는 줄 몰랐군. 내 제안에 대한 답이 전혀 없어서 배려 따윈 전혀 안 하고 있는 줄 알았는데 말이야."

펠릭스가 말을 하며 가벼운 미소를 지었다. 눈이 멀 만큼 아름다운 외모였지만, 그 입술 사이에서 나오는 목소리엔 냉기가 어려 있었다. 글로리아는 그가 웃고 있지만 사실은 인내심이 바닥을 드러내기 직전이라는 걸 깨달았다.

"잠시 따로 말씀드리고 싶은데 다른 자리로 옮기시겠어요?"

"테라스로 가지."

"그곳은……."

글로리아가 말끝을 흐렸다. 테라스는 연인들이 밀회를 나누는 곳이다. 지금 테라스로 갔다간 어떤 소문이 돌지 모를 일이다.

"그럼 여기서 이야기할 건가? 아니면 마차로 갈까? 그게 싫다면 저택으로 가도 돼."

"……."

선택지가 점점 최악으로 치닫고 있었다.

"테라스로 가죠."

글로리아가 마지못해 대답했다. 펠릭스가 그녀에게 손을 내밀었다.

"잡지."

"……혼자 갈 수 있습니다."

글로리아는 저도 모르게 딱딱한 말투를 썼다.

"알아. 알지만, 이게 예의라서."

……언제부터 예의를 지켰다고?

"안 잡을 건가? 팔이 아픈데."

그 정도로 아플 팔이 아니라는 건 누구보다 잘 안다.

그러나 글로리아는 더 이상 반항하지 못하고 그의 손에 자신의 손을 살짝 올렸다. 펠릭스의 안내에 따라 테라스로 향하는 글로리아의 표정이 점점 어두워졌다. 가장 어둡고, 가장 연인들이 선호하는 테라스였다.

연회장에 남은 사람들은 테라스로 향하는 펠릭스 공작과 글로리아 영애의 뒷모습을 멍하니 바라보았다.

"이게 어떻게 된 일이죠?"

"펠릭스 공작님은 왜 글로리아 영애와 함께 저런 곳에……."

얼어붙은 영애들 사이에서 한마디씩 툭툭 튀어나왔다.

이 상황을 지켜보던 제너가 슬그머니 아이리스의 표정을 살폈다. 아이리스는 내색하지 않았지만, 평소보다 눈가가 굳어 있었다. 그것만으로도 제너는 아이리스가 굉장히 화가 난 상태라는 걸 알아챘다.

"알고 보면 그 소문이 잘못된 거 아닐까요?"

눈치 없는 영애 하나가 불쑥 말을 꺼내자, 분위기가 싸하게 얼어붙었다. 제너는 조용히 하라는 듯 그 영애를 쳐다보았다. 그러자 그 영애가 얼른 입을 다문 채 고개를 숙였다.

제너는 두 사람이 사라진 방향을 쳐다보았다. 소문이 잘못될 리 없다. 글로리아의 심복이나 마찬가지인 에리카와 접선해 소식을 접한 건 그들이었으니까.

얼마 전, 에리카에게서 연락이 왔다. 글로리아에 관해 정보를 넘길 게 있으니 돈을 달라고 제시했다. 그녀가 제시한 금액은 꽤 컸지만, 글로리아에 관한 치명적인 소식이라는 말에 아이리스는 하녀를 시켜 그녀를 만나게 했다. 별거 아니라면 돈을 지불하지 않으면 될 일이니 그녀로서는 아쉬울 게 없었다.

미리 절반의 금액을 지불하고 에리카에게서 글로리아에 관한 이야기를 들은 후, 나머지를 지불했다. 무결점일 줄 알았던 글로리아의 비밀, 약점, 성격은 굉장히 충격적이었다.

도도하고 새침한 성격인 줄 알았던 그녀는 실제로는 예민하고 날카로우며 몸매에 굉장히 집착한다는 거였다. 죽다 살아난 후로는 알 수 없는 성격으로 바뀌어 제정신이 아닌 것 같다고까지 말했다. 그 이후 그녀를 쫓아다니던 영식, 글로리아가 잠깐이라도 식사했던 영식 등 아주 사소한 것들까지 에리카는 탈탈 털었다.

돈을 주자, 이야기를 하는 내내 초조한 기색이던 에리카는 멀리 떠났고, 알아본 결과 글로리아에게 큰 실수를 해서 쫓기는 중이라는 정보를 접할 수 있었다.

에리카에게서 들은 글로리아의 정보는 한두 개가 아니었지만, 아이리스는 그중 가장 치명적인 스캔들을 골라 퍼트렸다. 영애들의 입만 타면 소문이 퍼지는 데는 반나절도 걸리지 않았다.

어떤 대응을 할 거라는 예상과 달리 글로리아 측에선 어떤 입장도 내놓지 않았다. 그 때문에 아이리스는 소문이 사실이라고 생각했다. 일이 이 지경이 되었으니 당연히 펠릭스 공작도 글로리아를 쳐다보지도 않을 거라 예상했다. 그러면 자연스럽게 자신이 약혼녀로 정해질 거라 생각했다. 후보면서도 후보 같지 않았던 저따위 글로리아가 아니라.

그런데 갑자기 펠릭스 공작이 자신들을 만나지 않겠다고 선언했다. 알아본 결과 배경에는 글로리아 영애가 있었다. 그것만으로도 화가 나 죽을 것 같은데, 보란 듯이 펠릭스 공작이 글로리아 영애를 데려갔다.

아이리스가 얼굴을 가린 부채 너머로 두 사람이 사라진 방향을 흘깃 바라보았다.

"아무래도 공작님께서 이번 소문을 들으셨을 테니, 그걸로 화를 내려고 따로 데려가신 게 아닐까요?"

"그럴 수도 있죠. 약혼녀 후보인데 문란한 사생활을 들켰으니 말이에요."

"방금도 보셨잖아요, 영식들 사이에 둘러싸여서 환하게 웃고 있던 모습을 말이에요. 이래서 사람의 천성은 어쩌지 못한다고 하나 봅니다."

영애들 사이에서 이런저런 이야기가 뒤늦게 쏟아져 나왔다. 이야기는 점점 펠릭스 공작이 글로리아 영애에게 약혼녀 후보 제외 소식을 전하기 위해 따로 불러낸 거라는 쪽으로 기울어졌다.

그 말에 아이리스의 표정이 편안하게 풀렸다.

그래, 그럴 거다.

아이리스는 의자에 편하게 몸을 묻으며, 대화를 마친 펠릭스 공작이 자신에게 다가오길 느긋하게 기다렸다.

글로리아는 난처한 표정으로 테라스를 둘러보았다. 불투명한 창문 너머에서 새어나오는 조명 빛과 아래에 자리한 조명이 있긴 하지만, 대체로 사위가 깜깜했다. 테라스 바로 앞에는 우거진 나무가 있어서 시야도 막혀 있었다.

최대한 빨리 이야기를 하고 자리를 파할 생각으로 글로리아는 인기척이 나는 쪽으로 고개를 돌렸다. 펠릭스가 잘 보이지 않지만, 대략 이쯤에 있을 것 같았다.

"공작님."

그녀가 비장하게 펠릭스를 불렀다.

"돌아서. 난 반대쪽에 있으니까."

"……."

글로리아가 낮게 헛기침을 하며 돌아섰다. 그러고는 고개를 들자 희미한 윤곽이 보였다. 시간이 조금 흐르자 눈이 금세 어둠에 익숙해졌다. 펠릭스 공작이 팔짱을 낀 채 그녀를 내려다보고 있었다.

"공작님, 며칠 전 약혼 건에 관해 연락드리려고 했습니다만, 아시다시피 불미스러운 사건으로 인해 몸과 마음이 약해져 연락드리지 못했습니다."

글로리아는 차분하게 말을 시작했다.

"이번 불미스러운 스캔들로 인해 가문의 위상이 많이 손상되었어요. 제 체면은 더욱 말도 아니게 엉망진창이지요. 이런 상태로 공작님과 약혼을 하면, 버클리 가문의 평판에도 큰 손상을 입힐 게 분명해요. 제 성격상 공작님께 도움은 되지 못할망정, 폐를 끼친다는 게 용납이 되지 않아요. 그러니 약혼은 없던 일로 하셨으면 해요. 제 불찰로 이런 답변을 드려 죄송하게 생각합니다."

글로리아는 침통한 표정으로 고개를 푹 숙였다. 진심으로 안타까운 목소리를 냈다. 그러나 마음은 한없이 홀가분했다. 스캔들이 터지자마자 그녀가 한 생각은, '위기는 곧 기회다.'라는 것이었다.

이 순간을 위해 그녀는 스캔들을 불식시키지 않고 있었다.

스캔들로 인한 약혼 거절.

어디로 보나 그럴듯한 명분이 있었다. 펠릭스 공작도 스캔들이 많은 여자와 엮이고 싶지 않을 게 분명했다.

"그러니까, 지금 그 스캔들이 사실이라고 인정하는 건가?"

"사실이 아니에요. 그렇지만 전혀 없던 일도 아니죠."

글로리아는 일부러 애매하게 대답했다. 언제든 이 스캔들로 인해 문제가 발발할 수 있는 여지가 있음을 둘러 표현했다.

"시간을 더욱 지체하면 공작님께 폐를 끼칠 것 같군요. 저는 이만 나가보도록 하겠습니다."

글로리아가 치맛자락 양쪽을 붙잡아 벌리며, 상체와 고개를 살짝 숙였다. 인사를 마친 그녀는 펠릭스 공작이 말을 걸세라 서둘러 테라스에서 빠져나왔다. 펠릭스 공작과 염문이 있다고 소문이 나서 발목 잡히면 골치 아프니까.

어두운 곳에 있다가 환한 곳으로 나오자 눈이 부셨다.

"글로리아 영애."

잠시 눈을 감았다 뜬 글로리아는 자신을 부르는 쪽으로 고개를 돌렸다. 긴 얼굴에 여자처럼 곱상하게 생긴 영식이 그녀를 향해 웃고 있었다.

희대의 바람둥이라고 알려진 레오폴드였다. 레오폴드에 대해선 에단 달튼이던 시절부터 줄곧 들어 잘 알고 있었다.

여자의 마음을 여자보다 잘 안다는 남자. 그와 한 시간 이상 말을 섞으면 어떤 여자라도 홀딱 넘어간다는 그 남자.

그러나 에단의 눈에는 그저 아주 잘생긴, 맞장구 잘 치는 남자로밖에 보이지 않았었다. 더군다나 그 외모 또한 펠릭스를 매일 보고 살다 보니 적당한 미남 정도로밖에 여겨지지 않았다. 요즘은 미들턴 백작

279

의 외모를 보고 살다 보니 레오폴드의 얼굴 정도엔 아예 감흥이 없었다.

"네, 레오폴드 님."

글로리아가 대충 웃으며 대꾸했다.

"이번에 퍼진 불미스러운 스캔들 때문에 곤욕스러우시죠?"

레오폴드가 진심으로 안타깝다는 표정을 지었다.

"아닙니다. 제가 폐를 끼친 것 같아 죄송하게 생각하고 있어요."

"저는 괜찮습니다. 영애의 마음만 다치지 않으면 저는 그걸로 충분하답니다. 시간이 되면 이 일을 어떻게 해결할지 의논드리고 싶었습니다."

"해결이랄 게 있나요. 그 문제 때문이라면 제가 다음에 시간을 봐서 서신을 보내도록 하겠습니다. 이런 상황에서는 만나는 것보단 서신으로 해결하는 편이 좋겠지요."

글로리아가 빙긋 미소 지었다. 서신을 보내겠다고 했지만, 그럴 생각은 없었다. 어차피 귀족들 사이에서 서신을 주겠다는 건 평민들 사이에서 '언젠가 밥 한 끼 하자.'는 말과 같았다.

글로리아가 그를 지나쳐 갈 때였다.

"글로리아 영애."

레오폴드의 부름에 그녀가 마지못해 돌아섰다. 할 일도 끝난 데다 발이 아파서 쉬고 싶었다. 레오폴드가 하얗고 긴 손을 내밀고 있었다. 글로리아는 무심한 표정으로 손과 레오폴드의 얼굴을 번갈아 보았다.

"그냥 가기 아쉬운데 춤 한 곡 추고 가시죠."

"스캔들에 불을 붙이실 생각이십니까?"

글로리아가 딱딱한 목소리로 되물었다.

"눈치가 빠르시군요. 전 스캔들이 사실이 되었으면 합니다. 사실, 저는 그 스캔들을 접하자마자 영애와 한 번 더 시간을 보낼 수 있는 기회라고 생각했거든요."

"저는 그럴 생각이……."

글로리아는 딱딱하게 거절하려다가, 그의 어깨 너머에 서 있는 펠릭스와 눈이 마주쳤다. 테라스에서 나온 그가 딱딱하게 굳은 표정으로 그녀를 바라보고 있었다. 어쩔 거냐고 묻고 있는 것 같기도 했다.

맹수보단 늑대가 낫지. 일단 늑대와 춤을 추고 조용히 빠져나가는 게 나을 듯했다.

글로리아가 숨을 깊게 들이마시며 팔을 들어올릴 때였다. 저벅저벅 다가오는 발소리가 들렸다. 이윽고, 허공에 들린 그녀의 손이 낯선 손바닥에 안착했다. 아니, 낯선 손이 글로리아의 손을 낚아채갔다. 그녀의 눈동자가 가늘게 떨렸다.

전장을 누비고 다닌 데다 늘 펜을 쥐고 있어서 굳은살이 박인 손이었다. 이 익숙한 손의 주인이 누군지는 누구보다도 잘 알고 있었다.

글로리아는 천천히 고개를 들어 레오폴드의 앞을 가로막은 펠릭스 공작을 바라보았다.

"흐읍."

지켜보던 누군가가 숨을 들이마셨다. 한 번도 스캔들에 연루된 적 없던 펠릭스 공작이 제 발로 치정관계에 엮여들어가니 놀랄 만했다.

글로리아도 입이 쩍 벌어지게 놀랐으니까.

"공작님……?"

"그러고 보니 우리가 파티장에서 춤을 안 췄군, 글로리아 영애."

……우린 원래 춤을 안 췄을 겁니다만? 아니, 원래 공작님도 춤을

안 추셨을 텐데요?

글로리아가 할 말 많은 얼굴로 바라보았다.

"레오폴드, 계속 거기 서 있을 건가?"

펠릭스 공작이 멍하게 서 있는 레오폴드를 바라보며 물었다.

"아, 아닙니다."

"춤 제안은 상대가 누군지 제대로 보고 하도록 해."

펠릭스가 레오폴드만 들을 수 있는 목소리로 낮게 경고했다. 솜털이 모조리 곤두설 법한 그 목소리에 레오폴드는 내밀고 있던 손을 얼른 뒤로 감추었다.

"목이 마르군요."

그는 어설픈 변명을 하며 자리를 빠져나갔다.

"때마침 홀이 비었군."

홀이 빈 게 아니라, 모두가 춤을 포기하고서 이 상황을 지켜보고 있는 중이었다. 그걸 버젓이 알면서도 펠릭스는 능청스럽게 말했다.

그가 그녀의 손을 잡아끌어 홀의 중심에 섰다. 그가 자세를 취하자 곡이 바뀌었다. 잔잔한 음악으로 바뀌자 펠릭스가 느릿하게 몸을 움직였다. 글로리아는 얼결에 따라 움직였다. 몸이 기억하고 있는 덕택에 어렵지 않게 춤을 출 수 있었다.

문제는 넋이 나간 정신이었다.

펠릭스 공작과 춤을 추고 있다니.

"공작님, 왜…… 이러시죠? 테라스에서 제가 충분히 말씀드렸습니다만."

글로리아가 더듬거리며 물었다.

"영애가 할 말만 하고 사라졌지, 내 대답을 듣진 않았을 텐데."

"……."

"이게 내 대답이야."

"……."

그제야 글로리아는 펠릭스 공작이 자신에게 춤을 권한 이유를 알았다.

너와 약혼을 파기할 생각이 없어.

그는 자신의 의사를 홀에 있는 모든 사람에게 밝힌 것이다.

"정말로…… 약혼을 진행하실 생각이신가요?"

춤을 추던 글로리아가 고개를 들어 물었다. 그녀의 표정에는 '설마, 그럴 리가.'라는 의심과 탄식이 뒤엉켜 있었다.

"영애는 왜 나와 엮이는 걸 싫어하지?"

펠릭스가 조용한 목소리로 물었다. 마치 핵심을 찔린 듯, 글로리아는 움찔했으나 금세 표정을 고쳤다. 그 모습을 그는 가느스름하게 뜬 눈으로 바라보았다.

"싫어한 적 없어요. 그저, 제가 공작가의 안주인으로서 역량이 부족하다고 느끼는 것뿐입니다."

"의외로 책임감이 강한 성격이군. 내가 아는 사람과 닮았어."

"누굴, 말씀하시는 건가요?"

글로리아가 설마 하는 표정으로 물었다.

"나의 전 보좌관."

"……."

글로리아는 잠시 숨을 멈췄다.

"딱 영애 같은 성격이었지."

"……."

글로리아는 아무런 대답도 할 수 없었다. 심장이 정신없이 뛰기 시작했다. 펠릭스가 자신의 정체를 알아버린 게 아닐까 하는 의심마저 들었다. 조용히 입을 다문 채 춤을 추는 글로리아를 펠릭스가 바라보았다.

정말 다른 얼굴이었다. 흑발에 눈처럼 하얀 얼굴을 가진 에단과 금발에 화려한 이목구비를 가진 글로리아는 정반대의 외모였다. 그럼에도 글로리아를 보면 에단이 떠올랐다.

흑안 때문일까.

잠시 고민하던 펠릭스는 글로리아가 스캔들을 이유로 테라스를 먼저 벗어났을 때를 떠올렸다. 그는 그녀가 말한 약혼 거절 사유가 충분하진 않지만, 그럭저럭 괜찮다고 생각했다. 자신을 위하는 척, 본인의 목적을 달성하는 수법이 꽤 괜찮게 여겨졌다. 제 할 말만 하고, 결론났다는 듯이 훌쩍 돌아설 때에도 어이없었지만 조금 내버려둘 생각이었다.

테라스 문을 열고 나와, 글로리아가 레오폴드와 마주 서 있는 것을 보기 전까지만 해도.

그녀는 자신에게 보이던 난처한 얼굴과 달리, 무심하고 귀찮다는 표정을 짓고 있었다. 한쪽 입술이 삐뚤어진 것과 아래에서 슬쩍 올려다보는 눈초리까지, 에단이 말썽 부린 하녀를 쳐다보던 때와 똑같았다.

전혀 다른 얼굴에서 같은 표정이라니. 점점 더 글로리아에게서 에단이 자주 보였다. 간간이 에단이라고 부르고 싶은 충동까지 들었다.

자신이 미쳐버린 건가 하는 의심이 들었다.

그사이, 잠시 머뭇거리던 글로리아가 자신과 눈이 마주쳤다. 그녀의 표정이 흐려지더니 다음 순간 레오폴드에게 손을 내밀었다. 누가 봐도 춤을 출 기세였다.

그것도 자신에게 보란 듯이.

순간 머릿속이 아득해졌다. 저절로 발이 움직였다. 그러고는 글로리아의 손을 낚아채듯이 맞잡았다. 글로리아의 눈이 커지더니 자신을 똑바로 바라보았다.

사람을 다 빨아들일 것처럼 깊은 흑안.

그 순간 그는 깨달았다.

자신이 미쳤든 아니든, 이 눈은 자신을 보고 있어야 한다는 걸. 에단과 비슷한 이 여자를 다른 놈에게 넘겨줄 생각이라곤 절대 없었다.

춤을 마친 펠릭스 공작과 글로리아 영애는 나란히 샴페인을 한 잔 마셨다. 글로리아 영애는 어딘가 넋이 나간 얼굴이었지만, 펠릭스 공작과 함께라면 누구든 저런 표정을 지을 거라 생각했다.

그들이 춤을 춘 것을 마지막으로 홀이 텅 비었다. 그 누구도 화제의 두 주인공이 춤을 추었던 자리에서 춤을 출 엄두를 내지 못했다.

"대체 왜 이런 일이……."

제너가 자그맣게 속삭였다. 그 말에 아이리스가 불편한 표정으로 글로리아를 노려보았다. 그녀는 한순간에 연회장의 스캔들 메이커에서 펠릭스 버클리 공작의 피앙세가 되어버렸다.

"저렇게 두 사람이 있으니 굉장히 아름답네요."

저도 모르게 영애 한 명이 넋이 나간 듯 중얼거렸다. 그 말에 제너가 홱 뒤돌아보았다. 번번이 말실수를 하는 영애가 아차 하는 얼굴로 제 입을 틀어막았다.

"죄, 죄송합니다."

"괜찮아요, 영애. 다음부터 우리가 함께할 일이 없을 테니 말이에요."

아이리스의 말에 영애의 얼굴이 하얗게 질렸다. 부채를 펴서 입가를 가린 아이리스는 제 입술을 질근 깨물었다. 펠릭스 공작에게 잘 보이기 위해 신경 써서 입은 드레스도 소용없었다. 그는 파티장에 들어오자마자 글로리아에게 가버린 후, 자신은 쳐다보지도 않으니까.

제너는 불안한 표정으로 아이리스를 바라보았다. 집안의 서열상 아이리스와 함께 어울리고 있긴 하지만, 제너는 그녀가 불편했다. 쉽게 화를 내고 눈에 거슬리면 끝까지 짓밟아버리는 성미 때문에 늘 눈치를 봐야 했다.

"어떻게 할까요?"

제너가 아이리스가 들릴 만한 크기의 목소리로 물었다.

"지금 쓸 수 있는 수라곤 딱 하나밖에 더 있겠어요?"

아이리스가 딱 잘라 말한 후, 시선을 돌렸다. 제너는 입을 다문 채 앞을 응시했다. 어쩐지 피곤한 일이 벌어질 것 같았다.

어쩌다가 일이 이렇게 되었지.

글로리아는 넋이 나간 얼굴로 앞을 물끄러미 바라보았다.

펠릭스 공작에게 약혼 파기 통보를 하러 왔는데, 오히려 모두에게 약혼을 하게 될 것임을 암시하고야 말았다.

춤을 추고 나서 그들은 샴페인을 마신 후 나란히 앉아 공연을 볼 준비까지 하고 있었다. 자신이 아는 펠릭스는 이런 자리를 끝까지 지키는 사람이 아니었다.

"연회 공연을 즐기셨군요. 늘 먼저 가셔서 미처 몰랐네요."

글로리아가 자그맣게 떠보듯이 말했다.

"영애의 생각이 맞아. 난 이런 공연 좋아하지 않아."

"그럼 왜……?"

글로리아가 의아한 눈으로 바라보았다.

"영애가 좋아하는 것 같아서."

펠릭스의 입꼬리가 미미하게 위를 향했다. 자연스럽게 얼굴에 부드러운 미소가 그려졌다.

"……아, 네."

글로리아는 조용히 시선을 앞으로 돌렸다. 여자에게 이렇게 다정한 사람인 줄 미처 몰랐다. 여태껏 괜한 걱정을 한 것 같았다.

에단 달튼이던 시절, 그녀는 펠릭스가 이따위로 살다가 가문 계승이든 뭐든 다 때려치우고 영원히 혼자 살까 봐 전전긍긍했다. 전대 버클리 공작에게 펠릭스를 잘 보필하겠다고 한 약속만큼은 지키고 싶었는데, 그가 후사를 못 남기면 최악이 아닌가!

그래서 영애들에게 꽃도 보내고, 머리를 싸매며 좋은 편지 구절을 찾기 위해 끙끙 앓았다. 그 편지를 보고 조슈아는 배를 잡고 웃었고, 이후 그녀는 한동안 놀림거리가 되었다. 그 수치와 수모를 겪어가며 일을 했었는데…….

그냥 가만히 있을걸. 이렇게 알아서 결혼할 줄 알았다면.

하지만 그땐 몰랐다.

「에단, 네가 결혼할 때까지 난 결혼할 생각이 없어.」

287

그는 줄곧 그렇게 말했으니까.

「저는 결혼할 생각이 없습니다.」

자신이 그렇게 말하면, 펠릭스는 그런 답이 나올 줄 알았다는 얼굴로 평연하게 말했다.

「그럼 우리 둘이 평생 함께 살면 되겠군.」
「지금 평생이라고 하셨습니까?」
「음. 내 침실 옆방을 주도록 할게.」
「……곧 결혼할 사람을 찾아보도록 하겠습니다.」

자신이 그렇게 답하면, 펠릭스는 재미있다는 얼굴로 빙긋 웃곤 했다. 그땐 치를 떨었는데, 지금 생각하니 아주 조금 웃겼다.
잠시 과거를 생각하며 작게 웃던 글로리아는 뺨에 와 닿는 시선을 느꼈다. 펠릭스였다.
"무슨 생각을 그렇게 하는 거지?"
"아닙…… 아니에요."
하마터면 예전처럼 '아닙니다.'라고 대답할 뻔했다. 대답을 했는데도, 펠릭스의 시선은 좀처럼 떨어지지 않았다. 그의 곧은 시선은 마치 머릿속 생각을 뚫어보는 듯했다.
"잠시 실례하겠습니다."
더는 시선을 견디지 못한 글로리아가 몸을 일으켰다. 그러고는 엘레나에게 손짓했다. 하녀를 데려간다는 것은 화장실을 다녀온다는 의미였기에 펠릭스는 시선을 돌렸다. 엘레나와 함께 건물 밖으로 나온 그녀는 긴 한숨을 내쉬었다.

"아가씨, 미리 알아두었어요. 이리로 가시면 돼요."

엘레나가 화장실이 있는 방향을 가리켰다.

"아냐. 답답해서 나온 거야. 조금만 쉬다가 들어갈까?"

"많이 힘드신가요? 마차를 대령할까요?"

"아니. 이대로 가버리면 실례잖아."

"아, 그렇군요. 알겠습니다."

엘레나가 이해했다는 듯이 고개를 끄덕였다.

"앉을 자리를 알아보고 올까요?"

"응. 부탁할게."

영애들이 화장실을 다녀온다는 건 10분 이상의 시간을 필요로 한다는 뜻이었다. 앉아서 신발을 벗고 푹 쉬는 게 나았다. 엘레나가 앉을 만한 자리를 찾아 훌쩍 떠났다.

10분의 여유를 얻게 된 글로리아는 건물에서 조금 떨어진 곳으로 나와 고개를 들었다. 펠릭스 때문에 긴장했더니 온몸이 다 뻐근했다. 그녀가 이리저리 간단히 움직이며 몸을 풀 때였다.

"영애."

저를 부르는 소리에 글로리아가 돌아섰다. 레오폴드였다.

저 작자는 왜 또 여기에……?

유난히 사람에 대한 감이 좋은 그녀가 보기에 레오폴드는 좋은 사람이 아니었다.

"네."

글로리아가 구겨지려는 얼굴을 억지로 폈다. 그가 생글생글 웃으며 다가왔다.

"여기 계셨군요. 위치를 정확히 몰라 한참 찾을 뻔했습니다."

이건 또 무슨 소리야.

글로리아가 이상한 눈으로 쳐다보았다. 미친놈이 순차적으로 왔다 갔다 하니 정신이 너덜너덜해지는 기분이었다.

"멀찍이서 눈짓을 보낸 보람이 있군요. 제 눈짓을 알아채고 곧바로 사람을 보내서 나오라는 말을 하시다니, 생각보다 대담하시군요."

레오폴드가 한 발자국 더 다가섰다. 그의 눈이 음흉하게 빛났다. 글로리아는 자연스럽게 몸을 틀어 빠져나갈 자리를 확보했다.

"……무슨 소린지 모르겠군요."

"이제 와 모르는 척하시는 겁니까? 이렇게 나오시면 제가 굉장히 속상합니다."

"저야말로 무슨 말을 하시는지 모르겠군요. 레오폴드 영식께서 뭔가 대단한 오해를 하신 것만은 알겠지만요. 영식과 저는 이렇게 마주할 일도, 비밀스러운 만남을 가질 일도 없습니다. 영식을 보기 위해 나온 게 아니라는 말입니다."

레오폴드의 말에서 의미를 파악한 글로리아가 딱 잘라 말했다. 그러면서 조용히 한 발자국 물러섰다. 건물까지 거리가 얼마나 되는지 눈으로 계산했다.

"저야말로 무슨 소리를 하시는지 모르겠군요. 방금 전, 사람을 보내서 저와 만남을 가지고 싶다고 하신 분이 영애시잖아요. 사람을 보내기가 무섭게 이곳으로 나온 건, 저에게 따라 나오라는 말씀이 아닌가요?"

"전 영식에게 사람을 보낸 적 없습니다."

"갑자기 마음이 바뀌신 건가요? 실망인걸요."

레오폴드의 표정이 차갑게 바뀌었다. 그러다 갑자기 무언가가 생각난 듯 웃음을 터트렸다.

"아아, 펠릭스 공작 때문에 그러시나요? 그건 걱정하지 마세요. 비밀로 해드리죠. 펠릭스 공작과 연애를 하고 저와도 연애를 하면 되는 거 아닙니까? 요즘 같은 때에 누가 결혼할 사람만 바라보며 살죠? 안 그런가요, 영애? 더군다나 영애처럼 아름다운 분이 그러시면 굉장한 손해처럼 느껴집니다. 즐겁게 사셔야죠. 제가 그 즐거움을 기꺼이 도와드리겠습니다."

뭐라는 거야, 이 미친놈이?

글로리아는 욕지거리가 나오려는 걸 꾹 참고서 입을 열었다.

"레오폴드 영식, 더는 다가오지 마세요. 그리고 다시 한 번 말하지만, 그 사람은 제가 보낸 게 아닙니다."

글로리아가 단호하게 경고했다. 그러면서 주변을 살폈다.

"영애, 연기하지 마세요. 영애가 보낸 사람이 아니라면, 왜 이곳에 혼자 나와 있는 거죠? 그 흔한 하녀도 없이 말이죠. 그저 바람을 쐬러 나왔다? 제게 사람을 보내자마자 아주 우연히 말인가요?"

레오폴드의 말에 글로리아는 속이 답답했다. 아니라고 말해도 제멋대로 믿어버리니 이젠 화가 났다.

"더는 영식에게 시간을 할애하고 싶지 않습니다."

딱딱하게 말한 글로리아가 재빠르게 돌아섰다. 그러나 레오폴드의 손이 한결 빨랐다. 그녀의 손목을 잡아 돌린 레오폴드가 무슨 말을 하려 할 때였다. 어둠 속에서 새하얀 빛이 튀어나왔다. 그 빛은 레오폴드의 목을 겨눴다.

"손 놓으십시오."

여자의 목소리였다.

"지금 누구한테 검을 겨눈 건지, 알고 있나?"

레오폴드가 어금니를 깨문 채 물었다.

"그건 차차 확인할 테니, 손 놓으십시오."

여자의 말에 레오폴드가 마지못해 글로리아의 손목을 풀었다.

"영애, 몇 걸음 물러나세요."

안전거리를 확보하라는 말에 글로리아는 제법 멀리 떨어졌다. 그제야 검을 회수한 여자가 한 발자국 걸어나왔다. 검은 제복을 입고 허리에 검을 찬 여자는 적발을 한 갈래로 묶고 있었다.

"지금 무슨 짓을 한 건지 알고 있나?"

자존심이 상한 레오폴드가 무서운 표정으로 여자에게 다가섰다.

"저는 황제 폐하로부터 이 연회에서 일어나는 모든 소란을 잠재우라는 명을 받았습니다."

"상황 판단도 못 하고 제멋대로 검을 겨누는 게, 명이라는 말인가?"

"제재를 가할 때 상대에게 상처만 내지 않으면 된다는 제약밖에 듣지 못했습니다. 만약 제 행동에 대해 문제가 있다고 느끼시면, 황실기사단에 정식으로 건의 넣으십시오. 황명에 따라 처벌받도록 하겠습니다."

황명에 따라 행동했으니, 건의하라는 말이었다.

"내가 가만히 있을 것 같아?"

레오폴드가 이를 바득바득 갈았다. 다른 사람도 아니고, 글로리아 영애가 보는 앞에서 여자 기사의 검에 위협을 받다니.

그는 예전부터 글로리아 영애에게 오랫동안 공을 들였다. 다른 여자들은 쉽게 넘어오는 반면, 글로리아는 좀처럼 틈을 주지 않았다. 몇 년의 노력 끝에 단 한 번의 만남을 가질 수 있었다.

식사도 하고 좋은 곳에서 데이트도 했다. 그러나 그녀의 표정은 줄곧 좋지 않았다. 무엇이 문제였는지 그 이후부턴 만나주지 않았다. 그러다 모처럼 다시 기회를 얻게 되었다. 이번엔 무슨 수가 있어도 글로리아의 부들부들한 살을 만져보리라 다짐했다.

이 여자만 가지면 사교계에서 유명한 꽃이란 꽃은 다 가져보는 것이었으니.

그런데 그 기회를 놓치게 되었으니, 레오폴드는 이 별 볼일 없는 여자 기사를 가만히 둘 생각이 없었다. 황실기사단에 이 소식을 전해 다시는 기사단에 발붙이지 못하게 할 생각이었다.

"이분에게 해를 끼치면 저도 가만히 있지 않을 겁니다."

대뜸 끼어든 목소리에 레오폴드의 고개가 돌아갔다. 글로리아가 그를 노려보고 있었다.

"영애······?"

"레오폴드 영식이 저를 범하려 했고, 그에 여기사가 지켜준 거라고 밝히겠습니다."

"범하다니요? 제가 영애에게 무슨 짓을 했죠?"

"영애의 몸에 허락도 없이 함부로 손을 대는 짓은, 경범죄인 걸 모르십니까? 그리고 제가 느낀 감정은 범해지는 것만큼이나 무서웠습니다."

"그, 그건······! 영애가 허락을······!"

"제가 허락했다는 증거가 있나요? 제가 산책 나왔다는 증거는, 제 하녀가 증명할 수 있죠. 그리고 그런 적 없지만 설령 제가 레오폴드

님을 따로 불러냈다고 하더라도, 제 몸에 손을 대도 된다고 허락한 적은 없습니다. 제 말이 틀렸나요?"

"……하!"

레오폴드가 기가 막힌 듯 숨을 몰아쉬었다. 글로리아는 쉬지 않고 말을 이었다.

"저는 지금 이 길로 여기사와 함께 연회장에 들어가서 레오폴드 영식이 제 손목을 강제로 잡았고, 그로 인해 손목이 붉어진 상처가 남았다는 걸 몇몇 사람들에게 알릴 예정입니다. 그분들이 증인이 되어주겠죠."

"대체 무슨 말을 하고 싶은 겁니까?"

"만약 레오폴드 영식이 이분에게 해를 끼친다면, 저는 최선을 다해 이 여기사분을 보호할 거라는 말을 하고 있습니다."

"영애, 그랬다간 영애의 체면이 더 이상 회복되지 않을 겁니다. 펠릭스 공작님도 더는 영애를 쳐다보지 않을 겁니다. 그런데도 이런 무모한 짓을 벌이겠다고 말하는 건가요?"

"체면보다 인간의 도리를 다하는 게 우선이겠죠. 전 저를 구해준 사람은 어떻게든 보호할 겁니다."

글로리아가 팽팽하게 맞섰다. 만약 이 사건이 퍼지게 되면, 자신이 희대의 바람둥이가 아니라 천하의 구정물 같은 인간이 될 거라는 생각에 레오폴드는 얼굴을 찌푸렸다.

"영애, 이번 일은 절대로 그냥 넘어가지 않을 겁니다."

그가 어금니를 꽉 사리물었다.

"저도 그냥 넘어간다는 말씀 드린 적 없습니다."

글로리아 역시 한 발도 물러서지 않고 맞섰다.

레오폴드는 분명 글로리아가 자신을 올려다보고 있음에도, 왠지 자신을 내려다보고 있는 기분이 들었다. 여자에게서 좀처럼 느끼기 힘든 위압감에 레오폴드는 더욱 기분이 상했다.

이깟 여자들에게 자신이 밀리다니!

글로리아는 무덤덤한 얼굴로 레오폴드를 노려보았다.

"그리고 마지막으로 하나 더 말씀드리죠. 한 번만 더 제 몸에 손을 대거나 제 근처에 다가오면 정말로 가만히 있지 않을 겁니다."

"가만히 있지 않으면 어쩌겠다는 겁니까? 영애가 뭘 할 수 있죠?"

레오폴드가 콧방귀를 뀌며 건들거렸다. 어차피 글로리아를 유혹하는 건 물 건너갔다. 그는 더 이상 자신의 체면을 신경 쓸 필요가 없었다.

"전 할 수 있는 게 없어도, 미들턴 백작가가 직접 나선다면 많은 것들을 할 수 있죠. 가문의 영애를 건든다는 건, 그 가문에 도전하는 일이죠."

"……지금 협박하시는 겁니까? 영애?"

레오폴드가 발끈했다.

"제대로 알아들으셨군요."

"……!"

"다음엔 협박이 아니라 행동으로 보여드리도록 하죠."

"…….."

"안 가시나요? 전 본래 목적대로 쉬다가 들어갈 예정이라서 말입니다."

네깟 게 목적이 아니었다는 걸 다시금 알리자, 레오폴드의 얼굴이 벌겋게 달아올랐다. 그는 확 돌아서더니 성큼성큼 어디론가 사라졌다. 마부들이 있는 방향이었다.

"괜찮으신가요?"

글로리아가 자신의 맞은편에 있는 적발의 여기사를 보며 물었다.

"그건 제가 해야 할 질문 같습니다만."

여기사가 돌아서서 글로리아를 보며 대답했다.

"저 때문에 곤란한 일을 겪으신 것 같아서요."

"제 할 일을 했을 뿐입니다."

"도움 주셔서 감사합니다. 덕분에 무사할 수 있었어요."

"아닙니다."

돌아오는 답변이 돌처럼 딱딱했다. 글로리아는 달빛이 은은하게 비추는 여기사의 얼굴을 바라보았다.

적발에 뚜렷하게 큰 눈, 높은 콧대. 이곳에서는 보기 힘든 혼혈이었다. 이국적인 외모도 외모지만, 왠지 느낌이 좋았다.

뭐라고 말을 해야 하나 고민하는 사이에 엘레나가 헐레벌떡 달려왔다. 그녀는 "아가씨, 앉을 곳이 없어요."라고 말하며 손을 내저었다.

"연회장에 들어가셔야 할 것 같아요. 그러니까……."

엘레나가 말을 하다 말고 그녀의 곁에 서 있는 적발의 여자를 발견하곤 흠칫했다. 어두워서 사람이 있는 줄 몰랐다는 표정이었다.

"죄송합니다."

엘레나가 사과하자, 여기사는 "괜찮습니다."라고 딱딱하게 대답했다. 글로리아는 난처한 표정을 지었다. 연회장에 들어가야 할 시간이 다 되긴 했다.

왠지 이렇게 헤어지긴 좀 아쉬운데…….

아직 감사의 인사도 제대로 전하지 못했다.

"저기, 성함이 어떻게 되시죠?"

"해나입니다."

기사단 소속이라 성을 밝히지 않았다.

"그렇군요. 다음에 뵈어요."

글로리아의 말에 해나는 고개만 까딱였다. 그러고는 미련 없다는 듯 홱 돌아서서 본인이 있던 곳으로 돌아갔다.

"아가씨."

해나가 사라진 방향을 바라보고 있자, 엘레나가 다급하게 외쳤다.

"응. 갈게."

글로리아는 연회장으로 향했다.

"늦었군."

글로리아가 착석하자마자 곁에서 목소리가 들렸다. 펠릭스가 한없이 지겹다는 얼굴로 턱을 괴고서 앞을 바라보고 있었다.

"죄송해요."

글로리아가 사과한 후, 입을 다물었다. 그에게 밖에서 있었던 소란을 이야기할 생각은 없었다. 레오폴드에겐 증인을 만들겠다고 협박했지만, 그것도 하지 않을 예정이었다. 괜한 소문이 퍼져 레오폴드를 자극하면, 그 여기사가 다칠 확률이 높다.

이곳에선 검술보다 권력과 지위가 더 무서운 법이니까.

글로리아는 푹신한 소파에 몸을 파묻었다. 몸은 편한데, 마음은 한없이 불편했다.

펠릭스 공작이 앉은 자리는 황제가 앉는 좌석과 가장 가까운 자리였다. 이는 황제에게서 신임받는다는 증거였다. 황제와 황태자가 참

297

석하지 않는 연회라 자리가 공석이긴 하지만, 그래도 사람들의 시선이 닿는 자리이니 부담스러운 건 여전했다.

그녀는 자리에 앉아 방금 있었던 일을 잠깐 곱씹었다. 자신도 모르게 미들턴 백작가를 운운했다.

진짜 자신의 가문도 아니면서…….

그러나 가문으로 밀어붙이는 사람을 제압할 수 있는 건, 가문밖에 없었다. 조금 씁쓸했다.

연회장 한가운데에서 음악이 흐르기 시작했다. 각종 악기를 가지고 나온 사람들이 합주를 하기 시작했다. 그 사이로 이국의 옷을 입은 여인들이 겹겹이 단을 댄 치마를 입고서 빙글빙글 돌았다. 거대한 연회장 한가운데에 색색깔의 꽃들이 피어났다.

음악이 조금씩 빨라졌다. 여인들의 춤사위도 더욱 빨라졌다. 겹겹이 꿰맨 치맛자락 중 레이스처럼 얇은 부분을 들어 뱅글뱅글 돌자 꽃이 피어나는 모양새와 비슷했다.

글로리아는 자신도 모르게 그 광경을 멍하니 바라보았다. 펠릭스의 보좌관일 시절, 그를 따라 연회에 많이 오긴 했지만 이런 공연은 보지 못했다. 그는 공연이 시작되기 전에 떠나거나, 공연이 끝나면 얼굴을 비치곤 했다.

방금 전에 험한 일을 당했다는 것조차 싹 잊힐 만큼 아름다운 공연이었다.

"마음에 드나 보군."

"네."

글로리아가 무심결에 대답했다. 공연에 정신이 팔려 펠릭스가 말을 걸었다는 것도 잠시 잊었다. 그 때문에 듣고도 기억하지 못했다.

"그 녀석도 좋아했을까……."라는 혼잣말을.

한차례 공연이 끝나고 춤을 추던 사람들이 물러갔다. 그 거대한 홀 가운데로 악기를 든 사람들이 줄을 맞춰 섰다. 춤에 빠져 있다가 정신이 든 글로리아는 급격히 피곤함을 느꼈다.

"공작님."

이쯤하면 충분히 무대를 보았고, 체면치레도 했다. 이제 그만 귀가하자는 말을 하려 할 때였다.

악사들 사이로 길고 하얀 머리를 한 남자가 느릿하게 걸어왔다. 악사들 중 가장 볼품없고 나이 든 사람이었다.

"무슨 말인데 이렇게 기다리게 하지?"

펠릭스가 턱을 괴고서 물었다.

"아니에요."

글로리아는 들썩이던 몸을 가만히 두었다. 다시 소파에 앉은 그녀는, 백발의 악사를 눈도 깜빡이지 않고 바라보았다.

설마, 저 사람은…….

지나치게 거리가 멀어서 확신할 수 없었다. 그사이 준비를 마친 악사들이 연주를 시작했다. 백발의 악사는 긴 대처럼 되어 있는 악기를 아직 연주하지 않았다. 그사이 글로리아의 심장이 쿵덕거렸다.

마침내 백발의 악사가 악기를 입술에 가져다댔다. 수많은 악기들 중 단연 아름다운 음색을 뽐냈다. 사람들은 감탄했다.

글로리아는 저도 모르게 손으로 비명이 나오려는 입술을 가렸다.

사무엘……!

자신의 스승이었던 그가…… 눈앞에 있었다.

사무엘의 연주에 사람들은 빨려 들어갔다. 그러나 글로리아는 연주가 귀에 들어오지 않았다. 그녀의 시선은 오로지 사무엘에게만 꽂혀 있었다. 글로리아가 된 후, 가장 보고 싶었던 사람이었다.

그와 만나기로 했던 날, 에단 달튼의 몸으로 죽임을 당했다. 자신이 아는 사무엘의 성격상, 그는 자신을 오래도록 기다렸을 게 분명했다. 어쩌면 자신을 찾아 길을 되짚어 왔을지도 모른다. 그리고 자신이 죽었다는 걸 알고는 오래도록 비통해했을 거다.

사실, 글로리아로 눈을 뜬 후에도 몇 번이나 그를 찾고 싶었다. 그러나 그는 거주하는 곳이 없는 떠돌이였다. 가족이 모조리 살해당한 후, 그는 가정도 꾸리지 않고 발이 닿는 대로 여행을 하며 용병 일과 악기 연주로 먹고 지냈다. 시시때때로 이름도 바꾸어, 본명을 아는 건 그녀를 포함해 몇 사람 되지 않았다.

그래서 언젠가 그를 만날 수 있겠지, 아니, 꼭 그랬으면 좋겠다, 그런 마음으로 여태껏 버텨왔다.

그랬던 그가 자신의 눈앞에 있었다.

몇 곡의 연주가 끝날 때까지 글로리아는 자리를 지켰다. 마침내 모든 연주가 끝나고 악사들이 자리를 비웠다. 사무엘이 주변을 스윽 둘러보고, 일행을 따라 나섰다. 초조해진 글로리아는 사무엘의 뒷모습만 바라보았다.

이대로 놓치면 또 언제 만날지 모른다. 그렇지만 지금은 글로리아의 몸이니 만나봤자 나눌 이야기가 없었다. 그러니 가만히 있어야 한다.

머리로는 알고 있지만 몸은 이미 자리에서 벌떡 일어난 후였다. 사람들의 시선이 글로리아에게로 쏟아졌다.

"잠시 실례하겠습니다."

"어디 아픈 건가?"

펠릭스가 턱을 괴고서 그녀에게 물었다.

"네. 조금……."

"돌아가도록 하지."

"아니에요. 잠시 다녀오면 괜찮아질 것 같아요."

글로리아가 손짓으로 저 멀리 서 있는 엘레나를 불렀다. 엘레나와 함께 그녀는 건물을 빠져나왔다.

"엘레나, 지금 빠져나간 악사들이 어디로 가는지 알고 있어?"

글로리아가 엘레나에게 작은 목소리로 물었다.

"글쎄요. 저도 잘 모르겠어요. 그런데 그건 왜 물으세요?"

"아, 별건 아니고, 굉장한 악사분이 있어서 다음에 우리 파티 때 초대했으면 해서."

"그건 나중에 알아볼 수 있어요. 황궁에 초대된 사람들 이름은 나중에 명단으로 제작되어 사교계에 퍼지니까요."

엘레나의 말을 듣고서야 글로리아는 그럴 수 있다는 걸 기억해냈다. 황궁 연회에는 대충 참여하고 공연에는 일절 관심이 없는 사람이라 여태껏 잊고 지냈다.

"가능하면 지금 보고 싶은데. 연주가 좋아서 이야기를 나누고 싶거든."

"음, 그러시군요."

글로리아의 빈약한 변명에 엘레나는 고개를 갸웃거리면서도 순순히 대답했다.

"엘레나, 너는 저쪽으로 가볼래? 만약 가서 피리같이 생긴 긴 악기를 든 백발의 악사가 있다면 이쪽으로 데려와 줘."

"아가씨는 어디 가시려고요?"

"나는 이쪽으로 가볼게."

글로리아가 건물을 중심으로 오른쪽 길을 가리켰다.

"안 돼요. 아까도 그런 안 좋은 일을 당하실 뻔하셨으면서 혼자 가신다고요?"

"잠깐이면 돼."

지금 사무엘을 놓치면 못 볼 것 같았다. 따로 악사들을 초대한다고 하더라도, 사무엘은 보수만 받고 훌쩍 떠날 가능성이 높았다. 그는 어딘가에 매여 있는 걸 좋아하지 않는 사람이니까.

엘레나는 절대로 안 된다고 고집을 피우다가 글로리아가 "이건 명령이야, 엘레나."라고 단호하게 말하고서야 돌아섰다. 엘레나가 왼쪽 길로 간 후, 글로리아는 오른쪽으로 걸어갔다. 어둡긴 하지만 길이 넓고 잘 정돈되어 있어서 걷기에 수월했다.

그녀는 다급하게 길을 걸어가다 저 멀리 서 있는 인영을 발견하곤 멈춰 섰다. 뚜벅뚜벅 걸어오는 발소리가 들렸다. 남자가 다가올수록 그의 모습이 조금씩 보였다.

그가 보름달 아래에 서자 모습이 제대로 보였다.

큰 풍채에 늘어뜨린 흰 머리카락. 훤칠하던 그가 얼마 사이에 수척하게 말라 있었다.

……사무엘.

글로리아는 속으로 그의 이름을 읊조렸다. 마음만 그럴 뿐, 실제로는 어떤 말도 할 수 없었다.

자신이 무슨 말을 할까. 보고 싶었다고 말할까, 괜찮으냐고 물어볼까. 그 어떤 말도 할 수 없었다.

머리가 멍했다. 글로리아는 그저 사무엘의 얼굴만 빤히 들여다보았다.

"글로리아 미들턴 영애 아니십니까?"

사무엘이 무감한 눈으로 글로리아를 스윽 훑었다. 에단을 바라보던 때와 확연히 다른, 어두운 얼굴이었다.

"……저를, 아십니까?"

"알죠. 영애를 모르는 사람이 있겠습니까?"

사무엘이 미소 지었는데, 어딘가 냉랭했다. 마른침을 삼킨 글로리아가 사무엘을 바라보았다.

잘 지냈어요, 라는 말을 묻고 싶은데 할 수가 없었다. 대신 그녀는 생각나는 대로 아무 말이나 뱉었다.

"악기 연주를 들었습니다. 굉장히 멋지더군요. 다음 파티 때 초대하고 싶은데 괜찮으실까요?"

"초대라……. 그것 참 근사한 말씀이시군요."

사무엘이 한 걸음 다가왔다. 순간 이유도 없이 뒷덜미가 선득했다. 보고 싶었던 얼굴이 낯설게만 느껴졌다.

"그런데 어떡할까요? 죄송하게도 그 초대에는 응할 수 없을 것 같군요. 저는 제 자식 같은 인간을 죽인 사람을 위해 연주하지 않으니 말입니다."

"그게 무슨……."

말을 하던 글로리아의 머릿속으로 생각 하나가 빠르게 스쳐지나갔다.

어째서 악사가 무리에서 벗어나 이곳에 있을 수 있는 걸까. 기사단이 허락했을 리 없다. 그렇다면 무단으로 이탈해 혼자 무언가를 하려고 했다는 말인데……. 그런데, 왜 그런 와중에 자신을 알아보고 걸음을 멈췄을까? 마치 목표가 자신인 것처럼…….

거기까지 생각이 닿았을 때였다.

보름달 빛을 받아 단도가 번뜩였다. 글로리아가 반사적으로 몸을 틀었다. 그러나 거추장스러운 드레스 때문에 생각했던 것만큼 많이 움직이지 못했다.

푹!

섬뜩한 소리가 들렸다. 동시에 겪어봤던 기분 나쁜 감각이 배에서 퍼져나갔다.

"윽."

배에 단도가 꽂힌 글로리아의 몸이 반으로 접혔다. 그러자 사무엘이 낮게 웃었다.

"생각보다 행동이 빠르십니다, 영애."

"지금…… 무슨 짓을……."

글로리아가 숨을 참으며 더듬더듬 말을 꺼냈다.

"이게 뭔지 아십니까?"

사무엘이 반말을 툭 뱉으며 주머니에서 반짝이는 무언가를 꺼냈다. 미들턴 백작가의 문장이었다.

"……이게…… 왜……?"

글로리아가 고통에 부들부들 떨며 물었다.

"에단 달튼이라는 녀석이 있습니다. 그 녀석의 몸은 지나간 마차에 깔려 엉망진창이 되었고요. 그 녀석의 시체 부근에 이게 떨어져 있더군요. 혹시나 해서 며칠간 당신의 마차를 살펴봤더니 새 문장이 박힌 부분이 있더군요. 떨어진 이것과 똑같은 크기의 문장이.”

“……윽.”

글로리아는 억울했다.

누구보다도 자신의 죽음에 대해 잘 알고 있었다. 자신은 빗속에서 칼에 찔려 이미 죽어가던 중이었다. 물론 마차가 크게 한몫하긴 했지만, 마차가 아니라도 죽을 몸이었다. 어쨌거나 죽은 건 자신인데, 복수도 자신이 당할 판이었다.

무슨 인생이 이따위야.

아파 죽을 것 같은 와중에 억울하기까지 했다. 그사이 사무엘이 억울함과 비통함이 뒤엉킨 목소리로 낮게 말했다.

“지금 살려고 버둥거리는 거냐? 그렇게 네 목숨은 그렇게 소중하면서, 에단한테는 왜 그랬어? 그렇게 열심히 살려고 노력하던 그 녀석에게는 대체 왜! 사람을 마차로 치었으면, 치료를 받게 했어야지! 그 녀석을 왜 그렇게!”

“……몰랐…….”

글로리아가 힘겹게 말했다.

“몰랐겠지. 네 녀석 같은 귀족들에겐 열심히 사는 우리가 인간 같지 않을 테니 말이다.”

글로리아는 가까스로 고개를 들어 사무엘을 바라보았다. 화가 난 그의 표정은 한없이 슬퍼 보였다. 그의 핏발 선 눈동자에는 눈물이 그렁그렁 맺혀 있었다.

툭, 툭.

이윽고 부릅뜬 그의 눈에서 굵은 눈물이 쏟아져 내렸다.

떨리는 손, 엉망진창이 된 호흡, 흐르는 눈물까지. 그는 자신의 모든 것으로 슬픔을 표현하고 있었다. 배에 칼만 꽂혀 있지 않았더라면, 그녀도 울었을 것 같았다.

"그 녀석은 내게 자식과도 같은 아이였다. 내 아이가 죽어서 다시 그 아이로 돌아온 게 아닌가 싶을 만큼……. 그런 아이를 네놈들이 또 빼앗아 간 거다. 그러니 미들턴 백작에게도 느끼게 해줘야지. 소중한 아이를 잃은 애끓는 심정이 무엇인지."

그가 배에서 단도를 뽑아내려 하자, 그녀는 다급히 고개를 가로저었다. 지금 단도를 뽑으면 출혈로 인해 몇 시간 안에 사망할지도 모른다. 그러면 자신도 그렇지만 사무엘 또한 무사하지 못한다. 자신이 죽으면 누가 사무엘의 무고를 알릴 것인가.

"이러면…… 크, 큰일 나요."

"어차피 죽을 각오로 왔으니 상관없다. 에단에게 가서 할 말이라도 있겠지."

그 에단이 지금 여기 있다고!

글로리아는 다시금 속이 터질 것 같았다. 그러면서 동시에 한없이 슬펐다. 이럴 사람이 아니었다. 늘 서글서글하게 웃던 그가 이런 복수를 하려고 달려들 때까지 얼마나 고통스러웠을지 가늠이 되지 않았다.

더는 견디지 못하고 글로리아가 '내가 에단이에요. 그러니까 죽이네 마네 할 시간에 당장 도망쳐요.'라는 말을 하려 할 때였다.

"거기, 무슨 일이지?"

뒤에서 들리는 낮은 목소리에, 글로리아의 눈이 커졌다. 그녀의 등이 뻣뻣하게 굳었다.

"글로리아."

어둠 속에서도 펠릭스는 그녀를 용케 알아보았다. 글로리아가 다급하게 사무엘의 옷자락을 거머쥐었다.

"도망가요."

"⋯⋯뭐?"

당장이라도 소리를 지를 줄 알았던 글로리아에게서 낯선 말이 나오자 사무엘의 눈가가 찌푸려졌다.

"지금 잡히면, 큽, 살아나기⋯⋯ 힘들어요. 그러니까, 당장 도망가요."

"입 다물어라. 이런 게 무서웠다면⋯⋯."

"제발요! 사무엘!"

"⋯⋯."

사무엘의 눈이 크게 벌어졌다. 자신의 이름을 어떻게 알고 있냐는 얼굴이었다.

"얼른⋯⋯ 가요. 부탁이에요."

"⋯⋯."

"나머지는 내가 알아서⋯⋯ 할게요. 지금 내가 해줄 수 있는 건, 이것밖에는⋯⋯."

서서히 눈앞이 아득해졌다. 글로리아는 잡고 있던 사무엘의 옷자락을 놓고 밀었다. 더는 말을 할 수가 없었다. 대신 그녀는 절박한 표정으로 사무엘을 바라보았다.

사무엘, 당신이 죽으면 내가 멀쩡할 자신이 없어요. 그러니까 제발 도망가요. 도망가서 살아요.

글로리아가 떠나라는 듯 손짓했다. 그 행동에 얼어붙은 듯 서 있던 사무엘이 주춤거리며 뒷걸음질 쳤다. 그러더니 순식간에 도망쳤다.

"무슨 일이지? 글로리아. 저 녀석은 누구지?"

등 뒤에서 들리는 냉담한 목소리에 글로리아는 숨을 들이켰다. 그러나 뱉을 수가 없었다. 가슴이 들썩일 때마다 배가 타들어갔다.

"아무 일도……."

글로리아가 시간을 벌기 위해 힘겹게 말을 할 때였다. 펠릭스가 그녀의 팔을 잡아 홱 돌려세웠다. 그의 시선이 글로리아의 배에 꽂혀 있는 단도로 향했다. 펠릭스의 얼굴이 삽시간에 굳었다.

글로리아는 다급히 손을 뻗어 펠릭스의 입을 덮었다.

"제발…… 그냥 보내주세요. 저 사람……."

"그건 힘들 것 같군."

펠릭스가 그녀의 손을 거칠게 떼어냈다. 그러자 글로리아가 그의 허리를 붙들었다. 한 발자국 움직일 때마다 내장이 다 찢기는 기분이었지만, 어쩔 방법이 없었다.

"하아, 하아."

그녀는 숨을 헐떡거렸다. 어지러운 가운데, 흘러나오는 대로 말을 뱉었다.

"제발…… 부탁드립니다. 그 사람을 그냥 보내주세요. 시키는 대로 다 하겠습니다. 공작님…… 제발……."

그 말을 끝으로 그녀는 의식을 잃었다.

사무엘은 도망치다 말고 흘깃 뒤를 돌아보았다. 애당초 도망칠 계획은 없었다. 그는 미들턴 백작의 영애를 죽이고 그 자리에서 자결할 생각이었다. 그러나, 자신의 어깨를 밀치며 제발 가라고 말하던 그 얼굴 위로 에단의 얼굴이 겹쳤다.

「사무엘, 제발요.」

　그는 뭔가를 사정할 때 늘 그렇게 말했다. 그가 굉장히 큰 부상을 당해 의사를 불러 어마어마한 비용의 진찰료가 나왔을 때에도 그랬다. 비싼 비용 때문에 한사코 거부하는 자신을 붙들고 에단은 고함을 질렀다.

「내가 해줄 수 있는 게 뭐가 있겠어요? 이런 것밖에 없다고요. 그러니까 제발 그냥 진료받아요! 내가 다 책임질 테니까!」

　화가 난 건지, 우는 건지 모를 얼굴로 그렇게 소리치곤 했다.
　그 말에 자신도 모르게 도망치긴 했지만, 기분이 이상했다. 목격자가 있으니 지금쯤 파다하게 소문이 퍼져 자신을 쫓아오는 이들이 있어야 하는데 조용했다.
　사무엘은 저 멀리 있는 황궁을 한참이나 바라보았다.

　"이, 이게 무, 무슨 일, 일입니까?"
　조슈아가 흙빛이 된 얼굴로 말을 더듬었다. 펠릭스 공작이 "조슈아!" 하고 소리쳐서 달려왔더니 글로리아 영애가 칼에 맞아 쓰러져 있었다.
　"당장 다른 보좌관과 마부에게 이곳으로 오라고 하고, 넌 말을 빌려서 앤드루에게 가도록 해. 앤드루를 데리고 조용히 저택으로 오도록."
　"기사단엔 알리지 않습니까?"

"알리지 않는다."

"네?"

조슈아가 도통 이해 안 된다는 얼굴로 바라보았다.

아주 잠깐 설마 공작님이 미쳐서 글로리아 영애를 이렇게 만든 건가 싶다가도, 찔러놓고 치료해줄 리가 있을 리 없었다.

"물을 시간에 당장 움직여."

펠릭스 공작이 서슬 퍼런 얼굴로 말했다. 그 말에 조슈아가 다급히 마부를 향해 달려갔다. 펠릭스는 자신의 정복 재킷을 벗어 글로리아의 몸에 조심스럽게 덮었다. 그러고는 그녀의 몸을 안아들었다.

드레스를 입은 것치고도 가벼웠다. 그는 땀으로 흥건히 젖어 있는 글로리아의 얼굴을 빤히 바라보았다. 에단과 비슷한 패턴이었다.

왜 하필 똑같이 칼에 찔린 건지. 그나마 다행인 건 죽기 전에 자신이 발견했다는 것이었다. 그날도, 자신이 발견했더라면 괜찮았을까. 그의 눈빛이 짙게 가라앉았다.

"살아."

그가 글로리아를 바라보며 명령했다.

"만약 죽으면, 널 이렇게 만든 새끼를 찾아 사지를 직접 찢어버릴 테니까."

그가 새파랗게 얼어붙은 눈빛으로 경고했다.

치료를 마친 앤드루가 땀에 젖은 이마를 손등으로 훔쳐냈다. 근래 들어 가장 힘든 순간이었다. 갑자기 자신의 집으로 들이닥친 조슈아가 다급한 표정으로 '지금 꼭 와주셔야겠습니다!'라고 사정할 때부터 뭔가 낌새가 좋지 않았다.

그의 저택으로 가니, 아니나 다를까, 요즘 들어 자주 보는 글로리아 영애의 몸에 칼이 박혀 있었다. 그나마 다행인 건 코르셋과 드레스의 두께 때문에 단도가 깊게 박히지 않았다는 것이었다. 또한, 빗나가 찔린 덕에 주요 장기를 비롯해 중요한 부분은 건드리지 않았다.

치료는 예상했던 것보다 수월하게 끝이 났다.

문제는, 그 모든 과정 동안 펠릭스 공작이 문밖에서 기다리고 있었다는 거였다. 안 그래도 대하기 어려운 그가 팔짱을 끼고서 문 너머에 서 있을 걸 생각하니 바짝 긴장되었다.

몇 번이나 서재나 침실로 자리를 옮겨서 쉬라는 말로 둘러 표현했지만, 그는 입을 다문 채 턱짓으로 글로리아를 가리켰다.

닥치고 치료해.

그 의미를 알아들은 앤드루는 입을 다문 채 치료를 계속해야 했다.

"잘 끝났습니다."

앤드루가 지친 얼굴로 말했다.

"상처는?"

펠릭스가 여전히 글로리아에게 시선을 둔 채 물었다. 눈빛이 고요한데, 금방이라도 돌변할 것처럼 무서웠다.

"다행히 위험한 곳은 다 비켜가서 예후는 좋을 것 같습니다."

"괜찮은데 의식을 잃은 이유는?"

"아무래도 영애의 몸이 약한 데다가, 칼에 찔렸다는 정신적인 충격이 있었던 모양입니다. 목숨에는 지장이 없다고는 하나, 칼에 찔릴 당시 통증도 상당했을 거고요. 이대로 푹 쉬고 며칠간 움직이지 않으면 괜찮을 겁니다. 제가 내일 오후에도 방문해서 상처를 살피도록 하겠습니다."

펠릭스 공작이 가볍게 고개를 끄덕였다. 앤드루는 허리를 굽혀 인사한 후, 긴 한숨을 내쉬며 방에서 벗어났다.

앤드루가 사라진 후, 펠릭스는 잠들어 있는 글로리아를 바라보았다. 자신을 절박하게 붙잡던 손, 떨리던 눈동자, 마지막 말투까지 모조리 에단과 비슷했다. 아니, 에단처럼 보려고 노력하는 건지도 모른다. 지금도 글로리아의 얼굴에서 에단을 찾으려 하고 있으니까.

점점 더, 자신이 미쳐가는 것 같다.

펠릭스는 알면서도 글로리아의 얼굴에서 눈을 떼지 않았다.

의식을 잃은 글로리아는 꿈을 꾸었다. 자신이 꿈을 꾸고 있다는 걸 알면서도, 자연스럽게 꾸게 되는 그런 꿈이었다.

그녀는 어린 시절로 돌아가 있었다. 사무엘을 처음 만났던 때였다.

그 당시, 그녀는 선대 버클리 공작의 도움으로 빈민굴에서 탈출해 작은 마을에 정착했다. 선대 버클리 공작은 당장 에단을 집에 들이길 원했지만, 에단은 공부를 먼저 하고 싶다고 우겼다. 제대로 배우지 않고 무작정 뛰어들었다간 무시만 당할 거라는 판단에서였다.

사무엘은 에단이 머무는 그 마을에서 잠시 지내고 있던 부랑자였다.

에단을 가르쳐주는 선생님이 드나들고 집을 정리해주는 사람도 며칠마다 한 번씩 왔지만, 대체로 집엔 에단만 혼자 있었다. 사무엘은 에단이 혼자 지낸다는 걸 안 후부터 마음이 쓰이는 눈치였다. 그때부터 먹을거리를 갖다주고, 괜히 악기를 가르쳐주겠다며 집을 드나들었다.

그러나 에단은 당시까지만 해도 사람에 대한 거부감과 공포가 있었

다. 험하게 살아온 그녀는, 타인이 아무런 이득 없이 자신에게 접근할
리 없다고 생각했다.

분명 무슨 꼼수가 있어.

그녀는 사무엘이 자신에게 뭔가 바라는 게 있어서 다가오는 것처럼
느껴져 거리를 두었다. 믿을 수 있는 어른은 선대 버클리 공작 말고는
아무도 없었다.

눈치 없는 사무엘이 몇 번 집에 찾아왔지만, 문을 열어주지 않았다.
없는 척하며 침대에 누워 꼼짝도 하지 않았다. 그래도 포기하지 않자,
'이제 그만 찾아오셨으면 좋겠어요.'라고 직접적으로 이야기했다.

그러자 사무엘이 민망하다는 표정을 지었다.

「아, 내 방문이 널 불편하게 했구나. 미안하다, 에단. 난 또 네가 외
로운 줄 알고……. 동네 아이들과도 어울리지 않더구나.」

「재미없으니까요.」

「그럼 가끔 내 이야기라도 들으러 나오지 그러니?」

「아저씨 이야기도 재미없어요.」

「왜?」

「거짓말이니까요.」

「…….」

「이 동네 애들은 속일 수 있을지 몰라도, 전 아니에요. 아저씨가 말
하는 것처럼 세상은 예쁘고 정의롭고 좋은 곳이 아니거든요.」

에단은 누구보다 처절하게 세상을 겪어왔다. 누군가가 위험에 빠지
면 영웅이 나타나 구해주는 세상 따윈 없었다. 누군가가 위험에 빠지
면 더 짓밟거나 무시하거나. 운이 좋아 좋은 사람이 나타나 도와주려
고 하면 그 사람도 함께 죽었다.

그녀의 세상은 그랬다.

「그렇게 말하니 슬프구나. 하지만 세상은 네가 생각하는 것보다 아름답단다. 그래도 심심하면 나와서 들어보렴. 말이 안 되는 이야기라도 재미만 있으면 되잖니?」

사무엘이 서글서글한 웃음을 지으며 말했다.

「아저씨는 왜 자꾸 저를 챙기세요? 제가 불쌍해 보여요?」

「아냐, 아냐. 절대로 불쌍한 건 아냐. 그냥 우리 아들 같아서 그래. 집에 가만히 있기만 하고 나오지도 않고…….」

「아저씨 아들은 어딨는데요?」

에단이 거짓말하지 말라는 듯 말했다. 그는 집에만 있긴 했지만, 사무엘에게 아이가 없다는 것 정도는 알 수 있었다.

「집에 혼자 있다가 죽었어. 내가 없던 날, 불이 났거든.」

「…….」

사무엘의 씁쓸한 목소리에 에단은 처음으로 그에게 미안했다. 상처를 후벼 팔 생각은 아니었다.

「죄송해요.」

「사과할 거 없단다. 그래서 네가 자꾸 집에 혼자 있는 게 신경 쓰였던 거란다. 내가 찾아오는 게 널 괴롭히는 거라면, 괴롭히지 않으마. 미안하다. 잘 지내렴.」

사무엘이 멋쩍은 얼굴로 돌아섰다. 에단은 뭔가 말하려다가 그만두었다. 자신이 말을 붙이면 다시 그가 찾아와 괴롭힐 것 같았다.

사무엘이 완전히 사라진 후, 에단은 문을 닫았다. 왠지 집 안이 더욱 적막하게 느껴졌다. 사람의 목소리가 사라져서일까.

「괜찮아. 잘한 거야.」

에단은 애써 마음을 다잡았다. 다시는 사무엘과 인연이 이어지지 않을 것 같았다.

그러던 어느 날, 늦은 밤부터 천둥번개를 동반한 비가 쏟아져 내렸다. 하늘에 구멍이 난 것 같았다. 평소처럼 잠들었다가 이상한 기분이 들어 눈을 뜬 에단은 자신의 침대가 다 젖었다는 걸 알았다. 주변을 둘러보니 온통 물바다였다. 창문과 문틈 사이로 물이 꿀렁꿀렁 쏟아져 들어오고 있었다.

에단은 다급히 물살을 헤치고 문으로 다가갔으나, 수압 때문에 도통 열리지 않았다.

「살려주세요! 살려주세요!」

에단은 목이 터져라 외쳤지만, 천둥번개 소리에 묻혀 들리지 않았다. 물이 점점 들어차 목까지 올라왔다. 그녀는 책상 위에 올라가 창문을 열었다. 그러자 물이 더욱더 쏟아져 들어왔다. 나가려고 몇 번이나 시도했지만 실패했다.

이대로 꼼짝없이 죽는 건가 하는 절망에 휩싸였다. 눈앞이 캄캄하고 흙탕물은 금세 집을 삼킬 듯했다.

쾅!

「에단!」

자신을 부르는 소리에 에단이 고개를 돌렸다. 사무엘이 온통 젖은 채 서 있었다. 그 순간, 에단의 눈에 그는 천사처럼 보였다.

「내 손을 잡아라.」

사무엘이 손을 내밀었다. 책상 위에 웅크리고 있던 에단이 그 손을 잡자, 사무엘이 그녀를 안아들었다.

「숨 참아라! 곧 끝날 거다!」

사무엘은 에단의 몸을 꽉 부둥켜안고서 쏟아지는 물살을 거슬러 위쪽으로 올라갔다. 더 이상 몸에 와 닿는 물살이 느껴지지 않아 눈을 떴을 때, 그녀는 언덕 중간에 있었다. 그곳에서 바라본 마을의 상황은 처참했다. 그녀의 집은 한순간에 물에 잠겼다. 사무엘이 조금만 늦었더라면 죽었을지도 모른다는 생각에 소름이 끼쳤다.

마을 언덕에 이미 도착해 있던 마을 사람들은 다들 경황이 없어서 제 식구 챙기기에 바빴다. 그중, 유일하게 사무엘만이 에단의 눈높이에 맞춰 고개를 숙였다.

「어디 아픈 곳은 없니?」

사무엘이 다정하게 살피며 물었다. 간만에 타인에게서 들은 따뜻한 말이었다. 꾸역꾸역 참고 있던 에단은 결국 못 견디고 울음을 터트렸다. 사무엘은 말없이 그녀의 등을 다독여주었다.

그날 이후, 마을은 재건사업에 들어갔다. 그사이 사람들은 유일하게 수해를 입지 않은 언덕의 강당에 모여 지냈다. 그 즈음 에단은 감기몸살에 걸렸다. 그런 그녀를 지극하게 돌봐준 것도 사무엘이었다.

자신을 살려준 걸로도 부족해 어떤 보상도 바라지 않고 다정하게 대해주다니.

어쩌면 세상은 사무엘이 말한 것처럼 조금은 따뜻할지도 모른다고 생각했다. 그리고 사무엘은 자신의 삶에 찾아와준 영웅이었다.

에단의 마음이 조금씩 열렸다.

「사무엘은 왜 이렇게 나한테 잘해주는 거예요?」

감기가 나아갈 무렵, 그녀가 코맹맹이 소리로 물었다.

「말했잖아. 내 아들 같다니까.」

사무엘이 훌쩍거리는 그녀에게 손수건을 챙겨주었다.

「…….」

「왜? 싫으냐?」

사무엘이 섭섭한 표정으로 물었다.

「아뇨. 싫은 건 아닌데요.」

에단이 말끝을 흐렸다.

「다음에 악기 가르쳐주세요……. 선생님.」

에단이 고민하다가 말했다. 사무엘이 멍하게 쳐다보자, 에단이 입술을 삐쭉거리며 말했다.

「그러니까, 제 말은 선생님과 제자 정도로 하자고요. 아들이니 그러지 말고…….」

에단의 말에 사무엘은 씩 웃으며 그녀의 머리를 부스스하게 헝클어놓았다.

「그래. 그러자꾸나, 제자 녀석아.」

그날이 시작이었다. 이후, 에단에게 사무엘은 스승이자 친구가 되었다. 마음을 연 에단은 사무엘을 좋아하며 따랐다.

뒤늦게 상황을 알게 된 선대 버클리 공작은 에단을 공작저와 가장 가까운 안전한 마을로 이사시켰다. 에단은 이사 가기 전날, 사무엘과 약속했다.

만약 다음에도 이사를 가게 된다면 그 마을에서 가장 큰 나무뿌리에 이사 갈 마을의 이름을 적어놓고 떠나자고. 그걸로는 부족하니까 촌장에게 편지도 맡겨놓자고.

그 약속 덕분에 둘은 오랜 시간 끊이지 않고 만남을 가질 수 있었다.

첫 만남의 꿈이 끝나자, 사무엘이 익숙한 마을을 배경으로 서서 웃고 있었다.

꿈이 끝나가는구나.

그녀는 무의식중에 직감했다.

「사무엘.」

꿈이라는 걸 알면서도 그녀는 웃으며 사무엘을 불렀다. 에단의 모습으로 사무엘을 부를 수 있는 건 지금뿐이니까. 하고 싶은 말이 많았다.

고마워요. 미안해요. 가장 흔하지만 하기 힘든 그런 말들. 왜 할 수 있을 땐 하지 않았을까. 수많은 순간들이 있었는데…….

「사무엘, 이제야 말하는 건데…….」

울 것 같은 얼굴로 에단이 용기 내어 입을 열었다.

「정말 고마웠어요. 사무엘이 있어서 초라한 내 삶이 이어질 수 있었어요. 정말 고마워요. 이 은혜는 죽을 때까지 잊지 않을게요.」

그녀의 고백에도 불구하고, 무슨 이유에서인지 사무엘의 표정이 달라졌다.

「에단한테 왜 그랬어?」

사무엘이 갑자기 굳은 얼굴로 소리쳤다. 에단이 무슨 소리냐는 말을 하기도 전에 사무엘이 단도를 꺼냈다. 그가 단도를 치켜들고 그녀에게 달려들었다.

"으윽!"

비명을 내지르며 눈을 번쩍 떴다. 다급하게 주변을 살폈다. 그 어디에도 사무엘은 보이지 않았다.

"하아, 하아."

글로리아는 가슴을 들썩이며 숨을 몰아쉬었다. 자리에서 일어나려던 그녀는 윽 하며 도로 누웠다. 옆구리가 불이라도 붙은 것처럼 화끈 화끈했다. 옆구리에 손을 가져다대니 단단하게 감아놓은 붕대가 느껴졌다.

"누워 있어."

들리는 목소리에 글로리아의 고개가 돌아갔다. 긴 다리를 꼬고 앉은 펠릭스 공작이 그녀를 바라보고 있었다. 빛을 머금은 푸른 눈이 집요하게 그녀를 바라보았다.

그제야 글로리아는 이 익숙한 천장이 미들턴 백작가의 천장이 아니라는 걸 알았다. 버클리 공작저의 천장이라 눈에 익은 거였다.

"제가 왜 여기에 있죠?"

그 질문과 동시에 글로리아는 마지막 상황을 떠올렸다. 사무엘에게 도망칠 시간을 벌어주기 위해 그녀가 펠릭스를 끌어안았다. 안고서 자신이 뭐라고 이야기하자, 펠릭스가 입을 다문 것까지 기억났다. 하지만 뭐라고 정확히 말했는지는 기억이 나지 않았다.

"다 기억이 난 얼굴이군. 단도가 몸에 꽂힌 상태라 목숨이 위험해 가장 가까운 우리 저택으로 데려왔어. 미들턴 백작저까지 갔다간 죽었을 거야."

"구해주셔서 감사합니다. 덕분에 목숨을 구할 수 있었습니다."

영락없이 죽는 거 아닌가 했는데, 펠릭스 덕분에 살았다. 글로리아는 자신의 발가락을 까딱거려보고, 주먹도 쥐었다 펴길 반복했다. 다행히 몸의 감각은 모두 살아 있었다.

"흉터가 남긴 하겠지만, 특별히 문제가 있진 않을 거라더군. 앤드루의 말에 의하면."

"그렇군요."

글로리아가 덤덤하게 대답했다. 흉터쯤이야. 몸만 멀쩡하면 된다.

"그다지 놀라거나 당황하는 기색이 아니군."

펠릭스의 물음에 글로리아가 고개를 돌렸다. 그가 고개를 기울인 채 그녀를 빤히 바라보고 있었다. 잠시 시간을 들이던 그가 물었다.

"영애들은 몸에 흉터가 남는 걸 몹시 싫어한다고 들었는데?"

"어쩔 수 없죠. 이미 난 거잖아요. 살아 있는 것만으로도 감사하게 생각해요."

글로리아가 크게 개의치 않는다는 얼굴로 대답했다. 그녀의 말에 펠릭스의 눈이 가느스름해졌다. 언뜻 들으면 맞는 말처럼 들리지만, 어딘가 묘하게 위화감이 들었다.

살아 있다는 것만으로도 안도하다니. 마치 험한 일을 하며 산 사람들이나 할 법한 말이었다.

귀족들은 어렸을 적부터 자신의 몸이 고귀하며 가치 있는 거라는 교육을 받고 자란다. 그 때문에 영애들을 비롯해 제 몸을 귀하게 지켜 온 귀족들은 제 몸에 흉터가 남으면 화를 내는 법이었다.

의아하긴 했지만, 정말로 죽다 살아난 것에 대한 안도감을 느끼는 걸지도 모른다고 생각했다.

"도와주셔서 감사합니다. 저는 이만······."

글로리아가 몸을 일으키다가 윽, 소리와 함께 쓰러지듯 드러누웠다. 잠시 숨을 쉴 수가 없었다. 옆구리에 다시 칼이 박히는 기분이었다.

"아, 그 말을 미리 안 해줬군. 당분간 그 침대에서 못 일어나."

"네에?"

뭐라고?

글로리아가 눈을 크게 뜨고서 펠릭스를 바라보았다.

"앤드루가 하루간 앉지 말고, 며칠간은 걷지도 말라고 하더군."

"……."

"상황이 상황이니만큼, 영애가 이 저택에 신세지는 걸 허락하도록 하지."

펠릭스의 말에 글로리아의 입술이 벙긋거렸다. 머릿속이 새하얗게 변했다. 이 저택에서 며칠간 머무르라고?

"미들턴 백작님께서 걱정하실 거예요. 가봐야 해요."

"연락을 드렸어. 곧 오시겠군."

"아니, 그래도……."

"억지로 집으로 데려갔다가 영애의 옆구리가 다시 터질지도 모른다는 데, 설마 강제로 데려가시진 않으시겠지."

"하지만 제가 버클리 공작저에 머물게 되면 공작님의 평판도 좋지 않을걸요."

글로리아가 걱정스러운 표정으로 말했다. 이건 진심이었다. 그녀는 펠릭스 공작이 자신 때문에 좋지 않은 스캔들에 휘말리길 원치 않았다. 상황이 이렇게 되긴 했지만, 그녀는 펠릭스 공작에게 언제나 좋은 일만 있길 바랐다.

"영애가 이 방을 무사히 벗어나려면 들것에 실려 나가야 해. 그 꼴로 우리 저택을 벗어나는 걸 누군가가 목격하게 된다면 그게 더 문제가 될 거라는 생각은 안 해봤나 보지?"

"……."

"이건 치정에 운이 없으면 레이디 폭행까지 엮게 되는 거라고."

펠릭스의 말에 글로리아는 입을 다물었다. 그의 말이 맞았다. 그렇지만 마냥 이렇게 있을 수도 없었다. 공작이 이야기를 하는 와중에 계속 누워 들을 수도 없는 노릇이었다. 글로리아가 힘겹게 몸을 일으키려 했다.

"누워 있어."

"괜찮습니다."

글로리아가 상체라도 조금 일으키려 할 때였다. 머리 위로 그림자가 졌다. 고개를 들자 펠릭스 공작이 서 있었다. 그가 글로리아의 어깨를 잡아 침대에 도로 눕혔다.

"고집 피우지 말고, 누워 있어. 계속 고집 피우면 침대에 걸터앉아 계속 눌러줄 테니까."

"……누워 있겠습니다."

글로리아가 얌전하게 누웠다. 그러나 펠릭스는 떠나지 않고 침대 곁에 우두커니 서 있었다.

"불편하실 텐데 앉으시죠."

글로리아가 손짓으로 의자를 가리켰다.

"이야기를 하기엔 이 상태가 좋은 것 같군."

아닌 것 같습니다만, 이라는 말이 목 끝까지 치밀어올랐다.

누운 채로 펠릭스 공작의 얼굴을 보고 있자니 만감이 교차했다. 복잡한 와중에도 아주 잠깐, 펠릭스의 얼굴은 참 잘생겼구나 – 하는 부질없는 생각이 퍼뜩 들었다.

"대충 이야기는 어차피 결론이 난 거니, 이쯤 하도록 하고."

"……"

"영애가 약속한 건에 대해선 조금 더 고민을 하고 답을 주도록 하지."

322

"죄송합니다만, 제가 어떤 약속을 했었죠?"

글로리아가 도저히 기억이 안 난다는 얼굴로 물었다.

"영애를 칼로 찌른 남자를 도망가게 해준다면 내가 시키는 건 뭐든 하겠다는 약속. 잊은 건 아니겠지?"

"……!"

내, 내가……?

글로리아가 멍한 얼굴로 펠릭스 공작을 바라보았다.

"전혀 기억이 안 난다는 얼굴이군."

그의 눈이 가느스름해졌다. 푸른 눈이 잘 벼린 칼날처럼 무섭게 변했다.

"죄송합니다."

"어쨌든 알게 되었으니 마음의 준비를 해놔. 푹 쉬도록 하고."

펠릭스 공작이 돌아섰다.

"저, 공작님……."

글로리아가 다급하게 입을 열었다. 지금 그를 보내면 왠지 큰일이 날 것 같은 기분이 들었다. 펠릭스가 비스듬히 돌아섰다. 그의 표정은 이전과 달리 나른하다 못해 조금 즐거워 보이기까지 했다. 그가 저 표정을 지을 때면 대체로 자신이 곤란해지곤 했다. 섬뜩한 기분이 들었다.

"저를 구해주신 것에 대해 다시 한 번 감사합니다."

섬뜩한 건 섬뜩한 거지만, 고마운 건 고마운 거니 인사를 해야 할 것 같았다.

"괜찮아. 그에 합당한 보상을 받아낼 거니까. 아무도 모르게 이곳까지 데려오는 일이 쉬운 건 아니었거든. 앤드루의 입을 막으려고 꽤나 큰 보상을 해줘야 했고."

"쿨럭."

자신도 모르게 놀라서 기침이 튀어나왔다.

"쉬도록."

"저……!"

글로리아가 다시금 그를 붙들었다.

"무슨 일이지?"

"구해주신 것도 감사하고, 며칠간 이곳에서 머물며 몸을 추스르라고 해주신 것에 대해서도 감사합니다. 이 은혜에 대해서는 제가 차후에 다른 방법으로 갚도록 하겠습니다. 그러니까 시키는 대로 하겠다고 했던 그 말은 잊어주셨으면 합니다."

글로리아의 말에 펠릭스의 눈이 가늘어졌다.

"영애가 어떤 방법으로 갚겠다는 거지? 날 움직인 만큼 합당한 금액을 지불할 수 있는 능력이 있는 건가, 아니면 내게 꼭 필요한 능력이 영애에게 있는 건가? 내가 알기론 둘 다 아닌 걸로 알고 있는데?"

"맞습니다만, 공작님이 필요하실 때에 적극적으로 돕도록 하겠습니다. 지금은 보잘것없어 보이겠지만, 충분히 다방면에서 도울 수 있을 거라고 생각합니다. 그러니까……."

"글로리아 영애."

그가 그녀의 이름을 딱딱하게 불렀다. 그가 삐딱하게 섰다. 눈이 부신 은발 아래로 그의 표정이 단박에 날카롭게 변했다. 뭔가 불편해졌다는 뜻이었다.

"네."

눈치 빠른 글로리아가 얼른 대답했다.

"뭔가 착각을 하는 모양인데, 영애는 내게 의견을 제시할 입장이 아니야."

"……."

"영애는 불리한 입장이고, 내가 제시한 걸 받아들일 수밖에 없지. 내가 지금이라도 마음이 바뀌어 영애의 옆구리에 칼을 찔러 넣은 남자를 잡겠다고 나설 수 있거든."

"……!"

"그자는 낡은 로브를 쓰고 있었지. 그곳에서 낡은 로브를 쓸 수 있는 사람은 악사들뿐이지. 그들만 수색해도 다 나오지만 그러지 않고 있어. 왜냐면 그게 영애와 나의 약속이니까. 지금 당장 약속을 깨든 말든 맘대로 해. 하지만 그럴 자신이 없으면 주제 넘는 짓은 이쯤 하도록. 영애에게 상당히 관심이 많은 건 사실이지만, 이런 행동까지 받아줄 만큼 마음에 들어 하는 건 아니니까 말이야."

펠릭스 공작의 말에 글로리아의 입이 딱 다물렸다.

"주제파악은 빠르군."

펠릭스 공작이 차갑게 말한 후, 돌아섰다. 그가 나간 후, 글로리아는 긴 한숨을 내쉬었다. 펠릭스가 경고하는 내내 숨도 제대로 쉬지 못했다. 혼자 남은 그녀는 멍한 얼굴로 천장을 바라보았다.

자신의 인생은 이제 펠릭스의 손아귀에 잡히게 되었다.

돌고 돌아 인생의 종착지가 펠릭스라니.

그녀의 표정이 슬퍼졌다.

"글로리아……! 아아아……! 우리 천사같이 아름답고 요정처럼 영롱한 우리 글로리아의 옆구리가……! 세상에나……!"

미들턴 백작이 그녀가 덮고 있는 하얀 이불을 거머쥐고서 오열했다. 언뜻 보면 죽은 딸의 시체를 앞에 놓고 우는 아버지의 모습 같았다.

"……그만하세요. 저, 괜찮아요."

부끄러워진 글로리아가 낮은 목소리로 말했다.

"으어엉엉!"

창백한 얼굴의 글로리아가 달래봤지만 소용없었다. 달래다가 목이 쉴 지경이었다.

미들턴 백작은 첫 등장부터 예사롭지 않았다. 손수건으로 사리문 입술을 가린 그는, 침대에 얌전히 잠들어 있는 글로리아를 보자마자 그 자리에 멈춰 섰다. 그러더니 청초한 뺨 위로 눈물을 투툭 흘렸다. 성큼성큼 다가온 그는 그녀가 덮은 이불을 그러쥐고는, 그때부터 꽤 시간이 지난 지금까지 서럽게 울어댔다.

"네가 아픈 줄도 모르고, 나는 그 시간에 출장을 다녀왔구나. 정말이지 나는 무능한 아버지다! 글로리아! 이런 나를 용서해다오! 네가 아플 줄 알았더라면 절대로 그 출장을 가지 않았을 텐데……!"

"……."

이제 괜찮다는 말조차 힘들어서 나오질 않았다. 보다 못한 아드리안이 다가와 미들턴 백작을 달랬다.

"백작님께서 계속 이러시면, 아가씨가 더 힘들어하십니다. 오기 전보다 안색이 더 안 좋아지셨어요."

"뭣이?"

고개를 번쩍 든 미들턴 백작이 그새 초췌해진 글로리아를 보더니 손수건으로 눈가를 닦았다.

"그래, 내가 이렇게 흔들리면 안 되지. 내가 슬퍼하면 네가 더 슬플 테니까, 글로리아."

"이제라도 알아주셔서 고맙습니다."

슬픈 게 아니라 실은 머리가 터질 것처럼 아파왔다.

마침내 정신을 차린 미들턴 백작이 손을 뻗어 글로리아의 뺨을 쓸었다. 타인의 손이 얼굴에 닿는 게 낯설었다. 그러나 피할 수도 없어서 가만히 견뎌냈다. 백작의 손길에는 애정이 듬뿍 담겨 있었다. 자신을 바라보는 눈빛 또한 마찬가지였다.

"내 사랑스러운 딸, 너 대신 내가 아팠으면 좋겠구나."

"……."

"앞으로는 다치지 말도록 하렴. 네게 상처가 나면 나는 가슴에 화상을 입는단다. 알았지?"

미들턴 백작이 자그마한 목소리로 속삭였다. 그 목소리는 한없이 다정했다.

문득, 아버지가 있다면 이런 기분을 매일 느낄 수 있는 건가 하는 생각이 들었다. 가슴께가 간지러우면서 깊은 곳에서 거품이 몽글몽글 올라오는 기분이었다.

부모라는 건 좋은 거구나.

왠지 울컥하는 기분이 들었다.

"저는 정말 괜찮아요. 걱정하지 마세요."

뭔가 더 예쁘고 사랑스러운 말을 해주고 싶었지만 나오는 말이라곤 이런 것밖에 없었다.

"그래."

미들턴 백작이 그녀의 머리를 쓰다듬어주었다.

"범인을 지금 찾고 있단다. 기억나는 건 없니?"

"네. 악사들의 연주가 좋아서 잘 들었다는 말을 하려고 가다가 불시에 습격을 당했어요. 어두워서 사람은 보지 못했어요."

"펠릭스 공작도 네가 쓰러진 걸 봤다고 하더구나. 흐음, 이래선 잡기가 쉽지 않겠어. 그래도 고맙게도 펠릭스 공작이 나서서 범인을 찾겠다고 하더구나. 하지만 공작에게만 맡겨놓을 순 없지."

미들턴 백작의 말에 글로리아의 눈동자가 흔들렸다. 괜히 여러 사람이 나섰다가는 자칫하면 사무엘의 정체가 발각될 수도 있었다.

"아니에요. 공작님께 맡겨두세요. 그나마 그 상황에 대해 잘 아는 분이고, 또 그쪽엔 우리보다도 수색능력이 뛰어난 사람들이 많으니까요."

"하지만……."

"아버지는 다른 것 말고, 저만 신경 써주세요."

글로리아는 다급하게 그 말을 뱉고 나서 아차 했다. 자신의 입에서 이런 말이 나올 줄이야.

지나치게 상냥한 말투를 쓴 것 같은데…….

"글로리아, 그래! 나는 너만 신경 써야지! 그렇게 하도록 하마!"

반응이 이렇게 좋을 줄은 추호도 생각지 못했다.

미들턴 백작은 흥분한 표정으로 소리쳤다.

"아, 맞다! 글로리아, 네게 좋은 소식이 있단다."

그의 말에 글로리아가 의아한 눈으로 바라보았다.

"네가 혼자 여기 있는 게 힘들 것 같아 나도 당분간 이곳에서 머물기로 했단다."

"……네?"

글로리아가 무슨 소리냐는 듯 묻자, 아드리안이 한 발자국 다가와 이어 설명했다.

"아가씨에 대한 미들턴 백작님의 지극한 사랑을 아시는 펠릭스 공작님께서 배려해주셨습니다. 거동이 불가능한 사흘간 이곳에서 백작님도 함께 머무르시라고요."

"이런 일은 전례가 없지 않나요? 더군다나 이곳은 공작님께서 머무르시는 본 저택이기도 하니 불가능할 텐데요."

공작의 집에 백작 부녀가 와서 머무르는 건 유례가 없는 일이었다. 공작저는 엄연히 공작의 일터이자 비밀이 많은 곳이었다. 함부로 타인이 거주할 수 있는 곳이 아니었다.

"이곳이 본 저택 중 사람들의 왕래가 덜한 서쪽 건물이라 머물러도 된다고 하셨습니다. 어차피 집무실은 동쪽 건물이시니까요. 그리고 본래부터 귀족들 간에도 거리가 먼 지역에 사는 분들끼리는 집을 며칠간 내어주곤 하시니까요."

"……."

보통의 귀족들은 그렇다. 펠릭스 공작은 단 한 번도 그래본 적이 없다는 게 문제지만. 평소에 그는 그럴 일이 있으면 저택의 본채 대신 별채를 내어주곤 했다.

도대체 펠릭스 공작이 무슨 생각인지 모르겠다.

글로리아는 조용한 눈으로 미들턴 백작을 바라보았다.

"설마, 정말로 그러실 건 아니죠?"

"이미 짐이 오고 있는 중이란다. 내 딸이 여기 있는데, 나도 여기 있어야 하지 않겠니?"

그가 해맑은 표정으로 대답했다.

"펠릭스 공작님이 먼저 말을 꺼내셨나요?"

"아니. 내 딸이 없는 집에서 하루도 잘 수 없다고 했더니 공작이 허락해주더구나. 물론 그에 드는 비용은 모두 지불하기로 했단다. 이번 수입 건에서 좋은 물품을 공작에게 건네주기로 합의했고 말이야. 그러니 공작에게 미안해할 필요 없어, 글로리아. 넌 나만 믿으면 된단다."

미들턴 백작이 천진난만한 얼굴로 생글생글 웃었다. 그의 얼굴이 빛날수록 글로리아의 얼굴은 어두워졌다. 이제 더는 놀랄 힘조차 없었다.

펠릭스는 배려를 한 게 아니라, 이득을 볼 계약이 걸려 있기 때문에 허락한 거였다.

"잘되었네요."

그녀가 넋이 나간 얼굴로 대답했다.

요즘 부쩍 자주 느끼는 '될 대로 되라지.' 하는 심정이었다.

미들턴 백작은 글로리아가 머무르는 옆방에 짐을 풀었다. 그녀가 아는 한, '버클리 공작저의 손님방'에 손님이 머무르는 건 처음 있는 일이었다.

미들턴 백작은 짐과 함께 그가 부리는 보좌관과 엘레나까지 데려왔다. 눈물 많은 집안답게 엘레나는 누워 있는 글로리아를 보자마자 우앙 울음을 터트렸다. 병석에 누운 그녀가 엘레나를 달래는 웃지 못할 일이 벌어졌다.

글로리아는 엘레나가 진정하자마자 자리에 앉혀놓고 미리 경고했다.

"엘레나, 이곳은 우리 저택과 분위기도, 돌아가는 상황도 달라. 그러니까 되도록 이 방에서 나가지 말고, 하녀들과도 부딪치지 않도록 해. 만약 마주친다면 먼저 인사하도록 하고."

손님으로서 민폐를 끼치지 않고 잘 머무르다가 가야 한다는 것을 그녀는 거듭 강조했다.

"네, 알겠습니다, 아가씨."

다행히 머리가 좋은 엘레나는 이해했다는 듯이 고개를 끄덕였다.

글로리아는 잠시 졸다가 깨어나 창밖을 바라보았다. 어느새 노을이 지고 있었다. 옆구리를 다친 후로 할 일이 없어서 계속 잠만 자게 되었다. 그녀는 그렇게 하루 종일 자다 깨기를 반복했다.

그사이 미들턴 백작이 그녀의 상태를 몇 번이나 보러 오고, 엘레나가 식사를 해야 한다고 깨웠다. 그 시간을 빼면 그녀는 계속해서 잠만 잤다. 그런 상황이 사흘간 반복되었다.

하루가 멀다 하고 드나들 거라는 예상과 달리, 펠릭스 공작이 찾지 않는 것도 숙면에 큰 도움을 주었다.

한참을 자다가 깨어난 그녀의 검은 눈동자가 창밖을 헤매었다. 어두컴컴한 밤이었다. 한 사흘쯤 정신없이 자고 나니 체력이 돌아오는 기분이었다. 생각보다 무탈하게 며칠을 보냈다.

그나저나 살다 보니 이런 날도 오는구나. 출근하자마자 발바닥에 불이 나게 이 집 안을 뛰어다니던 자신이 지금은 팔자 좋게 푹신한 침대에 누워 있었다. 신기하기도 하면서 기분이 묘했다.

그녀는 창밖을 바라보다가 다시금 깜빡 졸았다. 깨어나보니 어느새 바깥이 깜깜했다. 창가에서 무심코 시선을 뗀 그녀는, 들꽃이 꽂혀 있는 꽃병을 발견했다.

손을 뻗어 잎사귀를 만져보니 방금 꺾어온 듯 촉촉했다.

"꽃을 좋아하나 보군."

"아뇨. 꽃보다는 돈을 훨씬 더 좋아……."

미들턴 백작인 줄 알고 무심코 대답하던 글로리아가 멈칫했다. 미들턴 백작과는 비교할 수 없을 만큼 낮고 깊은 목소리였다. 목을 돌리자 펠릭스가 의자에 앉아 그녀를 바라보고 있었다.

사흘간 찾지 않아 방심하고 있었다.

아무리 자신의 저택이라지만, 귀족영애가 홀로 있는 방에 막 드나드는 것은 실례였다. 물론 그런 걸 신경 쓸 남자는 아니었지만.

상체를 일으켜 앉은 글로리아가 헝클어진 머리를 정리했다.

"이런 꼴로 인사를 드리려니 죄송하네요."

"신경 쓸 거 없어."

제가 신경 쓰입니다만.

글로리아는 한숨과 함께 속마음을 덧붙였다. 그러나 그에게 딱히 잘 보일 생각은 없었기에 무심한 눈으로 펠릭스를 바라보았다. 오히려 씻지도 않고 엉망인 자신을 보고 실망해서 놔주길 바랐다.

그러나 그의 얼굴을 보아하니 그럴 일은 전혀 없어 보였다.

"생각보다 몸이 많이 괜찮아 보이는군."

"편하게 배려해주셔서 많이 괜찮아졌어요. 다시 한 번 감사드립니다."

글로리아는 정중하게 인사를 했다.

"내일 집으로 돌아간다고 들었어."

"네. 오전에 방문한 앤드루의 말에 의하면 상처가 생각보다 빨리 아물어서 조심히 마차를 탄다면 괜찮을 것 같다고 했거든요. 그래서 내일 오전 중으로 이동할 생각입니다."

글로리아의 말에 펠릭스의 고개가 비스듬히 기울어졌다. 뭔가 생각에 잠긴 얼굴이었다. 글로리아가 무슨 문제라도 있냐는 듯 바라보자, 그가 입을 열었다.

"영애는 원래 그런 식으로 말했던가? 예전엔 아니었던 것 같은데……."

"이런 식이라면 어떤 걸 말씀하세요?"

"꼭 보고하는 것 같아."

"……."

"그래서인가."

그가 애매한 말을 흘렸다. 뒷말이 생략된 느낌이었다. 그 순간 글로리아의 가슴이 철렁 내려앉았다. 잠시 방심했다.

"말주변이 좋다는 칭찬으로 들을게요."

글로리아는 생긋 웃으며 대답했다. 이거 말곤 빠져나갈 방법이 딱히 없었다. 그도 진지하게 던진 말은 아니었는지, 금세 다른 화제를 꺼냈다.

"이젠 앉아서 식사도 한다고 하던데?"

글로리아는 그가 자신에 대한 보고를 받고 있었다는 사실을 알곤 조금 놀랐지만, 내색하지 않았다.

"네."

"그럼 내일 점심식사를 하고 가도록 해. 할 말이 있거든. 미들턴 백작에겐 미리 전해뒀으니 그렇게 알고."

"무슨 말씀을 하시려는 건지 알 수 있을까요?"

글로리아가 불안한 눈으로 쳐다보았다. 그가 자신에게 할 말은 하나밖에 없었다. 그러자 펠릭스 공작이 눈을 접으며 모처럼 미소 지었다. 사람을 홀리는 그 근사한 얼굴로 그는 말했다.

"결정을 내렸거든. 비밀을 지켜주면 뭐든지 하겠다는 영애에게 무엇을 부탁할지."

"아가씨, 귀가하시는 게 부담스러우시죠?"

늦은 아침, 엘레나가 글로리아의 머리를 빗기며 물었다.

"아니. 왜?"

글로리아가 거울 속에 비친 엘레나를 보며 물었다.

"오늘따라 표정이 어두우셔서요. 어제까진 얼굴이 밝으셨는데……."

엘레나는 글로리아가 좋아하는 남자의 집을 떠나는 게 슬퍼서라고 생각했다.

"잠을 못 자서 그래. 신경 쓰지 마."

엘레나의 생각을 모르는 글로리아는 걱정하지 말라는 듯 손을 내저었다. 사흘간 쏟아지던 잠이 어젯밤 펠릭스가 다녀간 후 조금도 오지 않는 기적과도 같은 경험을 했다.

「결정을 내렸거든. 뭐든지 하겠다는 영애에게 무엇을 부탁할지.」

말이 부탁이지, 명령이나 다름없었다. 자신이 거절하면 사무엘을 찾아 죽이겠다고 나설 게 분명했다. 그가 마음만 먹으면 사무엘을 찾아내는 건 일도 아니었다.

「무슨 말씀을 하시려고요? 미리 말씀해주시면 마음의 준비를 해놓을게요.」

글로리아는 떠나려는 펠릭스에게 물었지만, 그는 '내일이면 알게 될 거야.'라는 말을 남긴 후 훌쩍 떠났다.

그때부터 그녀의 머리가 바쁘게 돌아가기 시작했다. 그가 사흘간 고심해서 내린 결정이라면, 상상을 초월할 내용일 게 분명했다. 그러다 내린 결론은, 그가 약혼하자고 나올 거라는 거였다. 그거 말곤 그가 자신에게 원할 것이 없었다.

"흐읍."

글로리아는 숨을 깊게 들이마셨다.

펠릭스 공작과 약혼이라니.

그가 쉽사리 물러서지 않을 걸 알고 있어서인지, 이젠 딱히 놀랍지 않았다. 약혼 후 결혼까지 제법 시간이 남아 있으니 그사이에 수를 쓰면 된다.

준비를 마친 글로리아는 거울 앞에 서서 자신의 상태를 살폈다. 평소보다 헐렁한 드레스를 입어 다친 옆구리에 크게 부담이 되지 않았다. 그녀는 조심스럽게 걸어보았다. 뻐근하고 불편하긴 하지만, 다행히 다리를 절거나 휘청거릴 정도로 아프진 않았다.

이 정도로 빨리 나은 건 미들턴 백작이 앤드루에게 거액을 건네며 빨리 낫게 하라고 닦달한 덕이었다.

시간이 다 되어 그녀는 미들턴 백작과 함께 식당으로 내려갔다. 저택의 구조야 그녀에겐 훤했지만, 모르는 척 하녀의 뒤를 따랐다.

긴 테이블의 가장 끝자리엔 은발의 남자가 이미 앉아 있었다. 굉장히 넓은 홀인데도 펠릭스 공작이 앉아 있어서인지 부담스럽지 않았다. 그가 다가오는 그들을 발견하곤 자리에서 일어났다.

"안녕하십니까, 펠릭스 공작님."

미들턴 백작이 온화한 미소를 지으며 먼저 말을 건넸다.

"안녕하십니까. 표정이 좋아 보이십니다."

"공작님의 배려 덕분에 딸아이가 생각보다 빨리 나았습니다. 이 자리를 빌어 다시 한 번 감사드립니다."

"도움이 되었다니 다행입니다. 앉으시죠."

펠릭스 공작이 백작과 글로리아의 자리를 가리켰다. 편하게 식사할 수 있도록 미리 세팅이 다 되어 있었다. 미들턴 백작과 글로리아가 나란히 앉자 음식이 줄지어 나왔다.

각종 고기 요리, 달콤한 소스를 끼얹은 야채, 소화에 좋은 각종 수프 등등.

눈이 돌아갈 만큼 맛있는 음식들이 잔뜩 놓여 있었다. 그 음식들을 보자 순간 허기가 밀려들었다. 화장실을 편하게 갈 수 없어서 최소한의 음식만 먹고 지낸 탓이었다. 그 순간만큼은 글로리아도 걱정과 근심을 내려놓고 식사에 임했다.

그러나 사흘간 적게 먹어서인지 생각보다 많이 들어가지 않았다. 그녀는 아쉬운 눈길로 남은 음식들을 바라보았다. 그녀의 입엔 미들턴 백작저의 음식보다 버클리 공작저의 음식이 훨씬 잘 맞았기에 더욱 그러했다.

"식사를 다 하신 것 같군요."

펠릭스 공작이 말문을 열었다.

"덕분에 아주 잘 먹었습니다. 공작저의 음식이 굉장히 맛있군요. 우리 주방장에게 와서 배우라고 해야겠습니다."

미들턴 백작의 진심 어린 말에 펠릭스 공작이 옅게 미소 지었다.

"입에 맞으셨다니 다행이군요."

"네."

"제가 오늘 점심식사를 함께 하자고 한 건, 드릴 말씀이 있어서입니다."

그의 말에 글로리아는 숨을 깊게 들이마셨다. 그 숨소리에 펠릭스의 시선이 그녀에게 닿았다. 이미 각오한 듯 앞을 바라보는 그녀의 얼굴은 덤덤했다. 그는 그런 그녀의 얼굴을 눈도 깜빡이지 않고 바라보았다.

"미들턴 백작님."

"네, 편하게 말씀하시죠."

"미들턴 백작가와 가족이 되고 싶습니다. 되도록 빠른 시일 내에 가문의 인장이 겹쳤으면 하는군요."

그의 말을 끝으로 싸한 침묵이 내려앉았다. 글로리아 또한 놀란 눈으로 펠릭스를 바라보았다. 가문의 인장이 겹쳤으면 한다는 말은 약혼을 의미하는 게 아니었다.

"지금, 무슨 말씀을……. 혹시 지금 하시는 말씀은……."

묵직한 침묵을 깬 건 미들턴 백작이었다.

"글로리아 영애에게 결혼을 청하는 겁니다. 약혼을 생략하고."

펠릭스의 덤덤한 말에 미들턴 백작의 입이 쩍 벌어졌다.

"약혼이…… 아니라고요?"

미들턴 백작이 의아하다는 듯 물었다.

"굳이 그런 형식적인 절차까지 끼워 넣을 필요가 있나 싶군요."

펠릭스 공작이 부드럽게 물었다.

"아니, 그래도……."

충격으로 인해 머리가 굳은 듯, 미들턴 백작은 좀처럼 침착을 되찾지 못했다. 옆자리에 앉아 있던 글로리아 또한 마찬가지였다. 그가 할 요구가 약혼일 거라고 철석같이 믿고 있었기에 오히려 충격이 더욱 컸다.

결혼? 결혼이라고?

그녀는 그렇게 되묻고 싶은 걸 꾹 참았다.

두 사람 다 말을 잇지 못하자, 펠릭스 공작이 손가락 깍지를 끼며 상체를 앞으로 기울였다. 그의 눈동자가 두 사람을 번갈아 보았다.

"모르시겠지만, 미들턴 백작님과 글로리아 영애가 공작저에서 며칠간 묵은 것이 파다하게 소문이 났습니다. 글로리아 영애의 부상 소식을 모르는 이들에겐 굉장히 의아한 행보겠죠."

"……!"

글로리아의 눈동자에 초점이 돌아왔다.

그래서……!

그녀는 속으로 탄식했다. 펠릭스 공작이 자신을 별채가 아닌 저택 본채에 둔 건, 전부 다 의도된 계산이었다.

자신이 다친 걸 모르는 사람들의 입장에서 보면, 이 상황은 굉장히 이상한 상태였다. 마차로 한 시간 거리에 있는 백작가의 사람들이 굳이 공작저에서 머무르다니. 더군다나 친척을 제외하고 공작저에서 머무른 귀족은 아무도 없었다. 누가 봐도 특별한 관계처럼 보였다.

오늘 이후로 적절한 조치가 없다면, 엄청난 스캔들에 휩싸일 거다. 이 스캔들에서 펠릭스 공작은 별다른 타격이 없겠지만, 미들턴 백작이 곤란해질 것이다. 공작을 추종하는 다른 가문에서 더더욱 미들턴 백작가를 견제하려 들 테고, 이상한 소문들로 인해 곤란한 상황에 처하게 될 것이다.

가장 큰 타격을 입는 건 그녀였다. 염문설이 많았던 그녀에게 펠릭스 공작과의 스캔들은 죽을 때까지 꼬리로 따라붙을 거다. 그 스캔들은 그녀가 하는 모든 행동의 이유가 될 거다. 조금만 안색이 안 좋아도 '펠릭스 공작에게서 버림받아서겠지!'라는 등의 소문이 퍼질 터였다. 타인을 크게 의식하진 않지만, 그런 상황이 달가울 리 없었다.

그나저나 왜 몰랐을까!

펠릭스 공작은 애당초 이 상황을 모조리 계산에 넣고 일을 진행한 거였다. 자신이 빠져나갈 수 없도록. 뒤늦게 글로리아는 탄식했지만, 이미 물은 엎질러진 뒤였다. 자신이 이 상황을 알았다고 하더라도 몸이 그런 상태로 빠져나갈 순 없었겠지만.

"설령 영애가 다쳤다는 사실을 이제 와 밝히더라도, 굳이 왜 이제 밝힐까 하는 의문들을 갖게 될 겁니다. 그러니 다들 믿지 않겠죠."

"……하, 세상에나."

미들턴 백작이 작게 탄식했다. 무역을 통해 돈을 버는 건 잘해도, 사교계의 일에는 전혀 무지했기에 당황스러울 수밖에 없었다.

"이미 영애는 이 사태에 대한 심각성을 모두 파악한 것 같군요."

고개를 돌린 글로리아는 자신을 바라보고 있던 펠릭스와 눈이 마주쳤다. 자신을 줄곧 바라보고 있었다는 듯한 표정이었다.

"……충분히 이해했어요."

"똑똑하군요, 영애."

펠릭스가 미소 지었다. 그 우아하고 아름다운 미소에도 글로리아는 따라 웃지 못했다. 펠릭스의 시선이 미들턴 백작에게로 향했다.

"영애에게 약혼을 청하려 하던 차였는데, 일이 이렇게 되었으니 아예 결혼을 하는 편이 나을 것 같다는 게 제 판단입니다. 저 또한 구설수에 오르는 게 달갑지 않으니 말입니다."

"……."

"어차피 미들턴 백작가와는 오랜 시간 인연을 맺어온 바, 앞으로 한 가족이 되어도 충분히 좋을 것 같다는 생각도 있었습니다. 어떠신가요?"

"조금 시간을 주시죠. 너무나 갑작스러운 일이라……."

"그렇게 하도록 하죠."

펠릭스 공작이 기꺼이 허락하겠다는 듯 고개를 까딱였다. 그러고는 글로리아에게로 시선을 돌렸다. 그의 눈이 유난히 예리하게 빛났다.

"물론, 영애는 마음의 결정을 내린 것 같지만요."

그 말을 듣자마자 글로리아는 눈치챘다.

약속한 바를 기억하라는 그 의미를.

05

미들턴 백작가의 문장이 찍힌 마차가 대문을 벗어났다. 마차가 완전히 사라진 후에도, 펠릭스는 그 자리에서 꼼짝도 하지 않았다.

선선한 바람이 불어 그의 은발을 부드럽게 흐트러뜨렸다.

처음부터 결혼을 요구할 생각이 아니었다. 그의 계획은 글로리아가 빠져나갈 구멍을 모조리 차단한 후, 약혼을 제안할 생각이었다. 약혼을 하고 나면 황제의 재촉으로부터 잠시 시간을 벌 수 있었다. 그러다 글로리아에게서 계속 에단이 보인다면 결혼에 대해 진지하게 생각해 볼 계획이었다.

그 계획이 물거품이 된 건 어젯밤이었다. 사람들은 알지 못했지만, 펠릭스는 이따금씩 글로리아를 찾아가 잠든 모습을 바라보았다. 어두컴컴한 가운데 얼굴이 자세히 보이지 않았지만, 살아 있다는 걸 확인하고 싶었다. 그게 습관이 되었고, 어젯밤에는 잠에서 깨어난 글로리아를 보았다.

그녀는 자신이 곁에 있다는 것도 모른 채 꽃잎을 만지작거렸다. 꽃을 좋아하냐는 그의 말에 그녀는 무심히도 말했다.

꽃보다 돈을 더 좋아한다고.

언젠가 에단에게 물었을 때, 그도 그렇게 대답한 적이 있었다.

「꽃보다 돈이 좋습니다. 아, 물론 꽃을 좋아하긴 하는데, 이왕이면 돈이 더 좋다는 거죠.」

　물욕이 없는 얼굴로 한 대답이라 꽤 인상 깊었다. 에단을 생각하고 있어서인지, 아주 짧게 글로리아의 얼굴 위로 에단의 얼굴이 겹쳤다가 사라졌다.

　그 순간 마지막까지 버티고 있던 것이 와르르 무너져내렸다. 약혼해야겠다는 생각이 결혼해야겠다는 결심으로 바뀐 것도 그 순간이었다. 영원히 곁에 두고 봐도 괜찮겠다 싶었다.

　잠시 바람에 몸을 맡긴 채 상념에 잠겨 있던 그가 손을 들어 손가락을 까딱였다. 그러자 저 멀리 소리 없이 서 있던 앨버트가 그의 뒤로 조용히 다가섰다. 아무리 기척을 숨겨도, 펠릭스에게까지 숨길 수는 없었다.

　"내일부터 앤드루를 미들턴 백작가로 보내도록 해. 비용은 우리 쪽에서 지불하고."

　펠릭스가 여전히 앞을 바라보며 말했다.

　"네."

　"그리고 그자는?"

　"오늘 아침 보고가 들어왔습니다. 그날 무리에서 이탈한 자는, 떠돌이 악사라고 합니다."

　앨버트는 굳이 이름까지는 밝히지 않았다.

　"떠돌이가 어떻게 황궁에 들어왔지?"

　"이전에 황궁 소속 악사였다고 합니다. 실력이 굉장히 뛰어났는데

돌연 그만두었다가 다시금 돌아온 것으로 알고 있습니다. 현재 다시 일을 그만두고 떠났다고 해서 그 행방을 찾고 있습니다."

"소재지를 파악해줘."

"알겠습니다."

"글로리아 영애와는 무슨 사이인지 알아본 건가?"

"그게…… 묘연합니다. 전혀 접점이 있을 사이가 아니라서, 아직 파악이 되지 않았습니다."

"파악되는 대로 보고해."

"알겠습니다."

펠릭스는 머리를 숙인 앨버트를 지나쳐 거대한 저택 안으로 들어섰다.

펠릭스 공작의 충격적인 청혼 때문에, 돌아오는 마차 안은 고요했다. 미들턴 백작은 세상을 다 잃은 얼굴이었다., 글로리아 또한 펠릭스가 이런 강수를 둘 줄 몰랐기에 당혹스러웠다.

생각을 잘 정리한 후에 집에서 이야기하자고 했던 미들턴 백작은, 막상 집에 도착하자마자 밀린 일 때문에 곧바로 외출 준비를 해야 했다.

"글로리아, 미안하다. 귀가 후에 꼭 이야기하도록 하자꾸나."

미들턴 백작이 침대에 누운 글로리아의 손을 꼭 잡고서 말했다.

"괜찮아요. 배웅 못 해드려서 죄송해요."

"죄송하긴. 다 괜찮아. 어서 낫기만 하렴, 사랑스러운 딸아. 너는 정말 존재만으로도……."

"다녀오세요."

글로리아가 칼같이 그의 말을 끊었다. 이제 이런 것에 적응한 그는 싱긋 웃으며 그녀의 방을 빠져나갔다.

이후, 글로리아는 엘레나를 물린 후 방에 홀로 남아 생각에 잠겼다.

결혼을 하지 않을 방법이 있을까.

그녀는 잠시 고민해봤지만, 방법이 없었다.

'가문의 인장이 겹쳤으면 좋겠다.'는 말은 가문끼리 정식으로 청혼을 할 때 하는 말이었다. 그렇다면 미들턴 백작이 거절할 만한 결정적인 사유가 있어야 하는데 그런 것이라고는 없었다.

두 가문은 우호적인 관계였고, 이미 그녀는 그의 약혼녀 후보 중 한 사람이었다. 그건 그녀를 공작가에 시집보낼 생각이 있다는 걸 암시한 거나 마찬가지였다. 이런 상태에서 백작가가 별다른 이유 없이 변심으로 인해 청혼을 거절할 경우, 백작가에 치명적인 타격이 오게 된다.

자신 때문에 가문을 위기에 빠트릴 순 없었다. 늘 미안하기만 한 미들턴 백작에게 멸문까지 당하게 할 순 없는 노릇이었다.

"하아, 그렇다고 아무 남자랑 결혼할 수도 없고……."

글로리아는 긴 한숨을 내쉬었다.

지금 이 상황에서 남자를 구한다고 하더라도, 구해질 리가 없었다. 머리가 멀쩡하다면 펠릭스 공작과 척을 져가면서 자신과 결혼하려고 하는 사람들은 없을 테니.

자신은 펠릭스 공작에게서 빠져나가려고 최대한 애써보았다. 둘러 거절도 해보고, 안 좋은 스캔들까지 감수해봤다. 이랬는데도 벗어날 수 없는 거라면 어쩔 수 없는 게 아닐까. 그래도 찾아보면 방법 하나쯤은 있을 것 같긴 하지만…….

그녀는 심각한 표정으로 천장만 물끄러미 바라보았다.

"글로리아."

미들턴 백작이 그녀의 방에 찾아온 건 해가 다 진 뒤였다. 모자를 쓰고 있는 걸로 봐선 막 귀가한 듯했다.

"식사는 하셨어요?"

글로리아가 반쯤 몸을 일으키며 물었다.

"누워 있어라. 그러다가 옆구리가 더 아프면 어쩌려고 그러니! 응?"

미들턴 백작이 얼른 그녀를 부축해주며 말했다.

"괜찮아요. 식사는요?"

"조금 있다가 하면 되지. 넌?"

"전 엘레나가 가져다줘서 먹었어요."

"그래, 다행이다. 소화 잘되는 음식으로 꼭꼭 씹어 먹어야 한단다. 매일 누워 있는데 질긴 음식을 먹으면 탈이 날 테니 말이야."

염려가 듬뿍 담긴 미들턴 백작의 말을 듣던 글로리아는 싱긋 웃었다.

"왜 그렇게 웃니?"

"감사해서요."

"감사함을 아는 아이라니……. 정말 너는 캐서린을 쏙 빼닮은 것 같구나."

소소한 것에 크게 감동하는 미들턴 백작은 여지없이 벅찬 표정을 지었다. 이럴 때마다 그녀는 어쩔 줄 몰라 했다.

"하실 말씀 있으신 거 아니었어요?"

글로리아가 은근슬쩍 말을 돌렸다.

"아, 그래. 펠릭스 공작과의 결혼 말이다."

미들턴 백작의 표정이 급속도로 어두워졌다.

"네."

글로리아는 올 게 왔다고 생각했다. 아무리 딸을 사랑하는 미들턴 백작이라도, 그는 뼛속부터 귀족이다. 가문을 위해 목숨도 바칠 수 있는 그런 귀족. 딸 때문에 펠릭스 공작과 척을 질 수 없을 거다.

그녀는 덤덤하게 백작을 바라보았다.

"넌 어떻게 생각하니?"

"네?"

생각지 못한 질문에 당황한 그녀가 되물었다.

"결혼하고 싶니?"

"왜 갑자기 그런 걸……."

"네가 원하지 않는다면 나는 이 청혼을 거절하려고 한다."

"……!"

글로리아의 눈이 커졌다.

"나는 내 딸이 행복했으면 해. 사랑하는 사람을 만나, 남편의 뒤를 보살피고 사랑스러운 자식들을 낳아 키웠으면 하거든. 나와 캐서린이 그랬던 것처럼."

"……."

"글로리아, 결혼은 정말 중요한 거란다. 어떤 사람을 만나느냐에 따라 그 사람의 일생이 반쯤은 정해지는 법이니까. 그러니까 나는 네 의견을 존중하고 싶구나."

"청혼을 거절하면 펠릭스 공작과 척을 지게 될 거예요. 어쩌면 무역 일조차도 다른 사람에게 넘어갈지도 모르죠. 우리 백작가를 견제하는 세력들에겐 좋은 빌미가 될지 몰라요."

글로리아의 차분한 말에 미들턴 백작이 인자한 미소를 지었다.

"언제 그런 것도 다 알게 되었니? 하지만 그 일은 모두 아버지인 내가 감당할 일이지 네가 걱정할 건 아니란다. 너는 그냥 네 행복에 집중하면 된단다, 글로리아."

"……."

글로리아가 아무 말도 못 하자, 미들턴 백작이 더욱 짙은 미소를 지으며 그녀의 손을 잡았다. 그러고는 그 손을 소중한 보물이라도 되는양 쓰다듬었다.

"예전엔 네가 펠릭스 공작과 꼭 결혼하고 싶어 하는 것 같아 내버려뒀다마는, 요즘의 너는 그런 것 같지 않더구나. 오히려 펠릭스 공작과 거리를 두는 것처럼 보이더구나. 그래서 물어보는 거야."

"……."

"글로리아, 네가 원하는 대로 살려무나."

미들턴 백작의 말에 글로리아는 입을 꽉 다물었다. 이러지 않으면 이상한 말이 제멋대로 터져나올 것 같았다.

그녀는 당연히 미들턴 백작이 결혼하라고 말할 줄 알았다. 그러면 필사적으로 매달려서 빠져나갈 방법을 강구하자고 말할 생각이었다. 마지막까지 최선을 다해보고, 그마저도 여의치 않으면 포기할 생각이었다.

그랬는데, 이렇게 따뜻하게 바라보면 그럴 수가 없잖아.

고개를 떨군 그녀의 시야로 맞잡은 손이 보였다. 그녀가 원한다면 모든 걸 다 해줄 것같이 듬직했다.

……이러면 약해지는데.

그녀는 사랑을 받지 못하고 자라서, 자신에게 진심을 다하는 사람에게 유난히 약했다. 그 사람에겐 죽어도 피해를 줄 수 없었다. 약속조차도 쉽게 어기지 못했다.

사무엘에게 그랬고, 전대 버클리 공작에게 그러했다. 그리고 이제 다시는 없을 줄 알았는데, 이번 생에 그런 사람이 또 나타났다.

눈앞의 이 남자, 미들턴 백작.

여태껏 자신의 딸에게 최선을 다하는 거라 생각해서 미안한 마음뿐이었다. 한 번씩 그의 지나친 사랑을 받는 글로리아가 부러웠지만, 남의 것이라 여겨 욕심내지 않았다. 그럴 때마다 적응되지 않는다는 이유로 더 딱딱하게 대했다.

하지만 이젠 아무래도 상관없었다. 어쨌든 자신에게 전해지는 따뜻함은 진짜니까. 자신이 아파서 쓰러지면 이 남자는 또 이불을 부여잡고서 하루 종일 울 테니까.

모든 걸 잃었는데 이런 가족 하나쯤은…… 욕심내어도 되지 않을까.

글로리아의 눈동자가 가늘게 흔들렸다. 그녀가 손가락에 힘을 주었다. 그러고는 미들턴 백작의 손을 천천히 쓸었다. 귀족답지 않게 거친 손등이었다.

바닷바람을 많이 쐰 탓이겠지.

"아버지."

글로리아가 메인 목으로 그를 불렀다. 여태껏 불렀던 호칭과 전혀 다른 느낌에 미들턴 백작이 의아하게 바라보았다.

"아버지."

글로리아는 떨림을 참으며 그 호칭을 입에 담았다. 태어나 늘 남의 것이었던 호칭이었다. 불러보고 싶지만, 부르면 비참해져서 속으로 삼키기만 했던 호칭.

"아버지."

그 호칭을 또 한 번 부르자, 가슴속에서 무언가가 울컥 치솟아 올랐다.

참 좋은 말이다, 아버지라는 말은.

눈동자가 새빨갛게 물들었다.

"왜 그러니? 글로리아. 무슨 일이니? 아파? 어디가 불편하니?"

미들턴 백작이 어쩔 줄 몰라 하며 물었다.

"괜찮아요."

"아니야. 전혀 안 괜찮아 보여. 네가 나를 세 번이나 불렀어! 드레스 사줄 때 말고는 아버지라고 세 번이나 부르지 않잖아! 큰일이야! 뭔가 안 좋은 징조야!"

"정말 괜찮아요. 그리고 드릴 말씀이 있어요."

엉덩이를 들썩거리는 미들턴 백작을 끌어당겼다. 그 힘에 그는 마지못해 의자에 앉아 그녀를 바라보았다. 조금이라도 이상증세가 보이면 곧바로 아드리안을 목 놓아 부를 기세였다.

"저, 결혼할게요."

잠시 뜸들이던 글로리아가 말했다.

"뭐?"

"결혼하고 싶어요."

실은 '해야겠어요.'가 맞지만, 그녀는 미들턴 백작을 안심시키기 위해 그렇게 말했다. 그러자 미들턴 백작이 웬만한 여자보다도 더 큰 눈을 깜빡였다.

"진심이니, 글로리아?"

"네."

"원치 않는 것처럼 보였는데?"

"약혼도 아니고 갑자기 결혼이라서 당황해서 그런 거였어요. 결혼, 할게요."

자신 때문에 미들턴 백작가에 피해를 입힐 순 없었다. 그는 괜찮다고는 했지만, 귀족가문 사이의 파워 게임이 어떤 것인지 글로리아는 잘 알고 있었다. 힘들다는 말로 표현할 수 없을 만큼 입지가 좁아질 거다.

더군다나 자신이 이 결혼을 하지 않으면 사무엘이 죽는다. 어차피 빠져나갈 수 없는 일이었다. 어쭙잖게 억지 한 번 부려보려 했었다.

"하지만……."

미들턴 백작이 말끝을 흐렸다. 글로리아는 대답 대신 미소 지으며 그의 손을 맞잡았다. 누군가의 손등 위에 자신의 손을 겹치는 건 오랜만의 일이었다.

글로리아가 달래듯이 고개를 끄덕이자, 미들턴 백작은 낮은 한숨을 내쉬었다.

"내일 중으로 펠릭스 공작에게 서신을 보내도록 하마."

"아니에요. 며칠만 있으면 외출이 가능하다고 하니 제가 직접 가도록 할게요."

"네가, 직접? 그 몸으로? 안 돼. 위험해."

"앤드루가 오후에 방문했는데 며칠 후면 가까운 곳까지 외출은 가능하다고 했어요. 공작저로 가서 직접 이야기를 했으면 해서 그러니 부탁드릴게요."

글로리아가 미들턴 백작의 눈을 바라보며 간절한 표정을 지었다. '절대로 안 돼.'라는 표정을 짓고 있던 그의 눈동자가 흔들렸다.

"대신 조심해서 다녀와야 한다."

그가 마지못해 양보했다.

"네. 고마워요, 아버지."

글로리아가 생긋 웃자 미들턴 백작의 입가가 금세 늘어났다.

며칠 후, 단장을 마친 글로리아는 버클리 공작저를 찾았다. 집사인 앨버트는 그녀를 나무가 우거지고 하얀 티 테이블이 놓인 야외 응접실로 안내했다.

"일이 있어서 조금 늦으실 겁니다."

앨버트가 공손하게 사과했다.

"괜찮아요. 기다릴게요."

앨버트가 사라진 후, 응접실에는 글로리아 혼자 남았다. 그녀는 찻잔을 들다 말고 새소리에 고개를 들었다.

새는 보이지 않고, 쏟아질 것 같은 새파란 하늘만 보였다. 이윽고 바람 소리가 들렸다. 자연스레 눈이 감겼다. 일이 많아 지칠 때면 그녀는 종종 이렇게 정원 구석에 앉아 휴식을 취하곤 했다.

이것도 오랜만이네, 라는 생각을 할 때였다. 얼굴 위로 그림자가 졌다. 구름 그림자라고 하기엔 뭔가 가까이 다가온 느낌에, 그녀가 눈을 떴다.

부드러운 빛을 머금은 푸른 눈동자가 그녀를 물끄러미 바라보고 있었다.

"……."

너무 놀라니 아무 소리도 나오지 않았다. 그녀는 그저 멍하게 펠릭스를 바라보았다. 잠시 묘한 얼굴로 바라보던 그의 얼굴이 금세 냉담하게 변했다. 그러더니 아무 일 없다는 듯 맞은편 자리에 앉았다.

"오셨는지 몰랐네요."

"놀랐나 보군."

"그런 상황에서 놀라지 않을 사람이 있을까요?"

글로리아가 가슴을 쓸어내리며 원망하듯 물었다.

"그러고 보니 없었던 것 같군."

"……."

당연한 말이다. 이 집안 사람들 중, 펠릭스 공작을 그만큼 코앞 가까운 곳에서 보는 사람은 없었다. 글로리아는 조용히 한숨을 내쉬었다.

그 모습을 펠릭스는 턱을 괸 채 바라보았다. 야외 응접실에 들어서자마자 눈을 감은 채 고개를 들고 있는 글로리아를 보았다. 그 위로 에단의 얼굴이 겹쳤다. 자신도 모르게 소리 없이 다가가 그 얼굴을 바라보았다.

혹시나, 에단의 얼굴이 사라질까 싶어서.

그러나 눈에 들어온 것이 글로리아의 얼굴임을 깨닫곤 저도 모르게 실망했다.

"무슨 일로 찾아온 거지?"

펠릭스가 건조하게 물었다.

"버클리 가문의 청혼을 받아들이겠다는 말을 하려고 왔어요."

"영애가 직접?"

펠릭스 공작이 한쪽 눈썹을 치켜들며 물었다.

이런 일은 제국 역사상 처음이었다. 당사자끼리의 청혼이 아니라 가문 간의 청혼은 가문에서 직접 대답을 하는 게 수순이었다.

글로리아는 그런 반응이 나올 줄 알았다는 듯, 준비해 온 종이를 그의 앞에 내밀었다.

"오늘은 제가 가문의 대표자로 왔어요. 이건 가문의 인장이 찍힌 공식적인 답변이에요. 그리고, 이건 제 개인적인 대답이고요."

글로리아가 첫 번째 가문의 인장이 찍힌 종이를 펴 보였다. 이어 펠릭스 공작에게서 받았던 계약서를 내밀었다. 그 계약서에는 몇 가지 추가 사항이 자필로 적혀 있었다. 그가 종이를 들었다.

[-제국 38년의 연회장에서 있었던 모든 일을 함구하며, 차후에 문제를 제기하지 않는다.

-펠릭스 버클리 공작은 글로리아 미들턴의 검술 교습 및 무역 공부를 허락한다.]

"이게 다인가?"

펠릭스가 고개를 기울이며 의아하다는 듯 물었다. 가문 간의 결혼이기에 요구조건이 많을 거라 생각했다.

미들턴 백작가의 무역 거래량을 늘려달라든지 세금 비율 조정, 수익률 분배, 하다못해 귀족사회에서의 입지라도 높여달라는 것일 줄 알았다.

"하긴 영애는 가문의 일에 대해 잘 모르겠군. 나머지 조정은 미들턴 백작과 하도록 하지."

펠릭스는 글로리아가 뭘 몰라서 그럴 거라고 생각했다.

"제 아버지이신 미들턴 백작님의 의사가 반영된 것이에요. 제 아버지는 다른 조건을 바라지 않으세요."

글로리아는 가문의 인장을 찍으며 했던 미들턴 백작의 말을 떠올렸다.

「나는 버클리 가문에게서 어떤 것도 받지 않을 생각이다, 글로리아. 난 너를 멋진 남자와 결혼시키는 거지 널 파는 게 아니니 말이다. 딸 가지고 장사했다는 말은 듣고 싶지 않구나.」

그 깊은 속내에 글로리아는 '나는 평생 이분께 잘해야겠구나.'라고 생각했다.

"의외의 결정이군. 영애라도 이런 결정을 말릴 줄 알았는데?"

욕심이 많은 성격 아니냐는 말을 둘러서 물었다. 기분 나쁠 만한 말임에도 글로리아는 대수롭지 않은 표정으로 입을 열었다.

"공작님 말씀대로 제 개인적인 마음으로는 이 결혼으로 미들턴 백작가가 막대한 이득을 얻었으면 했지만, 아버지의 뜻을 존중하기로 했어요. 그리고 어차피 이 결혼을 통해 얻게 되는 건 직접적인 이득보다 간접적인 이득이 더 클 테니까요."

글로리아의 말에 펠릭스는 가볍게 고개를 끄덕였다.

"넓게 봤군."

펠릭스는 글로리아가 거기까지 염두에 두고 있을 거라고 생각지 못했다. 영애들은 무역이나 이득을 계산하는 데 약했으니까. 그래서인지 마음에 들었다. 그는 여자도 똑똑한 사람을 좋아했다. 에단 달튼처럼.

"그런데 중요한 조항이 빠진 것 같은데?"

펠릭스가 계약서에 시선을 둔 채 말했다.

"필요하신 조항이 있으면 기재하세요. 최대한 수용하겠습니다."

"내가 필요한 게 아니라, 영애가 필요한 거 말이야. 이를테면 가문의 승계 싸움 방지를 위해 타지에서 아이를 데려오지 않는다, 부인 이외의 여자는 집에 들이지 않는다 같은 것들."

"그건 아무래도 상관없어요."

"……."

글로리아의 건조한 대답에 펠릭스 공작이 눈길을 들었다. 그의 눈빛이 어쩐지 냉담해진 것 같았지만, 글로리아는 기분 탓이라 여기며 입을 열었다.

"그런 조항을 적더라도, 어차피 나가서 만날 사람들은 다 만나잖아요? 형식적인 그런 것에 얽매이고 싶지 않아요. 그리고 공작님이 다른 여자를 만나시는 걸 말릴 생각은 없어요. 그건 공작님의 자유니까요. 아이도 낳아온다면 잘 키울게요."

"그 말은, 영애도 구애받지 않고 남자들을 만나겠다는 말처럼 들리는군."

"아뇨. 그럴 생각 없어요."

"지금은 그렇겠지. 내 앞에서 그러겠다는 말을 할 순 없을 테니까."

펠릭스의 목소리에 날이 섰다.

"진심이지만, 제 뜻이 전해지지 않는다면 어쩔 수 없겠죠."

글로리아는 그를 설득하기보다 포기하는 걸 택했다. 그게 펠릭스를 자극한다는 걸 전혀 알지 못했다.

펠릭스의 눈빛이 바뀌었다. 자신의 사랑이나 관심 같은 건 전혀 필요 없다는 얼굴로 무심하게 말하는 여자. 그 모습이 에단과 똑같았다. 그래서인지 자꾸만 눈길이 가고, 더 잡아두고 싶었다. 더 나아가, 자신을 붙잡는 모습을 보고 싶었다.

펠릭스는 펜을 꺼내 계약서 아래에 조항을 써내려갔다.

"이게 내 마지막 조항이야."

"……!"

글로리아의 시선이 마지막 조항에서 떨어지지 않았다.

[-불륜행위 발각 시, 가문의 체면을 더럽힌 책임을 모두 진다.]

책임을 모두 진다는 건, 어마어마한 후폭풍이 뒤따를 거라는 말이었다. 그녀의 머리로는 감히 다 계산되지 않을 일들이 벌어질 거다.

글로리아가 계약서와 펠릭스를 번갈아 보았다. 펠릭스는 고개를 기울인 채 차가운 얼굴로 그녀를 빤히 바라보았다.

"난 우리 가문에 누구 자식인지 모를 아이가 들어오는 걸 원치 않거든. 그리고 여자는 하나면 된다고 생각하고. 둘 이상이면 시끄럽지."

"만약 공작님이 불륜행각을 벌여 문제를 일으킬 경우, 어떻게 책임지시는 거죠?"

"영애가 원하는 대로 해주도록 하지."

"……자신 있으신가요?"

"영애는, 자신 없는가 보군?"

"……."

그의 눈동자에 묘한 빛이 서렸다. 가만히 있는데도 조금씩 다가오는 느낌. 주변 공기를 죄다 없애는 듯한 이상한 느낌에 그녀는 눈을

356

내리깔았다. 그러고는 숨을 깊게 들이마셨다.

어차피 이렇게 된 거, 자신의 인생에 연애와 결혼은 없다고 생각했다. 그녀는 또 한 번 될 대로 되라고 생각하며 테이블 위에 놓인 펜을 들었다. 그러고는 펠릭스 버클리의 서명 옆에 자신의 서명을 했다.

"이게 제 대답이에요."

글로리아가 서명을 마친 계약서를 그에게 내밀었다. 그는 두 장의 계약서 중 한 장을 본인의 책상에, 나머지를 글로리아에게 건네주었다.

"결혼식은 한 달 후에 올리도록 하지."

계약서를 받아든 글로리아는 펠릭스의 말을 들으며 더욱 실감했다. 이젠 정말 물릴 수가 없구나.

이상하게도 일이 이렇게 되자 오히려 마음이 편했다. 어차피 이렇게 된 거, 공작은 바쁜 사람일 테니 부딪칠 일이 많이 없을 거다. 자신은 편한 곳으로 돌아오는 거니 괜찮을 거다.

그리고 자신을 에단과 비슷한 사람이라고 생각할 뿐, 에단과 동일인이라고는 생각지 않는 것 같으니까.

글로리아는 갖은 이유를 대며 스스로를 위로했다.

두 사람이 합의한 당일, 펠릭스 공작과 글로리아 미들턴이 결혼한다는 소문이 퍼졌다. 펠릭스 공작은 결혼이 사실임을 공표했다.

이를 놓고 사교계의 반응은 가지각색이었다. 하지만 대부분의 반응은 충격, 경악, 놀라움이었다. 그 와중에 출처를 알 수 없는 소문이 퍼져갔다.

펠릭스 공작이 글로리아 미들턴에게 홀렸다는 소문, 두 가문 간에 모종의 거래가 있었다는 소문, 글로리아 미들턴이 결혼해주지 않으면 죽겠다고 공작을 협박했다는 소문 등등. 대체로 출처불명의 소문들이 그러하듯 악의적이었다.

글로리아는 모두의 염려에도 불구하고 신경 쓰지 않았다. 아니, 신경조차 쓰이지 않았다. 이미 결혼은 결정되었고, 고작 입으로 떠들어대는 걸로 자신이 직접적인 피해를 입는 것은 아니니 상관없었다.

다만, 결혼을 앞두고 걱정되는 건 있었다.

그녀는 저녁식사를 하다 말고 고개를 들어 미들턴 백작을 바라보았다. 그가 시름시름 시들어가고 있었다.

결혼을 확정 짓는 서류를 건넬 때부터 손을 떠는 게 심상찮더라니.

며칠 못 가 기어이 그는 병색이 완연한 얼굴이 되었다. 걱정되어 앤드루를 불러 진찰을 받게 했지만 마음의 병이라고 했다. 이를 두고 집사인 아드리안은 '사랑스러운 딸을 결혼시키기 직전에 아버지가 걸리는 병'이라는 요상한 이름을 붙였다.

"끄응."

미들턴 백작은 소화가 잘되는 수프를 조금 먹다 말고, 스푼을 내려놓았다.

"소화가 안 되세요?"

글로리아가 걱정스러운 얼굴로 바라보았다.

"끄응. 괜찮아. 신경 쓰지 마렴."

초췌한 얼굴로 떨리는 손을 내젓는데 어떻게 신경을 안 써.

글로리아는 나오려는 한숨을 꾹 참았다. 상심한 미들턴 백작의 마음은 잘 알겠지만, 이런 상황에선 어떤 위로를 해야 하는지 모르겠다. 잠시 고민하던 글로리아가 어색하게 웃었다.

"가까운 거리니까 자주 왕래해요. 아버지도 공작저로 오시고, 저도 이곳에 자주 놀러 올게요."

"크흡."

미들턴 백작은 그 말을 듣자마자 고개를 떨구며 울음을 터트렸다.

……뭐가 잘못된 거지?

크게 당황한 글로리아는 잠시 굳었다. 자신의 사람에게 유난히 약한 그녀는, 그들이 울면 어쩔 줄을 몰랐다. 그녀가 다급히 손을 내저었다.

"울지 마시고요. 자주 오가면서 얼굴 보면 지금과 다르지 않을 거예요. 그리고 가족은 아버지와 저밖에 없었는데, 펠릭스 공작도 한 가족이 되는 거니까 얼마나 좋겠어요. 가족의 수가 늘어나잖아요. 우아, 정말 행복한 일 아니겠어요?"

글로리아는 본인이 떠들면서도 무슨 말을 하는지 알 수 없었다. 그저 등에 식은땀만이 흘러내렸다. 어서 이 상황이 끝났으면 하고 바랄 뿐이었다.

그러나 미들턴 백작은 여전히 딸을 잃은 것마냥 서럽게 울어댔다.

글로리아는 다시 한 번 정신이 무너지는 걸 느꼈다. 차라리 사건이 터져서 수습하는 게 훨씬 편하겠다. 감정적인 반응에는 어떻게 접근해서 해결해야 할지 감이 안 잡혔다.

"제가 결혼하면…… 또…… 음, 아이를 낳게 되겠죠. 그럼 굉장히 예쁘지 않을까요?"

한참을 떠들던 그녀는 그냥 아무 소리나 뱉었다. 이중에 아무거나 하나는 걸려라 하는 마음이었다. 그러다 자신이 아이라는 말까지 꺼낸 걸 뒤늦게 깨닫고는 실소를 터트렸다.

아이라니. 펠릭스 공작도 딱히 가질 생각이 없어 보이고, 자신도 낳을 생각이 없었다. 물론 후대를 생각하면 낳긴 해야겠지만.

"……아이?"

그러나 미들턴 백작은 달랐다. 그는 울다 말고 고개를 들었다. 눈동자가 새빨갰다.

"아, 네."

글로리아의 대답에 미들턴 백작이 눈을 깜빡였다. 그러더니 표정이 서서히 밝아지기 시작했다.

"아, 그렇구나. 내가 왜 그 생각을 전혀 못 했지? 네가 결혼하면 널 쏙 빼닮은 아이들이 태어나겠구나!"

……절 닮을지, 펠릭스 공작을 닮을지는 모를 일이죠. 공작을 닮으면 썩 귀여운 아이는 아닐 겁니다.

그러나 글로리아는 굳이 그 말을 꺼내지 않았다. 미들턴 백작의 얼굴이 서서히 좋아지고 있는 탓이었다.

"그래! 널 닮은 아이들이 아주 많이 태어나겠지!"

……많이 낳는다고도 안 했습니다만.

글로리아는 입을 다문 채 난감한 표정을 지었다. 그러나 미들턴 백작은 이미 본인의 상상에 취한 상태였다. 간만에 허리를 곧게 세운 채 흥분한 듯 두 뺨을 붉혔다.

"넌 어릴 때 굉장히 귀여웠단다, 글로리아. 그 모습을 다시 볼 수만 있다면 내 재산의 절반을 내놓을 수도 있다고 생각했지. 그 모습을 다시 볼 수 있겠구나! 널 닮은 아들과 널 닮은 딸과 또 널 닮은 아들과 딸이라니! 얼마나 사랑스러울까. 눈에 넣어도 안 아프겠지!"

"……."

"세상에나! 그럼 내가 이렇게 늘어져 있을 때가 아니지! 우리 손주들에게 못난 모습을 보일 수 없으니! 오늘부터 열심히 일하고 운동하면서 관리해야겠구나. 세상에서 가장 멋진 할아버지가 되어야 할 게아니니! 안 그러니, 글로리아?"

"……아, 네. 네."

글로리아가 진심 없이 고개를 끄덕였다.

"그래! 좋았어!"

미들턴 백작의 얼굴에 완전히 화색이 돌아왔다. 웬만한 여자들도울고 갈 만큼 아름다운 미모가 갑작스레 빛을 팟 발했다. 눈이 부실지경이었다.

언제 소화가 안 된다고 했냐는 듯 단번에 수프 그릇을 비운 그가 우렁차게 외쳤다.

"여기 고기 요리를 가져오게!"

"……."

힘차게 먹기 시작하는 미들턴 백작을 글로리아는 조용한 눈으로 바라보며 생각했다.

늘 생각하던 거지만, 참 다루기 쉬운 사람 같아…….

"이게 말이나 되는 일이냐고! 아악!"

아이리스가 비명을 내질렀다. 그녀의 예쁜 입술이 잘근잘근 짓이겨졌다. 그녀는 초조한 듯 자신의 침실을 왔다 갔다 했다. 며칠째 분이풀리지 않았다.

자신이 제대로 손도 써보기 전에 펠릭스 공작과 글로리아의 결혼이공표되었다. 약혼도 아니고 곧바로 결혼이었다. 통상적으로는 3개월을 준비하는 것이 관례이건만, 그들은 한 달 만에 결혼하겠다고 했다.

이건 말도 안 되는 일이었다. 분명 펠릭스 공작의 마음은 자신에게 있는 듯했다. 자신을 세 번 만날 때, 그 멍청한 글로리아는 한 번 만났으니까. 그마저도 차를 마시고 헤어지는 게 전부라고 했다.

그에 비해 자신에겐 꽃도 보내주고 함께 식사도 했다. 물론 다정하게 손을 잡아주거나 따스하게 마주 웃어주는 일은 없었지만, 개의치 않았다. 결혼을 해서 시간이 지나다 보면 자연스레 자신에게 웃어줄 거라 생각했다. 설령 그런 일이 일어나지 않더라도, 이 제국에서 가장 명망 있고 권위 있는 가문의 주인을 차지하기만 한다면 괜찮았다.

눈이 부신 은발에 그 누구도 비할 바 없는 아름다운 외모, 뛰어난 정치력과 무역에 대한 재능, 거기다가 검술과 승마로 다져진 단단한 몸매까지.

그를 한 번 본 후부터 그녀는 그 어떤 남자도 눈에 들어오지 않았다. 첫눈에 저 남자와 결혼해야겠다고 생각했다.

그랬던 남자를 코앞에서 빼앗겼다.

이 일을 놓고 윌리엄 공작도 그녀에게 굉장히 화를 냈다.

「잘하는 줄 알고 맡겨놨더니만 글로리아 미들턴과 결혼이라니! 넌 대체 뭘 한 거야!」

윌리엄 공작의 화에 그녀는 더욱 억울했다. 최선을 다했다. 자신도 이게 어떻게 된 일인지 알 수 없었다.

더 화가 나는 건, 펠릭스 공작이 일방적으로 '약혼하지 않겠다.'는 서신을 보낸 후부터 자신을 만나주지 않는다는 거였다. 만남을 가져야 매력을 과시하든, 결혼을 할 때 서로에게 생기는 이득을 어필할 텐데 모조리 차단당했다.

답답함에 아버지인 윌리엄 공작이 직접 서신을 보냈지만 그마저도 형식적인 답변만이 돌아왔다고 했다.

무례하고 오만한 행동이었지만 펠릭스 공작이라 그 누구도 직접적으로 화를 내거나 항변할 수 없었다. 그는 대륙의 역사를 새롭게 쓴 가문이자 황제파의 주요 세력이었다. 황태자가 당장 죽으면 펠릭스 공작이 황태자가 되는 게 아니냐는 위험한 우스갯소리까지 돌 정도였다.

"제너 영애는 대체 일을 어떻게 처리하는 거야?"

생각을 하던 아이리스가 분을 참지 못하고 고개를 홱 돌려 제너에게 소리쳤다. 같은 약혼녀 후보지만, 제너는 아이리스의 집안으로부터 거금을 받은 후 펠릭스와의 결혼을 포기하고 대신 아이리스를 돕던 중이었다.

"아무도 짐작하지 못했을 거예요. 갑작스럽게 벌어진 일이니까요. 아무래도 글로리아 영애가 버클리 공작저에 머물던 때에 뭔가 일이 벌어진 게 아닐까 싶어요."

침착한 제너가 조용히 말했다.

"그걸 누가 몰라? 대체 무슨 일이 있었냐는 거야! 영애는 우리 집안에서 그만큼 돈을 받고도 하는 일이 대체 뭐야?"

제너도 억울하긴 마찬가지였다.

그걸 어떻게 자신이 알아내겠는가.

그러나 그녀는 아무 내색 하지 않고 눈을 내리깔았다. 아이리스 영애가 길길이 날뛸 때에는 그냥 두고 보는 편이 나았다. 그러면서 그녀는 잠시 글로리아 영애를 떠올렸다. 이전이라면 아이리스 영애와 같은 생각을 했을 거다.

왜 하필 글로리아 영애지? 예쁘긴 하지만 그것 외엔 어떤 매력도 없지 않나? 도도하고 우아한 척하지만, 그마저도 깊이 없는 예의였다.

하지만 얼마 전 만났던 글로리아를 떠올리면 그런 말을 할 수 없었다. 타인의 시선에도 굴하지 않는 무심한 도도함, 계획된 듯한 시선 처리와 행동거지가 유난히 눈에 띄었다. 멋모르는 영애들은 글로리아 영애가 남자들에게 미쳐 날뛴다고 하지만, 그녀가 보기엔 달랐다. 뭐라 설명할 순 없지만, 글로리아는 그마저도 계산하고 행동하는 것처럼 보였다. 남자들 틈에 있지만 철저하게 거리를 유지하고 있었고, 한 사람과 오래 시선을 교환하는 법도 없었다.

이유는 알 수 없지만, 일부러 그런 행동을 한 게 틀림없었다. 그러니 절대로 쉬운 상대가 아니었다.

"그 여자는?"

아이리스가 씩씩거리며 물었다.

"오고 있다고 합니다."

잠시 상념에 잠겨 있던 제너가 대답했다.

"서둘러 오지 않고 뭐하는 거야!"

"아이리스 영애, 아무래도 '그 여자'는 따로 시녀에게 만나라고 하시는 게 어떨까요? 직접 만나는 건 아무래도 불안해서요."

"지금 무슨 소리를 하는 거야? 영애? 답답하게 그런 식으로 일처리를 하려고 하니까 일이 이렇게 되는 거야! 나는 당장 '그 여자'를 만나서 글로리아 영애에게 다른 비밀이 있는지 알아낼 거야."

아이리스가 이를 갈았다. 만류하던 제너는 입을 다문 채 긴 한숨을

내쉬었다. 그녀가 보기엔 에리카에게서 알아낼 만한 글로리아의 비밀
은 더 이상 없었다. 가장 심각한 남성 편력 스캔들을 터트렸지만, 아
무 소용도 없지 않았던가. 다른 악질적인 소문들도 퍼트려보려고 했
지만, 펠릭스 공작과의 결혼 발표 파급력이 더욱 커서 묻혔다.

"분명히 뭐가 더 있을 거야. 그 여우같은 여자가 오랫동안 글로리아
를 보살폈으면서 그 정도 비밀밖에 모르겠어? 더 찾아내서 결혼을 못
하게 만들어주지."

아이리스의 눈동자가 집요함으로 번들거렸다.

똑똑.

누군가가 문을 두드렸다.

"들어와!"

아이리스가 소리치자, 시녀가 문을 열고 들어섰다.

"아가씨."

하녀의 표정이 흙빛으로 변해 있었다.

"뭐야? 왜 혼자야? 그 여자는?"

"제가 만나서 데려오려고 하던 중에, 그 여자가⋯⋯."

"꾸물거리지 말고 얼른 말 못 해?"

아이리스가 앙칼지게 소리치자, 하녀가 눈을 질끈 감은 채 소리쳤
다.

"미들턴 백작가의 사람들에게 잡혀갔어요!"

"⋯⋯뭐?"

아이리스가 멍한 얼굴로 되물었다. 뒤에 있던 제너는 눈을 꽉 감았
다.

어쩐지 불길하더라니.

"미들턴 백작가의 사람들이 어떻게 알고?"

아이리스가 심각한 표정으로 물었다.

"저도 그건 잘 모르겠어요."

"네 신분은? 넌 안 들켰어?"

"그, 그게……."

"똑바로 말 못 해?"

"제가 누군지 말하지 않았는데, 이미 그쪽에선 저를 아는 듯했어요. '이 여자는 가문의 위계를 어지럽힌 중죄인이니 저희가 데려가도록 하겠습니다. 그러니 아이리스 영애님께 잘 전해주시죠.'라고 말했어요."

"하…… 어떻게 이런 일이?"

아이리스가 소파에 털썩 주저앉았다. 머리에 안개라도 찬 듯 아무 생각도 나지 않았다. 멍하게 있던 그녀의 고개가 제너에게 돌아갔다.

"영애, 어떻게 하면 좋지?"

자신보다 이런 쪽으로 영민한 여자이니 어떤 답이 있을 거라고 생각하고는 물었다. 그러나 제너 또한 입을 다문 채 아무 말도 할 수 없었다.

글로리아 영애는 멍청하게 소문이 사그라지길 기다렸던 게 아니었다. 아주 확실한 증거를 잡기 위해 인내하고 있었던 것뿐이었다.

제너는 손바닥에 얼굴을 파묻었다.

미들턴 백작가의 집사인 아드리안은 무표정했지만, 속으로는 연신 놀라는 중이었다. 글로리아는 아드리안에게 지시해 사람을 시켜 아이리스와 제너를 감시하게 했다. 에리카가 분명 그쪽과 만날 거라는 게 그녀의 생각이었다. 아드리안은 그 명을 따르긴 했지만, 썩 내키지 않았다.

만약 영애들이 악질적인 소문을 퍼트린 주범이라면, 이미 에리카에게서 모든 정보를 사들였을 거라 생각했다. 굳이 위험을 무릅쓰며 두 번 만날 리 없을 거라 여겼다. 괜히 사람들만 고생시킨다고 여겼다.

그러나 그 생각을 비웃기라도 하듯, 에리카가 붙잡혔다. 아이리스의 전담시녀와 몰래 만나고 있다가 발각되었다고 했다. 생각보다 허술하게 잡혔다고 했다.

"어떻게 아신 건가요?"

아드리안이 의자에 앉아 에리카를 기다리고 있는 글로리아에게 물었다. 등받이에 등을 파묻고 앉은 그녀는 대수롭지 않은 얼굴로 말했다.

"아이리스 영애가 제 악질적인 소문의 주범이라면, 지금 가장 초조할 테니까요. 결혼 발표가 났으니 뭔가 대책을 세워야 하는데, 남은 패라고는 에리카밖에 없었겠죠. 그리고 에리카의 사치스러운 성향으로 봤을 때, 아무리 거액을 받았더라도 금방 돈이 떨어졌을 테고…… . 서로가 필요한 두 사람이 언젠가 만나는 건 당연한 거라 생각했어요. 물론 생각보다 시간이 오래 걸려서 제 생각이 틀렸나 싶긴 했지만요."

"그렇군요. 만약 아이리스 영애가 스캔들을 퍼트린 장본인이 아니라면 어쩌려고 하셨습니까?"

"어쩔 거 있나요? 그럼 다른 방법을 찾아야죠. 뭐, 방법이야 만들기 나름 아니겠어요? 답답하면 뒷골목에 조용히 소문을 풀어도 되죠. 사교계 영애에 대한 글을 쓰려고 하는데 참고할 소재를 아는 자를 찾는다, 그에 대한 합당한 금액을 제시하겠다, 뭐 그런 소문. 돈이 급한 에리카는 분명히 찾아갈 테니까요. 에리카를 잡은 후에, 다른 누구에게 제 이야기를 팔았는지 역추적해서 소문을 퍼트린 사람을 찾아내도 되고요. 그거 말고도 다른 방법은 많죠. 물론 좀 더 생각해봐야겠지만요."

술술 나오는 글로리아의 말에, 아드리안은 감탄을 숨길 수 없었다. 본인의 사건임에도 감정적으로 휘둘리지 않고 능숙하게 대처하는 게 신기할 지경이었다.

이 어린 아가씨에게서 어떻게 이런 모습이 나올 수 있지?

그가 감탄하는 사이, 누군가가 문을 두드렸다.

"들어와."

글로리아가 대답하자, 문이 열리며 익숙한 사람이 끌려 들어왔다.

기사는 포박한 에리카의 팔을 거머쥐고 있었다. 그는 글로리아와 눈이 마주치자 정중하게 인사한 후, 처분을 바라듯 바라보았다.

"놔두고 물러서요."

"괜찮으시겠습니까?"

기사가 심각한 표정으로 물었다.

"괜찮아요. 포박되어 있잖아요?"

글로리아의 말에 기사는 한 발 물러섰다. 글로리아는 에리카에게로 시선을 옮겼다. 그녀는 이전과는 비교도 할 수 없을 만큼 형편없는 꼴이었다. 치맛단이 해진 드레스, 헝클어진 머리. 그나마 얼굴은 씻고 살았는지 말끔했다.

"글로리아."

에리카가 눈물을 뚝뚝 흘리며 그녀의 이름을 불렀다. 그녀는 잠자코 에리카를 바라보았다. 그녀의 침묵이 긍정적인 신호라 생각한 에리카가 서둘러 입을 열었다.

"정말 미안해. 너무 힘들게 살아서 나도 모르게 실수를 했어. 아버지가 돌아가신 걸 알면 미들턴 백작가와 영영 인연이 끊긴다고 생각하니까 무섭더라고. 그래서 절대로 저질러서는 안 되는 실수를 저지른 거야. 미안해. 내 죄가 크다는 걸 알지만…… 한 번만 용서해주면 안 되겠니?"

"……."

"그간 나도 도망자로 살면서 굉장히 힘들었어. 꾀죄죄한 여관방에서 두려움에 떨면서 지냈다고. 아마 너는 상상도 할 수 없을걸? 벌레와 쥐가 우글거리는 방이라니. 그곳에서 기한 지난 음식들을 먹으면서 겨우 연명했어. 벌은 내가 이렇게 받고 왔잖아. 그러니까 제발, 착하고 배려심 많은 글로리아, 날 한 번만 봐주렴. 응? 제발?"

에리카의 구구절절한 말에 기사와 아드리안의 표정이 확 굳었다. 눈물로 호소해서 글로리아의 마음을 약하게 만들 생각인 게 뻔히 보였다. 아드리안의 시선이 글로리아에게로 옮겨갔다.

"아가씨, 힘드시면 뒤처리는 제가 하겠습니다."

"아니에요."

글로리아가 고개를 가로저으며 에리카를 바라보았다.

"할 말은 그게 다야?"

글로리아가 에리카를 보며 냉담하게 물었다.

"으, 응?"

그러자 에리카가 의아한 듯 되물었다.

"동정심 사려고 준비한 말은, 그게 다냐고."

"어……."

에리카의 눈에서 눈물이 뚝 그쳤다. 그녀의 눈동자가 이리저리 굴러다녔다.

더 할 말이 없다. 잠시 머뭇거리던 그녀는 연신 미안하고 반성 중이라는 말만 반복했다. 지겹게 반복되는 그 말에, 글로리아는 낮은 한숨을 내쉬었다.

"그간 시간도 많았을 텐데, 변명거리라도 번듯하게 준비를 했어야지. 그게 아니면 사람 마음을 울릴 만한 이야기라도 만들어 오든가. 설마 그 어설픈 변명으로 내가 넘어가줄 거라고 생각했어?"

"글로리아……."

"미들턴 백작님은 형님께서 유명을 달리하신 줄도 몰랐어. 가문이 우습게 되었지. 죽은 사람을 빌미로 돈을 뜯어내기까지 해놓곤 그걸로도 부족해 나에 관해 악질적인 소문까지 퍼트렸던데? 이걸 그저 미안하다는 말로, 눈물 몇 방울로 해결할 수 있을 거라고 생각하나 봐?"

글로리아가 한심하다는 표정으로 긴 한숨을 내쉬었다.

"나도 이러고 싶지 않았어! 너는 여기서 편하게 지내서 모르잖아! 내가 얼마나 힘들게 살았는지! 멋지고 돈 많은 아버지에 호화로운 생활에, 너는 원하는 걸 다 누리면서 살았지만 나는 아니야! 나는 아픈 아버지에 망해가는 집에서 살았다고! 왜 나만 이렇게 힘들어야 해! 왜 나만!"

에리카가 악다구니를 써댔다. 그러더니 으흡 하고 울음을 터트리며 바닥에 털썩 주저앉았다. 그 모습을 글로리아는 어이없다는 표정으로 바라보았다.

자신이 이곳에서 여유롭게 산 건 몇 달이 채 되지 않았다. 그간 자신의 삶은 에리카의 삶이 부러울 정도로 치열하고 더러우며 아팠다.

뭔가를 더 원하는 것보다, 별로 있지 않은 것을 지키기에 바쁜 삶이었다. 그랬기에 에리카의 이런 투정이 우습게만 들렸다.

"그래서 그 힘든 생활을 타개하려고 무슨 노력을 했는데?"

글로리아가 건조한 눈으로 바라보며 무심하게 물었다.

"왜 나는 노력을 해야 해! 너는 다 가졌는데!"

"그래서, 네가 편히 살기 위해 난 희생되어도 된다는 거야? 완전히 글러먹었구나, 너는."

"넌 몰라! 내가 어땠는지! 나도 행복해지고 싶었다고!"

"알고 싶지도 않아."

글로리아가 무심하게 말했다.

"글로리아……. 너, 너, 정말 말 심하게 하는구나?"

에리카가 기가 막힌다는 표정으로 말했다.

"더 심하게 해줄까? 넌 절대로 행복해질 수 없어. 설령 내가 죽어서 이 자리가 비게 되어 차지하더라도."

"아가씨!"

듣고 있던 아드리안이 그녀의 '죽는다'는 발언에 깜짝 놀라 소리쳤다.

"그냥 하는 말이에요."

글로리아의 말에 아드리안은 초조한 표정을 지었다. 그녀는 다시금 에리카에게로 시선을 돌렸다.

"네가 이 자리를 차지하면 한동안은 기쁘겠지. 네가 원하는 것들을 다 가진 것 같을 테니까. 하지만 사교계에 진출하면서 생각이 달라질 걸? 나보다 더 아름다운 드레스를 가진 영애들, 나보다 더 높은 신분을 가진 영애들, 더 좋은 남편을 가진 영애들. 그 사람들을 보고 넌 끊임없이 자신과 비교하면서 살겠지. 네가 갖지 못한 것들을 더 갖고 싶어 하면서. 넌 평생 행복할 수 없어."

글로리아의 말에 에리카의 입술이 바들바들 떨렸다. 차마 부인할 수 없었다. 그녀는 늘 자신보다 좋은 걸 가진 사람들을 부러워하다 못해 샘까지 냈으니까. 그 모습을 마치 눈앞에서 지켜보기라도 한 듯 글로리아가 말했다.

"만약 내가 너였다면 절대로 이렇게 살지 않았을 거야. 넌 실수한 거야."

"……."

"네 처분은 미들턴 백작님께서 하실 거야. 아마 이 저택에서 아주 먼 영토에서 농사를 짓게 될 거야."

"뭐, 뭐? 나, 나는 그런 거 해본 적 없는걸."

에리카가 크게 당황했다.

"이참에 해보면 되겠네. 발에 쇠고랑을 차게 될 테고, 지키는 사람들도 있어서 도망치기 쉽지 않을 거야. 거긴 네가 보기에 눈부신 사람들이 없을 테니, 억울하지도 않겠지."

"말도 안 돼! 이건 아니라고!"

에리카가 악을 쓰며 몸을 뒤흔들었다.

"그럼, 죽을래?"

글로리아의 물음에 에리카의 행동이 뚝 멎었다. 글로리아의 눈동자는 차분하다 못해 고요했다. 여기서 대답을 잘못하면 정말 죽일 것만 같았다. 글로리아에게서 한 번도 본 적 없는 눈빛이었다.

"선택해. 죽을 건지, 벌을 받을 건지. 원하는 대로 해줄 테니까."

에리카의 입술이 바들바들 떨렸다.

"죽긴 무섭지? 그럼 남의 목숨도 귀한 줄 알았어야지. 네 손에 놀아난 네 아버지나 나는 기분이 어떻겠어?"

"그, 그건……."

글로리아가 차갑게 에리카를 내려다보았다.

"만약 이게 싫다면 내가 선처를 베풀 수 있게끔 묻는 말에 대답 똑바로 해."

"뭐, 뭔데?"

"나에 관련된 정보를 누구에게 팔았어?"

"팔지 않았어!"

"다 알고 묻는 거야. 그러니까 순순히 자백하는 게 나아. 만약 틀린 정보를 흘리거나, 숨기는 게 있거나, 혹은 모른다고 잡아떼면 넌 아마 네가 상상할 수조차 없는 곳으로 끌려가게 될 거야. 가문의 문제는 가문에서 해결할 수 있다는 거 알지?"

글로리아의 물음에 에리카의 눈동자가 바들바들 떨렸다. 잠시 고민하던 그녀가 조그맣게 입을 열었다.

"아이리스 영애에게…… 팔았어."

"어떤 스캔들을 넘겼는데? 넘긴 거 모조리 말해."

"그래도 되는 거야?"

에리카가 아드리안과 기사를 흘깃 보며 물었다.

"상관없으니까 말해."

에리카가 고민하다가 입을 열었다. 그녀가 글로리아에 대해 정보를 판 사람은 예상대로 아이리스 영애였고, 제너 영애도 그 자리에 함께였다고 말했다.

시녀를 통해 만났으며, 전달한 정보는 얼마 전에 터진 악질적인 스캔들과 '도도한 척하는 것일 뿐, 글로리아는 실제로는 유약하며 자신감이 없는 예민한 사람이다.'라는 것이었다.

그 말에 아드리안의 얼굴이 분노로 벌겋게 달아올랐다. 알고는 있었지만 직접 들으니 훨씬 화가 났다.

그에 비해 글로리아는 차분했다. 그녀가 생각하던 것과 비슷했다. 그 정도는 정보랄 게 못 되었다. 오히려 그 정도를 정보라고 돈을 받고 사간 아이리스가 명청하게 느껴질 정도였다.

"이, 이제 나는 풀려나는 거지? 응?"

"선처를 베푼다고 했지 풀어주겠다고는 말하지 않았는데?"

"말도 안 돼!"

"원래대로라면 넌 고문을 받으면서 이실직고해야 해. 생각해보니 선처를 베푼 건 내 쪽인 것 같네."

"……!"

"다시는 마주할 일 없을 거야. 이게 내 마지막 인사야."

글로리아가 턱짓하자, 기사가 에리카를 끌고 나갔다.

"글로리아! 글로리아!"

에리카가 다급하게 부르짖었지만, 그녀는 눈도 깜짝하지 않았다.

"아악! 억울해! 나는 억울하다고! 넌 정말 못됐어!"

에리카의 비명이 복도를 쩌렁쩌렁 울렸다. 그녀는 끝까지 반성하지 않았다.

글로리아는 대수롭지 않다는 표정을 지었다.

"백작님께서는 별다른 말씀 없으셨어요?"

글로리아가 아드리안을 바라보며 물었다. 그러나 아드리안에게선 답이 돌아오지 않았다. 고개를 기울인 그녀가 "아드리안?"이라고 한 번 더 묻고서야, 그의 눈에 초점이 돌아왔다.

"아, 죄송합니다."

글로리아를 보며 감탄하느라, 잠시 머릿속이 멍해진 탓이었다.

"괜찮아요. 에리카에 관해서 미들턴 백작님은 어떤 말씀도 없으셨나요?"

"이전부터 아가씨의 결정에 맡기겠다고 하셨어요. 아무래도 에리카 아가씨와 가장 많은 시간을 보낸 사람이 바로 아가씨이시니…….
아가씨의 기분대로 하시라는 배려 같았습니다."

"그럼 방금 제가 말한 대로 백작 영지에서 가장 멀고, 험하고, 인적 드문 곳으로 보내서 일을 시키세요. 밭일을 시키든, 청소를 시키든 뭐든지 상관없어요. 그리고 꼭 발에 쇠고랑을 채워주세요. 도망 못 치도록."

"다른 처벌은 없으신가요?"

"주변에 사람이 없도록 하세요. 혼자 있어봐야 사람 귀한 줄 알죠.
보고는 1년에 한 번씩 정기적으로 받을게요. 백작님껜 그렇게 전달해주세요. 만약 제 판단에 미흡한 점이 있다거나, 문제가 있다면 주저하지 말고 말씀 부탁드린다는 내용도 같이 전달해주세요."

"알겠습니다."

아드리안은 대답하며 글로리아를 흘깃 바라보았다. 이런 일을 자주 처리한 사람처럼, 결정을 내리는 데 주저함이 없었다.

에리카 문제를 해결한 그녀는 자리에서 길게 기지개를 켰다.

"쉬시겠습니까?"

"아뇨. 하나 더 처리해야 할 게 있어서요."

아드리안이 의아한 얼굴로 쳐다보았지만, 글로리아는 싱긋 미소만 지었다.

진귀한 보석들이 테이블 위에 즐비하게 널려 있었다. 그 곁에 선 보
석상이 불안한 표정으로 소파에 앉은 아이리스 영애의 표정을 살폈
다. 그녀의 얼굴은 딱딱하게 굳어 있었다. 무슨 일이 있는 건지 곁에
앉은 제너 영애도 아이리스 영애를 흘깃대며 바라보았다.

"보석들이 마음에 안 드시나요? 다른 걸로 얼른 준비하겠습니다."

보석상이 손뼉을 치자, 뒤에서 대기 중이던 사람들이 우르르 몰려
나와 테이블 위에 놓인 보석들을 치웠다. 이어 다른 보석들이 줄지어
테이블 위를 점령했으나, 아이리스의 표정은 여전히 변함없었다.

보석상의 마음은 바싹바싹 타들어갔다. 어째야 하나, 고민할 때였
다.

"여기 계신 줄 몰랐군요."

귀빈들만 드나들 수 있는 휘장이 열리며 누군가가 말했다. 아이리
스, 제너, 보석상의 시선이 한곳으로 쏠렸다.

글로리아가 싱긋 웃으며 안으로 들어서고 있었다.

글로리아는 이곳에 아이리스가 있다는 걸 알고 찾아온 참이었지만,
몰랐다는 척 시치미를 뚝 뗐다. 그녀의 등장으로 귀빈실의 분위기가
더욱 싸해졌다.

"저도 함께 봐도 될까요?"

글로리아의 물음에 사람들의 시선이 아이리스에게로 쏠렸다. 아이
리스의 입매가 딱딱하게 굳었다. 에리카가 잡혔다는 소식 이후로 내
내 심기가 불편해 기분 전환 삼아 나왔다. 그런데 이런 상황에서 글로
리아를 만나게 될 줄이야.

"앉으시죠."

사람들의 이목이 쏠린 와중에 도망칠 수는 없었기에 아이리스는 글로리아에게 곁을 내어주었다.

"배려에 감사드립니다."

글로리아가 그녀들이 앉은 소파와 별도로 분리되어 있는 1인용 소파에 앉아 보석들을 바라보았다. 색이 찬란한 보석들에 시선을 둔 채 글로리아가 입을 열었다.

"안색이 안 좋아 보이는데, 어디 불편하신 건 아니시죠?"

"그럴 리가요. 무척 잘 지내고 있습니다."

아이리스가 싱긋 웃으며 대답했다.

"그렇군요. 제가 결례를 저질렀군요. 아무래도 제가 피곤해서 그랬나 봅니다. 오늘 모처럼 잡고 싶었던 사람을 잡았거든요."

가까스로 끌어올리고 있던 아이리스 영애의 입꼬리가 굳었다.

"그러셨군요. 축하드려요."

그러나 아이리스는 쉽게 넘어가지 않았다. 무슨 일이냐고도 깊게 캐묻지 않았다.

"축하해주셔서 감사합니다만, 마음이 편치는 않네요. 어쩌면 생각보다 큰일이 될지도 몰라서요."

글로리아가 보석에서 시선을 떼고 천천히 아이리스의 얼굴을 바라보았다. 눈이 마주치자, 무표정하던 글로리아의 눈이 사르륵 접혔다. 그 표정 변화가 오싹해서 아이리스는 저도 모르게 어깨를 움츠렸다.

"……그러셨군요."

아이리스는 가까스로 대답하면서 침착함을 유지하려 애썼다. 그러면서 머리를 굴렸다.

어차피 있는 거라곤 에리카의 증언뿐이다. 그걸로 고작 백작가의 영애가 공작의 딸인 자신을 건드릴 수는 없었다. 더욱이 제너 영애도 한패가 아닌가. 만약 문제가 생기더라도 그들에겐 빠져나갈 구석이 많다.

이윽고 그녀의 입술에 여유로운 미소가 돌아왔다.

"큰일이면 조심하셔야죠. 일이라는 게 물려고 하다가 자신이 되레 물리는 법이잖아요. 그러니 몸 사려가면서 하세요, 영애. 저는 영애가 다치는 걸 원치 않는답니다."

"염려 감사합니다. 주신 조언대로 어설프게 덤비진 않겠죠."

글로리아가 싱긋 미소 지으며 말을 이었다.

"하지만, 쭉 지켜볼 생각이랍니다. 또 어떤 비열한 짓을 할지, 그 비열한 짓의 대가를 어떻게 돌려줘야 할지……."

글로리아의 말에 아이리스의 얼굴이 굳었다. 이건 경고였다. 지금은 넘어가지만 앞으로는 주시하겠다고. 하나라도 걸리면 가만히 두지 않겠다는 투였다.

아이리스는 기분이 상했지만 노련하게도 내색하지 않았다. 오히려 여유로운 미소를 지으며 글로리아를 바라보았다.

"그럴 수 있다면 다행입니다만, 글로리아 영애에게 그럴 힘이 있는지 의문이군요. 사교계에서 영식들에게 인기가 좋긴 하나, 뒷받침해 줄 영애들의 지지도 없고……. 그렇다고 백작가로서는 한계도 있을 테니 말이에요."

"제가 공론화시키겠다는 말을 한 적은 없는 것 같군요."

"……."

"저는 받은 대로 돌려드립니다. 더러운 수작엔 같은 방식으로 나가

378

야죠.”

“……그래봤자 영애의 이미지만 지금보다 더 안 좋아질 텐데요.”

“그러니 제게 더욱 유리하죠. 사람들은 고결하고 우아한 사람의 추락에 박수를 보내는 법이니까요.”

“……!”

아이리스의 얼굴이 완전히 굳었다. 펠릭스 공작과의 결혼으로 지금은 잠잠하지만, 아이리스가 퍼트린 소문으로 인해 글로리아의 이미지는 엉망이 되었다.

그에 비해 아이리스의 이미지는 여전히 우아하게 지켜지고 있었다. 만약 글로리아와 엮여 구설수에 오른다면 아이리스 쪽이 훨씬 타격이 컸다.

글로리아는 그런 그녀의 얼굴을 잠시 바라보다가, 보석으로 시선을 돌렸다.

“그러고 보니 사람의 명예는 보석과 같다는 생각이 드는군요. 값비싼 보석일수록 작은 흠집에도 그 값이 떨어지는 법이니까요.”

“…….”

“오늘은 사고 싶은 보석이 없군요. 다음에 또 오도록 하죠.”

글로리아의 말에 보석상이 고개를 숙였다. 몸을 일으킨 그녀가 귀빈실을 빠져나갔다. 다음에 또 뵙겠다는 인사까지 잊지 않았다. 제 할 말을 다 하고 유유히 떠나는 글로리아의 뒷모습을 제너는 물끄러미 바라보고만 있었다.

생각지 못한 상황이었다. 제너는 글로리아가 감정적으로 대처하거나, 혹은 꾹 참을 거라고 생각했다. 이렇게 꼬투리도 잡을 수 없이 교묘하게 주제를 비켜나가면서 협박할 거라곤 생각지 못했다.

아무래도 쉬운 상대가 아니었다.

부채를 쥔 아이리스의 손이 가늘게 떨렸다.

"잠시 자리 좀 비켜주겠어요?"

제너의 말에 보석상이 자리를 떴다. 그녀는 나오려는 한숨을 참은 채, 아이리스를 바라보았다.

"영애, 진정하세요. 당장 글로리아 영애가 어떻게 하지 못한다는 건 영애가 가장 잘 아시잖아요."

"아는데, 감히…… 돈만 많은 백작가 영애 따위가 내게 협박을 해?"

"아이리스 영애."

제너가 침착하게 그녀의 이름을 불렀다.

"펠릭스 공작과 결혼하게 되어서 눈에 보이는 게 없는 모양이군. 그 자리를 뺏기는 게 아니었는데……."

아이리스가 화를 참지 못하고 입술을 깨물었다.

"펠릭스 공작님도 여자 얼굴과 몸에 빠져서 해롱대는 사람인 줄 정말 몰랐어. 하지만 얼마나 가겠어? 아름다운 꽃일수록 빨리 질리는 법이니까. 처참하게 버려질 때, 똑똑히 지켜봐주겠어."

"영애, 다른 사람들이 듣겠어요. 후우, 그리고 당분간 글로리아 영애는 건들지 않는 게 좋겠어요. 이런 상태에서 빌미를 제공할 필요 없으니까요."

"알아!"

주변을 살피며 꺼내는 제너의 말에 아이리스는 참지 못하고 소리를 질렀다. 그녀는 더 화를 참지 못하고서 자리를 박차고 일어났다. 성질을 부리며 나가는 아이리스의 뒷모습을 지켜보며 제너는 피곤한 듯 긴 한숨을 흘렸다.

에리카의 처분이 결정되었다. 미들턴 백작은 글로리아가 말한 대로, 에리카를 먼 영지로 보냈다. 이는 국가에서 정한 '가문 결정권'에 따라 에리카의 신분을 평민에서 노예로 바꿨기에 가능한 일이었다. 이제 에리카는 미들턴 백작이 허락하기 전까지 그 영지에서 한 발자국도 나올 수 없었다.

사건의 원흉인 아이리스 영애도 조용한 시간을 보내고 있었기에 글로리아는 모처럼 고요한 날들을 보냈다. 다만, 고요한 것과 별도로 결혼 준비로 인해 하루 스케줄은 빈틈없이 꽉 찼다.

드레스 숍에 들러 디자인을 고르고, 하객 명단을 정리하고, 옮길 짐들의 리스트도 정해야 했다. 그와 동시에 피부 관리에다 공작가의 안주인으로서 갖춰야 할 예절 교습도 받아야 했다. 또, 기나긴 결혼식 수순에 대해서도 공부해야 했다.

이런 건 아무래도 좋았다. 어차피 결혼하기로 마음을 먹었고, 마음먹은 일에는 최선을 다하는 성격이니 체력적으로 힘들 뿐 마음은 편했다.

문제는, 다른 곳에 있었다.

"글로리아, 내 딸, 내 사랑스럽고 아름다운 딸……. 네가 결혼이라니……. 으흡! 하지만 널 꼭 닮은 아이들이 내게 달려와 '할아버지!'라고 외치겠지. 그만큼 사랑스러운 존재는 없을 거야. 그래. 아는데…… 너를 보낼 자신이…….."

웬만한 여자도 울고 갈 만큼 아름다운 외모의 소유자인 미들턴 백작은 내내 울다가 웃길 반복했다. 의사를 불러야 하는 거 아니냐고 조심스럽게 아드리안에게 물어봤지만, 그는 고개를 가로저으며 "시간이 해결해줄 겁니다."라고 단호하게 말했다.

그 때문에 글로리아는 미들턴 백작을 지켜봐야만 했다. 그는 하루에도 열두 번씩 기분이 바뀌었다. 손자와 손녀가 생길 거라는 생각에 벌써부터 아이 옷을 사들일 준비를 하다가도, 느닷없이 글로리아를 보면 울음을 터트렸다.

어색하다 못해 이상해 보였지만, 그녀는 미들턴 백작을 이해하려 애썼다. 그에겐 그녀가 유일한 가족이자 삶의 중심이었다. 그런 소중한 딸이 갑자기 결혼해서 사라진다고 하니 슬플 만했다.

그 때문에 글로리아는 바쁜 와중에도 시간을 쪼개어 미들턴 백작과 함께 시간을 보내려 애썼다. 함께 식사를 하고, 산책을 하고, 티타임을 가졌다. 처음엔 어색했지만 이젠 즐겁게 시간을 보낼 방법을 터득하게 되었다.

모든 것에 적응이 되어가고 있었지만, 단 하나, 이것만큼은 아직도 어색했다.

달그락.

찻잔을 내려놓는 소리에 글로리아가 고개를 들었다. 눈이 부신 은발의 남자가 티 테이블 건너편에 앉아 그녀를 바라보고 있었다. 그는 일주일에 한 번씩 불쑥 그녀의 집을 찾았다. 차를 마시며 결혼에 관한 이야기를 했다. 그러나 그 이야기라는 것도 서신으로 주고받아도 될 정도로 별것 아닌 내용이었다.

오늘도 결혼식은 성당에서 치를 것이며, 예식의 진행은 신부님이 맡게 될 거라고 했다. 이미 알고 있던 사실이었다.

"결혼 후 가고 싶은 여행지는?"

결혼 후 얼마 동안 주변의 방해를 받지 않고 둘만의 여행을 다녀오는 게 관례였다.

"딱히 생각해둔 곳이 없네요."

글로리아가 고민 끝에 대답했다.

"고민할 시간을 줬을 텐데."

"어디가 좋은지 알 수 없어서요. 딱히 여행에 관심이 있는 것도 아닌 편이라 더 고르기가 어렵네요. 공작님의 결정을 따를게요."

"후회하지 않겠어?"

펠릭스가 고개를 기울이더니 가벼운 미소를 지었다.

"네. 괜찮아요."

그런 그의 미소에 이골이 난 글로리아는 눈도 깜빡하지 않은 채, 덤덤하게 대답했다. 펠릭스가 상체를 조금 앞으로 기울이자, 글로리아가 자연스럽게 뒤로 물러났다.

"그런데, 영애는 나에 대해 전혀 궁금하지 않나 보군."

"무슨 말씀이신지 모르겠군요."

"먼저 서신을 보내거나 만남을 청하질 않아서 말이야. 지금도 내가 가까이 가면 물러서기 바쁘잖아."

"제가 먼저 서신을 보내기 전에 공작님이 찾아오시고, 지금은…….
아무래도 낯설어서 그런가 봐요. 기분 나쁘셨다면 죄송해요."

펠릭스는 대답 대신 눈을 바라보며 미소 지었다. 글로리아는 얼굴이 붉어지거나 당황하는 기색을 전혀 내보이지 않았다. 그저 예쁜 꽃을 보는 것처럼 눈동자엔 약간의 경외심과 경계심만이 실려 있을 뿐이었다. 펠릭스는 이런 반응이 재미있다는 듯 그녀를 바라보았다.

펠릭스는 어릴 적부터 가진 것이 많았다. 재력, 권위, 명예, 체격, 키, 외모까지. 그 때문에 그의 곁에는 사람들이 달라붙었다. 사람들은 그가 예의상 짓는 미소에도 의미를 부여했고, 허락하지 않은 곁까지 파고들려고 애썼다.

그런 그에게 유난히 무반응을 보인 게 에단이었다. 자신만 보면 다 가왔던 어린 시절과 달리, 보좌관이 된 후로 그는 다른 사람들처럼 다 가오는 듯하면서도 일정 거리를 유지했다. 자신이 다가가면 얼른 뒷걸음질 쳤다. 다른 사람에게서 보기 힘든 반응이라, 그는 매번 그런 에단의 반응을 즐겼다.

에단이 세상을 뜬 후로는 이런 재미를 느낄 수 없었는데, 글로리아가 비슷한 반응을 보였다. 모든 것들이 에단과 비슷해서, 에단이 다시 태어난 게 아닌가 싶을 정도였다.

"일주일 남았군."

펠릭스의 말에 글로리아가 가볍게 고개를 끄덕였다.

"그렇군요."

결혼이 이제 코앞으로 닥쳐왔다. 글로리아는 새삼 마음이 심란해지는 걸 느꼈다. 즐거움과 기쁨이 전혀 보이지 않는, 책임감만 넘치는 그녀의 얼굴을 바라보며 펠릭스가 눈을 가느스름하게 떴다.

이런 얼굴을 보면 또 괴롭히고 싶어진다.

"어서 그날이 왔으면 좋겠군."

"네. 네?"

무심코 대답하던 글로리아가 무슨 소리냐는 듯 고개를 들었다. 그러자 펠릭스가 한없이 우아한 표정을 지었다.

열린 창문으로 바람이 불어 그의 은발이 부드럽게 날리었다. 글로리아는 그 아름다운 풍경 앞에 잠시 숨을 멈췄다.

바람이 멎고, 머리카락이 차분하게 내려앉았을 즈음 그가 입을 열었다.

"눈치가 빨라서 알아들었을 줄 알았는데, 의외군."

"······."

"영애와 어서 결혼하고 싶다는 말을 한 거야."

그 말에 글로리아는 가까스로 들이쉰 숨을 다시금 멈췄다. 그러자 펠릭스는 미소를 지어 보였다.

금색 발톱의 문장이 들어간 마차가 좁은 길을 달렸다. 집사인 앨버트는 이 길을 지날 때마다 창문을 닫아 시야를 가렸다. 이 부근이 에단이 죽은 길이었다. 자신을 위해서이기도 하지만, 곁에 앉아 있는 펠릭스를 위해서이기도 했다.

자신의 주인은 이 길을 굉장히 싫어했으니까.

그나마 다행인 건 오늘은 글로리아 영애를 만나고 와서 흉흉한 기세를 풍기진 않는다는 거였다.

그에게 글로리아 영애는 가뭄에 내린 단비처럼 고마운 존재였다. 다시금 본 모습을 드러내며 날뛰기 시작하려던 펠릭스를 차분하게 만들어주었다. 에단을 만났을 때만큼은 아니지만, 그 절반 정도는 효과가 있는 듯했다.

이래서 사람에겐 모두 자신의 짝이 있다고 하는 것일까.

끼익.

마차가 멈춰 서자, 상념에 빠져 있던 앨버트의 몸이 습관적으로 반응했다. 가장 먼저 내려 마차의 문을 열었다. 뒤따라 내린 펠릭스가 그곳에 있으라는 듯 손을 들어 보였다. 앨버트는 멀어지는 펠릭스의 등에 대고 인사를 했다.

펠릭스가 찾은 곳은 낡고 오래된 집이었다. 창문이 조금 열려 있지만, 방치된 지 오래라 실내에선 퀴퀴한 냄새가 났다. 그는 마치 자신의 집에라도 온 양 자연스럽게 작은 의자에 걸터앉았다. 사이즈도 작고, 낡아서 삐거덕대는 소리가 요란했다.

펠릭스는 자신의 걸음으로 두 발자국이면 다 오갈 이 좁은 방 안을 다시금 바라보았다. 이 집의 모든 것이 주인을 잃었다. 시간이 지날수록 그 주인의 향기를 서서히 잃어가고 있지만, 그래도 그는 이곳을 찾을 수밖에 없었다.

에단을 유일하게 느낄 수 있는 곳은 이곳밖에 남지 않았으니까.

펠릭스가 눈을 감으며 숨을 깊게 들이마셨다.

「공작님!」

자신을 부르는 목소리가 귓가에 쟁쟁거렸다. 그보다 어린 시절에는 '공자님'이라고 부르며 그를 따라다녔다.

어린 시절 에단의 첫인상은 기억 속에 아직도 또렷했다. 새까만 머리카락에 짜 맞춘 듯한 새까만 눈동자. 유난히 큰 눈동자에선 검은빛이 쏟아질 듯했다. 하얀 피부에 유난히 거친 손이 눈에 들어왔다. 한눈에 봐도 험한 곳에서 굴렀다가 온 게 뻔한 그 아이가 제 방 한가운데에 있는 것을 보았을 때, 그는 말을 거는 대신 에단에게 검을 겨눴다.

당시에도 웬만한 성인보다 검술 실력이 좋았던 그의 예리한 검에 놀라지 않는 사람은 없었다. 어린 에단도 마찬가지였다.

"흡."

숨소리까지 내가면서. 눈은 빠질 것처럼 커져 있었다.

웃음이 나오지 않을 만큼 같잖았다. 얼마 지나지 않아 주저앉거나 오줌을 지릴 거라 생각했다. 자신의 검에 겨눠진 어린 귀족가의 자제들이 그러하듯이.

그러나 에단은 놀랍게도 금세 표정을 고쳤다.

"놀라게 해드려서 죄송합니다, 공작님. 저는 에단 달튼입니다. 공작님의 명을 받아 공자님을 보살피게 되었습니다. 저도 제가 집사인지, 보좌관인지 뭔지 모르겠지만, 나중엔 공자님의 보좌관이 되고 싶습니다! 검을 거둬주시면 허리 굽혀 인사하도록 하겠습니다."

참으로 뜬금없는 인사였다. 알고 보니 아버지가 어디서 구해다가 자신에게 붙여놓은 아이였다. 귀찮았다. 볼 만한 거라곤 새까만 눈밖에 없는 그 아이는 개가 아닌가 싶을 만큼 자신을 따라다녔다. 자신이 어디에 있든 찾아냈다. 나무 위든, 공작저의 귀퉁이든, 그 어디에 있든.

며칠이 흘렀을 즈음, 그림자처럼 붙어 있는 녀석에게 귀찮음과 조금의 짜증이 덧붙었다. 자신의 방 귀퉁이에 한가하게 서 있는 녀석에게 의자를 집어 던졌다. 아슬아슬하게 비켜갔으나, 의자의 파편이 에단의 뺨을 긁고 지나갔다.

"다음엔 정확히 맞힐 거니까, 나가."

"……그럼 나가서 대기하겠습니다."

"아니. 앞으로 내 눈에 보이지 마. 그땐 널 맞힐 거니까."

"부르시는 대로 달려오겠습니다."

에단은 꾸벅 인사를 한 후, 방에서 나갔다. 그러나 그것도 잠시였다. 그가 어딜 가든 에단은 뒤를 졸졸 따라다녔다.

곧바로 펠릭스는 손에 잡히는 물건을 에단에게 던졌다. 반동에 에단이 저만치 나가떨어졌다.

"내 눈에 띄지 말랬지."

계단을 구르기 직전, 난간을 겨우 붙잡은 에단은 비틀거리며 일어났다.

"공자님을 따라다니는 게 제 일입니다. 혼자 계시고 싶으실 땐 자리를 비켜드리겠지만, 외출할 땐 꼭 함께 가라는 명을 받았습니다."

고집이 질겼다. 이후, 때려도 보고 협박도 해봤다. 진심으로 살의를 담아 죽일 거라는 경고도 했다. 실제로 에단의 멱살을 잡고 계단 아래로 팔을 뻗은 적도 있었다. 그가 손을 놓으면 에단이 굴러떨어질 상황이었다.

그 와중에도 에단은 고집을 부렸다.

"공자님을 돕고 싶습니다."

"네가 날 어떻게? 왜?"

"그건 차차 증명할게요. 그게 제 일이니까요."

"나는 네게 그런 일을 내린 적 없어."

"버클리 공작님께서 내리신 명령입니다."

멱살을 잡힌 채로 컥컥대면서도 에단은 꼬박꼬박 대답을 했다.

"공작님의 명령을 따라 여기서 굴러떨어져 죽든지, 아니면 순순히 포기하든지 둘 중 하나를 해."

"둘 다…… 쿨럭, 싫습니다."

"미친 새끼."

지독하다 못해 욕밖에 나오지 않았다. 에단의 눈에선 눈물이 줄줄 흘러나오기 시작했다. 새까만 눈동자라 까만 눈물이 나올 것 같았기에 투명한 눈물은 의외였다. 아주 미미하게 신기한 마음이 들어 바라보고 있는데, 에단이 눈물 콧물을 다 쏟으며 말을 꺼냈다.

"이거 말고는 제가 할 일이…… 없어요. 저한테 처음으로 맡겨진 인간 같은 일이라서……. 쿨럭, 절대로 포기 못 해요. 또 시궁창에 들어가서 인간답지 않은 일 하기 싫어요. 저는 여기서, 크흡. 좋은 공작님과 예쁜 공자님 보필하면서 사는 게 꿈이 됐단 말이에요. 처음으로 생긴 꿈인데, 어떻게 포기해요……?"

그 말을 듣던 펠릭스의 눈썹이 미미하게 반응했다. 누군가의 꿈에 자신이 들어가 있다는 게 이상했다.

"당분간 절 데리고 있어보시면 제가 왜 필요한지 알게 되실 거예요. 쿨럭. 그러니까 시간을 주세요."

"싫으면, 여기서 떨어뜨려도 되나?"

"앉은뱅이 상태로 공자님 뒤에 앉아 있을 거예요!"

이 천박한 출신의 어린놈은 자신이 귀족을 상대로 협박을 하고 있다는 걸 전혀 모르는 듯했다. 이 정도 기본 개념도 없는 녀석이 누굴 돕겠다는 건지 기가 찼다.

"그 어떤 말로도 날 설득하는 데 실패했어."

그냥 여기서 떨어뜨려 죽여야겠다 싶었다. 가파른 계단이긴 하지만, 운이 좋으면 죽지 않을 수도 있었다. 그가 손에서 힘을 풀려고 할 때였다.

툭.

에단의 눈물이 그의 손등으로 떨어져 내렸다.

투툭.

기다렸다는 듯이 남은 눈물이 그의 손등에 떨어졌다. 따뜻한 눈물이 선을 그리며 손등에서 굴러떨어졌다. 그는 손등에 떨어진 그의 눈물을 물끄러미 바라보았다. 타인의 눈물이 닿은 것은 처음이었다. 더러우면서도, 뭔가 기분이 미묘했다.

"며칠만, 시간을……. 쿨럭."

에단은 그 와중에도 질기게 포기하지 않았다.

"펠릭스!"

공작이 나타나 호통을 쳤다. 손을 놓을 타이밍을 놓친 펠릭스는, 에단을 복도 저만치에 집어 던졌다. 공작이 화를 냈지만, 그는 우아하게 인사를 한 후 자신의 방으로 돌아갔다. 뒤에서 공작이 이름을 불러댔지만, 모른 척 지나가는 그를 따라오진 않았다.

이후 에단은 집요하게 자신을 쫓아다녔지만, 이전처럼 가깝게 따라붙진 않았다. 딱 멱살이 잡히지 않을 거리에 서서 안심하는 표정을 짓고 있었다. 그가 마음만 먹으면 언제든지 잡을 수 있다는 것도 모른채. 그 모습이 어이없어서 그는 지켜보기만 했다.

이후 에단은 제가 한 말을 지키기라도 하려는 듯, 자신이 필요한 이유를 입증하기 위해 갖은 애를 다 썼다.

자신이 아주 높은 나무에 올라가면, 어디서 자신의 몸만 한 이불을 질질 끌고 와 나무 아래에 가져다놓고는 "제가 공자님을 지키겠습니다!"라며 벌린 두 팔을 벌벌 떨었다. "제게 떨어지셔도 됩니다!"라는 말이 안 되는 소리까지 해댔다.

휴식을 방해받은 그가 이불에 폴짝 뛰어내리면 "공자님이 무사하셔서 다행이에요!"라며 좋아했다. 이쯤 되니 에단을 떼어내겠다는 의지조차 사라졌다. 자신이 만난 또래 인간 중에서 가장 질기고 독한 인간이었다.

물론 죽일 수도 없었다. 죽여버리고 싶지만, 에단에게 해를 가하면 이 집에 있는 모든 검과 나무를 치우겠다고 공작이 진심을 다해 경고한 탓이었다.

이후 보기만 해도 귀찮은 에단은 가끔 검 수련을 돕겠다며 나서기도 했다. 검술은 형편없었으나 맷집과 근성이 좋아 오히려 검술 대련에 좋았다. 자신에게 얻어맞아 절뚝거리면서도 에단은 "제가 왜 필요하신지 알겠죠?"라며 씩 웃었다. 그러고는 세 발짝도 못 가 털썩 주저앉았다.

"공자님, 먼저 가세요. 저는 틀렸어요…….."

전장에서나 할 법한 그런 말을 읊으며 맞은 곳을 주물렀다. 새까만 눈동자에 눈물이 가득한 채로 입술을 꾹 다문 그 모습이 문득 개 같아서, 머리를 쓰다듬어주고 싶다는 충동이 일었다.

그러나 그것도 잠시였다. 그랬다간 천진난만한 에단이 말도 안 되는 오해를 할 것 같아, 펠릭스는 에단을 두고 방으로 돌아갔다.

에단은 성실했다. 꼬박꼬박 시간마다 필요한 것들을 가져다주고, 눈치껏 행동했다. 아주 가끔 의욕이 과해서 귀찮은 짓을 벌이긴 했지만 눈감아줄 정도는 되었다. 그래도 여전히 없으면 좋겠지만, 있다고 해서 딱히 거슬리지는 않을 정도였다.

아주 가끔은 심심할 때면 에단을 가만히 지켜보기도 했다. 그는 잘 웃었다. "아무 말이나 해봐." 하고 시키면 정말 아무 말이나 떠들어댔다. 가끔 자신이 살던 곳의 이야기도 해주었다. 자신의 동료라던 아이들의 이야기를 해주며 빙긋 웃던 녀석은 왜인지 금세 울 것 같은 표정을 지었다. 그런 이야기를 듣고 있을 때면, 그 아이가 있었던 곳이 궁금해지기도 했다.

"시궁창에서 살았다던데, 생각보다 행복했나 봐?"

"아뇨. 죽을 만큼 힘들었어요."

"그런데 왜 이렇게 행복한 이야기들뿐이야?"

"행복한 기억만 남겨놓고 싶어서요."

"……."

"안 좋은 기억까지 다 간직하면 너무 아프잖아요. 슬프기도 하고……. 뭐, 그래도 지금은 행복해요."

에단은 여전히 울 것 같은 얼굴로 웃었다. 실없는 녀석이라 생각했다. 그러면서도 썩 기분이 좋지 않았다.

"자."

펠릭스가 무언가를 던졌다. 반사적으로 받아든 에단의 눈이 휘둥그레졌다.

"으, 은화……."

"갖고 있어."

그는 그때까진 알지 못했다. 자신이 에단을 동정하고 있다는 것을, 그를 위로하고 싶다는 마음이 생긴 것을. 그 마음이 표현되지 않아, 그는 갖고 있으라는 말밖에 할 수 없었다.

에단은 손을 벌벌 떨더니 "이건 아무래도 제가 갖고 있을 물건이 아닌 것 같아요."라며 사양했다. 인내심이 다한 펠릭스가 은화를 창밖으로 던지려고 하자, 그가 "제가 보관하겠습니다!"라고 소리쳤다. 보관하겠다는 말이 뭔가 이상했지만, 그는 에단을 그렇게 돌려보냈다.

한 달 후, 그는 공작과 함께 단둘이 황궁을 다녀왔다. 몇 시간 소요될 거라는 예상과 달리 1박 2일의 외출이 되었다. 자신이 귀가했다는 걸 알면 곧장 나타나기 바쁠 녀석이 잠잠했다.

"에단은?"

그가 처음으로 앨버트에게 에단의 행방을 물었다.

"몸이 좋지 않아서 쉬고 있습니다."

앨버트가 눈을 피하며 대답했다. 뭔가 이상했지만 여리여리하던 녀석이 기어코 병이 났구나 싶었다. 그는 더 묻지 않고 방으로 돌아왔다. 드문드문 에단이 생각났지만, 아픈 녀석을 억지로 불러들일 수 없었다.

"몸이 낫는 대로 오라고 해."

펠릭스는 그렇게 명령하고 기다렸다.

에단이 나타난 건 그로부터 이틀 후였다. 얼굴이 퉁퉁 부은 그는 다리를 절고 있었다. 어딜 봐도 단순히 아픈 정도가 아니었다.

"늦게 인사드려 죄송합니다."

에단이 부은 얼굴로 씩 웃었다. 펠릭스는 처음으로 할 말을 잃은 얼굴로 그를 바라보았다.

"제가 몸이 좋지 않아서요. 저를 찾으셨다고 들었어요. 필요하신 게 있으신가요?"

"……."

"검술 대련을 할까요? 아니면 이불 정리를 도울까요? 그것도 아니면……."

"닥쳐."

저 꼴을 하고 검술 대련을 도울지, 다른 일을 할지 고민하는 녀석을 보자 순간 화가 치밀어올랐다. 어렵사리 말을 꺼내던 에단이 입을 다문 채 그를 바라보았다.

"누구야?"

"넘어졌어요."

에단이 씩 웃었다. 성큼성큼 다가간 펠릭스가 에단의 턱을 거머쥐었다. 어딜 봐도 넘어진 흔적이 아니었다. 이건 사람에게서 폭행을 당했을 때 생기는 상처였다.

"귀족 기만은 중죄야. 다시 묻는다. 누구야?"

"……."

"말해."

펠릭스가 에단의 턱을 아래로 잡아당겼다. 에단의 입이 벌어졌지만, 어떤 말도 나오지 않았다. 펠릭스의 눈동자가 점점 차갑게 굳었다.

"저도 같이 때려줬어요. 그 녀석들 아주 아플 거예요. 그러니까……
괜찮아요."

"남자들의 싸움이니 빠져라?"

펠릭스의 고개가 삐딱해졌다. 그의 눈동자가 시린 빛을 뿜어냈다.
에단은 아무 말 없이 빙긋 웃으며 고개를 떨구었다.

에단에게서 처음으로 거절당하는 기분이었다. 이런 녀석한테서 거절을 당한다는 사실에 화가 나야 하는데, 기분이 착 가라앉을 뿐이었다. 에단은 결국 말하지 않았고, 펠릭스도 더는 묻지 않았다.

대신, 펠릭스는 앨버트를 찾아갔다. 에단이 저렇게 된 이유에 대해 묻자, 앨버트는 곤란해하면서도 입을 열었다.

"공작저 서쪽 별채에 계신 클라우드 님, 기억하십니까?"

"기억해. 그 버러지들."

펠릭스가 가감 없이 말했다.

클라우드는 아주 먼 친척 형으로, 놀러왔다는 명분으로 한 달째 공작저 별채에 머물며 가산을 탕진 중이었다. 값비싼 요리들만 요구하고, 매일 청소를 해달라고 요청한다고 들었다. 간간이 여자를 불러들인다는 소리까지 들렸다.

일이 바쁜 공작은 신경 쓰지 않았고, 펠릭스 또한 상대하기 싫은 인간들이라 무시하는 중이었다. 어차피 그들도 자신들을 찾아와 귀찮게 굴지 않았으니, 적선하는 셈 쳤다.

"클라우드 님이 에단이 갖고 있는 은화를 발견해서 달라고 하셨나 봅니다. 에단은 거절했고, 귀족의 명을 거절했다는 이유로 클라우드 님이 심한 매질을 하셨습니다. 어디서 난 건지 은화는 절대 줄 수 없다고……. 하마터면 에단이 절름발이가 될 뻔했습니다."

앨버트가 안타깝다는 듯 말했다.

클라우드의 덩치는 웬만한 성인보다 컸다. 그 큰 손에 여리여리한 에단이 맞는 걸 차마 지켜볼 수가 없어서 앨버트는 눈을 꼭 감고 있어야 했다. 그러나 소리도 지독해서 눈을 뜨나 감으나 마찬가지였다.

살이 터지는 소리와 꾹꾹 삼키는 비명, 클라우드의 커다란 입에서 쏟아지는 욕지거리들.

「너희같이 더러운 잡종들은 맞아야 정신을 차리지! 이 개새끼들! 죽어! 죽어! 너희 같은 것들이 감히 은화를 갖고 있어? 거기다가 내 말을 무시해? 내가 니들 눈에도 우스워? 어?」

긴 시간이 끝난 후, 에단이 풀려났을 땐 반쯤 의식이 없었다. 앨버트는 다시 생각해도 소름 끼친다는 듯 몸을 가볍게 떨었다.

"……아무도 안 말렸어?"

펠릭스의 목소리가 섬뜩하리만큼 낮아졌다.

"말리고 싶었습니다만, 중재할 수 있는 사람이 없는 데다 에단이 모두에게 다가오지 말라고 했습니다."

"……."

"나중에 들어보니 말리려는 사람들까지 싸잡아서 맞을지도 몰라서 그랬다고 하더군요. 차라리 혼자 맞고 끝내는 게 낫다고……."

앨버트가 나오려는 한숨을 꾹 참았다. 대화가 끝난 후에도, 펠릭스의 표정엔 변화가 없었다. 하얀 얼굴이 온기가 느껴지지 않을 만큼 차갑게 느껴졌지만, 앨버트는 그저 자신의 기분 탓이라 생각했다.

펠릭스는 이야기를 잘 들었다는 듯 가볍게 고개를 끄덕인 후 돌아섰다.

그때까지만 해도 앨버트는 자신이 한 이야기가 어떤 결과가 되어서 돌아올지 생각지 못했다.

펠릭스가 찾아갔을 때, 클라우드는 값비싼 술들을 테이블에 올려놓은 채 한창 마시는 중이었다.

"이여! 이게 누구야! 펠릭스 아냐?"

클라우드가 씩 웃으며 펠릭스에게 다가왔다.

"펠릭스, 네 덕에 내가 요즘 행복해. 네 친척이라고 하면 다들 어찌나 나한테 잘하는지. 다 네 덕이야."

말을 할 때마다 그에게서 술 냄새가 났다. 펠릭스는 클라우드를 똑바로 쳐다보며 주머니에서 은화를 꺼내 바닥에 던졌다.

"주워."

"……뭐?"

"주워."

"하, 펠릭스. 지금 형한테 무슨 짓이야?"

펠릭스가 일어나려는 클라우드의 뒤통수를 잡아다가 바닥에 눌렀다. 다섯 살의 나이 차이가 무색하게, 힘의 차이는 엄청났다. 클라우드는 머리를 들려고 애썼지만, 펠릭스의 손바닥 아래에서 조금도 움직일 수 없었다. 오히려 치욕적으로 점점 더 고개가 숙여졌다.

"주워."

그의 명령에 클라우드는 이를 바득바득 갈면서, 카펫에 떨어진 은화를 주웠다. 그러자 펠릭스가 뒤통수에서 손을 풀었다.

"형한테 돈을 주고 싶었으면 이렇게 주면 안 되지. 응? 펠릭스?"

클라우드는 성격을 죽인 채 억지 미소를 지었다. 그러면서도 자존심 없게 은화를 주머니에 챙겨 넣었다.

"이제 값을 치렀어. 너도 같은 꼴을 당해봐야지."

고요한 펠릭스의 눈동자가 조금씩 다른 빛을 내기 시작했다.

클라우드의 온몸에 소름이 돋았다. 술이 깨는 기분이었다. 머릿속에서 펠릭스에 대한 생각이 튀어올랐다.

차분하고 지적이며 천재라고 알려진 펠릭스. 유난히 검술과 전술, 무역에 재능을 갖고 있다고 대외적으로 알려져 있지만, 그가 조금 이상하다는 건 친척들이라면 다 알고 있었다.

웃는 법이 없고, 손속이 지나치게 잔인하며, 사람에게 그다지 호의적이지 않은 인간. 절대로 눈 밖에 나서는 안 되는 인간이었다.

"페, 펠릭스?"

클라우드가 주춤거리며 뒤로 물러섰다. 그러나 얼마 못 가 벽에 등이 닿았다. 뭔가 상황이 심상찮게 돌아간다는 걸 파악한 클라우드가 손을 들어 항복한다는 표시를 했지만, 무의미한 일이었다.

앨버트가 심상찮은 소리가 난다는 하녀의 보고에 뛰어왔을 때, 클라우드는 의식이 없는 상태였다. 바닥에 늘어진 클라우드의 옆에는 책상에 걸터앉아 태연하게 손을 닦고 있는 펠릭스가 있었다. 그의 은발에는 붉은 피가 튀어 있었다.

"클라우드를 내쫓고, 다시는 집에 들이지 말도록 해. 그리고 모든 친척들은 이 저택이 아닌, 다른 영지의 저택으로 보내도록 하고."

그가 평연한 어조로 말했다. 방금 전까지 기절할 때까지 때린 사람처럼 보이지 않았다. 할 말을 마친 그는 유유히 방을 빠져나갔다.

눈앞이 노래진 앨버트는 일단 주변 하인과 하녀들에게 이 사실을 함구해야 하며, 그 누구도 에단에게 손찌검을 해선 안 된다고 신신당부했다.

이후 그 소식을 접한 에단이 헐레벌떡 펠릭스에게 달려갔다. 그러나 펠릭스가 허락할 때까지 입을 못 여는 상황이라 초조한 표정을 짓고 있었다. 펠릭스는 그걸 알면서도 에단을 빤히 바라만 보았다. 에단의 눈빛이 한시가 다르게 절박해졌다.

말하고 싶다! 묻고 싶다! 허락해달라!

얼굴에 그 의미가 분명하게 떠올라 있었다.

펠릭스는 픽 웃었다. 조금 즐거웠다.

아니, 사실은 나무 아래에서 자신에게 '걱정 말고 뛰어내리세요.'라고 말하는 꼴을 봤을 때에도 우스웠다. 굳이 안 깔아도 될 이불을 깔았다가, 그 이불을 모조리 손빨래하고는 허리를 통통 두드리는 모습을 봤을 때에도 우스웠다.

"말해."

"무슨 일인가요! 클라우드 님이 실려 가셨다고 들었어요!"

펠릭스의 명이 떨어지기가 무섭게, 에단이 속사포처럼 질문을 쏟아냈다. 입안에 저 말이 가득했을 걸 생각하니 다시 웃음이 나왔다.

펠릭스가 다시금 웃자, 에단의 표정이 급격히 어두워졌다. 마치 광인이 광기를 각성한 모습을 목격한 사람처럼 두려워하는 듯이 보였다.

"은화는?"

펠릭스가 웃음을 거두며 질문을 던졌다.

"여기 있습니다!"

에단이 얼른 주머니에서 천 뭉치를 꺼냈다. 그러더니 소중하게 그 천을 풀어 은화를 꺼냈다. 얼마나 열심히 닦아놨는지 은화에선 빛이 뿜어 나왔다. 에단은 뿌듯한 얼굴로 은화를 내밀었다.

"이걸 왜 주는 거야?"

"공자님 것이니까요."

"……."

기가 찼다. 여태껏 자신의 선물인지도 모르고 있었던 모양이었다.

"보관해달라고 하셨잖아요. 잘 보관하고 있었습니다."

에단이 퉁퉁 부은 얼굴로 뿌듯한 표정을 지었다.

"……그래서 클라우드에게 안 준 거야?"

"네. 이걸 보관하는 게 제가 맡은 일이니까요."

그깟 은화에 절름발이가 될 뻔했다는데도, 에단의 얼굴은 참으로 천진난만했다. 펠릭스는 가슴 중앙이 답답해지면서 알 수 없는 뭔가가 확 솟구쳐오르는 걸 느꼈다. 아주 미미하게 풀려 있던 펠릭스의 표정이 단박에 굳었다.

왜 에단과 대화하다 보면 기분이 오락가락하는지 알 수 없었다.

"그깟 거 줘버리고 협박당해 빼앗겼다고 하면 될 거 아냐."

그 정도 융통성도 없냐는 듯 펠릭스가 뻐딱한 자세로 앉아 무섭게 물었다.

"그래도…… 처음으로 맡기신 일이잖아요. 최선을 다하고 싶었어요."

"……."

"이 은화 하나 못 지켜내면서, 제가 무슨 일을 더 하겠어요."

에단이 시선을 떨군 채 작은 목소리로 중얼거렸다. 에단을 지켜보던 펠릭스의 표정이 미묘해졌다.

생각지 못한 대답이었다. 어쩌면 다시 태어나지 않는 이상 자신은 평생 못 해볼 생각일지도 모른다.

저런 곧은 생각과 무식할 정도의 고지식함, 그리고 매일 자신에게 주는 즐거움이라면 곁에 둬도 되지 않을까 하는 생각이 조금 들었다.

"에단."

마음의 결심을 한 펠릭스가 그를 불렀다.

"네."

"……."

당차게 대답하는 에단을 보니 왠지 '정식으로 곁에 있는 걸 허락하도록 하지.'라는 말이 나오지 않았다. 저 퉁퉁 부은 얼굴로 활짝 웃다가 입술이 찢어지는 건 딱히 보고 싶지 않았다.

"다음에 이야기하도록 할게. 일단 얼굴 치료부터 받고 와."

"치료받은 얼굴입니다. 믿기지 않으시겠지만."

"……."

정말 믿기지 않았다.

피할 생각도 안 하고, 무식하게 맞은 모양이었다.

"아냐. 나가 있도록 해."

그로부터 일주일 후, 펠릭스는 에단에게 본인의 스케줄, 휴식 시간 등에 관해 간단히 전달했다. 멍하게 쳐다만 보는 에단에게 "일 안 할 건가 보지?"라고 묻자, 그제야 상황을 판단한 에단은 "열심히 하겠습니다!"라며 활짝 웃었다.

펠릭스가 예상했던 바로 그 미소였다.

그토록 귀엽고 재미있었던 에단은 시간이 지날수록 대담해졌다. 욱하는 성격이 있어서 가끔 도를 지나치면 화를 내기도 했고, 전대 버클리 공작에겐 아주 가끔 따지기도 했다. 그럴 때마다 전대 버클리 공작은 하염없이 그런 에단을 귀여워했다. 오히려 욱하는 모습을 보기 위해 골려주는 날도 있었다.

펠릭스 또한 마찬가지였다. 자신이 골릴 때마다 반응하는 에단을 보는 게 재미있었다. 에단을 보고 있으면 무감하던 세상이 조금은 살 만하다고 느껴졌다.

그랬던 에단이 마지막 날 일을 그만두겠다고 한 건, 그에겐 굉장히 충격적인 일이었다.

에단을 보았던 마지막 날로 돌아갈 수 있다면, 그는 제대로 묻고 싶은 게 많았다.

왜 일을 그만두는 건지.

여자라는 사실을 숨겨야 하기 때문에 점점 일이 힘들어지는 건지.

만약 네가 여자라는 걸 내가 안다면, 괜찮은 건지.

아니, 그보다도 더 묻고 싶은 건 따로 있었다.

다시는 만나지 못해도, 너는 괜찮은 건지…….

그 질문을 한다면, 이젠 더는 참지 못하고 말하게 되겠지.

아무래도 나는 제대로 살 수 없을 것 같으니, 곁에 있으라고.

펠릭스는 눈을 감은 채 숨을 깊게 들이마셨다. 아무리 노력해도 더는 이곳에서 에단의 향기가 나지 않았다. 알면서도 그는 오래도록 숨을 들이마셨다.

마치 할 수 있는 일이 이것밖에 없는 사람처럼.

"아가씨, 떨리시죠?"

늦은 밤, 글로리아의 머리가 엉키지 않도록 빗기며 엘레나가 상기된 얼굴로 물었다.

"글쎄. 아무런 생각도 안 드는데."

"에이, 그럴 리가요. 당장 내일이 결혼식이잖아요. 그것도 굉장히 아름답고 멋진 펠릭스 공작님과의 결혼이요. 아마도 공주님과 왕자님의 결혼식처럼 아름다울 거예요."

엘레나가 소녀처럼 얼굴을 붉힌 채 속삭이듯 말했다. 생각만으로도 즐겁다는 얼굴이었다. 그런 엘레나가 귀여워서 글로리아는 거울에 비친 그녀를 보며 빙긋 미소 지었다. 이어 엘레나가 재잘거리며 떠들기 시작했다. 드레스가 굉장히 아름답다느니, 아마 두 분이 나란히 서면 눈이 멀어버릴 거라느니 하는 말들이었다.

글로리아는 그 말을 한 귀로 흘려들으며 멍하게 앞을 바라보았다.

펠릭스 공작과 결혼이라니.

당장 내일이건만, 딱히 믿기지 않았다.

똑똑.

"글로리아."

문 너머에서 들리는 미들턴 백작의 목소리에 엘레나가 입을 다물었다.

"네. 들어오세요."

"잘 준비를 마쳤니?"

미들턴 백작이 다정한 미소를 지으며 물어왔다.

"네. 엘레나, 이제 가서 쉬도록 해."

"네. 내일 뵙겠습니다."

엘레나가 공손하게 인사를 하곤 물러났다. 그사이, 가까이 다가온 미들턴 백작이 글로리아의 머리를 쓰다듬어주었다.

"예쁘구나. 정말 펠릭스 공작은 보석을 얻는 거나 다름없어."

"앉으세요."

글로리아가 방에 마련된 티 테이블을 가리켰다.

"아니다. 잠시 얼굴만 보려고 왔단다. 내일이 되면 정신없어서 제대로 얼굴도 못 볼 것 같아서 말이다. 마지막으로 해줄 말도 있고."

"마지막이라니요."

글로리아가 옅게 웃으며 물었다.

"내일이면 넌 글로리아 미들턴이 아니라 글로리아 버클리가 되는 거니 말이다."

"……."

"넌 영원히 내 딸이겠지만, 글로리아 미들턴은 오늘이 마지막일 테지."

미들턴 백작이 말을 마친 후, 무릎을 굽히고 앉았다. 그러고는 글로리아의 두 손을 꼭 잡은 채, 그녀의 얼굴을 올려다보았다. 글로리아는 그런 미들턴 백작을 조용한 눈으로 바라보았다.

"너는 내일부터 글로리아 버클리겠지만, 네가 힘들거나 지치거나 혹은 더는 견딜 수 없을 때면 언제든 글로리아 미들턴으로 돌아와도 된단다. 알지? 나는 언제나 네 편이라는 걸."

"……."

"사랑한다, 내 딸."

미들턴 백작의 빛을 머금은 눈동자에 물기가 고여들었다. 최선을 다해 웃는 그의 얼굴을 바라보던 글로리아는 입술을 사리물었다.

맞잡은 손에서 뜨거운 온기가 전해졌다. 그의 마음은 이 손보다 더 뜨겁다는 걸 알고 있었다.

글로리아로 산 지 얼마 되지 않았지만, 자신을 향한 미들턴 백작의 마음이 얼마나 곧고 깊은지 알고 있었다. 그 마음이 한없이 고마우면서, 이젠 더는 한 집에서 티격태격하며 살 수 없다는 게 마음 아팠다.

이 마음을 예쁜 말에 담아 전하고 싶은데, 머릿속이 텅 비었다.

"식사 꼭 챙겨 드세요."

할 수 있는 말은 그저 이런 무뚝뚝한 말이었다.

"그래. 누구 말인데, 꼭 들어야지."

"꼭…… 드셔야 해요. 우시지 마시고요. 또…… 좋은 분 있으면 만나서 연애도 하시고요."

"마지막 당부는 도저히 지킬 수가 없을 것 같구나. 네 엄마보다 더 아름다운 사람을 만날 수 없을 테니."

미들턴 백작이 빙긋 미소 지었다.

"노력이라도 해보세요. 혼자 계시면, 제 마음이 불편해요. 시간이 되면 자주 찾아올게요. 공작저로 오게 되면 꼭 연락 주세요. 기다리고 있을게요."

"그래, 알았다. 내가 내일의 주인공을 너무 오랫동안 붙들고 있었구나. 편한 밤 보내렴."

미들턴 백작이 몸을 일으켰다. 그러고는 다시금 따스한 손으로 그녀의 머리를 쓰다듬어주며 미소 지었다.

"네가 있어서 아빠는 행복하단다. 늘 네 행복을 비는 내가 있다는 걸 잊지 마렴."

"……."

울컥, 가슴 깊은 곳에서 뭔가가 치솟아 올랐다. 자신이 처음부터 글로리아 미들턴으로 태어났으면 좋겠다는 생각이 처음으로 간절하게 들었다. 그랬더라면, 참 행복했을 텐데…….

"잘 자렴, 내 딸."

미들턴 백작의 손이 그녀의 머리카락에서 떨어졌다. 그의 손끝에 걸렸던 금발이 허공에 떠올랐다가 착 내려앉았다. 그 순간 마음을 누르고 있던 무언가가 툭 떨어져나갔다.

이때가 아니면 할 수 없을지도 몰라…….

그 생각에 그녀가 입술을 달싹였다.

"아버지."

"응?"

글로리아의 부름에 미들턴 백작이 돌아섰다.

"……감사해요."

"뭐, 이런 당연한 걸 고맙다고 그러니?"

미들턴 백작이 실없는 소리를 들은 듯 웃었다.

"그리고 또…… 해요."

"응?"

"키워주셔서 감사합니다. 저도…… 아버지, 좋아해요."

"……."

차마 낯 뜨거워서 사랑한다는 말은 하지 못하고, 좋아한다는 말로 둘러 표현했다.

잠시 멍하게 그녀를 바라보던 미들턴 백작이 눈을 접으며 웃었다. 그것도 잠시, 얼굴을 일그러뜨리더니 손등으로 눈가를 훔쳤다.

"네가 자진해서 그런 말을 하는 건 처음이구나."

"……그러게요."

자신도 이런 말을 자진해서 할 수 있다는 걸 처음 알았다.

"나도 참 많이 좋아한단다, 글로리아."

"……."

미들턴 백작이 빙긋 미소 지은 후, 방을 빠져나갔다. 홀로 남은 글로리아는 미들턴 백작이 나간 곳을 오래도록 바라보았다. 왠지 마음이 시큰거렸다.

펠릭스 버클리 공작과 글로리아 미들턴 영애의 결혼식은 대륙에서 가장 오래된 성당에서 치르게 되었다. 대륙에 처음으로 세워진 성당이라 그 규모가 작았다. 그 때문에 초대할 수 있는 하객 수가 극도로 적었다. 웬만한 대륙의 기념일보다 큰 행사가 될 거라는 기대와 달리, 자그마한 결혼식이 될 예정이었다.

이를 놓고 초대받지 못한 귀족들은 차별이라며 불만의 소리를 냈지만, 그 누구도 노골적으로 문제를 삼진 못했다. 결혼식의 절차와 장소는 당사자 집안이 결정할 문제일 뿐, 외부에서 지적할 일이 아니었다.

높은 십자가가 푸른 하늘을 찌르는 날, 길게 뻗은 하얀 카펫의 끝에 펠릭스 공작이 서자 사람들은 감탄했다. 성당의 십자가 뒤로 난 창가에서 쏟아져 들어오는 햇살에 그의 은발이 더욱 눈부시게 빛났다. 새까만 예복을 입은 은발의 공작은 정복을 입었을 때와 확연히 다른 분위기를 풍겼다.

그가 카펫 끝에 선 지 얼마 되지 않아 글로리아가 뒤를 이어 나타났다. 새하얀 드레스에 면사포로 얼굴을 가린 그녀의 모습에 하객들 사이에서 감탄사가 터져나왔다.

새하얀 피부, 면사포 너머로 보이는 높게 틀어올린 금발, 여린 몸매가 고스란히 드러나는 드레스 라인까지.

외관상으로 완벽한 한 쌍에게 압도당한 하객들은 입을 다문 채 그들을 바라보았다.

손을 맞잡은 두 사람이 동시에 입장했다. 발을 맞춰 걷던 두 사람은 짠 듯이 신부님 앞에 멈춰 섰다. 신부님은 손을 들어 그들에게 축복의 말을 전했다. 이후 신부님이 말씀을 전하는 동안, 글로리아는 눈을 내리깔았다.

'이전엔 펠릭스의 보좌관으로, 다시 살게 되어서는 펠릭스의 부인으로. 어디로 가든 펠릭스에게로 가야 한다면 이왕 이렇게 된 거, 남은 생은 부디 편했으면 좋겠습니다. 이것이 당신의 뜻이라면 당신의 뜻에 따라 살 테니 부디 좋은 길로 인도해주세요.'

속으로 기도를 올렸다.

이후 자신이 아는 이들을 위해서도 기도했다. 사무엘, 미들턴 백작, 엘레나 등등.

그 기도가 끝날 무렵, 신부님의 말씀도 끝이 났다.

"마주 서서 영원을 약속하는 입맞춤을 하도록 하겠습니다."

진행원의 말에 펠릭스와 글로리아가 마주 섰다. 글로리아는 면사포 너머에 있는 펠릭스를 바라보았다. 그가 면사포를 걷었다. 도저히 신부를 바라보는 눈이라고는 보이지 않는 무감한 눈이었다.

아름답지만 냉기가 도는 눈.

오히려 자신의 외모에만 빠져 좋다고 달려들며 귀찮게 구는 남자보단, 자신에게 적당히 거리를 두는 이 남자가 나을지도 모른다. 오히려 자유롭게 여태껏 못 하던 것들을 하며 살 수 있을 수도 있고…….

그녀가 좋은 쪽으로 생각할 때였다. 펠릭스의 고개가 기울어졌다. 그는 허리를 굽혀 다가오는 동안, 눈을 감지 않았다. 글로리아 또한 다가오는 그의 얼굴을 가만히 바라보았다. 그가 다가오는 모습이 느리게 보였다. 길게 뻗은 속눈썹과 우아하게 쭉 뻗은 눈매가 점점 시야로 들어왔다.

마침내 그가 눈을 감았다. 타이밍을 놓친 그녀는 눈을 감지 못했다. 짧게 머뭇거리는 사이, 입술이 닿았다.

아.

말캉하고 부드러운 느낌에 그녀는 자신도 모르게 속으로 소리 내었다. 차가울 것 같았는데, 의외로 따뜻하고 부드러웠다.

처음이었던 입맞춤은, 너무나 간결하고 아무렇지 않았다. 입맞춤이 끝난 후, 하객들이 큰 박수를 치고 나서야 글로리아는 정신이 돌아왔다.

"이로써 글로리아 미들턴이 글로리아 버클리가 되었음을 선언합니다."

그제야 자신의 결혼식이 끝나간다는 걸 깨달았다. 마지막 절차를 단 하나 남겨놓고 있었다.

"마지막으로 신부의 아버지인 미들턴 백작과 펠릭스 공작의 악수가 있겠습니다."

글로리아는 처음으로 하객석의 가장 앞자리에 앉아 있는 미들턴 백작을 바라보곤, 깜짝 놀랐다. 그가 울 거라곤 생각했지만, 눈물을 철철 흘리고 있을 줄은 미처 몰랐다. 자리에서 일어난 미들턴 백작은 전 재산을 들고 튄 놈을 바라보듯 무섭게 펠릭스 공작을 쳐다보더니 마지못해 손을 내밀었다.

"감사합니다."

펠릭스 공작이 손을 맞잡으며 짤막한 인사를 건넸다. 이어 미들턴 백작이 답인사를 해야 했다. 대체로 '잘 부탁하네.'나 '행복하길 바라네.'나 '우리 두 가문의 번창을 기원하네.' 같은 인사가 정석이었다. 그 모든 인사를 건너뛴 미들턴 백작이 조용한 목소리로 펠릭스에게 속삭였다.

"내 딸이 울었다는 소식이 들리면, 당장 데려가겠네. 늘 두 눈을 뜨고 지켜볼 거야, 펠릭스 공작."

축하인사는커녕, 새빨간 눈으로 신랑을 협박하는 미들턴 백작을 보며 글로리아는 조용히 눈을 감았다.

아, 머리야.

글로리아를 제외하고, 미들턴 백작의 말을 유일하게 알아들은 신부님의 표정이 미묘해졌다. 알아듣지 못한 하객들은 서로의 얼굴을 들여다보며 "들었어?"라고 물었다.

"축복해주셔서 감사합니다. 걱정 어린 당부, 늘 가슴에 새기겠습니다.”

펠릭스가 평소보다 큰 목소리로 대답했다. 그제야 하객들은 미들턴 백작이 그들을 축복했구나, 라고 추측하고선 입을 다물었다.

역시 노련해.

글로리아는 펠릭스의 옆얼굴을 쳐다보며 조용히 감탄했다. 당황하거나 기분 나쁠 만하건만 그는 표정 변화 하나 없었다. 오히려 여유롭게 미소 지으며 하객들의 동요를 멎게 만들었다.

미들턴 백작은 아쉬운지 글로리아의 손을 한 번 슬쩍 잡아주고는 자리로 돌아갔다.

손을 다시 맞잡은 두 사람은 하얀 카펫을 따라 왔던 길로 걸어나갔다. 두 사람의 머리로 영원한 사랑을 의미하는 하얀 꽃잎들이 쏟아져 내렸다.

하얀 카펫을 따라 걸어나온 글로리아는 열린 문 너머로 내리쬐는 빛을 바라보았다.

부디 자신의 미래가 이토록 찬란하기를.

그녀는 입구에서 쏟아져 들어오는 눈부신 빛을 바라보며 간절하게 빌었다.

06

결혼식을 마친 후, 그들은 곧장 버클리 공작저로 향했다. 짐을 마차에 싣는 동안, 편한 옷으로 갈아입은 글로리아가 방문을 열고 나섰다. 새로운 안주인인 그녀를 안내하기 위해 앨버트가 기다리고 있었다.

"나오셨습니까? 안내하겠습니다."

"저, 앨버트."

"네."

"신혼여행지가 어디죠?"

글로리아의 물음에 앨버트가 빠르게 눈을 깜빡였다.

결혼식의 주인공이 신혼여행지를 아직까지 모르고 있다니.

"아아, 다른 준비로 바빠서 여행지에 관해서는 공작님께 모두 맡겼거든요. 어제 서신을 보내 물어본다는 걸 정신이 없어서 잊었네요."

앨버트가 눈에 띄게 당황한 걸 본 글로리아가 말을 꺼냈다. 사실 그다지 관심이 없기도 했다.

"북동쪽 작은 성으로 갑니다."

"……북동쪽 성이요? 혹시……."

글로리아가 말끝을 흐렸다. 뭔가를 짐작한 듯 그녀의 눈동자가 가늘게 떨렸다.

"아시는 분이 많이 없으신데, 알고 계시나 봅니다. 예상이 맞으신지 모르겠지만 '사엘 성'입니다. 성의 규모가 작지만, 여기서 보기 드문 눈을 볼 수 있는 곳이지요. 성의 창문에 서서 쏟아지는 눈을 바라보는 게 절경이랍니다. 많은 분들이 사엘 성에 가보고 싶어 하시지요."

앨버트는 혹시나 글로리아의 마음에 들지 않을까 봐, 구구절절 설명했다. 그런데 왜인지 설명할수록 글로리아의 표정이 점점 어둡게 변했다. 말을 마쳤을 땐, 얼굴에서 표정이 사라지고 없었다.

"괜찮으십니까?"

앨버트가 걱정스러운 표정으로 쳐다보자, 그제야 글로리아의 눈에 초점이 돌아왔다.

"……아, 네."

"추운 걸 싫어하시나 봅니다. 시간이 조금 있으니 하녀들에게 두꺼운 옷을 더 준비하라고 일러두겠습니다."

"네. 그럼 저는 잠시 방에서 기다리고 있을게요."

글로리아는 여상하게 대답하곤 돌아섰다. 앨버트가 하녀들을 불러 일을 진행하는 동안, 글로리아는 의자에 앉았다.

신혼여행지로 거기를 택할 줄이야. 펠릭스와 있으면 늘 허를 찔리긴 했지만, 이렇게 될 줄은 몰랐다.

사엘.

갑작스레 폭우가 쏟아지는 겨울의 땅. 대륙의 번영을 위해 수많은 전쟁이 벌어진 곳. 눈과 얼음을 떼어내면 영혼들의 곡소리가 울린다는 땅.

죽어도 가지 않겠다고 다짐한 그곳에 갈 줄이야…….

「에단.」

가슴에 묻어둔 목소리가 웅 울렸다.
글로리아는 두 손에 얼굴을 파묻었다.

마차를 타고 가는 내내 글로리아의 시선은 마차의 작은 창문 너머를 향했다. 마차가 덜컹거릴 때마다 축복의 의미로 뿌려진 새하얀 꽃잎들이 툭툭 떨어져 내렸다. 노을이 지는 풍경 속에 떨어지는 꽃잎을 보는 사람의 표정치곤 글로리아의 얼굴은 몹시 어두웠다.
"피곤한 건가."
펠릭스가 마주 앉은 글로리아를 보며 물었다.
"조금요."
"누가 본다면 내가 끌고 온 줄 알겠군."
"그럴 리가요. 제가 선택한 일인데요."
꼬박꼬박 대답하면서도 글로리아의 표정은 돌아오지 않았다.
"사엘은 멀어서 오늘 밤은 다른 곳에서 묵고 가야 할 거야."
예상하고 있던 일이기에, 글로리아는 가볍게 고개를 끄덕였다.
"네."
그들을 실은 마차가 사엘 성과 본 저택 사이에 있는 성 앞에 멈춰 섰다. 버클리 가문이 관리 중인 별장이었다. 별장이라고 하기엔 그 규모가 웬만한 자작의 저택과 맞먹었다. 그들의 방문을 미리 알고 있었던 관리인들은 일자로 서서 대기 중이었다.
마차의 문이 열리고 펠릭스가 내리자, 사람들이 일제히 고개를 숙였다가 들었다.

"주인님의 방문을 기다리고 있었습니다."

가장 나이가 많은 관리인이 고개를 숙여 인사했다. 오랜만이라는 인사도 없이 펠릭스는 가볍게 고개를 끄덕이곤, 돌아섰다. 그러고는 돌아서서 글로리아를 향해 손을 내밀었다. 잠시 의외라는 듯 바라보던 그녀는 그의 손을 잡았다.

그의 손은 필요 없지만, 관리인들이 다 보고 있는 곳에서 거절할 순 없었다.

"이 정도의 친절도 기대 안 한 얼굴이군."

앞서 걷는 관리인의 등을 바라보며 펠릭스가 말했다.

"귀찮으실 텐데 앞으로 안 하셔도 돼요."

"하지 말라는 말처럼 들리는데."

"아니에요. 최대한 공작님 편의를 살피려는 겁니…… 거예요."

펠릭스와 있을 때 조금이라도 방심하면 예전처럼 '습니다'로 말하려 했다. 그녀가 얼른 말투를 고쳤다.

"편의를 살핀다라. 누가 보면 내 보좌관인 줄 알겠어."

"……."

그의 말에 글로리아는 입을 꾹 다물었다. 그렇게 보이지 않으려고 애쓰는데 티가 나는 모양이었다.

다음부턴 더 조심해야 할 듯했다.

두 사람이 안내받은 방은 저택에서 가장 큰 곳이었다. 커도 침대는 하나였다. 새삼 결혼했다는 사실이 닥쳐왔다. 하녀들에게 지시해 하루치 옷만 정리해놓은 후, 그녀는 저녁을 먹을 준비를 했다. 빨리 저녁을 들고 잘 생각이었다.

한 달간 결혼을 준비하느라 정신없었던 데다, 오늘은 새벽같이 일어나 여기저기 다니느라 정신이 없었다. 간단한 산책과 적당한 식이 요법으로 체력이 붙긴 했지만, 이 벅찬 스케줄을 감당하기엔 무리였다.

그녀는 대충 준비를 마친 후, 일찍 준비를 마친 펠릭스 공작과 함께 식당으로 내려왔다. 펠릭스가 미리 지시를 해두었는지 테이블엔 먹음직스러운 음식이 깔려 있었다. 그러나 지나치게 피곤해서인지 음식이 입에 들어가지 않았다.

"사엘 성에서는 얼마나 머무르는 건가요?"

글로리아가 소화하기 쉬운 음식들을 골라 접시에 옮겨 담으며 물었다.

"머물러봐야 알겠지만, 일주일은 넘지 않을 생각이야."

"다행이군요."

"사엘 성이 마음에 안 드는 얼굴이군."

"꽤 추운 곳이라고 해서 조금 걱정되어서요."

글로리아는 둘러 대답했다.

"어차피 한 번은 가야 하는 곳이니, 지금 가는 게 좋을 거야. 공작저에 적응할 만한데 다른 성으로 여행을 가버리면 곤란하니까."

"배려해주셔서 감사합니다."

"미안하게도, 앨버트의 생각이야."

그럴 줄 알았다. 그가 이런 배려를 할 리가 없었다.

"그럼 제가 따로 감사하다고 말할게요."

글로리아의 말에, 펠릭스는 더 이상 대답하지 않았다.

이후 조용한 식사 시간이 이어졌다. 글로리아는 다른 생각에 잠겨 식사를 하느라 알지 못했다. 펠릭스가 한 번씩 자신의 얼굴을 빤히 건

너다본다는 것을.

   사엘 성에 가는 것도 골치 아픈데, 문제는 당장 닥친 이 밤이었다.
   다른 생각에 정신이 팔려 있느라 글로리아는 밤이 코앞까지 다가온 줄 몰랐다. 하녀들과 하인들이 필요한 물품들을 챙겨둔 후, 1층으로 싹 빠져나간 후에야 알아챘다.
   침실에서 잠옷을 챙기다 말고 긴 한숨을 내쉬었다.
   관계를 하겠다고 계약서에 명시가 되어 있으니, 그 밤은 오늘일 게 분명했다.
   펠릭스 공작과 그런 거라니……. 할 수 있나? 그냥 가만히 있으면 되는 건가? 아프다던데……. 불방망이라던데……. 그런데 왜 불방망이지……? 엄청 뜨거운 건가.
   글로리아는 항간에 떠돌던 말들을 떠올리며 곰곰이 생각에 잠겼다. 그러나 아무리 생각해봐도 어떤 건지 가늠이 되지 않았다.
   어린 시절부터 험하게 지내긴 했지만, 성인 남자의 그곳을 본 적은 없었다. 더러 골목길에서 창녀들과 뒤엉켜 뭔가를 하는 사람들을 목격했지만, 그곳은 어두운 데다 에단 쪽에서 의도적으로 고개를 돌려 외면하곤 했다. 그 때문에 귀동냥으로 들은 정보만 있을 뿐이었다. 그게 이제 와서 답답할 줄이야.
   에잇, 이왕 이렇게 된 거.
   글로리아는 될 대로 되라는 표정을 지었다. 어차피 이럴 줄 알고 결혼했다. 이왕 닥친 거, 죽는 것도 아니니 못 참을 것 같진 않았다. 뭘 해도 시궁창에서 살던 때보단 좋을 것 같았다.
   그녀는 잠옷을 챙긴 후 숨을 깊게 들이마셨다. 이제 잠옷을 챙겨 홀로 욕실에 들어가서 샤워를 하는 일만이 남았다. 본래 하녀들이 씻는 걸 도와야 했지만, 아직 타인의 손길에 적응하지 못한 글로리아가 모두를 물렸다. 왠지 민망해서 잠옷에도 손대지 못하게 했다.

"후우."

긴 한숨을 내쉰 그녀가 용기를 내어 돌아섰다. 침실에 있을 줄 알았던 펠릭스 공작이 보이지 않았다.

"공작님?"

그녀의 부름에도 주변은 조용했다. 어느새 공작은 침실을 빠져나간 모양이었다. 오랜만에 찾은 저택이니 관리인에게 전달할 말이 있을 수도 있었다. 그리고 보니 관리인을 찾았던 것 같기도 했다.

"후우."

안심이 된 그녀는 잠옷을 품에 꼭 안은 채, 조금 가벼운 발걸음으로 침실 옆 복도를 걸어갔다. 물소리가 들리지 않는 걸로 봐선 펠릭스 공작은 확실히 욕실에 없는 듯했다. 그녀는 거침없이 욕실 문을 열어젖혔다.

뜨거운 김이 밀려 나와 시야를 가렸다.

왜……?

의문이 채 끝나기도 전에, 김이 사라지며 한 사람의 모습이 보였다. 젖은 은발의 남자가 문 앞에 서서 그녀를 내려다보고 있었다. 눈이 마주치자, 그가 의외라는 듯 고개를 기울였다.

왜 생각지 못했을까. 펠릭스 공작의 샤워가 끝나 그가 몸을 닦고 있을 거라는 걸……. 거리가 멀어 침실에선 물소리가 들리지 않았을 거라는 걸.

미처 닦지 못한 물방울이 그의 몸을 타고 흘러내렸다. 일자로 곧게 뻗은 쇄골, 탄탄한 가슴, 근육질의 납작한 배, 그리고…….

……안 돼. 보면 안 돼.

글로리아는 최선을 다해 시선을 내리지 않기 위해 애썼다.

"영애가 이렇게 대담한 줄 미처 몰랐군. 이럴 줄 알았으면 같이 씻을 걸 그랬어."

펠릭스의 입술이 삐딱해지더니, 묘한 표정을 지었다. 그의 눈이 가늘어졌다. 정말 의외라는 얼굴이었다.

"죄송합니다. 제 불찰입니다. 안 계신 줄 알았습니다."

자신도 모르게 에단처럼 딱딱하게 말한 그녀가 다시금 욕실 문을 닫으려 할 때였다.

탁!

닫히는 문을 붙든 손이 천천히 힘을 주어 열었다.

순간, 글로리아의 가슴이 철렁 내려앉았다.

본능적으로 손에 힘을 주었지만, 문은 속절없이 벌어졌다. 다시금 벌어진 틈으로 남은 김이 흘러나왔다. 마침내 글로리아는 펠릭스와 마주 섰다. 그가 한 발자국 다가오자, 금방이라도 몸이 닿을 것처럼 가까워졌다.

"저…… 아직 안 씻었어요."

"알아."

"…….."

아는데 왜 이래?

글로리아가 불안한 눈으로 펠릭스를 바라보았다. 그가 고개를 숙이더니 그녀의 얼굴을 핥듯이 훑어보았다. 그 묘한 시선에 글로리아는 온몸이 얼어붙는 걸 느꼈다. 그가 얼굴을 조금 더 숙였다.

그러자 야릇하게 벌어진 입술, 살짝 내리뜬 긴 눈, 깨끗한 피부가 눈에 들어왔다. 숨을 들이쉴 때마다 펠릭스에게서 맡았던 그만의 향이 콧속으로 훅 밀려들어왔다. 이 모든 것들이 무엇을 의미하는지 본능적으로 알아챈 글로리아는 눈을 꽉 감았다.

어차피 할 거, 이러나저러나!

극에 달하면 대책 없어지는 그녀답게 될 대로 되라는 생각뿐이었다. 그러나 감은 눈이 한참이나 바들바들 떨리는데도 아무런 느낌도 들지 않았다. 느릿하게 눈을 뜨자 펠릭스의 입술이 이전보다 위를 향해 있었다.

"영애가 기대를 많이 하고 있나 봐. 실망시켜서 미안한데."

"……기대한 거 아닙니다."

"또, 그런 말투군."

펠릭스의 눈이 가느스름해졌다.

"…….."

"그래서 자꾸 영애를 놀리고 싶어져."

꼭 누구 같거든.

펠릭스가 속으로 한마디를 덧붙이며 허리를 일으켰다. 그러더니 그녀를 지나쳐 복도로 걸어갔다.

저벅저벅, 멀어지는 발소리를 듣던 글로리아는 다리에 힘을 주어 욕실로 들어섰다. 미미하게 남은 김을 들이마시고서야 자신이 옷도 벗지 않고 들어왔다는 걸 알았다. 드레스를 벗어 대충 문밖에 던져둔 그녀는 가슴을 쓸어내렸다.

아무리 인생을 힘들게 살았다지만, 여자로서 이런 경험은 처음이라 떨렸다. 더군다나 상대가 펠릭스라면 더더욱 그러했다.

"하아."

한숨을 쏟아낸 그녀는 주변을 둘러보았다. 커다란 통에 뜨거운 물이 한가득 담겨 있었다. 그녀는 물 한 바가지를 퍼 몸에 끼얹었다. 따뜻한 물에 닿자 몸이 노곤해졌다. 그러면서 동시에 정신이 들었다.

긴장하지 말자. 이것보다 더 힘든 삶에도 적응했다. 이 정도쯤이야 별것 아니다.

그녀는 의지를 다지듯 숨을 깊게 들이마셨다.

"콜록, 콜록!"

그러다 뿌연 김을 잘못 들이켜 기침을 터트려야 했지만.

샤워를 마친 글로리아는 잠옷을 집어들었다. 분홍빛 긴팔 레이스 잠옷이었다. 지나치게 하늘거려 마음먹고 힘을 주면 찢어질 것 같았다. 아무리 생각해도 과하다.

하지만 며칠 전 엘레나가 가져온 다른 잠옷들에 비하면 퍽 양호했다. 나머지 잠옷들은 잠옷이라 부를 수조차 없었다.

그중 요즘 없어서 못 판다는, '남자들이 두 번 반해' 잠옷은 끔찍했다. 그건 옷이 아니라 모조리 레이스였다. 가슴과 엉덩이가 모조리 비칠 것 같았다.

「이, 이런 걸 입어? 아니. 입는다고 표현해도 되는 거야? 어디가 입구야? 위아래도 모르겠어.」

도저히 믿을 수가 없어 되묻자 엘레나가 얼굴을 붉혔다.

「입는대요. 저도 처음 알았어요. 귀족가 여성들 사이에서 가장 유행이래요. 이걸 입으면 남자들이 깜빡 넘어간다나요.」

「난 안 입어.」

「그러지 말고 도전해보세요. 펠릭스 공작님이 좋아하실 거예요.」

「내가 안 좋아.」

글로리아는 절대로 입을 수 없다며 완강히 거부했다. 옷 같지도 않은 레이스를 입고 펠릭스 앞에 설 자신이 없었다. 엘레나는 두어 번 추천하다가 그녀가 정색하자 슬며시 치웠다. 다른 옷들도 상태는 별로였다.

도저히 입을 잠옷이 없어서 평소에 입는 파자마를 입겠다고 우겼다가 엘레나가 '그건 너무하잖아요, 아가씨.'라며 매달리는 바람에 생각을 접었을 정도였다.

결국 엘레나와 머리를 맞대고 고민한 결과 그녀가 사온 잠옷 중 가장 무난한, 팔에만 레이스가 있는 분홍색 잠옷을 골랐다. 그땐 이게 무난해 보였는데, 지금은 굉장히 야하게 보였다.

그러나 이젠 선택지가 없었다. 벗고 가든지, 이거라도 입고 가든지였다.

글로리아는 분홍색 레이스 잠옷을 입었다. 드레스와는 색다른 불편함에 그녀는 다시금 긴 한숨을 내쉬었다.

이제 살다 살다 이런 옷까지……. 아무래도 이번 생은 망한 것 같다.

그녀는 벗어놓은 드레스와 타월들을 챙겨 바구니에 담아놓았다. 내일 아침이면 하녀들이 수거해 세탁해서 돌려줄 거다.

할 일을 모두 마친 글로리아는 숨을 들이켰다. 그러고는 전장에 나가는 기사처럼 비장한 걸음으로 긴 복도를 걸어갔다.

마침내 시야에 침대가 들어왔다. 펠릭스는 하반신에 이불을 덮은 채 침대에 누워 있었다. 상체를 벗고 있는 걸로 봐선 머리를 대충 말리자마자 침대에 들어간 듯했다.

인기척을 느낀 펠릭스가 고개를 돌려 복도 끄트머리에 서 있는 글로리아를 보았다.

"거기서 뭐하는 거지?"

"가는 중이었습…… 어요."

글로리아가 얼른 말끝을 고쳤다.

"그렇게 안 보이는데. 거기서 잘 건가?"

"아뇨."

글로리아가 고개를 가로저으며 발을 내딛었다. 느릿하게 걸어온 그녀는 얌전히 이불을 들추고 그의 옆자리에 누웠다. 그러자 그가 기다렸다는 듯이 몸을 옆으로 돌려 눕더니, 손으로 머리를 괴었다. 삐끗해서 넘어지면 몸이 겹칠 것 같았다.

"굉장히 반듯하게 누워 자나 보군."

펠릭스는 반듯하게 누워 있는 글로리아를 내려다보며 말했다.

"네."

"가슴 앞에 두 팔을 올려놓고서?"

"……네."

글로리아는 그제야 자신이 가슴 앞에 팔을 교차해놓고 있었다는 걸 알았지만, 본래 그렇게 자는 것처럼 대답했다.

이후 방 안이 고요해졌다. 침묵이 몸을 짓눌렀다. 그녀는 이 무게감이 펠릭스의 시선 때문이라는 걸 알았다. 이 어색함이 싫어서 뭐라도 해줬으면 했지만, 왜인지 그에게선 어떤 움직임도 없었다.

혹시, 할 생각이 없는 건가.

그리고 보면 그가 다른 여자와 뒤엉켜 있는 걸 본 적이 없다.

어쩌면 자신에겐 말하지 않았지만, 못 하는 몸일지도……? 하지만 계약서상 일주일에 2회씩 관계를 갖겠다고 했는데……?

이런저런 생각을 하던 글로리아가 입술을 달싹였다.

"혹시 옆자리에 사람이 있는 게 싫으면 말씀하세요."

"그럼?"

펠릭스가 무표정한 얼굴로 물었다.

"소파에서 잘게요. 바닥도 괜찮고요."

"영애가 바닥에서 잔다고? 바닥은 불편해."

"알고 있어요."

곱게 자란 영애가 침대가 아닌 바닥에서 잠들 일이 있었을 리가. 설령 바닥에서 자게 되더라도 그녀를 싸고도는 미들턴 백작이 그냥 둘리 없었다. 침대급으로 이불을 쌓아줬을 게 분명했다.

"꼭 바닥으로 보내달라는 말처럼 들리는군."

"아니에요."

"그럼 다행이군."

펠릭스가 대답하더니 몸을 돌려 반듯하게 누웠다. 천장을 바라보던 글로리아는 눈을 깜빡였다.

"내일은 오늘보다 더 힘들 테니 푹 쉬도록 해."

그가 협탁 위에 놓여 있던 등을 껐다. 그러자 깊은 어둠 속으로 떨어진 듯 한 치 앞도 보이지 않았다. 그게 끝이었다. 마음의 준비를 한 게 무색할 만큼, 어떤 일도 일어나지 않았다.

왜……?

잠시 의아함이 들었다. 그러나 대놓고 물어볼 수도 없는 터라, 그녀는 눈을 감았다. 시간이 지나자 차라리 잘됐다는 안도감이 들었다. 몸도 피곤했는데 체력을 소진할 필요가 없어서 다행이었다.

그나저나 펠릭스 공작의 옆자리에 누워서 잠이 제대로 올 리가…….

그 생각이 무색하게도, 그녀는 생각이 끝나기도 전에 잠이 들었다.

이른 새벽, 몸을 일으킨 펠릭스는 여명에 비친 글로리아를 바라보았다. 평소 가슴 앞에 팔을 놓고 반듯하게 잔다는 말과는 전혀 다른 자세였다. 그녀는 옆으로 누워 몸을 동그랗게 말고 있었다. 하얀 침대 위로 긴 금발이 흐트러져 있었다.

결혼 첫날밤, 관계를 갖지 않은 게 여자로서 치욕적일 텐데도 그녀는 단 한 마디 언급도 없었다. 오히려 안심한 듯 얕은 한숨을 내쉬더니 금세 잠이 들었다.

밤새 잠이 오지 않은 건 그였다. 여자가 무방비하게 레이스 잠옷을 입고 곁에서 잠들어 있었다. 문제가 있는 남자가 아닌 보통 남자라면 충분히 반응할 만한 상황이었다. 다만, 내키지 않았다.

그가 글로리아를 택한 건, 꼭 결혼을 해야만 하는 상황이었고 그나마 에단을 떠올리게 하는 이 여자가 괜찮겠다는 판단이 들었을 뿐이었다. 그 적당한 무난함뿐, 그 이상의 감정이 아니었다. 그렇다 보니 자연스레 그녀에게 손이 나가지 않았다.

에단이 생각날 뿐, 에단은 아니었으니까.

어쩌면 에단과 비슷해서 더 손을 못 뻗었는지도 모른다.

그럴 리 없겠지만, 만약 에단과 결혼을 했다면…….

그 생각을 하던 펠릭스의 눈빛이 탁해졌다. 도저히 상상이 되진 않지만, 단 하나는 확실했다.

절대로 이 밤을 이렇게 보내지는 않았을 거라는 것.

펠릭스가 일어난 지 몇 시간이 흐른 후에야 글로리아는 일어났다. 정신 못 차리고 푹 잠들었다는 걸 깨어나서야 알았다. 결혼식을 마치자마자 피곤한 몸으로 마차를 몇 시간 탔더니 몸이 굉장히 피곤했던 모양이었다.

옆자리는 텅 비어 있었다. 시트 아래에 손을 넣어보니 떠난 지 꽤 된 듯 싸늘했다. 자신이 생각했던 결혼 첫날밤과는 완전히 달랐지만, 이것도 괜찮았다. 좋은 침대에서 푹 쉴 수 있는 것만으로도 행운이었으니까. 어쩌면 첫날밤을 여행지인 사엘 성에서 치르려고 하는지도 몰랐다.

생각을 마친 그녀는 대충 머리를 묶은 후, 몸을 일으켰다. 문을 열어 소리를 내자 대기 중이던 하녀들이 우르르 들어왔다. 그녀들은 공손하게 인사한 후, 미리 연습이라도 한 듯 자연스럽게 침대 시트를 회수하고 세탁물들을 챙겼다.

그들은 아무것도 묻지 않은 침대 시트가 의아할 만도 하건만, 신경 쓰지 않는 듯했다. 그들이 우르르 몰려나간 후 한 명의 하녀만 남아 그녀의 머리를 손질해주었다.

"공작님은?"

그녀가 묻자, 하녀가 눈을 내리깔며 대답했다.

"서재에서 관리인님과 대화 중이세요."

여기 와서도 일이 많은 모양이었다.

준비를 마친 글로리아가 펠릭스를 다시 만난 건 아침식사를 하기 위해 식당으로 내려왔을 때였다. 아무 일도 일어나지 않았지만, 같은 침대를 써서 그런지 눈을 마주하기가 민망했다. 그러나 글로리아는 어색함을 내색하지 않았다.

그들은 나란히 앉아 식사를 시작했다. 본 저택보다 식사의 질이 전반적으로 떨어졌지만 정성스럽게 준비한 티가 났다. 거기다가 배가 고픈 터라 그녀의 입엔 굉장히 맛있었다.

"오늘은 무리를 해서라도 사엘 성에 도착할 예정이야."

펠릭스의 말에 글로리아는 작게 고개를 끄덕였다. 이곳에서 사엘 성까지 가는 중간에 쉴 만한 곳이 없다는 건 그녀도 알고 있었다. 다만, 한 가지가 궁금했다.

"그런데 왜 사엘 성으로 여행지를 정했는지 알 수 있을까요?"

"조용하게 쉴 수 있는 곳이거든. 거기서 꼭 확인할 게 있기도 하고."

그의 목소리가 한층 낮아졌다. 그는 의미심장한 말을 남긴 후, 더는 입을 열지 않았다.

아침식사를 마치자마자 출발했음에도, 사엘 성이 있는 북동쪽 지역에 들어섰을 땐 저녁식사 시간을 훌쩍 넘긴 때였다. 북동쪽 성벽을 넘어 성이 있는 곳까지만 해도 거리가 꽤 돼서 마차는 끝없이 달려야 했다.

글로리아는 자그맣게 난 창문 너머를 바라보았다. 창문 너머로 들어오는 바람이 얼굴을 얼릴 듯했지만, 좁은 마차 안에 앉아 벽만 보고 있는 것보단 나았다.

펠릭스도 열린 창문에 대해 아무 말 하지 않았다. 어쩌면 책을 보고 있어서 못 느끼는 건지도 몰랐다. 그녀도 준비해 온 책이 있긴 하지만, 지금은 책을 볼 기분이 아니었다.

달그락.

말굽 소리가 멎었다. 뒤이어 마차가 흔들거리며 뒤따라 멈춰 섰다. 똑똑, 두드리는 노크 소리와 함께 마차 문이 열렸다. 그러자 두툼한 옷을 입은 저택 관리인이 그들을 바라보고 있었다.

"인사드립니다."

오랜만에 주인을 맞이한 관리인의 얼굴은 기쁨에 잔뜩 상기되어 있었다. 그들은 관리인의 안내를 받아 저택으로 들어섰다. 칼바람을 이겨내기 위해 단단하게 지은 성 안은 공터에 가까울 정도로 휑하게 느껴졌다.

본 저택을 비롯해 에단이 자주 방문했던 저택은 관리를 했지만, 이곳은 일부러 신경 쓰지 않았다. 그랬더니 이렇게 처참한 상태가 되었다.

조슈아에게 모조리 맡겨놓는 게 아니었는데.

글로리아는 나오려는 한숨을 꾹 참았다.

관리인의 안내를 받아 그들은 침실로 곧장 향했다. 어제보다 더욱 고강도 스케줄이었기에 온몸이 뻐근했다. 펠릭스는 짐을 내려놓은 후, 서재에 다녀오겠다는 말을 남긴 후 사라졌다.

다행히 편안하게 샤워를 할 수 있게 된 글로리아는 오늘만큼은 피할 수 없는 날이겠구나, 라고 생각하며 잠옷을 챙겨 입었다. 그러나 그 예상이 무색하게도, 오랜 시간이 흐르도록 그는 침실로 돌아오지 않았다.

저택을 오래 비워놓을수록 확인해야 할 일들이 많았다. 특히 이곳은 대륙의 북동쪽 경계 지역으로, 전쟁이 잦고 다른 소수 민족이나 타국에서 도망친 범죄자 집단의 침범이 많은 곳이었다.

거기다 마지막으로 남은 마물들의 땅이라 불리는 오너 산맥의 끝자락도 이곳에 걸쳐져 있었다. 다행히 무슨 이유에서인지 마물들은 오너 산맥 밑으로 내려오지 못하고 있었기에 안전하긴 했지만 간접 피해는 있었다. 마물들은 내려오지 못하는 대신 이따금씩 나무를 뽑거나 거대한 돌들을 이쪽으로 던져 인간들을 위협하기도 했다.

이 모든 것들을 간간이 보고받고 있긴 하지만, 일이 많아 정확한 상황 파악은 힘든 상태였다. 그 때문에 이곳에 온 김에 제대로 확인하려는 게 분명했다.

그의 일을 잘 알기에 혼자 남겨진 것이 섭섭하지 않았다. 오히려 지금은 그가 없어서 편안했다.

글로리아는 침대에 모로 누웠다. 벽난로에서 따뜻한 온기가 흘러나왔다. 그녀는 어두운 창밖을 멍하니 바라보았다.

휘잉.

세찬 바람소리가 들렸다. 마차에서 내렸을 즈음, 작은 눈송이가 떨어졌으니 밤새 눈이 퍼부을 거다.

눈에 덮인 이 성은 더더욱 꽝꽝 얼어붙겠지.

'에단.'

다정하게 저를 부르는 소리가 들렸다. 끝이 희미하게 꺼져가는 그 목소리.

얼굴을 찌푸린 글로리아는 그 목소리를 떨치려는 듯 고개를 가로저었다. 억지로 머리를 비운 그녀는 잠으로 도피하려는 듯, 눈을 꽉 감았다.

읽고 있던 서류가 지나치게 눈부시다는 생각에 고개를 들었다. 화창한 햇살이 창문을 치고 들어왔다. 펠릭스는 그제야 자신이 밤새 이곳에 있었다는 사실을 깨달았다. 또 한 번, 아내를 혼자 잠들게 한 것이었다.

그러나 그는 급하게 침실을 찾는 대신, 관리인을 불러들였다.

"여기 계셨습니까?"

관리인이 깜짝 놀란 얼굴로 물었다. 펠릭스의 차림새가 어젯밤과 같다는 사실을 안 그는 상황을 쉽게 유추했다. 그러다 저를 보는 눈동자와 마주친 순간, 얼른 눈을 내리깔았다. 그간 펠릭스를 보지 못해 그가 어떤 성격인지 잠시 잊고 있었다.

"글로리아는?"

"아침식사 중이십니다."

"혼자서?"

"네."

떨어져 지낸 어젯밤이 아무렇지 않은 건 자신만이 아닌 모양이었다. 그러자 기분이 묘했다. 눈썹을 살짝 치켜올린 그는 관리인을 바라보았다.

"저, 그런데 카시아 님이 새벽부터 와서 기다리고 계셨습니다."

"그런 건 일찍 보고했어야지."

펠릭스가 차갑게 말했다.

"어젯밤 노크도 하지 말라고 하셔서 대기 중이었습니다. 카시아 님도 기다리는 게 편하니 굳이 말씀하지 말라고 하셨고요."

"오시라고 해."

"네. 알겠습니다."

관리인이 나간 후, 얼마 지나지 않아 지팡이를 짚은 백발의 노인이 안으로 들어섰다. 겨울 칼바람을 헤치고 왔다기엔 지나치게 얇은 옷이었다. 좀처럼 일어나는 법이 없는 펠릭스도 카시아의 앞에선 일어섰다.

그는 자신의 아버지이자 전대 버클리 공작의 스승이었다. 그는 백 살이 훌쩍 넘었음에도 정정했다. 나이뿐만 아니라 그는 모든 게 수수께끼에 싸인 사람이었다. 그 누구도 거주지를 아는 사람이 없었다. 옷을 몇 겹씩 입어도 추운 이 칼바람에 얇은 옷만 입고 다니는 게 어떻게 가능한 건지도 알 수 없었다. 가족도 없었고, 몇 년 만에 한 번씩 만나도 늘 같은 모습을 하고 있었다.

카시아에 관해서는 전설 속의 드래곤이다, 엘프다 하는 말들이 많았지만 정체가 밝혀진 건 아무것도 없었다. 유일하게 카시아에 대해 아는 전대 버클리 공작은 입을 다문 채 유명을 달리했고, 카시아는 늘 그렇듯 자신에 대해 말을 아꼈다.

"오랜만일세."

카시아가 주름진 얼굴에 미소를 지었다.

"그간 잘 지내셨습니까?"

"못 지냈지. 네놈이 결혼하지 않는 바람에 내 마지막 일이 끝나지 않아 죽을 수도 없었거든."

"누가 들으면 원하는 때에 죽을 수 있는 줄 알겠습니다."

"가능하지. 인간이 태어나는 건 본능이지만, 죽는 건 의지만으로도 가능한 일이니까. 하, 나이가 들었더니 길게 말하는 게 힘들구만.
본론부터 말하도록 하지. 네놈이 나를 부른 이유는 하나뿐일 테니까.
자.”

카시아가 가슴속에 품고 있던 두툼한 종이뭉치와 작은 주머니를 꺼
내 테이블 위에 내려놓았다.

“……이겁니까?”

펠릭스가 낮은 목소리로 물었다.

“응. 이걸세. 자네가 결혼하면 주라고 자네 아버지가 말했던 마지막
물건.”

“…….”

펠릭스는 고요한 눈으로 종이뭉치와 주머니를 바라보았다. 그의 아
버지는 유언에 ‘네가 결혼을 하면 카시아가 찾아와 내 마지막 물건을
전해줄 것이다.’라고 남겼다.

그러나 펠릭스는 유언을 실행시킬 생각이 없었다. 뭔지 모르는 물
건을 받기 위해서라는 목적으로 귀찮은 여자를 집에 들이고 싶지 않
았다.

이 생각이 바뀐 건, 에단의 죽음 후 남겨진 유품을 바라보고 있을 때
였다. 그의 기억 속에 낡은 메달은 두 개였다. 낡은 돌처럼 보이긴 하
지만 비범치 않은 물건이라는 건 그도 알고 있었다. 그 증거 중 하나
는 몹시 단단해서 무슨 짓을 해도 깨지지 않는다는 것이었다.

「이것엔 스스로의 의지가 있지. 스스로가 원하지 않으면 깨어지지
않는단다.」

언젠가 술에 취해 전대 버클리 공작이 어린 그에게 해준 말이었다. 꽤 신기한 물건이긴 하지만, 무감한 그는 별 관심을 갖지 않았다. 의지를 가지고 깨지는 물건 따위 가지고 있어봐야 귀찮다고 생각했다.

그러다 에단의 목에 걸려 있는 걸 보았을 땐, 자신의 아버지에게 어떤 뜻이 있을 거라 생각하고 넘겼다.

그런데, 그 비범한 메달이 왜 에단의 죽음 후에 갑작스럽게 깨졌을까.

그리고 하나가 에단에게 있다면, 다른 하나는 다른 곳에 있다는 말이었다. 어쩌면 에단의 죽음에 대한 비밀을 찾을 수 있을 거라는 생각이 들었다.

메달끼리 연결이 되어 있을 수도 있고, 의지가 있다는 건 어쩌면 판단력이 있을 수도 있을 테니까.

말이 안 되는 소리라는 걸 알면서도, 그는 이 일을 진행했다. 이것 외에는 매달릴 수 있는 방법이 없었다. 에단이 만신창이가 되어 죽었는데 목격자도, 증거도 없었다. 세차게 내린 비에 휩쓸려 모조리 사라져버렸으니까.

"그런데 그 녀석은 왜 보이지 않는 게냐? 늘 네 옆에 붙어 있더니만."

"누구를 말하십니까?"

"그 녀석 있지 않느냐. 눈 똘망똘망한 녀석. 밤톨같이 생긴 게 똘똘하던 거. 이름이 에단이었지? 다른 녀석들은 기억이 안 나는데, 유난히 그 녀석만 기억에 남아. 네 아버지가 아껴서 그런 건지, 아니면 그 녀석이 귀여워서 그런지 모르겠구나."

카시아가 낮은 웃음을 터트렸다. 다른 사람들은 비범하다 못해 기이한 자신을 멀리서 떨어져 지켜보느라 바쁜데, 에단만이 유일하게 다른 반응을 보였던 것이다.

지팡이를 짚고 내려가면 '손 잡아드릴까요?'라고 조심스럽게 물었고, 자신에게 늘 두툼한 외투를 내밀며 '입고 가세요. 그대로 가시다간 쓰러지세요.'라며 말했다. 주변을 살뜰하게 챙길 줄 아는 녀석이었다.

그런 반응이 재미있어서 '나는 인간이 아니란다.'라고 넌지시 언질을 주었지만, 에단의 반응에는 별 변화가 없었다. 오히려 '아, 그러시군요.'라고 덤덤히 대답해서 그를 당황케 만들었다.

「내가 안 무섭니?」

오히려 에단이 신기해진 카시아가 물었다.

「무서워해야 하는 거면 무서워하겠지만 지금은 그렇지 않네요. 인간이 아니면 어때요? 인간 탈을 쓰고도 인간 같지 않은 게 얼마나 많은데요. 그리고 적어도 카시아 님은 좋은 분 같아서 걱정되지 않아요.」

그 말에 카시아는 웃음을 터트렸었다. 그걸로 부족해 칼바람을 맞고 돌아가는 길 내내 미친놈처럼 끌끌거리며 웃었다.

회상을 마친 카시아가 들뜬 표정으로 펠릭스를 쳐다보았다.

"죽었습니다. 얼마 전에 사고로."

그의 목소리가 낮게 가라앉았다.

"죽어?"

카시아의 주름진 얼굴이 단박에 구겨졌다.

"네."

펠릭스는 덤덤히 대답하며 종이뭉치와 주머니를 챙겼다.

"그럴 리가."

카시아의 말에 펠릭스가 고개를 들었다.

"그 녀석이 죽었다고? 이렇게 선명한데?"

"네?"

펠릭스가 날카롭게 반응했다.

"흠, 아니다. 너무 오랜만이라 내가 헷갈린 걸 수도 있겠지."

카시아가 묘한 말을 하며 입을 다물었다.

"이만 가보도록 하마."

카시아가 몸을 일으켰다. 자리에서 일어난 펠릭스가 고개를 숙이자, 그가 노려보았다.

"설마 여기서 배웅하겠다는 거냐? 너 때문에 새벽에 이 칼바람을 맞으면서 왔는데 말이다."

"……따라 나가겠습니다."

"따라와."

카시아가 흠 하고 헛기침을 하더니 휙 돌아섰다.

터덜터덜 앞장선 카시아를 따라 펠릭스는 2층 계단을 내려갔다. 홀을 막 가로질러 갈 때였다. 카시아의 걸음이 갑작스레 뚝 멈추더니, 고개를 돌려 한곳을 바라보았다.

식당 문을 열고 글로리아가 막 나오고 있었다. 카시아를 발견한 글로리아가 멈칫하더니, 반가운 듯 입가에 미소를 그렸다. 그러다가 뭔

434

가 깨달은 듯 금세 표정을 굳혔다. 짧은 시간 동안 이리저리 바뀐 글로리아의 표정을 카시아가 뚫어져라 바라보았다.

"인사드립니다."

글로리아가 인사를 했다. 그러나 카시아는 어떤 대답도 하지 않았다.

"올라가."

펠릭스가 대신 허락하자, 글로리아가 자리를 피해 계단으로 올라간 후에야 카시아는 느릿하게 돌아섰다. 그러고는 키가 큰 펠릭스를 올려다보았다.

"네가 결혼한 영애가, 저 영애냐?"

"네."

펠릭스의 대답에 카시아의 입술이 길게 늘어났다.

"그래, 그렇지. 아무리 늙었어도, 내가 잘못 알았을 리가 없지."

카시아가 혼잣말처럼 이상한 소리를 중얼중얼 했다. 그러더니 다시금 펠릭스를 바라보았다.

"어쩐지 네가 에단이 죽었다는데도 미치지 않아서 이상하다 싶었는데, 저 영애 덕이었구나."

정확히 말해 그 영애의 탈을 쓴 에단 때문이겠지만.

"무슨 말씀이십니까?"

"곧 알게 될 거다. 아주 재미있는 결혼을 했구나. 역시 이래서 삶이 재미있는 법이지."

펠릭스가 무슨 소리냐는 듯 쳐다보았다.

"지금은 알 거 없다. 여기에 얼마나 머문다고?"

"열흘쯤 예상하고 있습니다."

"아무래도 한 번 더 내려와야겠구나. 모처럼 재미있어. 아주 재미있구나. 하하!"

카시아는 낮게 웃으며 하인들이 연 문 너머로 저벅저벅 걸어나갔다. 그의 모습이 금세 칼바람 사이로 사라졌다.

서재로 돌아온 펠릭스는 책상 위에 올려둔 종이뭉치와 주머니를 거머쥐었다.

미친 것 같군.

펠릭스는 자조하며 손에 쥔 것들을 바라보았다.

그렇지 않고서야 확실하지도 않은 이걸 손에 넣자고 덜컥 결혼이라는 걸 할 리가 없으니까. 물론 에단을 닮은 글로리아를 다른 사람에게 뺏기기 싫은 마음도 있었다. 분명하게 설명할 순 없지만, 빼앗긴다면 죽을 때까지 생각날 것 같았다.

펠릭스는 먼저 주머니를 풀어 안에 든 것을 꺼냈다. 예상대로 에단의 목에 걸려 있던 것과 같은 메달이었다. 돌을 갈았나 싶을 만큼 투박해 보이는 물건이었다. 그는 목걸이를 이리저리 살피다가 책상 위에 툭 던졌다.

자신의 아버지인 전 버클리 공작은 괴짜 같은 구석이 있었다. 젊은 시절엔 마물들이 쏟아져 나오는 산에 들어가서 살았고, 귀족이 된 후로도 성격이나 행동거지가 도무지 귀족과는 어울리지 않았다. 그리고 처음 보는 이상한 것들을 수집하기를 즐겼다. 그 이상한 것들 중 한 가지가 이 메달이었다. 물론 이렇게 보관을 해뒀다는 건 특별한 무언가가 숨겨져 있을 확률이 높긴 하지만, 여태껏 아쉬운 것 없이 살아온 펠릭스는 그런 것들에 대해 무심했다.

그는 돌돌 말린 오래된 종이를 펼쳤다. 대충 관리한 것치곤 손상이 거의 되지 않은 특이한 종이였다. 종이를 펼치자, 전대 버클리 공작의 유언장 한 장, 그리고 무언가에 관한 설명이 **빽빽**하게 적힌 한 장이 있었다.

그는 눈으로 유언을 훑었다.

[에단과 영지민들에게 잘하렴. 널 믿는다, 내 아들아.]

그다운 간단한 유언이었다.

펠릭스는 다음 장을 넘겼다. 그러고는 **빽빽**한 글씨를 읽어내려갔다. 고어로 되어 있어서 단숨에 읽긴 어려웠지만, 아버지로부터 고어를 배운 탓에 해석하기 어렵진 않았다. 종이엔 메달에 관한 비밀이 적혀 있었다.

[이 메달은 알렉스 버클리의 요구에 따라 이 모양으로 제작되었다. 종족을 도운 알렉스에게 이 메달이 수여되며, 이 메달의 효용 가치는 100년에 한한다.]

종족이라는 단어가 유난히 눈에 띄었다.

펠릭스는 자신의 아버지인 알렉스 버클리가 이종족과 알고 지냈다는 걸 들어서 알고 있었다. 그는 대륙을 통일하는 전쟁 당시 이종족의 피해를 막기 위해 최선을 다했다고 했다. 그뿐만이 아니라, 이종족의 거주지를 지나가기 위해 그들을 괴롭히는 남은 마물들을 모조리 정리해주었다고 했다.

이종족의 호감을 샀다는 말도 들었다. 인간들의 눈에 띄지 않길 바라는 이종족의 바람을 지켜주기 위해 펠릭스는 그에 관한 보고도 일절 상부에 올리지 않았다고 했다.

이 사실을 알고 있는 건 그의 아들인 자신뿐이었다. 이종족은 자신들이 외부에 알려지는 걸 꺼려했고, 그는 그들의 뜻을 지켜 비밀로 해주었다.

이렇게만 들으면 알렉스가 굉장한 희생을 한 것처럼 보이지만, 펠릭스는 그 사이에 모종의 거래가 오갔을 거라 생각했다.

알렉스는 특이한 구석이 있는 사람이지만, 마냥 다 퍼주는 스타일은 아니었다. 서글서글한 웃음을 짓고 있어서 물러 보이지만, 충분히 머릿속으로 계산을 한 후에 움직이는 치밀한 사람이었다. 그 때문에 대륙의 수많은 전쟁에서 살아남을 수 있었다. 이종족을 돕는 게 이득이 될 거라 판단하지 않았다면, 손 하나 까딱하지 않았을 거다.

그리고 그 도움의 대가는 아무래도 메달이었던 모양이었다. 흥미롭게 읽어내려가던 펠릭스의 눈이 한 문장에서 멈췄다.

[……제작된 이 메달을 목에 가장 처음 착용한 자가 세 번의 보름달이 지날 때까지 한 번도 빠짐없이 계속해서 착용하고 있을 경우, 그자가 진심을 다해 간절하게 바라는 소원 단 한 가지를 이루어준다.]

소원을 이루어줘?

동화책에나 나올 법한 문장이었다. 그의 시선이 아래로 향했다.

[그 소원의 조건은 까다롭다. 타인을 해치지 않아야 하며, 시간을

438

거스르는 행위는 할 수 없다. 이미 죽은 자 또한 살아날 수 없으나, 죽기 직전이라면 가능하다. 단, 소원을 이루어준 후 목걸이는 파손되어 그 효용을 다하게 된다.]

펠릭스가 품에서 무언가를 꺼내 책상 위에 올려놓았다. 에단의 유품인 반쪽 난 목걸이였다. 그는 그 목걸이를 다시금 들여다보았다. 분명 자신이 받은 것과 같았다.

이 목걸이를 보름달이 세 번 지나도록 소유한 자는 에단이었다. 이 목걸이가 파손되었다는 건, 소원을 이루어주었다는 말이었다.

죽기 직전의 인간이 간절하게 빌 법한 소원…….

에단이라면 자신을 죽인 인간을 죽여달라고 빌지 않았을 거다. 그라면 일단 스스로가 사는 쪽을 택했을 거다. 죽기 직전이라면 가능하다고 했으니까.

그러나, 에단의 시체는 이미 자신의 눈으로 확인했다. 처참하게 뭉개져 있긴 했지만, 그는 확실히 에단이었다. 그렇다면 에단의 육체가 살아날 수 없을 정도로 처참한 상태라, 그의 영혼만 살아 있다는…….

펠릭스는 생각을 하다 말고 숨을 멈췄다. 생각을 하느라 초조하게 움직이던 손가락도 뚝 멎었다.

자신의 생각이 얼마나 허황된 것인지 알고 있었다. 하지만, 그것 말고는 답이 없었다. 에단이 죽지 않았다. 그리고 그녀의 영혼이 담긴 누군가는 어딘가에 살아 있을지도 모른다. 그것만으로도 그의 머리는 마비될 지경이었다.

그는 집무용 책상 위에 놓여 있던 벨을 눌렀다. 그러자 문을 열고 관리인이 들어섰다. 관리인은 펠릭스의 굳은 얼굴을 보고 흠칫했지만,

내색하지 않았다.

"부르셨습니까."

"에…… 아니, 글로리아는?"

"아침식사 후 외출하셨다는 보고를 받았습니다."

"왜 보고를 안 했지?"

"공작님이 바쁘실 테니, 군이 보고하지 말라고 말씀하셨습니다."

"어디로 갔어?"

그의 목소리에서 다급함이 느껴져, 관리인은 얼른 입을 열었다.

"마차를 타고 주변을 둘러보겠다고 하셨습니다. 그런데 마차가 향한 방향은 북부 얼음의 땅 쪽 같았습니다."

북부 얼음의 땅.

그곳은 단순히 둘러볼 만한 곳이 아니었다. 모르는 사람들은 가기 힘든 곳이었다. 하지만 그 땅의 비밀을 아는 사람이라면 그냥 지나칠 수 없는 곳이기도 했다.

그러니 자신에게 보고하지 말라고 했겠지.

펠릭스의 눈동자가 묘하게 빛났다.

"말 준비시켜."

펠릭스의 명령에 관리인이 공손하게 허리를 굽힌 후 사라졌다.

카시아를 만날 줄이야.

글로리아는 마차를 타고 가며 카시아를 만났던 순간을 회상했다. 그는 여전했다. 남루한 로브를 걸치고 다니고, 수염의 길이와 지팡이의 모양도 그대로였다. 조금도 변하지 않은 그를 보니 반가웠지만, 내색할 수 없다는 게 슬펐다.

"말을 걸어볼 걸 그랬나……."

그녀가 혼잣말로 중얼거렸다. 하지만 말을 걸었다면, 금방 들켰을지도 모른다. 카시아는 어딘가 보통 사람과 다른 기운을 흘리는 사람이었으니까. 아니, 사람이 아닐 확률이 컸다.

그는 남들이 보지 못하는 것들을 보는 듯했다.

「2층에서 내려오는 길이구나.」

「네가 와 있을 줄 알았다. 그래서 차나 얻어 마실까 하고 왔지.」

마치 멀리서 사람을 볼 수 있는 것처럼 그는 그렇게 말했다. 그런 그를 사람들은 무서워했지만, 그녀는 이상하게 좋았다. 그런 걸 알 수 있다는 게 신기했다. 또, 자유롭게 이리저리 떠돌아다니는 모습이 스승인 사무엘을 연상시키기도 했고, 알렉스 버클리의 오랜 지인이라는 점도 좋았다.

그래서 그녀는 이 저택에 와서 카시아를 만날 때마다 살뜰히 챙겼다. 다행히 카시아도 그런 자신을 싫어하는 눈치는 아니었다.

평소 같았다면 그에게 얼른 다가가 말을 걸었겠지만, 자신을 간파한 카시아가 펠릭스에게 제 정체를 말할까 봐 산책이랍시고 마차를 타고 도망쳐 나왔다.

최대한 카시아에게서 멀리 떨어져 있으려는 생각이었다.

이미 늦었을 확률이 크긴 하지만.

글로리아는 한숨을 내쉬며 작은 창문을 열었다. 창문 너머로 눈보라가 내리치는 게 보였다.

"여기서 멈춰주세요."

"네? 하지만 여기는 굉장히 춥습니다."

마부가 당황한 얼굴로 말했다.

"알아요. 눈바람이 휘몰아치고 있다는 건 저한테도 보이니까요."

"하지만……."

마부가 머뭇거렸다.

"세워주세요. 여길 한번 둘러보고 싶네요."

글로리아가 다시 한 번 강경하게 말하자, 그가 마차를 세우고는 마지못해 문을 열어주었다. 두꺼운 옷을 단단히 챙겨 입은 글로리아가 마부의 손을 잡고 내려왔다. 마차에 있을 때와는 차원이 다른 칼바람에 저절로 몸이 움츠러들었다.

"생각보다 더 추우실 겁니다. 그리고 여기는 또……."

마부가 불편한 표정으로 말끝을 흐렸다. 이곳이 어떤 곳인지 아는지라 그의 표정은 찜찜했다.

"괜찮으니까 조금만 기다려줘요. 이런 곳을 언제 또 구경하겠어요?"

글로리아가 안심시키려는 듯 싱긋 웃었다. 그러나 그 모습이 더 불안한지 마부는 어쩔 줄 몰라 했다.

"잘못되시면 제가 정말 큰일 납니다. 아니면 제가 따라가겠습니다."

"여기 있어요. 금방 다녀올 테니까요."

글로리아의 단호한 명령에 마부는 입을 꾹 다물었다. 그러고는 마지못해 고개를 숙였다.

"알겠습니다. 오래 계시면 위험하니, 조금 있다가 오시지 않으면 모시러 가겠습니다."

"그래요."

그녀는 마부를 등진 채 칼바람 속으로 걸어 들어갔다. 거친 바람이 무서운 소리를 내며 귓가를 스치고 지나갔다.

얼마쯤 걸어가자 금세 마차와 마부가 보이지 않게 되었다. 거대한 성벽도 보이지 않아, 눈이 섞여 내리는 칼바람 속에 오롯이 홀로 남았다. 앞이 제대로 보이지 않았다. 그저 칼바람 너머로 거대한 설산의 실루엣만 희미하게 보였다.

글로리아는 마부가 왜 겁을 내는지 알고 있었다. 눈발이 섞인 칼바람이 심해 방향을 잃기 쉬운 데다, 길을 잃으면 얼마 지나지 않아 동사할 수 있었다.

그러나 그가 가장 두려워하는 건 그것이 아니었다.

그들의 발아래가 무덤이었기 때문이었다.

글로리아의 시선이 느릿하게 아래로 향했다. 얼음이 꽝꽝 얼어붙은 이곳에는 보드라운 눈이 발목까지 올 만큼 쌓여 있었다.

이 눈들은 또다시 얼음이 되어 쌓일 거다. 매해 그러기를 반복해왔으니까.

글로리아는 그곳에 우두커니 서서, 애써 잊은 일을 회상했다. 글로리아가 아니라 에단이었던 그때를.

어린 시절, 에단은 빈민가에서 살았다. 빛이 거의 없고, 음습하며, 전염병이 창궐하는 곳이었다. 병든 사창가 여인들과 알코올 중독자들, 병든 이들이 버글거리는 곳에서도 가장 외진 곳에 그들의 터가 있었다.

빈민가의 아이들이 그러하듯 그녀도 앵벌이 짓을 했다. 어린 데다 체구가 왜소하고 선해 보이는 눈빛 덕분에 소매치기가 아니라 앵벌이를 할 수 있었다. 그러나 앵벌이를 하다 상황이 여의치 않으면 소매치기 짓을 했다. 하루에 정해진 금액을 벌지 않으면 빈민가의 수장한테 죽도록 맞기 때문에 내키지 않아도 어쩔 수 없었다.

그날은 유난히 비가 많이 내렸다. 이런 날은 사람들이 외출을 잘하지 않는 데다 대체로 마차를 타고 다녀서 앵벌이도, 소매치기도 어려웠다. 어째야 할지 몰라 손톱을 깨물며 고민하고 있었다. 그러다 한 귀족이 눈에 들어왔다.

키가 엄청나게 큰 남자였다. 그는 머리부터 발끝까지 귀족이라는 걸 자랑하듯 값비싼 것들을 달고 있었다. 그의 몸에 걸친 것 하나만 훔쳐도 한동안은 편하게 살 수 있을 것 같았다. 그녀는 고민했다.

저 남자에게서 물건을 훔칠까 말까.

자칫 잘못하다가 걸려서 저 큰 주먹에 한 대라도 맞으면 뼈가 부서질 것 같았다.

그러나 고민은 짧았다. 수장한테 맞아 죽으나, 귀족에게 맞아 죽으나 비슷했다. 그녀는 슬그머니 귀족에게 다가갔다. 그리고 그의 두툼한 주머니를 향해 슬쩍 손을 뻗으려고 할 때였다.

몸을 홱 돌린 귀족이 그녀를 바라보았다. 아차 싶어서 도망치려 하자 귀족이 싱긋 웃었다.

"안 그래도 누가 없나 찾아보고 있었는데, 잘됐구나. 이 짐 좀 옮겨주렴. 옮겨주면 대신 돈을 주도록 하마."

덩치가 어마어마하게 큰 귀족의 말에 그녀는 의아한 표정을 지었다. 그가 내민 짐은 별로 무거워 보이지 않았다.

비 때문일까. 그렇다면 마차를 타면 될 텐데? 혹시 이상한 사람이 아닐까? 가끔 귀족 중에 남색을 하는 자가 있다던데, 자신을 끌고 가서 나쁜 짓을 하려고?

여러모로 이상했지만, 귀족이 꺼낸 돈을 보고는 마음을 달리 먹었다. 그녀는 귀족의 마음이 바뀔세라 냉큼 그의 짐을 받아들었다. 지금은 상황을 가릴 때가 아니었다.

귀족은 여러모로 이상했다. 자신이 충분히 들고 갈 수 있는 짐을 자신에게 맡긴 것도 그렇고, 비를 뚫고 가는 동안 이런저런 이야기를 하는 것도 이상했다. 대화 주제도 막 바뀌었다.

저 상점은 저런 걸 파는 데고, 저곳은 저런 일을 하는 곳이라는 것 등등.

귀족이 빈민에게 말을 걸다니. 돈 많은 미친놈이 아닐까 고민했지만, 일단 돈을 준다고 했으니 따라나설 수밖에 없었다. 여차해서 자신을 이상한 곳에 넘기려고 한다면 도망치면 될 일이었다. 앵벌이 짓도 어려운 판에 이거라도 믿어야 했다.

그는 한곳에 멈춰 서더니 짐을 받아들고는 그녀에게 돈을 주었다. 생각보다 큰 금액이었다. 놀라서 귀족과 돈을 번갈아 바라보자, 그 귀족이 싱긋 웃었다.

"내일 또 이곳을 지날 것 같은데, 나를 도와주겠니?"

"네! 네!"

에단은 얼른 고개를 끄덕였다. 이렇게 많은 돈을 받을 수 있다면 그런 짐쯤은 백번도 더 옮길 수 있었다.

이후, 귀족은 매일 같은 시각에 찾아왔다. 그는 느리게 걸어가면서 이런저런 이야기를 늘어놓았다. 대체로 사람 사는 세상의 평범한 이야기였다. 하지만 귀족의 입을 통해 듣는 이야기는, 자신이 모르는 세계의 이야기였다.

"저 상점은 무기를 파는 곳이란다. 검과 도끼, 그런 것들을 파는 곳인데 주문 제작도 가능하단다."

에단은 빈민이었기에 고급 상점에 들어가본 적이 거의 없었다. 기껏해야 수장의 심부름으로 여관 옆의 조그마한 생필품 상점이 다였다. 그랬기에 귀족이 이야기하는 고급 상점들과 커다란 저택의 내부 이야기는 처음 접하는 것이었다.

신기하고, 조금 재미있었다.

이야기를 들으며 걷다 보면 어느새 목적지에 도착하곤 했다. 오히려 짐을 내려놓는 손이 아쉽기까지 했다.

빈민굴로 돌아가는 길에 에단은 들은 이야기를 곱씹었다. 세상의 수많은 사람들은 제 몫의 일을 하고 있었다.

나도 일이라는 걸 할 수 있을까…….

에단은 아주 조심스럽게 생각하다가 그 생각을 접었다. 자신이 일을 할 수 있을 리 없다. 해봤자 소매치기일 테고, 더 나이가 들어서는 어디론가 노예로 팔려가겠지. 운이 좋으면 그사이에 도망칠 수도 있었다.

대신, 잡히면 죽는 건 각오해야 했다.

도망치더라도 가족도, 성도, 아무것도 없는 그녀가 할 수 있는 일이라곤 또다시 노예 일일 뿐이었다. 이러나저러나 바뀌지 않는 삶이었다.

에단은 제 가슴에 피어난 희망을 짓이긴 채 다시금 빈민굴로 들어섰다.

그러던 어느 날, 귀족은 평소처럼 돈을 내밀었다. 에단이 반가운 표정으로 손을 내밀었지만, 귀족은 그 돈을 손에 내려주지 않았다.

"일을 하고 돈을 받는 건 이런 거란다."

"……."

"이 느낌을 잊지 말렴."

귀족은 평소와 다른 말을 남기곤 짐을 챙겨 돌아섰다. 에단은 멀어지는 귀족의 등을 바라보았다. 정확히 설명할 순 없지만, 기분이 이상했다.

처음으로 인간으로서 대접을 받은 느낌이랄까. 아니면, 태어나서 제대로 된 대화를 나눈 기분이랄까.

그녀는 한참이나 멀어지는 귀족의 등을 바라보았다.

이후, 만날 때마다 귀족은 종종 알 수 없는 소리를 했다.

"한계가 있긴 하지만, 어떤 노력을 하느냐에 따라 그 가치를 어느 정도 높일 수는 있지."

"극복할 수 있는 데까지 노력해보렴. 그럼 혹시 아니? 누군가가 너를 구할지 말이다."

"새로운 도전은 좋은 거란다. 기분 나쁜 일도 일어나지만, 성공했을 땐 아주 기분이 좋거든."

그 말들은 이해하기 어려웠으나, 듣고 나면 기분이 좋았다. 종종 잠자리에서 그 말을 곱씹기도 했다. 글을 알지 못해 써놓을 수 없어서 그는 종종 나무에 무늬를 새겨놓기도 했다.

시간이 흐를수록, 변화는 조금씩 일어났다. 엉망진창인 꼴로 나가던 에단은 말끔하게 스스로를 꾸몄다. 그래봤자 냄새가 나고 더러운 건 여전했지만, 조금의 변화가 기분 좋았다.

매일 찾아오는 귀족의 짐을 옮겨준 후에는 남은 시간에 앵벌이 짓을 하는 게 아니라 평민 여성들을 물색했다.

"짐을 옮겨드리겠습니다. 얼마의 금액만 주십시오."

그는 유난히 짐이 많은 여자들에게 다가가 제안했다. 대체로 무시하거나 욕설, 침이 날아왔지만 에단은 꿋꿋하게 도전했다. 앵벌이나 소매치기보다는 작은 일이라도 해서 돈을 벌 때 기쁘다는 걸 깨달았다.

스무 번에 한 번쯤 성공했다. 덩치가 큰 귀족에 비해서 보수는 턱없이 적었지만, 에단은 그것으로 만족했다. 운이 좋으면 귀족을 포함해 세 건의 짐을 옮길 때도 있었다. 그런 날이면 상납해야 하는 금액을 제외하고 나머지는 자신만이 아는 곳에 숨겨두었다.

돈은 조금씩이지만 늘어갔고, 이전에 비해 일도 수월하게 잘 풀려갔다. 이대로라면 몇 년 내에 돈을 모아 브로커에게서 평민의 신분을 살 수 있을 것 같았다. 그렇게 된다면, 빈민굴에서 탈출해 인간다운 삶을 사는 게 가능해진다.

처음으로 희망이라는 게 생겼다. 그러자 세상이 환해졌다. 모든 게 행복했다. 그녀는 더 열심히 일했다.

그러나 늘 그렇듯, 행복은 긴 시간을 허락하지 않았다.

"에단, 이게 뭐냐?"

수장의 손에 익숙한 주머니가 들려 있었다. 심장이 내려앉았다. 그녀가 꽁꽁 숨겨놓은 비상금 주머니가 왜 그의 손에 들려 있는지 알 수 없었다.

"나는 모르는 건데."

에단은 얼른 발뺌했다. 몰래 비상금을 쟁여놓고 있다는 걸 알면 수장이 가만두지 않을 게 뻔했다. 돈이 아까워서 미칠 것 같았지만, 지금은 다른 방도가 없었다. 제일 먼저 챙겨야 할 건 몸이었으니까.

"아아, 그래?"

"응."

대답하기가 무섭게 주먹이 날아왔다. 에단은 오물이 잔뜩 묻어 있는 바닥을 굴렀다. 역한 냄새가 코를 찔렀다. 눈앞이 핑 돈 에단은 엉거주춤하게 상체를 일으켰다.

"다른 놈들은 이게 네 거라고 하던데. 네가 하수구 구멍 속에 이걸 넣어두는 걸 봤다고 하더군. 여태껏 성실하게 일했으니 여기서 봐주는 거야. 대신, 다음에 또 이런 짓을 했다간 널 벗겨서 호모 새끼들한테 넘겨버릴 테니까 그렇게 알아."

"쿨럭."

"그리고 넌 내일부터 두 배의 상납금을 가져와."

"……!"

에단이 말도 안 된다는 듯 수장을 쳐다보았다. 수장은 이미 에단의 비상금을 꺼내 제 주머니에 넣고 있었다.

"두 배라니……. 그건 정말 힘들어, 수장. 미안해. 한 번만 봐줘."

에단이 무릎으로 기다시피 걸어 수장의 바지를 움켜쥐었다.

"에단."

저벅저벅 다가온 수장이 무릎 꿇고 앉은 에단의 허벅지를 밟았다.

"말했잖아. 방금 용서해서 이걸로 끝내는 거라고. 어떻게 두 번이나 용서를 바라지? 응? 내일부터 넌 두 배야. 못 해내면 밤마다 호모 새끼들을 상대해야 할 거야. 그건 싫지? 나도 널 그 새끼들한테 보내기 싫어. 그 새끼들한테 넘어갔다가 며칠 동안 못 걸어 다닌 놈들이 천지거든. 그 몸으로 일 나가는 너를 보는 내 마음이 얼마나 불편하겠어?"

수장의 말이 길어질수록 허벅지를 밟는 힘은 점점 더 강해졌다. 이러다간 허벅지가 부러질 것 같았다.

"대답해야지, 에단. 버티다간 네 허벅지 부러져. 의사를 만날 돈도 없잖아? 앉은뱅이 꼴로 호모 새끼들을 받을 건가?"

"……읔, 알았어."

다른 방법이 없었다.

다음 날, 에단은 해도 뜨지 않은 시각에 나가 강가에서 얼굴과 목을 씻었다. 다른 사람들 눈에 발각되면 더러운 몸을 씻는다고 욕먹을 게 뻔했다. 옷도 깔끔하게 빨아서 입었다. 말리지 못해 축축한 옷을 입어야 했지만, 한 벌 있는 옷에 오물이 묻어 어쩔 수 없었다.

그녀는 아침 일찍 사람들이 가장 많이 모이는 광장을 돌아다니며 "짐을 옮겨드립니다."라고 말했다. 아침부터 밤까지 꼬박 일한 후에야 두 배의 상납금을 겨우 맞출 수 있었다.

그러나 며칠간 먹지도 못하고 지속적으로 강도 높은 노동을 한 탓에 급속도로 체력이 떨어졌다. 거기다가 비까지 내려 일을 더 할 수 없게 되었다. 처음으로 두 배의 상납금을 맞출 수 없게 되었다. 그녀는 눈앞이 캄캄했다.

다른 건 몰라도 극성맞은 호모 새끼들에게 팔려가고 싶지 않았다. 그놈들에게 시달렸다가 돌아온 아이들은 온몸이 멍 자국이었다. 먹지도, 자지도 못한 채 며칠 동안 끙끙 앓았다. 체력이 약한 아이들은 극복하지 못하고 죽기도 했다.

그게 자신의 미래라면…….

손끝으로 피가 다 빠져나가는 기분이었다. 희망을 꿈꿨기에 닥친 절망이 더욱 크게 느껴졌다. 있는 힘을 다해 꺼져가는 희망을 품고 있었는데, 그마저도 잔재 없이 사라질 위기였다.

"에단, 이 짐을 들어주겠니?"

에단이 하얗게 질린 얼굴로 고개를 들었다. 앞에 귀족이 서 있었다. 저 귀족에게서 돈을 받는다 쳐도 두 배의 상납금을 채울 수 없다. 그녀의 검은 눈동자가 짙게 가라앉았다.

어쩌지…….

그러다 그녀의 시선이 문득 그의 목에 걸린 펜던트로 향했다. 한눈에 봐도 값비싸 보이는 펜던트였다.

금 펜던트에 보석이라니.

저것만 있으면 팔아서 평민의 신분을 살 수 있을지 모른다. 그러면 이 지긋지긋한 생활에서 벗어날 수도 있다. 이게 자신의 마지막 희망일지도 모른다. 자신의 희망이 소생 불가능하게 사라지기 전에…….

하지만…….

에단은 갈등했다. 그는 자신을 처음 인간으로 대우해준 사람이었다. 매일 찾아와 짐을 맡기고 이야기를 나누며 정이 들었다. 이런 사람을 배신해도 되는 걸까. 미안함과 동시에 괴로움이 밀려왔다.

그러나 갈등은 길지 않았다. 당장 오늘 밤 자신이 무슨 꼴을 당할지 모르는데, 그런 고민은 사치였다.

그녀는 귀족의 짐을 옮겨주는 내내 아무 말도 하지 않았다. 귀족이 "에단?" 하면서 불러도, 그녀는 아무 대답도 하지 않았다.

에단은 귀족에게서 돈을 건네받을 때를 노려, 단숨에 펜던트를 잡아당겼다. 다행히 펜던트는 끊어졌다. 그녀는 그걸 챙겨 뒤도 돌아보지 않고 도망쳤다.

"죄송합니다! 꼭 갚을게요!"

눈을 꽉 감은 채 소리쳤다. 귀족이 들었을지는 알 수 없었다.

그녀는 허겁지겁 달려 구석에 숨었다. 가장 먼저 펜던트를 열어보았지만 안엔 아무것도 없었다. 사진이라도 있거나 중요한 게 있으면 어떻게든 돌려줄 생각이었는데 그럴 필요가 없어졌다.

왠지 안심이 되면서 서글펐다.

좋은 사람이었는데…….

"으흑."

처음으로 눈에서 눈물이 터져나왔다. 자신은 사람이 아니라 짐승이었다. 자신을 챙겨준 귀족을 배신했다. 이래서야 빈민굴의 약은 새끼들과 뭐가 다르단 말인가.

머리를 쥐어뜯으며 한참을 괴로워하던 에단은 해가 저물어가는 하늘을 보았다.

이제 이런 고민을 할 시간도 얼마 남지 않았다. 허름한 소매로 눈가를 닦았다.

그녀는 평민의 신분을 살 수 있다는 브로커가 있는 곳으로 향했다. 그녀가 펜던트를 꽉 쥔 채 좁은 골목을 달릴 때였다.

"에단, 어디 가?"

불쑥 누군가가 앞을 가로막았다. 고개를 들자, 수장과 그 부하가 웃으며 서 있었다. 도망치려고 돌아서자 다른 녀석들이 길을 막고 있었다. 꼼짝없이 갇혔다. 벗어나려고 주먹을 휘둘러봤지만, 하루 종일 아무것도 먹지 못해 힘이 없었다. 붙잡힌 에단은 그대로 빈민가로 끌려왔다. 보는 눈을 피하기 위한 수장의 계산이었다.

빈민굴에 오자마자 에단은 손에 쥐고 있던 펜던트를 빼앗겼다.

"대단한걸, 에단? 이 정도면 한 달치 상납금은 넘겠어."

"안 돼!"

에단이 비명을 질렀다. 저런 녀석들에게 뺏길 줄 알았다면, 훔치지 않았을 물건이었다. 눈앞에 그 귀족의 선한 얼굴이 스쳐지나갔다.

"안 되긴. 이렇게 좋은 선물을 가져와놓고 말이야. 하지만, 에단. 넌 이걸 가지고 도망치려고 했어. 그렇지? 그러니 이 펜던트는 오늘치 상납금으로 끝이야. 내일은 또 상납금을 벌어 와야 해."

빈민굴의 수장이 어울리지 않게 상냥한 목소리로 말했다. 흉터가 남은 그의 한쪽 입술이 실룩거리며 움직였다.

"대체…… 그게 무슨……."

에단의 입술이 바들바들 떨렸다. 도저히 견딜 수가 없었다. 아무리 달려도 자신의 인생은 수렁이었다. 매번 희망은 가장 정점인 순간에, 잔인하게 잘려나갔다.

언제까지 이렇게 살아야 하는 거지…….

머릿속으로 잔인한 절망이 퍼져나갔다. 모든 생각이 멈추었다. 에단의 시선이 벽면에 놓인 칼로 향했다.

죽이든지, 죽든지.

에단은 자신을 누르고 있던 남자를 있는 힘을 다해 밀치고, 벽에 걸린 칼을 들었다. 빠르게 달려가 수장의 목을 겨누려 했지만, 달려든 다른 인간들에게 붙잡혔다.

쾅!

에단의 머리가 바닥을 내리찍었다. 골이 울리면서 뜨끈한 무언가가 새어나갔다. 비릿한 피 냄새가 코끝을 스쳐지나갔다.

"에단, 정말 날 끝까지 실망시키는구나. 네가 언젠가 그 귀족에게 달라붙어서 큰 걸 해올 거라 믿고서 기다렸는데……. 고작 펜던트라니. 내가 너였다면 더 엄청난 걸 가져왔을 거야. 혹시 알아? 굉장한 걸 내게 선물해줬더라면 널 풀어줬을지?"

수장의 말을 듣고서야, 에단은 다른 아이들과 다르게 자신을 전담으로 감시하는 인간이 있었다는 걸 깨달았다. 아마도 자신은 본 적 없는 데다 기척을 잘 숨기는 녀석이었을 거다.

아아, 그랬구나. 처음부터 나는 빠져나갈 수 없었구나.

가슴 밑바닥에 남아 있던 마지막 희망이 훅 빠져나갔다. 이제 어떤 생각도 들지 않았다. 차라리 이대로 죽었으면 했다. 에단의 눈동자에서 빛이 사라졌다.

"……그냥, 죽여."

에단의 목소리가 쩍쩍 갈라졌다.

"이런. 안 되지, 에단."

수장이 에단의 고개를 치켜들게 하더니 씁쓸한 얼굴로 고개를 가로저었다.

"얼굴에 상처가 났네. 이거 곤란한걸."

"……."

"사실 며칠 전부터 호모 새끼들이 널 보고는 팔라고 난리였거든. 맛보고 싶다나 뭐라나. 그래도 네가 그 귀족 옆에서 굉장히 어마어마한 걸 해낼 거라고 기대하고 있어서, 기다리라고 하고 있었거든. 그런데 고작 이런 펜던트라니……. 괜찮긴 하지만, 상상했던 것보다 너무 작은 거라 실망했어, 에단."

"……!"

호모 새끼라는 말에 에단이 눈을 부릅떴다.

"하지만 뭐, 얼굴이 다친 거지 아래까지 다친 건 아니니까. 곧 그 새끼들이 올 거야. 좋은 시간 보내, 에단. 아! 그리고 내가 이걸 말하지 않았구나? 넌 이제 여기 올 필요 없어. 완전히 호모 새끼들한테 팔아 버릴 거거든."

수장이 비리게 웃으며 돌아섰다. 에단이 욕지거리를 뱉으며 비명을 질렀지만, 녀석은 눈 하나 깜빡하지 않았다.

"입에 뭐 하나 물려놔. 혀라도 깨물면 곤란하잖아? 호모 새끼들은 의외로 남자애들 혀도 좋아하더라고. 부들부들하다나?"

수장이 가다 말고 돌아서서 씩 웃었다. 에단의 입이 역한 냄새가 나는 걸레로 막혔다. 헛구역질이 올라왔지만, 뱉을 수도 없었다.

"으으! 으!"

에단은 짐승처럼 울며 몸을 좌우로 흔들었지만, 꼼짝도 할 수 없었다. 남자들은 에단을 끌고 가 손발을 묶어놓은 후 낯선 방에 가둬놓았다. 그 방에 밴 역한 냄새와 핏자국이 섬뜩했다.

호모 새끼들이 올 때마다 아이들이 끌려갔던 그 방이다.

에단은 좌절했다. 남자가 아니라는 사실이 발각되면 다음 행선지는 뻔했다. 아무리 움직여도 손과 발을 묶은 끈은 풀리지 않았다. 힘이 다 빠진 그녀가 바닥에 머리를 처박았다. 숨이 가빠 마른 몸이 헐떡거렸다. 힘없이 뜨고 있는 눈에선 투명한 눈물이 흘러내렸다.

뚝, 뚝.

고요한 방 안에서, 눈물 떨어지는 소리만 들렸다.

"으으으으."

에단은 자그마한 소리로 말했지만, 막힌 걸레 때문에 소리가 뭉개졌다.

"으으으으."

그녀가 다시금 중얼거렸다.

미안해요.

모든 걸 다 내려놓게 되자, 자신에게 좋은 말을 해줬던 그 귀족에게 미안했다.

그 귀족을 만나 처음으로 희망이라는 걸 꿈꿨다. 아주 조금은 자신이 태어난 이유가 있지 않을까, 그런 생각도 해보았다.

달달한 꿈이었다. 깨면 가슴이 아파서 숨을 쉴 수 없을 정도로.

이렇게 될 줄 알았으면 그에게서 펜던트를 빼앗지 말걸……. 그랬으면 이렇게 미안하진 않을 텐데…….

그게 마지막까지 사무치게 미안했다.

벌컥!

문이 열리는 소리에도 에단은 감은 눈을 뜨지 않았다. 그녀는 모든 것을 내려놓았다. 기회가 된다면 죽어야겠다는 생각뿐이었다.

"에단, 여기 있었구나."

호모 새끼들이 자신의 이름까지 아는 건가 싶었다. 그러다 문득 익숙한 목소리라는 생각에 눈을 떴다.

방금 전 머릿속으로 떠올리던 귀족이 제 눈앞에 있었다. 키가 큰 귀족은 허리를 굽혀 좁은 방에 들어섰다. 그러고는 그녀의 입에 물린 걸레를 빼더니 얼굴을 확 찌푸렸다. 저 멀리 걸레를 던진 후, 그는 그녀의 손빌을 묶은 끈을 단번에 뚝 끊어냈다. 그 어마어마한 힘도 힘이지만, 귀족이 자신의 눈앞에 있다는 사실을 믿을 수가 없었다.

"계속 그렇게 있을 거냐? 입에서 침 흐르는데?"

잠시 멍하게 있던 에단은 입에 흐르던 침을 소매로 닦았다.

"어휴. 더러운 소매로 닦다니. 차라리 안 닦는 게 나았겠구나."

귀족이 못 볼 꼴을 봤다는 듯 머리를 절레절레 내저었다. 이건 꿈이 아니었다. 퍼뜩 정신이 든 에단은 부들부들 떨리는 다리를 억지로 접어 무릎을 꿇었다.

"뭐하는 거냐? 용서를 비는 거야?"

"용서……해달라는 말, 할 자격 없다는 거 알아요."

"그런데?"

"귀족님 펜던트, 그거 밖에 수장 녀석에게 있어요. 한쪽 입술에 흉터가 있어요. 그 녀석한테 있으니까 꼭, 가져가세요."

"지금 이 와중에 펜던트 따위를 잘도 신경 쓰는구나. 날 보고 할 말이 그것밖에 없는 거냐? 당장 네 꼴을 봐라."

귀족이 긴 한숨을 내쉬며 고개를 가로저었다.

"그, 그럼…… 염치없게도 하나만 부탁드릴게요."

침이 줄줄 새어나오는 입으로 그녀는 주절주절 말을 꺼냈다. 더러워 보일 만도 하건만, 귀족은 그녀를 말없이 바라보았다.

에단은 마른침을 삼켰다. 자신이 이런 말을 할 자격이 없다는 걸 알면서도 입술이 제멋대로 움직였다.

"아프지 않게 죽여주세요."

"……"

"호모 새…… 아니, 하여튼 호모 놈들에게 절 팔지도 말고, 그냥…… 단번에 죽여주세요."

빈민이 귀족의 물건에 허락 없이 손을 대는 건 중죄였다. 그런데 무려 훔쳐서 달아나기까지 했다. 목에 있는 걸 잡아당겼으니 상해죄도 추가되었을 거다. 이래저래 죽을 인생이라면, 조금 편하게 죽고 싶었다.

"뭐 이렇게 근성이 없어?"

귀족이 한심하다는 듯 건넨 말에 에단이 고개를 들었다.

"그렇게 죽고 싶냐?"

귀족의 표정이 살벌했다. 여태껏 봤던 표정 중에서 가장 무서워서 에단은 숨이 턱 막혔다. 이런 공포를 느낀 건 태어나서 처음이었다.

"……아, 아뇨."

죽고 싶다고 말하면 당장이라도 한 손으로 목을 졸라 죽일 기세라, 에단이 더듬거리며 대답했다.

"그럼 무릎을 꿇었으면 살려달라고 빌어야지. 빌어 봐."

"사, 살려주세요……."

"더 절박하게."

"살려주세요."

"……진심이 느껴지지 않는데?"

귀족의 말에 에단의 입술이 바들바들 떨렸다. 진심이 느껴지지 않을 리가. 실은 그 누구보다도 살고 싶다. 하지만, 이따위로 살아야 한다면……. 그녀의 마음이 갈대처럼 흔들렸다. 입술이 제멋대로 열렸다.

"……살려주세요. 살고 싶어요."

"어떻게?"

"네?"

"어떻게 살고 싶은지가 있을 거 아냐. 그냥 살고 싶다면, 영원히 여기 가둬놔줄 수도 있어."

귀족의 말에 에단의 눈이 사정없이 흔들렸다.

어떻게…….

458

살고 싶은 게 있던가. 아니, 삶 속에서 '어디로'라는 방향과, '어떻게'라는 중심을 가질 수 있긴 한 건가.

고민하는 머릿속과 달리 마치 준비라도 한 것처럼 입술이 벌어졌다.

"……인간답게 제대로 살고 싶어요. 꿈을 꾸고 싶어요. 일을 하고 싶어요. 주변 사람들이 죽지 않는 그런 삶을 살고 싶어요…… 으흡."

에단은 스스로가 무슨 말을 하는지도 모른 채 주절주절 생각나는 대로 뱉었다.

살고 싶다.

인간으로서, 인간답게…….

에단의 눈에서 눈물이 철철 흘러내렸다.

그래. 그랬구나.

처음으로 에단은 아직도 자신의 꿈이 짓밟히지 않고 살아 있다는 걸 느꼈다.

"그래. 됐다. 그렇게 살고자 하면 됐어."

귀족은 그런 그녀를 한참이나 바라보다가 영문 모를 소리를 하며 자리에서 일어났다.

"일어나서 따라와."

에단은 절뚝거리며 귀족의 뒤를 따랐다. 밖은 엉망진창이었다. 수장을 비롯해 간부들이 죄다 기사들에게 붙잡혀 머리를 바닥에 처박힌 상태로 있었다. 그 기사들의 가슴엔 발톱 문장이 새겨져 있었다.

"펜던트를 훔쳐간 놈은 이놈들인 것 같군."

귀족이 수장과 그 무리를 가리켰다. 그러자 수장이 화들짝 놀라 고개를 가로저었다.

"아, 아닙니다. 절대로 아닙니다. 에단 저 녀석이 훔쳐온 것입니다."

"그런데 내 펜던트가 왜 네 손에 있지?"

"그, 그건……! 저 녀석이 저에게 줬습니다. 저는 정말로 몰랐습니다. 정말입니다. 살려주세요. 제발요."

수장이 벌벌 떨며 사정했다. 자신을 후려칠 때와 전혀 다른 처량한 모습에 에단이 얼굴을 찌푸렸다. 저런 녀석 앞에서 쩔쩔맨 스스로가 한심했다. 동시에 그 시간들이 아까워서 화가 나려 했다.

"그럴 리가. 그 펜던트는 내가 에단에게 맡긴 거거든."

"네에?"

놀란 건 수장만이 아니었다. 그곳에 있던 기사들도 말은 하지 않았지만, 무슨 소리냐는 듯한 얼굴이었다. 그중 가장 놀란 건 에단이었다. 분명 그 펜던트는 자신이 훔쳤다. 그 증거로 아직까지 귀족의 목덜미가 붉지 않은가.

"내가 맡긴 물건인데 네가 갖고 있다는 건 빼앗은 거겠군."

"아닙니다! 절대로 아닙니다!"

"아니라고 하겠지. 그럼 이 상황에서 맞겠다고 하겠어?"

귀족이 콧방귀를 뀌었다.

"아닙니다! 은혜롭고 자비로우신 귀족님! 귀족님! 살려주세요!"

수장이 비명을 질렀지만, 귀족은 듣지 않았다. 그가 손을 까딱이자, 기사들 중 가장 앞에 서 있는 사람이 얼른 달려왔다.

"이 녀석들은 내 펜던트에 손을 댔으니, 모조리 법에 맞게 노예살이를 시켜. 거부하는 녀석들은 법령에 따라 손목을 자르고 평생 감옥에 가둬놓도록 해."

"죄송합니다! 용서해주세요! 아악!"

"살려주세요!"

수장과 간부들은 끌려가면서 비명을 질렀다. 마치 자신들이 부려먹었던 아이들이 팔려갈 때처럼…….

어린아이들이 보호소로 옮겨지는 사이, 에단은 귀족의 뒤를 따라 걸었다.

"……죄송합니다."

에단은 그의 큰 등을 바라보며 자그맣게 말했다.

"멍청한 녀석, 사과를 그렇게 작게 해서 내게 들릴 거라고 생각해?"

들은 것 같은데…….

에단은 그렇게 생각했지만, 굳이 따져 묻지 않았다.

"죄송합니다!"

에단이 크게 사과하고서야, 귀족은 픽 웃었다.

"따라와."

귀족은 성큼성큼 앞서 갔다. 에단은 절뚝거리면서도 귀족을 놓칠세라 서둘러 달려갔다. 가는 길 내내 냄새가 나는 이곳저곳을 털었다. 그래봤자 말라붙은 오물이 떨어질 리 없지만, 그녀는 하나라도 더 떼어내기 위해 안간힘을 다했다.

귀족이 향한 곳은 마차였다. 에단이 타지 못한 채 밖에서 서성이자, 귀족이 한심하다는 얼굴로 그녀를 바라보았다.

"거기 서서 뭐하는 거야?"

"제 꼴이 더러워서 마차가 더러워질 것 같아서요. 그리고 제게서 안 좋은 냄새도 나고요."

"내가 허락할 테니 타도록 해."

"……."

"불복종하는 거냐?"

귀족의 눈썹이 치켜올라갔다.

"아, 아뇨!"

에단이 얼른 올라탔다. 그 와중에 이리저리 부딪치는 바람에 통증이 밀려들었지만, 에단은 입술을 꽉 깨물며 참았다.

그녀가 마차에 탔음에도 귀족은 아무 말 없이 바라보기만 했다.

"도와주셔서 감사합니다."

침묵을 못 이긴 에단이 고개 숙여 인사했다.

"뭐, 고마울 만하지. 나 같은 귀족이 그런 더러운 곳에 들어가는 건 드문 일이니까. 하지만, 너 또한 생각보다 처참한 환경에서 버텨줘서 고맙다. 그 정도로 심각한 상황일 줄은 몰랐거든."

처음 듣는 말에 에단이 눈을 들어 귀족을 바라보았다. 버텨줘서 고맙다니. 난생처음 듣는 말인데 마음이 따뜻했다.

"살려달라는 말, 잊지 않았지?"

갑작스러운 귀족의 말에 에단의 눈이 동그래졌다.

"아…… 네."

"그 말은 네 목숨을 내게 주겠다는 것과 같은 의미지. 죽을 수 있었던 너를 살린 것도 나니까."

귀족의 말에 에단은 마른침을 삼켰다. 뭔가 이상했지만 틀린 말이 아니었기에, 그녀는 작게 고개를 끄덕였다.

"그래서, 어떻게 살고 싶은 거냐? 인간답게 살고 싶다던데……."

귀족이 물었다. 그 말에 에단은 멍해졌다.

"생각해본 적 없어? 여태껏 기회를 많이 준 것 같은데?"

귀족이 실망한 표정을 지었고, 에단은 가슴이 철렁 내려앉았다. 지금 그의 비위를 거스르면 당장 자신도 감옥에 끌려갈 것 같았다.

"일! 일을…… 하면서 살고 싶습니다."

"어떤 일?"

"그, 그건 아직……."

에단은 지은 죄 때문에 평소와 다르게 주눅 든 얼굴로 대답했다.

"네가 원한다면 그 일을 하고 살게끔 도와주마."

"……네?"

에단이 무슨 의미냐는 듯 귀족을 쳐다보았다. 그가 자신을 이렇게 도울 이유가 없었다.

혹시 이 남자도 호모……?

그녀가 위험한 생각을 할 때였다. 귀족이 고민하다가 입을 열었다.

"흠, 너는 나를 모르겠지만 나는 너를 잘 안다. 이런 식으로 이야기하게 될지 몰랐지만 말이다. 이왕 일이 이렇게 된 거 말하도록 하마. 난 네 아버지와 잘 아는 사이야. 네 아버지에게 널 잘 돌보겠다고 약속해서 말이다."

귀족이 눈을 빛내며 말했다. 그 말에 에단은 미약하게 피어오르던 희망이 푸시시 가라앉는 걸 느꼈다.

"저기, 잘못 아신 것 같아요. 저는 고아예요."

잘못 알아서 자신을 구해준 거구나, 그렇다면 자신은 다시 영락없이 감옥에 끌려가겠구나, 이런 생각을 할 때였다.

"네 어깨에 있는 흉터 같은 문신을 봤다. 그 문신은 우리 가문의 인장이지. 아니, 굳이 그 문신이 아니더라도 난 네가 누군지 한 번에 알아봤다. 넌 네 아버지랑 정말 똑같이 생겼거든. 그 검은 머리까지 말이다.”

“…….”

“다른 건 몰라도 이런 걸 허투루 알아보진 않았으니, 그런 의심스러
운 얼굴로 바라보는 건 집어치우도록 해.”

에단은 멍한 얼굴로 귀족을 바라보았다.

갑자기 나타나 자신의 아버지와 아는 사이라니.

귀족이 없었다면 에단은 스스로 제 뺨을 때렸을 거다. 꿈에서 깨라
는 말과 함께.

그러나 이건 꿈이 아니었다. 잠시 멍하게 있던 에단이 입을 열었다.

“그, 그러면…… 갑자기 나타나서 돈을 줄 테니 짐을 맡아달라고 한
것도…….”

“너인 걸 알고 일부러 간 거지.”

“…….”

“귀족인 내가 하인도 없이 비를 맞고 거기 서 있을 이유가 뭐가 있
겠어? 너한테 다가가기 전에, 네가 용케 알아보고 나한테 접근을 하
더구나. 물론 말을 걸려는 건 아닌 것 같았지만 말이다.”

귀족의 말에 에단의 귓불이 화끈 달아올랐다. 처음부터 귀족은 자
신이 소매치기를 할 것임을 알고 있었다는 말이었다.

에단이 어쩔 줄 몰라 하는 사이, 귀족은 그런 그녀를 물끄러미 바라
보았다. 그러다 눈이 마주쳤다. 귀족은 창문에 팔꿈치를 댄 채 턱을
괴고 있었다. 이전에 보았던 느슨하게 선량한 귀족의 느낌이 아니라,
사람을 내리누르는 은근한 위압감이 있는 자세였다.

그 위압감에, 에단은 묻고 싶은 게 많았건만 제대로 묻지 못했다.
그러나 귀족은 마치 그 모든 마음을 꿰뚫어 본 듯 입을 열었다.

"네가 대충 어떻게 살았는지는 보고를 받아서 알고 있었지. 그런 너에게 선심을 베풀며 다가가는 건 위험한 일이지. 그런 삶을 살아온 아이들의 특성상 하나를 주면 두 개를 원하니 말이야. 그래서 너에게 스스로 일을 해서 돈을 버는 게 어떤 건지 깨달음을 줄 필요가 있었지."

"……."

"물론 널 곧바로 데려와서 일을 시킬 수 있었지만, 스스로 깨닫길 바랐다. 네 삶을 바꾸려는 마음의 변화가 생기기를, 네게 의지가 만들어지기를, 그래서 다른 삶을 살길 간절히 바라기를."

"……."

"아주 다행스럽게도 넌 빨리 터득하는 것처럼 보이더구나. 물론 환경이 따라주지 않아서 힘들었겠지만."

"……하지만, 저는 오늘 펜던트를 훔쳤는걸요."

에단이 표정이 어둡게 변했다.

"그걸 훔쳐서 어디에 쓰려고 했지?"

"평민의 신분을 사려고 했어요. 가끔 평민들 중에 형편이 어려워 자신의 자식이나 죽은 가족들의 신분을 팔기도 하는 사람이 있다고 들었거든요. 평민만 되면 좋겠다는 생각에……. 불법이라는 걸 알면서도 하려고 했어요. 죄송합니다."

"그랬을 거라고 생각했다. 그러니까 미안하다, 갚겠다는 말을 했겠지."

"……."

"방법은 잘못되었다만, 너에겐 그 길밖에 없었을 거라는 생각이 드는구나. 방금 그 녀석들을 보니까 말이다."

귀족은 뭔가 들은 바가 있는지 얼굴을 찌푸렸다. 마치 빈민굴의 사정을 모두 알게 된 사람 같았다.

에단은 멍한 얼굴로 귀족을 바라보았다. 이쯤 되니 일이 어떻게 돌아가는지 알 수 없었다.

"개인적인 생각으로는, 네가 하고 싶은 일이 없다면, 내 아들의 전담하인이 되었으면 하는구나. 전담하인으로서 일을 잘하면 보좌관이 될 수도 있지. 그에 합당한 공부도 시켜줄 예정이다. 나와 네 아버지가 그랬던 것처럼 좋은 관계가 되었으면 하는 게 내 바람이다."

"……제 아버지는 보좌관이었나요?"

그게 뭔지 모르겠지만, 그의 말에서 대충 추론할 수 있었다.

"똑똑하구나. 나의 친구이자 보좌관이었지."

"그런데 제가 왜…… 이렇게 살고 있죠?"

에단의 물음에 귀족의 눈빛이 낮게 가라앉았다.

"복잡한 상황은 집어치우고 간단히 설명하마. 내가 전쟁터에 나가 있을 때, 날 배신자로 몰아가던 놈들이 술에 취한 왕을 부추겨 우리 가문을 급습했단다. 기사들이 힘을 합칠 수 없게 가문의 뿌리를 뽑아야 날 처리할 수 있을 거라고 판단했겠지. 이상한 낌새가 있긴 했지만, 설마 그런 식으로 일을 진행할 줄은 미처 몰랐단다. 어쨌든 내가 그 사실을 알게 되었을 땐 모든 게 끝난 뒤였지."

"……."

"네 아버지는 고지식하고 본인이 맡은 일에 최선을 다하는 사람이었지. 그러니 홀로 저택에 남아 끝까지 저항했겠지. 난 한 번도 본 적 없는, 갓 태어난 널 내 아들처럼 꾸며서 하인을 시켜 적들을 유인한 것도 아마 그런 이유였을 거다."

말을 하는 동안 귀족의 표정에 미안함이 어렸다.

"……그럼 제 아버지는요?"

"미안하구나, 에단. 안타깝게도 네 아버지는 그 자리에서 안타까운 죽음을 맞이했단다. 네 아버지는 최선을 다해 내 가문을 지키려 애썼지. 이건 나의 불찰이다. 이 사실을 안 나는 널 찾기 위해 이리저리 수소문해봤지만, 하인의 시체만 발견했고 널 찾지는 못했어. 네 시체가 발견되지 않은 걸로 봐서는 어딘가에 살아 있을 거라고 생각해서 여태껏 수소문했단다. 이게 네 아버지에게 은혜를 갚는 방법이자, 널 위한 유일한 길이었으니까."

"그럼 어머니는요?"

"네 어머니는 널 낳다 명을 달리했단다."

"……."

"그게 벌써 오래전 일이구나."

귀족의 표정이 씁쓸하게 변했다.

에단은 그런 그를 멍하게 바라보았다. 자신은 태어날 때부터 버림받은 줄 알았다. 그런데 실은 사건으로 인해 고아가 된 것뿐이었다니. 이제라도 알게 되어 다행인 건지, 여태껏 힘겹게 살았던 것이 억울한 건지 알 길이 없었다. 누군가에게서 머리를 얻어맞은 것처럼 멍했다.

귀족의 눈이 따스해졌다.

"넌 정말 네 아버지를 꼭 닮았구나."

"……."

"아들이니 그렇겠지만, 뭐."

"……."

충격을 받아 머리가 멍해진 에단, 귀족이 자신을 남자로 보고 있다는 걸 알아채지 못했다. 실제로 남장을 하고 스스로를 남자라고 세뇌한 시간이 길어 그녀도 스스로를 남자라고 착각할 때가 있었다.

"뭐, 나머지 자세한 건 나중에 차차 이야기해주도록 하마. 마차에서 이렇게 나눌 이야기는 아닌 것 같으니까. 그리고 협박은 아니지만 네 목숨을 구해주기도 했으니 이 정도 부탁을 들어주는 게 딱히 어렵지 않을 것 같다마는……. 어쨌든 네게도 생각이 있을 테니 며칠 시간을 주마. 네가 어떻게 살고 싶은지 정하렴."

"……."

"대신 정했을 땐, 아주 구체적이고 명확하며 분명해야 한단다. 내가 납득할 수 있게 말이다."

귀족이 빙긋 미소 지었다.

왠지 그 말이 에단의 귀에는 '넌 어쨌든 내 아들의 하인이 될 거다.'라는 소리로 들렸다.

이후, 귀족의 보좌관을 따라 굉장히 좋은 숙소로 향한 에단은 그곳에서 머무르며 고민을 거듭했다. 하지만 고민은 그다지 길지 않았다. 해본 거라곤 앵벌이와 소매치기뿐인 그녀에게 꿈이랄 것은 없었다.

다만 확실한 건 무작정 놀고먹으며 살고 싶지 않다는 거였다. 다른 사람들처럼 일하면서 살고 싶었다.

그때 그의 눈에 들어온 건 자신을 보살펴주는 보좌관이었다.

반듯한 제복에 각 잡힌 행동. 지적이며 우아해 보이는 행동거지까지.

저렇게 살 수 있으면 좋겠다…….

좋은 저택에서 일하면서 저렇게 멋질 수 있다면 그것도 꽤 괜찮은 인생처럼 느껴졌다. 에단은 보좌관에게 말해 귀족과의 만남을 신청했다.

"그래. 마음 정했니?"

귀족이 느긋하게 웃으며 물었다.

"저…… 보좌관을 하고 싶어요."

"처음은 하인부터 시작해야 하는 건 알고 있지? 몇 차례 어려운 테스트도 있을 거다. 가장 중요한 건 내 아들의 마음에 들어야 하는 거겠지."

"네. 알고 있어요."

"교육도 받아야 한단다."

"괜찮아요."

그것보다 더 쉽지 않은 삶도 살아냈다. 에단의 강단 있는 대답에 귀족의 입술이 느긋하게 늘어났다.

"그래, 좋다. 잘 지내보자꾸나."

귀족이 손을 내밀었다.

"저…… 그런데 존함이 어떻게 되시나요?"

"아, 그러고 보니 내가 누군지 말하지 않았구나. 여태껏 용케 안 묻고 있었구나."

뭐가 재미있는지 귀족은 껄껄대며 웃었다. 그때 에단은 그가 조금 특이한 사람일지도 모른다는 생각을 했다.

"나는 알렉스 버클리란다."

"……!"

귀족의 손을 잡기 위해 손을 내밀던 에단이 뻣뻣하게 굳었다. 에단이 놀라 눈이 빠질 듯이 쳐다보자, 귀족이 고개를 갸웃거렸다.

"왜? 내 손에 뭐 묻었니?"

그가 자신의 손을 들여다보며 물었다.

"아, 알렉스 버, 버클리 님이요?"

"날 아는 거냐?"

모를 리가!

하마터면 에단은 버럭 소리칠 뻔했다. 실제로 비명이 나갈 뻔했다. 에단은 제 입을 틀어막은 채 눈앞의 거대한 남자를 바라보았다.

알렉스 버클리 공작.

과거에 향락과 사치에 찌들어 평민들을 쥐어짜던 폭군을 제위에서 끌어내리고, 폭군의 사촌이었던 인품 좋은 인물을 황제로 만든 일등공신이었다. 게다가 그는 자신이 새롭게 옹립한 황제를 보좌해 몇 년 만에 대륙을 통일시켰다. 그 통일에는 알렉스 버클리의 지략과 검술이 굉장한 역할을 했다고 했다.

그는 통일 후에도 현재의 황제를 보필하고, 대륙을 안정시키는 데 이바지해서 평민들 사이에선 굉장한 영웅으로 불리었다.

그 영웅이 자신의 눈앞에 있다는 사실을 믿을 수가 없었다.

"빈민가까지 내 소문이 퍼졌을 줄은 몰랐구나. 하긴, 내가 상당한 일들을 하긴 했지. 몇 번이나 죽을 뻔했는데 모른다면 섭섭한 일이겠지. 이 정도 유명세는 있어야 하지 않겠니?"

"……그러게요."

에단은 그의 뻔뻔한 말에도 넋이 나간 채 고개를 끄덕였다.

"그나저나 이름은 어떻게 할 거니? 네 평민의 패가 나오려면 이름이 정확해야 하거든. 바꿀 수 있는 기회는 지금뿐이야."

"그냥 에단으로 살게요. 이미 익숙하거든요."

대체로 그 이름으로 불린 시간들이 암울하긴 했지만, 이름 자체는 좋아했다. 별다른 이름이 생각나지 않은 것도 한몫했다. 어린 에단은 그때까지만 해도 남자 이름으로 자신의 이름을 정한 순간의 결정이 얼마나 큰 결과를 초래할지 깨닫지 못했다.

"좋다. 네 신분이 확정되는 데까지는 한 달의 시간이 소요될 거다. 그동안 저택에 들어와서 교육을 받는 게 좋겠구나."

"아뇨. 아직 아무것도 모르는 주제에 들어가면 폐를 끼치게 될 것 같아요. 낡은 여관에 방 하나만 잡아주시면 그곳에서 먹고 지내면서 공부하도록 할게요."

"흠."

"작은 마을의 낡은 집, 아무 곳이나 괜찮아요. 그게 만약 곤란하시면 제가 일하면서 여관에서 머물게요."

"너도 참. 나라면 돈 많은 귀족이니 좋은 집 구해서 하녀 부리게 해 달라고 할 것 같은데 욕심이 참 작구나."

"제가 한 게 뭐가 있다고 그런 걸 요구하겠어요."

"욕심 없는 녀석 같으니. 딱 네 아버지 같구나."

구박하는 말투와 달리 그의 눈빛은 따스했다.

이후, 에단은 그가 원하던 조용한 마을의 작은 집에서 한 달간 머물게 되었다. 신분증이 나올 때까지 교육을 받고 공부를 했다. 사무엘과 좋은 인연을 맺은 후, 그녀는 공작저에 들어갔다. 그곳에서 그는 처음으로 '펠릭스 버클리'를 만났다.

굉장히 아름답지만, 온기가 전혀 느껴지지 않는 얼굴을 한 남자였다. 죽어라 따라다닌 끝에 그의 전담하인이 될 수 있었고, 이후 보좌관까지 올라가게 되었다. 그러다 일이 잘못되었다고 느낀 건, 그녀가 성인이 거의 다 되어서였다.

"에단, 너는 어떤 여자가 이상형이야?"

처음으로 저택에서 친해진 집사의 아들이 물어왔다. 그는 이제 막 저택에 입성해 말수가 적은 에단에게 살갑게 말을 건 유일한 인물이었다. 가벼운 언행으로 매번 집사에게 혼나긴 했지만, 그래도 이런 이상한 소리를 한 것은 처음이었다.

여자인 자신에게 어떤 여자가 이상형이냐니?

무슨 소리냐는 듯이 쳐다보자, 집사의 아들이 웬 내숭이냐는 듯 물었다.

"이제 결혼할 때가 다 되어가잖아. 좋은 여자와 결혼해야지. 아마 넌 잘생긴 데다가 능력이 있으니 웬만한 여자들이 줄줄 따를 거야, 에단."

"무슨 소리야? 나는……."

말을 하려다 말고 에단은 입을 다물었다. 뭔가 이상했다. 그제야 그녀는 집사의 아들이 자신을 남자로 보고 있다는 걸 알았다. 그만이 아니었다. 저택 내의 사람들은 죄다 자신을 남자로 보고 있었다.

빈민가에 살면서 그녀는 여자인 것보다 남자인 게 낫다고 판단해 남장을 하고 다녔다. 그 습관이 오래 배어 있어서 공작저에서도 남자처럼 행동했다. 보좌관들이 다 바지를 입고 있어서 그도 바지를 입고 남자 가죽 신발을 신었다.

다른 보좌관들이 생기기 전까지 그녀는 알렉스, 펠릭스, 집사인 앨버트와만 교류를 했기에 더더욱 성별을 밝힐 일이 없었다. 그녀 또한 자신의 성별에 대한 별다른 인식이 없었다.

그저 배우느라 바빴고, 일하느라 바빴으며, 펠릭스에게 시달리느라 정신이 없었다. 일을 하다가 집에 돌아가 쓰러져 자기 일쑤였다.

험하게 살았기에 약한 척할 수 없었고, 여자들이 좋아할 법한 것에는 관심이 없어서 신경 쓰지 않았다.

어렸을 적부터 타인의 손을 타는 게 싫어 혼자 씻다 보니 그녀가 여자라는 사실을 아는 하녀도 없었다.

그렇다 보니 자신이 뭔가 이상하다는 걸 굉장히 늦게 깨달을 수밖에 없었다. 신분증엔 이름, 출생년도, 확인 번호만 적혀 있었기에 자신이 남자라 오해받고 있다는 사실을 알 수 없었다.

그녀가 상황을 깨닫고 바로잡고 싶었을 때는 이미 알렉스 버클리가 유명을 달리한 이후였다. 그를 따르던 보좌관들도 모조리 은퇴했거나 사망한 뒤였다.

머리를 쥐어뜯으며 고민한 끝에, 그녀는 펠릭스에게 이 사실을 보고하려고 마음먹었다. 자신의 실수이기도 하지만, 고의가 아니니 용서받을 거라고 생각했다. 그녀가 마음먹고 출근한 날이었다.

"에단 님, 그거 들었어요?"

출근하자마자 막 신입으로 들어온 조슈아가 그녀의 뒤를 졸졸 따르며 물었다.

"뭘?"

"엘런 자작가에서 평민 여자가 남자 행세를 하고 정원사 일을 하다가 걸렸대요."

복도를 걷던 에단의 걸음이 뚝 멈추었다.

"……뭐?"

"정원 일은 따냈는데, 아버지가 허리를 다쳤다나 봐요. 그래서 정원 쪽으로 재능이 있던 딸이 남자로 변장해서 그 일을 대신 했나 봐요. 그러다가 정원사 얼굴을 알고 있던 집사에게 딱 걸렸다더라고요."

간담이 서늘해진 에단이 조슈아의 얼굴을 바라보았다.

"……그 여자는 어떻게 됐는데?"

"어떻게 됐겠어요. 여자가 남자 행세를 하고 다녔으니 완전 큰일이죠. 죽진 않아도 아마 별로 몸이 성친 않을 거예요. 아니면 어디 갇혀 살든가요."

"법령에는 그게 죄라는 조항이 없잖아."

이미 모든 법령을 다 뒤져본 에단이 떨리는 목소리를 감추며 물었다.

"에이, 잘 아시면서. 법령에 없어도 죄는 만들어내면 끝이라는 거 아시잖아요. 귀족 모독죄나 신분 위반죄 등으로 덮어씌우면 끝이니까요. 사실 그쪽 자작가에서는 불쌍한 일이라 용서해주려고 했대요. 그런데 문제는, 이미 그 사실이 퍼져서 다른 귀족가에서 반발했나 봐요. 귀족의 명예를 실추시킨다고요. 이 일을 이렇게 덮어주면 앞으로 다른 선례가 남을 건데, 그 부분에 대해서 다 책임지라고 했다나 봐요. 이 취지에 동의해달라는 동의서가 이미 공작님 앞으로도 갔고요."

"그래서, 공작님은?"

에단의 눈동자가 사정없이 흔들렸다.

"당연히 서명하셨죠. 그런 일에 가차 있는 분이신가요?"

그럴 거라 예상했지만, 막상 들으니 눈앞이 캄캄해졌다.

"에단 님?"

조슈아가 괜찮으냐는 얼굴로 바라보았다.

"……어, 괜찮아."

실은 괜찮지 않았다. 마지막 남은 희망이 뚝 잘려나간 기분이었다.

이제 둘 중 하나였다.

사실대로 말하고 남은 인생을 불쌍하게 사는 것. 또 다른 하나는 남자 행세를 하며 지금처럼 사는 것.

자신이 남자로 살게 된 데에는 전대 버클리 공작인 알렉스의 책임도 있으니 눈감아달라고 빌까 아주 잠깐 고민했다.

그러나 이미 그는 죽었고, 자신의 말에 증인이 되어줄 사람이라곤 없었다. 오히려 전대 공작의 명예를 더럽혔다는 이유로 더 큰 벌을 받게 될지도 몰랐다.

어쩐지 인생이 잘 풀려간다 싶더라니…….

"에단 님!"

에단이 비틀거리며 벽을 짚자, 조슈아가 깜짝 놀라 외쳤다.

"괜찮아. 신경 쓰지 말고, 일하러 가도록 해."

에단은 조슈아를 다독인 후, 보좌관실에 들어가 소파에 털썩 주저앉았다. 그러고는 다리를 길게 뻗고서 눈을 감았다.

그때부터 그녀는 한 달이 넘는 기간을 고민했다. 그러나 결론은 하나였다. 남자 행세를 하며 지금처럼 살다가 일을 그만두는 것.

단, 펠릭스의 업무가 안정을 되찾고, 사무엘의 병을 고쳐주느라 진 빚을 다 갚을 때까지는 버티자.

이후 그녀는 이를 악문 채 버텼다.

회상에서 깨어난 글로리아의 눈동자에 초점이 잡혔다. 여전히 칼바람이 휘몰아치고 있었다. 그 칼바람 속엔 여전히 눈발이 섞여 있었다.

"치열하게 살았는데, 이 꼴이 되었네요. 저, 여자였어요. 아무래도 모르신 것 같지만."

글로리아가 작은 목소리로 중얼거렸다.

알렉스는 자신의 하는 행색과 이름만 보고 남자라고 생각한 듯했다. 자신이 태어나자마자 저택이 급습을 당했다고 하니 자신의 성별을 몰랐을 거다. 저택에 남아 있는 사람이 거의 없었다고 했고, 살아남은 자들도 얼마 못 가 모두 죽었다고 했으니까. 아들을 흉내 내 도망치게 했다는 대목에서 그는 자신을 아들이라고 여겼을지도 모른다. 신의 장난처럼 모든 게 착착 맞물려 에단은 남자가 되었다.

만약 자신이 여자인 줄 알았다면, 알렉스는 절대로 에단에게 보좌관 일을 시키려 하지 않았을 거다. 그렇게 짓궂게도 하지 않았을 거고, 자신의 아들을 맡기지도 않았을 거다. 여자에게 그런 힘든 일을 맡길 사람이 아니니까. 대신 다른 일을 시켰겠지.

"그래도 보좌관 생활, 좋았어요. 재미있는 일도 많았고, 사람답게 살기도 했었고. 어쨌든 지금은 이렇게 되었지만요. 공작님이 원하던 대로 저는 영원히 펠릭스 공자님 곁에 머물게 되었네요."

글로리아가 가라앉은 목소리로 중얼거렸다. 뱉은 목소리가 칼바람에 금세 사라진다는 걸 알면서도 그녀는 꾸역꾸역 말을 했다. 마치 눈앞에 알렉스가 있는 것처럼 말하면, 가슴에 스민 외로움이 조금은 사라질 것 같았다.

그녀는 아직도 알렉스가 눈에 선했다. 그는 때때로 대책 없고, 공작이 맞나 싶을 만큼 가벼운 행동을 보이곤 했다. 그러나 그 행동은 늘 선을 넘지 않았고, 그 때문에 그녀는 그에게 조금 더 편하게 다가갈 수 있었다.

「에단.」

그의 목소리가 칼바람 너머로 들리는 듯했다. 글로리아는 입술을 악물었다. 생각하지 않으려 해도, 이곳에 오면 자꾸 마지막 그 장면이 떠올랐다. 고개를 한참 가로저었지만, 봇물처럼 터져나온 과거의 영상은 잔혹하리만치 생생했다.

「나를 화장해서 북부 얼음의 땅에 뿌려다오.」

노환으로 인해 죽음을 앞둔 알렉스 버클리의 유언은 충격적이었다. 가장 먼저 말린 건 펠릭스도 아닌 그녀였다. 알렉스의 손을 거머쥔 에단은 이성을 잃은 채 소리쳤다.

「안 돼요! 무슨 말씀이십니까! 절대로 안 됩니다!」

주인이 하는 일에 일개 보좌관 따위가 소리치며 나서서는 안 되는 것이었다. 그러나 그 누구도 에단을 말리지 못했다. 알렉스의 말이 워낙에 충격적인 데다, 평소 에단을 지극히 아끼는 알렉스의 마음을 모두가 알고 있기 때문이었다.

「안 되긴 무슨. 전쟁터에서 죽으면 다들 그렇게 처리하는데, 뭘.」

알렉스가 무심하게 대꾸했다.

「그건 전쟁터에서 목숨을 잃으실 경우, 불가피하게 그렇게 하는 거라고 들었습니다. 또한, 귀족은 최대한 시신이 손상되지 않게끔 보관해 본인의 영지에 묻는 거라고 들었습니다. 그런데 왜, 대체 왜 그러시는 겁니까……!」

에단이 말을 하다 말고 입술을 깨물었다. 목이 메었다.

알렉스는 울기 직전의 얼굴을 한 에단을 물끄러미 바라보다가, 그녀와 펠릭스만을 남긴 채 모두를 물렸다. 알렉스는 방에 홀로 남은 에단을 향해 손가락을 까딱거렸다. 에단이 고개를 숙이자, 그가 '더.' 하고 명령했다. 에단이 완전히 고개를 숙이자, 알렉스는 그녀의 머리를 쓰다듬었다.

「에단.」

「…….」

에단이 고집스럽게 대답하지 않자, 알렉스는 빙긋 웃었다.

「성격 지랄 맞은 건 정말 여전해서 좋구나.」

「저를 이렇게 만든 건 공작님이십니다.」

「녀석도 참, 좋으면서 투정부리기는. 그렇게 대들면 더 괴롭히고 싶어진다고 몇 번을 말했잖아.」

클클거리고 웃던 그는 얼마 못 가 기침을 터트렸다. 가래가 끓고 피가 울컥 터져나오는 기침이라는 걸 눈치챈 에단이 얼른 주머니에서 손수건을 꺼내 내밀었다.

입가를 닦은 알렉스는 들키지 않게끔 손수건을 숨겼으나, 에단은 이미 붉게 물든 손수건을 보았다. 그 붉은 핏덩이만큼 에단의 마음에서도 피가 터져나왔다.

「에단.」

「……네.」

마음이 약해진 에단이 마지못해 대답했다. 알렉스가 아득한 시선으로 천장을 바라보고 있었다. 천장 그 너머 세상, 그녀는 절대로 보지 못할 곳이었다.

「사람에겐 돌아가야 할 곳이 있단다. 나는 그 북부 땅에서 태어나서 자랐단다. 그곳에 나의 형제, 가족들이 있지. 그곳에서 영원히 지내고 싶구나.」

「그럼 화장만이라도…… 그것만이라도 철회해주세요. 북부 얼음 땅을 깨서라도 묻어드릴 테니까요.」

에단이 고개를 쳐들고서 눈물 젖은 얼굴로 알렉스를 바라보았다. 그는 자신에게 아버지 같은 사람이었다. 그런 사람의 유해를 화장해서 얼음땅에 뿌릴 자신이 없었다.

「내가 뭘 잘했다고 그러겠니.」

「충분히 잘하셨습니다. 누구보다 멋지게, 잘하셨습니다. 대륙도 통일하셨고, 공작가도 일으켜 세우셨고, 또…….」

「그래. 대륙을 통일하기 위해 수많은 사람을 죽였고, 내 형제 같은 부하들을 희생시켰지. 너희 아버지까지도…….」

「…….」

「나의 영광은 그들의 시체 위에 있는 거란다, 에단.」

「하지만…….」

뭐라고 반박하고 싶었지만, 아무 말도 할 수 없었다. 그들의 시체 위에 있다는 말을 하는 그의 목소리엔 깊은 회한이 담겨 있었다.

「에단.」

「…….」

「나를 화장해서 북부 얼음의 땅에 뿌려다오. 십자가도 필요 없고, 무덤도 필요 없고, 비석도 필요 없다.」

「그것조차 안 하시겠다고요?」

에단이 눈을 부릅뜬 채 믿을 수 없다는 듯 물었다. 알렉스의 시선이 천장으로 향했다. 그는 반쯤 넋이 나간 사람처럼 자그마한 목소리로 중얼거렸다.

「형제들의 발이 십자가에 걸릴지도 모르잖니. 나는 그들이 넘어지는 걸 원치 않아. 어린 시절처럼 너희 아버지와 내가 넓은 얼음땅에서 걸리는 것 없이 마음껏 뛰놀게 해주렴. 늘 그랬던 것처럼.」

　에단은 입술을 사리물었다. 아직 한참 남았으니 그런 약한 소리는 하지 말라고 해야 하는데, 울음이 목에 걸려 입을 벌릴 수가 없었다.

　「에단.」

　「……..」

　「펠릭스를 잘 부탁한다. 네가 아니면, 아무것도 아닐 녀석이야. 그러니까…… 부탁한다.」

　「……끄윽.」

　알렉스의 유언이었다. 그는 자신의 마지막을 이미 직감하고 있었다. 감당할 수 없는 슬픔이 목에 걸려 울음이 나오지 않았다.

　끅, 끅.

　뱉는 건지 마시는 건지 모르는 숨을 쉬어대며 그를 바라보았다.

　툭.

　앙상한 손이 어깨를 두드렸다.

　「에단, 울지 마라. 꽃이 져야 같은 자리에 또 다른 꽃이 피는 법이지. 이것이 삶의 약속 아니냐. 그러니까…… 울지 마.」

　그의 말에 에단은 더는 말리지 못했다. 그 유언을 끝으로 다음 날 밤, 펠릭스와 에단을 불러들이더니 그는 빙긋 웃었다.

　「잘 지내거라.」

　「……..」

　「아마도 난, 너희가 가장 보고 싶을 것 같구나. 너희의 행복을 빌고 있으마.」

　그 말을 끝으로 알렉스는 눈을 감았다. 심장이 멎는 기분이었다. 시간이 멎어버린 것처럼, 펠릭스와 에단은 움직이지 못했다. 그러다 마침내 몸이 삐거덕거리며 움직였다. 그러고는 아무 말 못 한 채 알렉스의 옷자락을 거머쥐었다.

아무리 힘주어 잡아도, 틈새 없이 맞물린 손가락 사이로 알렉스가 빠져나갔다. 안간힘을 다해도 단 1초도 거스를 수 없는 스스로가 무능해 보여 그녀는 울 수조차 없었다.

날카로운 추억이 베고 지나간 자리에 고통이 뒤따랐다. 글로리아의 입술이 바들바들 떨렸다. 옷자락을 거머쥔 손이 뒤따라 덜덜 떨렸다.

이래서 이곳에 오고 싶지 않았다. 그러면서도 오고야 말았다.

……이곳에 있으면 이 칼바람을 뚫고 알렉스가 다가올 것만 같았으니까. 그만큼, 보고 싶었으니까.

글로리아는 더는 견디지 못하고 눈을 질끈 감았다.

투툭.

떨어진 뜨거운 눈물이 금세 얼음처럼 차갑게 식었다. 그 자리에 주저앉은 그녀는 떨리는 손으로 눈을 거머쥐었다. 차가운 얼음은 금세 녹아 사라졌다. 마치 자신의 손을 유유히 빠져나갔던 그의 영혼처럼.

"……보고 싶어요."

글로리아가 웅얼거리며 울음을 터트렸다.

잊은 척 살아도, 잊을 수 없었다.

그는 자신이 처음으로 만난 빛이었다.

인생을 제대로 보게끔 해준, 그런 빛.

한참을 울던 글로리아가 정신을 차리고 마차로 돌아왔을 때 마부의 곁에는 한 사람이 더 있었다. 실루엣을 발견하자마자 글로리아는 긴장했다. 북부의 산맥을 타고 내려온 마물일 수도 있고, 아니면 강도일 수도 있다는 생각에서였다.

그러다 마부와 누군가의 거리가 서로를 위협할 수 있을 만큼 가깝지 않다는 걸 파악하고서는 조금 긴장을 푼 채 다가갔다.

"글로리아."

남자의 목소리가 칼바람을 뚫고 또렷하게 들렸다. 그 목소리의 주인을 잘 알고 있었다.

"……공작님, 어떻게 여기까지 오셨어요?"

글로리아의 목소리가 미묘해졌다.

펠릭스가 저벅저벅 다가와 글로리아를 빤히 바라보았다. 글로리아의 하얀 뺨이 더욱 창백하게 얼어붙어 있었다. 까만 눈동자가 정신없이 흔들렸다. 그는 그녀의 얼굴에서 무언가를 찾는 사람처럼 한참이나 훑어보았다. 그 눈빛이 이상하리만치 애절해서, 글로리아는 왜 그러냐고 더는 묻지 못했다.

펠릭스가 무슨 말을 하려고 입술을 벙긋거릴 때였다.

"죄송합니다만, 바람이 점점 더 거세어지고 있습니다. 여기서 더 머무시면 위험합니다."

지켜보던 마부가 초조한 목소리로 말했다.

"일단 마차에 타지."

펠릭스는 타고 온 말에 채찍을 휘둘렀다. 그러자 히힝 하고 긴 울음소리를 낸 말이 저택 쪽으로 달려갔다. 그는 마차의 문을 열었다.

"타."

펠릭스가 턱짓으로 마차 안을 가리켰다. 글로리아가 조심스럽게 올라타자 그 뒤를 펠릭스가 따랐다. 마차 밖에서는 칼바람 소리가 요란했다. 그러나 마차 안은 숨이 막힐 만큼 고요했다.

글로리아는 의아한 표정으로 펠릭스를 바라보았다.

그는 첫날밤도 치르지 못할 만큼 바쁜 상황인데, 이곳에 어떻게 오게 된 걸까. 아니, 왜 온 걸까.

"글로리아."

"네."

"이곳은 어떻게 알았지?"

글로리아를 빤히 쳐다보던 펠릭스가 물었다. 그의 눈빛은 여전히 평소와 많이 달랐다.

"앨버트에게서 들었어요. 이곳은 유난히 눈보라가 많이 치는 곳이라고요. 아무래도 수도에서는 그만큼 눈이 오진 않으니까, 궁금해서 와봤어요. 그런데 굉장히 춥고 볼 게 없네요."

"그래?"

"네."

대답한 글로리아가 빙긋 미소 지었다.

"방금 네가 서 있던 곳은, 나의 아버지의 뼛가루가 뿌려진 곳이야."

"아, 그렇군요."

"아버지가 계신 곳이자, 에단이 가장 싫어하는 곳이지."

"⋯⋯!"

에단이라는 이름이 거론되자, 글로리아는 저도 모르게 숨을 멈췄다.

"내가 싫어하는 곳이기도 해."

"왜, 싫어하세요?"

글로리아는 얼른 화제를 돌리기 위해 되물었다. 그러자 잠시 닫힌 창문을 바라보던 펠릭스의 시선이 다시금 글로리아에게로 향했다. 그의 새파란 눈동자 너머가 깜깜했다. 마치 벽이 있는 것 같았다. 무슨 생각을 하는지 보여주지 않으려는 것처럼.

"에단이 가장 많이 울었던 곳이거든."

"……!"

다시금 나온 그 이름에 글로리아는 다시금 숨을 죽였다.

"에단이 누구죠?"

글로리아가 모르는 척 물었다.

"죽은 나의 보좌관."

"아, 전에 들은 기억이 나군요."

"공교롭게도 영애의 마차 사고가 났던 날, 에단은 죽음을 당했지."

그의 말에 글로리아는 아무 대답도 하지 않았다. 그러자 펠릭스가 그녀를 바라보았다.

"그러고 보니 신혼이었는데 제대로 밤을 보내지 못한 것 같아 미안하군. 저택으로 돌아가 간단히 샤워를 하고 술을 한잔했으면 하는데, 어때?"

"찬바람을 쐬었더니 피곤해서요."

"그러면 곧바로 잠자리에 드는 게 좋겠군."

"……아무래도 따뜻하게 데운 와인 한 잔을 드는 게 좋겠네요."

글로리아의 말에 펠릭스가 빙긋 미소 지었다.

"좋은 결정인 것 같군."

글로리아가 샤워를 마치고 나왔을 때, 이미 펠릭스는 티 테이블 앞에 앉아 있었다. 그는 샤워를 하고 나온 듯 머리끝이 젖어 있었다. 그

484

의 앞에는 이미 와인과 술잔, 간단히 먹을 수 있는 쿠키와 과일이 준비되어 있었다.

생각보다 빠르긴 했지만, 이미 각오하고 있던 그녀는 얌전히 그의 맞은편 자리에 앉았다.

"일찍 오셨네요."

"혹시 기다리다가 먼저 잠들까 봐."

펠릭스가 미소 지으며 대답했다. 마치 잠들길 원치 않았다는 말처럼 들렸다. 글로리아도 대답 대신 어색한 미소를 지었다.

그녀는 펠릭스가 따라준 와인잔을 감싸 쥐었다. 따뜻한 걸 보니 제 몫의 와인을 데워 온 모양이었다.

와인잔을 빙글 돌리다가 무심코 무언가를 발견한 그녀는 얼굴을 굳혔다. 티 테이블 끄트머리에 놓인 건 에단의 일기장이었다.

"……이걸 여기까지 가지고 오셨군요."

글로리아가 자신이 썼던 일기장을 묘한 눈으로 바라보며 말했다.

"보다 보면 재미있거든."

"이미 몇 차례 보신 것 같은데, 지겹지 않으신가요?"

이제 그만 좀 봐라.

그 말이 목 끝까지 차올랐지만, 그녀는 꾸역꾸역 참았다. 그러자 펠릭스가 긴 손가락으로 일기장의 표지를 쓰다듬었다. 그 손길이 소중한 무언가를 대하는 듯 애틋해 보였다.

설마 그럴 리가.

글로리아는 자신의 생각을 얼른 접었다.

펠릭스가 자신의 욕으로 가득 찬 일기장을 애틋하게 만질 이유가 뭐가 있겠는가.

"이해되지 않는 부분이 있어서. 보다 보면 이해가 될까 해서."

펠릭스가 나른한 눈을 하고서 말했다.

"……그렇군요."

글로리아는 다급히 대화를 종결지으려는 듯 대답한 후 와인잔을 입술에 가져다댔다. 그러나 펠릭스는 그럴 생각이 전혀 없어 보였다.

"난 우리가 꽤 사이가 좋았다고 생각했는데, 에단은 그렇지 않았던 모양이야. 난 내 나름대로 최선을 다한 것 같은데, 이유가 뭔지 지금도 모르겠거든. 글로리아, 그대는 그 이유를 알 것 같아?"

펠릭스가 비스듬히 고개를 기울인 채 물었다. 스르륵, 은발이 흘러내렸다. 그의 눈동자는 고요했지만, 금방이라도 돌변할 듯 미묘했다.

"글쎄요. 얼굴도 모르는 사람의 마음을 제가 알 수 있을까요? 이미 죽은 사람인데 이제 마음에서 보내주시는 게 어떨까요? 그게 그 사람도 편하지 않을까요?"

"노력해봤는데 안 되더군."

"……."

"그 녀석이 죽어도 안 되는 일인데……."

"……."

"난 이상하게 에단이 살아 있는 것 같거든."

"……!"

펠릭스의 눈동자가 묘하게 달라졌다. 분명 같은 파란색인데 그 온도가 달라진 느낌이었다. 순간적으로 확 조여드는 기분에 글로리아의 어깨가 뻣뻣하게 굳었다.

"살아 있으면 더더욱 잊어버리면 안 되잖아. 더 자주 기억해서, 한눈에 알아볼 수 있도록 해야지."

“……에단이라는 사람에게 뭔가 감정이 많으신가 봐요.”

글로리아가 애써 웃으며 물었다.

“세상에 그런 녀석은 하나뿐이었거든. 앞으로도 그럴 거고.”

펠릭스의 표정이 미묘하게 달라졌다.

“그렇군요.”

글로리아는 대답을 마친 후 와인을 한 잔 비웠다. 에단의 이야기가 계속 나오는 게 불편해서 그녀는 와인을 연거푸 들이켰다. 가시방석에 앉아 자신의 이야기를 듣느니 차라리 적당히 취해서 잠드는 게 나았다.

간절하게 바란 덕분인지, 얼마 지나지 않아 그녀의 상체가 이리저리 흔들렸다.

“취했나 보군.”

“그런가 봐요.”

글로리아가 눈을 느릿하게 깜빡였다.

사실 크게 취하지 않았지만, 이 상황을 모면할 생각이었다.

“그럼 이만 자도록 하지.”

“네. 앗!”

펠릭스를 뒤따라 자리에서 일어난 글로리아의 몸이 허공에 들렸다. 펠릭스에게 안기게 된 글로리아는 놀라서 그를 바라보았다.

“그렇게 비틀거리다가 넘어지면 다치잖아. 안 그래?”

의외의 친절에 글로리아가 놀란 얼굴로 펠릭스를 바라보았다.

그가 이렇게 다정한 모습을 보인 건 처음이었다.

그가 조심스럽게 글로리아를 내려놓았다. 마치 아이를 다루는 듯했다. 이런 대접은 처음이라 멍하게 있던 그녀는 침대에 등이 닿자마자 소스라치게 놀라더니, 이윽고 각오했다는 듯 비장한 표정을 지었다.

"뭐지, 그 표정은?"

마치 덤빌 테면 덤비라는 장군의 얼굴과도 같았다. 펠릭스가 픽 웃자, 글로리아가 숨을 깊게 들이마시며 말했다.

"준비됐어요."

"뭘?"

"그야…… 첫날밤이요."

"그건 본 저택으로 돌아간 후에 하도록 하지."

"……."

"실망한 얼굴인데?"

"아뇨. 그런 건 아니지만……. 왜 미루는 건지…….."

어쩔 수 없이 보좌관이었던 마음이 되살아나, 그녀는 설마 하는 불안한 얼굴로 그의 몸을 위아래로 훑었다.

씨 없는 과일이라거나……. 솟아오르지 않는 우물이라든가…….. 뭐, 그런 것들.

안 좋은 생각들이 머릿속에 피어올랐다.

그럼 곤란한데.

그녀는 이 집의 번영과 성공을 누구보다 바라고 있었다.

마치 그 생각을 읽은 듯, 펠릭스의 손이 글로리아의 턱에 닿았다.

"원한다면 해주겠지만, 되도록 지금 잠드는 게 나을 거야. 밤을 새우고 싶지 않다면."

뭔가 이유가 있어 보였지만, 그는 설명할 생각이 없어 보였다. 글로리아는 그를 빤히 바라보다가 조용히 눈을 감았다. 그가 곁에 있다는 이유만으로도 잠이 오지 않을 것 같지만, 어쨌든 노력이라도 해야 할 것 같았다.

"죄송한데 옆자리에 누워주세요. 그렇게 바라보고 계시면 제가 잠이 오지 않을 것 같아서요."

글로리아의 말에 펠릭스는 불을 끈 후, 그녀의 옆자리에 누웠다. 창밖에서 달빛이 은은하게 밀려들었다. 잠시 천장을 바라보던 그가 몸을 돌렸다. 그러고는 모로 누워 머리를 받친 채, 글로리아를 바라보았다. 그녀는 눈을 감고 있었다. 잠이 들었는지, 잠든 척하는 건지 구분이 되지 않았지만 아무런 상관이 없었다.

그저 닦달하듯 묻고 싶었을 뿐이었다.

네가 내가 아는 그 에단이냐고.

만약 맞다면, 그렇다면…….

그의 눈빛이 짙게 물들었다.

입술부터 깊은 곳까지 모조리 입 맞추고 싶었다.

그러나 그는 가까스로 냉정을 유지했다. 여태껏 자신에게 에단인 걸 숨겼던 여자였다. 자신이 묻는다고 해서 냉큼 대답해줄 리가 없었다. 에단이 아니라고 우긴다면, 맞다고 할 방법이 없었다.

증거가 충분하든, 에단의 입에서 자백을 받아내든 둘 중 하나였다. 어느 쪽이든 자신의 인내가 닳기 전에 끝났으면 했다.

아무래도 자신이 생각하기에 눈앞의 이 사람은 에단이 확실하니까. 행동, 눈빛, 표정이 모두 에단과 같았다.

"흐음."

글로리아에게서 얕은 숨소리가 났다. 잠에 빠진 듯한 그 얼굴을 바라보던 펠릭스가 그녀의 머리카락을 쓸어넘겼다. 잠시 흠칫하더니 그녀는 금세 손길에 파고들었다. 더 쓰다듬어달라는 듯이 다가왔다. 그러자 그녀의 얼굴이 더 확실히 보였다.

　모든 것이 에단과 달랐다.

　흑발은 금발로, 날카롭던 눈매는 부드러운 눈매로.

　그러나 그의 눈에 이 여자는 에단으로 보였다. 그녀를 바라보던 펠릭스의 눈매가 모처럼 기분 좋게 휘었다.

07

글로리아는 하녀들에게 몸을 맡겼다. 대체로 따뜻하거나 선선한 날씨를 유지하는 본 저택과 달리 이 땅은 칼바람이 불어 옷들이 두껍고 무거웠다. 그녀 혼자 드레스를 벗는 건 어떻게든 가능해도, 입는 건 무리였다. 뒤의 디테일을 보고 잡을 수가 없는 데다 치맛자락의 주름 또한 마찬가지였다.

그녀는 하녀들이 내미는 옷을 입으며 멍하니 앞을 바라보았다. 그러고는 아침 일을 회상했다.

하마터면 아침 일찍부터 심장이 멎을 뻔했다.

눈을 뜬 그녀가 가장 먼저 본 건, 천장이 아니라 눈앞을 가로막은 벽이었다. 그것이 벽이 아니라, 사람의 피부라는 걸 깨달은 건 닿은 이마에서 전해진 온기 때문이었다. 설마 하면서 고개를 든 그녀는 저를 물끄러미 바라보고 있던 펠릭스와 눈이 마주쳤다.

바다를 연상케 하는 새파란 눈동자가 마주치자마자 웃음기를 띠었다. 나른하면서 색기 넘치는 얼굴이었지만, 그녀에겐 '짓궂은 장난을 치기 직전의 얼굴'로밖에 보이지 않았다.

「드디어 일어났나 봐.」

글로리아가 창백한 얼굴로 그를 바라보았다.

「그런데 언제까지 이러고 있을 거지? 인내심이 얼마 못 갈 것 같은데.」

펠릭스가 웃으며 물었다. 화들짝 놀란 그녀가 벌떡 일어나 다급히 주변을 살폈다. 분명 어젯밤까지만 해도 상의를 입고 있던 그가 맨몸으로 누워 있었다.

「왜 그러고 계세요? 웃은요?」

「누가 안겨서 덥더라고.」

「……제가, 그랬나요?」

「내가 안지 않았으니, 안겨온 거겠지.」

「……죄송해요.」

다른 사람과 함께 자본 적이 몇 번 없어서, 안기는 습관이 자신에게 있는 줄 몰랐다. 그러고 보니 어젯밤엔 평소보다 유난히 따뜻했던 것이 떠올랐다.

「괜찮아. 잠은 못 자도, 볼 만했거든.」

대체 뭘 본 거지?

글로리아가 조용히 소매로 입가를 가렸다. 침이라도 흘렸나 새삼 걱정이 되었다. 다행히 그는 별다른 말 없이 자리에서 일어나 욕실로 향했다. 그러고는 '아침식사를 하게 아래로 내려오도록 해.'라는 말을 남긴 후 훌쩍 떠났다.

잠시 멍하게 앉아 있던 그녀도 뒤따라 씻고 두툼한 드레스로 갈아입었다. 긴 자색 망토를 걸친 채 식당으로 향하고 있으려니, 그녀의 준비가 끝났다는 연락을 받은 펠릭스가 때마침 서재에서 나왔다.

"좋은 아침이에요."

글로리아가 시치미를 뚝 뗀 채 인사를 건넸다.

"좋은 아침이었지, 모처럼."

펠릭스가 미소를 지으며 받아주었다. 그의 말투가 미묘하긴 했지만, 글로리아는 크게 내색하지 않았다.

시선을 돌리던 그녀의 눈길이 문득 그의 어깨에 닿았다. 검은 큐빅이 제멋대로 꽂혀 있었다. 옷깃도 미묘하게 대칭이 달랐다. 그런 걸 두고 보지 못하는 그녀의 손이 근질거리기 시작했다.

에단으로 살던 때부터 그녀는 공작의 그런 모습을 발견하면 주변을 한참 빙빙 돌다가, '잠시 실례하겠습니다.'라며 공작의 옷매무새를 다시 매만져주었다.

그러고는 곧장 공작의 의상을 관리하는 하녀와 하인들을 불러 단장에 신경을 쓰라며 주의를 주곤 했다. 그들은 '그게 아니고…….'라며 뭔가 억울한 표정을 지었지만, 뒷말을 끝까지 잇진 않았다.

"내려가도록 하지."

글로리아가 뭐라고 할 틈 없이 펠릭스가 계단을 내려갔다. 그녀는 그의 뒤를 따르며 옷깃을 살펴보았다. 왠지 소매도 엉망인 것 같다.

"공작님."

더는 참지 못하고 글로리아가 그를 불렀다. 그가 돌아서자, 그녀가 성큼성큼 다가갔다.

"옷깃이 흐트러지셨어요. 하녀를 부르도록 할게요."

"귀찮으니 됐어. 이렇게 말인가?"

펠릭스가 대충 옷깃을 만지작거렸다. 더욱 엉망이 되었다.

"아니면, 이렇게?"

펠릭스가 손을 댈수록 더더욱 엉망이 되어갔다. 더는 참지 못하고 글로리아가 손을 뻗었다.

"잠시 실례할게요."

그녀는 순식간에 공작의 옷깃과 소매, 옷에 달린 배지까지 모조리 손보았다. 흐트러짐 없이 완벽한 그의 모습을 점검한 뒤 글로리아는 자신도 모르게 방긋 웃었다. 속이 시원했다.

픽.

그러다 묘한 웃음소리에 눈을 들었다. 공작의 신분으로 흐트러진 모습을 보여줘 부끄러워야 할 그가 되레 웃고 있었다.

마치 이렇게 되길 기다렸다는 것처럼.

새파란 눈동자에 즐거움이 가득했다. 그 모습이 황홀할 정도로 아름다웠으나, 그녀의 눈엔 맹수의 눈동자처럼 사냥감을 바라보는 것으로밖에 보이지 않았다. 등줄기로 싸한 바람이 스치고 지나갔다.

"남자 옷을 잘 매만지는군. 여러 번 해본 사람처럼."

펠릭스가 나른한 얼굴로 말했다.

"······아버지 옷을 가끔 손질해드렸거든요."

"그랬군."

펠릭스가 손을 뻗어 글로리아의 두툼한 망토의 양쪽을 거머쥐었다. 그러고는 뒤로 넘어간 부분을 앞으로 넘겨주며 섬세하게 손질했다. 그 손길은 본인의 옷깃을 엉망으로 만들던 때와는 판이하게 달랐다.

속은 것 같은데.

글로리아는 펠릭스의 손길을 가만히 받으며 생각했다.

"앞으로 내 옷을 아침마다 손질해줬으면 좋겠군."

"하녀들에게 제대로 하라고 단단히 주의를 주겠어요."

그녀가 둘러 거절했지만, 펠릭스는 눈 하나 깜빡하지 않았다.

"아침부터 내 옷을 다듬어주는 게 좋아서 그러니, 하도록 해."

그의 손길이 그녀의 목을 에워싼 옷깃을 만지작거렸다. 옷깃의 끄트머리를 쥐자, 손가락이 목덜미를 스윽 훑고 지나쳤다. 등에 오소소 소름이 돋아올랐다.

"힘든 일이라면 강요하진 않겠지만, 가능하면 해줬으면 좋겠군."

원하는 대답이 나올 때까지 옷깃을 잡고 있을 기세였다. 분명 다정한 손길인데, 멱살을 잡힌 기분이었다.

"그렇게 하도록 할게요."

딱히 끌리진 않지만, 거부할 이유는 없었기에 글로리아가 승낙했다. 그제야 펠릭스가 한 발자국 물러서며 빙긋 미소 지었다.

펠릭스는 아침식사가 나오기 전, 저택 관리인을 불러 준비한 서류를 가져오게 했다. 그는 한 손에 서류를, 또 다른 한 손에 스푼을 쥐고 있었다. 귀족들의 식사 예절에 따르면 상대방에게 굉장히 실례되는 태도였지만, 그는 곧잘 이런 식으로 식사를 해왔기에 글로리아는 아무렇지 않았다.

오히려 그가 다른 곳에 주의를 돌리고 있는 것이 그녀의 입장으로선 편했다. 그사이, 그녀는 고요한 저택 내부를 바라보았다.

오래된 벽엔 세월의 흐름이 고스란히 묻어 있었다. 낡았지만 기품이 서려 있었다.

전대 버클리 공작인 알렉스는 이런 분위기가 좋다며 곧잘 이곳을 찾아 시간을 보내곤 했다.

그땐 분위기가 지금과 판이하게 달랐다. 고요한 지금과 달리, 알렉스는 늘 이곳에서 왁자지껄하게 보냈다. 사람들을 불러 거나하게 파티도 열었고, 그게 아니라면 혼잣말을 해가며 술을 벌컥벌컥 들이켜

다 식탁 위에 누워 잠드는 기행도 보였다.

그때를 생각하던 글로리아의 입가에 미미한 미소가 어렸다.

수프 그릇을 전부 비우자 먹기 좋은 크기로 썬 야채, 찍어 먹는 소스, 그리고 이곳에서만 잡히는 생선이 먹기 좋게 구워져 나왔다.

글로리아는 즐거운 얼굴로 생선을 바라보았다.

이게 얼마 만인지 모르겠다.

이 생선을 좋아하긴 하지만, 굉장히 보관이 까다로워서 본 저택까지 배송이 불가능한 데다, 설령 성공하더라도 그건 모조리 펠릭스의 것이었다. 물론 펠릭스는 이 생선을 크게 즐기지 않아 곧잘 썩혀서 버리곤 했다. 그 때문에 언젠가부터 본 저택에서 이 생선을 보는 일이 사라졌다.

곁에 서 있던 하인이 다가와 자신의 팔보다 두툼한 생선의 살을 발라 펠릭스의 접시에 일부분, 글로리아의 접시에 일부분을 내려놓았다.

그녀는 즐거운 표정으로 자신의 접시에 담긴 생선살을 떠서 입에 넣었다.

"욱!"

글로리아는 입을 틀어막았다. 분명 즐겨 먹던 생선인데, 넣자마자 입안에 비린 맛이 확 퍼졌다.

이 몸은 이런 생선에 적응이 되지 않은 모양이었다.

"괜찮으십니까?"

곁에 서 있던 하인이 조심스럽게 물어왔다.

"괜찮아."

고개를 든 글로리아는 모든 사람의 시선이 자신에게로 쏠려 있는 걸 보았다. 펠릭스 또한 서류를 내려놓은 채 그녀를 빤히 바라보고 있었다.

"……의사를 부르겠습니다."

하인의 얼굴이 불그스름해졌다. 그러고는 다른 하인들을 향해 서로 눈짓했다. 경사가 생겼다는 듯 즐거워 보이는 얼굴이었다.

미안한데, 너희가 생각하는 그런 거 아니야.

글로리아는 냅킨에 생선살을 뱉은 후, 고개를 들었다. 펠릭스 또한 턱을 괸 채 의아한 눈으로 바라보고 있었다.

"음식이 입에 맞지 않아서 그런 거예요. 그러니 신경 쓰지 마세요."

글로리아가 펠릭스에게 말하자, 주변의 하인들이 실망한 표정을 짓다가 금세 아무렇지 않은 표정으로 고개를 끄덕였다.

펠릭스는 읽고 있던 서류를 대충 덮은 후, 생선을 한입 먹었다.

"이 음식이 별로 입에 맞지 않아?"

펠릭스가 의아한 듯 물었다.

"네. 안타깝게도 그렇네요. 이런 붉은 살 생선은 처음이라 그런가 봐요."

"그럴 수도 있겠군."

"맛있게 생겼는데 안타깝네요."

"그러게."

왠지 그 대답이 유난히 진심인 것처럼 들려 글로리아는 펠릭스를 바라보았다. 그도 생선을 몇 번 먹다가 그릇을 밀어냈다.

그러고 보니 펠릭스는 평소 이 생선을 즐기지 않았는데도 오늘 아침식사부터 이 생선이 나온 이유를 알 수 없었다.

어쨌거나 좋아하는 음식을 잃게 된 글로리아는 아쉬운 눈으로 생선을 바라보았다.

입맛이 다를 줄이야. 다른 건 다 맞아서 이 음식도 괜찮을 줄 알았는데…….

"글로리아."

"네."

딴생각을 하던 글로리아가 반사적으로 빠르게 대답했다. 펠릭스는 그런 점이 마음에 든다는 표정으로 글로리아를 바라보았다.

"그런데 왜 거기에 앉아 있지?"

"본래부터 이 자리가 제 자리라고 알고 있습니다."

버클리 가문의 공작 부처는 원래 마주 앉아 식사를 했다. 편하게 이야기를 나누며 식사하기 위함이었다.

"앞으로는 이곳에 앉도록 해."

펠릭스의 손끝이 그의 바로 옆을 가리켰다.

"…….

거기 앉으면 내 식사가 목구멍으로 넘어가겠니?

글로리아는 차마 못 할 말을 삼키며 그를 물끄러미 바라보았다.

"식사 예절상 마주 앉는 게 옳다고 알고 있어요."

고지식한 그녀의 대답에 펠릭스가 고개를 기울였다.

"예절이란 시대에 따라 변하는 거지. 그리고 편의에 따라 언제든 변화할 수 있는 거고."

"…….

"만약 식사 예절법을 어기는 게 불편하다면 내가 옆자리로 가면 되겠군. 난 그런 것에 개의치 않으니 말이야."

그의 손이 글로리아의 옆자리를 가리켰다. 정확히 말해 모서리를 사이에 놓고 꺾이는 자리에 앉겠다는 거였다. 고개를 들면 얼굴이 굉장히 가까이 있는 거리였다.

굳이 왜 여기에…….

글로리아는 나오려는 한숨을 꾹 참았다.

"……제가 옆자리에 갈게요."

아무리 이젠 귀족이라지만, 오랫동안 보좌관 생활을 한 그녀에게 공작더러 직접 이동하라고 할 수는 없는 노릇이었다. 원하는 대답이 나오자 펠릭스는 금세 고개를 끄덕였다.

"불편하면 언제든 말해. 내가 옮길 수 있으니 말이야."

"네."

대답과 달리 그녀는 그에게 그런 요구를 할 생각이 절대로 없었다. 입맛이 떨어진 그녀가 야채와 빵을 먹는 둥 마는 둥 할 때였다.

"요즘 오후엔 뭘 하지?"

"특별히 하는 일 없이 쉬고 있어요. 책을 읽고 저택을 둘러보면서요."

"그럼 오늘 오후부터 시간을 비우도록 해."

"무슨 일이시죠?"

"무역에 대해 배우고 싶다며."

"이곳에 무역에 관해 가르쳐줄 만한 분이 계신가요?"

그녀의 기억으로는 이곳에는 마땅한 교육 인재가 없었다. 그녀가 의아한 표정을 지으며 고개를 갸웃거렸다.

"있으니까 걱정하지 말고 오후 시간을 비우도록 해."

"설마…….'

글로리아가 의아한 얼굴로 물을 때였다. 그러나 펠릭스의 시선이 읽다 만 서류로 향했기에 더 이상 길게 물을 수 없었다.

글로리아는 오후가 되자마자 방문을 열고 들어온 펠릭스를 물끄러미 바라보았다.

이럴 줄 알았다.

이곳엔 무역을 가르쳐줄 만한 인재가 없었다. 펠릭스 버클리 공작 말고는.

이미 예상하고 있었기에 놀라지 않았지만, 반전을 바라고 있었기에 내심 실망했다.

"왜 공작님이 오셨죠?"

글로리아는 모르는 척 물었다. 혹시나 하는 마음에서였다.

"내가 무역에 대해 가르쳐줄 선생이니까."

펠릭스가 눈을 접으며 미소를 지었다.

"바쁘신 걸로 알고 있어요."

"신혼여행인데 계속 일할 순 없지. 아내와 시간을 보내는 법도 알아야 할 테니까."

"제가 과연 공작님의 지식을 따라갈 수 있을지 모르겠군요. 지금의 결정을 철회하시고, 다른 선생으로 부탁드릴게요."

"계약서에는 무역 공부를 허락해달라고 했지, 선생 선택권까지 달라고 요구한 건 없던데. 내가 잘못 알고 있었던 건가?"

그가 계약서상의 조항을 들이밀며 물었다. 저렇게 물으면 할 말이 없다.

"부족한 제 지식이 드러날까 봐 걱정되어 드리는 말씀이에요."

"모르는 건 당연한 일이지. 그 정도는 이해하고 있으니 편하게 앉도록 해. 여기선 내가 간단히 알려주고, 본 저택으로 돌아가면 선생을 붙이도록 하지.”

“……．”

저벅저벅 다가온 펠릭스가 그녀가 앉아 있던 테이블 앞에 앉았다. 그러고는 대답을 기다리듯이 그녀를 빤히 바라보았다.

새파란 눈동자 너머로 창문 밖의 하얀 눈밭이 고스란히 담겨 있었다. 한 폭의 풍경화 같았다. 언제나 그가 이런 눈으로 바라보면, 그녀가 할 수 있는 대답은 ‘네.’밖에 없었다.

단지 보좌관이었기에 그의 명령에 복종하는 습관 때문만은 아니었다. 몸을 내리누르는 위압감이나 압박감 때문도 아니었다.

이유는 알 수 없지만, 그녀는 번번이 그에게 졌다.

글로리아는 미약하게 고개를 끄덕였다.

“그럼 잘 부탁드릴게요.”

글로리아는 에단으로서 펠릭스의 곁을 지키고 있었기에 무역에 관해 대략 알고 있었다. 그가 처음 시작할 때부터 전반적인 업무를 함께 봐왔다.

그러나 결정권이나 중요한 문제는 펠릭스가 해결하고 통보만 하는 식이었기에, 그가 왜 그런 결정을 내리는지에 대해선 알 수 없었다. 물어보려면 물어볼 수 있었지만, 그랬다간 한도 끝도 없이 묻게 될 것 같아 그만두었다.

그러면서 내심 궁금했던 부분이 많았기에, 그녀는 조금 들뜬 표정으로 펠릭스를 바라보았다.

그는 무역에 관해 기본적인 것부터 설명해주었다.

무역이란 서로 필요한 것들을 구매 혹은 교환해, 각국의 시장에 판매해서 이윤을 얻어내는 것. 수입해서 들어온 물건이 어느 계층에 어울릴지, 어느 가격선일 때 유리한지에 대해 미리 계산을 해서 선판매 금을 정해야 한다는 것 등이었다.

그는 교재도 없이 앉은 채로 줄줄 말했다. 그 모든 것이 머릿속에 있는 듯했다. 글로리아는 그의 말을 놓치지 않기 위해 종이에 간단히 메모를 했다.

"그리고 무역에서 가장 중요한 것 중 한 가지는……."

펠릭스는 말을 하다 말고 턱을 괴고서 그녀를 물끄러미 바라보았다. 그에게서 뭔가 대답이 더 나올 것을 기대해서 기다리고 있던 글로리아의 표정이 점점 미묘하게 바뀌었다.

"오늘 수업은 이걸로 끝인가요?"

설마 이렇게 애매하게?

"아니."

"그럼 왜 그렇게 쳐다보세요?"

"생각보다 이해가 굉장히 빠른 것 같아서. 이 이야기는 동화처럼 들을 내용이 아니거든."

무역에 관해 전반적인 지식이 없으면 상황조차 파악하기 힘든 내용이었다. 대륙에서 가장 중요한 자산 증식 방법은 아직도 농업이었고, 귀족 중에서는 무역에 대해 회의적인 이들도 많았다. 펠릭스가 직접 나서면서 시선이 많이 달라지긴 했지만, 상인들과 하는 짓이 뭐가 다르냐며 무역을 얕잡아 보는 이들이 대다수였다. 그 때문에 그들은 무역을 통해 들어온 물건을 고액에 사면서도, 그 물건이 들어온 방식에 대해선 궁금해하지 않았다.

"저희 가문에서도 무역을 했으니까요."

"미들턴 백작은 무역을 가르치지 않았다고 하던데."

"배우지 않아도, 보이는 것들이 있으니까요."

"그런 건가."

펠릭스가 옅은 미소를 지었다. 그러나 썩 믿는 얼굴은 아니었다.

"그래서 무역에서 가장 중요한 것 중 한 가지는 뭐죠?"

글로리아가 그를 바라보며 말을 돌렸다.

"시기."

그가 등받이에 등을 대고서 말했다.

"시기요?"

이윤이나 수익일 거라 생각한 글로리아가 묘한 표정을 지었다.

"무역을 통해 아름다운 푸른 보석을 들여왔지만, 그 시기가 겨울이라면? 대체로 여인들은 겨울에 붉은 보석을 선호하지. 색감이 분명히 대비될 테니까. 푸른 보석은 다른 상단에서도 많이 내어놓고 말이야. 그러면 겨울에 우리가 들여온 그 푸른 보석은 세공된 채 오랜 시간 보관해야 해. 당연히 자금 유통은 일시적으로 중단될 테고, 그 보관비 또한 만만치 않게 들 테지. 불필요한 비용을 줄여 이윤을 높이는 게 무역의 궁극적인 방식이라면, 가장 중요한 건 시기겠지."

"아, 그럼 차도 마찬가지겠군요. 대륙의 날씨가 따뜻할 땐 몸에 열을 내는 뜨거운 차 또한 좋지 않으니까요."

"그렇지."

"아아."

글로리아가 이해했다는 표정으로 고개를 끄덕였다.

"하지만 대륙의 뜨거운 날씨에도 그 차를 선호하는 사람들이 있지 않을까요?"

글로리아의 질문에 펠릭스의 표정이 부드럽게 풀어졌다. 동그랗게 눈을 뜬 채 자신을 바라보는 그녀의 눈이 에단과 같았다.

"있겠지. 하지만, 귀족들의 성향상 매순간 손에 잡히는 것들을 좋아하진 않지."

"⋯⋯."

"날이 추운 한때에만 나오는 차, 아주 잠깐 나와 이때가 아니면 구매할 수 없는 것."

"⋯⋯."

"그 특성이 사람을 조금 더 미치게 만들지. 그럼 귀족들은 미리 돈을 준비해 필요한 만큼 대량 구매를 할 테고, 필요로 하는 사람이 갑자기 늘어나니 그만큼 차의 가격은 자연스럽게 뛰겠지."

"아⋯⋯."

여태껏 글로리아는 인기 많은 차를 매번 날이 선선한 얼마간만 판매하는 이유에 대해 의아하게 여겼었다. 그가 이런 계산까지 모조리 하고 있을 거라곤 생각지 못했다.

"그러고 보니 한 해에 몇 척의 배를 보내는 것보단, 확실히 한 해에 한두 번의 거래를 하되 그 양을 많이 해서 곧장 파는 게 이득이긴 하겠네요. 보관료와 뱃삯이 들지 않으니까요."

생각에 잠긴 글로리아가 이해했다는 듯 조용히 대답했다. 하나를 던져주면 용케 두 개를 알아듣는 그녀를 펠릭스는 놀랍다는 눈으로 바라보았다.

그녀는 무역에 대한 이해도가 굉장히 빨랐다. 단순히 무역 진행 사항을 보고 자란 것과 차원이 달랐다. 부두에서 관리 일을 하는 사람들도 이만큼 이해하기 위해 한 달이라는 시간이 필요한 것에 비하면 상당한 속도였다.

다만, 그녀는 자신이 얼마나 이해가 빠른 편인지에 대한 자각이 전혀 없는 듯했다.

"그런데 무역은 왜 배우는 거지?"

펠릭스가 그녀를 여전히 신기하다는 눈으로 바라보며 물었다.

"개인적인 호기심이었어요. 무역이라는 게 신기하면서도 재미있어 보였거든요. 그리고 공작가의 안주인이 되었으니 기본적인 건 알아야 한다는 생각도 있었어요."

"가문을 함께 책임지겠다?"

펠릭스가 눈을 가느스름하게 떴다.

"불가피하게 공작님의 부재 시엔 결정권이 제게 있으니까요. 기본 지식이 없으면 올바른 결정을 내릴 수 없잖아요."

"나의 보좌관들과 집사가 있을 텐데?"

펠릭스가 팔걸이에 팔을 댄 채 그녀를 물끄러미 바라보았다.

"가문의 주인이 가문의 일을 아랫사람에게만 맡기면 안 되잖아요. 이 가문은 그들의 것이면서도, 온전히 그들의 것은 아니니까요."

"그들을 믿을 수 없다는 건가?"

"지금은 믿을 수 있지만, 미래까지 믿을 수 있을진 알 수 없다는 게 제 생각이에요. 지금은 충성심을 발휘하는 그들도 중심을 잡아주는 이들이 없으면 변할지도 모르잖아요. 그러니 저는 가문을 위해서라도, 이 가문을 위해 일해주는 사람을 위해서라도, 가문에서 가장 크게 진행 중인 무역에 관한 기본적인 건 알아야 한다고 생각했어요."

"……"

"이게 제가 가문의 모든 사람들을 위해 할 수 있는 가장 우선적인 일이라고 생각했어요."

글로리아는 조슈아를 비롯해 자신의 머릿속을 스쳐지나가는 사람들을 떠올리며 말했다. 보좌관으로 일했기에 잘 알고 있었다. 그들의 충성심은 펠릭스 공작과 버클리 가문을 향한 경외심과 동경심으로 이루어져 있다. 그 중심이 사라지면 한동안은 힘을 모아 버티겠지만 결국 그들도 어떻게 될지 모른다.

버클리 가문의 영광이 그들의 희망인데, 그 희망이 사라지면 그들은 욕심을 품기 시작할 거다. 한 사람이 욕심을 부려 횡령과 속임수를 감행한다면, 곧 병마처럼 그 욕망들이 저택을 점령하게 될 거다. 그 끝은 가문에 속한 모든 이들의 전멸이었다. 그녀는 그 부분을 굉장히 경계했다.

그녀의 말을 들은 펠릭스의 얼굴에 흥미진진하다는 기색과 놀라움이 빠르게 스쳐지나갔다. 결혼하자마자 너무나 능숙하게 자신이 할 일을 찾아낼 줄이야.

"만약 지금 제가 한 말이 예의에 어긋나거나 무례하게 들렸다면 용서해주세요."

글로리아가 깍듯하게 허리를 굽혔다. 습관이란 어쩔 수 없다고, 그녀는 그런 자세가 귀족영애에게서 나올 법한 것이 아님을 인지하지 못한 듯했다. 물론 이런 허술함은 펠릭스를 즐겁게 만들었다.

"사과할 필요 없어. 입 아프게 내가 설명하지 않아도 되니 좋군. 원치 않는다고 하더라도 기본적인 건 알려줄 생각이었거든."

"그렇다면 다행이에요."

"오늘은 여기까지 설명하도록 하지. 시간이 꽤 늦었거든."

펠릭스가 창가를 손으로 가리켰다. 그 손끝을 따라 시선을 돌린 글로리아는 캄캄한 밖을 보곤 눈을 동그랗게 떴다. 생각보다 시간이 많이 흘러 있었다.

"저녁식사를 하시죠. 관리인을 불러 준비시키도록 하겠습니다."

글로리아가 다급히 말했다.

"그건 이곳의 대리 집사가 할 일이야, 글로리아. 안 그래도 배가 고프던 차였는데, 같이 식사하도록 하지."

펠릭스가 몸을 일으켰다. 뒤따라 자리에서 일어나던 글로리아가 의자 다리에 치맛자락이 눌려 휘청거렸다.

"웃."

글로리아가 균형을 잡기도 전에, 펠릭스가 그녀의 팔을 잡아챘다. 그러고는 몸을 일으켰다. 넘어지는 불상사를 피한 그녀가 안도하는 표정으로 펠릭스를 바라보았다.

"감사합……."

"조심해야지, 에단."

"……."

말을 하다 말고 글로리아의 입이 다물렸다. 한 박자 늦게 펠릭스와 눈이 마주쳤다. 굳은 그녀의 얼굴을 보고서야 펠릭스가 "아아."라고 말하더니 난처한 미소를 지었다.

"아, 말실수를 했군. 글로리아."

"……."

"무례한 실수를 용서해줘."

그가 눈을 마주치며 미소를 지었다.

거짓말.

그는 다른 사람을 부를 때 잘못 부르는 일은 단 한 번도 없었다. 그런 사람이 실수로 자신을 에단이라 불렀을 리 없었다.

"많이 놀란 것 같군. 아무 말도 못 하는 걸 보니."

"……아뇨. 괜찮아요. 붙잡아주셔서 감사합니다."

"다친 곳은 없어 보이니 다행이야. 저녁 먹을 준비를 하고 내려오도록 해."

펠릭스가 말을 마친 후, 문을 열고 나갔다. 홀로 남은 글로리아는 닫힌 문을 멍하니 바라보다 다시 자리에 털썩 주저앉았다.

왠지 그가 알아챈 것 같은데…….

확신할 순 없지만, 심증이 그러했다.

"말도 안 돼……."

글로리아의 안색이 어둡게 변했다.

글로리아는 저녁식사를 하는 내내 펠릭스를 흘끔흘끔 보았다. 그는 시선을 내리깐 채, 평온한 표정으로 식사에 임하고 있었다. 그가 느릿하게 눈을 깜빡일 때마다 푸른 눈동자가 사라졌다 나타나길 반복했다.

평소라면 성격에 비해 굉장히 아름다운 얼굴이다 생각했겠지만 오늘은 그 얼굴을 감상하고 있을 여유가 없었다.

무슨 이유로 자신을 에단이라고 생각한 걸까. 아무리 생각해도 연유를 알 수 없었다. 그나마 희미하게 짐작 가는 것 중 하나가, 자신의 습관이나 말투 때문일지도 모른다는 거였다. 최대한 귀족영애처럼 행동한다고 노력했지만, 평생의 습관이 금세 고쳐질 리 없었다.

더군다나 상대는 사람을 꿰뚫어 보듯이 쳐다보는 펠릭스였다. 당황해서 자신도 모르는 사이에 에단 시절의 말투를 썼을 수도 있었다. 다만, 고작 그런 이유로 자신이 에단이라는 걸 알아챌 리는 없었다.

만약 목걸이의 비밀을 알아챘다면?

그렇다면, 자신이 에단이라는 걸 짐작하면서도 섣불리 행동에 나서지 않는 이유는 뭘까. 자신이 에단이라는 걸 알면 곧장 아는 체를 하며 일기장을 내밀 사람이었다.

「이런 짓을 하고도 무사할 거라 생각했나 보군, 에단.」

그러면서 또 말도 안 되는 일을 시키겠지. 그런 그가 잠자코 있는 게 이상했다. 그 이유를 찾고 싶었지만 어떤 생각도 떠오르지 않았다. 애초부터 펠릭스의 생각을 읽어내기란 무리이긴 했지만, 이번만큼 답이 없는 경우도 없었다.

어찌 되었든 간에, 펠릭스가 자신을 에단이라고 몰아붙이더라도 그녀는 자신의 정체를 밝힐 생각이 없었다. 죽었다 다시 살아나 버클리 공작저에 살게 된 것도 억울한데, 에단 때로 돌아가고 싶지 않았다. 이왕 이렇게 태어난 거면 하고 싶은 것과 먹고 싶은 것 모두 추구하면서 살 생각이었다.

에단이라고 밀어붙이면, 아니라고 우기자.

은근히 괴롭히거나 떠보는 말투를 써도 모르는 척하자.

그녀는 다시금 속으로 다짐했다.

글로리아가 잘 준비를 마치고 나오자, 펠릭스가 상의를 전부 벗은 채 침대에 걸터앉아 있었다. 며칠 새에 침대에 있는 그의 모습에 익숙해지긴 했지만, 여전히 맨몸을 보는 건 낯설었다.

귀족들은 대부분 자신의 맨몸을 드러내지 않았고, 특히 펠릭스는 보좌관들에게도 자신의 몸을 보이지 않았다. 그의 몸을 보는 건 목욕 시중을 드는 하인들이나 가능했다.

글로리아가 다가가자, 펠릭스가 그녀를 물끄러미 바라보았다.

"안 주무셨군요."

글로리아가 어색한 침묵을 깨기 위해 말을 꺼냈다.

"기다리고 있었거든."

"……."

그 사소한 말에 글로리아의 가슴이 철렁 내려앉았다. 그녀는 왜 기다렸냐고 묻는 대신 조명 쪽으로 시선을 돌렸다.

"불을 꺼도 될까요?"

글로리아가 조심스럽게 물었다.

"그렇게 하도록 해."

펠릭스의 허락이 떨어지자마자 그녀는 후 하고 촛불을 불었다. 그러고는 어두운 가운데 손을 더듬어 침대에 누웠다.

"대체 어디 있는 거야?"

펠릭스가 침대를 더듬으며 물었다. 분명 눕는 인기척은 느꼈는데, 정작 사람이 닿지 않았다.

"침대 끝에 누워 있어요."

대답을 하기가 무섭게, 펠릭스가 그녀의 팔을 덥석 잡았다.

"그러다가 떨어져."

"여기가 편해요."

"……."

펠릭스가 낮은 한숨을 내쉬더니 그녀를 혹 끌어당겼다. 순식간에 그녀의 몸이 침대 안으로 끌려들어왔다.

"떨어지면 다치니까 안쪽에서 자도록 해."

"네."

글로리아는 반항하지 않고 대답했다. 여기서 고집을 피우면 더 큰 일이 일어날 거라는 걸 잘 알고 있었다. 자리를 제대로 잡고 누운 그녀는 두 개의 베개 중 하나를 가슴에 끌어안았다.

"지금 뭐하는 거지?"

어둠에 익숙해진 펠릭스가 글로리아를 바라보며 물었다.

"베개를 안고 있어요."

"왜?"

"어젯밤처럼 공작님을 끌어안아 피해를 입히면 안 되니까요. 주무시는 데 방해가 되잖아요."

"……."

펠릭스의 표정이 안 좋아지는 게 어둠 속에서 느껴졌다. 그가 뭔가 오해한 건가 싶어 글로리아는 서둘러 말을 꺼냈다.

"최대한 방해되지 않도록 노력할게요. 만약 베개가 피부에 닿는 게 싫으시다면, 반대편으로 돌아누울……."

글로리아가 베개를 끌어안은 채, 공작을 등지려고 꼼지락거렸다. 그 순간, 글로리아의 품에서 베개가 쑥 빠져나갔다. 뭐라고 할 틈도 없이, 베개가 방의 반대편으로 날아갔다. 글로리아가 바닥에 툭 떨어진 베개와 펠릭스를 번갈아 보았다.

왜 엄한 베개한테 성질이야.

그녀가 차마 뱉지 못한 말을 꿀떡 삼키며 바라보았다. 펠릭스가 고요한 눈으로 그녀를 바라보았다.

"베개를 끌어안으면 내가 상의를 벗은 보람이 없어지잖아?"

"……."

"안기려고 깨끗이 씻기도 했는데 말이야."

펠릭스가 그녀의 손을 가져와 자신의 허리에 둘렀다. 그러고는 낮은 목소리로 명령했다.

"끌어안아."

"……."

"베개 안는 것보다 더 세게."

"……."

"베개한테 밀리면 기분이 나쁠 것 같거든."

글로리아의 입이 떡 벌어졌다.

이건 뭐지. 괴롭힘인가.

머리가 복잡하다 못해 생각을 멈춘 사이, 펠릭스의 팔이 그녀의 허리를 끌어안았다. 금세 몸이 맞닿았다.

"베개를 안을 때와 너무 다른데?"

펠릭스의 말에 글로리아가 조금 더 팔을 깊게 둘렀다. 그러자 그의 등 한복판에 자신의 손바닥이 척 닿았다. 글로리아는 자신의 손에 닿는 맨들맨들하고 따뜻한 피부가 펠릭스의 것이라는 사실에 여전히 정신을 차릴 수 없었다.

"베개로도 괜찮은데요……."

"내가 싫어."

"……아, 네."

싫다는 데 뭐랄 건가.

그녀는 금세 수긍했다.

"베개를 안고 이불을 덮어봤자 추울 거야. 이곳은 밤이 더 추운 곳이니까. 사람을 안고 있는 게 훨씬 따뜻해."

그의 말이 맞았다. 이전까지 피부에 닿던 싸늘함이 금세 사라졌다.

주변이 고요해지자 서로의 숨소리가 가깝게 들렸다. 펠릭스가 숨을 쉴 때마다 그의 가슴이 오르락내리락했다.

글로리아의 눈이 금세 가물가물해졌다.

"잠든 건가?"

"아뇨."

"그럼 무슨 생각 해?"

펠릭스가 불쑥 물었다.

"별생각하지 않았어요. 그냥…….."

글로리아는 말끝을 흐렸다.

"그냥, 뭐?"

"……공작님이 의외로 다정하다는 생각을 하고 있었어요."

"……."

"참 다정하시네요."

그가 부인을 위해 이런 일을 해줄 사람일 줄은 몰랐다. 더군다나 자신이 에단일지도 모르는 이런 상황에서는 더더욱. 이런 모습은 처음이라 발가락이 꼼지락거렸다.

"마음에 드나 보군."

"다정한 사람을 싫어할 사람은 없으니까요."

그녀의 말이 끝나기가 무섭게, 펠릭스가 손을 들어 그녀의 머리를 쓰다듬어주었다. 그 손길은 사랑하는 사람의 머리를 쓰다듬듯, 한없이 다정했다.

이렇게 다정하면 마음이 약해지는데…….

그 생각을 끝으로 글로리아의 눈꺼풀이 점점 더 무거워졌다.

"이렇게까지 안 해주셔도 되는데…….'

글로리아가 웅얼거리듯 말했다.

"하고 싶은 걸 미루지 않으려고."

"……."

"무역처럼, 관계도 시기가 있다는 걸 깨달았거든."

언젠가 시기가 되면 말해야지, 시기가 되면 해줘야지 하는 것들을 결국 할 수 없게 되었을 때 알았다. 생각날 때 바로 해줄 수 있는 그때가 바로 적기라는 걸.

그는 금세 자신의 품에서 쌔근쌔근 잠이 든 글로리아를 바라보았다. 자신의 품에서 잠든 모습이 아기처럼 어여뻤다. 그의 눈이 한결 부드러워졌다.

그는 그녀가 잠든 걸 알면서도 연신 머리를 쓰다듬어주었다.

마치 못 해주었던 걸 마음껏 해주려는 듯이.

아침이 되어 깨어난 글로리아는 자신의 앞을 가로막고 있는 성벽 같은 몸을 보고는 숨을 흡 들이마셨다. 고개를 들자, 언제 깨어났는지 자신을 물끄러미 보고 있는 펠릭스와 눈이 마주쳤다.

"아……."

글로리아는 멍한 얼굴로 맹한 소리를 흘렸다. 그의 시선이 그녀의 반쯤 벌어진 입술에 닿았다가, 눈동자로 향했다.

"좋은 아침이군."

"네. 좋은 아침이에요."

글로리아는 대답을 하며 상황을 살폈다. 어제와 똑같이 펠릭스를 꼭 끌어안고 있었다. 어제와 다른 점이 있다면, 펠릭스 또한 그녀의 허리를 꽉 끌어안고 있다는 거였다. 그녀는 슬그머니 팔을 풀고 비키려고 했으나, 그가 꼼짝도 하지 않아 벗어날 수가 없었다. 이러지도, 저러지도 못한 채 펠릭스를 바라볼 수밖에 없었다.

"저기……."

글로리아가 당황한 표정으로 말을 꺼냈다.

"응. 말해."

"팔을 좀 치워주셨으면 해서요."

"왜?"

"네? 그야, 일어나려고요. 바쁘실 텐데 아침을 시작하셔야죠."

"급한 일 다 해놔서 바쁘지 않으니 조금 더 쉬도록 하지. 하루쯤 아침식사 늦게 한다고 탈나는 것도 아니고 말이야."

펠릭스가 슬쩍 몸을 떼어내려는 글로리아를 확 끌어안아 품에 가뒀다.

"……."

당황한 글로리아는 눈을 빠르게 깜빡이며 팔을 허우적거렸다. 자신의 품에서 어쩔 줄 몰라 하는 글로리아를 바라보던 펠릭스가 피식 웃었다.

다정하게 대하고 싶지만, 자신을 동그란 눈으로 바라볼 때마다 괴롭히고 싶어지는 마음이 드는 건 어쩔 수 없었다.

"아니, 저기……."

글로리아가 버둥거리기 시작했다. 다른 사람들이 이런 행동을 했다면 에단은 즉각적으로 몸을 밀어내고 화를 내며, 다시는 이러지 말라고 똑 부러지게 말했을 거다.

그러나 자신에게만큼은 어쩔 줄 몰라 했다. 상사이기 때문일 수도 있고, 전대 공작에 대한 예우 차원이었을 수도 있고, 어린 시절부터 자신에게 복종하도록 세뇌되어서일 수도 있었다. 어느 쪽이든 특별대우가 좋아서 그는 매번 에단을 괴롭혔다.

"숨이 막히는가 보군."

"네. 조금."

글로리아가 벗어날 구멍을 찾았다는 듯 냉큼 대답했다. 그러자 펠릭스가 침대 아래로 쑥 내려왔다.

"그럼 이게 좋겠군."

눈높이가 같아졌을 뿐, 여전히 몸은 찰싹 붙어 있었다.

"어⋯⋯."

글로리아가 멍하게 말끝을 늘였다. 이전보다 오히려 더 불편해졌다. 그가 자신의 눈높이에서 자신을 똑바로 바라보고 있었다.

이건 대체 무슨 괴롭힘이냐고!

글로리아는 속으로 소리를 빽 질렀다. 그러나 말하지 못한 채 입을 다물었다. 대신 그녀도 지지 않고 펠릭스의 얼굴을 똑바로 쳐다보았다. 근사한 얼굴에 푸른 눈동자가 아름다웠다. 눈동자를 번갈아 바라보자, 펠릭스가 느릿하게 미소를 지었다. 여유롭고 나른한, 선선한 바람 같은 미소였다. 자신에게 곧잘 지어주던 그 미소였다.

쿵.

그 미소를 오랜만에 보아서일까. 심장이 바닥으로 곤두박질치는 듯했다. 왠지 그를 보고 있을수록 심장이 빨리 뛰고 얼굴이 붉어지는 기분이었다.

"더 쉬실 거라면, 한숨 더 자도 될까요?"

도망치기와 지지 않고 얼굴 마주 보기를 둘 다 포기한 글로리아는 잠을 택하기로 했다.

"그러도록 해."

"공작님도 편하게 주무시는 건 어떠세요?"

"잠보다 이쪽이 더 즐거운 것 같군."

"……."

계속해서 얼굴을 뚫을 기세로 쳐다보겠다는 대답에 글로리아는 나오려는 한숨을 꾹 참은 채 눈을 감았다.

잠을 자려고 노력했지만, 그녀는 결국 한숨도 자지 못했다.

똑똑.

문을 두드리는 소리에 책을 읽고 있던 글로리아가 고개를 들었다. 오전 내내 펠릭스와 침대에서 머물다가 점심을 먹고 겨우 짬이 나서 쉬던 차였다.

"네."

그녀의 대답에 문을 열고 하녀가 들어섰다.

"손님이 찾아오셨습니다."

"손님?"

이 추운 성에 자신을 찾아올 손님이 있을 리 없었다.

"네. 카시아 님께서 부인을 찾아오셨습니다."

"카시아 님? 공작님의 손님을 내 손님으로 착각한 거 아냐?"

"아뇨. 저도 두 번이나 확인했는데 아니라고 하셨습니다."

"알았어. 앞장서도록 해."

글로리아는 자신을 찾아온 하녀를 뒤따라 응접실로 향했다. 그곳
에서는 하얀 옷을 입은 백발의 남자가 그녀를 향해 미소 짓고 있었다.
글로리아는 반가운 얼굴을 애써 숨긴 채, 고개를 숙여 인사를 건넸다.

"처음 인사드립니다. 글로리아 버클리입니다."

"처음 인사는 무슨."

카시아의 직설적인 말에 움찔한 글로리아는 금세 미소를 지었다.

"일전에 잠깐 인사드리긴 했었죠."

"역시나 잘 빠져나가는구나."

"차를 드시겠어요?"

글로리아는 얼굴색 하나 바꾸지 않고 평온한 태도로 말했다.

"이미 마시고 있었단다. 너도 여기 와서 한잔 하렴. 나 혼자 마시기
엔 양이 많구나."

"그럼 앉으시죠."

글로리아는 카시아에게 앉으라는 손짓을 한 후, 하녀와 하인들을
모조리 밖으로 보냈다. 그러고는 그의 맞은편 자리에 앉았다.

"어떻게 된 게냐?"

불쑥 묻는 질문에 글로리아의 얼굴이 미미하게 굳었다.

"무슨 말씀을 하시는 건지 모르겠네요."

"날 속일 생각 하지 말고, 에단. 네가 에단이라는 건 처음 보자마자
알았다. 껍데기는 바꿔도 인간의 속은 바꿀 수 없는 법이거든."

"……!"

"흠, 내가 알기론 알렉스 버클리의 손에 들어간 '약속의 물건' 중 하
나가 네 손에 들어간 걸로 알고 있다. 그 물건의 기운이 사라졌을 때

뭔가 이상하다는 생각을 했었는데 네가 사용한 모양이지?”

“……그걸 어떻게 아세요?”

이미 모든 걸 알고 있다는 듯 줄줄 말하는 카시아를 보며, 글로리아는 숨기기를 포기했다. 여기서 숨기는 것보다 허심탄회하게 말하고 비밀을 지켜달라고 하는 쪽이 더 빠를 듯했다.

“내가 모를 리가 있겠니. 그나저나 너도 대단하구나. ‘약속의 물건’이 움직일 정도로 간절하게 빌었다니. 네가 이런 귀족영애가 되는 걸 그토록 바랐을 줄은 몰랐구나.”

카시아가 신기하다는 눈으로 글로리아를 위아래로 훑었다.

“아니에요. 그게 아니라 복잡한 일이 있었어요. 이 일을 설명하기 전에, 카시아 님께서는 약속해주셔야 해요. 지금부터 제가 하는 모든 말을, 카시아 님만 알고 계셔야 한다고요. 절대로 공작님께 말하시면 안 돼요. 가능하신가요?”

“알았다. 남은 내 수명을 걸고 약속하마.”

수명을 건다는 말이 미묘하긴 했지만, 강력한 약속인 것 같아 글로리아는 일전에 있었던 일들을 모조리 말했다.

모든 이야기가 끝난 후, 그녀는 카시아를 물끄러미 바라보았다.

“……제 말을 믿으실 수 있으시겠어요?”

스스로가 말하고도 어이없었다. 다시 말하고 나니 허황되기 짝이 없었다. 그러나 그 허황된 이야기의 결말이 지금 이 상황이지 않은가.

“못 믿을 게 뭐가 있니? 네가 지금 내 앞에 이렇게 있는데. 그리고 세상엔 밝혀지지 않았지만 이보다 더 황당하고 어이없는 일들이 종종 일어나는 법이지. 다만 그걸 소리 내어 말하면 마녀로 몰릴까 봐 말하지 못하는 것일 뿐.”

"믿어주셔서 감사해요."

글로리아는 진심을 다해 감사의 인사를 건넸다.

다시 살아서 좋긴 하지만, 때때로 이 큰 비밀을 혼자 숨기고 있는 게 버거울 때가 많았다. 이렇게 카시아에게 털어놓고 나니 한결 편안했다.

"그나저나 너도 참 기구하게 사는구나."

"그러게요."

글로리아가 씁쓸하게 웃었다.

"그런데 '약속의 물건'이라면 제가 갖고 있던 그 오래된 목걸이를 말씀하시는 게 맞죠?"

"맞단다."

"혹시 그 목걸이에 대해 잘 아세요?"

"알다마다. 내가 알렉스에게 준 물건이니까."

"……!"

글로리아의 눈이 동그랗게 뜨였다. 심상찮은 물건을 소유하고 있던 원주인이 카시아라면, 그 또한 범상치 않은 인물이라는 말이었다.

"그리 놀라지 말거라. 말했잖느냐. 세상엔 밝혀지지 않은 놀랍고도 신기한 이야기들이 아주 많다고. 나 또한 너와 같이 그런 이야기 중 하나인 셈이지."

그리고 그 이야기는 곧 끝이 날 테지만…….

카시아는 말끝을 흐리며 희미하게 미소 지었다.

"그럼 정말로 제가 글로리아 미들턴 영애의 몸에 들어온 게, 그 '약속의 물건' 때문인가요?"

"그런 셈이지."

"……그러면 제가 영애를 밀어내고 이 몸을 가지게 된 건……."

글로리아가 불안한 표정으로 말끝을 흐렸다. 자신이 살고자 했지만, 타인을 죽이거나 해칠 생각은 없었다. 만에 하나 자신 때문에 피해를 입은 사람이 있다면 어떻게 해야 할지 답이 서질 않았다.

"아냐. 그건 절대로 아니지."

"……."

"아마 그 육체 속의 영혼은 죽었을 게다. 빈 몸에 네가 들어간 것일 뿐이니 신경 쓸 필요 없다."

"하지만 제가 영애의 몸을 차지하게 되어서 많은 것들이 달라졌어요. 이를테면, 미들턴 백작은 딸을 잃고도 잃은 줄 모르고 있고, 버클리 공작부인이 될 뻔했던 다른 영애들도 모두들 자신의 자리를 잃었어요."

"에단."

카시아가 고요한 목소리로 그녀를 불렀다. 글로리아가 불안한 얼굴로 그를 바라보았다.

"인생은 정해진 대로 따라가는 게 아니란다. 만들어가는 것이 인생이지. 그 모든 인생들이 모여 역사를 이루는 거란다."

"……."

"넌 잘못한 게 없어. 그건 그들의 인생이고, 넌 네 인생을 사는 거란다. 그러니까 괜한 죄책감에 휘둘릴 필요 없단다. 그리고 또 모르잖니. 네가 살아남으로써 굉장히 많은 사람들의 목숨을 구했을지……."

카시아가 말끝을 흐리며 미소 지었다. 글로리아는 그런 카시아의 눈을 빤히 바라보았다. 오랜 세월을 겪은 그의 눈동자는 단단한 고목 같았다. 어떤 비바람에도 끄떡하지 않을 것 같은 그의 모습에 글로리아는 불안하던 마음을 잠재웠다.

만들어가는 것이 인생…….

이 또한 당연한 흐름의 수순.

그렇게 생각하자 가슴속 폭풍이 잠잠해지는 기분이었다.

"그럼 전 앞으로 어떻게 되는 건가요?"

글로리아가 조심스럽게 물었다.

"그것 또한 네가 만들어갈 일이지."

찻잔을 들어 입술을 적신 카시아가 글로리아를 똑바로 쳐다보았다.

"누구도 정해놓은 게 없단다. 목표를 세우고, 의지를 가진 채 나아가는 게 인간의 매력 아니겠느냐? 지금처럼 해오던 대로 길을 만들어가렴, 에단. 내가 아는 너라면 충분히 해낼 것 같구나."

카시아의 말을 듣자 남은 불안이 모조리 녹아내렸다. 글로리아는 카시아를 바라보다가 눈을 내리깔았다.

울컥, 눈물이 나려 했다. 그러나 그녀는 눈물을 꾹 참고서 카시아를 바라보았다. 우는 모습보다 씩씩한 모습을 보여주고 싶었다. 그 마음을 안다는 듯 카시아가 싱긋 웃었다.

"에단."

"……네."

"내가 널 보자고 한 이유는 너와 차를 마시고 싶은 것도 있지만, 한 가지 부탁하고 싶은 게 있어서란다."

"무슨……?"

글로리아도 카시아가 범상치 않은 인물이라는 걸 알고 있었다. 그가 비밀로 하고 싶어 하는 것 같아 꼬치꼬치 캐묻지 않았을 뿐이다. 그런 인물이 자신에게 부탁할 일이 있다는 게 이상하게 느껴졌다.

"펠릭스를 잘 부탁한다."

"……."

"아무래도 이번이 내가 이곳을 찾는 마지막일 것 같구나. 그러다 보니 그 녀석을 부탁할 만한 사람이 너밖에 떠오르지 않더구나."

글로리아의 눈이 크게 벌어졌다.

"그게 무슨 말씀이세요?"

"이곳이 내게 허락한 시간이 서서히 끝을 보이고 있거든. 이건 뭐, 길게 설명해줄 수 없는 거고……. 하여튼 펠릭스를 잘 부탁한다. 그 녀석을 통제할 수 있는 건 너밖에 없다, 에단."

"제가 공작님을 제어하다니요."

글로리아가 그럴 리가 있냐는 듯 물었다.

다른 사람도 아니고, 무려 펠릭스 버클리 공작이다. 제멋대로 살아왔고, 앞으로도 영원히 그렇게 살아갈 인간. 그를 제어할 수 있는 인간은 이 세상에 누구도 없을 거라 그녀는 확신하고 있었다.

그러자 카시아는 이유 모를 웃음을 지었다.

"너는 믿지 않는 것 같구나. 뭐, 어쨌든 마지막으로 너를 봐서 기분이 좋구나. 네가 하는 모든 일들이 다 잘될 거라 믿는다."

"……정말, 오늘이 마지막이에요?"

글로리아가 서글픈 눈을 한 채 물었다. 그러자 카시아가 싱긋 웃었다.

"이곳에서의 마지막일 뿐이지. 마지막은 또 다른 시작이니 서러워할 것 없다."

"그래도……."

몇 번 보지 않았지만 정이 든 탓에 글로리아의 눈가가 붉게 물들었다. 그 모습을 카시아가 귀엽다는 표정으로 바라보았다.

"정말 인간다운 반응이구나."

"……인간이니까요."

"그러니까 말이다. 아주 재주가 많고 특별한 능력을 가진 인간이지."

"특별한 능력이요?"

"그건 살다 보면 차차 느낄 게다."

카시아가 싱긋 미소 지었다. 그녀는 아직 느끼지 못하는 듯했다. 자신의 인생에서 꼭 필요한 인간들을 본능적으로 자신의 편으로 만드는 힘이 있다는 걸.

알렉스 버클리가 그러했고, 펠릭스가 그러했고, 또 자신이 그녀의 편이 되었듯이.

어쩌면 살아가는 동안 더 많은 사람들을 자신의 편으로 만들며 살아갈 거다. 물론 그만큼 반대 세력들과의 충돌이 있겠지만, 그걸 해결하는 건 글로리아의 몫이었다. 그는 그녀가 잘해낼 것을 믿어 의심치 않았다.

"카시아 님, 그러면 하나만 더 물어도 될까요?"

"물어보렴."

"절 죽인 사람이 있는데…… 누군지 모르시겠죠?"

"글쎄. 여기서 그것까진 알 수가 없구나."

"그렇군요."

"해결되지 않은 일이라면 결국 해결할 타이밍이 오게 될 거다. 기다려보렴."

"감사합니다."

"자, 이제 그만 돌아가볼까나?"

"벌써요? 마지막이라면서요. 하루 주무시고 가시는 건 어때요? 비어 있는 방도 많으니 묵으면서 맛있는 식사도 하시고요. 또⋯⋯."

어떻게든 자신을 잡아놓으려고 애쓰는 글로리아를 카시아는 귀엽다는 듯 바라보았다.

"마음만 고맙게 받으마. 이제 그만 가련다. 좋은 시간이었다, 에단."

글로리아는 그가 말한 '좋은 시간'이 오늘만 말하는 게 아니라는 걸 알았다. 함께했던 그 모든 시간이 고맙다는 마지막 인사였다.

다시금 울컥한 글로리아의 눈가가 붉어졌다. 그를 배웅하기 위해 뒤따라 나서던 글로리아는 2층 계단에서 내려오는 펠릭스와 마주쳤다.

펠릭스의 시선이 카시아와 눈가가 붉어진 글로리아를 번갈아 보았다.

"무슨 이야기를 하셨기에 제 아내의 얼굴이 이렇습니까?"

불쾌한 표정을 노골적으로 짓는 펠릭스를, 카시아가 기가 차다는 얼굴로 쳐다보았다. 누가 보면 공작부인에게 행패 부린 범인이라도 목격한 줄 알았을 거다.

"네놈과 죽도록 행복하게 살라고 덕담을 했더니 저렇게 기겁을 하는구나. 납치해서 결혼한 게냐?"

심통이 난 카시아가 아무 말이나 뱉었다. 그러자 펠릭스의 시선이 단박에 글로리아에게 꽂혔다. 그녀가 억울하다는 표정으로 카시아의 등을 쳐다보았다. 그녀는 아니라는 듯 손을 내저었지만, 펠릭스의 굳은 표정은 좀처럼 풀리지 않았다.

"잘해주거라. 감히 네놈 따위가 아내로 맞이할 수 있는 여자가 아니니 말이다, 쯧. 그리고 앞으로 잘 지내거라. 난 이곳에 더는 올 일이 없을 거다. 이게 내 마지막 인사다."

"무슨 말이십니까?"

"방금 다 들었잖느냐. 오늘이 끝이라고. 더는 말 걸지 말거라. 애교 없는 녀석과 길게 이야기하고 싶지 않으니까."

카시아는 미련 없다는 듯 돌아섰다. 도무지 마지막 인사라고는 생각지 못할 말을 남긴 채, 그는 칼바람이 부는 저택 문을 나섰다.

"카시아 님! 조심히 가세요!"

저벅저벅 걸어가던 카시아가 돌아섰다. 문 앞에 서서 크게 손을 흔들고 있는 글로리아의 모습이 보였다. 희미하게 미소 짓던 카시아는 금세 씁쓸한 표정을 지었다.

"에단의 모습이 더 잘 어울렸던 것 같지만. 뭐, 저것도 괜찮긴 하지."

그는 손을 들어 보이고는 칼바람이 내리꽂히는 길을 지팡이 하나를 짚고 저벅저벅 걸었다. 휘잉, 칼바람이 부는 그 너머에서 익숙한 목소리가 들리는 듯했다.

「카시아.」

알렉스의 목소리였다.

"내가 할 몫을 다 했네, 알렉스. 더는 내게 아들을 맡기려고 들지 마. 이미 녀석의 옆에는 에단이 있잖는가."

그는 중얼거리듯 말을 하며 길을 걸었다.

눈보라 속으로 걸어들어가자 처음으로 펠릭스를 만났을 때가 떠올랐다.

알렉스는 펠릭스 때문에 깊은 고민을 하고 있었다. 막 여덟 살이 된 아들이 다른 아이들과 다르다는 것이었다.

알렉스는 자신의 아들인 펠릭스가 말수가 적고, 표정이 그다지 없으며, 어딘가 결핍되어 있는 것처럼 보인다고 했다. 타인과의 교류를 즐기지 않으며, 누군가의 죽음과 고통에 무감해 보이기까지 한다고 했다.

차라리 정신이상 쪽이면 치료라도 받겠지만, 그것도 아니라고 했다. 벌써부터 15세가 되어야 쓸 법한 검술을 쓰고, 지략도 뛰어나며, 생각이 깊고, 흡수하는 지식의 양도 어마어마하다고 했다. 웬만한 스승들도 얼마 못 가 두 손 두 발 다 든 채 포기했다.

「아무래도 내가 괴물을 만든 것 같아. 지금은 내가 통제할 수 있지만, 시간이 흘러 저 녀석에게 판단력과 의지가 생긴다면 어떻게 될지 모르겠군. 저 녀석이 스물이 넘으면 아무래도 내가 못 이길 것 같거든. 그전에 시골 성에다 가둬놓고 키워야 하는 건지……. 후우.」

알렉스는 심각하게 고민했다.

「문제가 생겼다면, 답이 있을 걸세. 또래 친구를 찾아주는 건 어떻겠나?」

「딱히 교류도 하지 않아.」

「늘 곁에 머무는 친구라면 펠릭스도 영향을 받을 걸세. 한 번 해보는 게 좋지. 그리고 자네의 어린 시절을 잘 생각해보면, 자네도 그다지 멀쩡한 인간은 아니었다네. 부인을 만나고, 좋은 지략가와 친구들을 만난 덕에 짐승 같던 자네가 사람이 된 게지.」

「흠, 흠.」

「잘 찾아보게나. 분명 좋은 아이가 있을 걸세. 인간들은 보통 어떤 인간을 만나느냐에 따라 큰 영향을 받는 것 같더구만. 분명 펠릭스에게도 그 녀석을 통제해줄 만한 녀석이 있을 거야. 물론 찾기가 힘들겠지만.」

「안 그래도 웬만한 아이들로는 안 될 것 같아서, 내 보좌관이었던 그 녀석의 아들을 찾고 있다네. 왠지 그 핏줄이라면 우리 핏줄을 무사히 건사해줄 것 같은 예감이 들거든. 자네도 알지 않나, 내가 그런 쪽으로 예감이 잘 맞는 걸 말이야.」

「그럼 어서 찾게나.」

「그러게 말이야. 어서 찾아야 할 텐데……. 대체 어디로 간 건지. 후우.」

「잘해보게나.」

더는 해줄 수 있는 일이 없었기에 카시아는 이후 알렉스의 말을 가만히 들어주기만 했다.

그리고 몇 해 지나, 다시금 알렉스가 사엘 성을 찾았을 때 그의 표정은 한결 밝았다. 펠릭스에게 좋은 친구가 생겼다는 거였다. 정확히 말해 하인 겸 예비 보좌관이긴 하지만, 그 덕분에 펠릭스가 인간다워졌다고 했다.

카시아는 창문 너머로 펠릭스와 함께 있는 에단을 보았다. 펠릭스가 아무렇지 않게 단도를 새에게 던지려고 하자, 에단이 두 팔을 벌려 막았다.

「이유 없이 죽이면 큰일 나요! 펠릭스 님! 차라리 절 때려요!」

카시아는 에단이 말리거나 말거나, 펠릭스가 단도를 던질 거라 생각했다. 예전부터 알렉스의 말 외에는 누구의 말도 듣지 않던 펠릭스였다.

그러나 그는 에단이 말리기가 무섭게, 팔을 내렸다. 이상하리만치 에단의 말을 잘 들었다.

그렇게 끝나나 싶더니 펠릭스는 눈덩이를 꽝꽝 뭉쳐 에단에게 던졌다.

「악!」

에단이 소리를 지르더니 눈덩이를 역시 뭉쳐 꽉 쥐고는 부들부들 떨었다. 차마 공작의 아들에게 던지지 못하고 속이 터진다는 표정만 짓고 있었다.

「던져.」

펠릭스가 명령하자, 에단이 눈덩이를 던졌다. 그러나 단 하나도 펠릭스를 맞히지 못했다. 분통 터진다는 얼굴로 서 있자, 펠릭스가 픽 웃었다.

며칠간 지켜본 결과 펠릭스는 에단의 말을 잘 들으면서도, 묘하게 에단을 괴롭히는 걸 즐겼다. 그러나 그 괴롭힘은 늘 선을 넘지 않았다. 다른 이들이 에단을 우습게 여기면, 펠릭스는 에단이 보이지 않는 곳에서 그들을 잔인하리만치 짓밟았다.

묘한 관계였다. 뭐라고 분명하게 설명할 순 없지만, 펠릭스의 문제를 해결할 답은 에단처럼 보였다.

그 말인즉, 에단이 사라지면 펠릭스의 문제는 언제든 재발할 수 있다는 말이었다. 그 때문에 알렉스는 늘 전전긍긍하며 에단에게 미안해했다. 어쩌면 전 재산을 다 털어도 가지기 힘든 그 '약속의 물건'을 에단에게 준 것도, 고마움과 미안함 때문이었을지도 모른다.

"어쨌거나 에단도 펠릭스의 곁을 떠날 생각이 없어 보이네. 그나저나, 아들 생각만 하지 말고, 곧 그리로 갈 나를 좀 생각해주게나. 쯧."

카시아는 혀를 차며 쏟아지는 눈보라의 장막 너머로 금세 사라졌다.

열흘간의 신혼여행을 마친 후, 펠릭스는 2박 3일의 여정을 거쳐 본 저택으로 돌아왔다. 펠릭스는 영지의 문제를 비롯해 각종 보고서로 가득한 서재로 돌아갔고, 모처럼 시간이 남은 글로리아는 편안한 드레스로 갈아입은 후 휴식을 취했다. 그러나 마음과 달리, 지친 몸은 자꾸만 잠에 빠져들었다.

결국 피로를 이기지 못한 글로리아는 편안한 잠옷을 입고서 일찌감치 자기로 했다. 공작에게 보고하겠다는 하녀들에게 바쁘실 테니 아무 말 하지 말라고 명령을 내린 후, 침대에 누워 잠이 들었다.

그녀는 펠릭스가 일이 많아 침실로 오지 않을 거라 생각했다. 그는 일이 많으면 종종 서재에서 밤을 새우거나, 아니면 서재에 놓인 간이 침대에서 잠시 잠들곤 했다. 침실에 오가는 시간조차 아깝다는 거였다.

그러다 견딜 수 없이 피로가 쌓이면 기사들을 불러내 검술수련을 한참 한 후, 서재로 돌아가곤 했다. 그러니 그가 오지 않을 거라 확신했다.

그래서 잠에 빠져 있는 동안 누군가의 말소리를 들었을 때만 해도 꿈을 꾸는 거라 생각했다.

「또 이런 걸 안고 잠들었군.」

듣기 좋은 나지막한 목소리였다.

그 목소리가 꿈이 아니라는 걸 알게 된 건, 이른 아침이 되어서였다.

"부인, 베개를 왜 이렇게 멀리 던져놓으셨어요?"

엘레나가 눈을 동그랗게 뜬 채 방구석에 놓인 베개를 들며 물었다.

"어?"

"베개가 많이 불편하셨어요?"

엘레나가 베개를 툭툭 털며 웃어 보였다.

글로리아는 자신이 던진 게 아니라고 확신했다. 자다가 저만큼 던질 수도 없을뿐더러, 자신은 베개를 던지는 습관이 없었다. 아무래도 자신이 베개를 껴안고 자는 게 못마땅한 인간이 그녀에게서 베개를 빼앗아 던진 게 틀림없었다.

"혹시 밤에 공작님 다녀가셨어?"

"네. 주무시는 걸 보고 다들 나가라고 물리셨어요."

"아……."

글로리아는 잠시 머리를 짚고서 고민했다. 그러면 어젯밤 자신이 힘차게 끌어안은 건 펠릭스의 몸이라는 말이었다. 자신의 등을 토닥거려주는 손길도 언뜻 느낀 것 같은데……. 그건 꿈인지 아닌지 확실하지 않았다.

"왜 그러는 거지……."

글로리아는 잠시 고민에 빠졌다.

자신을 에단이라고 추측하면서도 이렇게 다정하게 대하는 이유가 뭘까. 자신을 방심시켜 자백하게 만들려는 걸까. 아니면, 자신이 죽고 나니 소중함을 알게 되어서 그러는 걸까. 그 어느 쪽도 탐탁지 않았다.

펠릭스의 속내를 알기 전까지 그녀는 자신이 에단이라는 사실을 밝힐 생각이 없었다. 설령 운이 좋아 펠릭스가 자신의 소중함을 알게 되었다고 하더라도, 달라질 건 없다. 아마 자신은 공작부인이자 보좌관 역을 도맡아야 할 거고, 그러다 보면 자연스럽게 업무만 두 배로 늘어날 거다. 그러면 또 펠릭스의 괴롭힘을 감수하면서 살아야 한다.

글로리아가 빠르게 고개를 가로저었다.

이제 겨우 배우고 싶은 걸 배우면서 살 만해졌는데…….

"부인, 괜찮으세요?"

일어나자마자 침대에 걸터앉아 이상증세를 보이는 글로리아를 엘레나가 걱정스러운 눈으로 바라보았다.

"응, 괜찮아. 준비 좀 해줄래?"

"네, 부인."

글로리아는 자연스럽게 화장대 앞에 앉아 엘레나에게 몸을 맡겼다.

간단히 아침식사를 마친 글로리아는 자연스럽게 앨버트를 찾아 집사실로 향했다. 집사실을 직접 방문한 그녀를 보고 앨버트가 눈을 크게 떴다.

"어떻게 직접 오셨습니까? 부르셨으면 즉각 찾아갔을 텐데요."

집무용 책상에서 벌떡 일어난 앨버트가 놀란 얼굴로 어쩔 줄 몰라 하며 말했다. 그제야 글로리아는 자신이 실수했다는 걸 깨달았다.

공작부인이 집사를 직접 찾는 일은 극히 드물었다. 홀에서 그를 찾거나 하녀를 시켜 데려오게끔 했다. 그것도 잊은 채 에단 때처럼 직접 찾아오고 말았다.

"집사실은 어떤지 궁금해서 찾아왔어요."

글로리아는 당황을 숨긴 채 미소 지었다.

"그러시군요. 집을 둘러보는 중이셨습니까?"

"네. 아직 익숙하지 않아서요. 차 한 잔 주시겠어요?"

"들어오시죠. 저야 영광입니다만, 복잡한 곳이라 부인을 모시는 게 실례가 아닌가 싶군요."

"괜찮아요."

글로리아가 싱긋 웃으며 집사실로 들어섰다. 복잡하다는 앨버트의 말과 달리 집사실은 흐트러짐 하나 없이 말끔했다. 다만 오래된 서류가 많아 다른 곳에 비해 좁은 느낌이 들었다.

앨버트가 하녀를 시켜 따뜻한 차를 대령했다. 글로리아는 차를 마시며 그를 바라보았다.

"부탁드릴 게 있어서요. 미리 말씀도 드리지 않고 찾아온 건 죄송해요."

"죄송하실 게 뭐 있습니까. 모든 공간이 공작님과 부인을 위한 공간인걸요. 그리고 말 편히 하십시오."

"이게 편하니 신경 쓰지 마세요."

"이 저택의 안주인이신데 제게 말을 높이시다니요. 편하게 하셔야 제 마음이 편합니다."

"누구보다도 이 저택을 오래 지켜주신 분인데, 안주인이 되었다 해서 말을 놓을 순 없죠. 앨버트를 생각하는 제 예우라고 여겨주세요."

글로리아의 말에 앨버트는 내심 감동했다. 집사들 간의 교류를 통해 안주인의 패악에 대해서는 줄곧 들어온 바가 있었다. 자신보다 두 배는 나이 많은 집사에게 하대하는 건 물론이고 얼굴에 잔을 던지는 일까지 빈번하다 했다. 그럼에도 신분의 차이 때문에 그들은 아무 말도 할 수 없었다. 그 때문에 앨버트는 어떤 안주인이 들어와도 침착하게 대응해야 한다고 내내 마음먹고 있었다.

그러나 자신의 다짐에 비해 안주인이 된 글로리아는 굉장히 유순하고 현명해 보였다. 자신을 막 대하진 않을 거라고 예상했지만, 예우까지 해줄 거라곤 생각지 못했다.

"그 마음에 감사드립니다, 부인."

"별말씀을요, 제가 더 감사하죠. 다른 건 아니고, 제게 무역을 가르쳐줄 교사를 구해주셨으면 해서요. 검술 교사도 마찬가지고요."

"무역은 공작님을 통해 배우고 계셨다고 들었습니다만."

"공작님께 배우면 저야 좋은 일이지만, 언제까지나 바쁜 분께 신세를 질 순 없는 노릇이니까요. 교사를 구해주세요."

"알겠습니다. 검술은 버클리 기사단 중 가장 실력이 좋은 기사로 차출하도록 하겠습니다. 무역 교사는 알아봐야 하니 조금 시간이 걸릴 것 같습니다."

"알겠어요. 기다릴게요."

"배려해주셔서 감사합니다."

글로리아가 차를 홀짝거리다 뭔가 생각난 듯 앨버트를 바라보았다.

"그런데 보좌관은 새로 안 뽑으시나요? 제가 듣기로는 이전에 있던 보좌관에게 불미스러운 사건이 생겨 보좌관석 하나가 공석이라고 알고 있거든요."

그녀의 말에 차를 마시던 앨버트가 곤란한 표정을 지었다.

"저도 몇 번이나 공작님께 말씀드렸습니다만, 그 말이 나오기가 무섭게 표정이 달라지셔서요."

"그러면 다른 보좌관들이 힘들 텐데요."

"그런 편이지요."

앨버트가 씁쓸한 미소를 지었다. 글로리아는 차를 마시며 잠시 생각에 빠졌다.

설마 그 공석 자리를 자신더러 채우라고 하는 건 아니겠지. 다른 건 몰라도 자신의 보좌관 능력만큼은 펠릭스가 인정해주지 않았던가.

등골이 오싹해졌다.

"그게 궁금해서 여기까지 오셨습니까?"

앨버트가 웃으면서 건넨 질문에 글로리아가 난처한 표정을 지었다. 그렇긴 하지만, 이것 때문에 앨버트를 찾아온 게 이상해 보일 수도 있다는 생각이 들었다. 자칫 잘못하다가 이 사실이 펠릭스 귀에 들어가면 더욱더 의심을 살 수도 있었다.

"아뇨. 그건 아니고…… 날씨가 달라졌는데, 저택 내의 커튼과 카펫은 바꾸지 않나요?"

글로리아가 잠시 고민하다가 생각나는 걸 물었다. 오늘 아침 무심코 커튼을 보았다가 의아함을 느꼈다. 날씨가 달라졌음에도 카펫과 커튼이 바뀔 기미가 보이지 않았다.

"교체 계획은 늘 있습니다만, 이 또한 공작님의 허락이 있어야 하는 일이라 조금 시간이 걸릴 것 같습니다."

앨버트가 염치없다는 표정으로 말을 꺼냈다.

"카펫과 커튼을 교체하는 데에 공작님의 허락이 필요하다고요? 그런 건 전혀 신경 쓰실 분 같지 않았는데, 의외군요."

집안 관리는 모두 앨버트의 몫이었다. 그는 날이 선선하면 따스한 색감으로, 날이 따뜻해지면 푸른 색감으로 커튼과 카펫을 교체했다.

그래서 1년에 서너 번씩 저택의 분위기가 확 바뀌었다. 그에 맞춰 조각과 조형물도 모조리 바뀌곤 했다. 공작은 전혀 신경도 쓰지 않던 일이었기에, 글로리아가 의아한 표정을 지었다.

앨버트가 난처한 표정을 지었다. 말을 해야 할지 말아야 할지 고민하는 표정이라, 그녀는 인내심 있게 기다렸다. 결국 앨버트가 입을 열었다.

"부인께서 어떻게 들으실지 모르겠습니다만, 공작님께서는 얼마 전 불미스럽게 세상을 떠난 보좌관을 굉장히 아끼셨습니다."

지나치게 아껴서 퇴근도 안 시키려고 했지.

글로리아가 나오려는 말을 꾹 참았다. 앨버트의 표정이 너무나 진지한 탓이었다. 그가 말을 꺼내기 조심스럽다는 듯 손을 문지르며 말을 이었다.

"그 보좌관의 죽음으로 적잖은 충격을 받으셨지요."

"……."

"그 이후, 정원을 포함해 저택의 어느 곳도 손대지 말라고 명하셨습니다. 그날부터 지금껏 저택의 어느 부분에도 저희는 전혀 손을 대지 못하고 있습니다. 기껏해야 청소가 전부지요."

앨버트가 씁쓸한 표정을 지었다.

얼마 전 조형물을 실수로 깨트린 하녀는 곧바로 집에서 쫓겨났다. 그 때문에 현재 고용인들은 집을 청소할 때 바짝 긴장하고 있었다.

몸을 사리는 건 앨버트 또한 마찬가지였다. 에단에게 집착했던 만큼, 펠릭스는 에단이 있던 시절의 집에 집착했다. 그는 에단의 손길과 시선이 닿았던 것들이 사라지는 것에 분노했다. 이런 상황이 꽤 오래 갈 것 같아 앨버트는 충격을 받더라도 미리 글로리아에게 언질을 줄 필요가 있다고 판단했다.

예상대로 글로리아는 충격을 받았는지 잠시 말을 잇지 못했다. 공작부인이 커튼 하나 마음대로 못 바꾸는 상황이라고 하니 얼마나 황당할까.

"곧 괜찮아지실 겁니다. 부인께서도 들어오셨고, 점점 일이 더 바빠지셔서 집을 챙길 틈이 없으실 테니까요."

앨버트가 걱정하지 말라는 듯 말을 덧붙였다.

"……아, 네. 그렇겠죠."

글로리아는 말끝을 흐리며 입을 다물었다.

집사실에서 나온 글로리아는 느릿하게 복도를 걸었다. 그러고 보니 카펫과 커튼뿐만 아니라 집의 모든 곳이 변하지 않았다. 창밖의 풍경은 다른데, 복도만 시간이 멈춘 듯했다.

「그 보좌관의 죽음으로 적잖은 충격을 받으셨습니다.」

충격을 받았을 거라 예상했다. 아무리 펠릭스가 냉가슴이라고 해도 몇 해간 함께 지낸 보좌관의 죽음인데 아무렇지 않을 리 없을 거라 여겼다.

다만, 이렇게 집의 모든 곳을 변하지 못하게끔 막아놓을 거라고는 생각지 못했다. 난생처음으로 펠릭스가 자신이 상상하던 것 이상으로 힘들었을지 모른다는 생각이 들었다. 그녀는 입술을 깨물었다.

느릿하게 복도를 걸어가던 글로리아는 방향을 틀어 보좌관실로 향했다. 시간상 그들은 밖에서 업무를 보고 있을 확률이 높았다.

설마 하는 마음으로 보좌관실 앞에 선 그녀는 조용히 문고리를 돌렸다. 문을 연 글로리아는 보이는 광경에 입술을 꽉 깨물었다.

각종 서류가 책상마다 가득 쌓여 있었고, 벽면 한 귀퉁이에는 펠릭스의 스케줄이 암호로 적혀 있었다. 그 너머로 잠금 장치가 된 방이 보였다. 공작가의 비밀이 담긴 보관실이었다. 그곳은 여러 개의 잠금 장치가 되어 있어서 세 명의 보좌관과 앨버트가 함께하지 않으면 열 수 없는 곳이었다. 그녀는 이미 숱하게 드나들어 무엇이 있는지 이미 다 아는 곳이기에 관심이 없었다.

글로리아의 발길이 창가 쪽 책상으로 향했다. 각종 서류가 책상 위에 그득히 쌓여 있었고, 그 곁에 펜이 가지런히 정리되어 있었다. 그 펜엔 '에단'이라는 글씨가 흘림체로 적혀 있었다.

지금쯤이면 자신의 책상은 모두 빠지고, 자신의 불필요한 물건은 소각되었을 거라 생각했다.

이렇게 박제되듯이 남아 있을 줄은…….

기분이 이상하다 못해 눈물이 날 것 같았다. 자신이 죽으면 모두가 잠시 슬퍼하다가 각자의 삶을 살 거라 생각했다. 마치 없었던 사람처럼 자연스럽게 잊힐 거라 여겼다. 그래서 자신도 글로리아의 삶에 더 빨리 익숙해지려고 노력했다. 스스로도 에단이라는 걸 잊어야 살 수 있을 것 같았다.

그런데, 보이지 않는 곳에서 깊이 자신을 기억하는 사람이 있었다. 그것도 예상치 못한 사람이 그러고 있었다는 사실에 이상하게 가슴이 아팠다.

글로리아가 입술을 꽉 깨물었다.

가늘게 떨리던 그녀의 손끝이 책상 끄트머리에 닿았다. 그러자 거짓말처럼 추억이 되살아났다.

 처음으로 펠릭스의 보좌관실이 생기는 날이었다. 그녀를 포함해 보
좌관 팀이 결성되어 책상 자리를 정하는 날이었다.

「저는 저곳에 책상을 놓고 싶습니다.」

 글로리아가 조슈아의 책상이 있는 곳을 가리켰다.

「이곳으로 해.」

 그러나 펠릭스는 창가 쪽 책상을 손으로 톡톡 두드렸다.

「그곳은 햇살이 치고 들어와서 지나치게 덥습니다.」

「커튼 쳐.」

「그러면 어둡습니다.」

「불 밝혀.」

「……대체 저한테 왜 그러십니까?」

 에단이 도끼눈을 한 채 펠릭스를 노려보았다. 책상 하나까지도 사
사건건 간섭하는 펠릭스가 도저히 이해가 안 되었다. 무슨 공작이 이
래! 라는 생각까지 할 때였다.

「내 책상이 이 방향이거든.」

 펠릭스가 재미있다는 표정으로 말했다. 그리고는 손가락을 들어 위
층을 가리켰다. 바로 위쪽은 펠릭스의 서재였다.

「그게 제 책상 방향과 무슨 상관입니까!」

「왜 없어? 1보좌관이면 나랑 같은 방향에 책상을 둬야지.」

「……하아.」

「그래야 일에 집중이 잘될 테고 말이야.」

「일 잘 안 됩니다.」

「너 말고 나 말이야.」

「그렇게 저를 발아래에 두고 싶으십니까?」

「……정말 그 뜻처럼 들려?」

펠릭스가 묘한 눈빛을 한 채 물었다.

「그럼 뭐겠습니까?」

눈에 힘을 주고 노려보았지만, 펠릭스는 싱긋 웃을 뿐 자세한 설명을 하지 않았다. 그저 상대의 눈이 멀어버릴 정도로 아름다운 눈동자를 빛내며 자신을 바라보았을 뿐이었다.

그때에는 무작정 괴롭히는 거라 생각했다.

어렸을 적부터 펠릭스는 자신을 괴롭히는 데 도가 텄으니까…….

그런데 지금은 모르겠다.

그가 자신을 무작정 괴롭힌 건지, 아니면 하고 싶은 말이 있었는데 그렇게 표현한 거였는지…….

글로리아가 지그시 눈을 감았다.

툭.

뒤늦은 눈물이 아래로 곤두박질쳤다.

가슴 한가운데에 구멍이 난 것 같았다. 그 사이로 차가운 바람이 스쳐지나가는 것처럼 기분이 이상했다.

방에 들어가려니 내키지 않아 그녀는 발길을 정원 쪽으로 옮겼다. 간단히 산책을 하면서 기분을 전환시킬 생각이었다.

다행히 정원의 자라나는 나무를 손질하는 건 펠릭스가 허락했는지, 정원은 잘 가꿔진 상태였다.

선선한 바람이 불어와 머리카락과 옷자락을 가볍게 스치고 지나갔다. 숨을 들이쉴 때마다 청량한 공기가 들어와 마음을 한결 편안하게 만들었다.

그녀는 자신이 머물던 시절과 조금도 변하지 않은 정원을 크게 한 바퀴 돈 후, 뒤뜰로 향했다. 뒤뜰이라고 하기엔 웬만한 저택의 정원만 한 크기였다. 왼편엔 요리사가 직접 키우는 각종 채소들이 있었고, 반대편 오른쪽에는 커다란 개집이 있었다.

왕! 왕!

글로리아의 발소리를 들었는지 개가 짖기 시작했다. 그곳으로 걸어간 글로리아는 자신을 보자마자 세차게 꼬리를 흔드는 시커먼 개를 보았다.

"안 그래도 너 보러 왔어."

글로리아가 루의 앞에 섰다. 그러자 루가 어쩔 줄 몰라 하며 이리저리 오갔다. 글로리아는 그 앞에 쭈그리고 앉아 루를 바라보았다.

"루, 넌 나인 걸 어떻게 알아봤어?"

글로리아가 자신을 보며 헥헥거리는 루에게 조용히 물었다. 그러자 루는 커다란 눈을 깜빡거리며 그녀를 들여다보았다. 마치 보니까 보이는데 뭘 묻는 거냐 하고 말하는 듯했다. 그 순한 눈을 바라보며 그녀는 빙긋 웃었다.

"그래. 내가 너한테 뭘 묻겠니? 네가 대답할 것도 아니고. 그래도 알아봐주니 좋구나. 아무래도 너 때문에 들킨 것 같긴 하지만……."

왕!

"루, 앉아."

글로리아가 말하자, 루가 엉덩이를 깔고 앉았다.

"잘했어."

그녀가 머리를 쓰다듬어주자 루의 표정이 유순하게 바뀌었다. 그러다 장난스럽게 그녀의 손을 앙 하고 물었다. 전혀 아프지 않았다. 오히려 혀로 손을 빨아서 간지럽기까지 했다. 글로리아가 어깨를 움츠리며 얼굴을 찌푸렸다.

"아, 안 됩니다!"

갑작스럽게 들린 비명에 글로리아의 고개가 돌아갔다. 그러자 얼굴이 하얗게 질린 조슈아가 손을 덜덜 떨며 서 있었다.

"부, 부인의 소, 손이……. 어, 어서 사, 사람을 불러오겠습니다."

다급히 돌아서려 하는 조슈아를 글로리아가 "잠시만요." 하며 불러세웠다. 침착한 목소리가 이상한지 그가 돌아섰다.

"괜찮아요."

글로리아가 개집에서 손을 쑥 빼내며 말했다.

"세, 세상에나."

조슈아가 그건 그것대로 놀랐다는 듯이 눈을 크게 떴다.

왕! 왕!

좋은 시간을 방해받은 게 기분 나쁘다는 듯 루가 큰 소리로 짖어댔다.

"밥 주러 온 거예요?"

"네? 아, 네."

"이리 내요. 제가 줄게요."

"위험합니다, 부인. 그러다가 다치시면……."

"괜찮아요."

글로리아가 싱긋 웃자 조슈아의 얼굴이 시뻘게졌다. 그사이 글로리아가 그의 손에서 바구니를 빼앗아 루의 그릇에 밥을 쏟아 넣었다. 그러자 루가 신이 나서 식사를 시작했다. 그 모습을 글로리아가 따뜻한 눈으로 바라보았다.

"개가 사나운 편인데, 다치신 곳은 없으신가요?"

조슈아가 걱정스러운 눈으로 글로리아의 손을 바라보았다.

"네. 다행히요."

"하녀를 불러 물수건을 챙겨오도록 하겠습니다."

침으로 범벅이 된 그녀의 손을 바라보던 조슈아가 다시금 돌아섰다.

"이것도 괜찮아요. 어차피 곧 씻으러 갈 거라서요."

"아, 넵."

조슈아가 냉큼 대답하고는 묵묵히 루를 바라보았다.

글로리아는 흘깃 조슈아를 건너다보았다. 자신과 있을 때면 쉴 새 없이 조잘조잘 떠들던 조슈아가 침묵을 지키는 게 이상했다.

"저번보다 마르신 것 같네요. 보좌관이 두 명뿐이라서 그런가요?"

"말 편하게 하십시오."

"아, 그래."

앨버트 때와 상황이 다르기에 그녀는 편하게 말을 놓았다.

"보좌관 셋이서 하던 일을 둘이서 하려니까 조금 힘들어서 그렇습니다. 하지만 이 일에 굉장히 보람을 느끼며 행복하게 생각하고 있습니다."

평소라면 힘들다며 징징거렸을 조슈아가 공작부인 앞이라 그런지 의젓하게 말했다. 그 모습이 대견하기도 하고, 기가 바짝 든 모습이 우습기도 해서 픽 웃었다.

"그래도 힘들긴 하겠어."

글로리아가 측은한 눈으로 바라보았다.

"괜찮습니다."

"보좌관을 어서 한 명 더 뽑아야 할 텐데…….”

글로리아가 진심을 담아 말했다. 누구보다도 그 업무량에 대해 잘
알고 있기에 하는 말이었다. 소소한 일부터 큼지막한 일까지 해야 할
것들이 많았다. 둘이서 하기엔 버거울 양이었다.

"보조를 뽑아 일을 하고 있어서 괜찮습니다. 그리고 이런 말 어떨지
모르겠지만, 둘인 게 좋습니다."

의외로 극한의 고통을 느끼는 걸 좋아하는 건가.

글로리아가 의아하다는 표정으로 바라보자, 귀 끝이 벌게진 조슈아
가 눈동자만 데굴데굴 굴렸다.

"왜? 여럿이서 일하는 게 업무량이 줄어들어서 좋지 않아?"

"그렇긴 한데…….”

"편하게 말해."

글로리아가 허락하자, 조슈아가 눈치를 보다 입을 열었다.

"사, 사실 이전에 있었던 보좌관이 에단이라는 분인데, 제가 굉장히
존경하고 따르던 분이라……. 그분의 자리에 제가 올라가는 건 말이
안 되고, 그렇다고 다른 분이 들어오는 것도 썩 내키지 않아서요. 아
무래도 공작님도 그러신 것 같고요. 그래서 전 지금이 좋습니다. 벌써
다른 분과 일하는 걸 보면 에단 님이 하늘에서 싫어할 것 같기도 하고
요…….”

조슈아의 말에 글로리아는 가슴이 먹먹해지는 걸 느꼈다.

"……좋은 사람이었나 보네, 에단이라는 보좌관은."

글로리아의 목소리가 착 낮아졌다. 할 말이 그것밖엔 없었다.

"네, 좋은 분이셨어요. 강한 척하지만 실은 속이 굉장히 여린 분이셨지요. 실수엔 엄격해도 잘한 일엔 한없이 칭찬해주셨어요. 그분이 없었다면 전 지금까지 일하지 못했을 거예요."

"……."

말을 하던 조슈아의 입가에 희미한 미소가 돌았다. 그 모습을 글로리아가 묘한 얼굴로 바라보았다. 자신의 이야기를 남 이야기처럼 들으니 기분이 이상했다.

"이렇게 빨리 가실 줄 알았으면 좀 잘해드릴 걸 그랬어요. 같이 술도 마시고 목욕탕도 가보고 했을 텐데……. 전 에단 님이 결혼해서 그분 같은 아들딸 낳고 부인이랑 행복하게 사시는 모습까지 볼 줄 알았거든요. 에단 님이 결혼하면 가장 좋은 자리에서 제가 꽃가루를 뿌릴 거라고 다짐하고 있었죠."

아련한 표정으로 말을 하다 말고 조슈아가 입을 꾹 다물었다. 그의 눈가가 노을처럼 붉게 물들었다. 글로리아는 눈도 깜빡이지 못하고 그를 바라보았다.

자신이 지금까지 살아 있었어도 대부분 같이 하지 못할 일들이었다. 목욕탕은 절대 같이 갈 수 없으며, 부인도 맞이할 수 없었다.

다만, 술은 한잔 함께했으면 좋았겠네…….

일찍 퇴근한 날, 함께 술잔을 기울이면서 서로의 고생을 알아주는 그런 밤이 하루쯤 있었다면 지금처럼 마음이 아리진 않았을까.

왜 하고 싶은 것들, 함께 나누고 싶은 것들을 내일로 미루면서 살았을까.

수많은 후회가 가슴을 치고 지나갔다.

글로리아는 조슈아의 등을 토닥거려주려고 손을 들었다가 그냥 조용히 내렸다.

"제가 너무 주책을 부렸네요. 죄송합니다. 말을 하다 보니 길어졌어요. 부디 용서해주세요."

벌게진 얼굴로 사과하는 조슈아를 보며 글로리아는 걱정하지 말라는 듯 미소 지었다.

서재의 집무용 책상에 앉아 있던 펠릭스는 굳은 얼굴로 앨버트를 바라보았다.

"……이게, 사실이야?"

그가 손에 든 종이를 들어 보이며 물었다.

"네."

앨버트가 가볍게 고개를 끄덕이며 확신에 찬 표정을 지었다.

글로리아가 연회장의 뒷길에서 칼에 찔렸던 날, 악사들의 명단을 모두 가져오라고 시켰다. 이후 펠릭스가 결혼과 신혼여행 일정으로 바빠지면서 이제야 보고를 받게 되었다. 악사들의 이름은 모두 낯설었다.

단 하나의 이름만 빼고.

"사무엘이라는 악사는 악단에 아직 있는 건가?"

"아뇨. 그날 이후로 잠적했다고 합니다."

"……."

"'사무엘'은 에단이 스승이라고 부르던 그 사내와 이름이 같습니다. 다만 신분에 대해선 확인할 수가 없었습니다. 방랑자라서 알아보려면 시간이 한참 걸릴 것 같습니다."

"방랑자 신분이 황실 행사의 악단에 참여하는 건 불가능할 텐데."

"본래 황실 악단 소속이었다고 합니다. 그러다 몇 해 전 이탈한 후, 그날 다친 악사를 대신해 급하게 참여한 거라고 하더군요."

"그렇게 졸속 처리가 가능했다고?"

"이전부터 신뢰가 깊은 데다 악단장과 매우 가까운 사이였다고 합니다. 더 알아볼까요?"

"아니. 됐어."

"알겠습니다."

"나가봐."

"네."

앨버트가 나간 후, 펠릭스의 시선이 악사 명단 중 사무엘이라는 이름에 닿았다.

에단은 자신의 이야기를 자주 하지 않았지만, 아주 가끔 스승이 있다며 사무엘이라는 이름을 꺼내곤 했다. 그 이름이 사엘 성과 비슷한 데다, 에단이 그를 말할 때마다 표정이 밝아져 펠릭스도 알고 있던 자였다.

문제는 그자가 글로리아를 왜 공격했느냐는 거였다. 그 이유에 대해선 알 수 없지만, 하나는 확실했다.

글로리아는 사무엘을 알아보았고, 그를 살리기 위해 자신과 결혼했다는 것.

이로써 글로리아가 에단일 확률은 더욱더 높아졌다.

펠릭스의 표정이 묘해졌다.

"글로리아."

신혼여행을 마치고 본 저택으로 돌아온 지 일주일 만에 글로리아는 자신의 이름을 가장 많이 듣고 있는 중이었다. 그녀는 한 손에 포크를 든 채 고개를 들었다.

"네."

글로리아는 자신의 맞은편 자리에 앉아 눈을 초롱초롱 빛내고 있는 미들턴 백작을 바라보았다.

보통 귀족가의 여식이 결혼하면 친정 가족은 한 달 이후에나 방문 하는 게 예의지만 미들턴 백작은 그런 것 따위 개의치 않는다는 듯 공 작가에 들이닥쳤다. 일주일만 해도 굉장히 많이 참았다는 얼굴로.

그나마 다행인 건 예의상 공작의 서재에 먼저 들러 무역 건에 관한 간단한 이야기를 나눈 후에 글로리아를 찾아온 것이었다.

"요즘 뭐 하고 지내니?"

"그냥 잘 지내요. 산책도 하고 책도 읽으면서요."

무역 수업과 검술 수업을 받는다는 말은 하지 않았다. 둘 다 미들턴 백작이 원치 않는 일이었기 때문에 엘레나를 비롯해 다른 하인들에게 도 입조심 하라고 신신당부해놓았다.

"조금 마른 것 같구나. 잘 챙겨 먹고 있는 거니?"

"네. 잘 챙겨 먹고 있어요."

"그래, 식사는 거르면 안 된단다. 물론 너는 여리고 청초한 아이라 이슬만 먹고살게 생기긴 했지······."

"오늘 공작님과는 무슨 이야기를 나누신 거예요?"

"무역에 관해 이야기를 나눴단다."

미들턴 백작이 자세한 이야기를 알 것 없다는 듯 대충 대답했다.

"이제 막 다른 나라와 무역을 시작한 가문들이 어떤 물건을 수입하 는지에 대해 이야기를 나누었어."

불쑥 끼어든 목소리에 미들턴 백작과 글로리아의 고개가 동시에 돌아갔다. 어느새 이곳까지 다가온 펠릭스가 의자를 빼고 있었다.

"다른 가문에서도 무역을 시작하나요?"

"이미 시작한 곳이 몇 있지. 그리고 이번엔 데이빗슨 가문에서 타국과 무역을 하겠다고 공표하고 나섰지."

"데이빗슨 가문이요?"

글로리아도 데이빗슨 가문에 대해 여러 차례 들은 적이 있었다. 버클리 공작가 다음으로 현 황제의 황권 강화에 힘을 실었던 가문이었다. 데이빗슨 가문은 정통을 강조하고 보수성이 짙어, 버클리 공작가가 무역을 시작한다고 했을 때 앞장서서 신랄하게 비판했다. 그 일을 계기로 버클리 공작가와는 완전히 사이가 틀어진 상황이었다.

"무역이 중요하다는 걸 이제야 알았나 보더군."

그가 하녀가 가져다준 물수건으로 손을 닦으며 무표정하게 대꾸했다.

"그럼 위험한 건 아닌가요?"

"위험할 건 없지. 그래도 사람 일은 모르는 법이니, 예의주시하는 중이야. 보통은 늦게 뛰어든 곳에서 문제를 많이 일으키는 법이니까. 그리고 그들이 거래를 하겠다고 나선 품목이 의외로 데몬이기도 하고."

"데몬이라고 하셨나요?"

글로리아가 자신이 제대로 들은 게 맞냐는 듯한 표정으로 펠릭스를 바라보았다.

"맞아, 그 데몬."

데몬은 밀 다음으로 가장 많이 소비되는 곡물이었다. 용도가 다양

하지만, 대체로 서민들이 주로 소비했다.

"곡물을 왜 수입하는 거죠?"

글로리아가 이해할 수 없다는 표정으로 쳐다보았다.

"데몬 거래를 제안한 국가와 우호 관계를 구축하려는 것도 있고, 다른 가문에서 취급하지 않는 물품을 손쉽게 수입하려는 것도 있겠지."

"하지만 귀족이 서민층의 음식을 수입하는 게 의아하네요."

"그 점에 대해서 생각해보는 중이야. 왜 '데몬'을 수입하겠다고 나선 건지. 분명히 어떤 이유가 있을 거거든."

"음."

글로리아의 표정이 사뭇 진지해졌다. 데이빗슨 가문이 종래의 주장을 뒤엎고 나선 무역이다. 절대로 허투루 데몬을 수입하겠다고 나설 리 없었다. 뭔가 꺼림칙했다.

왜 데몬일까…….

그녀가 진지한 표정으로 생각할 때였다.

"글로리아."

저를 부르는 소리에 고개를 든 그녀는, 심각한 표정을 짓고 있는 미들턴 백작을 보았다.

"그렇게 머리 아픈 일은 아버지와 공작님께 맡겨놓으렴. 너는 지금처럼 행복하게만 지내면 된단다."

그녀가 혹여나 무역에 관심을 가질까 봐 노심초사하는 얼굴이었다.

"네, 알겠어요. 그냥 궁금해서 여쭤봤어요."

글로리아가 아무렇지 않은 표정을 짓자, 미들턴 백작의 표정이 금세 풀렸다.

"그래, 아름다운 나의 딸. 결혼을 해서도 이토록 아름답고 요정 같을 수 있다는 사실에 나는 매일 밤 신에게 감사의 기도를……."

"식사하세요. 음식이 식겠어요, 아버지."

"응. 그러마."

글로리아가 냉담하게 말을 끊었지만, 이미 적응될 대로 적응된 미들턴 백작은 아무렇지 않은 얼굴로 식사에 임했다. 그런 그들을 펠릭스가 묘한 눈으로 바라보았다.

식사가 끝난 후 글로리아는 미들턴 백작과 함께 간단한 티타임을 가졌다. 미들턴 백작은 주인을 만난 강아지처럼 눈을 빛내며 그간 있었던 일들을 털어놓았다. 그리고 신혼여행에서 무얼 했는지 자세히 듣길 원했다. 이런저런 이야기를 하는 사이 해가 저물었고, 갈 시간이 다 된 미들턴 백작은 울기 직전의 얼굴로 마차 앞에 서서 글로리아를 바라보았다.

"조심히 가세요."

"응. 가야지."

벌써 그 말만 열 번째였다. 그는 같은 말만 반복할 뿐, 글로리아의 손을 잡은 채 갈 기색이라곤 보이지 않았다.

"아버지."

"응, 모처럼 보는 거라 너무 좋아서 그런단다."

미들턴 백작이 그녀의 손을 잡고서 부들부들 떨었다. 그 광경을 애틋하게 지켜보던 하인들조차도 지쳐가고 있었다.

이걸 어째야 하나 하는 사이 누군가가 허리를 감쌌다. 깜짝 놀라 고개를 돌리자 뒤에서 지켜보고 있던 펠릭스가 그녀를 반쯤 끌어안고 있었다. 더는 못 봐주겠다는 얼굴을 웃음으로 교묘하게 감추고 있었다.

"미들턴 백작님, 걱정하지 마시고 귀가하시죠. 글로리아는 제가 잘 돌보도록 하겠습니다."

펠릭스의 손이 듬직하게 그녀의 허리를 어루만졌다. 그 다정한 손놀림에 글로리아는 흠칫했지만, 금세 그에게 고개를 기댔다.

"네. 걱정하지 말고 돌아가세요."

아름다운 남녀가 서로에게 기댄 모습에 미들턴 백작은 울컥했다.

"정말 생전의 나와 캐서린을 보는 것 같구나. 물론 내가 조금 더 잘생기긴 했다만……."

이 와중에 자기애를 표출하는 미들턴 백작을 보고 글로리아는 구겨지려는 얼굴을 억지로 폈다.

"네. 그만큼 행복하게 잘 살 거예요."

글로리아의 대답에 그는 조금 안심이 된다는 얼굴로 마차에 올랐다. 돌아가는 와중에도 자그마한 창에 얼굴을 억지로 들이대고 조금이라도 그녀를 더 보려고 애썼다.

"죄송해요."

미들턴 백작이 완전히 사라진 후, 글로리아가 펠릭스에게 조용한 목소리로 사과했다.

"뭘?"

"아버지께서 하신 모든 무례한 일들이요."

"그를 좋아하나 보군. 대신해서 사과를 할 정도면 말이야."

펠릭스가 알 수 없는 표정으로 그녀를 바라보았다.

"아버지니까요."

"아버지라……."

그녀의 대답에도 그의 표정은 달라지지 않았다. 오히려 노을을 머금은 눈동자가 반쯤 가느스름해졌다. 푸른 눈동자 위에 겹쳐진 붉은 노을을 보고 있자니 신비로운 풍경을 마주한 것처럼 잠시 숨이 멎었다.

"이, 이만 놔주시겠어요?"

그와 거리가 너무 가깝다는 걸 알아챈 글로리아가 몸을 비틀었다. 그러나 그럴수록 더욱더 꼼짝도 할 수 없었고 오히려 점점 더 그와 가까워졌다. 그녀는 숨을 멈춘 채 자신에게 가까이 다가오는 펠릭스의 얼굴을 바라보았다.

이러다가 입술이 닿겠다 싶을 즈음, 그가 입을 열었다.

"넌, 어떻게 생각하지?"

"네?"

"미들턴 백작과 나 중에서 누가 더 잘생겼다고 생각하냔 말이지."

"……."

눈동자가 신비롭더니, 정신마저 신비로워진 건가.

글로리아가 뜬금없는 소리를 하는 펠릭스를 멍하게 바라보았다. 저 말이 펠릭스의 입에서 나왔다는 게 도무지 믿기지 않았다.

"……진심으로 물으신 건가요?"

"음."

"……."

글로리아는 잠시 그를 멍하게 바라보았다. 정말로 진심이었는지, 대답을 해줄 때까지 그는 놔줄 생각이 전혀 없어 보였다.

"두 분 다 아름답고 잘생기셨어요. 그 잘생김이 전혀 다른 방향이죠. 저희 아버지가 부드럽고 여자처럼 부드러운 선을 갖고 계시다면,

공작님은 아름답지만 남자다우시죠. 선이 짙죠."

"그래서 넌 어느 쪽을 좋아하지?"

"저는……."

"……."

글로리아는 말끝을 흐렸다.

왜 이런 질문에 대답을 해야 하는 거지.

기분이 이상했지만, 그에게서 풀려나고 싶은 그녀는 천천히 입을 열었다.

"두 분 다 좋지만, 굳이 꼽자면 공작님이요."

이건 진심이었다. 글로리아가 평생을 살아오면서 본 남자 중, 외모는 펠릭스가 가장 아름다웠다. 신비로운 눈 색깔과 잘 뻗은 눈썹, 대칭을 이루는 얼굴, 반듯하게 일자로 다물린 입술 선까지, 어디 하나 흠잡을 곳이 없었다.

"아아, 내가 좋다?"

왜 그게 그렇게 되지?

글로리아가 고개를 갸웃거렸다. 그러자 펠릭스가 마음에 드는 대답을 얻은 듯 흡족한 표정을 짓더니, 그녀의 허리를 풀어주었다.

"잘 준비를 하도록 하지."

그가 기분 좋은 걸음으로 저택에 들어섰다. 그런 그의 뒷모습을 물끄러미 바라보던 글로리아는 고개를 갸웃거렸다.

왜일까. 미들턴 백작이라고 했으면 큰 사달이 났을 것 같은 기분이 드는 것은.

미들턴 백작의 방문 이후, 글로리아는 다시금 바쁜 시간을 보내기 시작했다. 사흘에 한 번씩 무역 수업과 검술 수업을 받았다. 무역 수업은 기본적인 지식과 관심으로 인해 빠르게 진행되었다.

"오늘도 생각보다 많이 진행되었군요. 이러다가 제 지식이 모두 동나겠습니다."

"과찬이세요."

선생은 그녀의 학습 속도를 칭찬했지만, 글로리아는 입에 발린 소리라고 생각해 걸러들었다.

"과찬은요. 진심입니다."

선생은 진심으로 감탄했다.

국가 간의 무역이 시작된 지 얼마 되지 않은 탓에 이를 가르치는 선생의 수는 극도로 적었다. 그중에서도 무역에 관한 경험과 지식이 가장 많은 상인의 아들이 글로리아의 스승 역할을 맡았다. 이 제안을 받아들일 때만 해도 할 일 없는 귀족부인이 자랑거리로 무역을 배우나 보다 싶었다. 그러나 두어 번 수업을 하고 나선 그 생각을 싹 바꾸었다.

그는 귀족부인이 무역에 관해 이만큼의 이해력을 갖고 있다는 사실에 수업 때마다 놀랐다. 게다가 글로리아는 그도 놀랄 정도로 예리한 질문을 가끔 던지곤 했다.

이대로 가다간 버클리 가문에 무역 강자가 두 명이 될 것 같았다.

"하나 물어볼 게 있어요."

"네. 물어보세요."

인상이 선한 선생이 짐을 챙기다 말고 그녀를 바라보았다.

"무역의 물품을 선정하는 기준에는 이윤, 수익, 가치 말고 또 다른 무언가가 있나요?"

글로리아가 진지한 표정으로 물었다. 아무리 생각해도 글로리아가 보기에는 데이빗슨 가문이 데몬을 수입하려는 게 이상했다. 데몬을 수입한다고 해서 이윤과 수익이 보석만큼 날 리 없었다.

가치 또한 마찬가지였다. 이미 영지마다 생산되고 있는 데몬이 거래 내역으로 큰 가치를 가질 리가 없었다.

"음, 대표적인 기준이 이윤, 수익, 가치일 뿐, 그 외의 기준은 많죠. 이를테면 독점권이라거나, 시간이 흘러 그 시장을 장악할 수 있을 거라는 판단이 든다거나…… ."

"……시장을 장악할 수 있을 거라는 판단이요?"

글로리아의 표정이 미묘해졌다.

"네."

"……그렇군요. 알겠습니다. 오늘 수업 감사합니다."

자리에서 일어난 글로리아가 공손하게 인사를 했다. 그러자 선생이 크게 당황해 손을 내저었다.

"아, 아닙니다."

귀족 중의 귀족인 글로리아 버클리 공작부인이 상인인 자신에게 목례를 하다니. 벌써 몇 번째지만, 받을 때마다 적응이 되지 않았다.

"다음부터는 이렇게 인사하지 마십시오. 제가 부담스럽습니다."

선생이 난처한 표정으로 말했다.

"감사한 마음을 담은 뜻이니 그냥 받아주세요."

"그냥 하는 일도 아니고, 돈을 받고 하는 일인걸요."

"돈을 받더라도, 진심을 다해 수업을 하느냐 안 하느냐는 선택 사항이죠. 저는 돈을 받는 것 이상으로 열심히 해주시는 것에 대한 감사를 표하는 거예요."

"……."

글로리아의 말에 선생은 꿀 먹은 벙어리가 되었다. 글로리아의 반응이 좋아 기분 좋게 수업을 했을 뿐인데, 그녀는 '진심을 다한 수업'이라고 말해주었다. 그 말을 듣자, 왠지 더더욱 진심을 다해 수업을 해야겠다는 생각이 밀려들었다.

"다음엔 더 열심히 알려드릴 수 있도록 노력하겠습니다."

선생의 눈에서 빛이 났다.

"감사합니다."

글로리아가 빙긋 미소를 지었다. 그 환하고 아름다운 미소에 선생의 얼굴이 새빨갛게 물들었다.

글로리아는 선생이 나간 후에도 그대로 의자에 앉아 골똘히 생각에 잠겼다.

왜 데이빗슨 가문은 약재도 아니고 밀도 아닌 데몬이라는 작물을 수입하기로 한 걸까.

그 순간 선생이 했던 말이 머릿속을 슥 스치고 지나갔다.

시장을 장악할 수 있을 거라는 판단…….

만약 데이빗슨 가문이 데몬을 수입한다면 어떻게 되는 거지? 몇 년 후에는?

잠시 생각하던 글로리아의 표정이 점점 굳었다.

"……말도 안 돼."

자리에서 벌떡 일어났을 때 글로리아의 얼굴은 하얗게 질려 있었다.

똑똑, 똑.

두 번 연달아, 한 번은 따로 두드리는 노크 소리에 펠릭스는 하던 행동을 모두 멈추었다. 이 노크는 에단이 자신의 서재에 들어올 때 하던 노크였다. 자신이 드디어 미쳐서 헛것을 들은 게 아닐까 생각하는 사이, 문 너머에서 초조한 목소리가 들렸다.

"저예요, 글로리아."

글로리아…….

그녀가 에단이라는 또 하나의 증거였다.

"들어와."

펠릭스의 허락이 떨어지자마자 글로리아가 문을 열고 들어섰다. 표정이 다급해 보이는 걸로 봐선, 자신이 어떻게 노크했는지 전혀 모르는 얼굴이었다.

"무슨 일이지?"

펠릭스는 글로리아를 빤히 바라보았다.

"데몬, 수입하게 놔두면 안 될 것 같아요, 공작님."

"무슨 말이야?"

"데몬은 곡물로서만 가치가 있는 게 아니에요."

늘 차분하게 자신의 생각을 말하던 글로리아가 숨을 헐떡거리며 앞뒤 없이 말을 늘어놓았다.

"일단 앉아."

펠릭스가 글로리아의 손을 잡아당겨 의자에 앉혔다. 그러고는 맞은편 자리에 앉아 글로리아를 빤히 바라보았다.

똑똑, 똑.

그 노크소리가 귓전에 선하게 울려 퍼졌지만 그는 모르는 척 그녀를 바라보았다. 그녀는 잠시 흥분을 가라앉히려는 듯 숨을 고른 후, 입을 열었다.

"데몬이 지금 거래되는 금액보다 싼값에 수입되면 사람들은 더 이상 데몬 농사를 짓지 않겠죠."

"그렇게 되겠지. 안 그래도 데이빗슨 가문이 데몬을 독점해 몇 년 내로 폭리를 취할 거라고 예상하고 있었어. 하지만 곡물은 데몬만 있는 것도 아니고, 밀이나 기타 곡물로 충분히 대체할 수 있어."

"그것뿐만이 아니에요."

"그럼?"

"데몬은 곡물로서만 가치가 있는 게 아니에요. 그 껍데기는 가축의 사료로, 그 뿌리는 약재로, 줄기는 땔감 대신 화롯불을 지피는 데 사용돼요. 그런데 데몬이 곡물로 수입되면 사람들은 데몬 농사를 더 이상 하지 않을 테고, 그렇게 되면 나머지를 사용할 수 없게 되어요."

처음엔 인식하지 못할 거다. 다른 대체품을 사용하면 되고, 데몬이 수입될 테니까. 그러다가 몇 해가 지나가면 문제를 깨닫게 될 거다. 데몬의 가격은 점점 올라갈 테고, 그때가 되면 데몬의 종자가 남아 있지 않을 확률이 높았다.

그때가 되면 데몬의 종자를 손쉽게 수입해올 수 있는 사람은 데이빗슨밖에 없었다.

그렇게 되면 평민들의 생활권을 쥐락펴락할 수 있게 되면서, 자연스레 권력까지 얻게 될 확률이 높았다. 평민들에게서 원활하게 세금이 걷히지 않으면 귀족들의 생활권 기반도 함께 흔들린다.

가장 기본적인 것을 파고들어 전반적인 권력을 차지하겠다는 욕심을 가지고 있을 줄이야.

"아아."

펠릭스가 긴 손가락으로 관자놀이를 꾹 누르더니, 긴 한숨을 내쉬었다. 길게 설명하지 않아도 그는 한 번에 다 알아들은 얼굴이었다.

"큰일이죠."

글로리아가 다급하게 말했다.

"넌 어떻게 알았지?"

펠릭스가 글로리아를 옆눈으로 바라보며 물었다.

"그건……."

글로리아는 말끝을 흐렸다.

보좌관으로 일하던 시절, 그녀는 공작저에 거주하지 않고 공작 영지의 마을에서 지냈다. 여자라는 사실을 지인들에게 들키지 않기 위한 것도 있었고, 마을에서 지내는 게 편하기도 했다.

그녀가 거주하던 곳은 공작저에서 멀지 않은 곳으로, 농민들이 농사를 지으며 살아가는 평화로운 마을이었다. 그곳에서 그녀도 데몬을 자주 보았고 사용 용도도 자연스럽게 알게 되었다. 흉년이 들어 데몬이 모조리 말라비틀어졌을 때, 그해에 평민들이 얼마나 고생하는지 곁에서 지켜보았다. 그녀 또한 데몬 줄기가 없어서 수프를 끓이지 못해 난처했던 적이 몇 번 있었다. 낙엽이나 나뭇가지로 겨우 불을 피우긴 했지만, 그마저도 마지막엔 경쟁이 치열해졌다.

더군다나 데몬의 잎은 약재로도 쓰였다. 지금은 흔해서 그 가치가 없게 느껴지지만, 막상 사라지면 크게 영향을 미칠 식물이었다.

그런 데몬이 수입된다면, 이렇게 가정해서 생각하자 굉장히 끔찍하게 느껴졌다. 그야말로 자신이 뜯어 먹던 빵을, 타인이 뜯어서 먹여줄 때까지 기다려야 하는 상황이 벌어질 것 같았다.

잠시 생각을 하던 글로리아가 입을 열었다.

"데이빗슨 가문이 데몬을 수입한다는 게 아무래도 이상해서 며칠간 알아봤어요. 평민들과 함께 사는 하인들과 대화를 하기도 하고 무역 선생과 이야기를 하다 보니 자연스럽게 알게 되었어요."

평민의 생활을 누구보다 가까이서 봐왔기에 알 수 있는 것들이었지만, 그녀는 그 말을 하지 않았다.

"제가 잘못 생각한 건가요?"

펠릭스가 침묵을 지키자, 글로리아의 표정이 미묘해졌다. 이야기를 다 쏟아놓고 나니 자신이 지나치게 흥분했던 게 아닌가 하는 생각이 들었다.

잠시 생각에 잠겨 있던 펠릭스의 눈동자에 초점이 돌아왔다.

"아냐. 잘했어."

"……!"

펠릭스의 입에서 칭찬이 떨어지자 그녀의 눈이 동그랗게 커졌다. 그가 칭찬하는 일은 드물었다.

"또 다른 생각이나 의견은?"

그가 다른 의견까지 물을 줄은 몰랐다.

"없어요."

"없더라도 생각해보도록 해. 아무래도 무역 쪽으로 재능이 있는 것 같으니까."

"……제가요?"

글로리아가 의아한 얼굴로 물었다. 그러자 펠릭스가 상체를 숙여 그녀의 눈을 똑바로 바라보았다.

"음."

"……."

갑자기 가까워진 거리에 글로리아가 멈칫했다. 왜인지 모르겠지만, 요즘 따라 펠릭스와 얼굴을 가까이 마주하면 심장이 빨리 뛰는 듯했다.

"눈동자가 흑안이군."

"네."

"마음에 들어."

"……."

"노크는 오늘처럼 하도록 해. 그게 더 마음에 드니까."

그 말을 끝으로 자리에서 일어난 펠릭스가 조슈아를 불러, 황궁에 갈 테니 준비하라는 명을 내렸다. 그가 준비를 하기 위해 드레스룸으로 이동할 때까지 그녀는 꼼짝도 하지 못했다.

노크……?

그 순간 머릿속으로 그녀가 노크했던 것이 떠올랐다.

똑똑, 똑.

자신이 보좌관이던 시절, 두드리던 버릇이 자신도 모르게 나왔다.

"하아."

긴 한숨을 내쉰 글로리아는 손으로 눈가를 덮었다.

망했다.

08

"버클리 공작가에서 이토록 치졸한 방법으로 나오실 줄은 몰랐군!"

황제를 알현하고 나오던 제이드 데이빗슨이 앞서 걷던 펠릭스를 향해 날카로운 말을 뱉었다. 돌아선 펠릭스는 자신을 향해 저벅저벅 다가오는 제이드 데이빗슨을 바라보았다. 그는 알렉스 버클리와 동세대 사람으로, 현재 공작들 중 최연장자였다. 나이에 비해 여전히 풍채가 좋고 기력이 좋아 가문의 중심을 잘 유지하고 있었다.

"무슨 말씀이 하고 싶으신 겁니까?"

펠릭스가 날 선 비난에도 흐트러짐 없이 대꾸했다.

"이런 음모와 계략으로 정당한 무역 거래를 방해할 줄 몰랐다는 말을 하고 있는 거네!"

제이드 데이빗슨이 황제의 연락을 받고 황궁에 도착했을 때에는 이미 펠릭스 버클리 공작이 자리하고 있었다.

그곳에서 제이드는 청천벽력 같은 명령을 받게 되었다.

「짐은 데몬의 수입을 금한다. 또한, 앞으로 어떤 작물도 독단적으로 수입해서는 안 된다.」

그 말에 제이드는 무슨 연유냐고 물었다. 그러자 황제는 잔뜩 굳은 얼굴로 말했다.

「그대의 데몬 수입은 평민들에게 위협이 된다고 판단했네. 데몬은 평민들에게 가장 중요한 밑천, 이 밑천이 수입되어 들어온다면 처음에는 좋을지 모르지만 몇 해가 지나면 수입에만 의존하게 되지. 그렇게 된다면 데몬을 좌지우지하는 그대의 가문이 폭리를 취할 수 있지 않은가. 아직 데몬 수입을 실행에 옮긴 건 아니라고 하니 큰 피해는 없을 거라고 알고 있네. 그러니 데몬 수입을 접게나.」

황제의 입에서 나오는 말들을 듣던 제이드는 입술을 깨물었다. 아무리 생각해도 황제가 알 만한 내용이 아니었다. 그렇다면 이 모든 것은 곁에 앉아 있던 펠릭스의 머리에서 나왔다는 말이었다.

하긴 오랫동안 무역을 해왔으니 누구보다도 무역에 대해 잘 알지 않겠는가.

문제는 예상보다 너무나 빨리 자신의 계획을 파악했다는 거였다.

공작가들 사이에서 자신의 입지가 점점 줄어들고 버클리 가문의 위세가 강해진 것이 못마땅해 오랫동안 고민한 끝에 세운 계략이었다. 그런데 이렇게 허망하게 날릴 순 없었다.

제이드는 데몬 수입의 필요성과 유효성에 대해 피력했다. 그러나 돌아오는 대답은 냉담했다.

「자네의 뜻이 그토록 평민과 빈민을 위하는 것이라면, 데몬 수입을 독점으로 진행하지 말고 다른 가문과 공유하게나.」

「……!」

「왜? 그건 힘든가?」

「말씀드리기 죄송스러우나, 그렇게 되면 저희 가문의 손해가 막심합니다.」

「독점은 아니되, 우선권은 주겠다. 필요할 땐 언제든 다른 가문에서 거래할 수 있게끔 문을 열어두는 거지.」

「…….」

그 어느 쪽도 달갑지 않았다. 이 계획은 데몬 수입을 독점해두지 않으면, 이득이 되지 않았다.

결국 제이드는 아무 말도 하지 못하고 알현실을 나와야 했다. 그러다가 자신을 앞서 유유히 걷고 있는 펠릭스 버클리를 보자 화가 치밀어올라 소리친 것이었다.

"거래와 무역에서 제일 위험한 게 뭔지 아십니까?"

펠릭스가 고요한 눈으로 제이드에게 물었다.

"지금 나를 가르치려 드는 건가?"

새파랗게 어린 나이에 공작위를 물려받아 자신과 맞먹으려 드는 펠릭스가 마음에 들지 않았던 제이드가 더는 화를 참지 못하고 버럭 소리쳤다.

"바로 '나'만 잘되는 겁니다. 그 욕심이 나라를 병들게 하고, 결국 패망을 부르는 법입니다."

펠릭스는 눈 하나 깜빡하지 않고 제 할 말만 했다.

"이, 이런……!"

"다른 품목으로 하신다면 말리지 않겠습니다. 그게 제가 거래하는 품목이라고 해도 말입니다."

"입 다물게! 펠릭스! 어디 아버지뻘 되는 나를 가르치려는 건가! 무역해서 돈을 벌었다고 해서 자네가 뭐라도 되는 줄 아는 건가? 그래봤자 북부에서 성이나 지키던 별 볼일 없는 평민기사가 운 좋게 공작 작위를 갖게 된 것 아닌가! 나는 자네 가문과 출발점부터 다르다는 말일세!"

"정통성이라면 그 출발점이 어딥니까?"

"그야……!"

"아아, 구 왕권?"

"……!"

제이드의 눈이 크게 벌어졌다. 구 왕권부터 정통성이 있다는 말은 반역이나 다름없었다.

"지금 무슨 소리를 하는 겐가!"

"아니라는 말씀이십니까?"

"당연한 거 아닌가!"

"그렇다면 그 왕권을 엎고 지금의 황권을 만들었으면 출발점은 지금의 황제께서 제위에 오르신 날부터입니다. 같은 날 시작한 가문인데 버클리가보다 데이빗슨가가 더욱 정통성이 깊다는 건 무슨 말씀이십니까?"

"그야……!"

버클리 가문보다 정통 귀족으로 지낸 시간이 더 길었다는 말이었다. 그러나 그 말을 뱉으면 반역으로 무너뜨린 구 왕권을 인정하는 격이 되어버린다.

이러지도 저러지도 못하는 제이드는 꽉 쥔 주먹을 부들부들 떨었다.

그에 비해 펠릭스는 이런 능구렁이 하나쯤은 우습다는 듯 그를 가만히 바라보기만 했다.

"정통성 운운하며 황궁에 계셨을 때, 저희 가문은 기사들 피를 밟으며 직접 움직였습니다. 세력을 모으고, 황권을 세우고, 대륙을 통일하고……. 그 모든 역사적인 시간에 데이빗슨 가문은 무얼 하셨습니까?"

펠릭스의 눈이 접히며, 입가가 비스듬히 기울어졌다.

"황제를 지켰다네! 지금 전장에 나가 싸운 이들의 공로만 인정하겠다는 건가!"

"그럴 리가요. 전 황권 안정을 위해 황궁에서 일한 모든 이들의 공로를 인정합니다만, 그 과정에서도 데이빗슨 가문이 무얼 했는지 아직도 알 수가 없어서 드리는 말씀입니다."

"지금 우리 가문을 욕보이는 건가!"

"아뇨. 예우를 다하고 있는 겁니다. 그래도 아버지와 같은 세대를 거쳐오신 공작님이니까요."

"예우? 우롱이겠지!"

"우롱이라니요."

펠릭스가 무슨 소리냐는 듯 얼굴을 찌푸렸다. 그러더니 저벅저벅 다가와 제이드와 마주 섰다. 풍채 좋은 제이드마저도 펠릭스를 올려다보아야 했다. 방금 전까지 희미하게 남아 있던 펠릭스의 얼굴에서 모든 표정이 사라졌다.

"제가 데이빗슨 가문을 우롱할 생각이었으면, 데몬 수입을 지금 막지 않았을 겁니다. 데몬의 모든 종자를 보관 관리한 후 몇 년 후 무상으로 평민들에게 나누어주는 일을 했겠죠."

"……!"

"그와 함께 우리 가문이 지금까지 축적해놓은 부로 어려움에 처한 평민들에게 곡식을 나눠준다면, 데이빗슨 가문은 어떻게 되었을까요? 이 일을 빌미로 황제께 데이빗슨 가문에게 책임을 물으라고 한다면요?"

펠릭스의 조용한 말에 제이드의 얼굴이 하얗게 질렸다.

그야말로 풍비박산이 나는 셈이었다. 권력은커녕, 재물에서도 큰 이득을 얻지 못했을 거다. 황제의 신임 또한 바닥을 쳤을 거다.

생각만 했을 뿐인데도 등골이 서늘해졌다.

제이드의 눈동자가 가늘게 흔들렸다. 평소라면 당차게 화를 내며 아니라고 우겨야 하는데 아무 말도 나오지 않았다.

이 새파란 공작에게서 뿜어 나오는 기운이 범상치 않았다. 예전 알렉스의 전성기 때보다 더한 위협이 느껴졌다.

"그러니 지금의 예우에 감사하며 돌아가시죠. 그리고 얼굴 뵌 김에 말씀드리죠. 버클리가에 심어두신 스파이들은 모두 색출해서 감옥에 넣어두었습니다."

"……!"

"원하시면 그들의 목은 돌려드리죠. 하지만 다음에 다시 한 번 더 이런 식으로 제 기분을 상하게 하는 일이 발생한다면, 그땐 데이빗슨 가문과 함께하지 못할 것 같다는 뜻을 공표하도록 하겠습니다. 부디 그런 불상사가 생기지 않도록, 배려 부탁드립니다."

펠릭스는 정중하게 인사를 한 후 돌아섰다. 저벅저벅 멀어지는 펠릭스의 뒷모습을 바라보던 제이드는 애꿎은 입술만 깨문 채 고개를 획 돌렸다.

퇴근 준비를 마친 조슈아가 조심스럽게 식당 안으로 들어섰다. 거대한 홀 가운데 놓인 긴 테이블엔 펠릭스와 글로리아가 자리하고 있었다. 보통 귀족 부부들이 긴 테이블을 사이에 놓고 마주 앉아 있는 것과 달리, 그들은 굉장히 가깝게 붙어 앉아 있었다. 처음엔 굉장히 이상하게 보였지만, 이젠 그러려니 하고 적응했다.

그는 펠릭스의 식사가 끝날 때까지, 집사인 앨버트 곁에 서서 그들을 지켜보았다.

"퇴근 준비를 다 한 건가? 조슈아."

펠릭스가 시선을 접시에 둔 채 물었다.

"네."

기척을 숨긴 채 다가갔는데, 펠릭스가 곧장 알아챘다는 사실에 조슈아는 흠칫했다.

"보고서는 모두 공작님의 서재에 두었습니다."

"보고서는 어떤 내용이지?"

펠릭스의 물음에 조슈아는 놀랐다. 그는 업무에 관한 이야기는 되도록 다른 사람들이 듣지 못하도록 서재에서 하게끔 했다. 모두가 다 있는 곳에서는 처음이었다.

"말씀하신 대로 데몬에 관한 보고서와, 데이빗슨 가문에 관한 자료들입니다."

"또 다른 것도 있을 텐데?"

그가 여전히 앞을 보며 건조하게 물었다.

"그건…… 여기서 말씀드려도 되겠습니까?"

"해."

펠릭스의 명령에 조슈아는 잠시 머뭇거리다가 입을 열었다.

"새로운 무역 거래 품목에 관해서입니다. 새롭게 거래를 시작하기 위해 접선 중인 뮤튼에서는 제국의 옷을 만들 수 있는 두툼한 천과 곡식을 원하고 있습니다. 저희가 수입할 수 있는 품목에 관해선 정리해서 보고서에 써두었습니다."

"어떤 품목이지?"

이 질문은 보고서에 적힌 내용을 모두 말하라는 거나 다름없었기에 조슈아는 주변을 살폈다. 다른 사람들이 혹여 이 이야기를 다른 곳에 팔까 봐 걱정되었다. 그렇다고 펠릭스의 명을 거부할 순 없기에 조슈아는 최대한 목소리를 낮춰 입을 열었다.

"미들턴 백작님의 의견을 반영하여 고급 다과 잔, 말의 안장 등 제국에선 볼 수 없는 세공품들이나 장식품들 위주로 작성했습니다."

"어떻게 생각해?"

펠릭스의 물음에 조슈아가 눈을 동그랗게 떴다. 자신의 역할은 보고서를 정리해 요약 보고하고 펠릭스의 결정을 실수 없이 전달하는 것일 뿐, 결정권은 전혀 없었다. 펠릭스는 간간이 보좌관들에게 의견을 묻긴 했지만, 대체로 에단에게만 물었다.

"그게……."

조슈아가 머뭇거리며 뭐라고 말을 하려 하자, 상황을 지켜보던 앨버트가 손을 들어 보였다. 고개를 돌리자, 앨버트가 아무 말도 하지 말라는 듯 고개를 가로저었다. 그제야 조슈아는 그 질문이 자신을 향한 게 아니라는 걸 알았다.

펠릭스의 시선은 글로리아를 향해 있었다.

"네?"

식사를 하다 말고 글로리아가 의아한 얼굴로 펠릭스를 바라보았다. 그녀도 그가 자신에게 물을 줄 몰랐다는 표정을 짓고 있었다. 펠릭스는 모두가 의아하게 바라보는데도 아랑곳하지 않고, 글로리아에게 설명했다.

"뮤튼이라는 나라가 있지. 손재주가 뛰어난 장인들이 많이 사는 곳이지만, 추운 기후 때문에 농사를 짓기 어려운 나라지. 천 또한 구하기가 어려워서 그 값이 굉장히 비싸. 우리 제국에서 저렴하게 구할 수 있는 천과 곡식을 주면 세공품들과 교환하자고 하더군. 자, 서로 원하는 바가 명확하니 이제 거래하면 될까?"

펠릭스의 갑작스러운 질문에 글로리아는 당황했지만, 금세 표정을 고쳤다. 왜 이런 질문을 했는지 모르겠지만, 흥미진진했다. 이건 이론이 아니라 실전이었다. 자신의 생각이 맞는지 확인해볼 기회이기도 했다.

그런데 왜 이제 거래하면 될까, 라고 물은 걸까.

질문이 찜찜했다.

진지하게 고민하던 글로리아는 펠릭스에게 조심스럽게 물었다.

"일단 그 세공품을 먼저 확인해볼 것 같아요. 뮤튼의 세공품이 제국의 귀족들이 흥미를 가질 만한 것인지 모르겠네요. 그리고, 추운 나라의 세공품이라고 했으니 대체로 따뜻하고 선선한 기후를 가진 제국과 색감이 적당한지도 알아봐야 하고요."

차분한 글로리아의 말에 펠릭스의 입술이 느긋하게 늘어났다.

"맞아, 물건부터 확인해야지. 조슈아."

펠릭스가 글로리아에게 시선을 둔 채 그를 불렀다.

"네."

"우리의 물건 몇 종을 뮤튼에게 가져다주고, 뮤튼으로부터 거래할 물건을 몇 가지 달라고 해. 눈으로 직접 확인하고 귀족들에게 보여주는 시간을 가질 테니까."

"그리고, 저……."

글로리아가 조심스럽게 말문을 열었다. 펠릭스가 말하라는 듯 그녀를 물끄러미 응시했다.

"제 생각인데, 이야기를 해도 되나요?"

"해."

펠릭스의 허락에 글로리아는 헛기침을 한 후, 진지한 표정으로 입을 열었다.

"앞으로 거래하는 나라가 늘어나고, 그 품목을 다양화할 거라는 이야기를 아버지로부터 들었어요."

"그럴 계획이지."

"그렇다면 차라리 귀족들에게 먼저 물품들을 소개하는 시간을 가지는 건 어떨까요?"

"이미 그러고 있지."

값비싼 물품이 들어오면 귀족들이 모이는 모임에서 물건을 보여주었고, 때로 저렴한 차나 가벼운 물건들은 선물 삼아 보내기도 했다. 이후, 마음에 든 이들이 주문하는 양을 지켜본 후에, 수입해올 양을 가늠해 거래했다.

"그러니까 제가 드리고 싶은 말은, 아예 이곳으로 초청을 해서 파티처럼 행사를 하는 거예요."

"그들은 파티를 원하는 거지, 파티 같은 행사를 원하진 않아."

"모두가 초대되는 파티라면 그렇죠. 하지만, 소수가 초대되는 선택받은 파티라면 다를 거예요."

글로리아는 귀족 출신이 아니었기에, 귀족들의 성향에 대해 오히려 잘 알고 있었다. 귀족들은 더더욱 특별한 것을 원했다. 자신이 더 돋보일 수 있는 보석, 드레스, 장식품들. 그 성향을 자극해 초대하자는 말이었다. 자신들이 선택되어 초대받았다면 참석하지 않을 수가 없다.

"더 자세히 설명해봐."

펠릭스가 흥미롭다는 표정으로 바라보자, 글로리아가 신이 난 표정으로 말을 이었다.

"귀한 물건을 소수의 귀족들에게만 보여준다고 하면 그들은 기꺼이 참석할 거예요. 그들에게 물건을 보여주면 반응을 그 자리에서 즉각적으로 알 수 있는 데다가, 귀족들도 경쟁심을 갖게 될 거예요. 만약 몇몇 귀족들이 반감을 나타내 오지 않는다고 하더라도, 수입 물품이 참석한 귀족들 사이에서 화제가 되면 어쩔 수 없이 그들도 참석하게 될 거예요."

"……."

"1년에 두세 번, 가장 좋은 수입 물품을 골라 정기적인 행사를 갖는다면, 잦은 모임도 아니니까 사람들은 더욱 애가 타서 참석할 테죠."

글로리아의 말을 끝으로, 식당 안이 고요해졌다. 갑작스럽게 이상함을 느낀 글로리아가 주변을 둘러보았다. 사람들이 모두 자신을 바라보고 있었다. 그제야 그녀는 자신이 너무 신나서 떠들었다는 걸 알았다. 신바람이 난 나머지 귀족적인 언행보다 평민이 쓰는 말투를 더 많이 구사한 듯했다. 그래서 쳐다보는 거라 생각한 글로리아는 민망해졌다.

"그러니까…… 이런 의견도 있다는 걸 알아달라는 말씀이었어요."

글로리아가 다시금 차분한 표정으로 말을 매듭지었다. 민망해하는 글로리아의 생각과 달리, 식당 안의 사람들은 놀라워하고 있었다.

조신함과 아름다움을 강요받는 귀족가의 여식들은 남자들이 하는 일에 관심을 두지 않았다. 어린 시절부터 생각을 표현하는 교육보다는 타인의 말을 듣고 따르는 쪽의 교육을 더 많이 받은 데다, 남자와 여자의 일이 다르다고 배운 탓이었다.

그런데 글로리아는 자신의 생각을 말하는 데 거침이 없었고, 그 생각 또한 충분히 현실성을 가진 아이디어라 놀라웠다.

그에 비해 펠릭스의 얼굴은 차분했다.

"소수의 귀족을 초대하면, 초대받지 못한 귀족들이 불만을 표출할 수도 있어."

"그건……."

글로리아는 그 부분을 미처 생각지 못했다는 듯 고민에 잠겼다. 소수의 귀족이 다수의 고급 물품을 향유하는 건 사실이지만, 그렇다고 나머지 귀족들과 척을 질 필요는 없었다. 다시금 식당 안이 조용해졌다.

"하긴 그들을 위한 다른 행사를 열어도 되고, 시간을 두고 수입품을 풀어도 되긴 하는군. 이 부분에 대해선 조금 더 생각해보는 게 좋겠어."

잠시 생각에 잠겨 있던 펠릭스가 입을 열었다. 그 말에 글로리아는 고개를 끄덕였다.

"조슈아."

펠릭스의 부름에, 멍한 얼굴로 글로리아를 바라보던 조슈아가 황급히 "네. 네." 하고 대답했다.

"방금 글로리아와 내가 한 말, 기억하고 있지?"

"네."

"기록해놔. 그리고 만약 소수의 귀족들을 초대한다면 어떤 귀족들이 좋을지 꼽아보도록 해."

"알겠습니다."

"연회 전까지 정리하도록 하고, 오늘은 퇴근하도록."

"네, 감사합니다."

조슈아가 꾸벅 고개를 숙인 후 돌아섰다. 그러다가 발이 꼬였는지 우당탕탕 소리를 내며 넘어졌다.

"윽."

글로리아는 비명을 지르는 조슈아의 등을 아련한 눈으로 바라보았다.

일은 잘하는데, 평상시 생활은 왜 저렇게 어리숙할까…….

"죄송합니다."

조슈아가 벌겋게 된 얼굴로 사과한 후, 절뚝거리며 홀을 벗어났다. 펠릭스는 멀어지는 조슈아의 등을 못마땅한 눈으로 바라보았다.

"긴장을 많이 해서 그런가 봐요."

글로리아가 조심스럽게 조슈아의 편을 들어주었다.

"원래 저런 성격이야."

"그래도 곁에 두시는 걸 보면 일은 잘하나 봐요."

글로리아가 다시금 조슈아를 조심스럽게 칭찬했다.

"그만두게 할까 생각도 했어."

"……."

글로리아의 가슴이 철렁 내려앉았다. 그녀는 펠릭스의 다음 말을 기다리며 그의 입을 빤히 바라보았다.

펠릭스의 푸른 눈이 가느스름해졌다. 조슈아 때문에 자신에게 집중하는 글로리아가 못마땅했다.

"그러다가 그 생각을 접었어. 조슈아는 에단이 마음에 들어 하던 녀석이거든."

"······!"

펠릭스의 말에 글로리아의 얼굴이 뻣뻣하게 굳었다. 자신의 이름이
또 이렇게 갑작스럽게 나올 줄 몰랐다.

굳은 그녀의 얼굴을 펠릭스가 고요한 눈으로 바라보았다.

"왜인지 모르지만, 에단은 유난히 저 녀석을 싸고돌더군. 만약 에단
이 다시 내 눈앞에 나타난다면 묻고 싶군. 왜 하필이면 저런 어리숙한
녀석을 싸고돌았는지 말이야."

"······."

"그러고 보니 조금 어리숙한 녀석들을 유난히 챙겼던 것 같기도 하
군."

"······."

"그런 사람들을 좋아하는 건가, 에단은? 어떻게 생각하지?"

펠릭스가 글로리아를 보며 물었다.

"······글쎄요. 저는 모르는 분이라······."

글로리아는 애써 웃으며 모르겠다는 표정을 지었다. 그러자 펠릭스
가 눈을 접으며 미소 지었다.

"그래. 알 리 없겠군."

그 말을 끝으로 다시금 식당 안에 침묵이 내려앉았다. 글로리아는
더 이상 식사를 하지 못했다. 에단 이야기가 나온 후부터 심장이 정신
없이 뛰었다.

"식사를 못 하는 것 같군."

"배가 불러서요."

"거의 먹지 못한 것 같은데."

"간식으로 쿠키를 먹었더니 그런가 봐요."

펠릭스는 그러냐는 듯 그녀를 바라보다 시선을 돌렸다. 글로리아는 물잔을 들어 입술을 축이며 슬쩍 펠릭스를 바라보았다.

자신이 에단이라는 걸 눈치챘으면서, 왜 직접적으로 말하지 않고 빙빙 둘러서 아는 체를 하는 걸까.

이쯤 되니 말라 죽을 것 같다. 차라리 대놓고 말을 하는 게 나을 것 같았다.

그녀는 낮은 한숨을 내쉬었다.

이른 아침부터 화장대 앞에 앉은 글로리아는 피곤한 표정으로 거울을 들여다보았다.

"몸이 불편하세요?"

엘레나가 금세 안색을 알아채곤 물어왔다.

"응. 몸이 피곤하네."

"그러시군요."

말을 하던 엘레나의 얼굴이 불그스름하게 물들었다.

"……무슨 생각을 하는 거야, 엘레나?"

"네? 무슨 생각이라니요. 아무 생각도 하지 않았어요."

"그런데 얼굴색이 이상한데."

"아니에요."

엘레나가 다급히 고개를 내저었다. 발뺌하는데 더 추궁할 수도 없고, 피곤해서 추궁할 기분도 아니었다. 더군다나 엘레나가 왜 그런 생각을 하는지 알 것 같았다.

펠릭스는 매일 밤 자신과 함께 잠들었다. 일이 많아 일찍 올 수 없을 텐데도 그는 초저녁부터 침실을 찾아왔다. 거기다가 검술훈련 때문에 근육의 이곳저곳이 뭉쳐 오전 내내 끙끙 앓았다.

그 때문에 부부 사이가 좋아 보인다는 말을 여기저기서 듣긴 했지만, 사실은 아니었다.

본 저택에 돌아가면 제대로 된 관계를 맺을 거라던 펠릭스는 말과 달리 여전히 그녀를 꼭 안은 채 잠들었다. 그렇게 벌써 열흘이 넘어가고 있었다.

이쯤 되니 글로리아는 펠릭스의 몸에 문제가 있는 거라고 확신했다.

그렇지 않고서야 남자가 여자를, 그것도 이렇게 예쁘게 생긴 여자를 두고서 아무런 짓도 하지 않다니! 저 우월한 가문의 대가 펠릭스 버클리에서 끝나게 될 줄이야!

글로리아는 연회 준비를 하는 내내 우울한 표정을 지었다.

제국에서 나는 특수한 돌로 지은 홀 안은 눈이 부실 만큼 하얗게 빛나고 있었다. 그 홀 안으로 색색깔의 옷을 입은 귀족들이 삼삼오오 모여들어 이야기를 나누고 있었다.

"펠릭스 버클리 공작님과 글로리아 버클리 공작부인이십니다."

홀 앞을 지키고 있던 자의 외침에 사람들의 시선이 단번에 돌아갔다. 글로리아와 펠릭스가 부부 동반으로 참석하는 건, 결혼 이후 처음 있는 일이다.

강렬한 붉은색 예복을 입은 펠릭스와 분홍빛 드레스를 입은 글로리아의 모습은 마치 한 쌍이라는 걸 알리듯이 아름다웠다.

펠릭스의 팔짱을 낀 글로리아는 홀의 내부에 있는 귀족들에게 일일이 눈인사를 하며 걸어갔다. 홀의 한 바퀴를 거의 돌다시피 하고서야 멈춰설 수 있었다. 사람들이 구름떼처럼 몰려들어 그들을 에워쌌다. 그중에는 글로리아의 소문이 좋지 않을 때, 뒤에서 한참 수군거리던 영애들도 포함되어 있었다.

"아름다우세요."

"글로리아 부인께선 결혼 후에 훨씬 아름다워지셨어요."

"세상에나. 어쩜 이런 부부가 있을까요? 눈이 멀겠어요!"

소름이 돋을 정도로 과한 아부가 쏟아졌다. 대답할 틈도 없어서 그녀는 웃으며 가볍게 고개를 끄덕여주었다. 그러나 아무리 시간이 흘러도 귀족들은 그들을 놔줄 생각이 없어 보였다. 이리저리 고개를 돌리던 글로리아의 시선이 한곳에서 멈췄다.

붉은색 머리를 한 여자가 새하얀 드레스를 입은 채 파티장 귀퉁이에 서 있었다. 적발에 이국적인 외모로 봐선, 일전에 자신을 구해주었던 여자 기사가 확실했다.

"잠시만요."

글로리아는 펠릭스의 귓가에 조용히 속삭였다.

"잠시 이야기를 나눴으면 하는 사람이 있어요."

펠릭스가 허락한다는 듯 가볍게 고개를 끄덕였다. 그녀가 한 발 떼자 사람들이 우르르 물러섰다.

"이야기를 나눌 사람이 있어서요."

자신과 한 마디라도 더 하기 위해 따라오는 귀족들에게 웃어 보이자, 그들이 아쉬운 표정으로 멈춰 섰다.

"대신 다음에는 꼭 저와 이야기를 나눠주셔야 해요. 이전에 있었던 오해도 사과드릴 겸 해서요."

글로리아의 소문이 좋지 않을 당시, 누구보다 열심히 자신을 노려 보던 귀족부인이 민망한 표정으로 말했다.

"네."

척을 져서 좋을 게 없었기에 글로리아는 예의상 대답을 한 후, 돌아 섰다. 다행히 적발의 여자는 다른 곳에 가지 않고 귀퉁이에 홀로 서 있었다. 누구도 그녀에게 관심을 가지지 않았고, 그녀 또한 사람들이 자신에게 말을 걸 거라 생각지 않는 얼굴이었다.

"오랜만에 인사드려요."

글로리아가 말을 걸자, 적발의 여자가 의아한 표정으로 그녀를 바라보았다.

"연회장에서 저를 구해주셨던 기사님 맞으시죠?"

"아, 네."

뒤늦게 그녀를 알아본 해나가 허리를 곧게 세우며 대답했다.

"기사님이신 줄 알았는데, 귀족가의 영애이셨나 봐요."

글로리아가 드레스를 입은 해나를 보며 빙긋 미소 지었다.

"네. 다시 인사드리겠습니다. 앤더슨 자작가의 여식 해나라고 합니다."

해나는 귀족가의 여식이라고 하기엔 극히 절도 있는 동작으로 인사를 했다. 글로리아도 치맛자락을 들어 마주 인사했다.

"일전에 감사의 표시를 하려고 황궁의 기사단에 문의를 드렸었는데, 그런 분이 없다고 해서 인사드리지 못했어요."

"기사단 정식 소속이 아니라서 그랬을 겁니다. 그 일 이후, 기사단에서 나와서 아마 명단에 남아 있지 않았을 겁니다. 놀라게 해드렸다면 죄송합니다."

"아니에요. 죄송할 건 없죠. 이렇게 만나게 되니 반갑네요."

"그렇게 생각해주시니 감사합니다."

남자 기사처럼 딱딱한 말투였다. 그 모습이 어색하면서도, 한편으로는 남자처럼 행동하고 다녔던 자신과 비슷해서 정감이 갔다.

"그러면 다음에 차를 함께 마시려면 앤더슨 자작가로 연락을 드리면 되나요?"

"아뇨. 그러시지 않아도 됩니다."

"네?"

"저와 가까이 지내시지 않는 편이 좋으실 겁니다. 보여주신 호의에 대해선 충분히 감사드립니다."

해나는 더 이상의 대화를 사절한다는 듯 꾸벅 인사를 하곤 멀리 사라졌다. 글로리아는 멀어지는 그녀의 뒷모습을 아쉬운 눈으로 바라보았다.

왠지 모르게 정감이 갔는데…….

"글로리아 부인."

뒤에서 저를 부르는 소리에 돌아서자, 안면이 있는 귀족가의 부인들이 서 있었다. 그들은 못 볼 것을 본 것처럼 표정이 잔뜩 굳어 있었다.

"방금 해나 영애와 이야기를 나누신 거예요?"

"네. 그런데요?"

"어머, 부인. 아무래도 해나 영애가 어떤 사람인지 모르시나 봐요. 소문 못 들으셨어요? 다른 나라에서 공부하다가 돌아와 황태자님을 다시 만났을 때, 결투를 신청했던 이상한 영애잖아요. 그 때문에 황태자께서 얼마나 화가 나셨는지 그 인자하신 분이 굳은 표정을 못 숨겼다고 하시던걸요."

"그 이야기는 들었는데, 그게 해나 영애였나요?"

"그럼요. 해나 영애가 얼마나 이상한지 전혀 모르셨나 보군요. 여자인데 기사를 하겠다고 기사단에 입단했다잖아요. 세상에나, 여자가 기사가 웬 말이에요? 하여튼 그 사실을 알고 황태자님께서 내쫓았다고 하시던걸요. 얼마나 싫으면 황궁에조차 들이지 않겠다고 직접 나서셨겠어요. 그런 분과 가깝게 지내면 공작부인의 이미지만 실추되니 거리를 두시는 게 좋을 것 같아요."

"……."

귀족부인들의 이야기를 들으며 글로리아는 다시금 고개를 돌렸다. 해나는 거대한 홀 귀퉁이에 홀로 서 있었다. 그 누구도 그녀에게 관심을 갖지 않았다. 섬처럼 덩그러니 서 있는 그녀의 옆모습이 왠지 외로워 보였다.

그래서 자신과 어울리지 않는 게 좋다고 말한 거구나.

"공작부인, 그러지 말고 이 차를 마셔보세요."

귀족부인 중 한 사람이 찻잔을 내밀었다.

"감사합니다."

그녀는 그 잔을 받아들어 귀족부인들과 어울리면서도 간간이 해나 쪽을 바라보았다.

귀족부인들과의 대화는 따분했다. 그들은 드레스, 보석, 귀족가의 스캔들에 관해서만 떠들어댔다. 보다 못한 글로리아가 무역이나 다른 정치적인 상황에 대해 떠보면 곧바로 질색을 했다.

"여자는 아름답게 자리를 지키면 되죠. 굳이 그런 걸 알아야 하나요?"

"전 정치적인 이야기는 머리 아파서요."

"그러게 말이에요. 아, 이번에 신상 보석 보셨어요? 미들턴가에서 들여온 보석이라 공작부인도 잘 아실 것 같네요. 그 보석이 말이에요, 무려……."

글로리아는 그들이 늘어놓는 이야기를 따분한 표정으로 듣는 척하다가 다른 사람과의 이야기를 핑계로 자리를 슬쩍 벗어났다. 귀족부인들은 이렇게 대화를 끝내는 게 아쉽다며 언젠가 집으로 초대해달라고 졸랐다. 언젠가 시간이 되면 보자는 두루뭉술한 말로 대답한 그녀는 다시금 해나를 찾아 주변을 둘러보았다.

왠지 그녀의 모습이 마음에 남아 좀 더 이야기를 나누고 싶었다. 그러나 방금 전까지만 해도 근처에 있던 그녀의 모습은 어디에도 보이지 않았다.

어쩔 수 없이 글로리아는 펠릭스의 곁으로 향했다. 이쯤 되면 펠릭스의 인내심도 다했을 거다. 결혼 이후 첫 연회이기에 이만큼 견디고 있는 게 분명했다.

"이게 누군가요. 오랜만에 인사드리는군요, 글로리아 영애. 아니, 이젠 글로리아 부인이라고 불러야겠군요."

키가 큰 풍채 좋은 남자가 그녀를 내려다보며 빙긋 미소 지었다. 손가락엔 값비싼 보석들이 주렁주렁 끼워져 있는 백발의 남자를 그녀는 잘 알고 있었다.

제이드 데이빗슨.

버클리 가문과 사이가 험악해진 뒤로, 그는 에단이었던 자신만 보면 노골적인 무시와 비아냥을 쏟아내곤 했다. 그의 자식들과 하인들은 더욱 심했다. 같은 직급의 보좌관은 에단만 봤다 하면 다가와 욕설 비슷한 말들을 쏟아냈다.

「너 같은 평민 새끼가 보좌관이라니. 우리가 길에서 만났다면 너는 내 앞에 무릎을 꿇어야 할 거야.」

기가 찬 에단은 그 보좌관을 똑바로 보며 말했다.

「제가 버클리 가문의 이름을 달고 일하는 이상, 그런 일은 없을 겁니다.」

보좌관은 버르장머리 없는 새끼라며 이를 바득바득 갈았지만, 그녀는 그런 그를 번번이 무시했다. 자신만 보면 미친개처럼 달려드는 미친놈을 상대하고 싶지 않았다. 왠지 광기가 옮을 것 같았다.

이젠 공작부인이 되었으니 적어도 그런 일은 없겠다 싶었는데, 지금 제이드 데이빗슨의 표정을 보아하니 그렇지 않은 듯했다. 아무래도 며칠 전, 데몬 수입이 막힌 후로 버클리 가문에 한층 억하심정을 품은 모양이었다.

글로리아는 나오려는 한숨을 꾹 참았다.

작은 미친놈 뒤에 더 큰 미친놈이라더니…….

"이토록 아름다운 부인을 맞이하다니, 정말 펠릭스 버클리 공작은 운이 좋은 모양입니다."

말을 하는 제이드의 입꼬리가 비틀렸다.

"칭찬 감사합니다."

운이 좋은 녀석일 뿐이라는 그 말이 칭찬이 아니라는 걸 알면서도 글로리아는 빙긋 미소 지었다. 비아냥을 알아들으면 신이 나서 계속 퍼부을 테니 이쯤에서 끊어주는 게 좋았다.

"하지만 운은 제가 더 좋은 것 같네요. 존경할 수 있는 분과 부부의 연을 맺는다는 게 웬만한 운으로는 불가능한 일이니까요."

"존경할 수 있는 분이라……. 정말 그렇게 생각한다니 할 말이 없군요."

"더는 하실 말씀 없으시다면, 가보도록 하겠습니다."

"그럴 리가요. 오랜만에 만났는데 이렇게 끝낼 수는 없죠. 그나저나 펠릭스 공작이 매번 꼬리처럼 달고 다니던 그 녀석은 어디로 갔죠? 에단이라고 했던가……."

"그자는 왜 찾으시나요?"

글로리아가 당황한 표정을 숨긴 채 물었다.

"늘 보이던 녀석이 안 보이니 이상해서 묻습니다. 늘 먼발치에 서서 나를 노려보고 있는 통에 우리 보좌관과 티격태격했거든요."

노려본 게 아니라, 덩치가 제일 커서 눈에 자주 들어왔을 뿐이었다. 그러다가 눈이 종종 마주쳤을 뿐이고.

글로리아는 항변하고 싶었으나, 나설 수 없어서 꾹 참았다.

"아…… 이제야 기억이 나는군요. 죽었다고 했죠? 이런……. 그 때문에 버클리 가문이 발칵 뒤집혔다는 이야기를 들었는데, 이제야 기억이 났군요."

"……발칵 뒤집힌 정도는 아니었던 걸로 알고 있어요."

"그 정도면 발칵 뒤집힌 거지요. 무려 버클리 공작이 한동안 일을 모조리 접은 걸로도 부족해 이곳을 떠날 거라는 소문까지 돌았으니 말입니다. 아, 부인께선 모르셨나요? 이런…….”

제이드는 곤란하다는 표정을 지었지만, 속으로는 굉장히 즐거웠다. 글로리아 부인의 표정이 심상치 않았다. 분란을 일으킬 만한 의외의 불씨를 찾은 듯했다.

“아끼던 보좌관의 죽음은 충분히 충격적이지요.”

글로리아가 애써 덤덤하게 대답했다.

“그렇지요. 하지만 그 누구도 보좌관의 집을 사들여 기사까지 붙여두진 않지요.”

“……!”

“부인, 제 입으로 이런 말씀 드리기는 몹시 난처합니다만, 그 일을 계기로 귀족가에선 입에 담기도 흉물스러운 소문이 돌았답니다. 버클리 공작이 남색을 밝히는 게 아니냐는 그런 소문 말이지요.”

“그런 일 없습니다.”

글로리아가 강하게 대변했다.

“그래야겠지요. 이제 부인과 결혼했으니 그런 소문은 사그라질 겁니다. 그러니 안심하시지요. 그리고 에단 그 녀석도 죽지 않았습니까? 부인께선 잘 모르겠지만, 그 녀석은 죽어 마땅한 녀석이었습니다.”

“말이 지나치십니다. 그자는 어쨌거나 버클리 가문에서 일하던 자였습니다. 이런 식으로 욕보이는 건 자중해주시길 바랍니다.”

글로리아의 단호한 태도에도, 데이빗슨 공작은 능글맞은 웃음을 거두지 않았다.

“이런, 이런. 부인께선 그 녀석이 어떤 녀석인지 몰라서 그러시는 겁니다. 어린 녀석이 마치 뭐라도 되는 양 사람을 쳐다봤지요. 그 때

586

문에 우리 보좌관과 번번이 부딪친 겁니다. 하지만 버클리 공작가와의 관계를 생각해서 여태껏 꾹 참고 있었을 뿐이지요."

"……."

그럴 리가. 누가 보면 에단이 데이빗슨 보좌관 얼굴이라도 친 줄 알겠다.

글로리아는 죽은 자신을 두고 아무 소리나 떠들어대는 제이드를 기가 찬 표정으로 바라보았다. 제이드의 헛소리는 멈추지 않았다.

"들어보니 평민도 아니고 어디 빈민굴에서 구르다가 기어 들어온 녀석이라는데, 그런 녀석이 보좌관이라니요. 몸을 어떻게 놀렸을지도 모르는 녀석인데 말입니다. 그런 자를 가까이 두는 건 귀족가의 평판에 먹칠을 하는 거나 다름없지요."

"……."

"제 주제를 알아야 오래 사는 법인데, 주제를 모르니 그렇게 단명한 거 아닙니까? 버클리 공작가를 생각해서라도 그런 녀석은 어서 처리되는 게 낫지요. 집 안을 잘 뒤져보세요. 그런 녀석들이 더 있을지 모르니까 말입니다."

가만히 듣고 있던 글로리아는 에단을 욕하는 동시에, 에단을 빗대어 펠릭스를 욕한다는 걸 알아챘다.

"다음부턴 보좌관을 구할 땐, 주제도 모르고 출신도 더러운 그런 녀석이 아니라 제대로 된 녀석을……."

"주제넘으십니다."

제이드의 비아냥을 서늘한 목소리가 가로막았다. 어느새 글로리아의 곁에 펠릭스가 다가와 서 있었다. 펠릭스의 온몸에서 냉기가 흘러내렸다.

그녀는 펠릭스의 옆얼굴을 보곤 자그맣게 입을 벌렸다. 그가 굉장히 화가 난 게 느껴졌다.

"주제? 지금 내게 주제라고 말한 건가, 공작?"

제이드의 얼굴이 벌겋게 달아올랐다. 그의 입술이 일그러져 있었다.

"제대로 들으셨군요."

"자네, 미친 건가?"

제이드가 한 손에 쥐고 있던 고급 지팡이로 땅을 탕 내리찍으며 호통을 치자 홀 안 사람들의 시선이 모조리 그들에게로 향했다.

"나보다 어린 그대가 지금 나를 욕보이는 건가!"

그의 호통에 사람들이 수군거리기 시작했다.

"공작님."

글로리아는 펠릭스를 말리려고 했으나, 그는 되레 손을 들어 아무 말도 말라는 제스처를 취했다. 그녀는 나오려는 한숨을 조용히 안으로 삭이며 펠릭스를 바라보았다. 사람들이 놀란 얼굴로 제이드와 마주 서 있는 펠릭스를 번갈아 보았다.

두 사람 사이가 안 좋다는 건 알아도, 공식적인 장소에서 노골적인 언쟁이 있는 건 처음 있는 일이었다. 재미있는 건수를 찾은 듯 사람들의 눈이 반짝였다.

"이 말을 듣기 싫으면 앞으로 주제넘게 행동하지 마십시오. 데이빗슨 가문에선 우리 가문의 일을 입에 올릴 자격이 없습니다. 아시겠습니까?"

펠릭스의 파란 눈동자가 분노로 번들거렸다. 그 모습에 제이드의 눈빛에도 살기가 어렸다.

어린놈이 자신에게 와서 황궁에서 있었던 일을 싹싹 빌어도 부족할 판에, 같은 홀에서 자신을 없는 사람 취급했다. 자신이 다가가면 그제 야 마지못해 까딱 목인사나 하는 게 전부였다. 그래놓고 자신의 보좌관을 욕했다고 사람들 앞에서 이런 창피를 주다니.

그도 이 일은 그냥 넘어갈 수 없었다. 그래봤자 펠릭스가 뭘 할 수 있을 것인가.

"지금 사람들 앞에서 나를 욕보이는 건가? 아무래도 주제넘게 나서 는 건 자네 같네만?"

제이드가 차갑게 그에게 물었다.

"제가 아끼는 보좌관을 들먹이며 제 아내 앞에서 가문의 명예를 더 럽힌 건 데이빗슨 가문이 먼저입니다."

"하, 그놈의 보좌관 이야기 좀 했기로서니 가문의 명예를 더럽혔다 니! 얼마나 잘났기에 이렇게 싸고돈단 말인가. 믿기 힘드네만, 자네가 이럴수록 소문이 사실인 걸로밖에 안 보이네. 공작, 일이 이렇게 된 김에 한번 말해보게나. 정말 그 보좌관을 좋아하기라도 했나? 천민 출신에 반지르르하게 생긴 그 남자를 말이야. 말하다 보니 점점 이상 하구만. 자네가 여자를 만나지 않는 이유가 이런 거였나? 하."

제이드의 말에 사람들의 시선이 펠릭스 공작에게로 향했다. 아니라 고 말하거나 화를 낼 거라는 예상과 달리 펠릭스 공작에게선 어떤 답 도 나오지 않았다. 그러자 사람들의 수군거림이 한결 거세어졌다.

"세상에나. 그 소문이 사실인가 봐요."

"어머나, 펠릭스 공작님이……."

"글로리아 부인이 안됐네요. 어쩐지 표정이 안 좋은 것 같더라니."

"그러게나 말이에요."

사람들의 수군거림이 글로리아의 귀에 콕콕 박혔다.

표정이 안 좋다니. 그런 적 없었다. 자신들이 보고 싶은 대로 지어 내는 말에 그녀는 기가 찼다. 그녀는 펠릭스가 뭐라도 말했으면 하는 표정으로 쳐다봤으나, 불행히도 입을 연 건 제이드였다.

"괜찮네, 펠릭스. 어쨌든 과거를 청산하고 지금은 아름다운 부인을 맞이하지 않았는가. 물론 병은 조심해야 할 걸세마는. 아, 내가 부인 앞에서 말이 심한 건가? 그래도 아들 같은 자네를 위해 하는 말이니 너무 고깝게 듣지 말게나. 원래 아픈 말이 사람을 성장하게 만드는 것 아니겠나."

그 말을 듣던 글로리아는 눈을 질근 감았다. 자신이 에단이라면 끼어들어 사과를 하거나 그 소문이 사실이 아니라고 부인할 수 있지만, 지금 이 상태로는 불가능했다. 지금 그녀가 할 수 있는 거라곤 두 사람의 대립을 초조한 눈으로 바라보는 것밖에 없었다.

"글로리아 부인."

펠릭스가 아무 말 하지 않자, 제이드가 빙긋 웃는 얼굴로 글로리아를 불렀다.

"……네."

그녀가 마지못해 대답하자, 제이드의 입술이 더욱 길어졌다. 아름다운 글로리아의 얼굴이 창백해진 게 마음에 들었다.

"부인이 듣기에 불편한 말을 한 것에 대해 사과하오. 하지만 나중엔 내 말이 귀한 말이었다는 걸 알게 될 겁니다. 영애는 기억할지 모르겠지만, 그 보좌관이라는 녀석은 굉장히 천하고 얼굴만 반지르르한 녀석이었단 말이오. 그런 남자가 공작의 보좌관이라니. 뻔하지 않소."

"저는 그렇게 생각하지 않으니 신경 쓰실 필요 없습니다. 저는 공작님을 믿고 공작님의 모든 선택 또한 존중합니다."

"이런. 당연히 그러셔야겠지요. 다만, 몸조심은 하시라는 겁니다."

"신경 써주셔서 감사합니다만, 저희는 걱정하지 않으셔도 될 만큼 잘 지내고 있습니다."

제이드의 말에 글로리아는 마주 웃으며 대답했다. 그러면서 속으로 치밀어오르는 화를 참았다.

제이드와 단둘이 있는 상황이라면, '데몬의 거래 건이 막혔다는 이유로 이런 행동을 하시다니. 더군다나 남색에 대해 지나치게 잘 아시는 것 같은데, 그쪽 취향이신가요?'라고 미친 척 쏘아붙였겠지만, 지금은 홀 안의 모든 사람들이 이쪽을 바라보고 있었다. 감정에 취해 함부로 행동해선 안 된다.

더군다나 펠릭스가 제이드의 모욕적인 발언을 듣고도 참고 있는 한, 자신이 섣불리 나설 수 없다.

"그럼 파티를 흥겹게 즐기시길."

제이드가 기분 좋은 얼굴로 홱 돌아설 때였다.

"제이드 데이빗슨."

펠릭스의 낮은 목소리에 홀 안이 고요해졌다. 누군가가 장내에 와서 물을 끼얹었었다고 해도 이 정도로 차분할 순 없었다.

쏴아아.

바람에 나뭇잎들이 흔들리는 소리가 들렸다. 글로리아는 숨도 내쉬지 못한 채 펠릭스의 옆얼굴을 바라보았다.

꿈을 꾸는 것처럼 지금 이 상황이 믿기지가 않았다.

"……지금, 자네……."

제이드가 굳은 목을 억지로 돌려 펠릭스를 바라보았다. 같은 공작이긴 하지만 엄연히 제이드는 펠릭스의 아버지 세대고, 당연히 예우를 해줘야 하는 관계였다. 그런 그의 풀 네임을 아무런 칭호 없이 불렀다.

"그쪽의 이야기가 끝난 것 같으니, 답을 하도록 하지."

"……그쪽?"

제이드의 눈동자가 무섭게 번들거렸다.

"제이드 데이빗슨은 본 가문의 명예를 허위 사실로 사람들 앞에서 실추시킨 죄를 물어, 펠릭스 버클리 가문에서는 데이빗슨 가문과의 모든 거래를 끊도록 하지. 지금 이 시간부터 펠릭스 버클리 가문과 미들턴 백작 가문에서 들어오는 거래 품목은 데이빗슨 가문에 절대 전달되지 않을 테고, 어떤 것도 데이빗슨 가문과 함께하지 않을 걸세."

"……!"

펠릭스의 말에 제이드의 눈이 크게 벌어졌다.

"또한, 데이빗슨 가문의 모든 자는 펠릭스 영지 및 휴양지 출입을 금하며, 통행 또한 불가하다."

"지, 지금……."

크게 당황한 듯 제이드의 눈동자가 이리저리 움직였다. 뒤늦게 사람들 중 누군가가 "히익." 소리를 냈다. 이어 홀에 웅성거림이 구름처럼 퍼져나갔다.

현재 귀족사회의 문화는 버클리 가문에서 수입하는 물건들로 이루어진다 해도 과언이 아니었다. 그 문화에서 배제되는 건 귀족들 간의 교류가 뜸해질 수밖에 없다는 거였다.

또한, 버클리 가문이 소유하고 있는 휴양지는 대륙에서 손꼽힐 정도로 아름다운 곳이었다. 귀족들을 위한 안전시설을 모두 갖추어놓아, 귀족들은 그곳을 방문해 휴양을 즐기곤 했다. 그곳마저도 출입을 막겠다는 것은 완전히 데이빗슨 가문을 따돌리겠다는 말이나 다름없었다.

"지금 뭐라고 한 건가……."

제이드의 얼굴이 벌겋게 달아올랐다.

"예우를 받고 싶었으면 그만한 자격을 갖췄어야지, 제이드 데이빗슨."

펠릭스가 차분한 표정으로 제이드를 바라보았다.

"……이 녀석이!"

제이드는 화를 냈지만, 그 뒷말을 잇지 못했다. 펠릭스가 성큼 다가가 제이드 앞에 멈춰 섰다. 펠릭스의 수려한 얼굴이 시야를 가로막았다. 마주 섰을 뿐인데, 사람을 위에서 찍어내리는 듯한 위압감이 느껴졌다.

"사람들 많은 데서 이 일을 벌인 건 칭찬하도록 하지, 제이드. 둘만 있었으면 지금쯤 그대가 어떻게 됐을지 모르니까."

"……!"

"만약 다음에 또 시비를 걸고 싶다면 검을 가져오도록 해. 그럼 기꺼이 상대해줄 테니까."

"……이러고도 무사할 것 같아? 네 아버지와 동년배인 내게……!"

"아버지와 같은 시대에 태어난 사람일 뿐, 내 아버지는 아닌데 왜 내가 그대에게 예우를 갖추어야 하는 거지? 엄연히 같은 공작인데 말이야."

펠릭스의 입술이 비틀렸다.

"이익……!"

"그리고 예우를 갖추지 않은 것은 그대가 먼저였지. 그에 합당한 대우를 하는 건데 내게 예우를 찾다니, 우스운 일이군."

"이 일을 황제께서 알게 되시면 가만히 있지 않을 거네."

제이드가 이를 갈며 말했다.

"해봐, 어디 한번. 아주 재미있을 것 같군."

펠릭스가 아랑곳하지 않고 대답했다. 오히려 그의 입가엔 희미한 미소가 감돌았다.

"……!"

"그리고 마지막으로 경고하지. 그 입에 한 번만 더 에단을 올렸다간, 지금 이 정도는 아무것도 아니라는 생각이 들게끔 만들어주지, 제이드."

펠릭스의 새파란 눈동자가 무섭게 번뜩였다. 제이드는 자신도 모르게 어깨에 힘이 바짝 들어가는 걸 느꼈다. 이어 등에 소름이 끼쳤다. 알렉스의 피를 이어받은 펠릭스가 전장에서 어떤 인간으로 돌변하는지 다른 귀족들을 통해 내내 들어온 바가 있었다.

'뒤를 깊이 생각하지 않고 움직이는 자.'

그 말인즉, 손속에 자비를 두지 않는다는 말이었다. 마음만 먹으면 전장이 아니라 이곳에서도 언제든 그렇게 될 수 있다는 말이기도 했다.

얼어붙은 제이드를 둔 채, 펠릭스가 돌아섰다. 그러자 홀 내의 수군거림이 일순 멎었다. 그가 걸어가자 귀족들이 물러섰다. 자연스럽게 길이 만들어지는 곳으로 펠릭스가 걸어갔다.

"후우."

글로리아는 참았던 한숨을 터트리며 부랴부랴 그를 따랐다.

글로리아는 따라잡으려고 할수록 멀어지는 펠릭스의 등을 바라보았다. 단정한 은발에 넓은 어깨, 길게 쭉 뻗은 다리.

저 다리 때문인가, 아무리 그를 따라잡으려고 애써도, 그의 걸음이 빨라 폭이 좁혀지지 않았다.

그는 인적이 드물고 조명조차 희미해진 복도를 무작정 걷고 있었다. 마차가 세워진 곳을 지나친 지도 이미 오래였다.

대체 어디로 가는 거지.

"하아, 하아."

한참 걷던 글로리아가 체력적인 한계로 멈춰 섰다. 지친 그녀가 눈을 감고서 숨을 골랐다. 그러다 문득 들리던 발소리가 멎었다는 걸 깨닫고는 눈을 떴다. 세 발자국 떨어진 곳에 펠릭스가 서서 그녀를 바라보고 있었다. 이전보다 화가 풀린 얼굴이라 그녀는 안심했다.

"체력이 형편없군."

그의 말에 글로리아는 순간 울컥했다.

"드레스가…… 몹시 무겁습니다. 구두 또한 마찬가지고요."

사실 구두는 애진즉 벗어 복도 귀퉁이에 내던지다시피 버렸다. 그녀는 발을 들키지 않으려고 드레스 자락을 내렸다.

"왜 따라오는 거지?"

"공작님이 가시는 곳에 제가 따라가야죠."

글로리아가 당연한 거 아니냐는 듯 대답했다. 그 대답이 그의 귀에 얼마나 보좌관스럽게 들리는지 그녀는 전혀 깨닫지 못하는 얼굴이었다.

"그 모욕을 듣고서 왜 참고 있었지?"

펠릭스가 무표정한 얼굴로 물었다. 그는 조용히 화를 내고 있었다.

"보는 눈이 많은 곳이라 일을 크게 만들고 싶지 않았어요. 뒷일도 상당히 복잡해질 게 뻔하고요."

"그럼 지금 내가 일을 크게 만들었다고 생각하겠군."

"……사실대로 말해도 되나요?"

"해."

"네. 맞아요. 걷잡을 수 없이 일이 커진 것 같아요."

일이 이렇게 되면 보좌관들은 해야 할 일이 굉장히 많아진다. 귀족들 간의 줄서기 전쟁도 시작될 거고, 보이지 않는 여파는 더욱 심각할 거다.

그리고 데이빗슨 가문과 거래하지 않는 건, 버클리 가문에도 큰 타격이었다. 데이빗슨 가문은 버클리 가문에서 꽤 많은 품목을 사들이는 가문 중 하나였다. 정통성을 내세워 우아함을 강조하는 그들은, 마음에 드는 우아한 물건은 꽤 비싼 값을 치르고서라도 꼭 가져가곤 했다. 데이빗슨 가문을 추종하는 이들은 뒤따라 그 물건과 흡사한 물품으로 사들였다.

그 귀족들과의 거래를 모두 끊는 셈이었다.

글로리아는 이 모든 사실을 아는 체하지 못한다는 게 답답했다.

"일이야 커지겠지. 하지만 난 방금 전으로 돌아간다고 해도 똑같이 말하고 행동할 거야. 그대도 다음부터 누군가가 에단과 우리 가문을 모욕하면 참지 말고 화내도록 해. 그 값은 내가 치르도록 할 테니까."

"아뇨. 저는 가문을 모욕하는 게 아니라 에단을 모욕하는 거라면 참겠어요."

"……."

596

펠릭스가 글로리아를 똑바로 응시했다. 그녀는 그의 시선을 피한 채 입을 열었다. 거품처럼 차올랐던 말이 우르르 쏟아져 나왔다.

"다른 식으로 보복할 수도 있었어요. 그런 말쯤은 참고 넘길 수 있으니까요. 고작 말뿐인걸요. 다치지도 않고, 아프지도 않고, 그냥 이상한 사람이 이상한 소릴 하는구나 하고 참으면 그만일 일이니까요. 그러니까⋯⋯!"

이것보다 더한 모욕도 참고 살았다. 죽는 것도 아닌데 그쯤이야. 말로 맞는 게 뭐 어때서.

그녀가 화를 내듯 말할 때였다.

"아니."

펠릭스가 글로리아의 말을 가로막았다. 단 한 마디였는데 상대방의 입을 틀어막는 힘이 있었다. 글로리아가 느릿하게 눈을 들어 펠릭스를 바라보았다.

"넌 참을 수 있을지 몰라도, 난 안 돼."

"⋯⋯!"

펠릭스의 목소리가 무섭도록 차분해졌다. 그러나 평소처럼 화가 난 목소리가 아니라, 깊은 슬픔에 찬 목소리였다.

"가문도, 에단도 안 돼."

"⋯⋯."

"절대로."

그것들은 안 된다는 듯, 그가 강하게 말했다. 그 목소리에는 아주 미약한 애절함이 담겨 있었다. 가슴 중간이 저릿해져, 글로리아는 저도 모르게 주먹을 불끈 쥐었다. 기분이 이상했다. 어떤 말로도 설명할 수 없는, 처음 느낀 기분이었다.

"그러니 에단의 명예를 실추시키는 자를 그냥 내버려두지 마."

그가 냉담하게 말한 후 그녀를 스쳐지나갔다.

"……에단이 대체 뭐기에 이런 행동까지 하시는 건가요?"

자그맣게 나온 목소리에 펠릭스의 걸음이 멎었다. 글로리아가 고개를 돌려 펠릭스의 옆얼굴을 바라보았다.

"에단을…… 그렇게나 많이 아끼셨나요?"

자신의 입에서 에단의 이름이 나올 줄이야. 이러면 안 된다는 걸 알면서도, 입이 제멋대로 움직였다.

펠릭스의 고개가 느릿하게 돌아갔다. 마침내 눈이 마주쳤다. 마주한 얼굴 사이로 공기가 점점 사라져가는 기분이었다.

"소문을 들으면 알 텐데. 내가 에단을 어떻게 생각하는지."

"소문은 굉장히 이상하게 났던걸요."

글로리아가 힘없이 대답했다.

"일정 부분 사실이야."

그럴 리가.

항변하고 싶었지만, 글로리아는 꾹 참으며 그를 바라보았다. 그가 던진 덫일 수도 있었다.

"단, 에단은 날 좋아한 적이 없지."

"……."

"내가 에단을 좋아했을 뿐."

"……!"

그의 덤덤한 말에 글로리아의 가슴이 덜컥 내려앉았다. 데이빗슨 가문에 일방적으로 교류 중단을 선언할 때보다 더 충격적이었다.

그는 '아낀다'가 아니라 분명 '좋아한다'고 표현했다. 이 표현의 차이를 펠릭스가 모를 리 없었다.

"아니, 지금도 좋아하고 있어. 죽은 에단을 살릴 수 있다면 어떤 수든 다 쓰고 싶을 정도로."

"……."

"만약 에단이 살아 있다면……."

펠릭스가 말끝을 흐렸다. 자연스레 글로리아의 숨이 얕아졌다. 그가 글로리아의 얼굴을 외우려는 듯 찬찬히 훑었다. 새파란 눈동자가 그녀의 입술에 닿았다. 그녀는 겨우 이어오던 숨이 멎는 걸 느꼈다. 그의 눈이 가느스름해졌다.

"죽을 때까지 놔주지 않을 정도로."

"……."

"그러니 에단이 말도 안 되는 비난에 시달리는 걸 참지 말도록 해. 나한테는 소중한 사람이니까. 그리고 그대 또한 마찬가지지. 누군가가 그대의 명예를 실추시키거나 그대를 괴롭힌다면 가감 없이 행동하도록 해. 인간은 우아함을 가장한 비굴함을 지킬 때보다, 강하게 자존심을 지키는 게 더 아름다우니까."

펠릭스의 눈동자가 다시금 글로리아의 눈으로 향했다. 그가 그녀를 스쳐지나갔다. 마차로 가자는 그의 말이 들렸지만, 글로리아는 그곳에서 한 발자국도 움직일 수 없었다. 가까스로 힘을 내어 돌아섰지만, 그녀는 그 자리에 풀썩 주저앉고 말았다.

"……좋아한다니."

그 말을 자그맣게 뱉고서야, 잠잠하던 그녀의 심장이 거세게 뛰기 시작했다.

마차 안에서 글로리아는 완전히 넋이 나간 얼굴을 하고 있었다. 펠릭스는 그런 그녀의 얼굴을 빤히 바라보았다.

이런 식으로 마음을 전할 생각이 아니었다. 하지만 그 순간 참을 수 없었다. 글로리아가 에단과 너무나 똑같은 표정으로 '에단을 아끼셨나 봐요.'라고 말한 순간, 인내심이 뚝 끊어졌다.

자신의 마음을 고작 '아낀다'는 말로 치부하려는 그 말이 듣기 싫었다. 자신의 마음은 그보다 훨씬 깊고, 크며, 오래되었다.

어쩌면 '좋아한다'는 표현으로는 부족할 만큼.

마차에 달린 자그마한 창문으로 바람이 불어 들어와 그녀의 잔머리가 날렸다. 펠릭스는 그 머리카락을 넘겨줄까 하다가, 창틀에 팔꿈치를 대고서 턱을 괴었다. 그러고는 멍하게 앉아 있는 글로리아의 얼굴을 바라보았다.

자신이 지나치게 골탕을 먹이거나 뭔가 충격적인 말을 했을 때 나오는 에단의 표정이었다.

아마 자신이 그 표정을 짓고 있는지도 모르겠지.

에단의 표정이 보고 싶지만, 글로리아의 얼굴이라고 해도 상관없었다.

그는 눈앞의 사람이 에단이면, 다 괜찮았다.

저택으로 돌아온 글로리아는 정신을 차려보니 자신이 잠옷을 입고 있다는 걸 알았다. 드문드문 엘레나가 '괜찮으세요?'라고 물어봤던 게 기억이 났다.

「구두는 어쩌셨어요? 세상에나. 발이 엉망이에요!」

그런 잔소리를 들었던 것도 기억난다. 아마 그때도 멍하게 '괜찮아.' 라고 대답한 후, 바닥만 보고 있었던 것 같다.

잠시 멍하게 있던 그녀는 침대에 꾸물꾸물 올라가 베개를 끌어안았다.

"좋아한다니……."

아무리 생각해도 믿을 수가 없었다.

펠릭스가 자신을 좋아한다니.

혹시 자신에게서 에단이라는 자백을 받아내기 위한 덫이 아닐까. 차라리 목을 조르면서 '에단이지?'라고 물었으면 모를까, 이런 식으로 연기하면서 덫을 칠 성격은 아니었다.

그게 아니라면…… 정말로 자신을 좋아한다는 건데…….

그러고 보니 펠릭스는 에단이 살던 집을 구매해 보관하고 있다고 했다. 그뿐만이 아니라, 자신의 일기장과 깨진 목걸이까지 소지하고 있었다. 기분 나쁜 사람의 물건이었다면 진즉에 버리고도 남았을 거다.

그렇다면 왜 에단이 맞냐고 몰아붙이지 않는 거지? 하다못해 자신을 좋아한다면서 왜 보고만 있는 거지? 매일 밤 같은 침대를 쓰고 있는데?

침대에서 이리저리 뒹굴며 고민하던 글로리아의 움직임이 뚝 멈추었다.

'남색……!'

순간 제이드 공작이 했던 말 중 한 단어가 불쑥 떠올랐다.

"설마……."

아니라고 믿고 싶었지만, 남색이라고 생각하자 모든 것들이 착착 맞아들어갔다. 남색이라서 에단을 좋아했고, 고백하지 못했으며, 여자가 된 자신과 관계를 맺지 못하는 거다. 그 때문에 여태껏 영애들과 그 흔한 스캔들 한번 없었던 거고……

"하……."

생애 처음으로 자신을 좋아한다는 남자를 보았는데, 남색이라니.

글로리아의 표정이 우울하게 변했다.

"무슨 생각을 그렇게 하는 거지?"

뒤에서 불쑥 들리는 목소리에 글로리아의 고개가 홱 돌아갔다. 막 씻고 나온 듯 그가 젖은 머리를 털며 다가오고 있었다. 늘 그렇듯 상의는 입고 있지 않았다.

펠릭스가 앉자 침대가 출렁거렸다.

"아무것도 아니에요."

펠릭스가 수건을 티 테이블 쪽으로 던진 후, 돌아보았다.

"표정이 안 좋은데."

"아니에요."

"아직도 제이드 공작 때문에 생각이 많은 건가."

"아뇨."

"그럼?"

"……."

"글로리아."

펠릭스가 그녀의 턱을 거머쥐었다. 그러고는 강제로 고개를 들게 했다. 글로리아의 얼굴에 수많은 감정이 스쳐지나가는 게 보였다. 그런데도 아무것도 아니라니. 자신에게 뭔가 숨기는 게 마음에 들지 않았다.

"무슨 일이지?"

펠릭스의 목소리가 선득하리만큼 낮아졌다. 글로리아가 그제야 펠릭스를 바라보았다.

그가 자신을 찾아내서 다시 괴롭히고 싶을 만큼 싫어하는 게 아니라 좋아하고 아끼고 있었다는 사실을 알자, 개안이라도 한 것처럼 모든 것이 똑바로 보이기 시작했다.

화를 내는 게 아니라, 굳은 얼굴로 자신을 걱정하고 있는 지금처럼.

어쩌면 매순간 자신이 오해했을지도 모른다. 그는 스스로의 방식대로 자신을 아껴주었는데, 자신은 그런 그의 호의를 곡해해서 괴롭힌다고 여겼던 거다. 물론 실제로 괴롭힌 것도 있겠지만.

글로리아는 숨을 깊게 들이마시고는 펠릭스를 물끄러미 바라보았다.

그래, 인생 뭐 있나. 이것보다 더한 꼴도 보고 살았는데……. 이 정도 아껴주는 것만으로도 충분하지.

그렇게 생각하자 갑자기 모든 고민이 사라지면서, 머릿속이 깨끗해졌다.

"에단 말이에요."

"에단이 왜?"

펠릭스의 눈이 가늘어졌다. 그러고 보니 그는 에단의 이름에 굉장히 민감했다. 글로리아는 숨을 깊게 들이마셨다.

"에단을 많이 좋아하시나요?"

"아까도 말했을 텐데."

"에단을 그렇게 좋아한다고 하셨는데, 제가 듣기로 에단은 남자라고 알고 있어서요."

"그런데?"

"혹시, 정말로 소문대로 남색이신가요? 만약 그렇다고 한다면 저만 알고 있을게요."

"……."

펠릭스의 표정이 묘해졌다. 그의 눈썹이 와그작 구겨졌다.

역시 맞나 보구나.

동시에 글로리아의 표정이 더욱 우울해졌다. 그러나 그녀는 애써 밝은 표정을 지었다. 버클리 가문의 대가 여기서 끊기는 건 비통한 일이지만, 펠릭스도 원한 바는 아니었을 거다. 자신도 모르는 사이에 그렇게 된 거겠지.

글로리아가 그를 안심시키려는 듯 미소 짓는 얼굴로 펠릭스의 손을 거머쥐었다.

"이해해요. 공작님도 원하지 않으셨겠죠. 하지만 어쩌다 보니 그렇게 된 거라 그동안 얼마나 마음고생이 심하셨겠어요. 만약 에단이 아니라 다른 사람을 좋아하게 되셔도……."

그 말을 하는데 순간 울컥하고 무언가가 치밀어올랐다. 펠릭스가 자신을 좋아한다고 생각해서일까, 그가 다른 사람을 자신만큼이나 가까이 곁에 둘 거라 생각하니 조금 기분이 이상했다. 하지만 그녀는 숨을 깊게 들이마셨다. 이럴수록 중심을 잘 잡아야 한다.

"저는 공작가의 안주인으로서 가문을 잘 지키고, 참을게요."

"……."

"저는 공작님의 편이니까요."

글로리아는 다부지게 말한 후, 결연하게 입을 꽉 다물었다. 죽은 자신에게 가해지는 모욕을 견디지 못해 데이빗슨 가문과 교류를 끊은 남자다. 그를 위해 이 정도 허점쯤은 눈감아주겠다고 생각했다.

"……남색?"

"네."

"대체 어디까지 갈 생각이지? 나중엔 숨겨놓은 애가 있다고 오해할 판이군."

그가 웃음기를 머금은 목소리로 물었다.

"네?"

글로리아가 되묻기 무섭게, 그녀의 몸이 뒤로 넘어갔다. 펠릭스가 그 위로 올라타 그녀의 손목을 거머쥐었다. 완전히 결박당한 상태로 그녀는 자신의 몸에 올라탄 펠릭스를 멍하니 바라보았다. 눈 깜짝할 새에 벌어진 일이었다.

"에단이 남자라니. 정말 그렇게 알고 있는 건가?"

펠릭스가 기가 차다는 얼굴로 물었다.

"……사람들이 남자라고……."

글로리아가 말끝을 흐렸다.

"다른 사람들 의견 말고, 네 생각 말이야."

"……."

"에단이 정말, 남자일 거라고 믿는 건가? 다른 사람도 아니고, 네가?"

"……!"

펠릭스의 파란 눈동자가 차갑게 빛났다. 그 순간, 글로리아의 눈이 부릅뜨였다. 순간, 한 번도 생각해보지 않은 가정이 떠올랐다.

만약 자신이 여자라는 걸 펠릭스가 알고 있었다면?

글로리아가 마른침을 꼴깍 삼켰다.

"에단이 남자였다면, 글쎄. 그래도 좋아했을 수도 있지. 하지만 내가 좋아한다고 생각했을 땐, 그 녀석이 여자라는 걸 알고 있었거든."

"……!"

"물론 에단은 몰랐을 거야. 내가 이 사실을 알고 있다는 걸."

펠릭스가 말을 하며 고개를 숙였다. 그의 입술이 글로리아의 잠옷 끈을 잡아당겼다. 그러자 대충 묶어놓은 끈이 스르륵 풀리며 옷깃이 반쯤 벌어졌다. 분홍빛 잠옷 너머로 그녀의 하얀 속살이 드러났다. 가슴골까지 드러나자 글로리아가 숨을 흡, 들이마셨다.

"이 이야기는 이쯤 하고……."

펠릭스의 시선이 글로리아의 드러난 맨살로 향했다. 그의 눈이 묘하게 빛났다.

"그러니까 넌 내가 여태껏 여자와 할 수 없는 몸이라고 생각했다는 말이로군, 글로리아?"

"그, 그건……."

당연히 그런 오해를 할 수밖에 없잖아!

펠릭스의 입술이 글로리아의 목덜미에 닿았다.

"나의 깊은 배려가 그런 말도 안 되는 오해를 낳을 줄은 미처 몰랐군."

그가 말을 하자 숨결이 목덜미에 닿았다. 오소소 소름이 돋은 글로리아가 웃 하며 몸을 비틀었다.

"내가 널 안고 잠들면서 매일 무슨 생각을 했는지 진즉에 보여줄 걸 그랬어. 그러면 적어도 그런 오해는 사지 않았을 테니 말이야."

"저는……! 웃!"

무슨 생각이라도 해야 하는데 머릿속이 텅 비어 아무 생각도 나지 않았다. 드문드문 피어오른 생각도 맥없이 꺼졌다.

펠릭스의 입술이 닿는 곳마다 열꽃이 피어오르는 것 같았다. 그의 입술이 가슴을 덮은 잠옷을 밀어냈다. 그러자 뽀얀 가슴이 훤히 드러났다. 그 위로 숨결이 닿자 글로리아의 몸이 가늘게 떨렸다.

"으, 으읏……! 이, 이제 미, 믿어요."

"뭘?"

그가 그녀의 가슴을 머금은 채 물었다.

"여, 여자랑 할 수 있다는 공작님의 말을요. 믿습니다. 깊이 믿습니다!"

글로리아가 이리저리 몸을 비틀며 중얼거리듯 말했다. 눈을 꼭 감은 그녀의 뺨이 붉게 물들어 있었다. 두 팔을 번쩍 든 채 눈을 감고서 믿습니다, 라고 연신 말하는 그녀의 모습은 종교인 같았다.

물론 흐트러진 모습은 몹시 퇴폐적이었지만.

"끄윽, 끄윽."

이어 글로리아가 딸꾹질을 하기 시작했다.

몸을 일으킨 그가 그녀를 내려다보았다. 글로리아의 얼굴엔 놀라고 당황한 기색이 역력해 보였다. 가능하다면 멀찌감치 도망가고 싶어 하는 듯했다. 그런 그녀를 보는 펠릭스의 표정이 씁쓸하게 변했다.

순간 화가 나서 달아났던 정신이 돌아왔다.

처음 맺는 관계인데, 이렇게 경황없이 치르고 싶지 않았다. 글로리아도 자신에게 마음이 있을 때, 그녀가 원하는 느낌이 조금이라도 있을 때 하고 싶었다.

매번 이렇게 좋은 때를 기다리다가 에단을 그렇게 허무하게 놓쳤으면서도, 자신은 또 같은 행동을 하고 있었다.

어쩔 수 없는 모양이었다. 에단 앞에서 늘 기다리는 개 같은 신세가 되는 것은.

허무한 웃음을 흘리던 펠릭스는 고개를 숙여 붉게 물든 글로리아의 뺨에 입을 맞추었다. 신성하게 느껴지는 입맞춤에 글로리아의 눈이 비로소 떠였다. 물기 어린 흑안을 바라보던 펠릭스가 씁쓸한 미소를 지었다.

"글로리아."

그가 낮은 목소리로 그녀를 불렀다. 그녀가 바라보자, 그는 다시금 그녀의 입술에 입을 맞추었다. 이전보다 깊고 농밀한 키스였다. 키스가 끝나자, 글로리아가 얕은 숨을 헐떡였다.

이렇게 야한 표정을 지으면 참기가 힘든데…….

펠릭스는 아쉬운 표정으로 그녀를 바라보다 옆자리에 누웠다.

"이리 와."

글로리아가 떨어진 그를 멍하니 바라보았다. 그가 안기라는 듯 두 팔을 벌렸다.

"……끄, 끝인가요?"

"더 해주길 원한다면 난 언제든지 할 수 있어."

"아뇨."

"……."

글로리아의 칼 같은 거절에 펠릭스의 표정이 굳었다.

"그러니까, 제 말은, 아직 준비가 덜 되어서요."

머리로는 언제든 관계를 맺을 수 있다고 생각했지만, 막상 몸이 닿자 정신이 하나도 없었다. 아랫배를 찌르는 무언가의 크기가 느껴지자 겁이 나기도 했다.

"이리 와."

다시금 펠릭스가 손을 까딱였다. 글로리아는 머뭇거렸다.

"글로리아."

더 머뭇거리면 괴롭힘을 당할 것 같아 얼른 그의 품에 안겼다.

왜 자신은 펠릭스에게만 이토록 약한 걸까. 오랫동안 보좌관으로 지낸 세월이 길어서인가.

단지 그 때문은 아닌 것 같다. 처음 만났던 순간부터 자신은 줄곧 펠릭스에게 약했다. 아름다운 외모도 크게 한몫했지만, 설명할 수 없는 이상한 뭔가가 있었다. 그 감정 때문에 자꾸 펠릭스에게 굴복하게 되었다.

그가 자연스럽게 그녀의 머리를 쓰다듬었다. 글로리아는 자신의 아랫배에 무언가가 닿는 걸 느꼈지만, 모르는 척 눈을 꽉 감았다. 이런 상황이 불편하면서도, 모순적이게도 몸은 편안했다. 쓰다듬는 그의 손길에 익숙해지면서 바짝 굳어 있던 긴장이 조금씩 풀려갔다.

"……하나만 물어도 되나요? 에단에 관한 거예요."

"해봐."

펠릭스의 허락에 글로리아가 머뭇거리다가 입을 열었다.

"……에단이 여자라는 건 언제, 아셨어요?"

글로리아가 머뭇거리다가 조심스럽게 물었다. 그녀의 목소리가 품 안에서 웅 하고 울렸다.

"4년 전에 그 녀석이 아팠을 때."

"……"

"이틀간 꼬박 앓은 적이 있었거든. 그때 돌보면서 알았어."

"……아시면서 왜 에단에게는 아는 척 안 하셨어요?"

글로리아가 조심스럽게 물었다.

그때, 그런 일이 일어났던 줄은 추호도 몰랐다. 정신을 차려 깨어났을 때 자신은 여전히 같은 옷을 입고 있었고, 펠릭스는 무표정하게 자신을 내려다보고 있었다. 아파서 미안하다고 사과하는 자신에게, 펠릭스는 '체력을 기르는 운동을 하는 게 좋겠군, 에단. 원한다면 검술 대련을 직접 해주도록 하지.'라며 평소처럼 굴었다.

"내가 모르길 바라는 것 같아서."

"…….."

"내가 아는 척하면 도망칠 것 같기도 했고."

"…….."

"어쩌면, 아주 어쩌면 나는 기다렸는지도 몰라. 그 녀석이 직접 자신이 여자라는 걸 밝히기를."

"…….."

"나도 왜 그랬는지 이유를 모르겠군. 지금은 그 생각을 후회해. 그리고 궁금하기도 해. 내가 여자라는 걸 아는 척했더라면, 에단이 그만두겠다는 말을 하지 않았을지…….."

펠릭스의 말에 글로리아는 조용히 아랫입술을 사리물었다. 아마도 하지 않았을 거다.

하지만 결국 그만두게 되었을 거다. 이 대륙의 역사상 여자 보좌관은 존재하지 않으니까. 설령 최초의 여자 보좌관이 되더라도, 버클리 부인이 되는 여자가 그걸 두고 볼 리 없었다.

남편의 곁에 늘 머무는 여자라니……. 자신이라도 싫을 것 같았다.

결국, 자신의 미래는 그의 곁을 떠나는 거였다.

그때부터 그녀는 다른 꿈을 꾸려고 노력했다. 일이 힘들다고 스스로를 세뇌했다. 떠나야 할 자리에 미련을 남기고 싶지 않았다. 그렇게 세뇌를 했고, 자신의 꿈은 작은 집에서 소박하게 사는 것이라고 믿기 시작했다. 가끔 찾아오는 사무엘을 맞이하며, 마치 보좌관이 아니었던 것처럼 사는 삶…….

실은, 전혀 상상조차 되지 않는 삶이었는데…….

그래. 그랬었다…….

가슴 깊이 묻어두고 잊었던 것들이 떠올랐다.

글로리아는 조용히 한숨을 내쉬며 눈을 꼭 감았다.

버클리 가문이 데이빗슨 가문에 교류 단절을 선언한 다음 날, 저택이 발칵 뒤집혔다. 이른 아침부터 누군가의 비명이 들렸다. 글로리아는 그 익숙한 비명이 조슈아의 것이라 확신했다. 예상대로 복도에서 우연히 만난 조슈아는 귀신처럼 허옇게 뜬 얼굴을 하고 있었다.

"많이 힘들어 보이네요."

글로리아가 안타깝다는 표정으로 말하자, 조슈아는 죽어가는 목소리로 "괜찮습니다. 신경 써주셔서 감사합니다."라며 중얼거리듯 말했다. 상태가 안 좋은 건 집사인 앨버트 또한 마찬가지였다. 갑작스레 이곳저곳에서 밀려드는 귀족가의 편지와 만남을 요청하는 연락들에 정신없어했다.

어수선한 분위기가 팽배한 저택에서 가장 멀쩡한 사람은 사고를 친 펠릭스 버클리, 그 한 사람뿐이었다.

그는 허옇게 뜬 얼굴로 대책을 강구하는 보좌관들에게 '마침 일거리가 줄었군. 쉬고 싶었는데 잘됐어.'라고 느긋하게 말해 그들을 기함시켰다.

"대체 어쩌려고……."

책을 읽다 말고 글로리아는 천장을 바라보며 낮은 한숨을 내쉬었다. 아무리 제이슨이 도를 넘는 발언을 했다고 하지만, 펠릭스의 행동도 지나친 구석이 있었다. 물론 그런 행동을 하게 된 데에는 자신이라는 계기도 있었지만…….

"엘레나."

더 생각해봤자 머리만 아플 것 같아, 그녀는 간단히 산책을 가려고 몸을 일으켰다.

"엘레나?"

문을 열고 밖을 내다보았지만, 엘레나가 보이지 않았다. 어딜 가면 간다고 꼭 말하던 엘레나라, 글로리아는 의아한 표정을 지었다. 잠시 화장실에라도 간 건가 싶어 기다렸지만, 엘레나는 꽤 오랜 시간이 지나도 모습을 보이지 않았다.

혹시 무슨 일이 생긴 건가 싶어 직접 찾아 나선 글로리아는 복도를 따라 죽 걸었다. 이곳저곳을 기웃거리다가 결국은 포기하고 방으로 돌아가려 할 때였다.

"이렇게 하면 안 된다니까."

"어휴, 말귀를 왜 이렇게 못 알아듣는 건지."

하녀들의 궁싯거리는 소리가 귀를 찌르고 들어왔다. 하녀들이 누군가를 쥐 잡듯이 잡고 있는 듯했다. 종종 신입들을 독하게 교육시키는 경우가 있기에, 그녀가 모르는 척 돌아서려고 할 때였다.

"죄송해요."

익숙한 목소리에 글로리아의 걸음이 뚝 멎었다.

"여기를 꼼꼼하게 닦아야지."

"여긴 미들턴 백작가가 아니라 버클리 공작가야. 미들턴 백작가에선 그렇게 일해도 괜찮았는지 모르겠지만, 여긴 아니야. 그렇게 일하면 욕먹는 거 몰라? 너 때문에 공작부인까지 욕을 먹으시면 어쩌려고 그래?"

글로리아가 복도 모퉁이를 돌았다. 그러자 두 명의 하녀 앞에 무릎을 꿇고서 청소하고 있는 익숙한 뒷모습이 보였다. 버클리 공작가의 원래 하녀로 보이는 두 사람이 허리에 손을 척 올린 채 엘레나가 하는 것마다 지적을 하고 있었다.

그녀들이 가리킨 곳을 엘레나가 박박 닦자, "좀 더! 좀 더!"라며 발을 탕탕 굴렀다. 엘레나가 팔이 보이지 않을 만큼 세게 바닥을 닦자 그제야 "잘하네."라고 말했다. 그러더니 엘레나에게 아래쪽의 계단을 가리켰다.

"오늘 여기 전부를 다 닦아."

"저, 전부요? 부인께서 찾으실지도 몰라요."

엘레나가 걱정 가득한 표정으로 말했다.

"부인 핑계로 그만두겠다는 거야? 그럴 거면 뭐하러 우리한테서 일을 배우겠대? 당장 때려치워."

"아니에요. 최대한 해볼게요."

"그래, 밤에 해도 되잖아. 내일 아침까지 해놔."

"네."

엘레나가 힘없이 고개를 끄덕이자, 하녀들은 벽에 붙어 서서 희희낙락 이야기를 나누었다. 글로리아는 조용히 복도를 둘러보았다. 서쪽 계단 끄트머리라 오가는 사람들이 거의 없는 곳이었다. 그녀도 엘레나를 찾아 두리번거리며 걷지 않았다면, 여기까지 오지 못했을 거다.

"이건 무슨 상황이지?"

글로리아의 갑작스러운 등장에, 두 명의 하녀가 뻣뻣하게 굳었다. 그녀는 찬찬히 두 하녀를 살폈다. 그녀도 모르는 얼굴이었다. 하녀들이 많이 필요한 만큼, 이 저택에서는 여러 사유로 빠르게 교체되곤 했다. 보좌관으로 있을 당시, 그녀도 장기 근무한 하녀들을 제외하곤 다른 하녀들의 이름은 외울 생각조차 하지 않았다.

"청소를 하고 있었어요."

가장 나이가 많아 보이는 하녀가 어색하게 웃으며 대답했다.

"알아, 보이니까. 내 말은, 내 전담하녀가 왜 여기서 청소를 하고 있느냐는 거지."

"엘레나가 저희한테서 배우고 싶다고 해서 가르쳐주는 중이었어요."

글로리아가 엘레나를 바라보았다. 그러자 그녀가 다급히 고개를 끄덕였다.

"네. 제가 배우고 싶다고 했어요."

엘레나의 대답에 글로리아의 얼굴이 구겨졌다. 아무리 생각해도 이건 배우는 상황이 아니었다. 그녀는 하녀에게로 시선을 옮겼다.

"그런데 왜 배우는 중에 미들턴 백작가와 내 이름이 거론되는 거지?"

"그, 그건……."

나이 많은 하녀가 말을 더듬었다. 그 말까지 모두 들었을 줄은 몰랐다는 표정이었다. 자칫 잘못하다간 귀족 모욕죄로 몰릴 판이었다. 그들이 어쩔 줄 몰라 하는 걸 본 글로리아가 차갑게 물었다.

"그리고 고작 걸레로 바닥을 닦는 일인데, 두 사람의 지도가 필요한 경우는 또 뭐야?"

"부인의 전담하녀인 만큼, 꼼꼼한 지도가 필요할 거라고 생각했어요."

"지도라……, 왜 내 눈에는 지도가 아니라 너희들 일을 떠넘기는 걸로만 보이는 걸까?"

"오해세요. 절대로 그런 일 없어요."

"그러면 너희들의 일은?"

"저희 일은 모두 끝났어요."

하녀들의 변명에 글로리아의 눈이 가느스름해졌다. 다른 귀족가의 영애라면 하녀들의 말을 꿈뻑 믿었을 거다.

그러나 글로리아는 이곳에서 몇 년을 지낸 사람이었다. 하녀들 관리가 집사인 앨버트의 소관이라 하더라도, 어깨너머로 알음알음 본 덕에 돌아가는 정도는 다 알고 있었다. 하녀들은 자신들의 일을 엘레나에게 떠맡긴 게 분명했다.

"확실해?"

"네. 네."

하녀들이 우물쭈물하며 대답했다.

"그렇다면 그 말이 사실인지 확인해보면 되겠군. 이 시간에 분명 너희에게 할당된 일이 있을 텐데, 두 명이나 한 사람의 교육에 매달린다는 게 아무래도 미심쩍어서 말이야. 누구의 허락이 있었지? 집사인 앨버트인가?"

"네, 네?"

대충 넘어갈 거라 예상했던 하녀들은 앨버트가 거론되자 화들짝 놀란 표정을 지었다.

"아니면 부집사?"

"아, 아니요. 그게……"

"그러면 하녀장이겠군. 너희들의 말이 사실인지 하녀장에게 물어보면 되겠지. 각기 주어진 업무의 할당량이 있을 테니 내가 직접 확인하도록 해야겠군."

글로리아의 목소리가 한층 낮아졌다. 그러자 눈칫밥으로 먹고사는 하녀들의 표정이 단박에 싹 달라졌다. 서로의 옆구리를 팔꿈치로 쿡쿡 찌르던 둘은 즉시 짠 듯이 무릎을 꿇었다.

"죄, 죄송합니다, 부인. 업무를 떠넘기려고 그랬던 건 아니었어요. 다만, 엘레나를 가르쳐줄 시간이 없다 보니 제가 일하는 모습을 보여주면 자연스럽게 배우겠지 하는 생각이었어요. 정말이에요. 처음엔 그랬는데, 제가 잠시 정신이 나갔었나 봐요."

"죄송합니다. 죽을죄를 지었어요."

손이 발이 되도록 싹싹 비는 두 하녀를 글로리아는 냉담하게 바라보았다.

"그 말을 처음에 했더라면 덮어줄 수 있었을 텐데, 안타깝게 생각해. 앞장서. 하녀장에게 가게."

"부인, 정말 죄송합니다. 살려주세요."

"저희 가족들의 생계가 달려 있어요. 여기서 잘리면 갈 곳이 없어요. 아픈 동생도 챙겨야 하고…… 흐흑."

다른 하녀가 울음을 터트렸다. 그들의 서러운 울음에도 글로리아의 표정은 달라지지 않았다. 여태껏 이 저택에서 수많은 인간들을 보았다. 인간이 얼마나 가증스러운지 그녀는 몸소 겪어서 알고 있었다. 저 말을 다 믿을 순 없지만, 그렇다고 거짓이라고 단정 지을 수도 없었다. 정말 그녀에게 아픈 가족들이 있다면, 그녀의 실직은 모두를 위험에 빠뜨리는 일일 테니까.

"잘리진 않을 거야. 생계에도 문제가 생기진 않겠지. 하지만 본관에서 하는 일이 아니라 다른 일을 맡게 될 테니 그렇게 알아둬."

편한 저택이 아니라 외부 청소로 배정을 받을 거라는 말에 하녀들의 표정이 어둡게 변했다. 외부 청소는 저택 내부 청소와 달리 굉장히 거칠고 힘든 일이었다. 비가 오면 모조리 맞아야 했고, 날이 춥거나 더운 날은 고역이었다.

"마음에 들지 않는다면 그만둬도 돼."

"아니에요. 절대로 아니에요."

하녀들이 두 손을 내저었다. 그것만으로도 감지덕지라는 표정을 다급히 짓는 하녀들에게 글로리아가 성큼 다가섰다.

"내 전담하녀를 내 허락도 없이 너희들이 부려먹은 죄는 엘레나가 자초한 거라고 하니 묻어두도록 하지."

"감사합니다."

하녀들의 얼굴이 모처럼 밝아졌다.

"하지만 미들턴 가문과 내 이름을 들먹인 죄는 쉽게 씻지 못할 거야. 이 일을 하녀장에게 모두 알려놓도록 하지. 그리고 다시는 그 입에 우리 가문과 내 이름을 입에 올리지 말도록 해. 한 번만 더 발각되었다간 이렇게 끝나지 않을 거야."

글로리아의 살벌한 경고에 두 하녀의 얼굴이 흙빛으로 변했다. 그녀들은 죄송하다고 한없이 빌었지만, 글로리아는 냉담했다. 그녀의 입장에선 이것도 많은 부분을 용서해준 거였다.

"엘레나, 따라와."

글로리아의 말에 엘레나가 주춤거리며 자리에서 일어나 그녀의 뒤를 따랐다.

침실에 도착한 글로리아는 문이 닫히기가 무섭게 엘레나를 똑바로 응시했다.

"무슨 일인지 하나도 빠짐없이 설명해."

글로리아의 차가운 표정을 처음 본 엘레나가 빠르게 눈을 깜빡였다.

"하녀장에 그 하녀들까지 다 불러 모아야 이야기할래?"

글로리아가 다시금 묻자, 엘레나가 손을 내저었다.

"아니에요. 제가 이야기할게요. 모두 제 탓이에요."

엘레나가 우물거리다가 말을 이었다.

"이곳의 하녀들에게서 배우고 싶었어요. 저보다 일도 잘하고, 모든 일에 능숙한 게 부러웠어요. 그에 비해 저는 부인의 전담하녀인데 할 줄 아는 것도 별로 없는 것 같고……. 그래서 배워보자 싶어서 일을 배우고 싶다고 했지만, 하녀들 모두가 거절했어요."

"하녀장에게 말했어야지."

"하녀장 또한 외부에서 들어온 부인의 전담하녀에겐 따로 교육시킬 것이 없다고 했어요. 다른 하녀들은 부인의 전담하녀는 부담스럽다면서 말도 섞지 않으려고 했고요. 그러던 중에 방금 그 두 하녀를 만났어요. 저택의 일을 가르쳐주겠다면서, 자신들이 시키는 대로 하라고 했어요."

"……하, 그래서 그 일을 했다는 거야?"

글로리아가 기가 막힌다는 표정으로 물었다.

"처음엔 이렇게 많지 않았어요. 정말 잘 가르쳐줬어요."

"그런데?"

글로리아가 차갑게 물었다.

"그런데…… 갑자기 변해서는 이것저것 시키기 시작했어요."

"그럼 당장 그만둬야지, 그 일을 왜 계속 하고 있어?"

글로리아가 속이 답답하다는 표정으로 엘레나를 바라보았다. 미들턴 백작가에 있을 때만 해도 영민하던 아이였다. 상황 판단도 빠르고 쾌활하며 분위기가 밝아서 데려왔건만 갑자기 이렇게 맹해진 이유를 알 수 없었다.

"……그 하녀들이 아니면 전 배울 곳이 없는걸요."

"……."

"다른 하녀들처럼 청소도 잘하고 싶고, 정리도 잘하고 싶고, 말도 잘하고 싶고, 요리도 잘하고 싶은데 안 되니까요."

그간의 마음고생을 보여주기라도 하듯 엘레나의 안색이 어두워졌다.

"하아."

글로리아는 참지 못하고 긴 한숨을 내쉬었다.

확실히 버클리가와 미들턴가의 하녀들은 차원이 달랐다. 버클리가의 하녀장은 꼼꼼하고 프라이드가 강한 사람이었다. 그녀는 버클리가에서 일하는 사람은 하녀마저도 최고여야 한다고 믿었고, 뽑는 사람들마다 만능 일꾼이었다.

그런 그들을 하녀장은 체계적으로 교육까지 시켰다. 얼마간의 교육만 받으면 하녀들 대부분이 청소, 빨래, 정돈, 하다못해 요리와 화단

가꾸기까지 할 줄 알았다.

엘레나의 눈에는 그런 사람들이 대단하게 보였을 터였다.

"대단하게 생각할 수는 있는데, 왜 그렇게까지 모든 걸 다 잘하고 싶어 하는지 이해가 안 되는데?"

글로리아가 다시금 터져나오려는 한숨을 삭이며 물었다.

"계속 부인 곁에서 일하고 싶었어요."

"뭐?"

생각지 못한 대답에 글로리아가 되물었다.

"제가 발전하지 못하면 다른 하녀들에게 자리를 빼앗길지도 모르니까요. 저는 아가씨, 아니. 부인과 함께 이야기하는 시간이 좋고, 부인께서 아기를 낳으시는 것까지 지켜보고 싶은데…… 이렇게 무능해서는 얼마 못 가 쫓겨날 테니까요. 그래서 뭐라도 배우고 싶었어요. 청소든, 빨래든, 뭐든요."

말을 마친 엘레나의 눈에 눈물이 그렁그렁 맺혔다. 그 눈물은 얼마 가지 않아 툭 떨어졌다. 눈물이 얼마나 굵은지 바닥의 카펫을 물들인 자국이 제법 컸다.

"……하아."

다시 한 번 글로리아가 긴 한숨을 내쉬었다. 그러자 엘레나의 어깨가 움츠러들었다.

"엘레나."

"네."

글로리아의 부름에, 엘레나가 힘없이 대답했다. 글로리아가 무슨 말을 하든지 다 받아들이겠다는 듯 체념한 목소리였다.

뭐라고 이야기를 해야 하나…….

글로리아가 잠시 고민하다가 입을 열었다.

"넌 바람과 비 중에서 뭐가 더 귀하다고 생각해?"

글로리아의 갑작스러운 물음에 엘레나의 눈이 동그래졌다. 대체 무슨 소리를 하느냐는 표정이었다.

"대답해봐. 어느 쪽이 더 중요한 것 같아?"

글로리아가 차분하게 물었다. 그러자 엘레나가 코를 훌쩍거리다 말고 대답했다.

"그야…… 비가 아닐까요? 비가 오지 않으면 세상은 금방 말라버릴 테니까요."

"그래? 정말 그렇게 생각해? 바람이 불지 않으면 꽃들이 피어나지 못하고, 빨래도 뽀송뽀송하게 마르지 않을 텐데? 기분 좋은 숲 냄새도 더는 나지 않겠지. 그래도 괜찮아?"

"아뇨. 그건 안 되죠. 그러면 바람인가요? 하지만, 비도 소중한걸요."

"응. 비도, 바람도 소중해. 전혀 다르지만 소중해."

"……."

"빨래를 잘하는 하녀도, 계단을 잘 닦는 하녀도, 일을 잘하는 하녀도, 그리고 내 마음을 잘 알아주는 하녀도 중요해."

엘레나가 무슨 소리를 하는지 모르겠다는 표정으로 글로리아를 바라보았다. 글로리아는 그런 엘레나의 눈을 똑바로 바라보았다. 부디 자신의 진심이 제대로 전달되었으면 하는 마음을 담아서.

"모두가 다 소중하다고. 하지만 내게 가장 필요한 건 나를 가장 잘 알고, 잘 알려고 애쓰는 하녀야. 내가 뭘 좋아하는지, 내 기분이 어떤지. 그건 청소와 빨래를 잘하는 것과는 전혀 다른 능력이니까."

"……."

"난 엘레나가 청소나 빨래를 좀 더 잘하길 원하지 않아. 그런 것들은 이미 잘하고 있는 하녀들에게 시키면 되니까. 나는 언제나 쾌활하고 기분 좋은 이야기를 해주는 엘레나가 필요해. 지금처럼 내가 하는 말을 잘 들어주고, 필요할 때면 날 위해 나서줄 수 있는 사람. 그러니까 지금으로 충분해, 엘레나."

"……부인."

엘레나가 중얼거리듯이 말하더니 손으로 입을 가렸다. 이윽고 그녀의 큰 눈에 눈물이 차오르기 시작했다.

"어……. 우는 건 조금 덜 했으면 좋겠는데. 그건 별로 달갑지 않거든."

글로리아가 손을 들었지만, 이미 한 박자 늦은 듯했다. 엘레나의 눈에서 눈물이 펑펑 쏟아져 내렸다. 저렇게 울라고 해도 울기 힘들 것 같은 양이었다.

"정말 감동이에요, 부인. 제가 그렇게 대단히 잘하고 있을 줄은……으흑."

"……충분하다고 했지, 대단하다고는 말하지는 않은 것 같은데."

"흑, 저 좀 더 노력할게요. 열심히 해서 부인께서 말씀하시지 않아도, 끅. 눈빛만으로 알아채는 그런 하녀가, 끄윽. 될게요."

"아니, 독심술을 하라는 건 아니고……."

글로리아가 난처한 표정으로 손을 들어 보였지만, 이미 엘레나에게는 들리지 않는 듯했다.

"정말 노력해서, 끅. 더 쾌활해지고, 더 밝아지고, 하여튼 부인께서 원하시는 그런 하녀가 되도록 노력, 끅. 할게요."

"응. 그래. 그래."

대꾸하길 포기한 글로리아는 건성으로 대답했다.

"가서 세수 한번 하고 와."

"그러고 나선 뭘 하면 되나요?"

엘레나는 지금 당장 뭐라도 시키지 않으면 안 될 것 같은 눈빛을 보였다.

"……어, 물 가져다줄래?"

"네. 차가운 물 맞죠?"

"응. 맞아."

실은 따뜻한 물을 마시고 싶었지만, 자신의 마음을 읽은 것처럼 두 눈을 반짝이는 엘레나를 실망시킬 수 없었다.

"다녀오겠습니다!"

금세 기분이 좋아진 엘레나가 신이 난 걸음으로 문을 열고 나갔다. 혼자 남겨진 글로리아는 소파에 걸터앉았다. 하인이자 보좌관으로 살았던 그녀로서는 엘레나의 마음을 잘 알 것 같았다. 그래서 그냥 넘기지 못하고 구구절절 설명해주었다.

그나저나, 이 비슷한 상황을 겪은 적이 있는 것 같은데 잘 기억이 나지 않았다.

"언제였지? 조슈아가 사고 칠 때였나?"

잠시 고민했지만, 그때와는 느낌이 사뭇 달랐다. 조슈아가 미흡하게 일을 처리하면 그녀가 요점을 지적해주는 식이었다.

그러다 그가 태만하게 일을 처리하면 '비슷한 사고를 치면 감봉의 길이 어떤 건지 보여주지.'라고 경고를 하곤 했다. 이런 따스한 분위기와는 거리가 멀었다.

"……그럼 대체 언제였지."

글로리아는 진지하게 고민하다 얼굴을 찌푸렸다. 머릿속으로 기억의 편린이 번뜩 스쳐지나갔다. 그 조각을 곱씹자, 천천히 한 가지 기억이 떠올랐다.

「나는 왜 이렇게 전부 다 못 할까……?」

어린 에단의 목소리. 즉, 자신의 목소리였다.

펠릭스의 전담하인이 된 지 1년이 지나도록 발전이 없는 스스로의 상태에 좌절했다. 늘어난 거라곤 글 솜씨뿐이었다. 그러나 그마저도 특별하지 않았다. 하인마다 다들 장점이 있는데, 자신만 장점이 없는 백지 같았다.

자괴감이 들어 구석에 숨어 울고 있는데, 뒤에서 불쑥 인기척이 느껴졌다.

「잘하는 거 있잖아.」

갑자기 나타난 펠릭스가 툭하니 말을 던졌다. 마구간 구석에 책을 들고 나타난 그가 굉장히 이상했지만, 그녀는 알아채지 못했다.

「제가요?」

그저 그의 말이 놀라울 뿐이었다.

「음.」

「뭔데요?」

그녀는 희망에 부풀어올랐다. 자신도 모르는 장점이 있는 건가 싶어 눈물마저 뚝 멎었다.

「이불 끌고 오는 거.」

「…….」

「내가 어디 있는지 루만큼이나 잘 찾아내는 거.」

「…….」

펠릭스의 말에 그녀는 다시 소리 없는 눈물을 뚝뚝 떨어뜨렸다.

하다하다 개랑 비교가 되어야 하다니 싶어 서러움이 밀려들었다.

「그리고 밥을 잘 먹는 거.」

「……그만 놀리세요. 굳이 콕콕 집어 말씀하시지 않아도 제가 무능하다는 건 누구보다 잘 아니까요.」

「근성 있게 버티는 거.」

「공자님, 안 가실 거면 제가 갈게요. 필요한 게 있으면 부르세요. 이 근처에 있을 테니까요.」

슬프다 못해 화가 치민 그녀가 자리에서 일어나 엉덩이를 탁탁 털었다. 근처에 가서 울어야지 하면서 주변을 두리번거릴 때였다.

「그런 장점들이 모여 지금 네가 내 옆에서 1년이나 버티고 있는 거야.」

가까워진 목소리에 그녀의 행동이 뚝 멎었다. 고개를 들자 새파란 눈동자가 어느새 코앞에 자리하고 있었다. 눈이 부신 은발에 새파란 눈동자를 이토록 가까이서 보는 건 오랜만이라, 그녀는 잠시 멍해졌다.

눈을 감아도, 눈이 부실 것 같다.

그녀는 멍한 와중에 그런 생각을 했다.

「그리고 그런 장점들을 모조리 갖고 있는 건 너밖에 없지.」

펠릭스가 무표정한 얼굴로 말했다.

「너무 별것 아닌 장점이잖아요.」

글로리아는 실망했다.

「누가 별것 아니래?」

「그야…….」

「너에게 '네가 별것 아니다'라는 그 말을 한 사람은, 너 스스로 아닌가?」

「……!」

「그런 마음으로 어떤 장점을 갖고 있다고 한들, 무슨 도움이 될까? 스스로의 가치도 인정하지 못하는 녀석 주제에.」

「그래도 조금 더 좋은 재주를 가질 수 있었잖아요!」

「어떤 거?」

「이를테면 다른 나라 언어를 할 줄 안다거나, 굉장히 똑똑해서 공자님과 토론을 할 수 있는 지식을 갖고 있다거나, 그것도 아니면…….」

「그깟 거 연습하면 될 거 아냐.」

「저는 공자님처럼 머리가 좋지 않아서 단번에 안 된다고요.」

「일단 해봐. 해보고 나서 말해. 그리고 네가 방금 말한 것들을 가진다고 해서 스스로에게 만족할까?」

차분하게 물어오는 펠릭스의 말에 그녀는 입술을 깨물었다.

「지금보다는 당연히 만족하겠죠.」

「확실해?」

「그건…….」

말을 하다 말고 그녀는 입술을 깨물었다. 그의 말이 옳았다. 지금 이런 상태로는 자신이 아무리 좋은 능력을 갖고 있어도 소용없었다.

「천민 출신인데도 넌 지금 여기 있어. 웬만한 평민들조차 꿈꿀 수 없는 이 자리에.」

「……!」

「이 정도면 몇 년 전의 너에게서 칭찬을 받고도 남을 만한 것 같은데.」

「…….」

「뭐, 아니라면 어쩔 수 없지. 내가 너에 대해 다 아는 것도 아니니까. 하지만 적당히 울고 들어오도록 해. 일을 시키려고 해도 있어야 시켜먹지. 두 번은 안 찾으러 올 거니까 그렇게 알아.」

펠릭스는 말을 하자마자 홱 돌아서서 저택으로 돌아갔다. 선선한 날인데도 이상하게 그의 등은 땀으로 젖어 있었다. 그가 손에 들고 있는 책도 몹시 이상했다. 마치 서재에서 급하게 나온 것 같았다.

그러나 그때 그녀는 그 이상함을 알아채지 못했다. 그가 한 말이 가슴에 너무나 깊이 남아 뱅뱅 맴돌았다.

조금도 발전하지 않은 줄 알았다. 기껏해야 할 줄 아는 거라곤 글을 조금 배운 것뿐이라고 생각했다.

그러나 그의 말대로 자신은 몇 년 전의 자신이 감히 상상할 수 없을 만큼 변해 있었다. 그 변화를 깨닫자, 비로소 마음에 진 응어리가 녹았다.

그날부터 그녀는 자신이 가진 소소한 재주들을 인정했다. 그러자 스스로를 있는 그대로 받아들일 수 있게 되었다.

"그래. 그랬었네……. 하아."

떠오른 기억에 글로리아가 긴 한숨을 내쉬었다. 그가 그날 해준 말이 아니었다면 자신도 엘레나처럼 힘들어했을 거다. 인정하기 싫지만, 그가 지금의 자신을 만들어준 거나 다름없었다.

"펠릭스 공자님……."

그녀는 오래전 그러했던 것처럼, 그의 이름을 불러보았다. 분명 예전과 똑같이 부른다고 불렀는데, 다른 사람을 부르는 것처럼 생경하게 느껴졌다.

지금은 그때와 비교도 할 수 없을 만큼 달라졌다. 호칭도, 나이도, 그리고 지금의 관계까지도.

「내가 에단을 좋아했을 뿐.」

어쩌면 그 말을 들은 그 순간부터 모든 게 바뀌었는지도 모른다.